Enquêtes à Denver

DU MÊME AUTEUR CHEZ MIRA

Possession
Le cercle brisé
Et vos péchés seront pardonnés
Tabous
Coupable innocence
Maléfice
Crimes à Denver
L'ultime refuge
Une femme dans la tourmente
Clair-obscur
Le secret du bayou
Le souffle du danger
La maison du mystère

NORA ROBERTS

Enquêtes à Denver

Roman

MIRa

Titre original :
NIGHT TALES
Première partie : NIGHT SHIFT
Deuxième partie : NIGHT SHADOW
publié par MIRA®

Traduction de l'américain par JEANNE DESCHAMP

La première partie de ce roman a déjà été publiée en mai 2005

Mira® est une marque déposée par le groupe Harlequin

Photos de couverture
Ville de nuit : © WERNER OTTO / TAXI / GETTY IMAGES
Regard féminin : © ROYALTY FREE/MASTERFILE

Night Shift : © 1991, Nora Roberts.
Night Shadow : © 1993, Nora Roberts.
© 2005, 2011, Harlequin S.A.
83-85 boulevard Vincent-Auriol 75646 PARIS CEDEX 13.
www.harlequin.fr
ISBN 978-2-2802-1880-1 — ISSN 1765-7792

PREMIÈRE PARTIE

Menace sur les ondes

1.

— Toujours avec moi, les noctambules de Denver ? Vous êtes à l'écoute de Radio KHIP et c'est Cilla O'Roarke qui vous parle. Et maintenant, voici mon cadeau de la nuit : je vais vous faire entendre cinq morceaux inoubliables. Dans quelques minutes, il sera minuit. Et la nuit sera chaude sur Radio KHIP...

La voix de Cilla se fit encore plus rauque, plus enveloppante.

— ... et à présent, chéri, ouvre bien les oreilles, car celle-ci est pour toi — et rien que pour toi.

Cilla connaissait le pouvoir de sa voix. Elle la savait grave, veloutée, bruissante de sensualité. Elle savait aussi que chacun de ses auditeurs masculins en éprouvait la caresse comme si elle s'adressait à lui seul. Avec un léger sourire, elle envoya le premier titre qu'elle avait programmé et les accords d'une guitare électrique envahirent le studio. La jeune femme aurait pu retirer son casque et s'accorder trois minutes et vingt-deux secondes de silence. Mais elle préférait la musique. C'était sa passion pour le rock qui avait fait, entre autres, sa réputation de disc-jockey.

A dix-huit ans déjà, elle était entrée dans une petite radio locale, au cœur de sa Géorgie natale — sans expérience, sans relations, et avec le baccalauréat pour unique bagage. Cilla n'ignorait pas que c'était le timbre si particulier de sa voix qui lui avait ouvert cette première porte. Ensuite, elle avait accepté de travailler dur pour un salaire ridicule, de faire le café plus souvent qu'à son tour et de remplir les fonctions de secrétaire standardiste chaque fois que le besoin s'en faisait ressentir. Dix années s'étaient écoulées et Cilla avait appris ainsi le métier sur le tas. Mais même si elle pouvait compter désormais sur son expérience et son savoir-faire, sa voix restait pour elle un atout majeur.

Cilla n'avait toujours pas trouvé le temps de préparer la licence en communication qu'elle ne désespérait pas d'obtenir un jour. Par contre, le fonctionnement d'une station de radio n'avait plus de secret pour elle. Remplacer le chef opérateur, présenter le journal, conduire des interviews ou prendre la place au pied levé du directeur des programmes ne lui faisait pas peur. Il lui était même arrivé de cumuler toutes ces fonctions. Mais l'animation d'émissions musicales restait son domaine de prédilection. Cilla avait une mémoire d'éléphant en matière de titres, de dates et de tout ce qui concernait la vie des groupes et la carrière des chanteurs. La radio était toute sa vie depuis qu'elle avait dix-huit ans et elle ne concevait pas d'exercer un autre métier.

Et qu'importe si l'image provocante qu'elle donnait d'elle à l'antenne ne correspondait pas à la réalité! Le contraste entre la femme publique et la femme privée l'amusait. La Cilla O'Roarke qu'on entendait sur les ondes était très libre dans ses propos et jouait ouvertement le jeu de la séduction, passant volontiers pour une femme fatale, outrageusement sexy, un peu garce, amie des stars du monde entier. Alors que la femme réelle était avant tout une « bosseuse », méthodique et organisée, travaillant dix heures par jour, ne dormant que six heures par nuit et prenant rarement le temps de manger autre chose qu'un sandwich avalé sur le pouce. Son plus gros souci était d'assurer l'avenir de sa sœur Deborah et de veiller à ce que la jeune fille termine ses études universitaires dans les meilleures conditions. Quant aux hommes de sa vie, on les comptait sur les doigts de la main. D'ailleurs, elle ne fréquentait plus personne depuis deux ans. Ses auditeurs auraient eu du mal à le croire, mais Cilla O'Roarke menait une existence quasi monacale.

Reposant ses écouteurs, Cilla vérifia sa programmation. Un silence total régnait dans le studio. Seules les lumières clignotantes de la console donnaient un semblant de vie à la pièce. Le studio était comme un îlot dans la nuit où elle officiait librement, à la fois invisible et présente.

Lorsqu'elle avait commencé ses animations sur Radio KHIP, à

Denver, six mois plus tôt, Cilla avait insisté pour qu'on lui accorde le créneau 22 heures/2 heures du matin, une tranche horaire habituellement réservée aux disc-jockeys débutants. Avec sa réputation et son expérience, elle aurait pu exiger de travailler de jour, aux heures confortables où les taux d'écoute atteignaient leur maximum. Mais la nuit et Cilla O'Roarke avaient toujours fait bon ménage. C'était au cours de ces heures solitaires qu'elle s'était forgé un nom.

Elle aimait partager sa musique avec les oiseaux de nuit, les insomniaques, les inquiets, les veilleurs — avec tous ceux qui gardaient les yeux ouverts lorsque le reste de l'humanité dormait sur ses deux oreilles.

L'œil rivé sur le chrono, Cilla remit ses écouteurs et cadra son annonce entre la fin du quatrième morceau et l'intro du cinquième. Elle rappellerait ensuite la fréquence de Radio KHIP ainsi que le numéro de téléphone de la station. Puis, après un flash d'informations préenregistré, elle passerait à la « La Nuit pour vous », la partie préférée de son émission. Entre minuit et 2 heures du matin, les auditeurs téléphonaient et elle passait les disques à la demande.

Cilla aimait voir les voyants s'allumer sur le standard et elle avait toujours plaisir à échanger quelques mots avec les gens qui l'écoutaient. Pendant un peu moins d'une heure, ses auditeurs anonymes devenaient des personnes réelles avec un nom, une voix, une histoire. Elle alluma une cigarette et se renversa contre le dossier de sa chaise. Il lui restait une minute de calme pour fumer en attendant les premiers appels.

Le calme était cependant une notion relative pour Cilla. Elle n'avait jamais été quelqu'un de très serein. Quant à la femme fatale aux poses alanguies qu'évoquait sa voix, elle n'existait que dans l'imagination de ses auditeurs. « Energique » était sans doute le mot qui revenait le plus souvent, lorsque l'un de ses proches cherchait à la décrire. Elle était grande, mince et sa nervosité ne laissait aucune place à la langueur. Ses ongles étaient coupés court et jamais vernis. Elle ignorait de même l'usage du rouge à lèvres. Avec un emploi du temps aussi serré que le sien, se maquiller était un luxe qu'elle ne pouvait pas se permettre. Les yeux à demi fermés, elle se détendit quelques instants pour recharger ses batteries. Cilla avait hérité des yeux marron de son père et de ses longs cils recourbés et soyeux. Avec sa peau claire et délicate, ils étaient les seuls éléments de douceur dans son visage aux traits marqués et volontaires. La nature l'avait dotée par ailleurs d'une chevelure de rêve : noire, ondoyante, lustrée, qu'elle laissait rarement flotter sur ses épaules, préférant la relever en arrière et la maintenir à l'aide d'une barrette de manière à pouvoir mettre et ôter ses écouteurs sans être gênée.

Elle jeta un coup d'œil au chrono et constata que le dernier morceau touchait à sa fin. Le temps d'éteindre sa cigarette et de prendre une gorgée d'eau et elle se penchait de nouveau vers le micro. Une lumière verte s'alluma, indiquant qu'elle était à l'antenne.

— Ce morceau-là était tout spécialement destiné aux amoureux... à ceux qui ont quelqu'un contre qui se blottir cette nuit, et aux autres qui rêvent en attendant l'âme sœur. Restez bien à l'écoute. C'est Cilla O'Roarke qui vous parle sur KHIP. Et dans quelques minutes, c'est vous qui prendrez l'émission en main pour faire votre programme. N'oubliez pas... j'attends vos appels.

Cilla mit une cassette de publicités préenregistrées et se retourna en sentant une présence derrière elle.

— Ah, c'est toi, Nick! Ça va?

Nick Peters, étudiant et stagiaire à Radio KHIP, sourit avec bonne humeur.

— Impec! J'ai eu une super note à mon partiel de littérature, finalement. Je n'en espérais pas tant.

— Félicitations.

Cilla accepta distraitement la tasse de café fumant qu'il lui tendait.

— Merci. Il neige toujours dehors?

— Non. Ça s'est arrêté, il y a une heure.

Soulagée, Cilla le gratifia d'un rapide sourire. Elle ne pouvait pas s'empêcher de se faire du souci pour Deborah, sa sœur cadette.

— Et les routes ne sont pas trop glissantes?

— Non. Apparemment, ça circule plutôt bien. Tu veux grignoter quelque chose avec ton café?

Elle secoua la tête, trop absorbée par le déroulement de son émission pour remarquer la lueur d'adoration dans le regard de Nick.

— Non, ça va, merci. Tu n'auras qu'à emporter les viennoiseries qui restent avant de partir.

Elle attendit la fin du jingle et fit une rapide intervention au micro. Nick l'observa pendant qu'elle énumérait les concerts qui se donneraient prochainement dans la région. Il savait que c'était stupide et sans espoir, mais il était fou amoureux d'elle. Pour lui, c'était clair : pas une femme au monde ne lui arrivait à la cheville. Les filles qu'il connaissait à l'université manquaient tellement d'intérêt à côté de Cilla ! La DJ vedette de Radio KHIP était son idole, son idéal féminin. Mais Nick se demandait parfois si elle avait *réellement* conscience de son existence. Non qu'elle soit hautaine ou méprisante... La célébrité ne lui était pas montée à la tête et elle était restée très naturelle malgré sa beauté et son succès auprès des hommes. D'ailleurs, les rares fois où elle s'apercevait de sa présence, elle ne manquait jamais de lui adresser un sourire ou un signe amical, mais, en réalité, seuls ses auditeurs invisibles semblaient compter à ses yeux.

Depuis trois mois, Nick cherchait une occasion pour l'inviter à boire un pot ou peut-être même — comble de l'audace — lui proposer un dîner au restaurant. La perspective d'avoir Cilla une soirée entière pour lui seul lui apparaissait comme un océan ininterrompu de délices. Et tant qu'il ne lui avait pas posé la question et qu'elle ne lui avait pas dit non, tout espoir restait permis...

Cilla n'avait aucune conscience des tourments et des hésitations de Nick. Mais si elle avait su ce qui se passait dans la tête du jeune stagiaire, elle aurait été plus amusée que flattée. Avec ses vingt et un ans, Nick faisait encore figure d'adolescent à ses yeux. Leur différence d'âge entrait en ligne de compte, bien sûr. Mais, plus que les sept années qui les séparaient, c'était tout un monde d'expérience qui creusait un fossé entre eux.

Cela étant, Cilla n'avait rien contre Nick. Il était discret, efficace et le travail ne lui faisait pas peur. Elle en était venue à apprécier le petit café qu'il lui apportait chaque soir avant de quitter les studios. Tout en étant ravie de savoir qu'elle serait seule pour le boire...

Nick jeta un coup d'œil à la pendule.

— Eh bien, Cilla, euh... A demain ?

— Mmm ? Ah oui, à demain.

Dès l'instant où il eut passé la porte, elle oublia son existence. Elle enfonça l'une des touches qui venaient de s'allumer sur le téléphone.
— Ici Radio KHIP, vous êtes à l'antenne.
— Cilla?
— Elle-même.
— Bonjour, je m'appelle Kate.
— Ravie de vous entendre, Kate. Et d'où appelez-vous si tard?
— De chez moi, à Lakewood. Mon mari est chauffeur de taxi et il travaille de nuit. Comme je sais qu'il écoute votre émission, j'ai envie de lui faire un petit signe... Vous pourriez passer *Peaceful, easy feelings* pour Ray et Kate?
— C'est comme si c'était fait. Ce soir, Radio KHIP va réunir Ray et Kate. Continuez à vous aimer comme ça, tous les deux, et terminez bien la nuit.
Cilla enfonça la touche suivante.
— Ici Radio KHIP. Vous êtes à l'antenne...
L'émission se déroulait sans heurt, dans une ambiance détendue et Cilla se sentait très en forme. Comme chaque soir, elle notait les noms et les titres, griffonnait les dédicaces et sélectionnait les disques pendant les publicités. Le choix musical était impressionnant et les parois du studio étaient entièrement tapissées d'étagères bourrées d'albums, de singles et de CD, tous soigneusement classés et étiquetés.
Quelques-uns des auditeurs étaient des fidèles et appelaient régulièrement. Cilla s'attardait de temps à autre à plaisanter avec eux en direct. Il y avait aussi les solitaires — ceux qui trouvaient la nuit trop longue et rompaient leur isolement en échangeant quelques paroles sur les ondes. Parmi ceux-là, se trouvaient parfois quelques individus étranges dont Cilla se débarrassait en blaguant ou en coupant tout simplement la communication. Depuis le temps qu'elle animait cette séquence réservée aux auditeurs, elle n'avait jamais connu un seul instant d'ennui.
Elle adorait ce programme. Loin des regards et en sécurité dans son studio, elle se laissait aller au micro avec une liberté qui l'étonnait elle-même. Personne ne se serait douté, à l'entendre, qu'elle manquait à ce point de confiance en elle.
— Ici Radio KHIP. Cilla O'Roarke dans « La Nuit pour vous ».

Elle perçut une sorte de grognement inaudible.
— Il va falloir parler un peu plus fort, l'ami. Comment vous appelez-vous ?
— Mon nom n'a pas d'importance.
— Libre à vous, monsieur X…

Les paumes moites, Cilla frotta ses mains sur son jean. D'instinct, elle posa le doigt sur le bouton qui lui permettait, en cas de problème, de basculer sur une bande préenregistrée.

— Vous souhaitez entendre quelque chose de particulier, monsieur X ? Une chanson pour la femme de vos rêves ?

A l'autre bout de la ligne, l'homme ricana.

— La femme de mes rêves, c'est toi, espèce de sale garce, et l'air que je vais te jouer, je te garantis que tu ne l'oublieras pas de sitôt. Quand j'en aurai fini avec toi, ta propre sœur ne te reconnaîtra même pas…

Pétrifiée par la violence des paroles de l'inconnu, Cilla tardait à appuyer sur le bouton. Enfin, se ressaisissant, elle coupa la communication et enchaîna d'un ton enjoué :

— Oups ! Quelle richesse de vocabulaire ! J'ai l'impression que monsieur X était un peu énervé, ce soir. En tout cas, je me demande bien de qui il s'agit… En y réfléchissant, je ne vois qu'une personne qui puisse m'en vouloir à ce point, c'est l'officier de police Stanley Marks… Mais je vous jure que je vais faire un effort pour payer mes contraventions. En attendant voici une chanson pour Joyce et Larry.

Elle mit un disque de Bruce Springsteen sur la console, ôta ses écouteurs d'une main tremblante et se leva pour sélectionner le morceau suivant. Elle aperçut son reflet dans la vitre du studio…

— Calme-toi, espèce d'idiote ! murmura-t-elle.

Après tout, ce n'était pas la première fois que ce genre de chose arrivait. Des coups de téléphone bizarres, elle en recevait au moins un par soir et son émission attirait immanquablement les cinglés de tout poil. Avec l'expérience, elle avait appris à rester calme et à se débarrasser avec diplomatie des psychopathes, des pervers, des frustrés et des obsédés en tout genre qui la harcelaient. Ses talents pour repousser les propositions douteuses étaient presque aussi légendaires que son habileté à manier les platines.

Quand on avait choisi un créneau comme le sien, il fallait s'attendre à ce genre d'incident. C'était la rançon de la célébrité, en quelque sorte. Mais Cilla avait beau essayer de se raisonner, elle ne pouvait pas s'empêcher de jeter derrière elle des coups d'œil inquiets. A part l'éclairage de sécurité, rien n'était allumé en dehors du studio. L'ombre et le silence régnaient dans la station déserte. Malgré son épais pull-over en laine, Cilla sentit des gouttes de sueur glacée couler entre ses omoplates. Elle était seule dans le bâtiment obscur.

Elle songea que la station de radio était inaccessible de l'extérieur. A la moindre tentative d'effraction, l'alarme se déclencherait et la police surgirait en quelques minutes. Elle était aussi en sécurité dans ce studio que dans le coffre d'une banque.

Mais rien ne pouvait rassurer Cilla. La peur restait tapie en elle et, jusqu'à la fin de l'émission, elle resta sur le qui-vive, guettant le moindre son, se crispant chaque fois qu'elle recevait un nouvel appel...

Le ciel s'était dégagé, mais l'odeur de la neige flottait encore dans l'air. Cilla traversa le parking de la station à grands pas, se fit violence pour ne pas courir et se réfugia en frissonnant dans sa voiture. On avait beau être en mars, le printemps tardait à arriver. Et le fait que Denver soit située à 1600 mètres d'altitude et que les montagnes Rocheuses ne soient pas loin n'arrangeait pas les choses. Tout en conduisant, Cilla baissa sa vitre de quelques centimètres et mit Radio KHIP à fond. L'air frais et la musique l'aidèrent à reprendre peu à peu le contrôle d'elle-même.

En quittant l'avenue principale pour s'enfoncer dans le quartier résidentiel où elle avait acheté un logement six mois plus tôt, Cilla se demanda si sa sœur était couchée. Elle se gara dans l'allée, juste devant la maison, et constata avec un mélange de soulagement et de contrariété que les lumières brillaient encore aux fenêtres du rez-de-chaussée.

Dans un sens, elle aurait préféré que Deborah dorme à cette heure tardive. Mais il fallait bien reconnaître que le spectacle de la maison éclairée avait ce soir-là quelque chose de réconfortant. La rue endormie lui avait soudain paru sinistre, comme si chaque zone de ténèbres entre deux lampadaires cachait un agresseur invisible.

Cilla coupa le contact et le vrombissement du moteur se tut en même temps que la voix rassurante de son collègue Jim Jackson dont l'émission venait juste après la sienne. Dans le silence qui tomba, elle se sentit soudain si vulnérable que son cœur bondit dans sa poitrine.

Se traitant tout bas de lâche et d'imbécile, elle fit claquer sa portière, serra les pans de son manteau contre elle pour se protéger du froid et gravit en courant les marches du perron.

Sa sœur l'attendait à la porte et se hâta de refermer derrière elle.

— Non mais je rêve! s'exclama Cilla. Qu'est-ce que tu fais debout à une heure pareille? Je croyais que tu avais cours à 9 heures demain matin.

En retirant sa parka pour l'accrocher dans la penderie, Cilla sentit une odeur de dépoussiérant. Elle soupira. Le ménage était un des remèdes favoris de Deborah contre l'angoisse.

— Peux-tu m'expliquer pourquoi tu es obligée d'épousseter les meubles en pleine nuit, Deb? Tu devrais être couchée depuis des heures.

— J'ai entendu ton émission. Et cet homme…

— Debbie, voyons… Tu ne vas quand même pas t'inquiéter parce qu'un illuminé a déliré pendant cinq secondes au téléphone!

En voyant la mine désolée de sa sœur, Cilla eut envie brusquement de la prendre dans ses bras. Enfouie dans son peignoir en éponge, elle ressemblait toujours à l'enfant de douze ans qu'elle avait recueillie à la mort de leurs parents. Elle songea qu'elle l'aimait plus que n'importe qui au monde…

— Tu vas arrêter de penser à ce type, O.K.? C'était juste un cinglé inoffensif comme il en existe tant.

— Inoffensif? Ce n'est pas l'impression que j'ai eue en l'écoutant, Cilla. Ce détraqué avait la haine au ventre.

— Tu as peut-être raison. Mais ce n'est pas forcément contre moi que cette haine était dirigée. Il lui fallait une cible, c'est tout. Et il m'a appelée parce qu'il était en train d'écouter Radio KHIP et que je venais de donner le numéro de téléphone de la station.

— Tu crois?

Cilla haussa les épaules et les deux sœurs se regardèrent un instant en silence. A part la bouche aux lèvres pleines et sensuelles et la couleur sombre de leurs cheveux, elles n'avaient pas grand-chose en commun. Deborah était moins grande, moins anguleuse que sa sœur, avec des courbes plus douces, une allure plus féminine, et ses yeux étaient d'un bleu intense.

— Promets-moi quand même de porter plainte, Cilla. Il ne faut pas plaisanter avec ce genre de choses.

— Porter plainte !

Cilla éclata de rire. Cette idée ne lui avait même pas traversé l'esprit.

— Tu voudrais que j'aille déranger la police pour un simple coup de fil un peu agressif ? Je suis une grande fille, tu sais. Je suis capable de me défendre toute seule.

Deborah enfonça nerveusement les mains dans les poches de son peignoir.

— Je ne plaisante pas, Cilla.

— Je sais. D'ailleurs, je suis comme toi. Je ne trouve pas cela drôle du tout. Mais je doute que la police me soit d'une grande utilité. Je ne vais tout de même pas leur demander d'intervenir pour quelques insultes téléphoniques lancées en pleine nuit au cours d'une émission de radio.

Avec un soupir d'impatience, Deborah détourna la tête.

— N'empêche qu'il y avait quelque chose de terrifiant dans la voix de ce type. Il m'a fait froid dans le dos.

— A moi aussi.

Deborah laissa échapper un petit rire moqueur.

— Toi ? Mais tu n'as jamais peur de rien.

« Tu te trompes, ma belle, songea Cilla. J'ai peur tout le temps. » Et elle ajouta en essayant de donner un ton léger à sa voix :

— Eh bien, cette fois-ci, je peux te garantir que j'ai eu la frayeur de ma vie. Ce dingue m'a tellement secouée que je me suis même demandé si j'allais pouvoir continuer l'émission. La seule chose qui me rassure, c'est qu'il n'a pas rappelé. J'en conclus qu'il m'a déjà oubliée et que je n'entendrai plus jamais parler de lui.

Cilla ébouriffa en riant les cheveux courts de sa sœur et conclut d'un ton léger :

— Va vite te coucher maintenant et fais de beaux rêves, ma belle. Sinon tu ne seras jamais la meilleure avocate de tout le Colorado !

— Pas question que je me couche si tu restes debout.

Consciente qu'elle était bien trop énervée pour espérer fermer l'œil avant des heures, Cilla passa un bras autour des épaules de Deborah et se dirigea avec elle vers l'escalier.

— Marché conclu. C'est comme si je dormais déjà.

La nuit, lorsqu'il veillait dans le silence de la chambre, il allumait rarement le plafonnier. La timide lueur des cierges lui suffisait. Il aimait le tremblement des flammes et leur odeur d'église. De l'encens brûlait dans une coupelle, contribuant à créer une atmosphère mystique. La pièce n'était pas très grande, mais il n'avait pas besoin de beaucoup d'espace pour vivre. Tout ce qui avait encore de la valeur à ses yeux était là, autour de lui. Son passé — ou ce qui en tenait lieu — l'accompagnait sous forme de lettres et de photos. Il avait aussi sa collection d'animaux en porcelaine, quelques rubans aux couleurs passées, deux ou trois livres jamais ouverts. Et puis le grand couteau de chasse qu'il tenait sur ses genoux et dont, chaque soir, il astiquait la lame. Un 45 automatique entretenu avec un soin maniaque reposait sur la table basse, sur un napperon brodé.

Il tenait une photo dans un cadre de bois de rose. Soir après soir, il parlait au portrait et versait des larmes de chagrin en contemplant le visage du disparu. John, le seul être qu'il avait aimé était parti... Trop tôt, trop vite. Et il ne lui restait plus désormais de lui que ce cliché qu'il pressait contre sa poitrine.

John. Si confiant. Si innocent, dans son extrême jeunesse. John qu'une femme avait séduit, utilisé puis trahi.

La haine et l'amour se mêlaient en lui, tandis qu'il se balançait doucement d'avant en arrière. John serait vengé. La mort d'un innocent ne devait pas rester impunie. La femme payerait. De sa vie. Mais d'abord, elle allait souffrir comme il avait souffert.

Contrairement à ce qu'elle espérait, le « cinglé » n'avait pas oublié Cilla.

Dès le lendemain, elle reçut un nouvel appel. Suivi d'un autre le jour suivant, et ainsi de suite tous les soirs de la semaine. Loin de

19

s'habituer, Cilla paniquait un peu plus à chaque nouveau coup de fil. Au bout de trois jours, elle n'arrivait plus à plaisanter au sujet de son « monsieur X », que ce soit à l'antenne ou en privé. Elle reconnaissait sa voix tout de suite — une voix étouffée, haineuse, terrifiante. Mais même si elle coupait rapidement la communication, l'empêchant de déverser sur elle son torrent d'injures, l'écho de ses menaces la hantait jour et nuit.

Le plus terrible, c'était de savoir qu'il allait appeler, que sa voix se cachait quelque part, derrière l'un des voyants qui clignotaient sur son téléphone…

Quand le vendredi soir arriva, Cilla était à bout de forces. Une demi-heure avant la fin de l'émission, elle posa les coudes sur la table et enfouit son visage dans ses mains. Elle avait déjà du mal à dormir en temps ordinaire, mais depuis que ce fou furieux la harcelait, elle ne fermait pratiquement plus l'œil de la nuit. Peu à peu, la fatigue s'accumulait et elle avait de plus en plus de difficultés à se contrôler nerveusement.

De quel crime s'était-elle donc rendue coupable ?

La question la tourmentait, la hantait sans relâche. Quel acte terrible avait-elle bien pu commettre pour que cet homme lui voue une haine aussi implacable ? Bien sûr, elle n'avait pas un caractère facile. Elle pouvait se montrer tranchante, irritable et la gentillesse n'était pas sa principale qualité. Mais elle n'avait jamais fait de tort à personne. Pas consciemment, en tout cas. Alors pourquoi cet homme la menaçait-il ainsi ?

Cilla jura tout bas. Voilà qu'elle recommençait à se ronger les ongles… Elle tourna la tête en entendant un bruit léger dans son dos et perçut un mouvement dans le couloir. La bouche sèche, elle se leva lentement. Mais elle était prisonnière de son studio, enfermée dans sa cage sans issue. La voix haineuse de l'inconnu résonna à ses oreilles. Il avait appelé une heure plus tôt… Elle chercha à se remémorer ses dernières menaces. N'avait-il pas promis qu'il allait venir ? Elle retint son souffle et fixa la poignée de la porte, les yeux exorbités.

— Cilla ?

Les jambes flageolantes, elle s'effondra dans son fauteuil.

— C'est toi, Mark ? Tu aurais pu prévenir !

— Désolé. Je t'ai fait peur ?
— C'est le moins qu'on puisse dire !

Cilla réussit à se ressaisir et à sourire au directeur de la station. Mark avait trente-cinq ans, une beauté sauvage d'Indien et un look à damner une sainte : hâlé, les cheveux assez longs mais entretenus à la perfection, des tenues branchées chic.

— Je ne m'attendais certainement pas à te voir débarquer ici à une heure pareille, admit-elle en se passant une main sur le front. Tu viens de raccourcir mon espérance de vie de dix ans.

— Justement. C'est signe que tu ne peux pas continuer plus longtemps à te laisser harceler par ce détraqué.

— Mais nous avons déjà abordé le sujet à la réunion d'avant-hier, protesta Cilla. Je t'ai dit que…

— Oui, tu as tenu toutes sortes de raisonnements, en effet. Et j'ai eu le tort de t'écouter. Tu es une fille très persuasive, Cilla. Mais j'ai décidé que cette histoire avait assez duré.

— Ecoute, Mark… Je refuse de prendre des vacances. Je n'ai aucun endroit où aller de toute façon.

— Tout le monde a un endroit où aller. Je suis désolé, Cilla, je sais que c'est un concept que tu as du mal à avaler, mais ici, c'est moi qui commande.

— Et que vas-tu faire ? Me jeter à la porte ?

Cilla retint son souffle. Sous son indifférence apparente, elle se sentait en insécurité totale. Elle respira mieux lorsque Mark secoua la tête.

— Jamais de la vie, quelle idée ! Je suis bien trop content du nouveau dynamisme que tu as insufflé à la station.

Il s'avança pour lui poser une main sur l'épaule.

— Je me fais du souci à ton sujet, Cilla. Et je ne suis pas le seul.

Elle fut touchée à la fois par le geste et par les paroles. Et surprise, comme chaque fois que quelqu'un lui témoignait estime et amitié.

— A part proférer des menaces, on ne peut pas dire qu'il fasse grand-chose, murmura-t-elle, stupidement émue, en faisant pivoter sa chaise de manière à se placer face aux platines.

— Proférer ce genre de menaces est déjà un délit en soi. Et pas des moindres. Je vais donc prendre la mesure qui s'impose : demander l'aide de la police.

Cilla se leva d'un bond.

— Mais enfin, Mark ! Je t'ai déjà dit que…

— Oui, je sais, tu m'as fait part de tes positions et maintenant je t'impose les miennes. A quoi bon revenir là-dessus, puisque nous en avons déjà parlé, de toute façon ? J'apprécie ton boulot et j'estime que tu représentes un atout majeur pour la station. J'aimerais également pouvoir penser que toi et moi, nous sommes amis.

Cilla se rassit et allongea les jambes.

— Une seconde, O.K. ?

Se concentrant non sans mal, elle débita rapidement la pub maison pour KHIP et introduisit le morceau qu'elle avait programmé. Puis elle désigna l'horloge.

— Et voilà. Tu as trois minutes et quinze secondes pour me convaincre.

— C'est très simple, Cilla. Le harcèlement est contraire à la loi. On ne peut pas le laisser continuer indéfiniment à émettre ses menaces et ses imprécations.

— Si nous continuons à l'ignorer, il finira par se lasser de lui-même.

— C'est ce que tu dis depuis le début. Résultat : il appelle tous les soirs. Puisque ta méthode ne fonctionne pas, nous allons tester la mienne : soit tu acceptes que la police intervienne, soit tu te mets en congé.

Cilla comprit qu'elle perdrait son temps à essayer de le faire changer d'avis. Il avait l'air si déterminé qu'elle se surprit à sourire.

— Tu es aussi tyrannique avec ta femme ?

— Tout le temps, oui.

Mark se pencha pour lui poser un baiser amical sur le front.

— Et elle adore ça.

— Hum… Excusez-moi.

Cilla tressaillit au son de la voix et se rejeta en arrière avec une nervosité qui aurait aisément pu passer pour de la culpabilité. Un homme et une femme se tenaient à la porte du studio et les observaient avec un détachement tout professionnel. En voyant leurs badges, elle comprit que Mark avait déjà mis la police sur le coup.

La femme avait une allure étonnante pour une personne de sa profession. Vêtue avec élégance, elle avait une magnifique chevelure rousse cascadant sur ses épaules et portait d'élégantes boucles d'oreille en saphir, qui lui donnaient plus l'air d'une gravure de mode que d'un flic.

Son compagnon, en revanche, semblait totalement détaché de toute préoccupation de type vestimentaire. Ses cheveux blonds éclaircis par le soleil flirtaient avec le col de sa chemise délavée. Son jean dont l'ourlet s'effilochait avait connu des jours meilleurs et tombait bas sur les hanches. Alors que sa compagne se tenait très droite, dans une attitude quasi militaire, il s'était adossé nonchalamment contre la cloison. Ses bottes étaient éraflées, mais il portait un coûteux veston en tweed d'une coupe classique sur sa vieille chemise en toile bleue.

L'homme ne souriait pas. Cilla se surprit à l'observer avec attention et plus longuement que nécessaire. Il avait un visage viril avec un creux prononcé sous les pommettes et l'ombre d'une fossette au menton. Sa bouche était grande, plutôt ferme et attirante. Quant à ses yeux d'un vert limpide, ils étaient rivés sur elle. Et son regard était d'une telle intensité que Cilla finit par détourner le sien.

Ce fut la femme qui prit la parole. Une lueur d'amusement brilla dans ses yeux lorsqu'elle fit un pas dans le studio.

— J'espère que nous vous avons laissé suffisamment de temps pour préparer votre collaboratrice à notre arrivée, monsieur Harrison.

Les bras croisés sur la poitrine, Cilla se tourna vers Mark.

— Tu m'avais fait part de ton intention de t'adresser à la police. Je ne crois pas t'avoir entendu dire qu'ils étaient déjà là !

— Hum... Eh bien, maintenant tu es au courant.

La main de Mark se resserra sur son épaule comme s'il craignait quelque réaction agressive de sa part.

— Je vous présente Cilla O'Roarke, la fameuse DJ de « La Nuit pour vous ».

— Je suis l'inspecteur Grayson, déclara la femme. Althea Grayson. Et voici mon équipier, l'inspecteur Boyd Fletcher.

Mark sourit aux policiers et leur fit signe d'entrer.

— Merci d'avoir accepté d'attendre quelques instants.

La femme s'avança jusqu'aux platines et le dénommé Fletcher daigna déployer sa haute silhouette pour la rejoindre.

— L'attente fait partie de notre métier, répliqua Althea Grayson en s'adressant à Mark. Nous aurions besoin de nous entretenir quelques instants avec Mlle O'Roarke afin d'obtenir le maximum d'informations utiles.

— Comme vous le savez, Mlle O'Roarke a reçu une série de coups de fil que je juge particulièrement inquiétants.

Combien de temps allaient-ils continuer à parler d'elle ainsi à la troisième personne, comme si elle ne se trouvait pas dans la pièce ? Irritée, Cilla intervint sèchement :

— J'ai souvent affaire à des illuminés dans mon métier. Mark n'aurait pas dû vous ennuyer avec cette histoire.

— Nous sommes payés pour être ennuyés avec les histoires des autres, intervint Fletcher. C'est ici que vous travaillez ?

La touche d'insolence dans sa voix acheva de remonter Cilla contre lui.

— Mmm... Brillante déduction. Vous avez deviné cela tout seul, inspecteur ?

— Cilla...

Mark lui jeta un regard d'avertissement puis l'ignora pour reporter son attention vers les deux inspecteurs.

— Les appels ont commencé mardi soir dernier. Au début, nous avons cru à un incident isolé. Mais ils ont continué jusqu'à ce soir compris. Le dernier remonte à 0 h 35, aujourd'hui.

— Vous avez les cassettes ? demanda Althea Grayson en tirant un calepin de son sac.

Mark hocha la tête.

— Au troisième appel, j'ai commencé à procéder à des enregistrements, précisa-t-il en réponse au regard surpris de Cilla. Simple mesure de précaution. Je les ai gardés dans mon bureau.

— Accompagne-le, Thea, proposa Boyd Fletcher. Pendant ce temps, je recueillerai le témoignage de Mlle O'Roarke.

— Je compte sur toi pour coopérer, d'accord ? lança Mark à Cilla avant de quitter le studio à la suite de l'inspecteur Grayson.

Dans le silence qui suivit leur départ, Cilla tira l'avant-dernière cigarette de son paquet et l'alluma avec des gestes nerveux et saccadés. Non sans nostalgie, Boyd prit une profonde inspiration. Il avait arrêté de fumer depuis seulement six mois, trois jours et douze heures.

— C'est la mort lente, ce truc-là, commenta-t-il en désignant la cigarette du menton.

Cilla l'observa froidement à travers l'écran de fumée.

— Vous vouliez que je vous parle des menaces dont je suis l'objet, je crois ?

— En effet.

Curieux, il s'approcha pour effleurer une commande.

La réaction de Cilla fut immédiate. Il se fit taper sur les doigts au sens propre comme au figuré.

— Pas touche, inspecteur.

Boyd sourit. Il avait la très nette impression que l'interdit valait pour sa personne autant que pour son équipement. Elle envoya plusieurs titres à la suite, prit le micro pour annoncer sa sélection, puis se tourna vers lui.

— Bon, allez-y, mais faites vite, d'accord ? Je n'aime pas être dérangée quand je travaille. Ça me déconcentre.

— J'avoue que vous me surprenez.

— Je vous demande pardon ?

Boyd était fasciné.

— Il m'est arrivé d'entendre votre émission ici et là, expliqua-t-il avec un léger sourire.

En vérité, il avait perdu d'innombrables heures de sommeil à l'écouter. Se laisser envelopper par la voix de velours de Cilla O'Roarke, c'était de la volupté à l'état pur. Un plaisir auquel il succombait régulièrement, pour ne pas dire tous les soirs !

— Vous savez ce que c'est : je m'étais fait une image de vous d'après la voix. Je vous voyais très grande, ce qui est effectivement votre cas. Mais avec un rideau de cheveux blonds et lisses tombant jusque sur les reins, des yeux bleus, une personnalité… envoûtante.

Boyd sourit, amusé par la lueur de contrariété dans ses yeux. De grands yeux *bruns*, mais infiniment plus expressifs que ceux qu'il s'était imaginés.

— Je suis désolée de vous décevoir.

— Je n'ai pas dit que j'étais déçu.

Cilla tira une bouffée de sa cigarette et lui souffla froidement la fumée à la figure. Décourager les assiduités masculines avait toujours été un de ses sports préférés.

— Alors, Sherlock Holmes ? Vous m'interrogez, oui ou non ?

— Je suis là pour ça, répondit-il en sortant un bloc-notes et un bout de crayon de sa poche. Allez-y, je vous écoute.

En quelques phrases sèches, Cilla lui énuméra les appels en précisant l'heure exacte à laquelle ils avaient été passés, le ton qu'avait employé son interlocuteur et les termes qu'il avait choisis. Tout en parlant, elle continuait à animer son émission avec un calme et un professionnalisme qui firent une forte impression sur Boyd. Il était ravi, d'autre part, que la belle Cilla O'Roarke soit douée d'une aussi bonne mémoire. C'était une qualité rare qu'il avait appris à apprécier depuis qu'il exerçait son métier.

— Cela fait combien de temps que vous vivez à Denver ? Six mois ?

— Plus ou moins, oui.

— Vous vous êtes fait des ennemis ici ?

— Un vendeur à domicile qui voulait me fourguer une encyclopédie. Je lui ai heurté le pied en lui claquant la porte au nez.

Boyd lui jeta un regard en coin. Elle prenait la situation avec humour, comme s'il fallait plus que quelques coups de fil anonymes pour entamer sa sérénité. Mais elle avait écrasé sa cigarette après avoir tiré quatre ou cinq bouffées à peine. Et elle se mordillait l'ongle du pouce tout en maniant ses platines.

— Vous avez largué quelqu'un, récemment ?

— Non.

— Y a-t-il un homme dans votre vie ?

Elle lui jeta un regard exaspéré.

— Vous êtes flic, non ? Vous n'avez qu'à découvrir cela par vous-même.

— Je le ferais si la curiosité que vous m'inspirez était de nature personnelle.

Il s'interrompit pour la regarder droit dans les yeux.

— Pour le moment, je me contente de faire mon métier. La jalousie et le rejet peuvent amener des gens, normaux en apparence, à adopter des comportements extrêmes. Or d'après ce que vous venez de me déclarer, les propos de votre correspondant anonyme se référeraient principalement à vos habitudes sexuelles.

Même si Cilla avait pour principe de ne jamais mâcher ses mots, elle ne jugea pas utile de lui répondre que sa seule habitude sexuelle du moment était l'abstinence.

— Je dors seule, se contenta-t-elle de répliquer.

Il griffonna quelques notes, releva la tête et commenta avec l'ombre d'un sourire :

— Vous m'en voyez ravi.

— Ecoutez, inspecteur. Je ne…

— Du calme, O'Roarke, rétorqua-t-il d'un ton aimable. Je suis en service en ce moment, comme vous pouvez le constater. Et il me faudra une liste des hommes qui ont tenu une place dans votre vie. Au cours des six derniers mois, pour commencer. Vous pouvez d'ores et déjà mettre une croix sur le vendeur d'encyclopédies.

Cilla se leva d'un mouvement brusque. Boyd nota qu'elle avait les poings crispés.

— Il n'y a eu personne, en l'occurrence. Parce que je n'en avais pas le désir.

— Le désir n'est pas toujours chose réciproque. Il fonctionne parfois à sens unique.

Boyd songea que c'était justement le cas pour lui en ce moment. S'il avait été sous le charme de sa voix, il était encore plus sensible à sa vulnérabilité, à sa nervosité, aux failles qu'il découvrait sous la cuirasse.

Cilla se sentit soudain submergée par une immense fatigue. A bout de force, elle se passa une main dans les cheveux.

— Vous ne voyez pas que nous perdons notre temps l'un et l'autre ? Ce type fait simplement une fixation sur moi parce qu'il m'a entendue à la radio. Je suis persuadée qu'il ne m'a même jamais vue. Vous le disiez vous-même tout à l'heure, on a tendance à se faire de fausses idées en entendant ma voix. Ça arrive tout le temps, dans ce boulot. Je n'ai fait de mal à personne.

— Je n'ai jamais prétendu que c'était le cas.

Il n'y avait plus la moindre nuance d'ironie dans la voix de

Boyd Fletcher. Mais beaucoup de gentillesse, au contraire. Cilla se détourna très vite, serrant les poings pour contenir les larmes qui étaient montées d'un coup, sans prévenir. « C'est le surmenage », se dit-elle. Elle était épuisée par le stress, les nuits blanches, l'angoisse.

Boyd regarda son dos et songea que Cilla O'Roarke n'avait rien d'une petite nature. C'était une personnalité étonnante — déchirée, tourmentée, mais combative. Et pas seulement un concentré de sexualité à l'état pur, comme sa voix le laissait présager. La façon dont Cilla dominait ses émotions était infiniment plus touchante que les longs soupirs brisés et les manifestations larmoyantes. Il se serait volontiers approché pour lui murmurer quelques paroles de réconfort et passer doucement la main dans ses cheveux. Mais elle l'aurait assurément mordu jusqu'au sang.

— Je vais vous demander de réfléchir aux événements de ces six derniers mois, reprit-il d'un ton neutre. Si un détail vous revient, même s'il vous paraît anodin, n'hésitez pas à le mentionner. Nous ne pouvons pas convoquer tous les individus masculins résidant à Denver ou dans la région pour les interroger au poste un à un.

— Je connais les méthodes de la police.

La soudaine amertume dans sa voix surprit Boyd. Mais ce n'était pas le moment de la questionner sur ses rapports avec les forces de l'ordre.

— Vous reconnaîtriez la voix si vous l'entendiez de nouveau ?

— Sans difficulté.

— Vous paraît-elle familière ?

— Non.

— Vous croyez qu'elle est déguisée ?

Cilla finit par se tourner vers lui. Elle avait l'air nerveuse, épuisée, mais elle avait remporté la bataille : ses yeux étaient secs et aucune trace d'émotion ne se lisait plus sur son visage.

— C'est une voix qui reste étouffée, en tout cas. Et il se contente de chuchoter. Un chuchotement un peu sifflant.

— Vous verriez un inconvénient à ce que j'assiste à votre émission demain ?

— Pas un, non. Des *tonnes* d'inconvénients.

Il hocha la tête.

— J'irai voir votre directeur.

Avec un soupir d'exaspération, elle tendit la main vers sa dernière cigarette. Boyd l'arrêta d'un geste et serra ses doigts entre les siens. Trop surprise pour réagir sur-le-champ, Cilla contempla leurs deux mains jointes. Son cœur, étrangement, battait deux fois plus vite que d'habitude.

— Laissez-nous faire notre boulot, Cilla. Ce serait tellement plus simple pour vous comme pour moi.

— Je suis assez grande pour gérer ma vie. Et je n'ai besoin de personne, rétorqua-t-elle en retirant sa main pour la fourrer dans sa poche.

— C'est un leurre de penser que l'on peut *tout* faire seul, Cilla, murmura Boyd.

Il glissa une mèche de ses cheveux derrière son oreille.

— Rentrez chez vous, maintenant, et accordez-vous quelques heures de sommeil. Vous avez l'air épuisée.

Elle recula d'un pas et reprit d'un ton grinçant :

— Arrêtez de jouer les papas poules, Holmes. Ce n'est pas votre style.

Malgré l'air renfrogné de Cilla, Boyd attendit qu'elle ait cédé la place à Jim Jackson qui animait l'émission suivante, avant de quitter les lieux à sa suite et de l'escorter jusqu'à sa voiture. Puis il lui recommanda de bien fermer de l'intérieur et resta planté là jusqu'à ce qu'elle ait démarré. Cilla ne put s'empêcher de l'observer dans son rétroviseur.

— Il ne me manquait plus que lui, maugréa-t-elle en donnant un coup d'accélérateur brutal. Un flic avec des allures de héros au grand cœur qui décide de prendre ma vie en main. On aura vraiment tout vu…

Quelques minutes plus tard, Althea rejoignit Boyd sur le parking. Elle avait récupéré les cassettes et pris la déposition de Mark Harrison.

— Alors, Fletcher ? demanda-t-elle en posant une main amicale sur son épaule. Tes impressions ?

— Mmm… Ce n'est pas une tendre. Elle est ombrageuse, rétive, désagréable au possible et effroyablement susceptible.

Pensif, Boyd glissa les mains dans ses poches et ajouta avec l'ombre d'un sourire :

— Et elle me fait complètement craquer.

2.

Boyd regarda comment Cilla procédait. Elle était compétente, vraiment très compétente... Ses automatismes témoignaient d'une longue expérience de l'animation radiophonique. Sans la moindre hésitation, elle jonglait entre ses propres annonces, la musique et les bandes préenregistrées. Elle avait son émission bien en main, plaisantait avec ses auditeurs comme à l'accoutumée, donnait l'impression d'être calme et enjouée. Une sérénité que démentaient ses ongles rongés jusqu'au sang et ses mouvements saccadés.

Car, contrairement aux apparences, Cilla O'Roarke était un paquet de nerfs et un concentré d'agressivité. Elle arrivait à peu près à contrôler sa nervosité, mais on ne pouvait pas en dire autant de l'hostilité instinctive qu'elle ressentait envers quiconque empiétait sur son petit territoire. Cela faisait bientôt deux heures que Boyd partageait son studio et elle ne lui avait pas encore adressé une seule fois la parole. Un véritable exploit, cela dit, car la pièce était minuscule et ils étaient littéralement collés à sur l'autre.

Malgré l'inconfort de la situation, Boyd s'en accommodait assez bien. Depuis dix ans qu'il faisait ce boulot, il savait que les mots « flic » et « indésirable » étaient quasiment synonymes pour la plupart des gens. Comme il avait un esprit de contradiction très développé, il éprouvait même un certain plaisir à affronter les situations hostiles, et il y avait longtemps que les réactions agressives et les attaques verbales avaient cessé de l'affecter. Depuis qu'il avait vu de très près le canon d'un 45 automatique braqué sur lui, Boyd était devenu relativement philosophe. A tel point qu'il avait tendance maintenant à analyser les gens et les situations en les réduisant à leur plus simple expression. Il se contentait de distinguer ce qui était juste de ce qui ne l'était pas et, pour parler en termes clairs, tout se résumait pour lui désormais à la bonne vieille lutte entre le bien et le mal.

Boyd n'était pas naïf : il savait que le crime, souvent, payait, et même qu'il payait bien. Mais il était patient. Qu'il faille six heures ou six mois pour faire tomber un malfaiteur, le résultat final était le même : les « bons » arrivaient toujours à marquer des points même si le combat n'en finissait jamais.

Il allongea les jambes et continua à tourner les pages de son livre tout en se laissant porter par les tonalités caractéristiques de la voix de Cilla. Lorsqu'il fermait les yeux, il avait l'impression d'être dans le Sud, en train de se balancer dans un rocking-chair en rotin, sous une véranda de bois. La chaleur d'une nuit d'été l'enveloppait d'une douce torpeur, tandis qu'il entendait, en contrebas, le bruit rafraîchissant d'une rivière aux méandres paresseux. Lorsqu'il les rouvrait, encore tout imprégné par une sensation de voluptueux bien-être, l'énergie nerveuse et la tension qui émanaient de la jeune femme lui faisaient l'effet d'une douche froide.

Le contraste entre sa voix et son attitude en général n'en était que plus frappant et, sans se poser plus de questions, Boyd se contentait de savourer la première tout en subissant, imperturbable, la seconde.

Ce type la rendait folle. Même ses silences l'exaspéraient, même sa passivité... Elle ne supportait tout simplement pas sa présence. Enchaînant sur une série de publicités, Cilla vérifia sa liste de titres et continua stoïquement à feindre d'ignorer la présence de Boyd près d'elle. En fait, elle n'arrivait pas à l'oublier, ne serait-ce qu'une seconde. Elle n'avait jamais supporté que quiconque vienne l'envahir dans *son* studio. Et le fait qu'il se tienne tranquille ne changeait rien au problème. Au début, cet imbécile avait même essayé d'engager la conversation. Mais, heureusement, elle lui avait vite fait comprendre qu'elle préférait le silence et il n'avait pas insisté. Elle jeta un coup d'œil vers lui et vit qu'il avait sorti un livre de la poche de son veston. Il lisait, comme si de rien n'était. Apparemment, il était du genre patient. Etonnée, elle constata que le roman dans lequel il s'était plongé n'était ni une série noire, ni un livre de science-fiction ou d'aventures. Non, contre toute attente, « monsieur l'inspecteur » était plongé dans *A l'est d'Eden* de John Steinbeck.

Mais Boyd Fletcher avait beau respecter sa tranquillité et s'intéresser à la bonne littérature, il n'en prenait pas moins beaucoup trop de place à son goût.

Peut-être était-ce tout simplement parce que sa présence lui ôtait jusqu'à l'*illusion* de la normalité. Jusque-là, protégée par l'intimité de son studio, elle avait encore réussi à se raconter des histoires : que les appels allaient bientôt cesser, qu'ils étaient inoffensifs et sans importance, que sa vie était sur le point de reprendre son cours ordinaire… Mais maintenant que cette espèce de grand cow-boy était venu s'installer dans un coin de son minuscule espace, elle ne pouvait plus échapper à la réalité. C'était tout juste si elle ne devait pas lui grimper sur les genoux pour attraper les albums rangés sur les étagères du fond ! Comment contrôler ses nerfs dans des conditions pareilles ?

Elle lui en voulait de cette intrusion dans son univers si secret. Et elle lui en voulait surtout d'appartenir à la police.

Mais elle ne devait pas pour autant se laisser distraire par des considérations personnelles. Elle se rappela mentalement à l'ordre et se pencha vers le micro :

— Les amis, vous venez d'entendre les INXS qui vous ont menés en douceur jusqu'à minuit. Les douze coups fatidiques ont sonné et c'est une nouvelle journée qui commence à Denver. Nous sommes le 28 mars mais n'en profitez pas pour vous assoupir. La température extérieure avoisine les zéro degrés centigrades, une bonne raison pour rester avec nous sur Radio KHIP et nous tenir chaud les uns les autres. Vous écoutez KHIP, la radio qui vous offre le plus de hits à l'heure. Tout de suite après les informations, on attaque « La Nuit pour vous », alors faites exploser le standard et soyez rock and roll !

Boyd attendit la fin de la cassette préenregistrée pour marquer sa page et prendre place sur la chaise à côté de celle de Cilla. Aussitôt, une tension palpable envahit l'atmosphère.

— S'il appelle, ne coupez pas, O.K. ? Laissez-le parler jusqu'au bout.

— C'est ça. Vous croyez peut-être que c'est le genre de discours que mes auditeurs ont envie d'entendre, inspecteur ?

33

— Vous pouvez le garder en ligne sans qu'il passe nécessairement sur les ondes, non ?

— Bien sûr, mais je n'ai pas envie de…

— Il suffit de balancer un morceau de musique ou une pub. Avec un peu de chance, nous pourrons repérer d'où vient l'appel.

Les mains de Cilla se crispèrent sur ses genoux tandis qu'elle regardait fixement les voyants qui, déjà, s'allumaient un à un sur le standard. Il avait raison, bien sûr. Mais elle avait du mal à le reconnaître.

— Vous ne croyez pas que vous en faites un peu trop, Holmes ? Toute cette dépense d'énergie pour un pauvre type à qui il manque simplement une case ?

Boyd haussa les épaules.

— Qu'il lui en manque une ou qu'il lui en manque dix, je gagne la même chose, de toute façon.

— Très drôle !

Elle baissa les yeux, vit l'heure à la pendule et s'éclaircit la voix.

— Salut à vous, mes oiseaux de la nuit. C'est Cilla O'Roarke sur KHIP. Vous écoutez la radio la plus chaude de toutes les Rocheuses. Et c'est à vous maintenant de faire monter encore un peu plus la température. Je vais mettre tous les disques que vous voulez entendre. Le standard est prêt, alors appelez-moi au 55-55-447.

Ses doigts tremblaient légèrement lorsqu'elle prit le premier appel.

— Ici Cilla O'Roarke. Vous êtes à l'antenne.

— Salut, Cilla. C'est Bob d'Englewood.

L'espace d'une seconde, elle ferma les yeux et frissonna de soulagement. Bob était un habitué.

— Tiens, Bob ! Ça faisait longtemps ! Alors, comment va la vie ?

— Ah, aujourd'hui, ça baigne. Ce soir, ma petite femme et moi, nous célébrons notre quinzième anniversaire de mariage.

— Et dire qu'il y a des pessimistes qui disent que ça ne peut pas durer ! Toutes mes félicitations, Bob. Qu'est-ce que vous voulez entendre ce soir pour fêter ça ?

— J'ai pensé à *Cherish*. Pour Nancy de la part de Bob.

— Joli choix. Et tous mes vœux pour les quinze prochaines années, Bob.

Son stylo à la main, elle prit un deuxième appel, puis un troisième.

Boyd nota qu'elle se raidissait chaque fois qu'elle se préparait à entendre une nouvelle voix. Elle bavardait, riait, plaisantait. Mais devenait de plus en plus pâle. A la première pause, elle tira une cigarette de son paquet, saisit en tremblant une allumette et la cassa contre le grattoir. Boyd la regarda en casser une seconde puis, sans un mot, il sortit son briquet et lui donna du feu.

— Vous vous en sortez très bien. Mes compliments.

Elle tira une rapide bouffée pendant que Boyd attendait patiemment une réponse.

— Vous êtes obligé de me regarder ? demanda-t-elle enfin.
— Non.

Il sourit. D'un sourire franc et spontané qui réconforta un peu Cilla.

— Un homme a bien droit à quelques avantages en nature, non ?
— Si c'est tout ce que vous obtenez comme avantages, Fletcher, je vous conseille de changer de métier.
— J'aime mon boulot, répliqua-t-il calmement en calant sa cheville gauche sur son genou.

Finalement, le temps passait plus vite lorsqu'elle parlait avec Fletcher que lorsqu'elle restait immobile à trembler devant son standard.

— Ça fait longtemps que vous êtes flic ?
— Pas loin de dix ans.

Cilla tourna la tête dans sa direction et tenta de se détendre en étudiant les traits de son visage. Il avait un regard calme. Calme et grave. De toute évidence, ces yeux-là avaient vu beaucoup de choses. Et on pouvait y déceler une bonne dose de réalisme sans la moindre trace de résignation. Il se dégageait de cet homme une impression de force tranquille qui devait attirer les femmes. Enfin... *certaines* femmes. De celles susceptibles d'attendre de lui aide et protection. Car sans être de ceux qui provoquent les bagarres, il ne semblait pas non plus du genre à se dérober.

Irritée par le tour que prenaient ses réflexions, Cilla s'appliqua de nouveau à regarder ailleurs. Elle n'avait pas besoin d'être aidée et protégée par un homme, quel qu'il soit. Ses combats, elle les avait toujours menés elle-même. Et ce n'était certainement pas aujourd'hui qu'elle allait commencer à se dégager de ses responsabilités.

— C'est un boulot de merde, commenta-t-elle. Etre flic, je veux dire.

Boyd changea de position et son genou effleura sa cuisse.

— Souvent, oui, acquiesça-t-il sereinement.

Obéissant à des réflexes solidement ancrés, Cilla déplaça aussitôt sa chaise de manière à reprendre ses distances.

— J'ai du mal à comprendre que quelqu'un puisse s'accrocher à un boulot pourri dix ans de suite.

Sa réflexion le fit sourire.

— La routine, sans doute...

Elle haussa les épaules et se tourna vers le micro.

— Voilà. C'était pour Bill et Maxine. Vous pouvez continuer à appeler au 55-55-447.

Elle prit une rapide inspiration et enfonça une touche.

— Radio KHIP. Bienvenue sur les ondes.

Tout se passait plutôt bien, ce soir. Elle commença à se détendre un peu. A force d'enchaîner les appels, elle prenait petit à petit le rythme de l'émission, retrouvait le plaisir de la musique. Même les petites lumières qui clignotaient sur le standard ne paraissaient plus tout à fait aussi menaçantes. Il ne restait plus qu'un quart d'heure avant la fin de « La Nuit pour vous » et son monsieur X n'avait toujours pas donné signe de vie.

S'il n'appelait pas maintenant, il n'appellerait plus jamais. « Plus qu'une nuit », songea Cilla. Si elle passait le cap des 2 heures sans l'entendre, elle serait délivrée de son cauchemar. Les yeux rivés sur la pendule, elle comptait les secondes. Encore huit minutes et elle laisserait Jackson prendre la relève sur les ondes. Elle rentrerait chez elle pour savourer un bon bain brûlant et dormirait comme un bébé pendant le reste de la nuit.

— Radio KHIP, bonjour. Bienvenue à « La Nuit pour vous ».

— Cilla...

Elle reconnut instantanément le son de la voix et tendit instinctivement la main pour couper la communication. Mais Boyd la rattrapa par le poignet et secoua la tête. Pendant une fraction de seconde, elle resta sans réagir, paralysée par la peur, tandis qu'il maintenait sa main posée sur la sienne. Son regard la fixait, calme, rassurant.

Elle se mordit la lèvre jusqu'au sang et envoya une nouvelle série de pubs sur les ondes. Puis, dans un sursaut de fierté, elle soutint le regard de Boyd et affronta la voix inconnue :

— Oui, c'est Cilla. Que voulez-vous ?
— La justice. Tout ce que je veux, c'est la justice.
— La justice pour quoi ?
— C'est justement la réponse que tu devras trouver toi-même, chuchota la voix pleine de haine. Je veux que tu réfléchisses et que tu te tortures, que tu te déchires jusqu'à ce que je vienne te délivrer définitivement de tes tourments.

Elle ferma les yeux.

— Pourquoi ? Qui êtes-vous ? demanda-t-elle dans un souffle.

Sa main tressaillit sous celle de Boyd et elle sentit qu'il mêlait ses doigts aux siens.

— Qui je suis ?

L'inconnu émit un petit rire qui lui donna la chair de poule, on aurait dit le bruit d'un grouillement d'insectes.

— Je suis ton ombre muette, je suis ta conscience. Je suis ton exécuteur. Car tu dois mourir. Mais seulement lorsque tu auras compris. Une fois que tu auras la réponse, je viendrai te donner la mort que tu mérites. Elle ne sera ni facile ni rapide. Tu vas souffrir du mal que tu as commis.

— Mais *quel* mal ? s'écria-t-elle, à bout de nerfs. Vous déciderez-vous enfin à m'expliquer ce que j'ai fait ?

Son correspondant raccrocha en crachant un chapelet d'obscénités qui la laissèrent sans souffle, le cœur au bord des lèvres. Sans lâcher sa main, Boyd composa un numéro.

— Ici Fletcher, oui… Vous avez pu trouver d'où venait l'appel ?… Non ?… Oui, c'est ça, la prochaine fois, peut-être…

Il coupa la communication et resta quelques instants silencieux, les sourcils froncés.

— Ils n'ont pas pu le repérer, murmura-t-il enfin. Ce type est prudent. Il s'est arrangé pour ne pas rester en ligne trop longtemps.

Il s'interrompit soudain, comme s'il venait de remarquer à quel point elle était pâle, et lui effleura la joue.

— Ça va ?

Les oreilles bourdonnantes, Cilla entendit à peine le son de sa voix. Mais elle hocha résolument la tête. Avec des gestes mécaniques, elle se tourna vers le micro et attendit la fin du jingle qui clôturait l'annonce publicitaire.

— Il est 1 h 57 et l'émission touche à sa fin, lança-t-elle d'une voix ferme. Laissez-vous entraîner par Tina Turner qui va clore ce programme en beauté. A 2 heures, mon ami Jackson sera là, comme chaque nuit, pour vous tenir la main, bandes d'insomniaques que vous êtes. C'était Cilla O'Roarke sur KHIP... Et souviens-toi, chéri, quand tu rêves de moi, la nuit est plus douce...

Avec une étrange sensation de vide dans la tête, elle s'écarta de la console. Il ne lui restait rien de très compliqué à faire : se lever, monter dans sa voiture, conduire jusqu'à la maison... Rien qu'une série de gestes élémentaires qu'elle accomplissait tous les jours sans y penser. Mais elle restait là, pourtant, prostrée sur sa chaise, comme écrasée par l'ampleur de la tâche. Elle n'était même pas sûre que ses jambes pourraient la porter jusqu'à la porte.

Jackson apparut à l'entrée du studio et sembla hésiter un instant. Il portait une casquette de base-ball pour cacher ses nouveaux implants capillaires encore mal cicatrisés. Son regard se porta un instant sur Boyd avant de s'arrêter sur elle.

— Ça va, t'es O.K., Cilla ? J'ai l'impression que la nuit n'a pas été facile.

Elle prit une légère inspiration, secoua la tête et haussa les épaules d'un air blasé.

— J'en ai connu de meilleures, en effet, dit-elle.

Elle se leva péniblement et ajouta :

— Voilà, je te les laisse. Ils sont chauffés à blanc pour la nuit.

— Fais attention à toi, fillette.

— Pas de souci, Jackson. Ça roule.

Le bourdonnement dans ses oreilles s'accentua lorsqu'elle sortit prendre sa parka accrochée dans le couloir. La station de radio était plongée dans l'obscurité. Seule une pâle clarté s'élevait du hall d'entrée où un éclairage de sécurité restait allumé toute la nuit. Désorientée, Cilla cligna des paupières. Ce fut à peine si elle nota que Boyd lui prenait le bras pour la guider hors du bâtiment.

Dehors, l'air glacé de la nuit de mars lui fit du bien. Elle s'emplit les poumons avec avidité et expira bruyamment à petits coups brefs en formant des plumeaux de buée blanchâtre dans la nuit.

Elle allait se diriger vers l'endroit où sa voiture était garée quand elle sentit que Fletcher l'entraînait à l'extrémité opposée du parking.

— Ma voiture est de ce côté, protesta-t-elle.

— Vous n'êtes pas en état de conduire.

— Je vais parfaitement bien.

— Génial. Alors je vous emmène danser.

— Ecoutez...

— Non, c'est vous qui allez écouter pour une fois!

Boyd était en colère. Pire que cela! Il était hors de lui. Il ne supportait pas de voir cette fille ainsi, tremblante, le visage d'une pâleur de cendre malgré la morsure du vent. Oh! bien sûr, il connaissait les cassettes. Il les avait écoutées attentivement. Mais ça n'avait rien à voir avec ce qui s'était passé ce soir. La scène à laquelle il venait d'assister l'avait sérieusement ébranlé. Impuissant, il avait vu Cilla se décomposer sous ses yeux, sans être même fichu de lui offrir une aide quelconque.

— Vous êtes passablement secouée, O'Roarke, et je refuse de vous laisser prendre le volant dans cet état. Bon sang! Vous vous êtes regardée, au moins? Vous avez l'air d'un fantôme.

Il la tira d'autorité jusqu'à son véhicule et ouvrit la portière.

— Montez. Je vous reconduis chez vous.

Elle repoussa la masse de boucles brunes qui lui tombaient sur les yeux.

— Servir et protéger, telle est votre devise, n'est-ce pas, monsieur l'inspecteur?

— Vous avez tout compris. Et maintenant, dépêchez-vous de grimper là-dedans ou je vous arrête pour vagabondage. Une nuit au poste, ça vous tente?

— Allez vous faire voir, Fletcher.

Ses jambes étaient si faibles cependant qu'elle lui obéit faute d'une meilleure solution. Elle n'avait qu'une envie : dormir une semaine entière et oublier ce cauchemar. Les larmes étaient si proches, soudain, qu'elle passa ses nerfs sur Boyd dès l'instant où il s'assit au volant.

— Vous savez ce qui me fait encore plus horreur qu'un flic ?
Il mit le contact.
— Pas encore, mais je suis convaincu que vous allez me le dire.
— Un homme qui se permet de donner des ordres à une femme sous le seul prétexte qu'il appartient au sexe que l'on qualifiait jadis de fort. Pour moi, cela ne relève pas seulement d'un esprit rétrograde, mais surtout d'un manque certain d'intelligence. Autrement dit, inspecteur, cela fait déjà deux points contre vous.

Pour toute réponse, il se pencha sur elle, si près qu'elle se plaqua d'instinct contre son dossier. Avec satisfaction, Boyd vit ses yeux s'écarquiller de surprise, ses lèvres s'entrouvrir sur une protestation muette. Il résista à la tentation d'écraser cette belle bouche insolente sous la sienne. Il savait d'ores et déjà quelles promesses étaient contenues dans la voix sensuelle de Cilla O'Roarke et se doutait bien qu'un baiser d'elle ne pouvait être qu'excitant, sensuel et... dangereux.

Il fit un effort sur lui-même et se contenta de dérouler la ceinture de sécurité pour l'attacher tandis qu'elle l'observait, incapable de réagir.

Violemment troublée, Cilla ne recommença à respirer librement que lorsque Boyd eut de nouveau les deux mains sur le volant. Elle ne comprenait pas ce qui lui arrivait. Bien sûr, la nuit avait été éprouvante. C'est ce qui expliquait sans doute qu'elle soit restée ainsi, passive et muette pendant que Fletcher s'amusait à l'intimider.

Ses mains, pour des raisons obscures, se remirent à trembler. Cilla essaya de retrouver un semblant de lucidité. Une chose était certaine : elle détestait se sentir ainsi en position de faiblesse.

— Je n'apprécie pas beaucoup vos manières, inspecteur.
— Rien ne vous y oblige. Contentez-vous de faire ce que je vous dis et nous parviendrons bien à nous entendre.
— Je n'ai pas l'habitude de faire ce que l'on me dit, rétorqua-t-elle vertement. Et je ne vois vraiment pas ce qui m'oblige à supporter la compagnie d'un flic de seconde zone qui ressemble à un clone de John Wayne. C'est Mark qui vous a appelé à la rescousse. Pas moi. Je n'ai besoin de personne.

Boyd ralentit pour laisser passer les voitures à un carrefour. Il paraissait plus calme et plus indifférent que jamais. Mais un muscle tressautait à l'angle de sa mâchoire.

— O.K., message reçu. Vous n'avez besoin de personne. Parfait.

— Si vous croyez que je vais m'effondrer parce qu'un taré s'amuse à me menacer au téléphone, vous vous trompez, poursuivit-elle, de plus en plus remontée.

— Je ne crois pas un instant que vous allez vous effondrer, O'Roarke.

— Tant mieux! Car vous savez, je peux m'en débarrasser toute seule, de ce type. Quant à vous, c'est peut-être le genre de truc qui vous excite, d'entendre un pervers déblatérer des obscénités, mais je vais vous dire une bonne chose, Fletcher...

Elle se tut soudain et se passa une main sur les paupières.

— Désolée.

— De?

— De passer mes nerfs sur vous. Vous n'y êtes pour rien, après tout.

Elle regarda fixement la route devant elle.

— Vous pouvez vous arrêter un instant?

Sans un mot, il gara sa voiture le long du trottoir.

— Je voudrais prendre le temps de me calmer avant de rentrer chez moi, expliqua-t-elle, les yeux clos, en se laissant aller contre l'appuie-tête. Ma sœur va se faire du souci si elle me voit arriver dans cet état.

Boyd lui jeta un regard en coin. Elle avait un caractère exécrable, mais il avait du mal à lui en vouloir, surtout lorsqu'elle quittait ainsi son masque de harpie et laissait apparaître la fragilité qui était en elle. Pourtant, il ne croyait pas se tromper en pensant qu'un excès de compassion risquait de déclencher chez Cilla une nouvelle attaque en règle. D'un ton indifférent, il demanda :

— Un café vous ferait plaisir?

— Merci, non. Je crois que j'en ai déjà bu des litres, ajouta-t-elle avec un pâle sourire. Je suis désolée, Fletcher. Vous faites votre boulot, c'est tout.

— En effet. Je fais mon boulot. Pour le meilleur et pour le pire.

Cilla fouilla dans ses poches à la recherche de son paquet de cigarettes.

— J'ai peur, admit-elle, notant avec exaspération que sa voix tremblait.

— C'est normal d'avoir peur, Cilla.

Elle haussa les épaules.

— Je ne sais pas comment dire... J'avais déjà eu peur avant, mais là, ça m'a littéralement coupé les jambes. Cet homme a réellement l'intention de me tuer. Jusqu'à présent, je n'y croyais pas trop, mais ce soir, j'ai senti sa détermination et... et ça m'a glacée.

Elle ferma les yeux et frissonna.

— Au sens propre du terme, d'ailleurs. Vous n'avez pas de chauffage dans votre poubelle, Fletcher ?

Boyd mit la soufflerie à fond.

— En fait, ce n'est pas une mauvaise chose que vous ayez peur.

— Pourquoi ?

— Parce que vous accepterez de coopérer.

Elle ne put s'empêcher de sourire.

— Jamais de la vie. Là, je ne suis pas dans mon état normal et vous bénéficiez d'un répit. Mais je recommencerai à être infernale dès que je serai de nouveau moi-même.

— Dans ce cas, je vais essayer de ne pas trop m'accoutumer.

Boyd poussa un soupir de regrets. Dire que ce serait si simple et si agréable... Pourquoi ne pouvait-elle pas être toujours cette femme dont le regard s'adoucissait lorsqu'elle souriait ; une femme sans épines et sans cuirasse qui oubliait d'être sur ses gardes.

— Comment vous sentez-vous, maintenant ?

— Bien mieux. Merci.

Elle écrasa sa cigarette dans le cendrier lorsqu'il redémarra.

— Je suppose que vous savez où j'habite ?

— Evidemment. On n'est pas flic pour rien, n'est-ce pas ?

— C'est un boulot ingrat.

Cilla songea qu'elle se sentait mieux quand elle parlait ainsi avec Boyd. Tant qu'ils échangeaient des propos sans importance, la menace paraissait plus lointaine, moins réelle.

— Avec l'allure que vous avez, je vous verrais plutôt en train de galoper en brandissant un lasso.

Il lui jeta un regard sceptique.

— Je ne suis pas persuadé qu'il s'agisse d'un compliment.

— Brillante déduction, Holmes.

— Je vous autorise à m'appeler Boyd. Mais c'est bien parce que c'est vous. A propos, dites-moi, Cilla, ça vient de Priscilla, je suppose ?

— Personne ne m'a jamais appelée Priscilla plus d'une seule fois dans sa vie.

— Parce que ?

Elle lui adressa son plus beau sourire.

— Parce qu'à la seconde tentative, je coupe la langue de l'imprudent.

— Mmm... Vous savez être dissuasive, vous, au moins. Vous voulez bien me dire pourquoi vous n'aimez pas la police ?

— Non.

Elle détourna la tête pour regarder dehors.

— J'aime la nuit, en revanche, murmura-t-elle, presque pour elle-même. Il y a des choses qu'on peut faire et dire à 3 heures du matin, alors qu'en aucun cas on ne s'y autoriserait à 3 heures de l'après-midi. Je n'arrive même plus à imaginer ce que c'est que de travailler le jour, lorsque la station de radio est pleine de monde et qu'on se bouscule dans les couloirs.

— Vous n'aimez pas beaucoup les gens, on dirait.

— Disons que j'en aime certains et d'autres moins.

Cilla n'avait pas envie de parler d'elle-même. Ni de ses préférences ni de ses dégoûts, ni de ses échecs ni de ses réussites. Elle préférait continuer à parler de lui. Pour se changer les idées, d'une part. Mais aussi, elle devait bien se l'avouer, pour satisfaire sa curiosité.

— Et vous, Fletcher, vous travaillez toujours de nuit ?

— Depuis neuf mois environ. C'est un horaire intéressant. Ça permet de rencontrer toutes sortes d'oiseaux rares.

Cilla se surprit à rire.

— Vous êtes de Denver ?

— J'y suis né.

— J'aime bien cette ville.

Ce constat l'étonna elle-même. Jusqu'à présent, elle ne s'était même pas posé la question. En arrivant ici, elle n'avait vu que les avantages pratiques : une bonne université pour Deborah et un job intéressant pour elle. Et pourtant, en l'espace de six mois, elle avait pris ses marques et même commencé à se sentir chez elle dans la capitale du Colorado.

— Vous avez l'intention de rester quelque temps par ici ? demanda Boyd en se garant devant chez elle. D'après les renseignements que j'ai sur vous, vous ne restez jamais plus de deux ans au même endroit.

— J'aime le changement, rétorqua-t-elle sèchement en détachant sa ceinture de sécurité. Ça vous gêne ?

L'idée que l'on puisse fouiller dans son passé et décortiquer ses faits et gestes lui était particulièrement odieuse.

— Merci de m'avoir raccompagnée, Holmes.

Cilla voulut s'élancer vers la porte, mais Boyd l'avait déjà rejointe.

— Il faut que vous me laissiez vos clés.

Elle les avait déjà dans la main.

— Mes clés ? Pour quoi faire ?

— Pour que je fasse déposer votre voiture ici demain matin.

Les sourcils froncés, Cilla hésita sur le perron.

Attendant qu'elle prenne une décision, Boyd la regarda et se surprit à imaginer qu'ils avaient passé la soirée ensemble au restaurant ou au cinéma selon le protocole classique des rencontres homme-femme. La grande différence était que, si réellement il l'avait raccompagnée jusqu'à sa porte, il n'aurait sûrement pas gardé les mains dans ses poches comme un idiot et qu'il aurait satisfait sa curiosité en l'embrassant avant de la quitter. « Sois réaliste, Fletcher, se dit-il en réprimant un sourire. Tu crois vraiment que cela aurait suffi à satisfaire ta curiosité ? »

Il secoua la tête d'un air désabusé. Il ne se serait sûrement pas contenté d'un simple baiser échangé sous la lumière du porche. Il aurait franchi la porte avec elle et ne serait pas ressorti de la maison avant un bon moment...

Enfin, de toute façon, le moment n'était pas bien choisi pour inventer des scénarios de ce genre. D'une part, Cilla et lui ne revenaient ni d'un dîner au restaurant, ni d'une soirée au théâtre. D'autre part, s'il devait y avoir un jour quelque chose entre eux, ce dont Boyd avait d'ores et déjà la certitude, rien, assurément, ne se déroulerait selon le protocole classique.

— Vos clés ? répéta-t-il.

Cilla haussa les épaules et accepta d'en détacher une de son trousseau. Boyd, amusé, remarqua que son porte-clés en argent avait la forme d'une note de musique.

— Bonne nuit, Fletcher.

Il s'appuya contre le battant de bois de la porte.

— Vous ne m'invitez pas à prendre un café?

— Non, répondit-elle sans se retourner.

Il songea qu'elle était comme la nuit. Sombre, envoûtante, aussi dangereuse que sa voix.

— Ce n'est pas très amical de votre part.

Une lueur amusée dansa dans ses yeux sombres lorsqu'elle daigna tourner la tête vers lui.

— Je sais. A un de ces quatre, Holmes.

D'un geste vif, Boyd posa sa main sur la sienne alors qu'elle allait tourner la poignée.

— Il vous arrive de manger, parfois?

Toute trace d'humour disparut instantanément du regard de Cilla. Boyd n'en fut qu'à moitié surpris, par contre, ce qui l'intrigua fut le mélange d'émotions qu'il crut discerner alors sur son visge. Confusion? Incertitude? *Timidité?* Elle se ressaisit si vite qu'il n'eut pas le temps d'en avoir le cœur net.

— S'il m'arrive de manger? Oh oui, au moins deux fois par semaine, inspecteur.

— Et demain?

Sa main reposait toujours sur celle de Cilla. Il n'était pas certain d'interpréter correctement ce qu'il lisait dans ses yeux. Mais il savait que son pouls s'était accéléré sous ses doigts.

— Possible, répliqua-t-elle d'un ton léger.

— Avec moi?

Cilla, stupéfaite, se rendit compte que sa voix la trahissait. Il y avait des années qu'elle n'avait pas connu ce genre d'hésitation. Lorsqu'un homme lui proposait de sortir, le « non » lui venait si spontanément aux lèvres que la question du « oui » ne l'effleurait même pas. Et voilà qu'elle avait été à deux doigts d'accepter et de demander à quelle heure il passerait la prendre! C'était sidérant.

— C'est une charmante proposition, inspecteur. Mais je me vois dans l'obligation de la décliner.

— Pourquoi ?
— J'ai une tête à sortir avec un flic ?

Craignant soudain de perdre son sang-froid, elle se glissa à l'intérieur et lui ferma la porte au nez.

Boyd se rembrunit en fouillant parmi la montagne de papiers accumulés sur son bureau. Le dossier O'Roarke n'en était qu'un parmi d'autres. Il avait quantité de cas à résoudre, de problèmes à traiter. Et pourtant, l'affaire Cilla ne lui sortait plus de l'esprit. Ou, pour être plus précis, *Cilla* elle-même ne lui sortait plus de l'esprit. Il s'assombrit encore en faisant cette constatation et réprima un mouvement de mauvaise humeur. Dire qu'il n'y avait même pas moyen d'en griller une petite pour se consoler des complications de l'existence !

Le policier entre deux âges assis à l'entrée de la salle allumait cigarette sur cigarette en discutant à bâtons rompus avec un indicateur. Boyd prit une profonde inspiration et huma l'odeur avec délice. Combien de mois lui restait-il avant de commencer à détester la fumée des autres, comme c'était le cas pour la plupart des ex-fumeurs ?

En attendant, il s'emplissait les poumons de relents de tabac mêlés aux différentes odeurs — pour la plupart assez repoussantes — qui formaient le fond olfactif habituel d'un commissariat de quartier : mauvais café, mélanges de sueurs, parfums violents et bon marché des deux filles de joie qui attendaient patiemment sur un banc qu'on veuille bien les relâcher.

D'habitude, il avait à peine conscience de ces différentes intrusions sensorielles. Mais ce soir, elles l'empêchaient de se concentrer. Même le cliquetis des claviers, les sonneries de téléphone, la rumeur des conversations, le bruit des semelles foulant le lino du couloir, le clignotement d'un néon usé troublaient son attention.

Et tout cela pourquoi ? Parce que depuis trois jours, Priscilla Alice O'Roarke était installée, *rivée* en permanence à ses pensées. Il avait beau déployer des trésors d'imagination pour l'en déloger, rien à faire. La demoiselle lui collait à la peau. Peut-être à cause des nombreuses heures qu'Althea et lui avaient passées à tour de rôle dans son studio. Peut-être à cause de la vulnérabilité que Cilla lui avait laissé entrevoir sous son apparente froideur. Peut-être aussi parce qu'il avait perçu — même brièvement — qu'il ne la laissait pas indifférente.

« Peut-être, peut-être pas… Va savoir ! » se dit Boyd, vaguement exaspéré.

Essuyer un refus n'avait pourtant rien de dramatique à ses yeux. Il avait lancé une invitation, elle l'avait déclinée. Point final. Il était suffisamment sûr de lui et équilibré pour ne pas éprouver le besoin de tester son pouvoir de séduction sur toutes les femmes. En trente-trois ans d'existence, il avait eu de toute façon l'occasion de vérifier qu'il attirait bon nombre d'entre elles et s'estimait plutôt privilégié dans ce domaine.

Le problème était qu'il faisait une véritable fixation sur Cilla. Et que la belle dame à la voix de velours ne voulait pas entendre parler de lui.

Boyd soupira avec impatience. « Et alors, Fletcher ? Tu es un grand garçon, non ? Tu ne vas pas perdre le sommeil et l'appétit parce qu'elle ne veut pas de toi. Tu as passé l'âge des crises sentimentales, non ? » Il ouvrit le dossier O'Roarke et se pencha sur ses notes. Cilla courait-elle un réel danger ? Peut-être pas dans l'immédiat, mais elle était bel et bien harcelée, de façon quotidienne et systématique. Althea et lui s'étaient mis à la tâche, convoquant et interrogeant les habitants de Denver dont les antécédents avaient un rapport quelconque avec les façons de procéder de « monsieur X ». Mais leurs investigations étaient restées vaines jusqu'à présent.

Cette fois, Boyd était décidé à changer de stratégie. Il était temps pour lui d'aller creuser un peu plus loin et de s'intéresser aux faits et gestes de Cilla avant son arrivée à Denver. Le CV de la jeune femme reposait sous ses yeux. Et les quelques éléments qu'il révélait étaient déjà très parlants. Cilla avait fait ses débuts dans une modeste radio locale en Géorgie, ce qui expliquait la pointe d'accent du Sud qui transparaissait dans sa voix. Très vite, elle avait progressé et poursuivi sa carrière à Atlanta, dans une station de radio beaucoup plus importante. Elle était ensuite partie pour Richmond, Saint Louis, Chicago et Dallas avant d'atterrir à Denver où elle était entrée à Radio KHIP.

Ainsi Mlle O'Roarke avait la bougeotte. A moins qu'elle ne cherche à fuir quelqu'un ou quelque chose? C'était la question que se posait Boyd. Un point important à éclaircir, compte tenu du harcèlement dont elle était l'objet. Et il comptait bien obtenir des réponses. De la bouche même de Cilla, de préférence.

Une première conclusion, en tout cas, s'imposait à la lecture du CV : Cilla O'Roarke était partie du bas de l'échelle, à dix-huit ans, et elle avait fait un superbe parcours professionnel. Le tout à la force du poignet. Avec un bac et de l'audace pour seuls bagages.

— Que lis-tu donc de si fascinant, cher collègue?

Althea se percha sur un coin de son bureau, exhibant une paire de jambes que personne, dans le commissariat, ne se serait permis de siffler. En revanche, rares étaient ceux qui ne s'autorisaient pas un discret coup d'œil au passage, de temps en temps.

— Cilla O'Roarke, marmonna-t-il en reposant le dossier. Tes impressions?

— Sacré caractère. Personnalité incisive. Un talent incontestable pour le genre d'animation radiophonique qu'elle propose.

Althea accompagna sa réponse d'un clin d'œil amusé. Il y avait des mois qu'elle le mettait en boîte à cause de sa passion avouée pour la voix caressante qu'il écoutait tous les soirs sur les ondes.

Boyd sortit une boîte de chocolats d'un tiroir et en sélectionna un avec soin.

— Tu ne m'apprends pas grand-chose de nouveau, Thea.

Althea plongea distraitement la main dans les chocolats et en avala deux, coup sur coup.

— O.K., tu veux de l'inédit? En voici. Primo : cette fille est morte de peur. Secundo : elle souffre d'un complexe d'infériorité monstre.

— Cilla O'Roarke? Un complexe d'infériorité! protesta Boyd en riant. C'est ça, bien sûr. Et tu vas m'annoncer aussi que Marilyn Monroe n'avait pas de poitrine et que La Callas ne savait pas chanter?

Althea sourit.

— Je suis tout ce qu'il y a de plus sérieuse. Elle le cache bien, j'en conviens. Mais elle n'est sûre d'elle que sur les ondes. Et inutile de me regarder comme ça : je suis certaine de ce que j'avance. Ce sont des choses que je sens. Il n'y a rien de tel que l'intuition féminine, Fletcher. Voilà pourquoi tu as tant de chance de m'avoir.

Boyd arracha la boîte de chocolats des mains d'Althea, sachant qu'elle était capable de les ingurgiter jusqu'au dernier.

— Je veux bien être pendu si Cilla O'Roarke a un sentiment d'infériorité !

— Ne parle pas trop vite, Fletcher. Cela m'ennuierait de te voir te balancer au bout d'une corde.

Boyd haussa les épaules et changea de sujet.

— Apparemment, notre homme a bien brouillé ses traces. Nous n'avons pas beaucoup avancé jusqu'à présent.

— Cilla n'est pas très loquace sur son passé.

— Autrement dit, il va falloir insister un peu pour la faire parler.

Althea réfléchit un instant.

— Elle ne se laissera pas faire, si tu veux mon avis. Cette fille est un vrai tombeau.

Boyd sourit.

— Je n'ai jamais dit que j'aimais la facilité.

— Eh bien, tant mieux pour toi ! C'est ton tour de passer la soirée avec elle au studio.

— Tu t'imagines peut-être que j'avais oublié ? Je te laisse commencer par Chicago. J'ai noté le numéro du directeur de la station et celui de l'ancien propriétaire de Cilla. Sers-toi de ta douce voix persuasive et ils te raconteront leur vie sans se faire prier.

— Sans doute, susurra la jeune femme d'un ton suave. J'ai des méthodes imparables, en effet.

Althea tourna distraitement la tête alors qu'un de leurs collègues entrait, poussant devant lui un suspect qui gesticulait et saignait abondamment du nez. Il y eut une brève lutte, accompagnée d'insultes et de menaces.

— Charmante ambiance, commenta-t-elle en repoussant ses longs cheveux dans son dos.

Boyd se mit à rire.

— C'est toujours très réconfortant, en effet.

Il récupéra son café in extremis et le but d'un trait juste avant que son équipière ne parvienne à faire main basse dessus.

— O.K. Moi, de mon côté, je vais partir du commencement et prendre contact avec la station de radio en Géorgie, là où elle a fait ses débuts. Si nous continuons à piétiner sur cette enquête, le commissaire va finir par nous tomber sur le râble.

Althea s'étira et se laissa glisser du bureau.

— Allez, c'est parti !

Boyd hocha la tête et voulut décrocher son téléphone, mais l'appareil sonna juste au moment où il posait la main sur le combiné.

— Inspecteur Fletcher.

— Holmes ?

Il aurait contesté l'utilisation du surnom s'il n'avait pas entendu la panique dans sa voix.

— Cilla ? Ça va ?

— Oui… enfin, non. J'ai eu un appel.

Elle rit nerveusement et se tut.

— Un appel ? insista-t-il.

— Oui, ça ne paraît pas très original, je sais. Mais cette fois-ci, il a téléphoné à la maison, sur ma ligne personnelle et… ça m'a pas mal secouée.

— Fermez toutes les portes à clé. J'arrive.

— Merci. Et n'hésitez pas à enfreindre quelques limitations de vitesse en route. J'apprécierais.

— Donnez-moi dix minutes.

Il rattrapa son équipière avant qu'elle ait eu le temps de passer son premier appel.

— Changement de programme, Thea. Il y a du nouveau, annonça-t-il en la prenant par un bras et en l'entraînant avec lui sans tenir compte de ses protestations.

3.

Cilla reposa le combiné et se mordit la lèvre. D'un côté, elle était rassurée que Boyd vole à son secours. Mais de l'autre, elle se sentait passablement ridicule. Ce n'était pas son style de faire appel ainsi à la police. Et comme par hasard, elle avait composé *son* numéro et pas celui d'Althea.

En arpentant le salon, elle essaya de se raisonner. De la part de X, ce n'était jamais qu'un coup de fil de plus. Et personne, de mémoire d'homme, n'avait jamais été assassiné par téléphone. Depuis une dizaine de jours que les appels se succédaient, elle aurait dû être mieux armée pour les affronter. Si seulement elle arrivait à garder son calme et à convaincre ce monsieur X que ses menaces ne l'affectaient pas, il finirait bien par se lasser de son petit jeu.

Son père lui avait appris qu'il n'existait pas de meilleure méthode que l'indifférence pour se débarrasser d'un persécuteur. La solution de sa mère, en revanche, était plus expéditive et consistait à leur envoyer un direct du droit dans la mâchoire. Les deux techniques avaient leur intérêt, bien sûr. Mais compte tenu des circonstances, la première paraissait plus simple. Enfin… en théorie. Car, en pratique, elle avait échoué lamentablement.

Le son de *sa* voix sur sa ligne personnelle lui avait procuré un choc si brutal qu'elle était tombée dans un état quasi hystérique, hurlant, plaidant et menaçant tour à tour. Encore une chance que Deborah ne se soit pas trouvée à la maison pour l'entendre car elle serait morte de honte.

Bien décidée à garder la tête haute, Cilla se percha sur l'accoudoir d'un fauteuil, le dos droit, le regard rivé sur la porte. Après l'appel de X, elle avait mis la radio, tiré les rideaux et allumé toutes les lampes de la maison. Et maintenant, elle attendait, sursautant au moindre bruit, guettant le moindre mouvement. Elle se força à contempler les murs que Deborah et elle avaient repeints avec soin, les meubles qu'elles avaient choisis ensemble après maints débats. Il n'y avait là que des objets familiers. Des objets rassurants.

Depuis leur installation à Denver, Deb et elle avaient pris plaisir à équiper leur logement comme jamais encore elles ne l'avaient fait auparavant. Jusque-là, elles s'étaient contentées du strict nécessaire en matière de décoration et d'ameublement. Mais depuis quelque temps, le futile faisait une discrète entrée dans la maison. Pour la première fois, sa sœur et elle vivaient dans un lieu qui leur appartenait et non plus dans un appartement qu'elles louaient pour quelques mois.

Et c'est ainsi que, sans se concerter, elles avaient introduit des vases et des tableaux, installé des étagères pour aligner une collection de cactus rares et craqué pour quelques babioles plus ou moins insolites. Insensiblement, elles se créaient un foyer. Pour la première fois depuis qu'elles s'étaient retrouvées seules, elles acceptaient de faire leur nid quelque part. Et voilà que ce vengeur fou venu de nulle part s'appliquait à jeter son ombre sinistre sur ce qui aurait pu être un nouveau départ.

C'était injuste, vraiment trop injuste! Gagnée par le découragement, Cilla enfouit son visage dans ses mains. Elle avait toujours eu pour principe de faire face et de se battre. Mais comment lutter contre un être sans nom et sans visage? Elle avait affaire à un ennemi invisible qui refusait de donner un motif à son implacable soif de vengeance. Prétendre l'indifférence était une chose. Mais combien de temps tiendrait-elle sans craquer s'il avait décidé de la persécuter jusque chez elle?

Un frisson parcourut Cilla. Tôt ou tard, il se lasserait des menaces et il passerait à l'acte. Vu comme elle s'était effondrée au téléphone, il considérait peut-être qu'elle était mûre désormais pour la « délivrance finale ». S'il avait réussi à se procurer son numéro de téléphone, il connaissait sûrement son adresse. Et rien ne prouvait qu'il ne rôdait pas autour de chez elle à l'instant même.

A ce moment précis, un coup brusque ébranla sa porte. Incapable d'émettre un son, Cilla se pétrifia, une main pressée sur la poitrine pour contenir les battements furieux de son cœur. *Je serai ton exécuteur, ton bourreau. Je te ferai souffrir jusqu'à ce que tu me supplies de t'achever, espèce de garce. Je vais te faire payer… payer… payer…*

— Cilla ? C'est moi, Boyd. Ouvrez cette porte.

Le souffle qu'elle avait retenu s'échappa de ses lèvres.

— Ah, c'est vous… J'arrive.

Les jambes en coton, elle alla déverrouiller sa porte.

— Bonsoir. Vous avez fait vite, dit-elle avec un piètre semblant de désinvolture.

Refermant en hâte derrière les deux inspecteurs, elle se renversa contre le battant clos.

— Je suis désolée. C'est stupide de ma part de vous avoir fait déplacer jusqu'ici.

— Nous ne faisons que notre travail, déclara Althea Grayson d'un ton rassurant. Vous êtes d'accord pour que nous prenions le temps de nous asseoir et de parler de ce qui vient de se passer ?

— Oui… oui, bien sûr. Installez-vous ! s'exclama Cilla en se passant une main dans les cheveux. Je vous sers un café ?

Elle avait espéré pouvoir donner le change et garder un minimum de contenance, mais elle avait conscience de bafouiller lamentablement. Boyd secoua la tête et prit place sur le canapé écru entre deux coussins en satin de couleur vive.

— Ça ira, Cilla. Racontez-nous plutôt ce qui s'est passé.

— J'ai noté ce qu'il m'a dit, expliqua-t-elle en se dirigeant vers le téléphone pour récupérer son carnet. C'est devenu un réflexe. Dès que le téléphone sonne, j'ai un stylo à la main et je note ce que j'entends.

En s'efforçant de réprimer le tremblement de sa main, elle tendit le bloc-notes à Boyd. Il lui était plus facile de leur donner le texte à lire que de restituer la conversation à voix haute.

— Il y a quelques abréviations sur lesquelles vous risquez de buter, mais cela vous donnera déjà une idée d'ensemble.

Boyd hocha la tête. Son visage se durcit lorsqu'il parcourut les quelques lignes qu'elle avait griffonnées. Sans un mot, il tendit le carnet à sa coéquipière. Incapable de tenir en place, Cilla s'assit puis se releva presque aussitôt.

— Il ne mâche pas ses mots, comme vous pouvez le constater.

Et il me considère clairement comme l'être le plus monstrueux de la création.

Elle vit un muscle tressauter à l'angle de la mâchoire de Boyd.

— C'est la première fois qu'il appelle ici?

— Oui. Et le plus terrifiant, c'est que j'ignore comment il a obtenu mon numéro. Nous sommes sur liste rouge, ma sœur et moi.

Althea sortit un bloc-notes de son sac.

— Pouvez-vous nous citer les personnes à qui vous avez confié vos coordonnées téléphoniques, Cilla?

Elle appuya une main contre son front.

— Laissez-moi réfléchir... Ils ont mon numéro à la station, bien sûr. Et à l'université de Deborah aussi, logiquement. Je suppose que ma sœur a donné ses coordonnées à quelques amis car elle reçoit des coups de fil régulièrement. Mais ce sont plus ou moins toujours les mêmes personnes. Un petit groupe assez restreint.

Cilla tressaillit en entendant la porte s'ouvrir derrière elle. Avec un mélange de soulagement et d'irritation, elle reconnut sa sœur.

— Deb! Qu'est-ce que tu fais ici? Je te croyais à un cours du soir!

Les yeux bleus de la jeune fille étincelèrent.

— Ça, c'est mon problème... Vous êtes de la police? demanda-t-elle en se tournant vers Boyd et Althea.

Cilla se croisa les bras sur la poitrine.

— Deb, je n'admets pas que tu manques ainsi la fac sans raison. Tu avais un partiel, en plus, et...

— Arrête de me traiter comme si j'avais encore douze ans, O.K.?

Deborah sortit le journal local de son sac en bandoulière et le brandit sous son nez.

— Tu pensais vraiment que je pourrais aller m'installer tranquillement dans un amphi après avoir lu ça? Je suis morte d'angoisse, Cilla. Et toi qui me disais que « l'incident » était réglé!

Cilla poussa un soupir de lassitude. Ainsi la presse avait eu vent de son histoire... « Une star de la radio harcelée par un déséquilibré », lut-elle en gros titre. Luttant contre un début de mal de tête, elle se massa les tempes.

— Tu connais les journalistes, Deb. Ils adorent ce genre de fait divers, c'est tout.

— Non, ce n'est pas tout !
— Ecoute, Deb, j'ai prévenu la police ! s'emporta Cilla en jetant le *Denver Post* sur une console. Que veux-tu que je fasse de plus ?

Boyd observait les deux sœurs avec un intérêt fasciné.

Il y avait des ressemblances frappantes entre elles. Elles avaient la même bouche et la même forme d'yeux, quoique la couleur des iris fût différente. Si Cilla était une femme superbe, Deborah, elle, promettait de devenir carrément éblouissante. Pour l'instant, à dix-huit ans, elle avait encore ce léger flou, ce côté inachevé qui caractérisent la fin de l'adolescence. Mais dans quelques années, elle ferait des ravages.

Plus que leurs points communs, c'étaient surtout leurs styles radicalement opposés qui frappaient chez les deux sœurs. Deborah avait des cheveux courts et une coupe très étudiée. Elle portait des vêtements d'un goût parfait et se maquillait discrètement mais avec soin. Cilla, elle, avait enfilé un sweat-shirt orange trop court sur un immense T-shirt vert bouteille qui jurait avec son jean violet. D'épaisses chaussettes en laine jaune venaient ajouter une touche de couleur supplémentaire à l'ensemble. Et à part un trait de khôl noir sous les yeux, elle avait le visage vierge de tout fard.

Mais malgré leurs goûts manifestement très divergents, Cilla et Deborah affichaient de nettes similitudes au niveau du caractère. Et lorsque les sœurs O'Roarke s'énervaient, le spectacle valait le détour.

Althea se pencha pour lui glisser à l'oreille :
— A mon avis, ça doit chauffer souvent, entre ces deux-là.

Boyd sourit. Avec une petite bière en main, il aurait volontiers assisté à quelques rounds supplémentaires.
— Tu paries sur qui, toi ? demanda-t-il à Althea.
— Cilla, chuchota-t-elle. Mais la petite sœur a de l'avenir.

Manifestement fatiguée de se heurter à un mur de silence, Deborah pivota sur elle-même et reporta son attention sur eux.
— Bon, fit-elle en pointant l'index sur Boyd. Vous allez peut-être pouvoir m'expliquer ce qui se passe, vous au moins.
— Eh bien...
— O. K., ça va, laissez tomber, s'impatienta la jeune fille en se tournant vers Althea. Vous, plutôt !

55

Boyd nota que sa coéquipière, toujours très diplomate, faisait un effort pour ne pas sourire.

— Nous sommes les deux inspecteurs de la police judiciaire qui enquêtent sur cette affaire, mademoiselle O'Roarke.

— Autrement dit, il y a bel et bien « une affaire » !

Sous le regard furieux de Cilla, Althea répondit poliment.

— En effet. Nous avons installé un dispositif spécial sur la ligne téléphonique de la station, dans l'espoir de repérer l'origine des appels. Mon équipier et moi avons déjà interrogé un certain nombre de suspects présentant des antécédents de harcèlement par téléphone. Vu ce qui vient de se passer ce soir, nous allons également mettre votre ligne personnelle sur écoute.

— *Vu ce qui s'est passé ce soir...?*

Soudain livide, Deborah se tourna vers sa sœur.

— Ne me dis pas qu'il a appelé ici ? Oh, mon Dieu, c'est affreux ! Cilla, je suis désolée, balbutia-t-elle, toute colère oubliée, en nouant les bras autour du cou de son aînée.

Cilla fit un pas en arrière.

— Ce n'est pas à toi de t'inquiéter de ces choses-là.

— Cilla a raison, acquiesça Althea en se levant. A nous deux, nous avons quinze ans d'expérience derrière nous. Et nous avons la ferme intention de veiller sur la sécurité de votre sœur. Où est le téléphone, s'il vous plaît ?

Cilla voulut répondre, mais Deborah la devança.

— Dans la cuisine. Venez avec moi, je vais vous montrer. Je peux vous proposer un café, inspecteur ? demanda-t-elle en s'immobilisant un instant devant Boyd.

— Volontiers, oui. Merci.

Il la suivit des yeux, jusqu'à ce qu'elle ait quitté la pièce.

— Halte-là, Fletcher, marmonna Cilla. Ce n'est même pas la peine d'y penser.

— Pardon ?

Boyd cligna des yeux, revint sur terre et sourit.

— Vous voulez parler de votre sœur, je suppose ? C'est une beauté.

— Vous êtes trop vieux pour elle.

— Aïe...

Cilla se ficha une cigarette entre les lèvres et lui jeta un regard noir.

— De toute façon, j'aurais tort de m'inquiéter. L'inspecteur Grayson et vous me paraissez idéalement assortis.

Boyd rit doucement. En vérité, il oubliait la plupart du temps que Thea était une femme.

— En effet, oui. Je suis le type chanceux par excellence.

Cilla retomba dans un silence maussade. Elle détestait se sentir intimidée par une autre femme. Qu'Althea Grayson soit un modèle de professionnalisme et d'efficacité, passe encore. Elle pouvait même lui pardonner à la rigueur son arrogante beauté. Mais le plus insupportable, c'était son calme, son équilibre, cette exaspérante maîtrise d'elle-même.

Boyd se leva et retira la cigarette éteinte qu'elle tenait à présent entre ses doigts inertes.

— Jalouse?

— Vous rêvez, Holmes.

— Nous nous pencherons sur mes rêves plus tard, murmura-t-il en lui glissant un doigt sous le menton. Vous tenez le coup, Cilla?

— Sans problème.

Elle aurait voulu s'éloigner, fuir ce contact, ce regard. Mais quelque chose lui disait que si elle se levait, il resterait planté devant elle sans reculer d'un pas. Et la tentation de laisser aller sa tête au creux de son épaule risquait de devenir incontrôlable. Il en faudrait si peu pour qu'elle s'effondre. Malheureusement, aucune faiblesse ne lui était permise. Elle avait des responsabilités à assumer.

— Je me fais du souci pour Deborah, en revanche. Elle est seule ici chaque soir entre 22 heures et 2 heures du matin lorsque je suis à Radio KHIP.

— Je peux m'arranger pour qu'une voiture de patrouille stationne devant chez vous en votre absence.

— Merci, murmura-t-elle avec reconnaissance. Je ne peux pas supporter l'idée d'avoir commis une erreur qui mette la vie de ma sœur en danger. Deb ne mérite pas ça.

Boyd posa sa main sur sa joue.

— Vous ne le méritez pas plus qu'elle, Cilla.

Il y avait longtemps qu'on ne l'avait pas touchée; longtemps qu'elle n'avait pas laissé un homme l'approcher d'aussi près. Elle laissa échapper un léger soupir.

— Il faut que je me prépare pour partir à la station.

— Pourquoi ne pas laisser tomber votre émission ce soir ? Harrison comprendra. Il pense que vous devriez prendre des vacances.

— C'est ça ! protesta-t-elle en se levant d'un bond. Pour que X pense qu'il a réussi à m'effrayer. Jamais de la vie !

— Même Superwoman prend parfois des jours de congé.

Cilla secoua la tête. Comme prévu, Boyd ne s'était pas écarté d'un centimètre, si bien qu'elle se trouvait coincée entre le fauteuil et lui. Un début de vertige l'envahit. Seule sa fierté l'empêcha de détourner les yeux. Qu'attendait-il pour s'éloigner, bon sang ?! A moins d'être sourd ou stupide, il allait finir par s'apercevoir que cette proximité physique la déstabilisait.

— Vous savez que vous bouffez mon espace vital, Fletcher ?

Il sourit... Si elle s'était tue quelques secondes de plus, il l'aurait attirée contre lui, franchissant la limite entre fantasme et réalité.

— Considérez qu'il ne s'agit que d'un début, O'Roarke. Je n'ai pas fini de le dévorer, votre espace.

Le regard de Cilla se durcit.

— Ça va, O.K. ? J'ai déjà reçu suffisamment de menaces pour aujourd'hui, merci.

Il l'aurait volontiers étranglée pour ce coup bas. Lentement, sans détacher son regard du sien, il glissa les pouces dans les poches de son jean.

— Ce n'est pas une menace, ma belle. C'est un constat. Nuance.

Ils sursautèrent l'un et l'autre en entendant toussoter derrière eux. Deborah apparut, un petit sourire au coin des lèvres.

— Votre café, inspecteur Fletcher. Avec deux sucres, conformément aux instructions de Thea.

— Parfait, merci.

— Vu l'heure, ce serait du temps perdu de retourner en cours maintenant, annonça Deborah avec un petit air de défi en se tournant vers Cilla. Autant que je reste ici pour accueillir les techniciens qui vont venir mettre notre téléphone sur écoute.

Elle passa les bras autour du cou de Cilla.

— Allez, ne me regarde pas de cet œil réprobateur. C'est le premier cours que je manque de tout le trimestre.

— N'essaie pas de m'attendrir, riposta Cilla en allant prendre son manteau dans la penderie. Il te reste au moins cinq ouvrages à lire pour ton cours de civilisation américaine. Tes cours de droit civil demandent à être potassés d'urgence et il me semble que tu n'as pas encore mis le nez dans ton manuel de psychologie.

Cilla fit glisser la bride de sa besace sur son épaule, posa la main sur la poignée de la porte... et rencontra les doigts de Boyd. Elle tressaillit.

— Qu'est-ce que vous faites là, vous?

— A votre avis? Comme je sais que vous appréciez ma compagnie dans le studio, vous aurez *en plus* le plaisir de me conduire à la station. Vous êtes gâtée ce soir, non?

Avec un clin d'œil pour Deborah, Boyd lui prit la main et l'entraîna d'autorité vers sa voiture.

— C'est ridicule, vitupéra Cilla en traversant la réception au pas de charge.

— Qui? Quoi? Où?

— Je ne vois vraiment pas pourquoi il faudrait que je supporte la compagnie d'un flic dans mon studio tous les soirs. Comme si je risquais quoi que ce soit, ici, dans un bâtiment sécurisé!

Tout en marchant, elle retira son manteau d'un geste nerveux. Le visage crispé par l'exaspération, elle s'immobilisa à hauteur d'un cagibi et poussa un hurlement de terreur lorsque la porte s'ouvrit soudain sous son nez.

— Bon sang, Billy, c'est vous! s'exclama-t-elle. Vous m'avez fait une peur bleue.

— Désolé.

L'employé chargé de l'entretien était petit, avec des cheveux grisonnants, des bras maigres comme des allumettes et un sourire contrit.

— J'étais à court de produit pour les vitres, expliqua-t-il en montrant le vaporisateur qu'il tenait à la main. Je ne voulais pas vous faire peur.

— Ce n'est pas votre faute, Billy. Je suis à bout de nerfs, en ce moment.

— J'ai entendu parler de ça, oui, répliqua le petit homme en accrochant la bouteille à sa ceinture avant de récupérer sa serpillière et son seau. Ne vous inquiétez pas, Cilla. Je suis là jusqu'à minuit.

— Merci. Vous avez l'intention d'écouter l'émission, ce soir?

— Et comment!

L'employé s'éloigna en traînant un peu la jambe. Cilla pénétra dans le cagibi, tira un billet de cinq dollars de son sac et le glissa sous une pile de chiffons propres. Intrigué, Boyd lui jeta un regard interrogateur.

— Il a combattu au Viêt-nam, répondit-elle simplement.

Boyd hocha la tête sans rien dire. Elle paraissait ennuyée d'avoir été prise en flagrant délit de bonne action. « Cette fille, décidément, est un concentré de contradictions », songea-t-il, de plus en plus intrigué.

Pour mettre la dernière main à son émission, Cilla s'installa dans une petite pièce où la grille détaillée des programmes était consignée sur un registre. Elle entreprit de rayer certains titres pour en ajouter d'autres, procédant à quelques changements de dernière minute. Le directeur des programmes avait très vite renoncé à pousser les hauts cris chaque fois qu'elle « trafiquait » ainsi le conducteur d'antenne. C'était une des raisons pour lesquelles elle préférait travailler de nuit. Les règles étaient moins strictes, les marges de manœuvre beaucoup moins limitées.

— Vous voyez, ce nouveau groupe? marmonna-t-elle.

— Mmm...? dit Boyd en prenant un croissant sur un plateau.

Du bout de son crayon, elle tapota sur la table.

— The Studs. Le prétendu « tube » que l'on entend depuis quelques semaines sur toutes les radios commerciales. Il ne durera pas plus d'une saison. Et encore. Pour moi, c'est du temps gaspillé de passer ce titre à l'antenne.

— Pourquoi le faites-vous, alors?

— Il faut leur donner une chance. Ils y ont droit comme tout le monde.

Toujours penchée sur sa liste, elle mordit distraitement dans le croissant que Boyd lui tendait.

— Dans six mois, personne ne se souviendra plus de leur nom.
— C'est ça, le rock, non ?
— Ah non ! Certainement pas. Le rock, c'est les Beatles, Buddy Holly, Chuck Berry, Springsteen et Elvis. Point final.

Boyd se renversa contre son dossier et la regarda avec curiosité.
— Il vous arrive d'écouter autre chose ?

Cilla sourit.
— Parce que, selon vous, il *existe* autre chose ?
— Vous avez toujours été sectaire comme ça ?
— Toujours.

Elle sortit un élastique de sa poche et s'attacha les cheveux d'un mouvement souple du poignet.
— Et vous, Fletcher, c'est quoi votre musique ?
— Eh bien… les Beatles, Buddy Holly, Chuck Berry…

Cilla l'interrompit en secouant la tête.
— A priori, vous n'êtes pas un cas tout à fait désespéré.
— … mais aussi Brahms, Billie Holiday, B.B. King, les comédies musicales, Verdi…

Elle arqua les sourcils.
— Mmm… nous avons des goûts éclectiques, à ce que je vois ?
— Nous avons l'esprit ouvert, rectifia-t-il.

Cilla se renversa contre son dossier.
— Je dois avouer que vous me surprenez, Fletcher. Je vous voyais plutôt comme le type qui boit, triche aux cartes, couche avec tout ce qui lui tombe sous la main…
— Joli cliché. C'est l'idée que vous vous faites d'un flic ?
— Je n'ai pas d'idées sur les flics. C'est l'heure, Fletcher. L'émission va commencer.

« Wild Bob Williams », qui prenait l'antenne entre 18 heures et 22 heures, était en train de prendre congé de ses auditeurs lorsqu'ils pénétrèrent dans le studio. C'était un homme d'une quarantaine d'années, petit, chauve et replet avec la voix d'un DJ de vingt-cinq ans. Il fit un petit signe de la main à Cilla tandis qu'elle commençait à sélectionner ses disques.
— Mmm… ma collègue Cilla vient de faire une entrée remarquée dans nos studios, claironna Bob à l'antenne.

61

Il se pencha sur la table de mixage et l'écho d'un cœur qui bat se fit entendre pendant quelques secondes.

— Préparez-vous, habitants de KHIPland : votre étoile de minuit se lève à l'horizon. Je vous laisse sur ce vieux tube.

Wild Bob Williams mit *Honky Tonk Woman* à plein volume puis se leva pour étirer ses muscles ankylosés.

— Hé, Cilla! Ça va? Tu tiens le coup?
— Très bien. Pourquoi?
— J'ai lu l'article dans le *Denver Post*.
— Oh, c'est beaucoup d'agitation pour pas grand-chose.

Bob vint lui serrer amicalement l'épaule.

— Ce n'est jamais très amusant d'être harcelé par un fou. Tu sais que nous formons une grande famille ici, n'est-ce pas? Tu peux compter sur mon soutien.
— Merci, Bob.
— Vous êtes de la police? demanda l'animateur en se tournant vers Boyd.

Celui-ci acquiesça d'un signe de tête.

— Tâchez de mettre rapidement la main sur ce type. Et toi, Cilla, n'hésite pas à faire signe en cas de besoin.
— O.K. Merci, répondit-elle mécaniquement.

A trente secondes du début de son émission, elle ne pouvait pas se permettre de penser à X et à ses menaces. Elle s'assit, ajusta le micro qu'elle testa rapidement, puis salua ses auditeurs.

— Bonsoir, Denver, c'est Cilla O'Roarke qui vous parle sur Radio KHIP. Je suis à vous — entièrement à vous — de 22 heures à 2 heures du matin, sans interruption. Et pour commencer, je vous offre une occasion de vous mettre quelques billets en poche. Dans quelques secondes, vous allez entendre notre disque-mystère du jour. Si vous pouvez me donner le titre, le chanteur et l'année, vous gagnez cent dollars. Alors téléphonez vite au 55-55-447 et tenez-vous bien car, ce soir, nous allons être plus rock que jamais!

La musique explosa dans ses oreilles et Cilla sourit en réglant le bouton de l'ampli.

— Elton John, dit la voix de Boyd derrière elle. *Honky Cat*. Mille neuf cent soixante... douze.

Surprise, elle se retourna pour le regarder. Il avait l'air terriblement satisfait de lui-même. Ce petit sourire, ces grandes mains dans les poches... C'était scandaleux, vraiment scandaleux d'être attirant à ce point.

— Eh bien... Pour un peu, vous m'impressionneriez, Holmes. Faites-moi penser à vous donner un T-shirt gratuit à la prochaine occasion.

— Je préférerais un dîner.

— Oui. Et moi, je préférerais une Porsche. Hé! protesta-t-elle lorsqu'il prit sa main.

— Vous vous êtes rongé les ongles. Encore une mauvaise habitude.

Elle tressaillit lorsque son pouce effleura le bout de ses doigts.

— J'ai des quantités de mauvaises habitudes, Fletcher.

— Ça tombe bien. J'ai toujours eu un faible pour les femmes qui ont de mauvaises habitudes.

Au lieu de se rasseoir au fond, dans son coin, il prit la chaise à côté de la sienne.

— Vous ne m'avez pas laissé le temps de repasser chez moi pour prendre de la lecture. Ça vous ennuie si je vous regarde travailler?

— Si ça m'ennuie?

Cilla ouvrit la bouche pour le rembarrer, vit l'heure à l'horloge et jura tout bas. Elle avait failli oublier qu'elle avait une émission à animer.

— Oui? Ici, Cilla sur Radio KHIP. Avez-vous trouvé le titre de notre disque-mystère?

Au cinquième appel, elle obtint la bonne réponse. Tout en s'efforçant d'ignorer Boyd, elle prit le nom et l'adresse du gagnant et enchaîna sur sa sélection suivante. Cilla pesta intérieurement : difficile d'espérer se concentrer alors que Boyd était pratiquement assis sur ses genoux! Il se tenait si près d'elle que son odeur lui taquinait les narines. De toute évidence, il n'utilisait ni eau de toilette ni lotion après-rasage. Les émanations qui lui parvenaient étaient basiques — un composé de savon de toilette, de shampooing et de lessive. Avec, en arrière-plan, un cocktail olfactif plus masculin, plus subtil, qui évoquait à la fois l'air des montagnes et la tiédeur des draps après la nuit.

Notant que ses pensées dérivaient dangereusement, Cilla se rappela à l'ordre : tout ce qu'elle voulait, c'était en finir avec cette sordide histoire et reprendre le cours ordinaire de son existence. Et pour cela, elle ne devait pas se laisser distraire par Boyd, aussi attirant soit-il. Les quelques rares hommes qui s'étaient embarqués sur le navire de sa vie n'avaient jamais été que des passagers en transit. Alors que la réussite professionnelle, elle, était durable. A condition de serrer les dents et de se battre.

Cilla se tourna légèrement pour attraper un CD sur l'étagère juste en face. Sa cuisse heurta celle de Boyd. Une cuisse ferme et musclée, nota-t-elle avec un léger frisson. Longue, dure et masculine. Résolue à ne pas tressaillir, cette fois, elle soutint délibérément son regard. Ils se défièrent mutuellement, si proches que leurs visages se touchaient presque. L'attention de Boyd se fixa sur sa bouche. Lorsqu'il leva de nouveau les yeux, ils brûlaient d'un éclat soutenu. Avec les écouteurs toujours sur les oreilles, Cilla baignait dans un univers musical où il était question de nuit brûlante et de désir exacerbé...

Lorsque la jeune femme s'écarta doucement pour parler au micro, Boyd fut frappé d'entendre sa voix encore plus rauque et caressante qu'à l'ordinaire. Il saisit cette occasion pour se lever. Il éprouvait un besoin urgent d'aller respirer cinq minutes. Et de calmer sa libido, de préférence. Au départ, il avait un peu chahuté Cilla, dans le seul but de la distraire de son angoisse. Cela étant, il l'avait provoquée *aussi* dans l'espoir d'attirer son attention sur lui, autant le reconnaître. Mais s'il était bel et bien parvenu à ses fins, le résultat avait dépassé ses espérances.

Les parfums qui émanaient de Cilla étaient comme l'exhalaison même de la nuit. Secrets, capiteux, chargés de mystère. Et sa voix enveloppante sonnait comme un appel à l'amour. Rien n'était comparable à cette musique chaude, sensuelle, persuasive qui glissait sur vous comme une invite. Mais au moment où la vamp vous regardait dans les yeux, la femme fatale s'évanouissait et il ne restait plus que l'innocence. Un mélange de séduction et de candeur proprement irrésistible.

D'où la nécessité de rectifier rapidement le tir... C'est en tout cas ce que se disait Boyd en quittant le studio. Il était là pour protéger Cilla, pas pour jouer avec elle à des jeux à haut risque. Il ne pourrait pas faire son travail correctement si des considérations affectives venaient interférer dans ses activités professionnelles.

Une fois seule, Cilla dut faire un effort conscient pour se détendre. Boyd ne parvenait à la faire réagir ainsi que parce qu'elle vivait sur les nerfs depuis plus d'une semaine. Elle n'était pas dans son état normal, voilà tout. Elle souffla sur la mèche de cheveux qui lui tombait dans les yeux et décida d'offrir deux vieux tubes d'affilée à ses auditeurs. Et de s'octroyer quelques minutes de calme par la même occasion.

« Drôle de personnage, ce Boyd, tout de même », songea-t-elle rêveusement. Elle n'avait pas encore réussi à le cerner, à vrai dire. Comment définissait-on un homme qui lisait beaucoup mais qui n'en connaissait pas moins Elton John sur le bout des doigts ? Qui parlait peu, avec un débit lent et mesuré, mais qui réfléchissait à une vitesse fulgurante ? Qui portait de vieilles bottes usées avec des vestons de milliardaire ?

Peu importe. Boyd Fletcher n'était pas et ne serait jamais *son* problème. Un, elle ne voulait pas d'homme dans sa vie. Deux, elle n'aimait pas le métier qu'il exerçait. Trois, il la croyait voluptueuse et sensuelle. Quant au quatrième point, il n'était pas des moindres : Fletcher et sa superbe équipière rousse entretenaient manifestement des relations privilégiées. Et elle n'avait jamais été de celles qui braconnent sur des territoires déjà occupés.

Autrement dit, le sieur Fletcher ne présentait aucun intérêt. Mieux valait tracer un trait sur lui tout de suite. Les yeux clos, Cilla se laissa envahir par la musique. Et la magie habituelle opéra. Il suffisait qu'elle s'abandonne ainsi pour recouvrer son calme. Et pour mesurer sa chance, surtout. Elle n'avait jamais partagé le caractère studieux de Deborah et n'avait pas hérité non plus de l'esprit militant de ses parents ni de leur dévouement aux grandes causes. Et pourtant, avec le minimum absolu en matière de diplôme, elle n'en était pas moins là où elle voulait être, à exercer la profession dont elle avait toujours rêvé.

Sa vie n'avait pas toujours été facile, mais ses tribulations passées lui avaient au moins appris une chose : rien ne dure éternellement. Tout finissait par passer, les périodes fastes comme les traversées du désert. Le cauchemar qu'elle vivait actuellement se terminerait tôt ou tard. Il s'agissait simplement de serrer les dents, de ne pas regarder plus loin que l'instant présent et de ne surtout pas s'effondrer.

— Et voilà, mes amis de la nuit, c'était Joan Jett, en pleine forme, pour vous tenir en éveil. Dans quelques secondes, il sera 23 h 30. Après le bulletin d'informations, c'est promis, je vous ferai écouter Steve Winwood et Phil Collins.

Cilla mit la cassette préenregistrée en marche, puis parcourut rapidement les promos qu'elle aurait à lire à l'antenne par la suite. En attendant d'enchaîner sur deux nouveaux titres, elle mit ce temps de pause à profit pour faire ses étirements.

Boyd s'immobilisa net à l'entrée du studio. Cilla avait les bras levés et bougeait rythmiquement les hanches. En suivant le tempo de la musique, sans le moindre doute. Elle se pencha pour attraper ses chevilles et fit quelques pliés de genoux. Ce n'était pas la première fois qu'il assistait à l'une de ces séances. Mais Cilla se croyait seule en l'occurrence et ses gestes y gagnaient en rythme et en liberté. Boyd l'observa quelques secondes et conclut que sa pause de dix minutes n'avait pas suffi à résoudre son problème. Un éloignement d'au moins dix heures aurait été plus indiqué.

Cilla se rassit, susurra quelques mots sur les ondes. Puis elle fit glisser les écouteurs autour de son cou et monta le son, emplissant le studio de musique pour son propre plaisir. Elle était en train de bouger la tête en rythme et fredonnait plutôt gaiement lorsqu'il lui posa une main sur l'épaule. Elle se leva d'un bond.

— Hé là, pas de panique, O'Roarke. Je vous apporte de la tisane.

Elle se rassit lentement.

— De la quoi ?

— Une infusion, précisa-t-il en lui tendant une tasse. De la camomille, je crois. Vous buvez trop de café.

Elle considéra le breuvage d'un œil sombre.

— Les fleurs, ça sert à faire des bouquets. Je ne bois jamais ce genre de truc.

— Vous devriez essayer. Cela vous épargnerait de sauter au plafond la prochaine fois que quelqu'un vous effleurera l'épaule.

Du menton, elle désigna le soda qu'il venait de porter à ses lèvres.

— Si je dois me passer de café, je préfère encore ça.

Il but une gorgée avant de lui tendre la cannette.

— Vous en êtes pratiquement à la moitié de votre émission.

Suivant la direction de son regard, Cilla tourna la tête vers l'horloge. Minuit approchait. Elle sentit ses paumes devenir moites.

— Peut-être qu'il n'appellera pas ici ce soir puisqu'il a déjà appelé à la maison.

— Peut-être, acquiesça Boyd en reprenant sa place à côté d'elle.

— Vous n'avez pas l'air convaincu.

Il leva la main dans un geste rassurant.

— Rien ne sert de faire des pronostics, Cilla. Mais s'il se manifeste, j'aimerais que vous restiez calme pour essayer de le garder en ligne le plus longtemps possible. Posez des questions et ne vous inquiétez pas trop de ses réponses. Continuez à l'interroger, quitte à redemander plusieurs fois la même chose. Si vous parvenez à le faire parler, il se trahira peut-être.

Cilla hocha la tête. Au cours des dix minutes qui suivirent, son émission exigea son attention exclusive. Mais elle ne continuait pas moins à réfléchir fébrilement.

— Il y a une question que j'aimerais vous poser, déclara-t-elle à la pause suivante.

— Je vous écoute.

Sans le regarder, elle porta la cannette à ses lèvres pour humecter sa gorge sèche.

— Combien de temps vais-je avoir droit à un baby-sitter?

— Ne vous inquiétez pas pour ça.

Elle fronça les sourcils.

— Je sais comment la police fonctionne, Fletcher. Et vous ne me ferez pas croire que votre commissaire va mobiliser indéfiniment deux de ses inspecteurs à cause d'une banale histoire d'appels anonymes. Vous avez sûrement des affaires plus urgentes à traiter.

— C'est quand même une menace de mort qui pèse sur vous, en l'occurrence. Et le fait que vous soyez devenue une figure connue à Denver pèse aussi dans la balance. Avec cela, la presse s'est emparée de l'affaire. Vous allez m'avoir sur le dos pendant encore un bon moment.

— Mmm... et je suis censée me réjouir de cette aubaine,

j'imagine ? marmonna-t-elle alors que le premier voyant lumineux s'allumait sur le standard.

X se manifesta tôt, ce soir-là. Au cinquième appel, elle reconnut sa voix, lutta contre la tentation de hurler et bascula aussitôt sur la sélection musicale qu'elle avait préparée. Sans même s'en rendre compte, elle se cramponna à la main de Boyd.

— Encore vous, X ? Vous êtes tenace, dans votre genre.

— Je veux que tu crèves. Je suis presque prêt maintenant. Si tu as des adieux à faire, c'est le moment d'y penser, catin. Tu n'en as plus pour longtemps à vivre.

Cilla sentit monter la nausée familière. Par un suprême effort de volonté, elle réussit à prendre un ton enjoué.

— Dites-moi, X, est-ce que nous nous sommes déjà rencontrés, vous et moi ? J'aime à penser que mes meurtriers potentiels ne sont pas tous de parfaits inconnus.

Le flot d'injures qui suivit fut aussi véhément que haineux. Cilla s'efforça de laisser glisser les mots sur elle, tout en se concentrant sur le contact de la main de Boyd posée sur sa nuque.

— Eh bien... Vous avez l'air très remonté contre moi. Vous savez, l'ami, si mon émission vous déplaît à ce point, il suffit de tourner le bouton et de passer sur une autre fréquence.

A l'autre bout du fil, il y eut comme un sanglot de rage.

— Tu n'es qu'une chienne perverse, une bouffeuse d'hommes. Tu l'as saisi entre tes griffes et quand tu t'es lassée de jouer avec lui comme un chat avec une souris, tu l'as tué sans une hésitation.

— Tué ?

Cilla demeura un instant sous le choc. Cette dernière accusation la perturbait plus que les mots orduriers que X avait l'habitude de lui cracher à la figure.

— Tué qui, d'abord ? Je ne comprends rien à vos histoires. S'il vous plaît, donnez-moi au moins une indication...

Seul le bruit de la tonalité lui répondit. Anéantie, elle attendit, le regard perdu dans le vague, pendant que Boyd composait le numéro habituel.

— Alors ? La communication a duré plus longtemps, cette fois. Vous avez pu déterminer l'origine de l'appel ?... Et merde !

Il se leva, les poings enfoncés dans les poches, et se mit à arpenter le studio minuscule.

— Dix secondes, bon sang! S'il était resté en ligne dix secondes de plus, on l'avait! Le type n'est pas idiot. Il doit savoir que le téléphone est sur écoute.

Il tourna vivement la tête en direction de la porte lorsque Nick Peters entra. Le jeune stagiaire apportait du café, mais il tremblait tellement qu'il avait renversé presque la moitié de la tasse.

— Que faites-vous là, vous? demanda Boyd sèchement.

Nick déglutit.

— Je... euh... Mark m'a dit que je pouvais rester pendant toute la durée de l'émission. Et j'ai pensé que Cilla aurait peut-être besoin d'un petit remontant.

Du pouce, Boyd désigna la table de mixage.

— Posez ça ici. Pourriez-vous éventuellement l'aider à terminer son émission?

Cilla sortit lentement de son état de torpeur en entendant le bref échange entre les deux hommes. Elle ouvrit la bouche pour parler et fut sidérée d'entendre que sa voix rendait un son neutre, calme et froid :

— Je n'ai pas besoin d'aide. Tout va bien, Nick. Ne t'inquiète pas pour moi.

Sa main ne tremblait pas lorsqu'elle la posa sur le micro.

— Vous avez tous reconnu ce petit bijou : c'était *Just like a woman* de Bob Dylan pour Chuck, de la part de Laurie, avec toute sa tendresse.

Elle posa sur Boyd un regard parfaitement paisible avant d'appuyer sur une seconde touche.

— Ici Radio KHIP. Bienvenue sur les ondes.

Cilla tenait bon. Pour le moment, c'était tout ce qu'elle demandait. Elle avait réussi à animer son émission jusqu'au bout et elle se sentait calme comme les eaux d'un lac immobile. Et tant pis si elle avait l'impression d'être un robot fonctionnant en marche automatique.

Si elle parvenait à garder la tête froide, elle réussirait peut-être à sortir indemne de ce cauchemar.

Lorsque Boyd avait pris le volant d'autorité, elle l'avait laissé faire sans protester. Revendiquer le droit à la conduite était bien le dernier de ses soucis.

— Inutile d'essayer de me mettre à la porte, cette fois, O'Roarke. Ce soir, je m'invite chez toi, décréta-t-il en se garant dans l'allée.

— O.K., répondit-elle distraitement.

Ni sa manie de donner des ordres ni même le tutoiement inattendu qu'il venait d'employer ne parvenaient à l'affecter. Elle se dirigea vers la maison d'une démarche d'automate, sans vérifier s'il la suivait ou non. Avec des gestes mécaniques, elle ôta son manteau et ses chaussures et les rangea dans la penderie. Puis elle alla s'installer sur le canapé et alluma une cigarette. La voiture de patrouille garée le long du trottoir l'avait rassurée : Deborah dormait en sécurité dans son lit.

— Je crois que je commence enfin à comprendre, déclara-t-elle en envoyant un rond de fumée vers le plafond.

— A comprendre quoi ?

Boyd, lui, était trop nerveux pour s'asseoir. Il aurait préféré des larmes, des cris ou même une crise de nerfs. Cette placidité qui ne lui ressemblait pas ne lui disait rien qui vaille.

— Il est clair que cet homme me prend pour quelqu'un d'autre, poursuivit Cilla. Il faut que j'arrive à le convaincre qu'il se trompe, c'est tout.

— Le convaincre ? répéta Boyd lentement. Et comment comptes-tu procéder ?

— La prochaine fois qu'il appellera, je ferai en sorte qu'il m'écoute.

Elle se croisa les bras sur la poitrine, en se frottant les coudes, comme pour chasser un froid insidieux.

— Je n'ai jamais tué personne, c'est clair ?

— Très clair. Alors tu vas clamer ton innocence au prochain appel. Et lui se montrera très compréhensif et s'excusera poliment de t'avoir dérangée pour rien.

Cilla se mordilla la lèvre, sans répondre.

— Cilla... Tu parles comme si tu avais affaire à une personne équilibrée. Mais cet individu ne *peut* pas raisonner selon les mêmes critères que toi. Nous avons affaire à un psychopathe ou à un paranoïaque. Autrement dit, à quelqu'un d'imperméable à ta logique. Tu pourras lui démontrer tout ce que tu voudras par a + b, il n'en restera pas moins sur son idée fixe.

Cilla cassa sa cigarette en deux en l'écrasant dans le cendrier et jura tout bas.

— Qu'il soit rationnel ou non, il peut quand même comprendre qu'il me confond avec quelqu'un d'autre, non ? Je n'ai jamais tué personne, je suis certaine de ça au moins.

Elle eut un petit rire nerveux et retira l'élastique qui retenait ses cheveux avant de conclure :

— Et je n'ai jamais séduit qui que ce soit non plus.

— A d'autres, Cilla.

A bout de nerfs, elle se leva et traversa la pièce avant de se retourner brusquement.

— Tu me prends pour qui, au juste ? Pour une espèce de mante religieuse qui s'amuse à attirer les mâles pour mieux les décapiter ensuite ? Désolée de te décevoir, mais ce n'est pas mon truc. Alors mets-toi bien ça dans le crâne : je suis une voix et rien qu'une voix. Une voix qui donne plutôt bien le change, ça, je te l'accorde. Mais ça s'arrête là.

— Ne sois pas stupide, Cilla. Tu es bien plus qu'une voix. Je le sais, tu le sais…

Il marqua une pause et attendit qu'elle tourne de nouveau les yeux vers lui pour ajouter :

— … et *il* le sait.

Elle sentit quelque chose trembler en elle — comme un mélange de peur et de désir.

— Même en admettant que je ne sois pas qu'une voix, je n'ai jamais joué les femmes fatales ailleurs que sur les ondes. C'est un personnage que je joue et il n'a rien à voir avec la fille que je suis réellement. Si tu ne me crois pas, tu peux poser la question à mon ex-mari. Il te confirmera que mes pulsions libidinales sont au point mort.

Boyd réagit au quart de tour.

— *Quoi ?* Tu ne m'as jamais dit que tu avais été mariée !

Cilla haussa les épaules avec impatience.

— Ma brève expérience de la vie conjugale remonte à une éternité. Et elle n'a aucun rapport avec les événements actuels.

— Le moindre détail peut avoir son importance dans ce genre d'affaire. Je veux son nom et son adresse.

— Je n'ai pas la moindre idée de ce qu'il est devenu. Nous ne sommes même pas restés ensemble un an. J'avais vingt ans, Fletcher, bon sang !

— Dis-moi au moins son nom.

Elle se frotta les tempes avec lassitude.

— Paul. Paul Lomax. Et je ne l'ai pas revu depuis qu'il m'a quittée, il y a de cela huit ans.

Elle se tourna vers la fenêtre puis, incapable de tenir en place, pivota de nouveau vers lui.

— De toute façon, Paul n'a rien à voir dans cette histoire. Le type qui me harcèle est un parfait inconnu qui me prend pour une grande séductrice. Et il se trompe sur toute la ligne.

— Il ne démordra pas de son idée, Cilla.

— Mais c'est absurde qu'il pense des choses pareilles ! Je n'ai même pas réussi à satisfaire *un* homme. Je ne vois pas comment je pourrais faire tomber des victimes par dizaines.

Boyd secoua la tête.

— Ton raisonnement est d'un illogisme total, Cilla.

— C'est ça ! Parce que tu crois que ça m'amuse d'avoir à admettre que mon personnage public, c'est de l'esbroufe, et que je suis nulle au lit ? explosa-t-elle en arpentant la pièce. Le dernier homme avec qui je suis sortie m'a dit que ce n'était pas du sang mais de l'eau glacée qui coulait dans mes veines. Mais je ne l'ai pas tué pour autant.

Amusée malgré elle, Cilla s'immobilisa net.

— Quoique, maintenant que j'y repense, je l'aurais volontiers étranglé, cet imbécile.

Boyd croisa les bras sur la poitrine.

— Tu sais quoi, Cilla ? Je crois qu'il serait grand temps que tu commences à te prendre toi-même au sérieux.

— Je me prends au sérieux, Fletcher. Très au sérieux, même.

— Professionnellement, oui. Tu es une future grande figure de la radio et tu le sais. Mais je n'ai encore jamais vu une femme qui doutait à ce point de ses capacités à plaire.

— Je suis réaliste.

— Laisse-moi rire. Tu es lâche, plutôt.

Elle se redressa et le regarda de haut.

— Tu peux garder tes réflexions pour toi, Fletcher.

Boyd se leva à son tour pour lui faire face.

— Je pense que tu fuis les hommes parce que tu as peur de ce qu'ils pourraient te révéler sur toi-même.

— Tu n'es pas payé pour m'analyser, mais pour me débarrasser de ce malade mental, vociféra-t-elle. Alors fais ton boulot, Fletcher. C'est tout ce qu'on te demande.

Elle voulut quitter la pièce au pas de charge, mais il la retint par le bras.

— Et si nous faisions une petite expérience ? murmura-t-il.

Les yeux de Cilla lancèrent des éclairs.

— Une petite expérience ?

— Je veux bien jouer le rôle du cobaye, O'Roarke. Et comme tu ne peux pas me voir en peinture, tu ne cours aucun danger, sentimentalement parlant.

Il lui saisit l'autre bras et la fit pivoter vers lui. Il sentait monter en lui une colère équivalente à celle qui vibrait en elle.

— Je te parie que je ne ressentirai rien lorsque tu m'embrasseras, Cilla.

Il l'attira contre lui et ajouta dans un souffle :

— Et maintenant, essaie de me prouver le contraire.

4.

Ils étaient très proches l'un de l'autre. Cilla avait levé la main pour le maintenir à distance et sa paume ouverte reposait contre le torse de Boyd. Dans le silence oppressant qui s'était abattu entre eux, elle percevait distinctement les battements lents et réguliers de son cœur. Ce rythme cardiaque paisible ne fit qu'attiser sa rage. Comment pouvait-il rester aussi calme alors que son propre pouls s'emballait et qu'elle avait l'impression d'avoir quarante degrés de fièvre ?

— Je n'ai strictement rien à te prouver, Fletcher. Alors, bas les pattes, c'est clair ?

Il hocha la tête sans lâcher prise pour autant. Comme s'il prenait plaisir à la narguer !

— A moi, non. Mais il y aurait peut-être deux ou trois petites choses qu'il serait bon que tu te prouves à toi-même, O'Roarke.

— Arrête ton cirque, O.K. ? Tu me fatigues.

Il eut un sourire tentateur.

— Je crois que tu as peur de moi, en fait.

Cette fois, il avait touché un point sensible. Cilla était consciente de tomber dans un piège et pourtant, ce fut plus fort qu'elle. Rejetant ses cheveux en arrière, elle fit remonter sa main jusqu'à l'épaule de Boyd. Avec une lenteur délibérée et provocante.

Le traître avait réussi sa manœuvre car elle se sentait soudain déterminée à le faire réagir. Comme il restait imperturbable, avec toujours ce même petit sourire railleur au coin des lèvres, elle fit un pas en avant. C'était clairement la dernière chose à faire, mais tant pis : elle prit une profonde inspiration et pressa sa bouche contre la sienne.

Les lèvres de Boyd étaient fermes, fraîches… et indifférentes. Elle sonda son regard et n'y trouva que neutralité et scepticisme — avec une lueur d'amusement qui lui donna envie de mordre.

Résistant à la tentation de le gifler, Cilla rejeta la tête en arrière.

— Voilà. Tu as gagné ton pari, lança-t-elle, luttant contre une stupide envie de pleurer. Tu es convaincu, maintenant ? Satisfait de la démonstration ?

— Non. Tu n'as même pas fait l'effort d'essayer, O'Roarke.

Les mains de Boyd glissèrent plus bas pour venir se poser sur ses hanches. Il la fit basculer vers lui et elle se retrouva dans ses bras.

— Ne me dis pas que tu n'es pas capable de faire un peu mieux que ça ! Un peu de conviction, bon sang !

Humiliée et furieuse, elle le maudit avec force et attira son visage contre le sien. Il voulait plus de conviction ? Parfait, il aurait de la conviction. Elle allait lui montrer ce qu'un baiser de femme voulait dire. Les lèvres de Boyd étaient toujours aussi fermes contre les siennes, mais la froideur et l'indifférence n'étaient déjà plus au rendez-vous. Lorsqu'il la serra plus fort contre lui et qu'il prit l'initiative d'un nouveau baiser, Cilla songea obscurément que la démonstration était faite, le pari remporté et qu'elle n'avait aucune raison de jouer les prolongations. Mais déjà quelque chose avait lâché en elle, comme si les vannes d'une écluse s'étaient ouvertes, libérant un torrent puissant de vie, d'énergie, de sensualité. Un sang neuf, turbulent, coulait désormais dans ses veines. Submergée par un flux inattendu de sensations, Cilla se pressa contre Boyd, laissant des courants brûlants circuler en elle, récitant de nouveau l'alphabet du plaisir.

Elle oublia que Boyd était Boyd et que tout les opposait. Son esprit cessa de raisonner. Elle ne pensait plus qu'en termes de sensations : caresse des mains de Boyd dans son dos, pression de ce long corps musclé épousant le sien, chaleur née de leur étreinte qui les enveloppait comme un cocon. Seule existait encore cette bouche qui avait cessé d'être patiente et qui pillait la sienne, faisant battre furieusement le sang à ses tempes.

Les yeux clos, Boyd tentait de composer avec des sensations cataclysmiques. Le défi jeté à Cilla l'entraînait bien au-delà de ce qu'il avait projeté. Physiquement, la rencontre avait été explosive et il ne se rappelait pas qu'un baiser eût jamais généré pareille électricité. Il avait cru être préparé au choc, pourtant. Depuis le premier soir où il l'avait rencontrée dans son studio, il avait fantasmé inlassablement sur cette scène. Mille fois déjà en imagination, il avait pressé son beau corps contre le sien, humé les émanations de sa peau, entendu ses soupirs se muer en gémissements sur ses lèvres.

Mais, à côté de la réalité, son imagination se révélait plutôt pâle. Les baisers de Cilla étaient comme un enchaînement d'éclairs zébrant un ciel d'orage. A fouiller cette bouche ardente, il se sentait traversé par une force explosive, une puissance potentiellement destructrice. D'elle à lui, le courant à haut voltage circulait, le laissant sans souffle et étourdi comme après une nuit d'ivresse. Avec une conscience exacerbée par la tension du désir, il sentit Cilla vaciller entre ses bras, ébranlée par la violence de la décharge.

Un long spasme la parcourut de la tête aux pieds et elle émit un son presque plaintif en détachant ses lèvres des siennes. Il la sentit si faible contre lui qu'il la soutint en la maintenant par la taille. Il avait enfoui sa main libre dans ses cheveux et son premier réflexe fut de plonger son regard dans le sien.

Dans ses yeux, il voulait retrouver, intactes, les émotions qui faisaient rage en lui. Sous les paupières alourdies, les pupilles étaient immenses, dilatées jusqu'à l'extrême. Le désir était là — charnel, élémentaire, irrépressible. Il sourit lorsque les lèvres de Cilla s'écartèrent. Sa respiration était rapide, irrégulière, presque haletante.

— Encore? murmura-t-il en resserrant la pression de ses bras autour de ce corps qui ployait déjà pour s'ouvrir au sien.

Lorsque leurs bouches se retrouvèrent pour se mêler de nouveau, Cilla ferma les yeux avec un léger frisson. Elle songea vaguement que la situation aurait exigé un certain recul critique. Mais ses capacités de concentration furent balayées presque aussitôt par un déploiement de sensations sans précédent. Leur gamme était si variée et si étendue qu'elles formaient dans sa conscience comme des bancs de brume, soyeuse et légère, couvrant toute chose, obscurcissant ses pensées et réduisant sa volonté à néant. Avant que ses réflexes défensifs aient eu le temps de prendre le dessus, elle se sentit partir de nouveau, aspirée vers le haut, emportée par la spirale irrépressible du plaisir.

Boyd comprit qu'il pourrait la tenir ainsi dix fois, cent fois, mille fois et ne jamais se lasser de boire à ses lèvres. Le désir qu'elle éveillait en lui était aussi absolu qu'inextinguible. Jamais bouche ne s'était ouverte avec autant de volupté sous ses lèvres ; jamais langue ne s'était fondue à la sienne aussi intimement. Toutes les promesses qu'il avait pressenties dans la voix de Cilla se concrétisaient. Elle était la sensualité à l'état pur.

Il ne put résister à la tentation de glisser les mains sous son sweat-shirt pour trouver le satin de sa peau sous la tiédeur du coton. Elle s'arqua contre lui, offerte à ses caresses, se livrant sans retenue à ses explorations.

« Doucement, songea-t-il. C'est trop tôt. Et trop rapide. » Ça l'était pour lui, comme pour elle, d'ailleurs. Il releva la tête et, continuant à la maintenir fermement contre lui, il s'efforça de calmer sa respiration en attendant qu'elle refasse surface à son tour.

Quelques secondes s'écoulèrent avant qu'elle ne soulève lentement les paupières. Cilla ne semblait revenir à la réalité qu'à contrecœur. Elle porta une main à sa tempe.

— J'aurais besoin de m'asseoir, murmura-t-elle.

— Ça tombe bien. Moi aussi.

Boyd la guida jusqu'au canapé. Elle avait l'impression de se mouvoir comme une somnambule. Elle replia les jambes sous elle, renversa la tête contre le dossier et prit une profonde inspiration. Avec un peu de chance, elle finirait par se convaincre qu'il n'y avait eu là qu'un banal baiser sans signification particulière.

— Je propose que nous oubliions immédiatement cet intermède stupide, suggéra-t-elle, irritée de se sentir bouleversée et sans défense.

— Il y a pas mal d'adjectifs qui peuvent qualifier cet « intermède », comme tu dis. Mais *stupide* est bien le dernier qui me vienne à l'esprit.

Cilla soupira avec impatience.

— Tu sais très bien pourquoi ça s'est produit. Tu m'as provoquée, j'ai réagi bêtement...

— ... et au quart de tour, surtout.

— Ecoute, Boyd...

— Oh, oh, une première ! Ainsi tu es bel et bien capable de prononcer mon prénom ?

Avant qu'elle ne puisse l'en empêcher, il lui caressa les cheveux d'un geste à la fois tendre et sensuel qui provoqua un nouvel afflux de sensations déstabilisantes.

— Dois-je comprendre que tu n'appelles un homme par son prénom qu'une fois que tu l'as embrassé?

— Arrête, Boyd, s'il te plaît. Il n'y a rien à comprendre du tout.

Abandonnant prudemment sa place à côté de lui sur le canapé, Cilla se leva d'un bond pour arpenter la pièce.

— Refermons cette parenthèse absurde, décréta-t-elle. Nous nous sommes écartés de notre sujet.

— Il n'y a pas qu'un seul sujet possible, dans une conversation civilisée, observa Boyd en croisant nonchalamment les jambes.

— Ce n'était pas une conversation et ce n'était pas très civilisé non plus. Alors tâchons de ne plus dévier.

Boyd haussa les épaules.

— A ta guise. Mais pour moi, nous étions dans le vif du sujet, au contraire. Tu avais bien dit que la seule chose qui attirait les hommes chez toi, c'était ta voix, n'est-ce pas? Eh bien, je crois que nous venons de prouver de façon relativement éclatante que ce point de vue est erroné.

— Ce qui vient de se passer ne prouve strictement rien!

Cilla serra les poings. Contrairement à ce que semblait penser X, elle n'avait encore jamais tué personne. Mais si Boyd continuait à l'observer avec ce petit sourire comblé aux lèvres, elle pourrait basculer pour de bon dans le camp des assassins!

Les bras croisés sur la poitrine, elle le toisa froidement :

— De toute façon, ça n'a aucun rapport avec l'homme qui me harcèle au téléphone.

Pour le coup, Boyd reprit son sérieux.

— Justement, si, Cilla. X fait une fixation sur toi mais pas pour lui-même. Il veut te faire payer les souffrances que tu es censée avoir infligées à un autre homme en le séduisant. Quelqu'un que tu connais, certainement. Et avec qui tu as nécessairement été en contact.

Cilla poussa un bref soupir exaspéré, alluma une énième cigarette et recommença à faire les cent pas dans le living.

— Je t'ai déjà expliqué que je ne voyais personne.

— Pour le moment.

— Pour le moment et depuis des années !

Boyd parut sceptique.

— Peut-être que tu n'attachais tout simplement pas la même importance à la relation que l'individu en question. Tu ne crois pas que ça pourrait être une explication ?

— Bon sang ! Fletcher, puisque je te dis qu'il y a une éternité que j'ai pris le parti de ne plus sortir avec personne. Je n'en ai ni le temps ni l'envie. Ça ne me paraît tout de même pas si compliqué à comprendre !

— Nous causerons de tes envies plus tard, d'accord ? J'avoue que le sujet me passionne.

Exaspérée, Cilla se tourna vers la fenêtre.

— Par pitié, Boyd, laisse-moi vivre, O.K. ?

— C'est justement pour te laisser vivre que je suis ici.

Une telle gravité transparaissait dans la voix de Boyd qu'elle ravala un commentaire cinglant.

— Si tu es certaine — absolument certaine — qu'il n'y a eu personne ici, à Denver, nous étendrons notre champ d'investigations à Dallas, puis Chicago, Richmond et Saint Louis, en remontant peu à peu dans le temps. Mais je veux d'abord que tu te creuses la tête et que tu fasses un décompte très précis : quels sont les hommes qui ont paru s'intéresser à toi ? Y a-t-il quelqu'un qui t'a appelée à la station plus souvent que la normale ? Un homme qui t'a posé des questions personnelles et qui a exprimé l'envie de te rencontrer ? Qui t'a fait des avances, t'a proposé de sortir avec lui ?

Cilla laissa éclater un bref rire sans joie.

— Il y a toi.

— Voilà qui nous fait un suspect intéressant. Il faudra que je pense à mener une enquête poussée sur ma personne.

Si l'attitude de Boyd restait trompeusement calme, elle n'en perçut pas moins un fond d'irritation dans sa voix.

— Et qui d'autre, à part moi, Cilla ? reprit-il en décroisant les jambes pour les allonger devant lui.

— Personne. Personne qui ait vraiment insisté.

Elle pressa la base de ses paumes contre ses paupières. Si seulement elle pouvait recouvrer sa tranquillité d'esprit et oublier, ne serait-ce que quelques minutes…

— Les gens m'appellent, bien sûr. C'est le principe de l'émission. Il arrive que l'on me lance une invitation. Certains m'envoient même des fleurs ou des chocolats. Mais je ne vois rien de bien sinistre dans un bouquet de roses.

— Dans un bouquet de roses, non. Dans des menaces de mort, si.

Cilla soupira.

— O.K., O. K… Mais comment veux-tu que je te fasse la liste de tous ceux qui m'ont appelée pour flirter avec moi sur les ondes ? De toute façon, je maîtrise très bien le truc. Lorsque je dis non, mes interlocuteurs comprennent vite. Et ils n'insistent pas.

Boyd leva les yeux au plafond.

— Ce raisonnement me paraît être d'une naïveté extrême. Mais bon… Voyons un peu du côté de ton environnement professionnel. Les gens avec qui tu travailles sont majoritairement des hommes, je crois ?

— Des hommes ou des femmes, c'est pareil. Nous sommes collègues avant tout, riposta Cilla en se rongeant les ongles. Mark est très heureux dans son couple ; idem pour Bob. Quant à Jim, c'est un ami. Un vrai.

— Tu oublies Nick Peters.

— Nick Peters ? Ah oui, c'est vrai. Je n'y pensais plus.

— Il est pourtant fou amoureux de toi.

— Quoi ?

Sidérée, Cilla s'immobilisa pour faire face à Boyd.

— Mais qu'est-ce que tu racontes ? Il a sept ans de moins que moi !

Boyd examina ses traits un instant puis poussa un profond soupir.

— Tu n'avais rien remarqué ?

— Il n'y a rien à remarquer.

Plus perturbée qu'elle ne voulait l'admettre, Cilla se tourna vers la fenêtre.

— Ecoute, Holmes, tout ceci ne nous mène nulle part et je…

Sa phrase se perdit dans un murmure. Elle porta la main à sa gorge.

— Et tu quoi ?

Cette silhouette noire et immobile sur le trottoir d'en face...
Etait-ce un cauchemar ? Une vision ?

— Il y a un homme de l'autre côté de la rue, chuchota-t-elle. Il nous observe.

— Eloigne-toi de la fenêtre ! Tout de suite !

Déjà Boyd avait bondi sur ses pieds.

— Tire les rideaux et ferme la porte à clé derrière moi. Ne la rouvre pas avant que je sois de retour.

Muette de terreur, elle hocha la tête et le suivit dans l'entrée. Un frisson la parcourut lorsque Boyd sortit son revolver. Ce simple geste la paralysa. Le mouvement avait été rapide, discret, quasi instinctif. Depuis dix ans qu'il faisait partie de la police judiciaire, combien de fois avait-il dégainé son arme ainsi avant de s'enfoncer dans la nuit pour affronter un ennemi invisible qui, un jour peut-être, tirerait plus vite que lui ?

Cilla serra les lèvres. L'exhorter à la prudence ? A quoi bon ? L'expérience lui avait appris que ces recommandations étaient inutiles.

— Je vais jeter un coup d'œil, annonça-t-il, le regard rivé sur la porte. Toi, tu ne bouges pas d'ici, promis ?

De l'homme calme et joueur qui l'avait asticotée gentiment jusqu'à ce qu'elle lui tombe dans les bras, il ne restait plus trace. Ce nouveau Boyd, tendu, sur le qui-vive, n'était pas fait pour la surprendre. Il avait l'air de ce qu'il était : un flic en civil sur le point d'entrer en action. Cilla songea que c'était surtout le regard qui se modifiait chez ces gens-là. Comme s'il se vidait d'un coup de toute émotion.

— Si je ne suis pas de retour dans dix minutes, appelle la police et demande des renforts. Tu as compris ?

Cilla céda à la tentation de lui effleurer le bras.

— Oui, j'ai compris, murmura-t-elle d'une voix blanche.

Boyd l'entendit tirer le verrou derrière lui et hocha la tête. Assuré qu'elle était en sécurité, il s'élança, le manteau déboutonné, saisi par le vent froid de la nuit. L'arme dans sa main était tiède, encore imprégnée de la chaleur de son corps. Du regard, il balaya la rue et la trouva déserte. La nuit était sombre, cependant, et des plages d'ombre subsistaient entre les oasis de lumière au pied des lampadaires. L'atmosphère était trompeusement paisible dans le quartier résidentiel endormi. Seule la plainte du vent soufflant entre les branches dénudées des arbres rendait un son désolé, presque lugubre.

Cilla n'avait pas eu d'hallucinations, pourtant. Il avait lui-même entrevu la silhouette solitaire plantée sur le trottoir opposé. Boyd fouilla du regard l'alignement des jardinets avec leurs coquettes barrières de bois.

Mais l'inconnu avait filé, de toute évidence. Il avait dû prendre la fuite dès l'instant où Cilla l'avait repéré. Comme pour ponctuer les pensées de Boyd, le claquement nerveux d'une portière se fit entendre à quelques pâtés de maisons de là. Boyd poussa un juron et cessa de courir. Rien ne servait d'aller plus loin. Il ne disposait d'aucun élément qui aurait pu lui permettre de prendre le voyeur en chasse.

Il se contenta de faire le tour de la maison de Cilla en essayant de trouver la trace quelconque d'une présence. Mais X — si c'était lui — n'avait apparemment pas poussé ses explorations jusqu'au jardin.

Lorsqu'il frappa, Cilla avait la main sur le téléphone.

— C'est moi, Boyd.

Elle courut lui ouvrir.

— Tu l'as vu? demanda-t-elle, en écarquillant les yeux.

— Non.

— Et pourtant, il était là. Je te le jure.

— Je sais.

Il entra et tira soigneusement le verrou.

— Essaye de te détendre maintenant. Il est reparti. J'ai entendu sa voiture démarrer.

Cilla secoua nerveusement la tête. Depuis dix minutes qu'elle était seule à l'attendre, elle avait eu amplement le temps d'élaborer les scénarios les plus terrifiants.

— Me détendre, tu dis? Je ne sais pas si tu te rends compte, Boyd, mais il sait où je travaille et il sait où j'habite. Et tu voudrais que je me *calme*? Si tu n'avais pas été là, il aurait peut-être essayé d'entrer pour... pour...

Laissant sa phrase en suspens, Cilla se passa nerveusement une main dans les cheveux. Prononcer les mots à voix haute était au-dessus de ses forces.

Boyd se tut quelques instants, lui laissant le temps de se ressaisir.

— Pourquoi ne t'accordes-tu pas quelques jours de congé? proposa-t-il enfin. Tu pourrais rester chez toi, te reposer. Je veillerais à ce qu'une voiture de patrouille sillonne le quartier en permanence.

Cilla se laissa tomber sur une chaise.

— Je ne vois pas en quoi je serais plus en sécurité ici qu'à la station. Et quand je travaille, au moins, ça m'occupe l'esprit. Si je dois rester ici à attendre que le téléphone sonne, je vais devenir folle.

Boyd hocha la tête.

— Nous reparlerons de tout cela demain, à tête reposée. Tu devrais aller te coucher maintenant, Cilla. Tu es épuisée. Si tu veux bien me prêter ton canapé pour la nuit, je reste dormir ici.

Si seulement elle avait eu la force de lui répondre que ce n'était pas nécessaire, qu'elle était assez grande pour se protéger elle-même. Mais l'élan de reconnaissance qui l'envahit lui coupa littéralement les jambes.

— Le canapé est à toi. Je vais te chercher une couverture.

L'aube pointait lorsqu'il se traîna enfin chez lui. Il avait conduit des heures durant, sillonnant des quartiers tous identiques, enfilant une succession de rues monotones où s'alignaient les maisons endormies. Il ignorait s'il avait été suivi ou non, mais une chose était certaine : si c'était le cas, il avait réussi à brouiller les pistes.

Au début, lorsque la fille l'avait vu et qu'il s'était mis à courir sur le trottoir, il avait connu un moment de peur panique. Mais, une fois assis à son volant, il s'était appliqué à respirer lentement. Et le calme s'était installé peu à peu en lui. Il avait même réussi à contrôler sa conduite et à rouler à une allure paisible, sans accélérations brusques. Se faire arrêter par une voiture de patrouille à ce stade eût été catastrophique. Tout son plan serait tombé à l'eau.

Il transpirait abondamment sous son épais cache-nez. Alors que ses pieds étaient glacés dans ses tennis en toile légère. Mais il était trop habitué à l'inconfort physique pour s'en rendre compte. Ivre de fatigue, il progressa à tâtons dans l'appartement. Par principe, il se passait d'éclairage, évitant les pièges qu'il avait tendus un peu partout afin de donner l'alerte. Un fil de Nylon presque invisible reliait le pied d'une chaise au bras d'un canapé fané. Et une énorme pile de boîtes de conserves empilées en équilibre précaire à l'entrée de sa chambre menaçait de s'effondrer au moindre geste un peu brusque. Il avait une excellente vision nocturne qu'il ne cessait d'améliorer par de patientes pratiques. Et il était fier des résultats obtenus.

Longtemps, il s'attarda sous la douche, laissant l'eau tiède couler sur ses muscles contractés. Lorsque la détente vint peu à peu, il prit sa brosse dure par le manche et frotta violemment chaque centimètre carré de sa peau. Le jour se levait, peu à peu, et une pâle lumière tombait à présent sur sa poitrine.

Son regard s'attarda sur son tatouage préféré : deux couteaux aux manches ouvragés dont les lames croisées formaient un X. Il caressa le dessin d'un doigt hésitant en songeant à la réaction fascinée de John lorsqu'il le lui avait montré pour la première fois.

Le souvenir de ces instants resterait à jamais gravé dans sa mémoire. Comme si c'était hier, il revoyait les yeux de John, sombres et luisant d'excitation. Même sa voix continuait à résonner en lui, avec ce débit nerveux, précipité, ces mots qui finissaient toujours par se brouiller. Que de nuits ils avaient passées côte à côte à discuter à bâtons rompus dans le noir ! Ensemble, ils s'étaient inventé un avenir fait de découvertes et de voyages. A eux deux, ils auraient pu s'en sortir, tenir tête à la fatalité.

Mais au moment même où leurs projets auraient pu se réaliser, le monde extérieur avait frappé. La femme avait frappé…

Il sortit de la douche et trouva la serviette à tâtons, à l'endroit précis où il l'avait laissée. Personne, jamais, ne pénétrait chez lui, nul ne venait perturber l'ordre méticuleux qui régnait dans ces pièces. Le soleil fit son apparition au moment où il passait dans la cuisine. Il se confectionna deux sandwichs qu'il avala debout, penché au-dessus de l'évier, pour éviter de salir le sol. Manger lui fit du bien. Il se sentait propre et rechargé en énergie vitale. La puissance, de nouveau, était en lui. La police n'avait pas retrouvé sa trace. Le fait qu'à lui seul il parvienne à déjouer le système le faisait jubiler. Quant à la fille, elle était malade de peur. Cette pensée l'excitait. Bientôt, il la tiendrait entièrement à sa merci et elle connaîtrait la mort atroce qu'elle méritait.

Il saurait la faire souffrir, la faire hurler de terreur, de douleur et de désespoir. Il lui arracherait des supplications et il l'amènerait au repentir. Mais le repentir ne suffirait pas. Il voulait la tenir à la gorge, la voir expirer lentement sous les coups qu'il lui porterait.

Passant dans la chambre adjacente, il ferma la porte et tira les persiennes. Puis il s'assit sur son lit et décrocha posément son téléphone.

Encore à demi endormie, Deborah se glissa hors de sa chambre et descendit l'escalier dans le noir pour ne pas réveiller Cilla. Sur son body en dentelle blanche, elle avait enfilé à la hâte un léger déshabillé de soie bleue qu'elle n'avait pas pris la peine de nouer à la taille. Tout en se frayant un chemin à tâtons dans le séjour, elle se récita les questions sur lesquelles elle risquait de buter à l'examen oral qu'elle passait le matin même. Mais si les questions lui revenaient aisément à l'esprit, les réponses, elles, restaient coincées quelque part à la frontière de son subconscient. « Pas de panique », se raisonna-t-elle. Une bonne dose de caféine matinale libérerait ses connaissances temporairement bloquées.

Bâillant à se décrocher la mâchoire, Deborah trébucha sur une botte abandonnée à même le sol, perdit l'équilibre et poussa un cri étouffé lorsque sa main rencontra le corps allongé sur le canapé.

Réveillé en sursaut, Boyd attrapa son arme. Mais avant même d'ouvrir les yeux, il identifia une présence féminine non hostile.

— Bonjour, Deborah, dit-il, en découvrant la jeune fille.

— Ah, mon Dieu, vous m'avez fait peur... C'est vous, inspecteur Fletcher ?

Encore assommé par la fatigue, il se frotta les yeux.

— Mmm... oui, ce doit être moi.

— Je suis désolée, j'ignorais que vous aviez passé la nuit ici.

Les joues en feu, Deborah se redressa et rabattit les pans de son peignoir sur elle. Tout en nouant sa ceinture, elle jeta un coup d'œil préoccupé en direction de l'escalier et baissa la voix.

— Pourquoi avez-vous dormi chez nous, inspecteur ? Il ne s'est rien passé de grave, au moins ?

Avec une légère grimace, Boyd massa son épaule gauche.

— Je vous avais promis de prendre soin de votre sœur, non ?

Elle posa sur lui un regard mi-intrigué mi-approbateur.
— Vous prenez vos responsabilités au sérieux, apparemment ?
— Très au sérieux.
— Tant mieux, commenta Deborah avec un sourire cette fois franchement appréciateur. Je m'apprêtais à faire du café. Je peux vous en proposer une tasse ?

Si elle était aussi tenace que sa sœur, elle ne le lâcherait pas avant d'avoir obtenu la réponse aux questions qui devaient la préoccuper. Boyd soupira, renonçant à la tentation de s'accorder une demi-heure de sommeil supplémentaire.

— O.K., merci. Volontiers.
— Mais je suppose qu'une douche brûlante figure en première place sur la liste de vos priorités ? Il aurait fallu que vous mesuriez dix centimètres de moins pour passer une nuit à peu près confortable sur ce canapé.
— *Douze* centimètres de moins, rectifia-t-il, lugubre, en tournant lentement la tête à droite et à gauche pour tenter d'assouplir sa nuque ankylosée.
— Utilisez toute l'eau chaude qu'il vous faudra. Je mets le café en route.

Deborah se détourna pour passer dans la cuisine lorsque le téléphone sonna.

— Oh, zut, ça va réveiller Cilla ! s'exclama-t-elle en revenant sur ses pas. Elle décroche toujours à la première sonnerie. Je me demande qui est l'imbécile qui...

Boyd l'arrêta d'un geste lorsqu'elle voulut saisir le combiné.
— Laissez, dit-il en prenant la communication. Je crois savoir qui est l'imbécile en question.

Cilla avait effectivement déjà décroché sur le poste à l'étage. Et comme tout le laissait prévoir, X revenait à la charge. Boyd écouta en serrant les poings pendant que Deborah attendait, debout devant lui.

Lorsque X eut fini de cracher son venin, Boyd composa le numéro habituel.

— Alors ?

Il s'attendait déjà à la réponse négative et ne prit même pas la peine de jurer.

— Je veux que tu me fasses confiance, O.K. ? Et que tu me croies lorsque je t'affirme qu'il ne t'arrivera rien.
— Tu ne peux pas rester avec moi indéfiniment.
Il radoucit la pression de ses mains sur ses épaules.
— C'est là que tu te trompes, Cilla.
— Je voudrais...
Cilla ferma les yeux avec une grimace douloureuse.
— Tu voudrais quoi, Cilla ?
Ses lèvres tremblèrent.
— J'aurais besoin de me raccrocher à... à quelque chose. S'il te plaît...
Boyd comprit à demi mot. Sans poser plus de questions, il l'attira contre lui de manière à ce qu'elle puisse poser la tête sur son épaule. Il sentit ses poings se crisper dans son dos. Raide et contractée dans ses bras, elle tremblait, hoquetait, luttant désespérément contre les larmes.
— Accorde-toi cinq minutes de relâche, O'Roarke, murmura-t-il à son oreille. On ne peut pas être sur la brèche vingt-quatre heures sur vingt-quatre. Laisse-toi aller.
— Je ne peux pas.
Paupières closes, Cilla tentait vainement de surnager au milieu du naufrage. Elle sentait que sa raison ne tenait plus qu'à un fil. Un fil nommé Boyd — seul point fixe au milieu d'une houle déchaînée. Elle se cramponnait à lui si fort que ses muscles menaçaient de se tétaniser.
— J'ai peur, si je commence, de ne plus pouvoir m'arrêter, admit-elle dans un souffle.
— Dans ce cas, on va essayer une autre technique, proposa Boyd en lui soulevant le menton pour effleurer ses lèvres des siennes. Tu vas penser à moi, tout simplement... Ici et maintenant. Rien qu'à moi.
Les mains de Boyd allaient et venaient dans son dos, massaient les muscles contractés avec un doigté et une patience qui lui amenèrent les larmes aux yeux. *Compassion*... Tel fut le mot qui s'imposa soudain à l'esprit de Cilla. Et étrangement, elle la trouvait là où elle n'aurait jamais songé à la chercher : dans les caresses, dans les baisers d'un homme. Plus sûrement encore que la tendresse, la compassion de

Boyd agissait sur ses nerfs torturés, réchauffait ses membres glacés, calmait la brûlure du désespoir. Ses mains crispées se détendirent, muscle après muscle. Les lèvres de Boyd se promenaient sur son visage sans poser la moindre exigence. Miraculeusement, elles se contentaient de réparer, d'adoucir, de consoler.

Appliquer la méthode préconisée par Boyd lui parut soudain d'une simplicité enfantine. Elle oublia X et ses menaces ; oublia que sa vie s'était transformée en cauchemar. *Boyd...* Elle ne voulait plus penser qu'à Boyd... Hésitante tout d'abord, sa main se leva pour aller se poser contre sa joue râpeuse. Le nœud se dénoua dans sa poitrine et sa respiration se fit plus calme et plus profonde. Elle murmura son nom dans un soupir et se sentit fondre dans ses bras.

« Attention, mon vieux, c'est le moment ou jamais de garder la tête froide. » Boyd surveilla étroitement ses propres réactions lorsqu'elle réussit enfin à se détendre. Avec Cilla O'Roarke abandonnée dans ses bras, il pouvait difficilement rester de marbre. Mais il réprima à dessein la montée du désir en lui. En cet instant, elle avait besoin de réconfort et de soutien ; pas d'un corps à corps amoureux. Et tant pis pour lui si ses seins se pressaient doucement contre sa poitrine ; tant pis si l'air entre eux s'était épaissi et qu'à chaque inspiration, son odeur lui parvenait, par légères bouffées enivrantes.

Il savait qu'il n'aurait qu'un geste à faire pour se satisfaire. S'il la renversait en arrière sur le lit dans le désordre des draps, il pourrait la déshabiller lentement, couvrir son corps de caresses et lui faire l'amour. Cilla n'était pas en état de lui opposer la moindre résistance. Peut-être même apprécierait-elle cet échauffement temporaire de ses sens qui la distrairait momentanément de ses angoisses. Mais il avait l'intention de représenter beaucoup plus pour Cilla O'Roarke qu'un simple dérivatif passager.

Muselant sa libido, il pressa ses lèvres contre son front et posa sa joue sur ses cheveux.

— Alors ? Ça va mieux ?

Elle hocha la tête.

— Mmm... oui. Beaucoup mieux. J'ignorais que tu étais capable de gentillesse, Fletcher.

Décidément, elle était décourageante ! Boyd se surprit malgré tout à sourire.

— Ravi d'avoir réussi à te surprendre.

— « Servir et protéger, n'est-ce pas » ? En tout cas, tu pousses le dévouement professionnel loin au-delà de ce que l'on pourrait attendre, inspecteur.

Boyd sentit son sourire se figer. Les hostilités reprenaient-elles déjà ? Ou croyait-elle vraiment que son attitude envers elle relevait d'un sens poussé du devoir ? Il lui prit le menton.

— Au cas où tu ne l'aurais pas remarqué, je ne suis pas de service, O'Roarke. Lorsque je prends une femme dans mes bras en dehors de mes heures de boulot, mes motivations sont personnelles. Compris ?

Cilla eut une bouffée de remords en voyant la lueur de contrariété dans le regard de Boyd. Son intention avait été de le remercier, pourtant. Pas de le provoquer.

— Compris, murmura-t-elle.

Le visage fermé, Boyd se leva et enfonça les mains dans ses poches. Maintenant seulement, elle découvrait les détails de sa tenue — ou de son absence de tenue, plus précisément. Il était torse nu et juste vêtu d'un jean à demi déboutonné. Cilla ressentit comme un flottement dans sa poitrine. La série de frissons qui lui parcourut le ventre et les cuisses n'avait plus rien à voir avec la peur. Elle demeura un instant sans voix. Lorsque Boyd l'avait tenue dans ses bras, elle n'avait eu qu'une envie : qu'il continue à la serrer ainsi des heures durant, en la berçant doucement contre sa poitrine. Mais les sensations qui s'emparaient d'elle maintenant étaient d'une nature autrement plus volcanique.

Elle voulait les bras de Boyd autour d'elle, mais pas seulement pour le réconfort. Même ses baisers incandescents ne suffiraient pas à la satisfaire. Elle le voulait dans son lit, comme jamais encore elle n'avait désiré un homme avant lui. Fascinée, elle contempla les hanches étroites, le torse doré aux muscles finement sculptés, les bras blonds, superbes. *Sensations. Couleurs. Odeurs.* Elle imagina le contact peau à peau, les vit rouler sur le lit, bras et jambes mêlés, se chevauchant tour à tour. Elle entendit même leurs souffles précipités et le cri qui monterait en elle lorsque le plaisir de Boyd éclaterait au cœur brûlant de...

— Cilla ?

Elle cligna des yeux.

— Pardon ?

Sourcils froncés, Boyd l'examinait d'un regard presque sévère.

— Qu'est-ce qui t'arrive, O'Roarke ? Tu as des absences ? Je te trouve une drôle d'expression, tout à coup.

— Eh bien, je... euh...

Sa bouche était sèche et le sang continuait à pulser dans ses veines. Que penserait Boyd si elle lui révélait la teneur de son fantasme ? Elle ferma les yeux.

— Je ne sais pas ce qui se passe, murmura-t-elle. Mais je crois qu'il me faudrait un café.

— Ta sœur était en train d'en préparer, aux dernières nouvelles.

Boyd songea à la belle Deborah et réprima un soupir. Une demi-heure plus tôt, la jeune sœur de Cilla avait plus ou moins atterri dans ses bras, à peine vêtue de quelques froufrous en dentelle. Il avait apprécié le spectacle, bien sûr. Quel homme serait resté de marbre devant ces jambes interminables ? Mais l'expérience ne l'avait pas bouleversé ; son plaisir était resté de nature esthétique.

Et maintenant, qu'avait-il devant lui ? Cilla O'Roarke avec ses grands yeux cernés, ses ongles rongés, ses cheveux fous et son T-shirt de foot en taille XXL. Même avec la meilleure volonté du monde, on ne pouvait considérer cette vague chemise en coton orange comme un échantillon de lingerie de charme. Et pourtant, s'il s'attardait dans cette chambre une minute de plus, il était en danger de tomber foudroyé de désir à ses pieds.

— On descend déjeuner ? proposa-t-il d'un ton rogue.

— Je ne pratique pas les petits déjeuners. C'est contraire à ma religion personnelle.

— Aujourd'hui, tu feras une exception. Je te retrouve en bas dans dix minutes.

— Dis donc, Holmes. Tu ne crois pas que... ?

— Et n'oublie pas de te coiffer, surtout, recommanda-t-il juste avant de quitter la chambre. Tu as une tête à faire peur.

Deborah l'attendait dans la cuisine. Vêtue de pied en cap et prête à partir pour la fac, la jeune fille se leva d'un bond et lui jeta un regard interrogateur.

— Elle va bien, déclara-t-il sommairement. Je vais lui préparer un petit déjeuner.

— Cilla ? Un petit déj ? C'est une première. Mais asseyez-vous donc ! Je vais vous faire des œufs au plat.

— Je croyais que vous aviez un cours à 9 heures.

— Je peux le sécher.

Boyd prit une tasse accrochée au-dessus de l'évier.

— Cela me paraît imprudent. Nous allons en prendre l'un et l'autre pour notre grade.

Deborah sourit.

— Vous commencez à bien la connaître.

— Pas encore suffisamment. Et je compte d'ailleurs sur vous pour m'éclairer sur certains points.

Boyd avala la moitié de son café d'un trait et se sentit déjà d'humeur moins féroce. S'interdire de penser à Cilla ne serait pas très stratégique, vu les circonstances. Le tout, c'était de rester axé sur des considérations purement professionnelles.

— Il vous reste combien de temps avant de partir pour l'université, Deborah ?

Elle regarda sa montre.

— Cinq minutes.

— Alors, parlez-moi de son ex-mari, pour commencer.

— Paul ?

La surprise de la jeune fille était évidente.

— Pourquoi ? Vous ne pensez tout de même pas que Paul puisse être impliqué dans cette histoire ?

— Mon boulot consiste à ne négliger aucune piste. Le divorce s'est bien passé ?

— Un divorce qui se passe bien, c'est un peu contradictoire dans les termes, non ?

Boyd sourit, frappé par son esprit de repartie. La petite était jeune, mais tout sauf naïve.

— C'est vrai. Mais certaines séparations se passent moins mal que d'autres.

— Eh bien, je dirais que, dans ce cas précis, elle s'est faite dans une relative indifférence de part et d'autre. Je n'avais que douze ans, à l'époque, donc il y a sûrement des aspects qui m'ont échappé. Mais je crois pouvoir affirmer que Paul partait de son plein gré. C'est d'ailleurs lui qui a voulu le divorce.

Boyd s'adossa contre le plan de travail.

— Vous êtes certaine de ce que vous avancez?

Visiblement mal à l'aise, Deborah hésita.

— Ça me fait tout drôle de parler comme ça de la vie privée de ma sœur, admit-elle en se tordant nerveusement les mains. Si je vous révèle des détails aussi personnels, c'est uniquement dans l'espoir que cela vous permettra de mieux la protéger... D'après ce que j'ai compris, donc, Paul est parti parce qu'il était amoureux d'une autre femme. L'ambiance entre Cilla et lui était déjà très tendue lorsque je suis venue vivre chez eux, tout de suite après le décès de nos parents. Ils n'étaient mariés que depuis quelques mois, mais la lune de miel était déjà loin derrière eux. Cilla commençait à être une figure connue à Atlanta, car son émission était très appréciée. Paul, de son côté, avait décidé d'entrer en politique. Et le personnage public de Cilla ne correspondait pas à l'image très BCBG qu'il voulait donner de lui-même et de son couple.

— Quel imbécile! Il ne la méritait pas.

Deborah lui adressa un sourire resplendissant.

— C'est exactement mon avis.

Lorsque la jeune fille se leva pour le resservir en café, Boyd comprit qu'il était adopté.

— Cilla travaillait comme une possédée, à l'époque, car elle avait un job très exigeant. Cela lui permettait de tenir le coup, je crois. La mort brutale de nos parents l'avait terriblement ébranlée. Pour Paul et Cilla, ça n'a pas dû être facile non plus d'avoir à assumer soudain la responsabilité d'une fille de douze ans. Leur couple se délitait déjà, mais je suppose que cette contrainte supplémentaire a dû accélérer le processus. Quelques mois après mon arrivée, Paul a rassemblé ses affaires et il a quitté la maison.

Boyd tenta de se représenter ce que Cilla avait enduré.

A vingt ans, elle avait déjà perdu ses parents et pris sa jeune sœur sous son aile. Et au lieu de la soutenir dans ses épreuves, son mari l'avait froidement laissée tomber.

— Ce Paul Lomax n'était pas un cadeau, conclut-il en serrant machinalement les poings.

Deborah haussa les épaules.

— Sans vouloir être médisante, je n'ai jamais eu beaucoup d'affection pour lui. Je le trouvais ennuyeux, guindé, sans intérêt.

— Pourquoi l'a-t-elle épousé alors ?

— Je pense que je suis mieux placée que ma sœur pour répondre à cette question, annonça la voix glaciale de Cilla en provenance de la porte.

5.

La première chose que nota Boyd fut que Cilla avait noué ses cheveux en un chignon sévère. Et la colère qui marquait ses traits ressortait nettement sur son visage ainsi dégagé. Sous le grand T-shirt orange, elle avait enfilé un pantalon de jogging jaune. Mais si les couleurs étaient solaires, son humeur, elle, tirait manifestement sur le noir d'encre.

Visiblement embarrassée, Deborah se leva pour poser la main sur une des épaules crispées de sa sœur.

— Cilla, je suis désolée. Nous parlions simplement de…

— Oui, j'ai entendu de quoi vous parliez « simplement », rétorqua Cilla en lui effleurant les cheveux. Ne t'inquiète pas, Debbie. Ce n'est pas ta faute.

— Ce n'est pas une question de faute, protesta Deborah. Nous sommes inquiets à ton sujet, c'est tout.

— Tu es gentille, mais ce n'est absolument pas nécessaire. Et maintenant, tu ferais mieux de filer à la fac. Car j'ai deux mots à dire en particulier à l'inspecteur Fletcher.

Deborah ouvrit la bouche pour protester puis se ravisa prudemment. Ecartant les bras en signe d'impuissance, elle gratifia Boyd d'un sourire compatissant puis embrassa sa sœur sur la joue.

— O.K., Cilla, je n'insiste pas. Avant 10 heures du matin, tu as toujours été inaccessible à la raison, de toute façon.

— Débrouille-toi pour obtenir la meilleure note, maugréa Cilla en guise de réponse.

— Pas de problème. Je tâcherai de te ramener ça en offrande. Ce soir, j'ai programmé une soirée ciné-pizza avec Josh, mais je serai de retour avant que tu rentres du travail.

— Parfait, ça marche. Amuse-toi bien, Deb.

Muette et le regard étincelant, Cilla resta plantée sans bouger jusqu'à ce que Deborah ait passé la porte. Puis ce fut l'explosion.

— Tu ne manques pas d'air, Fletcher!

Boyd ne chercha pas à la contredire. Il se contenta de se servir une autre tasse de café.

— Tu en veux?

— Je t'interdis d'interroger ma sœur, tu m'entends?

Il versa du café et le posa devant elle sur la table.

— Ne t'excite pas, O'Roarke. Je n'avais pas mes instruments de torture sur moi, pour une fois...

Cilla se fit violence pour garder les mains enfoncées dans ses poches. Elle sentait que si elle les sortait, la gifle partirait toute seule.

— Arrête de tout tourner en dérision! Si tu as des questions à poser à mon sujet, c'est à *moi* que tu dois t'adresser. Je refuse que Deborah soit impliquée dans cette histoire, c'est clair?

— Deborah est autrement plus communicative que toi, en tout cas. Tu as des œufs quelque part? demanda Boyd, d'un air de souveraine indifférence, en ouvrant le réfrigérateur.

Cilla s'abstint héroïquement de mettre un coup de pied dans la porte du frigo pour la lui envoyer dans la figure.

— Tu sais que tu as bien donné le change, tout à l'heure, dans ma chambre? Pendant quelques minutes, j'ai cru stupidement que tu avais un côté humain sous ta carapace.

Boyd sortit une demi-douzaine d'œufs, un morceau de fromage et deux minuscules tranches de lard qu'il aligna consciencieusement sur le plan de travail.

— Et si tu t'asseyais pour boire ton café, O'Roarke?

C'en était trop. S'il y avait une chose dont elle avait horreur, c'était de parler à un mur. Elle se planta devant lui et lâcha une bordée d'insultes particulièrement musclées. Pendant une fraction de seconde, le regard de Boyd brilla d'un éclat redoutable. Mais il se contenta de mettre une poêle sur le feu et d'y jeter les deux tranches de bacon.

— Il va falloir trouver mieux que ça, observa-t-il, toujours imperturbable. Depuis dix ans que je fais ce boulot, j'en ai tellement entendu qu'il faut vraiment y aller fort pour me provoquer.

Envahie par une soudaine lassitude, elle secoua la tête.

— Tu n'avais pas le droit, Boyd... Pas le droit d'aborder ces questions avec Deb. Elle n'était encore qu'une enfant, à l'époque. Une enfant malade de peur et de chagrin. Toute cette période a été un enfer pour elle. C'est cruel et stupide de l'amener à évoquer des souvenirs insupportables pour elle!

— Deborah est restée très calme, rétorqua Boyd en cassant ses œufs dans la poêle. Et son analyse des événements était parfaitement lucide et rationnelle. De vous deux, c'est clairement toi qui as un problème avec le passé. Pas ta sœur.

— Arrête, O.K.?

Elle leva la main pour lui assener la gifle qu'il méritait. Mais c'était compter sans les réflexes fulgurants de Boyd. Il retint son poignet dans un étau d'acier.

— Ce n'est même pas la peine d'y penser, dit-il d'une voix glaciale.

Furieuse mais prisonnière, Cilla soutint son regard sans ciller.

— Ma vie de couple avec Lomax n'a aucun rapport avec les menaces dont je suis l'objet aujourd'hui. Et mes problèmes actuels sont les seuls qui te concernent.

— Ça, c'est à moi d'en juger, Cilla. Alors laisse-moi faire mon boulot, O.K.?

Boyd prit une profonde inspiration, comme s'il faisait un effort surhumain pour rester calme.

— Le plus simple serait peut-être que tu me fournisses ces détails toi-même, non? De tout temps, les ex-maris ont toujours été les suspects par excellence. Et pas toujours sans raison, crois-moi.

— Après huit années de séparation sans histoire? Il faudrait voir à ne pas se moquer de moi, Fletcher.

Elle se dégagea avec violence et prit sa tasse d'un geste si brusque que le café gicla et se répandit en partie sur la table.

— J'ai besoin de ces renseignements dans le cadre de mon enquête, Cilla. Soit tu me les fournis spontanément, soit je les obtiens par quelqu'un d'autre. Le résultat final est le même.

— Ainsi tu ne me lâcheras pas avant que je t'aie tout dit? conclut-elle en se croisant frileusement les bras sur la poitrine. Tu tiens au récit complet de mes échecs? Bon. S'il faut en passer par cette humiliation supplémentaire, allons-y! Au point où j'en suis, de toute façon… J'avais vingt ans et j'étais stupide comme on peut l'être à cet âge. Lui était beau, charmeur et intelligent. Rien que des qualités auxquelles une idiote romantique de vingt ans est sensible.

Elle s'interrompit pour boire une gorgée de café et prit machinalement une éponge pour essuyer le plateau de bois.

— Nous ne nous connaissions que depuis quelques mois. Il était très persuasif, très charmant. Je l'ai épousé car je voulais un élément de stabilité dans ma vie. Et je croyais qu'il m'aimait.

Etonnée de s'entendre raconter son histoire avec tant de calme, Cilla dut se rendre à l'évidence : sa colère s'était dissipée.

— Entre nous, ça n'a pas fonctionné du tout. Presque dès le début, d'ailleurs. Paul a été déçu par moi sur le plan physique et désagréablement surpris de découvrir que j'accordais autant d'importance à mon travail que lui au sien. Il avait espéré me convaincre de trouver un métier plus classique — moins public surtout. Il voulait bien que je fasse une carrière, mais à condition que mes occupations professionnelles ne se mettent pas en travers de ses propres projets.

— Qui étaient?

— La politique locale. En fait, nous nous sommes connus à l'occasion d'une soirée caritative sponsorisée par la radio qui m'employait. Moi j'étais au micro et lui s'employait à se créer un futur électorat. Notre problème venait en grande partie de là, d'ailleurs : ce sont d'abord nos personnalités publiques qui se sont rencontrées. Si bien que nous sommes partis sur de fausses bases.

— Comment cela?

— Nous nous sommes mariés trop vite. Avec chacun une image passablement idéalisée de l'autre. Me rendre compte que je décevais Paul à tous les niveaux a été, disons… très déstabilisant pour moi. Je me suis mise à douter de mes choix et j'étais à deux doigts de lâcher la radio pour tenter de me reconvertir dans la vente ou le marketing comme Paul me l'avait demandé. C'est alors que la nouvelle du décès de mes parents m'est tombée dessus. Je suis partie en Géorgie pour l'enterrement et j'ai ramené Deb chez nous…

Cilla se tut, soudain incapable de poursuivre. Elle n'avait jamais pu parler sereinement des événements de cette année-là.

— Ça a dû être difficile, murmura Boyd.

Elle soupira.

— Disons que j'étais trop anéantie par mon deuil pour envisager un quelconque changement de carrière. L'animation radiophonique a toujours été pour moi une forme de refuge et mon boulot m'aidait à tenir debout. Mais pour Paul, ça a été un choc de me voir renoncer à ma reconversion professionnelle. Et les fondements de notre couple étaient beaucoup trop fragiles pour supporter ce surcroît de tension. Paul a trouvé une femme qui le rendait plus heureux que moi et il est parti. Voilà. Tu vois que ce n'était pas l'histoire d'amour du siècle.

Boyd chercha désespérément une formule adéquate pour répondre à ces déprimantes confidences. « Un de perdu, dix de retrouvés » ? « L'erreur est humaine » ? A la réflexion, il paraissait plus prudent de s'en tenir à des questions impersonnelles.

— Ton mari ne t'a jamais menacée ?

— Non.

— Il t'a frappée ?

Cilla secoua la tête avec un petit rire las.

— Non, Boyd. Je t'assure que tu te fourvoies si tu crois que la piste Paul pourra te mener jusqu'à X. Tu voudrais lui attribuer le mauvais rôle, faire de lui un sale type. Mais il n'y avait ni bourreau ni victime, dans notre histoire. Nous avons essayé, ça n'a pas marché. C'est tout.

Boyd fit glisser un œuf au plat sur son assiette.

— La nature humaine est étonnante, tu sais. Il arrive qu'une personne soit pétrie de ressentiment sans même s'en rendre compte. Et puis un jour, un incident survient et, tout à coup, on assiste à une éruption de haine aussi inattendue que terrifiante.

— Paul ne m'en voulait pas, murmura Cilla en s'asseyant à table. Pour la bonne raison que je n'ai jamais compté vraiment pour lui. Voilà la triste vérité, Fletcher.

Elle eut un sourire empreint de mélancolie.

— Le problème à la base, c'est qu'il était tombé amoureux de l'animatrice radio et pas de la vraie Cilla. Il croyait que je ne faisais qu'un avec mon personnage et que j'étais réellement séductrice, sensuelle et suave. C'était cette femme-là qu'il voulait dans son lit. Et en dehors de la chambre à coucher, il aurait aimé une épouse attentionnée aux manières exquises pour tenir sa maison et recevoir ses amis. Inutile de préciser que je ne donnais satisfaction sur aucun de ces deux plans.

Cilla se mit à jouer distraitement avec la tranche de bacon que Boyd avait posée sur son assiette.

— Et comme lui ne correspondait pas non plus au compagnon solide, compréhensif et aimant que j'avais cru trouver en lui, nous étions perdants l'un et l'autre. Nous nous sommes séparés calmement, de manière tout à fait civilisée et sans regrets de part et d'autre.

— Si c'est aussi banal que cela, pourquoi as-tu encore autant de mal à évoquer cette histoire ?

Avec un léger soupir, elle soutint le regard de Boyd.

— Tu n'as jamais été marié, je crois ?

— Non.

— Alors ce n'est même pas la peine que j'essaye de t'expliquer. Si tu veux orienter ton enquête sur Paul, c'est ton problème, mais tu perdras ton temps. Je peux te garantir qu'il ne m'a plus accordé une seule pensée depuis le jour où j'ai quitté Atlanta.

Boyd secoua la tête. Il avait de la peine à croire que quiconque ayant côtoyé Cilla puisse l'oublier ainsi, du jour au lendemain. Mais il jugea préférable de laisser cette question de côté. Pour le moment.

— Tes œufs refroidissent, O'Roarke.

— Je t'ai dit que je ne mangeais jamais le matin.

— Juste pour me faire plaisir alors...

Boyd porta la fourchette à ses lèvres.

— Tu es un insupportable papa poule, commenta-t-elle après avoir pris docilement la becquée. Tu n'as rien d'autre à faire ? Comme appeler ta coéquipière, par exemple ? Faire un rapport d'activité ?

— J'ai déjà pris contact avec le commissariat hier soir par téléphone lorsque tu es montée te coucher.

Cilla s'appliqua consciencieusement à avaler quelques bouchées. Boyd, après tout, lui avait rendu service en acceptant de bivouaquer sur son canapé. Elle lui en était donc redevable. Et elle n'avait jamais été du genre à laisser ses dettes impayées.

— Ecoute, Boyd, je te remercie d'avoir passé la nuit ici, alors que rien ne t'y obligeait. Et je comprends que ce soit ton boulot de poser des questions pénibles et indiscrètes. Mais, sérieusement, j'aimerais que tu évites de mêler ma sœur à cette histoire de coups de fil anonymes.

— J'y veillerai dans la mesure du possible.

— Merci. Les vacances de Pâques approchent, par chance. Je vais essayer de la convaincre d'aller faire un tour au bord de la mer.

Boyd l'examina un instant en silence.

— A mon avis, tu n'as aucune chance, dit-il d'un air dubitatif. Sauf, à la rigueur, si tu acceptes de partir avec elle.

Cilla secoua la tête. Repoussant son assiette à peine entamée, elle posa les coudes sur la table.

— Ce matin, après le coup de fil de X, c'était exactement ce que je comptais faire. Je ne voyais plus qu'une solution : fuir. Mais en réfléchissant à la question, j'ai compris que je n'y gagnerais qu'une forme de répit. Rien de plus. Car les appels reprendraient dès mon retour. Non, si je veux pouvoir continuer à mener *ma* vie — celle que je me suis choisie et que je revendique —, il faudra continuer à faire face. Jusqu'à ce que X se trahisse et finisse par être démasqué.

— C'est mon boulot de le retrouver.

— Exact. C'est pourquoi j'ai décidé de coopérer.

De surprise, Boyd faillit lâcher la tasse qu'il tenait à la main. Il s'attendait plus ou moins à tout sauf à une telle déclaration.

— Vraiment?

— Vraiment. A partir de maintenant, ce sera le règne de la transparence. Questionne-moi et je te répondrai.

— Diable. Et tu feras tout ce que je te dirai?

Cilla sourit.

— Il ne faut tout de même pas rêver, Fletcher. Mais je n'exclus pas d'obéir occasionnellement à tes ordres. A condition qu'ils soient sensés, bien sûr.

Elle se surprit elle-même autant que Boyd en posant sa main sur la sienne. Avant qu'elle ne puisse la retirer, il mêla ses doigts aux siens.

— Tu as une petite mine, Holmes, ironisa-t-elle aimablement pour couper la tension qui menaçait de monter. Tu n'as pas passé la nuit de tes rêves, on dirait?

— J'en ai connu des plus confortables.

Il porta ses doigts à ses lèvres.

— Tu es très belle le matin, Cilla.

Elle retint son souffle. De nouveau, c'était cette même sensation de flottement qui démarrait au niveau de la poitrine pour se propager comme une houle brûlante le long de ses circuits les plus intimes.

— Je croyais que j'avais une tête à faire peur...

— J'ai changé d'avis. Avant de partir, j'aimerais que nous revenions sur ce qui s'est passé hier soir. Entre toi et moi.

Cilla tressaillit.

— Je doute que ce soit une bonne idée.

— Entièrement de ton avis, acquiesça-t-il.

Mais il ne lâcha ni sa main ni son regard pour autant.

— En tant que flic, je suis censé garder la tête froide si je veux conserver tous mes réflexes. Ce qui signifie qu'aucune implication affective n'est permise lorsque j'ai pour mission de protéger quelqu'un. C'est incontournable.

Cilla allait pousser un discret soupir de soulagement lorsqu'il enchaîna :

— Reste une autre vérité, tout aussi incontournable : j'ai envie de toi, Cilla O'Roarke. Une envie à m'en taper la tête contre les murs.

Cilla en eut le souffle coupé. Ce fut comme si un grand silence intérieur se faisait soudain en elle. Figée dans une immobilité de statue, elle bougea lentement les yeux — rien que les yeux — jusqu'à rencontrer les siens. Le regard de Boyd avait cessé d'être calme. Il y avait là une incandescence à peine contenue. Et ce feu-là était excitant et terrifiant à la fois.

— J'aurais préféré te rencontrer en d'autres circonstances, mais le hasard — ou le destin — en a voulu autrement, poursuivit Boyd avec une gravité inhabituelle. J'ai l'intention d'aller jusqu'au bout de ma mission. Mais j'estime que c'est ton droit de savoir que je pourrais ne pas être tout à fait aussi neutre et objectif que mes fonctions l'exigeraient. Alors si tu veux qu'un autre inspecteur prenne la relève, je respecterai ta décision.

— Ah non !

Comprenant que son cri du cœur en disait un peu trop long, Cilla se hâta d'avancer une justification rationnelle :

— Ce n'est déjà pas facile d'avoir un flic sur le dos en permanence mais si, *en plus*, il faut que j'en forme un second, ça va être infernal. Toi, au moins, tu es devenu une sorte de fléau familier.

Elle se surprit à se ronger l'ongle du pouce et laissa retomber la main sur ses genoux.

— Pour ce qui est du reste, nous ne sommes plus des enfants, ajouta-t-elle d'un ton qui se voulait désinvolte. Nous pouvons gérer ça en adultes.

Boyd hocha gravement la tête et ne fit pas de commentaire. Cilla O'Roarke étant ce qu'elle était, on pouvait difficilement espérer qu'elle admette de son plein gré qu'il n'était pas le seul à être travaillé par sa libido.

Lorsqu'il se redressa, elle se leva d'un bond. Avec un air tellement effaré qu'il éclata de rire.

— On se calme, O'Roarke. Je m'apprête à faire la vaisselle. Pas à te sauter dessus comme une bête.

— La vaisselle est pour moi, protesta Cilla en redressant la tête. Tu as déjà fait à manger. Si l'un cuisine, l'autre lave. C'est une des règles de base chez les O'Roarke.

— Dans ce cas, Cendrillon, je te laisse vaquer à tes tâches. Tu as une émission en public à midi, c'est ça?

— Comment le sais-tu?

— J'ai vu les programmes de Radio KHIP. Cela nous laissera juste assez de temps pour passer chez moi. Je voudrais prendre une douche et me changer.

Cilla secoua la tête.

— Tu crois vraiment que ta présence s'impose? Je ne risque pas de me retrouver seule une seconde. L'émission va être diffusée à partir d'un centre commercial noir de monde.

— Justement. Raison de plus pour être prudent, rétorqua Boyd d'un ton sans réplique.

Boyd se prélassait sur le canapé avec le journal et une ultime tasse de café lorsqu'il entendit Cilla dévaler l'escalier. Il leva la tête pour la complimenter sur la rapidité avec laquelle elle s'était changée. Mais les mots lui restèrent coincés au fond de la gorge. « Une chance que je sois en position assise », se félicita-t-il en se renversant contre le dossier pour mieux profiter du spectacle.

Cilla était en rouge. Un rouge claquant, lumineux, qui à lui seul coupait déjà le souffle. Sa jupe de cuir moulait ses hanches minces et s'arrêtait à mi-cuisses. Et quelles cuisses... Les jeans larges qu'elle portait habituellement ne donnaient qu'une idée très approximative de la forme de ses jambes. Boyd les découvrait non seulement longues et fines mais d'un galbe parfait. La veste assortie était croisée sur sa poitrine et attachée par deux boucles au niveau de la taille. Boyd ne put s'empêcher de se demander si elle portait quelque chose dessous.

Complétant son examen, il nota que même sa coiffure avait changé. Mais par quelque mystérieux artifice, Cilla avait fait en sorte que le désordre de sa chevelure paraisse étudié. Et le résultat était d'une extraordinaire sensualité. Peut-être aussi parce qu'elle avait pris le temps de se maquiller, discrètement, mais avec art, soulignant ses pommettes d'un soupçon de blush, accentuant l'éclat de ses yeux par un trait de khôl et redessinant le contour de ses lèvres.

— C'est idiot, marmonna-t-elle en se tripotant l'oreille. Je n'ai jamais compris en quoi le fait d'avoir des trucs qui pendouillent de chaque côté de la tête était censé rendre une femme plus jolie.

Avec un léger soupir, elle contempla la boucle reposant au creux de sa paume.

— J'ai réussi à en mettre une, mais pas moyen d'enfiler l'autre. Je ne sais pas si tu es doué pour ce genre de choses?

Elle s'approcha de lui, la main tendue. Les notes de chypre de son parfum si particulier exercèrent aussitôt sur lui leur effet pernicieusement aphrodisiaque.

— Doué pour quoi?

— Enfiler ce machin-là. Je n'en porte pas très souvent, si bien que je n'ai jamais pris le coup de main. Aide-moi, tu veux bien?

« L'épreuve de la tentation, acte III. » Boyd se concentra sur sa respiration.

— Tu veux que je te mette cette boucle d'oreille?

Cilla leva les yeux au plafond.

— Tu comprends vite mais il faut t'expliquer longtemps, Fletcher.

Elle lui fourra le bijou dans la main, puis glissa ses cheveux derrière une oreille en se présentant à lui de profil.

— Ce n'est pas compliqué sur le principe. Il suffit de faire passer la tige puis de la bloquer avec le petit zinzin en métal. C'est à ce niveau-là que j'ai des problèmes.

Boyd tenta de se blinder en mettant sa libido en sourdine et passa à l'action. Mais, très vite, il sentit la tension s'accumuler jusqu'à atteindre des proportions difficilement soutenables. Une chose était désormais certaine : ce parfum subtil et voluptueux qui n'appartenait qu'à Cilla ne le lâcherait plus. Son cerveau l'avait enregistré et sa trace était inscrite en lui à jamais. Jurant à voix basse, il s'efforça de se concentrer sur le côté purement technique de l'opération.

— Il est nul, ce système, maugréa-t-il.

— A qui le dis-tu, murmura faiblement Cilla.

Elle avait toutes les peines du monde à aligner deux syllabes. Au moment précis où les doigts de Boyd s'étaient posés sur son oreille, elle avait mesuré l'énormité de son erreur. Comment avait-elle pu être assez inconsciente pour lui demander ce service ? Les jambes comme en coton, elle se figea dans une immobilité de statue et pria pour qu'il en finisse rapidement.

Mais il semblait se heurter à quantité de difficultés techniques. A chaque tentative infructueuse, le pouce de Boyd effleurait sa joue tandis que le bout de ses doigts glissait sur la zone sensible derrière l'oreille. Mais le pire était son souffle chaud qui allait et venait dans son cou. Assaillie par une nouvelle série d'images à teneur fortement érotique, Cilla ne réprima que de justesse le gémissement qui lui montait aux lèvres.

— Oh, et puis laisse tomber ! chuchota-t-elle d'une voix affreusement altérée. Rien ne m'oblige à m'affubler de ces trucs-là après tout.

— Du calme, O'Roarke. J'y suis.

Boyd recula d'un pas et put relâcher enfin la respiration contenue qui lui bloquait la poitrine. L'épreuve avait été passée avec succès mais le laissait à cran, avec une sourde envie de mordre.

La vue de Cilla, cependant, lui apporta un réconfort immédiat. A en juger par son regard embrumé, elle n'était pas restée de marbre non plus. Ils avaient été deux à endurer les affres du désir non assouvi.

Avec un léger sourire, il effleura le petit cylindre en or qui ornait son oreille.

— Intéressant, comme expérience. Il faudra penser à la renouveler... lorsque nous aurons un peu plus de temps devant nous.

Se sentant rougir stupidement, Cilla lui jeta un regard noir et se dirigea vers la penderie sans répondre. Elle sortit leurs deux manteaux et le regarda un instant pendant qu'il ajustait son holster et s'assurait rapidement du bon fonctionnement de son arme. Ces gestes trop familiers réveillèrent des souvenirs qu'elle préférait garder enfouis. Laissant Boyd à ses préparatifs, elle sortit l'attendre dehors au soleil.

Il la rejoignit peu après sans faire de commentaires.

— Ça t'ennuie si je mets Radio KHIP ? demanda-t-elle lorsqu'ils furent installés dans la voiture de Boyd.

— Pas du tout. Elle est enregistrée dans la mémoire. C'est la trois.

Ainsi, il avait l'habitude d'écouter cette station... Avec un léger sourire, Cilla effleura la touche indiquée. Le joyeux tandem qui sévissait sur les ondes le matin plaisantait et délirait bruyamment. « Fred le Fou » et son acolyte firent la publicité pour un concert qui se donnait les jours suivants, promirent de mettre deux places gratuites en jeu pendant l'heure suivante, puis invitèrent leurs auditeurs à se rendre au centre commercial où ils pourraient voir Cilla O'Roarke « en live ».

— Courez, courez, les amis, et tentez votre chance ! Il y aura distribution de CD, de T-shirts et de places de concert, annonça Fred.

— Arrête, Fred, l'interrompit l'autre animateur. Tu sais bien que ce ne sont pas les T-shirts qui intéressent les gars qui vont se déplacer jusque là-bas. Ils veulent euh...

Il émit une suite de sons aussi suggestifs que haletants.

— ... voir Cilla, acheva-t-il sur une sorte de gloussement.

— C'est délicat, comme humour, commenta Boyd, les sourcils froncés.

Cilla, elle, ne s'offusquait jamais des facéties de ses collègues.

— C'est leur rôle de faire des plaisanteries outrancières, expliqua-t-elle. Apparemment, les gens apprécient ce genre d'absurdités de bon matin car leur taux d'écoute ne cesse de grimper.

— J'imagine que ça t'excite d'entendre un type haleter comme ça en prononçant ton nom ? maugréa Boyd.

— Qu'est-ce que tu crois ? C'est ma seule raison de vivre !

Trop amusée pour s'offenser de l'attitude morose de son compagnon, Cilla se renversa contre son dossier. Boyd avait une voiture plutôt sympa, pour un flic. Basse, effilée, avec des sièges de cuir qui sentaient bon le neuf. Elle n'y connaissait strictement rien en marques et en modèles, mais apparemment, il s'agissait d'un de ces petits bolides qui faisaient craquer les amateurs de carrosserie fine et autres tigres dans le moteur. Et dire qu'elle l'avait traitée de « poubelle » !

— Allez, Holmes, ne fais pas cette tête. Tout cela n'est qu'un jeu. « Fred le Fou » est un garçon adorable, très amoureux de sa femme. Ils attendent leur premier enfant pour septembre. Quant à son partenaire, il est résolument homosexuel. Cela fait des années qu'ils sont à Radio KHIP, et ils n'ont strictement rien à voir avec X, je peux te le garantir.

Boyd haussa les épaules.

— Le problème avec toi, c'est que tu es trop confiante.

Mais Cilla n'avait pas envie de voir la vie en noir, ce matin. Tout en écoutant le tube que Fred venait d'envoyer sur les ondes, elle contemplait par la fenêtre le profil hautain des montagnes se découpant sur un ciel radieux. La journée promettait d'être chaude et ensoleillée. Qui sait si le printemps tant attendu n'arrivait pas, enfin ? Elle avait toujours eu un faible pour cette saison, surtout à son tout début, lorsque les bourgeons s'ouvraient lentement et que le vert délicat des feuilles faisait une timide apparition, signant enfin le grand réveil de la terre.

C'était toujours vers le mois de mars que les souvenirs de la Géorgie s'imposaient avec le plus d'acuité, empreints d'une douceur teintée de nostalgie. Elle se remémora une journée passée dans le jardin avec son père alors qu'elle devait avoir cinq ou six ans. Par la fenêtre ouverte de la maison, on entendait le top 50 à la radio. Tous les éléments de cette scène étaient restés gravés dans sa mémoire : le chant des oiseaux qu'elle percevait sans vraiment écouter, la sensation de la terre humide sous ses doigts tandis qu'elle aidait son père à planter les pivoines. Il lui avait dit que chaque année, quoi qu'il arrive, elles refleuriraient sous ses fenêtres, que ces fleurs merveilleuses à la beauté fugitive représenteraient son rendez-vous personnel avec le printemps.

Continuaient-elles à sortir chaque année de terre, ces pivoines crème, mauves, pourpres et rouges que son père aimait tant ? Et se trouvait-il encore quelqu'un dans la maison de son enfance pour honorer le rendez-vous ?

— Cilla ? Ça va ?

Elle sursauta et revint à la réalité.

— Oui, oui. Tout à fait.

Ils roulaient dans un des quartiers résidentiels les plus anciens et les plus huppés de Denver. Boyd s'engagea dans une allée privée bordée de grands arbres encore nus. Celle-ci s'élevait en pente douce jusqu'à une grande maison en pierre de deux étages. De hautes fenêtres étroites conféraient à la large façade un air d'orgueilleuse élégance.

Cilla fronça les sourcils.

— Que faisons-nous ici, au fait ?

— Redescends sur terre, O'Roarke. Il était convenu que nous passerions d'abord chez moi pour que je puisse me changer, au cas où tu l'aurais oublié.

— Chez *toi* ? Cette modeste chaumière ?

Cilla n'en croyait pas ses yeux.

— Non, sérieux… Ne me dis pas que tu habites ici, Boyd.

— Même un flic a besoin de se loger quelque part. J'ai beau avoir la vocation, je ne reste pas cloîtré vingt-quatre heures sur vingt-quatre dans un commissariat.

Cilla n'en doutait pas une seconde. Mais si elle avait connu nombre de policiers, elle n'en avait encore jamais rencontré qui puissent s'offrir une maison de quinze pièces, dans un quartier aussi élégant.

Déconcertée, elle emboîta le pas à Boyd jusqu'à une porte d'entrée cloutée, visiblement ancienne, qui à elle seule devait valoir une fortune. Ils pénétrèrent dans un vestibule aux proportions imposantes dont le plafond s'arrondissait pour former une voûte. Les parquets patinés en chêne étaient une pure merveille et des œuvres de peintres célèbres du XXe siècle étaient accrochées aux murs.

— Eh bien…, commenta Cilla, impressionnée. Dire que je te prenais pour un flic rigoureusement honnête.

— Je le suis.

Il lui prit son manteau et le jeta sur la rampe du large escalier de bois ouvragé qui menait au premier étage. Que la probité de Boyd ne fût pas en cause apparaissait à Cilla comme une évidence. Mais cette maison ainsi que tout ce qu'elle représentait ne la mettaient pas moins mal à l'aise pour autant.

— Dans ce cas, je suppose que tu as hérité cette splendeur d'un oncle aussi riche qu'inconnu ?

Boyd se mit à rire.

— Presque. En vérité, je la tiens d'une grand-mère — riche mais connue, expliqua-t-il en lui prenant le bras pour la guider jusqu'à un salon aux proportions harmonieuses dominé par une immense cheminée en pierre.

Trois grandes fenêtres s'ouvraient de chaque côté. Avec ses hauts plafonds, la pièce aurait fait une salle de bal parfaitement acceptable.

— J'imagine que tu devais avoir une grand-mère assez exceptionnelle.

— C'était une personnalité, en effet. Elle a régné sur Fletcher Industries jusqu'à soixante-dix ans passés.

— Fletcher Industries ?

Boyd haussa les épaules.

— C'est l'entreprise familiale. Qui s'est pas mal diversifiée sous l'égide de l'énergique grand-mère en question. Leurs activités vont chercher à la fois du côté de l'immobilier, du bétail et de l'extraction minière.

Cilla siffla entre ses dents.

— Impressionnant.

Luttant contre la tentation de se ronger les ongles, elle joignit les deux mains et les maintint fermement pressées l'une contre l'autre.

— Comment se fait-il que tu ne restes pas chez toi à compter ton or au lieu de traquer le délinquant pour un salaire dérisoire ?

— J'aime mon boulot, Cilla.

Boyd lui prit la main et l'interrogea du regard.

— Quelque chose ne va pas ?

— Si, si, tout va bien. Tu devrais aller te changer. Il faut que j'arrive au centre commercial avec un peu d'avance pour les réglages.

— Je n'en ai pas pour longtemps.

Elle attendit que Boyd ait quitté la pièce pour prendre place sur l'un des canapés jumeaux. L'écho de ces deux mots tout bêtes, « Fletcher Industries », continuait à lui tournoyer dans la tête. Il s'agissait assurément d'un groupe industriel important. Tout cela vous avait un petit relent quasi aristocratique... Cilla fouilla fébrilement dans son sac, et sortit une cigarette de son paquet. Elle l'alluma, aspira profondément la fumée et examina les lieux.

Luxe discret et raffiné. Goût sûr. Rien de tapageur ni d'ostensiblement nouveau riche. Cilla soupira. Elle se trouvait là en territoire résolument étranger.

Sa relation avec Boyd lui avait déjà paru très compliquée lorsqu'elle croyait qu'ils étaient issus de milieux similaires. Mais maintenant ? Autant se l'avouer : l'idée qu'il puisse y avoir quelque chose entre eux avait joué dans un coin de son esprit depuis qu'il l'avait embrassée la veille au soir. Peut-être pas une histoire d'amour, vu sa profession. Mais au moins, une amitié.

Comme si cela ne lui suffisait pas d'être flic, cependant, il fallait en plus qu'il appartienne à une de ces grandes familles d'industriels qui avaient assis leur domination économique sur le pays. Un milieu où les garçons naissaient avec des chiffres romains accolés à leur nom.

Boyd Fletcher III.

Elle-même ne se situait pas dans une lignée aussi glorieuse. Elle était une O'Roarke tout court et aucun de ses ancêtres ne s'était jamais distingué par un haut fait quelconque. La ville où elle avait vu le jour en Géorgie n'était qu'un point insignifiant sur la carte. Sa propre personne, cela dit, n'était pas restée tout à fait obscure. Elle avait même réussi à se faire un nom à sa manière. Mais ses racines resteraient à jamais modestes.

Cilla se leva pour jeter son mégot dans la cheminée. Elle avait hâte que Boyd revienne ; hâte de quitter cette maison pour retrouver son univers professionnel familier. Un univers où elle avait sa place ; où elle était connue et respectée.

Son regard tomba sur le téléphone et elle frissonna en pensant à X. Il ne fallait pas perdre de vue qu'elle traversait une crise majeure. Et c'était à sa survie et à celle de Deborah qu'elle se devait de penser.

Explorer ses sentiments pour Boyd était un luxe qu'elle ne pouvait en aucun cas se permettre. C'était le moment ou jamais de rester claire sur ses priorités.

Si encore des affinités profondes les avaient rapprochés ! Mais ils étaient aussi peu assortis que possible. Pour trouver un homme et une femme ayant aussi peu de points communs que Boyd Fletcher et elle, il faudrait se lever de bonne heure. Cela dit, elle pouvait difficilement prétendre qu'il la laissait indifférente sur le plan physique. Mais ces attirances-là ne signifiaient pas grand-chose. Elle pouvait simplement en conclure qu'elle était femme et vivante, et pas tout à fait aussi endormie sexuellement qu'elle l'avait cru pendant des années.

Cependant ce serait une grave erreur de s'attacher à un homme sur la base d'une simple attirance sexuelle. Boyd n'aurait pas pris une telle place dans son affection si le hasard ne l'avait pas promu à ce rôle d'ange gardien, toujours rivé à son côté. Dès que la vie aurait repris son cours normal, leurs chemins s'écarteraient d'eux-mêmes.

Depuis quelques jours, il est vrai, elle se sentait extraordinairement proche de Boyd. Mais c'était une proximité factice, entièrement imputable aux circonstances. En bref, l'importance que Boyd avait prise à ses yeux n'était qu'un sous-produit de la terreur que lui inspirait X.

Ces fascinations-là étaient temporaires par essence. Son attirance mourrait d'elle-même le jour où elle n'aurait plus aucune raison de trembler en décrochant son téléphone. Et en attendant, elle avait tout intérêt à garder une distance prudente avec cet homme. Qu'on se le dise !

Regagnant le salon à grands pas, Boyd la découvrit debout, près d'une des hautes fenêtres, le visage et les cheveux baignés par la lumière du soleil. Pas une seule fois, dans un des innombrables fantasmes où Cilla figurait en vedette, il ne l'avait imaginée se tenant à cet endroit particulier. Et pourtant, en la voyant là, il sut que c'était précisément là qu'il avait espéré la trouver.

Ce constat l'ébranla si profondément qu'il demeura un instant immobile, à la regarder. Découvrir qu'elle s'insérait si parfaitement dans sa maison, dans sa vie, dans ses rêves, lui fit presque l'effet d'un électrochoc. Cilla O'Roarke ne le savait pas encore, mais elle et lui avaient quelque chose à vivre ensemble.

L'intéressée ne l'entendrait pas de cette oreille et se hâterait de proclamer qu'ils n'avaient rien à faire ensemble, au contraire. Farouche, elle se cabrerait, le combattrait becs et ongles, lui opposerait mille arguments plus ou moins pertinents et s'arrangerait pour fuir à toutes jambes dès qu'il lui en laisserait le loisir.

Boyd se surprit à sourire. Il ferait simplement en sorte de ne jamais la lâcher ! Elémentaire, non ? Sa décision prise, il se dirigea vers elle à grands pas.

— Cilla ?

Elle tressaillit et se retourna vers lui.

— Ah, je ne t'avais pas entendu. Je...

Sa phrase se perdit dans un murmure lorsqu'il l'attira contre lui. Il l'embrassa à pleine bouche, sans avertissements ni préliminaires.

Tremblements de terre, raz de marée, vents sauvages...

« Bizarre », songea Cilla confusément. Comment quelque chose d'aussi merveilleux qu'un baiser pouvait-il évoquer ainsi les pires cataclysmes ? Elle venait de dresser mentalement une longue liste *d'excellentes* raisons pour ne plus tomber dans les bras de Boyd. Mais aucune, étrangement, ne lui revenait à l'esprit. Déterminée à le repousser, elle l'attira plus près. « Attention, tu es en train de te fourvoyer sur toute la ligne ! » se dit-elle dans une ultime tentative de mise en garde.

Mais jamais erreur n'avait paru aussi juste ; jamais égarement aussi lumineux. Echanger des baisers enflammés avec cet homme était délirant, mais leur folie même était magnifique. Tandis qu'elle se pressait contre lui et que leurs bouches s'accordaient passionnément, Cilla comprit que tout ce dont elle avait cherché à se persuader quelques minutes plus tôt n'avait été que mensonge. A quoi bon prétendre ne pas vouloir explorer ses sentiments pour Boyd alors que ceux-ci affluaient déjà à la surface de sa conscience, s'imposant avec la force de l'évidence ?

Elle voulait Boyd. Désirait Boyd. Revendiquait Boyd. Et même si cette certitude avait quelque chose de terrifiant, elle l'acceptait, comme elle acceptait de trembler d'émotion dans son étreinte. Et ce « oui » qui résonnait en elle était comme un puissant nectar de vie qui coulait dans ses veines. Elle comprit soudain qu'elle avait attendu toute son existence pour désirer comme elle désirait en cet instant. Pour s'éprouver, tremblante de faiblesse et néanmoins puissante ; troublée, hagarde et cependant lucide ; abandonnée et fondante et en même temps vibrante et sous tension.

Boyd serra son corps gainé de cuir contre le sien et constata qu'ils s'épousaient à la perfection. Cilla en avait-elle conscience ? Acceptait-elle d'ouvrir les yeux et de *voir* enfin ? Il voulait entendre le mot « désir » sur ses lèvres. Un aveu l'aurait ému plus encore que le gémissement de plaisir qu'elle laissa échapper lorsqu'il lui repoussa la tête en arrière pour tracer un sillon de baisers le long de son cou. Il sentit une petite veine brûlante battre sous ses lèvres. La fièvre qui montait en elle exacerbait encore les dangereuses potentialités de son parfum. Les fragrances enivrantes lui montèrent instantanément à la tête et il défit les attaches retenant sa veste. Dessous, il trouva Cilla et rien que Cilla.

Lorsque les mains de Boyd se refermèrent sur ses seins, Cilla rejeta la tête en arrière pour mieux s'offrir à ses caresses. A son contact, c'était comme s'ils se remplissaient d'un fluide épais et brûlant. Ils se gonflaient, turgescents sous ses doigts. Ses genoux se dérobèrent sous elle et elle dut se raccrocher à ses épaules lorsque Boyd fit rouler les pointes entre pouce et index.

Aveuglée de désir, elle chercha ses lèvres et l'embrassa éperdument, les yeux clos, laissant ses mains et sa bouche parler le langage spontané de la passion. Impatiente de retrouver le contact de sa peau, elle tira sur son veston. Sa main glissa sur le cuir du holster et rencontra le métal de son revolver.

Ce fut comme une claque, une douche froide. Se rejetant en arrière, elle trouva l'appui d'une console sous sa paume soudain glacée et secoua la tête.

— Je suis désolée, murmura-t-elle, mais je ne veux pas vivre une aventure avec toi.

— Trop tard, répliqua Boyd en lui saisissant les épaules. On ne peut plus faire machine arrière maintenant.

— Non, ce n'est pas trop tard.

Cilla se dégagea d'un mouvement brusque et rajusta ses vêtements.

— J'ai pas mal de soucis en tête en ce moment, vois-tu. Et tu as également tes occupations.

Boyd luttait pour conserver le calme dont il se départait pourtant rarement. Imprévisible, brutal, le rejet de Cilla le laissait sans voix. Pour la première fois depuis qu'il avait arrêté de fumer, il se sentait à deux doigts de craquer et d'allumer une cigarette.

— Bon, tu as pas mal de soucis en tête, raisonna-t-il patiemment. Et alors?

— Et alors, rien. On y va.

Il leva la main pour l'arrêter.

— Avant que nous sortions d'ici, dis-moi au moins une chose : prétends-tu n'avoir rien ressenti?

Elle haussa les épaules.

— Je ne vois pas pourquoi j'affirmerais une chose pareille. Tu sais pertinemment quel effet tu as sur moi. Rien ne sert de nier l'évidence.

— Justement. C'est pourquoi, ce soir, je veux te ramener ici avec moi.

Cilla ferma un instant les yeux et secoua la tête, comme pour chasser une image obsédante.

— Non. Je ne peux pas.

— Qu'est-ce qui t'en empêche? Tu m'as dit que tu n'avais personne.

— Le problème n'est pas là.

— Alors qu'est-ce qui te fait donc si peur, Cilla?

— J'ai peur de décrocher mon téléphone, dit-elle en détournant les yeux. J'ai peur de m'endormir le soir et j'ai peur de me réveiller le matin.

Tout doucement, juste de la pointe du doigt, Boyd lui effleura la joue.

— Je sais ce que tu traverses en ce moment et crois-moi, je ferai tout ce qui est en mon pouvoir pour te délivrer de ce cauchemar. Mais ce n'est pas à cause de ces peurs-là que tu me repousses.

— C'est vrai. J'ai d'autres raisons.

— Cite-m'en au moins une.

Cilla se pencha pour prendre son sac sur le canapé.

— Tu es flic, au cas où tu l'aurais oublié, Boyd Fletcher.

— Et alors?

— Et alors, c'était également le métier de ma mère.

Avant qu'il puisse ouvrir la bouche pour répondre, elle avait déjà quitté le salon à grands pas.

— Cilla…

— Arrête, Boyd. Immédiatement, intima-t-elle d'une voix presque sifflante en enfilant son manteau. Je ne peux pas me permettre de péter un câble alors que j'ai une émission en public dans moins d'une demi-heure. Alors, sois sympa et *lâche-moi une fois pour toutes*! Au cas où tu ne l'aurais pas remarqué, ma vie est déjà passablement chamboulée en ce moment et je n'ai pas besoin de complications supplémentaires. Si tu ne penses pas pouvoir garder tes distances, j'appellerai ton commissaire pour lui demander de désigner quelqu'un d'autre à ta place. Maintenant, tu peux me conduire au centre commercial ou m'appeler un taxi. C'est au choix.

Boyd réprima un soupir. S'il continuait à la bousculer en exigeant des explications, elle risquait de craquer complètement. Et le moment était mal choisi pour une manœuvre de déstabilisation.

— Je t'emmène, dit-il. Et je m'engage à te laisser en paix… jusqu'à nouvel ordre.

6.

Boyd tint parole. Il ne revint pas à la charge, ni ce jour-là ni le lendemain. Il était là sans être là, s'acquittant imperturbablement de ses fonctions, comme le plus zélé des gardes du corps. Il resta à son côté pendant toute la durée de son émission en public, filtrant discrètement les fans qui s'approchaient pour échanger quelques mots avec elle et demander des autographes, jaugeant d'un rapide coup d'œil les gagnants qui venaient récupérer leurs disques ou leurs T-shirts.

Et le pire, c'est qu'il n'avait pas l'air malheureux le moins du monde ! Cilla le vit farfouiller dans les rayons du disquaire et profiter de l'occasion pour compléter sa discothèque aussi bien en musique pop qu'en jazz et en classique. Il parla base-ball avec l'ingénieur du son, commenta l'émission avec elle et l'approvisionna régulièrement en boissons fraîches.

On ne pouvait pas dire qu'il se murait dans un silence obstiné. Bien au contraire. Mais la qualité de leurs échanges avait chuté en flèche. Jamais Cilla n'aurait imaginé que ses *vraies* conversations avec Boyd lui manqueraient à ce point. Autre point sensible : il ne la touchait plus jamais. Même sur les petits gestes sans conséquence, comme effleurer une main ou une épaule, Boyd avait tracé un trait définitif.

Toujours avec la plus parfaite indifférence, il lui offrit un dîner rapide avant de l'accompagner à la station pour son émission du soir. Et plus il se montrait joyeux, détaché, serein, plus Cilla se renfrognait. Elle ne se souvenait pas d'avoir jamais passé un après-midi aussi détestable.

Comme par hasard, ce fut Althea qui, ce soir-là et le lendemain, lui tint compagnie dans le studio. Cilla ne comprenait pas pourquoi il lui était tellement difficile de se concentrer en l'absence de Boyd. Elle ressassait ses griefs, maniait ses platines en se répétant qu'il s'agissait vraisemblablement d'une vile stratégie de sa part. Boyd feignait l'indifférence dans le seul but de la faire craquer et de l'amener à faire le premier pas. Mais s'il croyait pouvoir la manœuvrer ainsi, il se trompait sur toute la ligne. Il était hors de question qu'elle revienne sur ses positions.

Elle devait bien reconnaître, cependant, que c'était elle qui avait exigé qu'il la laisse tranquille. Boyd s'était contenté d'accéder à sa demande et elle ne pouvait décemment pas le lui reprocher. Mais quand même... il aurait pu au moins avoir la correction d'afficher une mine de chien battu et un regard affligé!

A en juger par sa réaction, ce qui s'était passé — ou plutôt ce qui avait *failli* se passer entre eux — n'avait été à ses yeux qu'un épisode parmi d'autres. Sans être le type même du tombeur en série, M. Boyd Fletcher III devait aimer accrocher quelques spécimens à son tableau de chasse. Ma foi, tant mieux. Elle finirait bien par se remettre de cette désillusion passagère. De toute façon, il n'y avait aucune place dans sa vie pour un flic au sourire nonchalant issu d'un milieu cossu.

Si seulement elle parvenait à travailler cinq minutes de suite sans penser au flic en question, ce serait parfait!

Pendant que Cilla jonglait avec ses commandes, Althea se concentrait sur ses mots croisés. Rester immobile des heures d'affilée ne lui avait jamais pesé, à condition qu'elle puisse s'occuper l'esprit intelligemment. Pour Cilla O'Roarke, c'était une tout autre histoire, en revanche. Il suffisait de la regarder procéder pendant cinq minutes pour se rendre compte que la jeune femme ne maîtrisait pas l'art subtil de la relaxation. De son écriture fine et régulière, Althea continua à aligner des lettres dans les cases tout en songeant que Boyd était exactement l'homme qu'il fallait à Cilla pour lui enseigner quelques sains principes de patience.

« Elle meurt d'envie de me demander où il est et ce qu'il fait, mais elle ne veut surtout pas me donner l'impression qu'elle s'intéresse à la réponse », se dit Althea et cette pensée la fit sourire. Elle songea que Boyd, de son côté, se montrait plus taciturne et réservé qu'à l'ordinaire. Rivé à son téléphone ou attelé à son ordinateur, il avait poussé ses recherches plus avant et pêché de nouvelles informations sur le passé de Cilla. Ses découvertes l'avaient laissé songeur et perturbé. Althea l'avait regardé faire de loin mais n'avait posé aucune question. Elle savait qu'en l'occurrence, c'était l'homme et non l'inspecteur de police qui traversait une phase de remise en question. Si les nouveaux éléments trouvés par Boyd avaient eu la moindre incidence sur leur enquête, il les lui aurait communiqués aussitôt.

Au fil des années, Boyd et elle avaient noué une relation d'amitié forte tout en respectant leurs vies privées respectives. Elle ne se serait pas permis de questionner Boyd sur ce qui se passait entre Cilla et lui. Mais s'il lui venait le besoin de parler, elle serait là. Et vice versa, d'ailleurs.

Sa relation avec Boyd avait toujours été merveilleusement simple, chaleureuse et dépourvue d'ambiguïté. Sans doute parce qu'il n'y avait jamais eu entre eux ni rivalité professionnelle ni attirance physique. Dès que la tension du désir naissait entre un homme et une femme, tout devenait, malheureusement, beaucoup plus compliqué.

Cilla repoussa sa chaise d'un mouvement brusque et abandonna ses platines.

— Je vais aller me chercher un café. Je peux vous en proposer un, Althea ?

Elle releva la tête.

— Nick ne devrait pas tarder à venir en apporter, non ?

— Je ne l'ai pas vu à la station, ce soir. Ça doit être son jour de congé.

— Dans ce cas, je vais m'en occuper.

Althea reposa son magazine et fit le geste de se lever. Mais Cilla la devança.

— Non, continuez donc à méditer sur vos définitions. Il me reste sept bonnes minutes avant la fin de la cassette. Et j'ai besoin de me détendre les jambes.

— Très bien, dans ce cas je me laisse servir, déclara Althea en se replongeant dans ses mots croisés.

Cilla fit quelques étirements puis se dirigea vers la salle de pause. Billy était déjà passé par là, apparemment. Le sol étincelait et les tasses avaient été lavées et essuyées. L'odeur du détergent à l'essence de pin dont il usait toujours en abondance flottait encore dans l'air.

Cilla versa le café et, une tasse dans chaque main, se retourna pour regagner le studio. La première chose qu'elle vit fut l'éclat de la lame. Puis la silhouette qui se découpait dans l'encadrement de la porte. Avec un hurlement de terreur, elle porta les mains à son visage, laissant échapper les deux tasses. Dans le fracas de vaisselle brisée, l'homme au couteau fit un pas hésitant dans sa direction.

— Mademoiselle O'Roarke?

— Oh, mon Dieu, Billy, chuchota-t-elle en pressant une main contre sa poitrine pour essayer de libérer l'étau d'acier qui la comprimait. Je croyais que vous étiez déjà parti.

— Mais je...

Livide, le petit homme se rejeta contre le battant lorsque Althea arriva au pas de course, son revolver braqué sur lui. Par réflexe, il leva les deux mains lorsqu'elle s'immobilisa, tenant à deux mains son arme pointée sur lui.

— Tirez pas, madame. J'ai rien fait. Je vous jure.

— C'est ma faute, Althea.

Cilla s'avança pour poser une main rassurante sur le bras de Billy.

— Je croyais qu'il n'y avait plus personne à part nous, dans la station, expliqua-t-elle. Alors quand je me suis retournée et que j'ai vu...

Saisie d'un effroi rétrospectif, elle enfouit son visage dans ses mains.

— Je regrette, vraiment, dit-elle en se redressant. J'ai eu une réaction complètement stupide et disproportionnée.

— M. Harrison avait organisé un déjeuner d'affaires dans son bureau, bredouilla Billy.

Son regard inquiet se portait alternativement sur Althea puis sur Cilla.

— Je venais juste de commencer à débarrasser. Et il restait pas mal de... de couteaux et de fourchettes.

Cilla contempla la poignée de couverts à bouts ronds qu'il tenait à la main et se sentit de plus en plus idiote.

— Je suis confuse, Billy. J'ai dû vous terrifier à hurler comme ça. Et en plus j'ai sali le sol que vous venez de nettoyer.

— Ça n'a pas d'importance, mademoiselle O'Roarke.

Billy se détendit lorsque Althea rengaina son arme.

— Je m'occupe de tout remettre en ordre. Et j'écouterai votre émission en travaillant, dit-il en tapotant les écouteurs qu'il avait autour du cou. Vous passerez du rock des années 50, dites ? C'est celui que je préfère.

Le cœur au bord des lèvres, Cilla se força à sourire.

— Comptez sur moi.

Billy rayonnait.

— Et vous prononcerez mon nom à l'antenne ?

— Bien sûr. Mais il faut que je me dépêche, maintenant. Encore toutes mes excuses, Billy.

Laissant Althea aux prises avec la cafetière, Cilla se hâta de regagner le studio. Elle bénissait la collègue de Boyd de lui accorder ainsi deux minutes de solitude pour se ressaisir. Son cas devenait vraiment désespéré si elle s'offrait une crise de nerfs chaque fois qu'elle croisait d'inoffensifs agents d'entretien équipés de couteaux de table !

Contre l'angoisse, une seule solution : le travail. Luttant contre la panique, Cilla sélectionna ses disques en s'appliquant à ne pas précipiter ses gestes.

Lorsque Althea revint avec le café, Cilla invitait ses auditeurs à rester à l'écoute :

— Voici cinq morceaux à déguster d'affilée, les amis. Et le premier est tout spécialement dédié à mon super pote Billy. Pour lui, nous effectuerons un grand, grand retour en arrière. Jusqu'en 1958, très exactement. Je vais vous faire entendre le vrai, l'authentique, l'inoubliable Jerry Lee Lewis avec *Great Balls of Fire*.

Retirant ses écouteurs, elle adressa un pâle sourire à Althea.

— Je suis vraiment désolée.

— A votre place, je crois que j'aurais hurlé tellement fort que j'aurais rameuté toute la ville de Denver sur dix kilomètres à la ronde, déclara Althea en lui tendant un café fumant. Vu ce que vous avez enduré ces derniers temps, il y a de quoi prendre des sueurs froides chaque fois que vous voyez une ombre se profiler quelque part.

— Je dois avouer que je ne serais pas fâchée que ça s'arrête, admit-elle d'une voix lasse.

— Nous allons finir par l'identifier, Cilla.

— C'est la seule chose qui m'aide à tenir : la pensée qu'un type comme ça ne peut pas sévir éternellement.

Elle frissonna, sortit un nouveau disque pour le placer sur la platine et changea délibérément de sujet :

— Qu'est-ce qui vous a fait choisir ce métier, Althea ?

— C'est bête à dire, mais je crois que je suis tout simplement douée pour ce boulot. Question de vocation, sans doute.

— Une vocation solitaire ? Vous n'êtes pas mariée ? ne put-elle s'empêcher de demander.

Althea sourit.

— Pas encore, non. C'est assez dissuasif pour la plupart des hommes, une femme qui se balade avec un revolver à la ceinture. Mais vous avez peut-être eu l'impression que Boyd et moi, nous étions un peu plus que de simples collègues ?

— C'est difficile de ne pas se poser la question, admit Cilla.

Elle s'interrompit, leva la main pour demander le silence et ouvrit son micro afin de présenter sa sélection.

— Vous avez l'air de tellement bien fonctionner ensemble, tous les deux, enchaîna-t-elle une minute et vingt-deux secondes plus tard en retirant son casque pour se tourner de nouveau vers Althea.

Celle-ci porta son café à ses lèvres et but lentement, comme pour se donner un temps de réflexion.

— J'avoue que cela m'étonne un peu de votre part, Cilla. Qu'une femme comme vous puisse tomber si facilement dans le cliché au fond très sexiste qui consiste à penser qu'un homme et une femme couchent ensemble par définition dès le moment où ils sont amenés à collaborer un peu étroitement...

— Attention, je n'ai jamais dit cela ! protesta Cilla, vexée. Enfin... c'est vrai que j'y ai pensé en vous voyant tous les deux, mais...

Elle eut un sourire contrit.

— Bon, O.K., un point pour vous. Désolée, Althea. J'imagine que ça ne doit pas être facile tous les jours pour vous de subir des réflexions et des insinuations en tous genres.

— On s'y fait... Vous devez avoir un peu le même problème, non ? J'ai l'impression que vous êtes plus ou moins la seule femme à part la secrétaire à travailler dans cette station. Une femme attirante qui évolue dans un milieu considéré comme masculin est parfois amenée à défendre ses positions… assez énergiquement.

Ce n'était qu'un minuscule point commun entre elles.

Et néanmoins, Cilla se sentit pour la première fois sur la même longueur d'onde que cette femme d'apparence froide et réservée qui la fascinait par son insolente maîtrise d'elle-même.

— J'ai eu affaire à un disc-jockey, à Richmond, qui ne parvenait tout simplement pas à se mettre dans la tête que je puisse n'avoir aucune envie de me laisser renverser par lui sur sa table de mixage.

Une lueur amusée dansa dans le regard d'Althea.

— Et comment as-tu résolu le problème… si tu permets que je te tutoie ?

Cilla hocha la tête et sourit.

— Au cours d'une de mes émissions, j'ai lancé un appel aux auditrices pour signaler que le beau gosse en question était furieusement en manque de femmes et qu'il suffisait de l'appeler aux heures où il passait à l'antenne pour lui demander un rendez-vous. Je dois dire que ça a rapidement calmé ses ardeurs !

Cilla se tourna vers son micro et ouvrit le standard. Minuit approchait. Après un bref flash météo et la présentation de la séquence suivante, elle ôta de nouveau son casque.

— Je suppose que Boyd, lui, ne se laisserait pas décourager aussi facilement, observa-t-elle, à demi perdue dans ses pensées.

— Je ne te le fais pas dire. Il est têtu comme une mule. Lui, il appelle ça de la patience, mais en vérité, c'est de l'opiniâtreté pure et simple. Quand il s'est fixé un but quelconque, il n'en démord plus.

— J'ai remarqué, oui, acquiesça-t-elle avec un profond soupir.

Althea l'observa quelques instants en silence.

— Tu sais, Cilla, Boyd, c'est tout le contraire d'une brute épaisse. Et je vais même te confier quelque chose : c'est un des rares types vraiment bien que je connaisse. S'il ne te plaît pas, il suffit de le lui dire calmement en face. Je peux te garantir que s'il sent qu'il ne t'intéresse pas, tu n'auras plus jamais de problèmes. Il est obstiné, mais pas obtus.

— Disons que *j'aimerais* ne pas être intéressée par Boyd, murmura Cilla. Il y a une nuance.

— En effet, oui. Et elle est de taille. Ecoute, si tu trouves que la question est indiscrète, n'hésite pas à m'envoyer paître...

Cilla se mit à rire.

— Entendu. C'est le genre de recommandation que l'on n'a pas besoin de me faire deux fois.

— O.K. Alors pourquoi refuses-tu cette attirance ?

Se tournant vers l'étagère du fond, Cilla attrapa deux albums.

— La profession de Boyd me pose problème.

— Donc s'il était agent d'assurances, ça résoudrait toutes les difficultés entre vous ?

— Oui. Non. Enfin, je ne sais pas.

Cilla se sentit rougir :

— Disons que cela ferait un obstacle en moins. Mais dans la série « je collectionne les blocages », il y a aussi le fait que j'ai fichu en l'air la seule relation amoureuse vraiment sérieuse que j'aie jamais vécue.

— Il faut être deux, généralement, pour commettre ce genre de gâchis.

Elle haussa les épaules.

— C'est ce qu'on dit, oui. Mais ce n'est pas toujours facile d'établir la part des responsabilités des uns et des autres. Et dans le doute, je ne suis pas pressée de renouveler l'expérience. M'occuper de mon quotidien avec Deborah suffit largement à mon confort.

— A ton confort, peut-être. Mais pourras-tu te contenter toute ta vie d'une existence simplement « confortable » ?

— Peut-être pas, non, murmura Cilla, les yeux rivés sur le standard où les voyants clignotaient avec insistance. Mais je te jure qu'en ce moment, une petite vie banale, tranquille et même franchement « pépère », comme on dit, m'irait comme un gant.

— Je comprends.

Cilla retomba dans un silence tendu et commença à prendre les appels. Althea se tut pour ne pas troubler sa concentration. « Elle est terrifiée », songea-t-elle. Et qui ne le serait pas à sa place ? Etre menacée de mort par un inconnu dont la voix, soir après soir, s'étranglait de haine au téléphone... La plupart des gens, dans des conditions similaires, auraient choisi la fuite. Mais Cilla, non. Cilla tenait tête.

Refusant de modifier ses habitudes d'un iota, elle continuait insolemment à s'exposer toutes les nuits, dans la station de radio déserte.

Elle avait une peur bleue du téléphone, c'était clair. Mais elle ne se forçait pas moins à répondre, à écouter, à lancer quelques reparties drôles, cinglantes et parfois même provocantes de cette voix à la fois rauque et suave qui faisait rêver les hommes. Et tout cela dans la plus grande décontraction apparente. Si Althea n'avait pas été présente dans le studio, elle s'y serait elle-même laissé prendre.

Avec un courage qui commandait le respect, Cilla défiait un tueur. Mais lorsqu'il s'agissait de regarder ses sentiments pour Boyd en face, elle se défilait, incapable de faire front et d'aller à la rencontre de l'homme qui l'attirait.

Plus Althea méditait sur la question, plus elle s'étonnait du phénomène. Cilla se crispait chaque fois qu'un voyant s'allumait sur le standard, mais même si sa main tremblait, elle prenait l'appel et jouait le jeu. Boyd, lui, était entré dans sa vie pour la protéger. Et c'était pourtant lui qu'elle fuyait à toutes jambes! Althea poussa un discret soupir. Ce n'était pas la première fois qu'elle faisait ce constat effarant : les femmes même les plus lucides et les plus intelligentes pouvaient sombrer dans des comportements aberrants lorsque l'homme avec un grand H se profilait à l'horizon de leur vie. Althea se jura que si, un jour, elle devait tomber amoureuse à son tour — ce qu'elle avait eu le bon sens d'éviter jusque-là —, elle trouverait le moyen de rester maîtresse de la situation.

Le brusque changement dans la voix de Cilla la ramena brutalement à sa mission présente. Elle se leva sans bruit et massa les épaules crispées de la jeune femme.

— Fais-le parler, chuchota-t-elle. Garde-le en ligne aussi longtemps que possible.

En se concentrant de toutes ses forces, Cilla réussit à garder ses distances, à ne pas entrer dans la folie de X. Elle s'était aperçue qu'elle parvenait à conserver un calme relatif lorsqu'elle faisait abstraction des insultes, des mots grossiers, des promesses macabres. Le regard rivé sur le chrono, elle ne songeait qu'à gagner de précieuses secondes, à remporter au moins cette bataille. Elle avait remarqué que le plus grand plaisir de X était de la faire craquer. Il continuait inlassablement à la menacer jusqu'au moment où elle se mettait à le supplier. Là seulement, il coupait la communication, satisfait de l'avoir brisée une fois de plus.

— Je ne vous ai jamais fait de mal, répéta-t-elle mécaniquement. Et vous le savez.

— Oui, mais *lui*... Tu y penses, à lui ? Sans toi, il serait encore vivant aujourd'hui.

— Vous prétendez que j'ai fait souffrir cet homme, n'est-ce pas ? reprit-elle, patiemment. Dites-moi au moins son prénom et nous pourrons peut-être enfin nous expliquer.

— Oh non, ce serait trop facile. Je veux que tu lui rendes au moins cet ultime hommage, espèce de garce : te souvenir de ta victime. Lorsque je te tuerai, son nom sera sur tes lèvres.

Cilla ferma les yeux et se concentra de toutes ses forces sur la musique pendant que X laissait libre cours à son inépuisable imagination sadique. Elle attendit qu'il marque une pause pour le relancer :

— Cet homme... Il a dû avoir une grande importance dans votre vie. Vous aviez beaucoup d'affection pour lui ?

— Il était tout pour moi. Tout. C'était mon père. Il était si jeune encore. Sa vie aurait dû être devant lui, aujourd'hui. Et pas derrière. Si tu ne l'avais pas trahi, je ne serais pas seul au monde aujourd'hui. Alors œil pour œil, dent pour dent, salope. Ta vie contre la sienne. Bientôt... très bientôt...

Lorsqu'il raccrocha, Cilla tremblait tellement qu'elle envoya le morceau suivant sur les ondes sans l'intervention micro habituelle. Elle fournirait les détails à la fin, lorsqu'elle aurait recouvré une voix à peu près normale. Laissant les voyants clignoter sur le standard, elle alluma une cigarette et renversa la tête en arrière.

— Ça y est ! Ils ont réussi à détecter l'origine de l'appel ! annonça Althea, les yeux brillants, en venant lui poser la main sur l'épaule. Et c'est grâce à toi. Tu as vraiment été magistrale, ce soir.

— Tu m'en diras tant.

Cilla ferma les yeux et songea qu'il lui restait encore une heure et dix minutes à tenir. Elle ne se souvenait pas de s'être jamais sentie vidée à ce point.

— Tu crois que ça y est ? Qu'ils vont mettre la main sur lui, maintenant ? demanda-t-elle faiblement.
— Nous allons bientôt le savoir. Mais, en tout cas, c'est une grande première, Cilla. Ça commence enfin à bouger. Et c'est toujours bon signe.

Cilla se renversa contre le dossier en laissant Althea prendre le volant. Elle aurait dû être soulagée, excitée même. Mais elle n'éprouvait rien qu'une pénible sensation de vacuité. Ils avaient repéré d'où venait l'appel. Autrement dit, ils savaient désormais où habitait… Avec l'adresse viendrait un nom, et avec le nom une personne. Et ils n'auraient plus alors qu'à le cueillir chez lui.

Une fois X arrêté, elle se forcerait à aller le voir. Pour mettre enfin un visage sur la voix qui la hantait depuis des semaines. Pour découvrir l'être humain avec son histoire, ses blessures. Un être humain qui en était venu à canaliser sur elle toute sa haine. En quoi et comment avait-elle, même indirectement, fait du tort à cet homme ? C'est ce que X finirait sans doute par lui apprendre. Sa main se crispa sur l'accoudoir. Elle allait bientôt avoir la réponse à la question qui la torturait depuis que les appels avaient commencé.

Lui faudrait-il composer, par la suite, avec le poids des remords ?

Du bout de la rue, Cilla repéra la voiture de Boyd garée juste devant chez elle. Il faisait les cent pas sur le trottoir, son trench-coat déboutonné malgré la bise. Il faisait si froid qu'elle voyait la buée blanche que formait son souffle. Ses yeux, en revanche, n'étaient pas visibles, à cette distance.

Cilla se força à ouvrir calmement sa portière et à marcher vers lui. Boyd attendit sans faire un pas dans sa direction.

— Entrons nous mettre au chaud, proposa-t-il d'une voix neutre.

Elle secoua la tête.

— Je veux savoir, Boyd. Maintenant.

Mais la réponse, elle la lisait déjà dans ses yeux.

— Vous ne l'avez pas eu, n'est-ce pas ? murmura-t-elle en regardant fixement les pavés du trottoir.

— Non, nous ne l'avons pas eu.

— Que s'est-il passé ? demanda Althea en les rejoignant.
— L'appel venait d'une cabine située à quelques kilomètres de la station. Il n'y avait aucune empreinte. Notre homme avait soigneusement effacé toute trace de son passage.

Cilla releva la tête. Nerveusement, elle était à bout de ressources. Et elle n'avait plus le courage de lutter pour donner le change.

— Autrement dit, nous n'avons pas avancé d'un pas ?
— Bien sûr que si, protesta Boyd en prenant sa main glacée dans la sienne. Il a commis sa première erreur. Il en fera d'autres.

Epuisée, elle jeta un coup d'œil par-dessus son épaule. Etait-ce son imagination qui lui jouait des tours ? Elle avait l'impression de sentir sa présence, là, quelque part dans l'ombre.

— Viens, insista Boyd. Ne restons pas là. Tu es glacée.

Elle secoua la tête.

— Ça va, je n'ai besoin de rien.

Elle voulait juste un peu de calme et de silence, rien de plus. Laisser entrer Boyd aurait été au-dessus de ses forces. Elle avait atteint un stade où elle avait juste besoin d'être seule.

Evitant soigneusement le regard de Boyd, Cilla les salua d'un bref signe de tête.

— Si ça ne vous dérange pas, je préfère laisser le sujet de côté pour ce soir. Je suis crevée et je vais me coucher directement. Althea, merci de m'avoir raccompagnée. Bonne nuit.

Les yeux rivés sur les dalles de l'allée, elle se hâta jusqu'à la porte. Elle entra sans un regard en arrière.

— Et merde, lâcha Boyd entre ses dents.

Althea vint poser la main sur son épaule.

— Il faut la laisser tranquille pour le moment. Elle a besoin de digérer le choc.

Casser quelque chose lui aurait fait du bien. Mais Boyd se contenta de fixer la porte close en serrant les poings dans les poches de son imperméable.

— Elle ne veut pas de mon aide.
— Pas pour le moment, non.

Dans la maison de Cilla, la lumière se fit à l'étage. Althea frissonna et serra les pans de son manteau autour d'elle.

— Je vais peut-être faire venir quelqu'un pour monter la garde ici, qu'est-ce que tu en penses ?

Boyd secoua la tête.

— Non, ce n'est pas la peine. Je préfère m'en charger moi-même.

— Tu n'es pas de service cette nuit, Boyd.

Althea vit ses mâchoires se durcir.

— Exact. Appelle ça une opération privée si ça te chante.

— Ça te dirait d'avoir un brin de compagnie ?

Il secoua la tête.

— Non, ce serait absurde. Rentre chez toi. Tu vas être en manque de sommeil.

Althea hésita puis laissa échapper un bref soupir.

— Allez... C'est toi qui prends le premier quart. Je ne dors jamais aussi bien que recroquevillée à l'arrière d'une voiture, de toute façon.

Au matin, une fine couche de givre étincelait sur la pelouse. Cilla soupira en contemplant ce spectacle hivernal de la fenêtre de sa chambre. En Géorgie, les azalées devaient fleurir dans une débauche de rose, de mauve et d'orange. Il y avait des années qu'elle n'avait pas été tenaillée ainsi par la nostalgie de son Sud natal. Peut-être était-ce à cause de la menace de mort qui pesait sur elle. Mais en cette matinée si peu printanière, elle se demanda si elle n'avait pas commis une erreur en s'exilant si loin des paysages de son enfance. Si loin du cimetière où ses parents reposaient.

Cilla laissa retomber le rideau et recula d'un pas. Qu'il gèle encore en avril dans ce fichu Colorado était une chose. Mais un problème autrement plus urgent risquait de se présenter sous peu à sa porte : elle venait d'entrevoir la voiture de Boyd toujours garée à la même place, le long du trottoir.

Sans cesser un instant de penser à lui, elle s'habilla avec plus de soin et d'attention qu'à l'ordinaire. Elle n'avait pas changé d'avis, cela dit : s'attacher à Boyd Fletcher lui paraissait toujours aussi peu judicieux. Mais si erreur il y avait, elle était déjà commise. Et il y avait un principe qu'elle avait appris très jeune : une fois la bêtise faite, il fallait en assumer les conséquences jusqu'au bout...

Cilla tira sur le pull en cashmere couleur prune que Deborah lui avait offert pour Noël et le lissa nerveusement sur ses hanches. Avec ses manches amples et son grand col, il lui donnait un certain air d'élégance. Contrairement à la plupart des chandails informes qu'elle s'achetait d'ordinaire. Sur une impulsion, elle poussa même le souci de son apparence jusqu'à enfiler une paire de lourdes boucles d'oreilles en argent.

Elle trouva Boyd, non pas frigorifié à sa porte, mais en position semi-allongée sur le canapé, plongé dans le journal du matin avec une tasse de café à la main. Sa chemise largement déboutonnée sur son torse était froissée, confirmant à Cilla ce qu'elle soupçonnait déjà : il avait bel et bien monté la garde devant chez elle toute la nuit.

L'art qu'avait Boyd de s'adapter à son environnement la fascinait depuis le début. A le voir ainsi, on avait l'impression qu'il avait vécu toute sa vie dans cette maison. Rien ne semblait plus naturel que sa présence, là, sur son canapé, avec les pages sport du journal ouvertes devant lui, son veston jeté sur une chaise, et le café qu'il sirotait distraitement.

A son entrée, il leva les yeux et se redressa.

— Bonjour.

Même s'il ne souriait pas, il paraissait détendu. Les jambes sciées par un mélange de trouble, de timidité et d'appréhension, Cilla le salua à son tour et s'avança jusqu'à lui. Serait-il préférable de commencer par des excuses ou par des explications ?

— Deborah m'a laissé entrer.

— Elle a bien fait.

De plus en plus tendue, elle chercha un endroit où mettre les mains et regretta amèrement d'avoir enfilé un pantalon dépourvu de poches.

— Tu as passé la nuit devant chez moi, Boyd.

— Ça fait partie de mes fonctions.

— Et tu as dormi dans ta voiture.

Boyd se demanda s'il s'agissait d'une accusation. Cherchant son regard, il se risqua à lui sourire.

— Les nuits dehors, c'est un peu une spécialité, chez nous, dans la police. Il faut croire qu'on aime ça.

— Je suis vraiment désolée, Boyd.

Avec un profond soupir, Cilla se laissa choir juste en face de lui, sur la table basse. Ses genoux vinrent buter contre les siens. Il trouva ce geste singulièrement amical.

— J'aurais dû te demander d'entrer hier soir. C'est vraiment moche de ma part de t'avoir laissé à la porte. J'aurais pu me douter que tu resterais. Mais cette nuit, en arrivant, j'étais un peu...

— Secouée ? Déçue ? Découragée ?

Il lui tendit le café qu'il avait commencé à boire et elle y trempa les lèvres. Le breuvage était si sucré qu'elle fit la grimace.

— Tu avais de bonnes raisons d'être perturbée, Cilla.

Elle haussa les épaules.

— Je crois que j'étais sous le choc, en effet. Je m'étais mis en tête que c'était fini, que tu avais réussi à identifier X et à le coffrer. Et cette idée m'avait plongée dans un état assez bizarre, en fait. Je commençais à appréhender le moment où je l'aurais en face de moi et où il me jetterait enfin les motifs de sa haine à la figure. Et quand nous sommes arrivées ici, Althea et moi, et que tu nous as annoncé que ce n'était qu'une fausse piste... je me sentais incapable de discuter calmement de la situation. C'était plus fort que moi.

— Mais je comprends très bien, Cilla. T'ai-je fait le moindre reproche ?

Elle rit nerveusement.

— Tu es vraiment obligé d'être aussi gentil avec moi ?

— Obligé, non, répliqua Boyd en lui touchant la joue. Tu te sentirais plus à l'aise si je te lançais des insultes ?

Cilla ne put résister à la tentation de poser sa main sur la sienne.

— Peut-être. Je suis douée pour me battre plus que pour déposer les armes.

— J'ai remarqué ça. Tu n'as jamais envisagé de prendre ne serait-ce qu'une journée pour te détendre vraiment ?

— Pas vraiment.

— Et si tu commençais aujourd'hui ? Il faut un début à tout, non ?

Cilla fronça les sourcils.

— En fait, j'avais prévu de remettre mes comptes à jour. Et il faut que je me débrouille pour dégotter un plombier rapidement. Nous avons une fuite sous l'évier. C'est aussi mon tour de faire la lessive.

Et ce soir, je suis embauchée comme DJ pour une soirée privée. C'est une ancienne promo de lycée qui se retrouve de temps en temps pour faire la fête. Jim et Bill me remplacent ce soir à Radio KHIP.
— J'ai entendu ça, oui.
Cilla se mordilla la lèvre. Boyd avait pris ses deux mains dans les siennes et elle se sentait soudain timide comme une débutante.
— L'ambiance de ces fêtes de promo est généralement plutôt sympa. Alors si ça te dit de venir et de traîner un peu à cette soirée…
Boyd plongea son regard dans le sien.
— C'est une invitation ?
— Attention. Il faudra quand même que je travaille et…
Sa protestation se perdit dans un murmure. Elle baissa les yeux.
— Enfin… oui. On peut appeler ça une invitation, si tu veux. Plus ou moins.
Boyd hocha gravement la tête.
— Bon… Et est-ce que je pourrais plus ou moins venir te chercher pour te conduire sur place ?
— Vers 20 heures, alors. Il faut que j'y sois assez tôt pour la mise en place.
— Dans ce cas, je passerai à 19 heures. Ça nous laissera le temps de dîner quelque part.
— Eh bien… euh… pourquoi pas ?
Cilla soupira. Et songea que, mine de rien, elle était en train de s'enfoncer dangereusement.
— Note quand même que je n'ai pas changé d'avis, Boyd. Je ne veux toujours pas m'engager dans une relation un tant soit peu sérieuse avec toi.
Il haussa un sourcil dubitatif.
— Mmm…
— Tu es tout sauf l'homme qu'il me faut.
— C'est un point de vue. Il se trouve que je pense exactement le contraire, mais rien ne nous force à partager une même opinion sur tout.
Gagnée par un nouvel accès de nervosité, Cilla voulut se lever. Mais il la retint en appuyant fermement les mains sur ses genoux.

— Tu es vraiment montée sur ressorts, tu sais ? Reste là et essaye de respirer calmement.

Elle soupira.

— Ce que je veux dire, Boyd, c'est qu'il me paraît important de poser des règles claires et de bien fixer les limites dès le départ.

— S'agit-il d'un contrat d'affaires ou du début d'une histoire ?

Elle fronça les sourcils.

— Je ne crois pas que nous devrions parler « d'histoire ».

— Parce que ?

— Parce que dans « histoire », il y a comme une notion de durée, Boyd Fletcher !

Boyd réussit tant bien que mal à contenir un sourire. En aucun cas, Cilla n'apprécierait qu'il manifeste un amusement quelconque.

— Et alors ? demanda-t-il, les yeux rivés aux siens, en portant lentement sa main à ses lèvres.

— Eh bien...

Sa bouche glissa sur les jointures de ses doigts, puis il retourna sa main pour déposer un baiser brûlant au creux de sa paume.

— Eh bien ?

— Eh bien, ça m'inquiète ! *Boyd...*

Elle frissonna lorsqu'il lui mordilla doucement l'intérieur du poignet.

— Tu avais encore d'autres conditions à poser ou était-ce tout ce que tu souhaitais me dire ?

— Non, ce n'est pas tout. Tu peux arrêter ça, s'il te plaît ?

— Je pourrais... si vraiment je me faisais violence.

Cilla ne put s'empêcher de sourire à son tour.

— Alors fais-toi violence. Je n'arrive pas à penser clairement quand tu me touches.

— Mmm... Voilà une bien dangereuse confession.

Il n'en cessa pas moins docilement de mordiller, d'embrasser, de caresser avec ses lèvres.

— J'ai besoin de te parler sérieusement, Boyd. C'est important.

— Et je t'écoute sérieusement... Non, ne te lève pas. Essaye le coup de la respiration, plutôt.

— D'accord.

Cilla prit une longue inspiration avant de se jeter à l'eau :

— Cette nuit, j'étais allongée dans le noir sans dormir et je crevais de peur. J'avais l'impression d'entendre X se déplacer dans la maison pour venir jusqu'à moi. Les ténèbres étaient pleines de bruissements, de murmures, de glissements terrifiants. Et j'avais sa voix qui me résonnait dans la tête, répétant inlassablement ses projets de meurtre et de torture. C'était comme une bande enregistrée qui repassait, s'accélérait, avec des stridences atroces... J'ai compris que si je continuais comme ça, c'était la folie qui m'attendait — la vraie. Alors j'ai pensé à toi.

Elle se tut quelques secondes avant de trouver le courage de poursuivre.

— Il a suffi que j'évoque ton image pour que toutes les hallucinations auditives disparaissent. Et je n'ai plus eu peur...

Boyd ne dit rien. Il aurait été incapable de prononcer une syllabe, d'ailleurs. Il vit Cilla serrer les lèvres pour les empêcher de trembler. Elle attendait une réaction, une réponse de sa part. Sans se douter qu'il était en train de tomber en chute libre : alors qu'il oscillait depuis deux jours sur la corde raide, il venait de basculer définitivement en amour. Amour pour elle, Cilla O'Roarke. Et ce grand plongeon lui donnait le vertige.

L'onde de choc de cette découverte vibrait en lui à la manière d'un gong. Il en était comme abasourdi. Mais s'il lui faisait part de ses sentiments maintenant, elle prendrait peur, pour commencer. Et pour finir, elle ne le croirait pas. C'étaient des preuves, pas des mots qu'il fallait à des femmes comme Cilla.

Il lui prit les deux mains et se leva en l'entraînant avec lui. Puis il l'entoura de ses bras en attirant sa tête sur son épaule. Au début, elle se raidit, mais peu à peu, elle se détendit dans son étreinte.

« J'ai besoin qu'il me tienne comme ça », songea Cilla. Comment Boyd se débrouillait-il pour toujours savoir ce qu'il lui fallait, sans même qu'elle ait à formuler ses besoins ? Etre tenue, seulement tenue. Sentir la solidité, la chaleur rassurante de son corps contre le sien, la pression ferme de ses bras, les battements calmes et réguliers de son cœur... Et pouvoir fermer les yeux. Enfin.

— Boyd ?
— Mmm... ?

Il tourna très légèrement la tête de manière à poser un baiser dans ses cheveux.

— Tout compte fait, je crois que ça ne me dérange pas tant que ça que tu sois gentil avec moi.

— Bon. On fait un petit bout d'essai pour tester la formule pacifique, alors ?

Cilla hésita à poursuivre ses confidences. Mais au point où elle en était, autant lâcher tout le paquet :

— Tu sais que, dans un sens, ça m'a presque manqué de ne pas t'avoir dans les pattes, ces deux derniers jours ?

Ce fut au tour de Boyd d'inspirer à fond pour recouvrer un semblant de calme. La tentation de la soulever dans ses bras et de la porter jusqu'au premier étage devenait presque irrépressible.

— Et maintenant, si on passait aux choses sérieuses ? proposa-t-il d'un ton léger en lui posant les mains sur les épaules. Une fois que j'aurai pris quelques arrangements par téléphone, je pourrais peut-être jeter un coup d'œil sous ton évier pour voir ce que dit cette fuite ?

Elle sourit.

— Jeter un coup d'œil, je sais faire aussi, Holmes. C'est une réparation qu'il me faut.

Il se pencha pour lui mordre la lèvre inférieure et marmonna :

— Va me chercher une pince, femme.

Deux heures plus tard, Cilla était assise à son secrétaire dans le petit salon TV qui lui servait accessoirement de bureau. Elle avait les comptes du mois étalés devant elle et pestait tout bas en pointant ses chèques. Deux dollars et cinquante-trois cents s'étaient égarés quelque part en route et elle était déterminée à les retrouver avant de commencer à payer les factures qui s'amoncelaient à sa droite.

Son sens de l'ordre, elle se l'était inculqué elle-même. Et elle s'y était raccrochée pendant les années de vaches maigres, les années douloureuses, les années mouvementées. Réussir à maintenir ce petit îlot de normalité en temps de crise lui avait toujours permis de tenir bon.

— Ah voilà !

Triomphante, elle pointa son erreur, fit les corrections qui s'imposaient et entreprit de remplir ses chèques, en commençant par la mensualité qu'elle devait à la banque.

Un geste qui, chaque mois, lui procurait comme une légère ivresse. Elle ne payait pas un loyer mais remboursait un emprunt immobilier. Pour la première fois, elle était propriétaire d'autre chose que de quelques valises de vêtements et d'une voiture d'occasion.

Sans avoir jamais connu la vraie pauvreté, Cilla avait grandi dans une famille où on regardait à la dépense. Sa mère travaillait dans la police et son père, avocat aux convictions profondément humanistes, avait choisi de ne défendre que les plus démunis. Leurs deux salaires combinés leur avaient tout juste suffi pour vivre. Lorsqu'elle avait obtenu son bac, ses parents lui avaient proposé de lui payer des études. Mais un tel sacrifice aurait sérieusement grevé leur budget. Cilla n'avait pas voulu leur infliger cette contrainte supplémentaire alors que ses parents se débattaient déjà avec de graves problèmes conjugaux. Dès l'âge de dix-huit ans, elle avait pris son indépendance.

Une décision qu'elle n'avait jamais regrettée, même s'il lui arrivait parfois de ressentir son absence de formation universitaire comme un manque. Mais à présent qu'elle se voyait en mesure de financer les études de Deborah, Cilla ne pouvait que se féliciter du parcours qu'elle avait choisi.

— Cilla…
— Oui ?

Elle aperçut Boyd dans l'encadrement de la porte. Brandissant la pince crocodile qu'elle lui avait confiée, il arborait une expression féroce. Son jean était maculé de taches, ses cheveux hirsutes, sa chemise à tordre.

— Eh bien…, commenta-t-elle, toussotant pour dissimuler l'éclat de rire qui menaçait.

— Ton évier est réparé. Il n'y a plus de fuite.

Boyd plissa les yeux d'un air menaçant en la voyant lutter stoïquement contre le fou rire.

— Il y a un problème ?

Cilla s'éclaircit la voix.

— Aucun. Tu as réussi à colmater la fuite, donc ?

— C'est ce que je viens de te dire, non ? Mission accomplie.

A l'issue de deux heures de combat acharné, de toute évidence ! Cilla jugea opportun de ménager une dignité masculine qui venait d'être très sérieusement mise à mal. Elle se mordit la lèvre et réussit à répondre avec la gravité requise :

— Merci, Boyd. Tu m'as permis de réaliser une économie conséquente. Le moins que je puisse faire en retour, c'est te préparer à déjeuner. Que dirais-tu d'un sandwich au beurre de cacahuètes ?

Boyd haussa un sourcil sceptique.

— Je dirais qu'il serait plus à sa place dans un cartable d'enfant.

— C'est encore une confession que j'ai oublié de te faire, Holmes : de toutes mes prestations culinaires, le sandwich au beurre de cacahuètes est de loin ce que je fais de plus performant.

Laissant résolument ses factures de côté, Cilla se leva pour tâter sa chemise.

— Tu sais que tu es mouillé ?

Boyd leva une main noire de crasse, se ravisa à mi-course, puis obéit à son impulsion première et lui barbouilla copieusement la figure.

— Ouais. Je sais.

Le rire de Cilla le surprit. C'était ce même rire, rauque, profond et séducteur qu'il avait déjà entendu sur les ondes, mais jamais depuis qu'il l'avait rencontrée. Il en eut des frissons jusque dans les reins.

— Viens, Fletcher, nous allons jeter cette chemise dans le lave-linge pendant que tu mangeras ton sandwich.

— Une seconde.

Il lui tenait toujours le menton et l'attira à lui par la seule magie de cette subtile pression. Lorsque sa bouche se posa sur celle de Cilla, il la sentit sourire. Cette fois-ci, elle ne se raidit pas, n'émit aucune protestation. Avec un léger soupir, elle entrouvrit les lèvres et se laissa porter par le baiser, goûtant le plaisir de sentir sa langue danser avec la sienne.

Dans l'étreinte de Boyd, elle trouvait une tendresse, un réconfort dont elle avait même cessé de penser qu'ils pussent exister. Il y avait une douceur extraordinaire à s'abandonner dans les bras d'un homme qui comprenait. Un homme dont la sollicitude était sincère et désintéressée. Un homme qui n'était rebuté ni par ses failles ni par ses faiblesses.

— Je crois que tu avais raison, l'autre fois chez toi, finalement, murmura-t-elle.

— J'ai *toujours* raison... A quel sujet ?

Elle prit un risque. Un risque énorme pour elle.

— Pour toi et moi... C'est effectivement trop tard pour faire machine arrière, admit-elle dans un souffle.

Le regard de Boyd brûlait de fièvre. Il lui saisit les épaules.

— Cilla... Emmène-moi dans ta chambre. J'ai envie de toi. J'ai *besoin* de toi.

Une montée de désir l'envahit en écho, répondant au sien, comme deux instruments dialoguant en parfait accord. Mais elle ferma les yeux et secoua la tête.

— Accorde-moi encore un tout petit peu plus de temps, tu veux bien ? Je ne joue pas avec toi, Boyd, mais tu sais que, pour moi, tout cela est relativement compliqué et j'ai besoin d'y aller... pas à pas.

Elle prit une inspiration pour se calmer, souleva les paupières et réussit presque à sourire.

— Tu es tout ce que je me suis toujours juré d'éviter coûte que coûte, Boyd Fletcher.

Il lui prit les deux mains et les serra très fort.

— En ce qui concerne ta mère, tôt ou tard, il faudra qu'on en parle, Cilla.

— Oui, mais pas maintenant, dit-elle en entrelaçant ses doigts aux siens. Je suis encore trop secouée pour remuer des souvenirs sombres. En revanche, j'aimerais passer ces quelques heures avec toi comme si nous étions des gens normaux. Si le téléphone sonne, je ne répondrai pas ; si quelqu'un frappe à la porte, nous attendrons qu'il s'en aille. Tout ce que je veux, c'est te préparer ton sandwich, te laver ta chemise et ronronner dans tes bras en parlant de tout et n'importe quoi. Ça te va ?

Avec un léger sourire, Boyd déposa un baiser sur son front.

— Il y a des années qu'on ne m'avait pas fait une offre aussi tentante.

7.

Ce soir-là, le rock régnait en maître. Le contre-rythme, la basse, le gémissement d'un riff de guitare formaient comme une voûte sonore dans la salle gagnée par une fièvre collective. Les lumières clignaient, les corps ondulaient, les pieds battaient le rythme. Et c'était elle, Cilla, qui donnait le ton. Officiant à sa table de mixage, elle tenait son public suspendu à sa musique, au son de sa voix. Même si elle ne connaissait pas un seul visage, elle était aux commandes. C'était *sa* fête.

Boyd l'observait en buvant de l'eau de Seltz à petites gorgées. Une grande blonde serrée dans une robe bleue, minuscule, vint l'inviter à danser. Il l'éconduisit poliment. La fête battait son plein, il vibrait au rythme de la musique et il n'aurait pas été fâché de faire un tour sur la piste. Mais il préférait garder un œil sur Cilla. Se cantonner dans un rôle de spectateur n'avait jamais été une corvée pour lui. Sans compter qu'il avait largement de quoi s'occuper en regardant la disc-jockey.

Cilla se tenait à l'extrémité d'une grande table, avec ses disques soigneusement classés devant elle. Dans sa tenue du soir, une sorte de smoking féminisé avec un veston cousu de paillettes sur un pantalon noir très large, Cilla scintillait d'un éclat mystérieux et nocturne. Ses cheveux défaits formaient comme un halo autour d'elle. « Ma déesse de la nuit… », songea Boyd qui savait qu'il ne se lasserait jamais de regarder cette femme. Elle était absolument magnifique.

Sa voix de velours avait déjà attiré plusieurs douzaines de couples sur la piste et les danseurs évoluaient coude à coude. D'autres petits groupes étaient restés près du buffet ou bavardaient, assis à des tables rondes. Selon toute apparence, la promo 75 « s'éclatait ». Et Cilla tout autant qu'eux, d'ailleurs. Elle était régulièrement entourée par une cour masculine. Certains de ses admirateurs assidus avaient sensiblement forcé sur la boisson. Mais Boyd dut admettre qu'elle savait les tenir à distance. Il fronça les sourcils lorsqu'un type bâti comme une armoire à glace passa un bras poilu autour de ses épaules. Mais Cilla lui glissa deux mots à l'oreille et le gros velu s'éloigna docilement. Avec le sourire aux lèvres, qui plus est. Dieu sait comment elle se débrouillait, mais elle avait une technique imparable !

— Et maintenant, la promo 75, laissez-vous aller à un brin de nostalgie, susurra-t-elle dans le micro. Nous allons revenir à la nuit de votre premier bal…

Elle mit un disque des Eagles, puis tourna la tête à gauche et à droite, scrutant la salle bondée. Boyd sentit comme une décharge électrique lui traverser le cœur : c'était lui qu'elle cherchait des yeux dans la foule. Elle lui fit un sourire — un vrai, tellement éclatant qu'il vit luire son regard à l'autre bout de la salle. Peut-être, un jour, se risquerait-elle à sourire ainsi sans qu'une masse de cinq cents personnes ne les sépare ? Cilla porta la main à sa gorge et lui indiqua par une mimique désespérée qu'elle mourait de soif. Amusé, il lui fit signe qu'il arrivait et se tourna vers le bar.

Cilla l'observait avec de drôles de palpitations au niveau de la poitrine. Flic ou pas flic, Boyd était de loin l'homme le plus attirant de la soirée. Elle le couva du regard tandis qu'il se frayait un chemin vers elle dans la foule. Etonnant. En règle générale, elle ne se serait jamais intéressée à un homme en veston gris, tenue qu'elle jugeait beaucoup trop classique à son goût. Mais, pour Boyd, elle voulait bien faire une exception. Les femmes de la promo 75 ne s'y étaient pas trompées, d'ailleurs. Cilla les voyait de son poste d'observation. Elles lui tournaient autour depuis le début.

« Désolée, les filles, mais c'est chasse gardée. Ce soir, je ne le lâche pas. » Un peu surprise par cette pensée possessive, Cilla se secoua et choisit un petit papier sur la pile de requêtes que danseurs ou amateurs de musique venaient déposer sur sa table.

— Mais c'est que vous êtes tous des nostalgiques, dans cette promo ! commenta-t-elle en sélectionnant un autre titre des années 70 parmi ses disques.

Elle avait toujours aimé animer ce genre de fête. Et les organisateurs avaient fait du bon travail, que ce soit au niveau de la déco ou des éclairages. Ils avaient même prévu un stroboscope qui lui permettait, au gré de ses humeurs, de recréer l'univers psychédélique de l'époque de leur vingt ans.

— Voici pour Rick et Sue, tombés amoureux au lycée et mariés depuis quinze ans. « Juste une amourette d'adolescents ! », c'est ce qu'ils disaient tous. Et les voici maintenant parents de deux enfants, avec un troisième en route.

— Sympathique, comme message, commenta Boyd.

Elle tourna la tête et sourit.

— Merci.

Il lui tendit un verre d'eau gazeuse agrémenté d'une rondelle de citron.

— J'ai une réunion de promo dans quelques mois. Tu seras libre, j'espère ?

— Je consulterai mon agent... Eh, tu as vu ça ?

Cilla regarda un couple se détacher des autres pour danser un rock endiablé.

— Ils sont vraiment très bons, commenta-t-elle, admirative.

— Tu danses, toi, Cilla ?

— Pas comme eux, hélas.

Boyd la retint alors qu'elle choisissait un nouveau papier sur la pile.

— Tu accepterais de passer un titre pour moi ?

— Pourquoi pas ? Dis-moi ce qui te ferait plaisir.

Lorsqu'il se mit à farfouiller dans sa collection, Cilla se surprit à le regarder faire avec bonne humeur. Pour une fois, elle pouvait tolérer qu'on touche à son ordre sacrosaint. Elle réorganiserait tout ça plus tard. Lorsqu'il lui tendit le disque de son choix, elle rougit légèrement.

— *When a man loves a woman* ? C'est de la soul, ça, Holmes. Pas du tout mon style... Bon. C'est bien parce que c'est toi...

Elle ouvrit son micro.

— J'ai l'impression que nos danseurs ont besoin de souffler un peu. Alors, un petit slow rêveur pour vous, juste avant de redémarrer du bon pied...

De nouveaux danseurs affluèrent sur la piste et les couples s'enlacèrent, hommes et femmes se mouvant lentement l'un contre l'autre. Cilla se tourna pour adresser la parole à Boyd et se retrouva dans ses bras.

— Tu veux danser ? murmura-t-il.

En fait, la question était superflue : il l'entraînait déjà au rythme lent de la musique. Boyd la tenait si serrée qu'elle en avait le vertige.

— Tu sais que je suis ici pour travailler, Fletcher ?

— Tu peux bien prendre deux minutes de pause, chuchota-t-il en lui déposant un baiser sur le front. A défaut de faire l'amour avec toi, ceci constitue un avant-goût tellement sublime...

Ce n'était pas sérieux. Pas sérieux du tout, même. Elle allait d'ailleurs se dégager de ses bras. C'était juste l'affaire de quelques secondes... Mais si la voix de la raison parlait ainsi en Cilla, son corps, lui, semblait avoir pris de tout autres dispositions. Ajusté à celui de Boyd, il suivait le moindre de ses mouvements. En signe de capitulation silencieuse, elle lui noua les bras autour du cou.

Boyd appuya son front contre le sien et sourit. Avec des gestes lents et fermes, il laissa glisser les mains sur ses hanches. Puis elles remontèrent avec nonchalance, suivant la ligne de ses flancs, insistant imperceptiblement à hauteur de ses seins, avant de redescendre par le même parcours.

Cilla se sentit tanguer sous l'impact érotique de cette simple caresse.

— Mmm... Joli sens du rythme, Holmes, commenta-t-elle d'une voix étranglée.

— Merci.

Leurs bouches n'étaient qu'à un murmure l'une de l'autre, lorsque Boyd baissa la tête et, la laissant sur sa faim, lui mordilla doucement le cou.

— Je ne sais pas si c'est toi, ton parfum ou les deux ensemble, Cilla, mais ton odeur me rend fou. Je suis véritablement obsédé depuis quelques jours.

Un baiser, voilà ce à quoi elle aspirait. Un de ces baisers « à la Boyd » qui lui faisaient tourner la tête et oublier le reste du monde. Elle gémit lorsqu'elle sentit ses doigts courir dans ses cheveux et ferma les yeux en renversant la tête. Mais il la faisait languir, lui refusant ses lèvres, se contentant d'effleurer ses tempes et ses joues.

Le souffle coupé, elle se raccrocha comme une noyée à son cou. Lénifiant, le plaisir devenait brouillard, anesthésiant ses pensées. Autour d'eux, des centaines de personnes tournoyaient, glissant au même rythme, prises elles aussi dans un lent tourbillon érotique. « Cilla, tu travailles », se rappela-t-elle à l'ordre in extremis alors qu'elle se sentait partir complètement.

— Continue comme ça, Boyd, et je décroche, murmura-t-elle. Si tu ne te sens pas d'attaque pour manier les platines à ma place, il vaudrait mieux qu'on s'arrête là.

Boyd lui effleura les lèvres et mit docilement quelques centimètres de distance entre eux.

— Bon, je te lâche… mais sous la menace !

Lorsqu'il la laissa aller, le cœur de Cilla battait si fort qu'elle prit un titre au hasard et le plaça sur la platine. La salle ne lui en tint pas rigueur, car il y eut une clameur approbatrice lorsque le rythme s'accéléra de nouveau. Cilla souleva ses cheveux pour dégager sa nuque brûlante. La pression des corps — ou peut-être d'un corps ? — avait fait monter la température en flèche. Elle n'avait jamais constaté à quel point la danse pouvait être une activité dangereuse.

— Tu veux que j'aille te chercher une autre boisson ? proposa Boyd lorsqu'elle vida son verre d'un trait.

— Ça ira, merci.

Elle prit un nouveau papier sur la pile et s'essuya le front.

— Parle-moi un peu de ton passé musical, Fletcher. Te souviens-tu de la chanson qui passait à la radio la première fois que tu as embrassé une jeune fille à l'arrière d'une voiture ?

Il sourit.

— Le titre m'échappe, mais je sais que c'était un air de banjo endiablé.

— Non, quelle horreur ! Tu oses m'avouer que tu as découvert l'amour sur fond de musique *folklorique* ?

— Tu prenais le risque en me posant la question, rétorqua Boyd, les bras croisés sur la poitrine.

Le rire de Cilla s'étrangla dans sa gorge lorsqu'elle baissa les yeux pour parcourir le bout de papier qu'elle tenait à la main. L'espace d'une seconde, ce fut comme si un silence écrasant se creusait autour d'eux. Elle ferma les yeux. Mais lorsqu'elle les rouvrit, le message était toujours là.

« Je veux t'entendre crier lorsque je te tuerai. »

— Cilla ?

Luttant contre une panique paralysante, elle tendit le papier à Boyd et promena un regard terrifié sur la salle. *X était là*. Quelque part dans cette foule joyeuse où elle ne distinguait que des visages souriants, il la guettait, tenace, anonyme, attendant son heure...

Quand s'était-il approché pour poser ce papier d'allure innocente sur sa table ? X était venu jusqu'à elle. Peut-être même l'avait-il regardée dans les yeux. Il se pouvait aussi qu'il lui ait souri et qu'ils aient échangé quelques mots. Et elle ne s'était aperçue de rien ! Il n'y avait pas eu de choc, de sursaut. Même pas une impression trouble ou désagréable. Rien.

Elle tressaillit si violemment lorsque Boyd lui posa la main sur l'épaule qu'elle serait tombée en arrière s'il ne l'avait pas retenue.

— Je pensais que ce soir au moins, il me laisserait tranquille, murmura-t-elle en luttant pour ne pas claquer des dents. Rien qu'un soir, Boyd... C'était vraiment trop demander, tu crois ?

— Prends une pause, Cilla. Tu as besoin de souffler un moment.

— Je ne peux pas.

Boyd saisit une de ses mains inertes dans les siennes.

— Au moins une minute ou deux, le temps que je passe un coup de fil. Je préfère t'avoir sous les yeux en permanence.

X se trouvait peut-être encore là, dans la foule. Si près qu'il n'aurait qu'à étendre le bras pour la toucher. Avait-il apporté son couteau, celui avec la lame effilée qu'il lui avait décrit presque amoureusement ? Attendait-il un moment d'inattention de la part de Boyd pour se jeter sur elle et le plonger dans sa poitrine ?

— Viens, Cilla.

— Attends... Attends, une minute.

Enfonçant les ongles dans sa paume, elle se pencha sur le micro :

— Je vous accorde une petite pause pour souffler, mais jurez-moi de ne pas vous endormir, hein ? Promis ? Dans dix minutes, je serai là et ça va swinguer dur. Alors préparez-vous.

D'un geste mécanique, elle plaça deux disques sur ses platines.

— Surtout, ne me lâche pas, chuchota-t-elle à Boyd.

— Pas une seconde.

Un bras solidement ancré autour de sa taille, il l'arrima contre lui et leur fraya un chemin à travers la foule. Chaque fois qu'ils heurtaient quelqu'un, elle tressaillait et se recroquevillait un peu plus contre lui. Brusquement, un homme de haute taille se détacha d'entre les danseurs et s'avança pour lui prendre les deux mains. Elle faillit hurler de terreur.

— Cilla O'Roarke !

Cilla se figea, raide comme une statue. Boyd, à son côté, semblait tendu et prêt à bondir.

— Je me présente : Tom Collins. Ça ne vous dit rien ? C'est moi qui préside le comité d'organisation des fêtes. J'ai pris contact avec vous par téléphone, vous ne vous souvenez pas ?

Cilla se força à esquisser un semblant de sourire.

— Mais si, bien sûr.

— Je voulais juste vous dire à quel point nous sommes enchantés de vous avoir là, ce soir. Vous avez de nombreux fans dans cette salle, Cilla. Et je suis sans doute le plus enthousiaste d'entre tous. J'ai perdu ma femme l'an dernier, voyez-vous.

Cilla s'éclaircit la voix.

— Je suis désolée pour vous, Tom.

— Oui, enfin, perdue... Disons plutôt qu'elle a disparu corps *et* biens. Ça m'a fait un choc quand je suis rentré un soir et que j'ai trouvé l'appartement vidé de fond en comble.

Cherchant désespérément des paroles adéquates pour commenter ce drame, Cilla se trouva en panne d'inspiration totale. Par chance, le dénommé Tom Collins éclata d'un rire bon enfant.

— Tout ça pour vous dire que votre émission m'a aidé à traverser quelques nuits tristement solitaires, Cilla. Et je vous en serai éternellement reconnaissant.

Avec un large sourire, il lui glissa une carte de visite dans la main.

— Tenez, je travaille dans l'électroménager. Lorsque vous aurez besoin d'un nouveau réfrigérateur, comptez sur moi pour vous faire un prix d'ami, ajouta-t-il en lui décochant un clin d'œil.

Cilla le remercia d'une voix faible. « Normalement, cette scène aurait dû prêter à sourire », songea-t-elle. Plus tard, peut-être, lorsque le cauchemar serait passé, elle pourrait apprécier l'humour de la situation.

— Attends-moi ici, dit Boyd en se dirigeant vers une cabine téléphonique.

Elle hocha la tête. Et réussit même à sourire à deux jeunes femmes qui sortaient des toilettes.

— Je me sens déjà mieux. Je vais m'asseoir là un moment, déclara-t-elle en désignant quelques fauteuils groupés autour d'un palmier en pot dans un coin du hall d'entrée.

Laissant Boyd fouiller dans ses poches pour trouver une pièce de monnaie, elle alla s'effondrer dans le premier siège qui lui tendait les bras. « Cauchemar » n'était pas le mot pour décrire ce qu'elle vivait. Les cauchemars s'évanouissaient comme neige au soleil dès qu'on ouvrait les yeux. Alors que cette histoire avec X, elle, n'en finissait plus.

Cilla tira une cigarette de son paquet et l'alluma d'une main tremblante. Croire qu'il la laisserait tranquille ce soir avait peut-être été exagérément optimiste. Mais de là à penser qu'il irait jusqu'à s'introduire dans cette fête privée... Cilla frissonna violemment. Le dos collé au mur, elle suivit des yeux les gens qui entraient et sortaient de la salle et songea que X pourrait être n'importe lequel d'entre eux.

De lui, elle ne savait strictement rien : il pouvait être gros ou maigre, grand ou petit, jeune ou vieux, laid ou beau. Il se manifesterait peut-être sous les traits d'un passant qui se tiendrait derrière elle, au marché. D'un client anonyme dans une file d'attente à la banque. D'un employé de pressing ou de station-service.

N'importe qui. Il pouvait être n'importe qui parmi les hommes innombrables qui vivaient dans cette ville.

Alors que lui connaissait son nom, son adresse, son visage. Il avait son numéro de téléphone et se trouvait mystérieusement informé de son emploi du temps. Il la suivait partout, pas à pas, lui volant sa liberté, sa paix intérieure, son droit à l'existence.

Et il ne s'arrêterait que lorsqu'il lui aurait ôté la vie.

Se mordant la lèvre, Cilla vit Boyd reposer le combiné. Il la rejoignit en quelques pas.

— J'ai réussi à joindre Thea. Elle vient chercher le bout de papier pour l'envoyer au labo… Mais je crains qu'il n'ait pas laissé d'empreintes, vu ses habitudes de prudence, précisa-t-il en lui massant doucement les muscles tendus à la base du cou. Et il s'est bien gardé d'écrire ces quelques mots à la main.

Cilla hocha la tête. Elle appréciait que Boyd ne cherchât pas à lui donner de faux espoirs.

— Tu crois qu'il est encore dans la salle ?

— Je n'en sais rien. Dans un endroit comme celui-ci, il y a pas mal d'allées et venues. Je ne pense pas que ça nous mènerait bien loin de boucler la salle et d'interroger tout le monde. Si tu préfères rentrer, je peux aller leur annoncer que tu as eu un malaise.

— Jamais. Je ne lui donnerai pas cette satisfaction.

Elle tira une ultime bouffée sur sa cigarette et l'écrasa dans le cendrier.

— S'il est encore dans le secteur, il verra que je ne plie pas l'échine facilement, déclara-t-elle en relevant la tête.

— O.K. Mais je te préviens que je vais rester collé à ta chaise.

— Pas de problème. Etrangement, il m'arrive d'apprécier ton côté pot de colle, Holmes.

Cilla se leva et glissa spontanément sa main dans la sienne.

— Boyd, il a changé de tactique en écrivant un petit mot. Comment faut-il interpréter son geste ?

— Cela peut signifier différentes choses, répondit-il en lui entourant les épaules pour regagner la salle de bal.

— Comme quoi, par exemple ?

— Peut-être était-ce tout simplement la façon la plus commode pour lui de se rappeler à ton bon souvenir, ce soir. Ou alors, il commence à prendre des risques, à devenir plus négligent.

Frappée par une pensée angoissante, elle s'immobilisa pour se tourner vers lui.

— Ou alors, il s'impatiente, tu ne penses pas ? Sois franc avec moi, Boyd.

— Ou alors, il s'impatiente, en effet, admit-il en prenant son visage entre ses deux mains. Mais il faudrait qu'il déjoue d'abord ma surveillance. Et je te promets que je lui donnerai du fil à retordre.

Elle se força à sourire.

— Ah, vous, les flics… Vous vous prenez tous un peu pour Rambo, avoue-le.

— Non, rétorqua-t-il en posant un instant ses lèvres sur les siennes. Mais nous sommes formés pour ce métier et nous sommes armés. Ce qui n'est déjà pas si mal. Et maintenant, allons voir si tu n'as pas un petit air de banjo pour moi, dans ta collection. Ça me rappellera mes premières amours.

— Un air de banjo? Alors ça, jamais, c'est hors de question, Fletcher!

Cilla anima sa soirée jusqu'au bout, ce dont Boyd n'avait jamais douté. Mais même s'il commençait à mieux cerner son caractère, sa façon de tenir tête à la peur ne cessait de l'impressionner. Penchée sur son micro, elle s'exprimait sans hésitations, sans balbutiements et sans fausse note. Il fallait un œil exercé pour remarquer la façon dont elle scrutait sans cesse la foule, détaillant chaque visage alors que la musique faisait rage autour d'elle. Ses mains étaient constamment en mouvement, marquant le rythme sur la table, glissant sur les rangées de disques, jouant avec les paillettes de sa veste.

Cela dit, même dans des conditions normales, Cilla ne serait jamais une personne sereine. Inutile d'attendre le moindre apaisement de sa compagnie. Une fois X arrêté, Cilla O'Roarke continuerait à mener son existence au pas de course, au gré de ses nerfs et portée par son ambition. Vivre à son côté serait déstabilisant, compliqué et parfois même totalement infernal.

En clair, Cilla ne correspondait en rien au portrait de la femme idéale tel que Boyd l'aurait tracé s'il avait pris le temps de réfléchir à la question. Et pourtant, aussi paradoxal que cela puisse paraître, elle était exactement telle qu'il souhaitait qu'elle soit.

Sa présence auprès d'elle ce soir était dictée par le devoir aussi bien que l'amour. Ce qui compliquait passablement la situation. Mais si le projet qu'il avait mis en place fonctionnait, Cilla finirait par s'apercevoir qu'elle ne faisait pas vibrer que la corde professionnelle en lui.

Pas un instant, alors qu'il méditait sur ces questions, Boyd n'avait quitté les danseurs des yeux. Il guettait le moindre signe, le moindre mouvement suspect. Mais il ne voyait que des corps en nage et des visages souriants.

Il repéra Althea dès qu'elle pénétra dans la salle. Et il ne fut assurément pas le seul. Sa coéquipière portait une robe de cocktail noire qui dégageait ses épaules rondes et lisses. La plupart des hommes dans la pièce suivirent des yeux la progression de cette magnifique fille rousse au corps insolemment sensuel.

— Comme d'habitude, tu fais une entrée remarquée, Thea, commenta-t-il en souriant.

Sa coéquipière leva les yeux au plafond.

— En tout cas, merci de m'avoir appelée, tu m'as sauvée d'une soirée désastreuse. A priori, il devait s'agir d'une innocente invitation à dîner, mais le monsieur en question avait glissé sa brosse à dents dans une poche et établi son programme pour la nuit entre mes draps.

— Ah, l'animal !

— Tous les mêmes, non ?

Le sourire amusé d'Althea s'évanouit lorsque son regard glissa sur Cilla.

— Elle tient le coup ?

— Comme tu vois. Elle est incroyable. Absolument incroyable.

Thea haussa les sourcils.

— Mon cher collègue, au terme d'une enquête approfondie où se sont exercées toutes mes redoutables compétences professionnelles, je suis parvenue à la conclusion que vous avez un penchant marqué pour la jeune personne que nous avons pour mission de protéger.

— Si je n'en étais encore qu'aux penchants... Je suis amoureux, Thea. C'est difficile à croire, non ?

— Mmm... L'amour avec un « A » majuscule ou minuscule ? demanda Althea, avec l'ombre d'un sourire.

— Le mot entier en capitales. Si j'arrive à la convaincre de m'épouser, tu accepteras d'être mon témoin ?

— Tiens donc. Mais bien sûr ! Nous avons toujours fait équipe, je ne vais pas te lâcher au moment crucial.

L'enthousiasme initial d'Althea céda cependant la place à une expression soucieuse. Elle posa la main sur son bras.

— Méfie-toi quand même, d'accord ? Les amoureux n'ont pas la réputation d'être des gens très lucides. Or il s'agit de garder les idées claires. Elle est en réel danger, Boyd.

Il eut un sursaut de contrariété.

— On peut être flic tout en étant homme, non ? Les deux ne sont pas incompatibles.

Althea venait de toucher un point sensible. Mais il ne se sentait pas d'humeur à aborder ce sujet délicat ce soir. Boyd glissa la main dans la poche de son veston et en sortit le bout de papier avec les quelques mots tapés à la machine.

— Tiens, voilà le billet doux.

Althea le parcourut des yeux puis glissa la pièce à conviction dans son sac.

— Charmante prose... On va voir ce qu'ils peuvent en tirer au labo.

— Pas grand-chose, sans doute, mais ce serait un tort de ne pas essayer, observa Boyd. J'ai procédé à quelques vérifications concernant l'ex-mari, au fait. Le sénateur Lomax mène une vie des plus rangée : marié depuis sept ans et père de deux enfants. Cela fait trois mois qu'il n'a pas quitté Atlanta.

Althea soupira.

— Un suspect de moins, donc. De mon côté, j'ai fini par avoir Abraham Goldman, le directeur de la station de radio où Cilla travaillait à Chicago. Il ne m'a tenu que des propos élogieux sur elle. Notre ami Goldman a passé toute la semaine dernière à Rochester chez sa fille qui vient d'accoucher. J'ai vérifié en appelant l'hôpital. Il est effectivement grand-père d'une petite fille de deux kilos huit cents grammes. Il m'a faxé tout un fichier, avec les coordonnées personnelles des disc-jockeys, journalistes et personnel administratif de la station. Mais a priori, ça ne donne rien de bien concluant.

Boyd fronça les sourcils.

— Nous regarderons ça de plus près lundi.

— J'avais l'intention de potasser le dossier ce week-end. Si mon invitée me laisse quelques moments de liberté, cela dit.

Il lui jeta un regard reconnaissant.

— Au fait, oui, merci, Thea. Je te revaudrai ça.

— J'y compte bien, mon vieux !

Althea glissa la bride de son sac sur une épaule et reprit le chemin de la sortie. Boyd sourit en la voyant zigzaguer pour échapper à ses admirateurs.

Cilla, de son côté, choisissait ses trois derniers titres pour faire monter la fièvre juste avant les douze coups de minuit. A la fin de la dernière chanson, la piste de danse était comble.

— Merci, la promo 75, vous avez été formidables. Continuez comme ça et vous resterez jeunes toute votre vie ! J'espère vous revoir bientôt et en aussi grande forme, pour vos prochaines retrouvailles.

Très vite, le bruit des conversations emplit la salle tandis que les anciens camarades de lycée se faisaient leurs adieux. Pressée d'en finir, Cilla rangea ses disques sans traîner. Il lui restait encore à charger tout l'équipement dans la voiture de Boyd pour le rapporter à Radio KHIP. Et ensuite... Ensuite, elle préférait ne pas y penser.

Une voix familière s'éleva soudain à sa gauche :

— Alors ? Comment se débrouille ma DJ vedette ?

Surprise, Cilla tourna la tête.

— Mark ? Qu'est-ce que tu fais ici à une heure pareille ?

— Qu'est-ce que tu crois ? Je viens contrôler que tu fais du bon boulot.

Cilla haussa les épaules.

— Mmm... bien sûr. Mais encore ?

— En fait, je suis venu récupérer l'équipement pour le rapporter.

— N'importe quoi ! Depuis quand un directeur de station joue-t-il les chauffeurs-livreurs ?

Mark secoua la tête.

— J'ai encore le droit de faire ce que je veux, non ? Quant à toi, ma belle, tu es en congé maladie à partir de maintenant. Si je te revois à la station avant lundi soir, tu es virée.

Cilla commença par jeter un regard furieux à Boyd. Lui ne perdait rien pour attendre.

— Mark, je...

Le directeur posa une main sur son épaule.

— Crois-moi, je fais ça dans mon intérêt autant que dans le tien, Cilla. J'ai eu des DJ qui ont craqué dans des situations nettement moins stressantes que celle que tu traverses en ce moment. Je préfère te donner un bref congé maintenant que de t'avoir en dépression pendant six mois.

— Le stress, je suis capable de le gérer, Mark.

— Parfait. Dans ce cas, tu dois être capable aussi de gérer deux journées de congé. Et maintenant, file. Je ne veux plus te voir ici.

— Mais qui va...?

Boyd l'interrompit en lui prenant le bras.

— Tu as entendu les ordres du chef, non?

— Je déteste être manipulée, maugréa-t-elle en se laissant entraîner hors de la salle.

— Radio KHIP ne fera pas faillite parce que tu manques un soir, rétorqua Boyd.

— Le problème n'est pas là.

— Exact. Le problème, c'est que tu as besoin de souffler. Et c'est ce qui va se passer maintenant.

Furieuse, Cilla sortit du bâtiment à grands pas. Boyd la suivit en silence et s'abstint prudemment de commentaires. Elle s'installa dans la voiture et croisa les bras sur la poitrine.

— Et maintenant, comment suis-je censée m'occuper?

— Nous trouverons une solution.

— Comment ça « nous »? C'est nouveau? Ça vient de sortir?

— Le hasard veut que je sois libre aussi ce week-end. Ça tombe bien.

— Ah, vraiment très bien, oui, bougonna-t-elle.

Boyd mit une cassette de musique classique avant de démarrer.

— Mozart? s'enquit-elle, dédaigneuse.

— Non, Bach. Je ne connais pas de meilleur remède pour les nerfs.

Avec un profond soupir, Cilla pêcha son paquet de cigarettes dans son sac. Elle ne supportait pas que ses amis s'inquiètent pour elle et refusait d'admettre qu'elle était morte de fatigue... et secrètement soulagée de pouvoir se boucler chez elle pendant deux jours.

— Je peux soigner mes nerfs toute seule, Holmes.
— Je suis payé par l'Etat pour m'occuper de toi, ne l'oublie pas.
Elle lui jeta un regard noir.
— Aurais-je par hasard oublié de te dire à quel point je déteste les flics ?
— Mmm… Il me semble que ça fait bien vingt-quatre heures que tu n'as plus émis de remarque de ce type.
— C'est signe d'un triste laisser-aller de ma part.

Boyd se contenta de sourire et Cilla se résigna à ronger son frein en silence. Apparemment, il n'était pas d'humeur à se disputer. Elle avait beau multiplier les provocations, elles glissaient sur lui sans l'atteindre. Au fond, tant mieux. Elle mettrait ce week-end à profit pour avancer dans ses lectures et écouter quelques nouveaux titres. Et peut-être même, qui sait, pour se lancer dans le jardinage.

Tout à ses projets pour les deux jours à venir, Cilla mit un bon quart d'heure avant de se rendre compte que la voiture prenait de la vitesse et qu'ils laissaient Denver derrière eux.

— Hé là ! Stop ! Qu'est-ce que tu fais ? se récria-t-elle en se redressant.
— Je roule sur l'autoroute 70, en direction de l'ouest.
— Et en quel honneur ?
— Comme tu vois, nous nous dirigeons vers les montagnes, répondit Boyd de son ton éternellement placide.
— Les montagnes ? *Quelles* montagnes ?
— Je crois qu'on les appelle les Rocheuses. Il se pourrait que tu aies entendu parler de cet ensemble de chaînes montagneuses qui traversent le pays de…
— O.K., ça va, ça va ! Tu es censé me raccompagner à la maison. Pourquoi ce détour stupide ?
— En fait, je te conduis chez moi.
— Ta maison est à Denver et Denver est derrière nous, objecta-t-elle, exaspérée. Arrête de me raconter des histoires.
— Il s'agit d'une résidence secondaire, en l'occurrence. J'ai un petit chalet sympa où je passe mes week-ends.
— *Tes* week-ends, peut-être, Fletcher. Mais les miens, je les passe chez moi.

— O.K. Nous programmerons un séjour chez toi pour le prochain, acquiesça Boyd d'un ton d'amabilité parfaite.

— Fletcher, en tant que flic, tu devrais savoir qu'emmener une personne contre son gré, ça s'appelle un enlèvement! C'est possible d'une peine d'emprisonnement, ce genre de plaisanterie!

— Tu pourras porter plainte au retour.

Cilla serra les dents et changea de tactique :

— Ecoute, Boyd, je suis sérieuse : il est hors de question que je laisse Deborah seule tout le week-end avec ce fou furieux qui tourne autour de la maison, le couteau à la main!

— Ce ne serait pas prudent, en effet, acquiesça Boyd en mettant son clignotant pour prendre une sortie.

Cilla allait pousser un soupir de soulagement lorsqu'il enchaîna :

— C'est pourquoi j'ai prévu de l'installer chez Althea. Deborah est ravie et me charge de te souhaiter un excellent séjour. Elle a également préparé ton sac de voyage. Il est dans le coffre.

Elle ferma les yeux.

— Boyd Fletcher, je crois que je te hais.

— Tant que je ne te laisse pas indifférente… Tu verras, le chalet est vraiment très agréable. Et la vue est une merveille.

— Tout ce que je demande, c'est une falaise bien abrupte du haut de laquelle je te pousserai avec un immense plaisir!

— Tu trouveras également ça sur place, lui assura Boyd en ralentissant pour prendre une route qui s'élevait en lacets.

— Je savais que tu avais du culot, Fletcher, mais à ce point… Me jeter dans une voiture, organiser la vie de ma sœur et m'embarquer dans une espèce de cabanon…

— Un chalet.

— Un chalet, une cabane, peu importe. Je vais te dire une chose, Fletcher : j'ai horreur de la campagne, je déteste tout ce qui est rustique et j'abhorre les activités de camping. Il me faut des gaz d'échappement et des buildings. Point final. Alors, je n'y vais pas.

— Tu y vas déjà.

Comment pouvait-il garder ce calme exaspérant en toute circonstance? Il n'aurait tout de même pas l'intention, *en plus*, de profiter de ce week-end de misère dans son chalet pourri pour…

— Dis donc, espèce de rat! Si tu crois que c'est une technique efficace pour m'attirer dans ton lit — ou, pire encore, pour m'obliger à partager quelque bat-flanc sordide avec toi — tu viens de faire l'erreur de calcul du siècle. Je préfère encore mille fois mourir glacée dans la voiture!

— Le chalet compte plusieurs chambres à coucher, rétorqua Boyd aimablement. Tu seras la bienvenue dans la mienne, mais tu pourras aussi en prendre une autre. Le choix t'appartient.

Ce dernier argument la laissa sans voix. Se recroquevillant contre la portière, Cilla ferma délibérément les yeux et se tut pendant le reste du trajet.

8.

Romantique, un enlèvement ? Au temps des flibustiers, peut-être. Mais au XXe siècle à Denver ? Non, non et non. Cilla avait d'ores et déjà mis sa politique au point : deux jours entiers sans paroles aimables ni sourires. Boyd allait regretter amèrement de l'avoir traînée dans ces hauteurs inhospitalières.

Elle n'ouvrit les yeux qu'en arrivant à destination et faillit trahir ses résolutions en laissant échapper une exclamation admirative. Baignée par le clair de lune, la grande maison de bois clair qui se découpait sur fond de ciel étoilé ne ressemblait en rien à un « cabanon ». Pour Cilla, un chalet était nécessairement une construction sommaire en rondins, dénuée du confort le plus élémentaire. Le genre d'endroit où les hommes se retirent entre eux pour se laisser pousser la barbe, boire des bières et dire du mal des femmes en jouant interminablement au poker…

Mais la résidence secondaire de Boyd se situait aux antipodes de ce concept rustique. La maison de bois patiné s'élevait sur plusieurs niveaux, avec de savants décrochements ménageant toute une série de terrasses. Tout autour, les pins majestueux étaient couverts d'un léger poudroiement de neige. Et la noire silhouette des hauts sommets en arrière-plan achevait de donner de la grandeur au paysage.

Ravalant in extremis un commentaire positif, Cilla descendit de voiture, laissa Boyd se débrouiller avec les bagages et se fraya un chemin dans la neige en maugréant que ses chaussures allaient être fichues.

L'endroit était féerique, d'accord. Mais cela ne changeait rien au fait qu'elle n'avait pas *choisi* d'y venir. Elle se boucleraît donc dans une chambre et passerait les prochaines quarante-huit heures couchée s'il le fallait.

Boyd la rejoignit avec les sacs, ouvrit la porte et lui fit signe d'entrer. Cilla frissonna et retint une remarque acerbe... Après tout, tant mieux si la maison était glaciale. Plus ce serait inconfortable, plus il lui serait facile de se raccrocher à sa mauvaise humeur. Mais lorsqu'il appuya sur un interrupteur et qu'elle découvrit l'intérieur du chalet, elle fut encore une fois à deux doigts de sortir de son mutisme boudeur. La pièce centrale était immense ; une architecture à pignons, très haute, avec une charpente à nu. Autour d'une accueillante cheminée centrale en granit étaient arrangés de grands coussins de couleur. Une galerie de bois courait en hauteur, sur toute la largeur de la pièce. Pour le reste, tous les murs étaient blancs, avec des renfoncements formant étagères. L'impression d'espace était extraordinaire.

En contraste avec les voûtes et les arches de la maison de Boyd à Denver, le chalet n'était que lignes droites et pures. Aucun tapis précieux pour orner le plancher rustique à larges lattes. L'escalier qui menait au premier étage était pareillement dépouillé. A côté de la cheminée, un espace avait été aménagé pour stocker une provision de bois fendu.

— Ne t'inquiète pas, la maison se réchauffe très vite, déclara Boyd en se frottant les mains.

Debout, les bras croisés sur la poitrine, Cilla le regarda allumer le chauffage, accrocher son manteau à une patère et s'approcher de la cheminée pour préparer le feu.

— Si tu veux aller te coucher, Cilla, les quatre chambres sont à l'étage. Tu devrais pouvoir trouver ton bonheur.

Son *bonheur* ? Sans un mot, Cilla ramassa son sac et gravit l'escalier. Après une rapide exploration, elle choisit délibérément la chambre la plus petite. Petite mais absolument délicieuse, il fallait le reconnaître, avec son plafond mansardé et sa salle de bains privée entièrement lambrissée. Elle jeta son sac sur le lit et l'ouvrit pour voir ce que sa sœur — cette conspiratrice ! — avait prévu pour elle.

Quelques T-shirts, un gros chandail en laine, un solide pantalon en velours côtelé. Parfait. Mais au lieu d'un des habituels polos à manches longues qu'elle mettait pour dormir, elle trouva un semblant de chemise de nuit de soie noire avec le déshabillé assorti. Un petit mot était épinglé sur la manche du peignoir :

« Bon anniversaire avec quelques semaines d'avance. A lundi. Affectueusement, Deb. »

Cilla n'en revenait pas. Sa propre petite sœur... Avec quelle sulfureuse intention en tête Deborah avait-elle glissé ces froufrous de séductrice dans son sac ? C'était parfaitement absurde, bien sûr. Comme si elle, Cilla, allait dormir dans un machin pareil ! Vaguement intriguée malgré tout, elle effleura la soie. Il fallait reconnaître que la sensation était exquise.

Et sa sœur avait dû payer une fortune pour ces deux pièces de lingerie fine. Le moins qu'elle pouvait faire, c'était de passer la nuisette au moins une fois. Ne serait-ce que pour dire qu'elle l'avait essayée.

C'était sans risque, après tout, puisqu'elle ne reverrait pas Boyd avant le petit déjeuner. Cilla se déshabilla rapidement et décida de s'offrir le luxe d'un bain avant de se coucher dans le petit lit à une place.

Deborah, décidément très prévoyante, avait mis dans sa trousse de toilette une dose d'huile parfumée pour le bain dont les notes chaudes, épicées créèrent aussitôt une ambiance orientale, teintée de volupté. Cilla ne put résister à la tentation d'allumer les bougies dans les deux bougeoirs en argent placés de chaque côté de la baignoire.

L'eau chaude et odorante formait comme une enveloppe mouvante qui caressait la peau. Contemplant le ciel étoilé à travers le Velux, elle barbota avec délice et finit par tomber dans des rêveries inavouables où Boyd se trouvait jouer un rôle de tout premier plan.

Ridicule.

Elle se secoua, s'arracha du bain et enfila la chemise de nuit. Le glissement léger de la soie sur sa peau nue lui procura des sensations d'une coupable douceur. Si Boyd la voyait ainsi, résisterait-il à la tentation de toucher du bout du doigt la dentelle légère ? Chercherait-il la chaleur d'un sein sous ses paumes tout en laissant courir une main dans son dos presque nu ? Se pencherait-il pour poser les lèvres sur...

Et puis quoi encore ?

Irritée de s'être laissée aller à des fantasmes stériles, Cilla se hâta de quitter l'atmosphère chaude et parfumée de la salle de bains pour passer dans la chambre. Elle avait mieux à faire dans la vie que de laisser son imagination s'emballer sur des sujets pareils ! Avec une nature aussi peu sensuelle que la sienne, c'était une perte de temps totale.

Cilla ôtait son sac du lit pour le poser par terre lorsqu'elle vit le verre à pied en cristal posé sur la table de chevet. Il était rempli d'un liquide couleur d'or pâle. Elle le porta à ses lèvres et ferma les yeux. Du vin. Un vin précieux, moelleux, qui enchantait le palais et faisait monter encore la température du sang dans ses veines. Jetant un coup d'œil sur son propre reflet dans la psyché, elle vit que ses yeux étaient immenses, ses joues brûlantes. Elle paraissait... différente. Quelle étrange transformation Boyd induisait-il en elle ? Et pourquoi ne parvenait-elle pas à se libérer de l'enchantement ?

Son verre à la main, elle glissa les bras dans les manches du déshabillé et sortit dans le couloir au pas de charge. Il était clair qu'elle ne fermerait pas l'œil de la nuit. Alors assez de bouderies puériles ! Autant aller débusquer Boyd dans sa chambre pour s'expliquer avec lui une fois pour toutes.

Boyd jura tout bas. Une heure déjà qu'il lisait la même page de son roman. Inlassablement, il revenait à la première ligne et, tout aussi inlassablement, ses pensées s'évadaient. Elles s'envolaient toujours dans la même direction, d'ailleurs : Cilla O'Roarke était devenue une obsession majeure, une torture de chaque instant. A se demander si elle s'arrêterait un jour de lutter férocement contre elle-même, contre lui, contre la terre entière. En attendant, il avait dû se faire violence pour poser le verre sur sa table de chevet et quitter la chambre, alors qu'à moins d'un mètre, il entendait les mouvements sensuels de son corps glissant dans l'eau.

Si encore il avait été le seul des deux à désirer l'autre ! Mais Cilla était aussi troublée, aussi attirée que lui. Et il ne s'agissait pas que d'un banal élan physique, en plus. Il était fou amoureux d'elle, bon sang !

Reposant le livre sur ses genoux, Boyd laissa la voix de Billie Holiday couler en lui et contempla les flammes. Il aurait pu se dispenser d'allumer un second feu dans sa chambre à coucher. Mais tout à ses stupides fantasmes, il n'avait pu résister à la tentation de créer une atmosphère propice à une hypothétique nuit d'amour.

En disposant le bois d'allumage, il avait eu une vision d'elle, vêtue d'une petite chose fine, fluide et sexy, venant à lui, la main tendue, le sourire aux lèvres...

« Rêve toujours, mon vieux. » Le jour où Cilla O'Roarke se glisserait dans sa chambre de son plein gré, il pousserait des cocotiers au sommet du mont Everest. Elle préférerait toujours se ronger les ongles et allumer cigarette sur cigarette plutôt que de donner corps, forme et couleur à ses sentiments pour lui.

Rancunière, rigide et refoulée. Telle était Priscilla Alice O'Roarke. Boyd se tourna sur le côté pour prendre son verre de vin et se figea sur place. Etait-ce sa libido malmenée qui lui procurait des visions? Cette créature à peine vêtue d'un soupçon de soie avec ses longs cheveux noirs flottant sur la blancheur des épaules serait-elle pure hallucination? Non. Cilla en chair et en os se tenait dans l'encadrement de la porte... Il songea avec regrets que la femme de ses fantasmes, *elle*, aurait été souriante.

— Je voudrais te parler, Boyd.

Il ouvrit la bouche mais aucun son n'en sortit. Boire une gorgée de vin lui apparut dans l'immédiat comme la solution la moins périlleuse.

— Mmm?

Avec une sensualité sans doute inconsciente, elle porta la main à ses cheveux.

— Ecoute, Boyd, je ne suis pas stupide. Je sais que ma vie est en danger et que c'est avec les meilleures intentions du monde que tu m'as amenée jusqu'ici. Mais tu avoueras que tes méthodes sont quelque peu étranges.

Boyd marmonna quelques vagues syllabes incohérentes. Impossible de détacher les yeux de cette nouvelle Cilla. Il avait conscience qu'elle lui parlait, mais il n'était plus que regard.

— Boyd?

Il secoua la tête pour tenter de s'éclaircir les idées.

— Oui?

— Tu n'as rien à me répondre?

— A quel sujet?

Les yeux de Cilla étincelèrent. Elle s'avança dans la chambre et posa son verre sur la table avec fracas.

— Le moins que tu puisses faire après m'avoir traînée ici de force, c'est de m'écouter quand je te parle!

Ainsi elle était venue à lui, vêtue de cette tenue affriolante, rien que pour se livrer à une de ces âpres disputes qu'elle affectionnait! Boyd prit une nouvelle gorgée de vin pour se préparer à cette épreuve.

— Tu sais pertinemment que tu avais besoin d'une coupure, Cilla.

— Peut-être. Mais ce n'était pas à toi de me l'imposer, merde!

Il reposa le verre avant de céder à la tentation de le faire éclater entre ses doigts.

— Si je te l'avais proposé, tu aurais refusé mordicus.

— Nous n'en saurons jamais rien puisque tu ne m'as pas laissé la possibilité de faire mes propres choix!

Boyd serra les poings.

— Peut-être. Mais une chose est certaine, Cilla O'Roarke : je fais des efforts inhumains *en ce moment même* pour te laisser exercer librement ton pouvoir de décision.

Elle lui jeta un regard surpris.

— Comment ça?

Jurant tout bas, Boyd se leva et, les mains en appui contre la cloison, commença à se taper rythmiquement le front.

— Qu'est-ce que tu fais, au juste? questionna-t-elle, clairement déconcertée.

— A ton avis? Ça s'appelle « se taper la tête contre les murs », je crois. L'expression te dit quelque chose?

— Oui, O.K. Mais pourquoi te livres-tu à cette séance maintenant?

Boyd eut un rire las. Se frottant le front, il se tourna de nouveau vers elle.

— Aussi étrange que cela puisse paraître, c'est devenu une manie chez moi depuis que je te connais. Etonnant, non?

Cilla passa nerveusement les mains sur ses hanches gainées de soie. Elle paraissait inquiète et vaguement mal à l'aise. Boyd soupira.

— Tu devrais aller te coucher, Cilla. Tu pourras toujours continuer à m'achever demain matin.

— Parce que c'est *moi* qui t'achève, maintenant? Et qui a enlevé qui, on peut le savoir?

Au lieu de suivre son sage conseil, elle se lança dans une nouvelle diatribe en arpentant la pièce. Le spectacle qu'elle offrait ainsi, semi-déshabillée avec ses jambes extraordinaires qui s'agitaient sous ses yeux, était une torture en soi.

— Pour l'amour du ciel, arrête de faire les cent pas. Tu essayes de me tuer ou quoi ? protesta-t-il en s'efforçant vainement de respirer.

Elle se mit à gesticuler de plus belle.

— J'ai besoin de bouger quand je suis énervée. C'est instinctif ! Comment veux-tu que j'aille me coucher calmement alors que tu me mets dans tous mes états ?

— Que *je* te mets dans tous tes états ? répéta-t-il mécaniquement.

Il sentit quelque chose craquer en lui — un ultime mécanisme de contrôle sans doute. Les mâchoires crispées, il se leva et lui saisit les deux bras.

— M'accuser *moi* de te mettre dans tous tes états ? C'est vraiment la meilleure, O'Roarke. Et maintenant, la vérité, tu m'entends ? Es-tu venue t'exhiber ainsi devant moi pour me faire souffrir le martyre, oui ou merde ?

Elle parut perturbée par cette question.

— Eh bien… Deborah a mis cette chemise de nuit dans mes bagages. C'est tout ce que j'ai pour dormir. Si je suis venue te voir, c'est parce que je pensais qu'on pourrait peut-être discuter en adultes.

Boyd frémit. S'il ouvrait la bouche, ce serait assurément un grognement de fauve qui s'échapperait de sa gorge aride.

— Ecoute, Cilla, si c'est pour parler que tu es là, j'ai un coffre plein de couvertures, lâcha-t-il entre ses dents. Enveloppe-toi au moins dans l'une d'elles.

Une couverture ? Elle suffoquait déjà assez comme cela avec la chaleur du feu et les mains de Boyd qui esquissaient un lent mouvement de va-et-vient sur les manches de soie de son déshabillé.

— Tu sais quoi, Boyd ?

— Mmm ?

— Inconsciemment, j'avais peut-être envie de te provoquer un peu, c'est vrai, admit-elle dans un souffle.

Il se mit à jouer avec la bride qui glissait sur son épaule.

— Eh bien, tu peux te féliciter d'avoir atteint ton but. Mais je ne vais pas te faciliter la tâche en te hissant sur mon dos pour te jeter sur mon lit de force, Cilla. Je ne te dis pas que je ne suis pas tenté. Mais si nous faisons l'amour, je veux que tu te réveilles demain matin en sachant que c'était ton choix autant que le mien.

Qu'est-ce qui l'avait *réellement* poussée à venir trouver Boyd dans sa chambre ? Avait-elle espéré en secret qu'il prendrait l'initiative, la dessaisissant ainsi de ses responsabilités et de ses choix ? Une telle attitude ferait d'elle une lâche. Pour ne pas dire une tricheuse.

— Ce n'est pas simple à formuler pour moi, Boyd.

Il prit ses mains dans les siennes.

— Ça pourrait l'être, pourtant. Si tu es prête.

Lentement, elle leva les yeux pour soutenir son regard.

— Je crois que j'ai été prête dès l'instant où je t'ai rencontré.

Elle vit un éclair brûlant passer dans les yeux de Boyd.

— Alors dis-moi oui, murmura-t-il. Juste « oui » et cela me suffira.

— Lâche mes mains, s'il te plaît, chuchota-t-elle.

Il hésita un instant, puis ses traits se détendirent. Lorsqu'il la laissa aller, Cilla se glissa dans ses bras.

— Je te désire, Boyd. Et j'ai envie de passer la nuit avec toi.

Cette fois, les mots étaient prononcés. Avec un léger soupir, elle mêla sa bouche à la sienne en se pressant contre lui. Laissant tout juste à Boyd le temps de lui ôter son déshabillé, elle l'entraîna vers le lit.

Dès la première seconde, Boyd se trouva pris dans un tourbillon frénétique de baisers et de caresses. De son côté, il ne demandait qu'à explorer, savourer, embrasser à son tour. Festoyer du regard, des mains, des lèvres et des narines. Mais Cilla semblait fermement résolue à garder l'initiative. Elle lui ôta ses vêtements en un tournemain et se lança dans une série d'attouchements aussi directs qu'irrésistibles dans l'état de tension exacerbée où il se trouvait. Ses mains, sa bouche le rendaient fou. Il sentait que la pression montait beaucoup trop vite, mais lorsqu'il voulut reprendre le contrôle de la situation, elle se contenta de retirer sa nuisette et le repoussa fermement contre le matelas.

Cilla procédait avec application, déployant les techniques d'approche que Paul lui avait inculquées. Elle n'avait plus qu'une idée en tête : satisfaire Boyd. S'il regrettait de l'avoir désirée, elle ne le supporterait pas. Puisqu'il était écrit qu'ils devaient passer une nuit d'amour ensemble, elle voulait au moins qu'elle reste gravée dans sa mémoire comme un souvenir positif.

Le contact de sa peau dorée sous ses doigts l'enchantait. Tentée de ralentir ses caresses, Cilla se ravisa. Les hommes s'ennuyaient toujours pendant les préliminaires. En amour, ils aimaient la rapidité.

Lorsque Boyd manifesta son plaisir en émettant un son rauque, elle se félicita du bon déroulement de l'opération. Il murmura ensuite quelques mots dont elle ne parvint pas à saisir le sens. Sa voix était fiévreuse et il lui exprimait sans doute à quel point il était pressé d'aboutir. Lorsqu'il la fit basculer sous lui, elle murmura un acquiescement et le saisit d'une main ferme pour l'introduire en elle.

Boyd se raidit. Il jura, tenta de se reprendre et de revenir en arrière. Mais déjà elle se cambrait, ondulait des hanches, l'entraînant irrépressiblement vers une jouissance bâclée à laquelle il ne pouvait plus se soustraire.

Cilla souriait. C'était bon de sentir Boyd allongé sur elle, son visage enfoui dans ses cheveux. Sereine, elle écoutait le son de sa respiration encore laborieuse. Elle lui avait donné son plaisir. A priori, il ne regretterait pas d'avoir fait l'amour avec elle. Elle-même se sentait presque comblée, au demeurant. L'acte amoureux lui avait paru beaucoup plus intense — et plus émouvant surtout — qu'à l'ordinaire. Au moment où Boyd était venu en elle, il y avait eu comme une chaleur très douce qui l'avait enchantée. Et puis une sorte de paisible fierté, aussi, lorsqu'elle avait senti les spasmes de sa jouissance en elle. A présent que Boyd était détendu, elle pouvait s'abandonner au sommeil avec la satisfaction d'avoir accompli un parcours sans fautes. Serrée nue dans ses bras, elle passerait une nuit de rêve...

Boyd remua la tête, posa un baiser dans les cheveux de Cilla et se traita mentalement de tous les noms. Il était furieux contre lui-même de s'être laissé entraîner à son corps défendant dans cette espèce de gymkhana. Et furieux contre cette brute de Lomax pour la terne barbarie de ses mœurs sexuelles.

— Pourquoi as-tu fait cela? demanda-t-il en roulant sur le côté.

La main de Cilla qui glissait dans ses cheveux s'immobilisa à mi-parcours.

— Je ne comprends pas. Je croyais que tu avais envie de faire l'amour...

— En effet, oui, acquiesça-t-il en se redressant en position assise. Mais je pensais que c'était un désir que nous avions en commun.

— Tu veux dire que...

Cilla ferma les yeux. Ainsi elle avait déployé tous ces efforts en vain : Boyd avait été déçu, comme elle aurait pu le prévoir à la lumière de ses précédentes expériences. Si seulement elle avait eu le bon sens de rester cloîtrée dans sa chambre !

— O.K., ça va, inutile d'en dire plus. Je t'avais prévenu que je ne valais pas grand-chose au lit, objecta-t-elle avec lassitude.

Boyd jura si bruyamment qu'elle tressaillit. C'était trop d'humiliation. Se relevant en hâte, elle enfila la désastreuse nuisette de soie noire.

— Où vas-tu encore ?

— Me coucher, murmura-t-elle à voix basse pour éviter de fondre en larmes. Je savais que ce serait une erreur, de toute façon.

Alors qu'elle se baissait pour récupérer son déshabillé, elle entendit claquer la porte. Elle bondit mais trop tard. Boyd avait déjà tourné la clé dans la serrure.

— Je ne peux pas rester ici, protesta-t-elle en réprimant un sanglot. S'il te plaît.

— Désolé, mais tu as déjà fait ton choix, Cilla. Je ne te laisserai pas revenir dessus.

Cilla roula le déshabillé en boule et le pressa nerveusement contre sa poitrine. Ainsi, il était en colère, en plus. Mais quoi d'étonnant ? La scène avait un petit air de déjà-vu. Combien de fois ne s'était-elle pas disputée avec Paul parce qu'elle était incapable de le satisfaire au lit ?

Malade de honte et d'embarras, elle baissa la tête.

— On pourrait peut-être conclure cet intermède de façon civilisée, Boyd ? J'ai fait ce que j'ai pu et ça n'a pas suffi. Maintenant, laisse-moi sortir d'ici.

— Et ça n'a pas suffi, répéta-t-il en faisant un pas en avant. Faut-il donc te cogner sur la tête pour t'inculquer un minimum de sens commun ? Ce qui se passe dans un lit est une affaire entre *deux* personnes, Cilla. Il s'agit d'un processus *mutuel*, O.K. ? Ce n'est pas une technicienne du sexe que je recherche, bon sang !

Boyd jura en la voyant pâlir. Il se serait volontiers étranglé lui-même lorsque les yeux de la jeune femme se remplirent de larmes. Quel imbécile il faisait.

— Cilla… je suis sûr que tu n'as rien senti, rien éprouvé.

— Eh bien, si, justement !

Furieuse, elle essuya ses joues humides de larmes.

— Si tu as senti quelque chose, c'est un miracle, car tu ne m'as même pas laissé te toucher. Je ne te le reproche pas, je suis en majeure partie responsable. J'aurais dû t'arrêter tout de suite, mais quand j'ai compris ce qui se passait, j'étais déjà parti trop loin pour revenir en arrière… Autrement dit, je suis désolé et j'aimerais maintenant me faire pardonner.

— Il n'y a rien à pardonner, riposta Cilla, toujours aussi dangereusement au bord des larmes. Laisse-moi partir !

Elle n'avait qu'une envie : mourir. Et ailleurs que sous le regard de Boyd, de préférence. Ce dernier soupira et se dirigea vers la porte. Soulagée, Cilla lui emboîta le pas, mais il se contenta d'éteindre la lumière.

— Qu'est-ce que tu fais, encore ? s'enquit-elle, à bout de forces, lorsqu'il se mit à allumer des bougies un peu partout.

Sans répondre, Boyd se dirigea vers la chaîne hi-fi. Le tendre solo d'un saxophone ténor s'égrena dans la pièce.

— Nous avons essayé l'amour à ta façon, non ? Je propose que, cette fois, nous tentions une seconde méthode : la mienne.

Cilla ne savait plus si elle tremblait de gêne, de fatigue ou de peur.

— Je t'ai dit que je voulais aller me coucher, Boyd.

— Ça tombe bien. Moi aussi, dit-il en la soulevant dans ses bras.

— Tu ne crois pas que j'ai été déjà suffisamment humiliée pour une nuit ? murmura-t-elle, les larmes aux yeux.

Il lui adressa un regard indéchiffrable.

— Je regrette, tu sais. Je ne voulais pas te blesser.

Il la déposa sur le lit avec une douceur qui la surprit. Sans détacher ses yeux des siens, il étala ses cheveux sur l'oreiller et les caressa longuement.

— Si tu savais le nombre de fois où je t'ai imaginée ici, Cilla. Avec ta chevelure défaite et la lueur des bougies dansant sur le satin de ta peau. Rien que le clair de lune, la chaleur des flammes dans la cheminée. Et toi. Rien que toi. Et personne d'autre à des lieues à la ronde.

En danger de se laisser amadouer, Cilla détourna la tête. Il était hors de question de se laisser prendre au piège de ses mots et de sombrer une seconde fois dans le ridicule.

Boyd sourit et appuya ses lèvres sur son cou.

— Je vais te faire l'amour, Cilla, chuchota-t-il en écartant la bride de la nuisette pour explorer la courbe d'une épaule. Je t'emmène là où tu n'es encore jamais allée, alors laisse-toi conduire, d'accord ? Mais pour cela, il ne faut pas avoir peur de tes sensations.

— Je n'ai pas peur.

— Pas des vrais dangers, non. Mais tu as peur de te détendre, peur de te laisser aller, peur de laisser l'autre t'approcher.

Luttant contre la tentation de fermer les yeux et de céder au pouvoir de cette voix trop tendre, elle secoua la tête.

— Laisse-moi, Boyd. Nous avons déjà eu un rapport.

Il lui posa un baiser au coin des lèvres.

— Un rapport, oui. Mais maintenant, nous allons faire l'amour. Nuance.

Sans lui laisser le temps de protester, il s'empara de sa bouche. Le cœur de Cilla fit un bond dans sa poitrine.

— Je ne veux pas, protesta-t-elle dans un souffle tandis qu'il lui mordillait la lèvre inférieure.

— Ne me dis pas ce que tu ne veux pas. Dis-moi ce que tu veux.

— Je... je ne sais pas, chuchota-t-elle.

Son esprit s'embrumait déjà. Elle leva une main pour le repousser, mais dut se contenter de la laisser reposer sur son épaule.

— Si tu ne sais pas, je vais te proposer des choix multiples. Et quand j'aurai fini, tu pourras établir ta liste de préférences.

Boyd parlait. Parlait sans relâche. Et ses mots flottaient dans sa tête, s'emmêlaient, glissaient sur elle comme une longue caresse. Lorsqu'il s'interrompait, c'était juste le temps d'un baiser. Baisers nonchalants ; baisers rapides ; baisers luxuriants. Il en avait toute une série en réserve. Et Cilla tremblait déjà tout entière de désir alors qu'il n'avait touché que son visage, son cou, ses cheveux.

Seulement lorsqu'elle exerça une légère pression sur sa tête, il glissa un peu plus bas et sa langue effleura le haut de ses seins, juste au-dessus de la dentelle noire de sa chemise de nuit. Boyd prenait son temps, se servant de ses dents pour repousser le tissu, millimètre après millimètre. Le souffle court, Cilla gémit et ouvrit les jambes dans un silencieux mouvement d'invite. Mais Boyd n'en faisait qu'à sa tête. Sa bouche allait et venait, d'un sein à un autre, progressant avec une lenteur dévastatrice. Lorsque, enfin, sa langue effleura une pointe tendue, elle frissonna violemment et murmura son nom dans un sanglot. Boyd parut satisfait et arrondit les lèvres pour aspirer doucement, puis plus fort, plus vite... toujours plus vite.

La tête renversée, Cilla sentit monter la pression entre ses cuisses. Il y eut une suite de resserrements et d'ouvertures, de contractions et de détentes. La tête vide, soulevée par un élan irrépressible, elle s'arc-bouta, enfonça les ongles dans les mains de Boyd et poussa un cri. Quelque chose s'était déclenché qui n'était pas tout à fait de la souffrance et qui se mua aussitôt en une sensation de plaisir presque inavouable.

Lorsqu'elle retomba, vidée de ses forces, Boyd couvrit sa bouche de la sienne.

— Tu es incroyable, chuchota-t-il.

Elle pressa une main contre sa tempe.

— Je... je n'arrive plus à penser.

— Aucune importance. Laisse-toi aller à tes sensations. Et à rien d'autre.

Fermant les yeux, elle sourit et se prépara à l'accueillir en elle. Il lui avait déjà tant donné que c'était largement à son tour de prendre. Mais Boyd paraissait toujours aussi peu pressé d'aboutir. Il fit descendre la chemise de nuit plus bas, jusque sur ses hanches, et pressa les lèvres sur la chair frémissante de son ventre. Elle posa les mains sur ses cheveux et se laissa flotter dans un univers de pure sensualité. Avec une étonnante acuité, elle percevait les draps sous elle, froissés et tiédis par la chaleur de son corps. Elle écoutait les sons, aussi. Des glissements légers et néanmoins brûlants : froufroutement de la soie, d'abord, puis caresse des paumes de Boyd sur son corps, et ensuite le bruit de succion de sa bouche — une bouche dont elle connaissait si intimement la saveur que la sienne en semblait imprégnée.

La palette de sensations qu'il lui offrait était si riche, si variée qu'il lui faudrait sans doute une vie entière pour les assimiler toutes. S'il continuait ainsi pour l'éternité, ce serait encore trop bref.

Boyd posa les lèvres sur la rondeur d'une hanche et sourit. Elle était sienne maintenant. Entièrement sienne. Comme fondue sous ses mains, sous sa bouche. Elle avait un corps superbe, longiligne avec une peau légèrement rosie par la chaleur des flammes. Sa main remonta le long de sa jambe. Ses cuisses ouvertes étaient d'une douceur de soie. Elle accueillit ses doigts en elle, se livra à eux avec une confiance, un abandon qui l'émurent presque autant que de sentir les ondes de son plaisir lorsqu'elle se cambra une seconde fois, nuque renversée, le corps secoué de frissons.

Nouant alors les bras autour de lui, elle murmura son nom d'une voix chavirée. Lorsqu'il sentit qu'elle n'était plus qu'appel éperdu de lui, Boyd abandonna toute retenue et ils roulèrent sauvagement ensemble sur le lit. De nouveau, tout comme la première fois, les mains de Cilla coururent sur son dos, s'attardèrent sur son ventre, cherchèrent son sexe. Mais cette fois-ci, elle était du voyage, voguant sur la même onde de désir que lui. Ses yeux, noirs comme la passion et la nuit, lancèrent une silencieuse invite.

Il mit toute sa puissance à venir en elle, sa bouche plaquée sur la sienne pour absorber son cri de délice. Avec un léger sanglot, elle noua bras et jambes autour de lui, le tenant serré pour le dernier périple, la course vers le sommet, la plus belle folie à deux.

Boyd était à bout de force. Faible comme un bébé qui vient de naître... Et lourd comme seul un homme adulte peut l'être. Craignant d'étouffer Cilla sous son poids, il rassembla ses ultimes forces pour la faire rouler sur lui. Satisfait de la manœuvre, il la serra contre sa poitrine, songeant que rien au monde n'aurait pu le combler plus que de la sentir abandonnée sur lui ainsi.

Lorsqu'elle frissonna, il noua les bras autour d'elle.

— Tu as froid ?

Cilla se contenta de secouer la tête.

— Dans une heure peut-être, j'aurais recouvré suffisamment d'énergie pour me mettre à la recherche des couvertures, promit-il paresseusement.

— Je t'assure que ça va.

Le message était rassurant mais la voix pas très ferme. Sourcils froncés, Boyd lui prit le menton et le souleva. Il entrevit une larme perlant dans ses cils.

— Qu'est-ce qui se passe ?

— Je ne pleure pas, déclara-t-elle d'un ton presque farouche.

— Mmm... De joie peut-être ?

Elle tenta de se dérober à son regard mais il la tenait fermement.

— Oh, Boyd. Tu vas penser que je suis stupide...

— Probablement, oui. Mais une fois de plus, une fois de moins... Allez, va, lâche le morceau, O'Roarke.

— C'est juste que...

Cherchant ses mots, elle soupira avec impatience.

— Juste que je ne pensais pas que ça pouvait se passer comme ça.

— Se passer comment ?

Boyd sourit. Etrangement, ses forces semblaient lui revenir avec une rapidité stupéfiante. Cela venait de la façon dont elle le regardait, sans doute. Elle était si extraordinairement belle avec cette expression à la fois tendre et étonnée dans ses yeux noirs.

— Tu cherches peut-être à me dire que c'était bien ? super ? ou même carrément stupéfiant ?

— Arrête de te moquer de moi, Boyd !

— Mmm... pas du tout. J'espérais obtenir un compliment, c'est tout. Mais tu n'as pas l'air très généreuse en la matière. Peut-être es-tu trop têtue pour reconnaître que ma méthode est infiniment plus plaisante que la tienne ? Mais ça ne fait rien. Je peux toujours te garder enfermée dans cette chambre jusqu'à ce que tu admettes ta défaite.

Cilla grogna et lui mordit l'épaule en signe de protestation.

— Boyd, tu es infernal. Tu crois que c'est facile pour moi de t'exprimer ce que j'ai ressenti ?

— Tu n'es pas obligée de mettre des mots sur cette expérience, murmura-t-il en laissant glisser une main sur ses hanches. On peut aussi communiquer... autrement.

Cilla pressa ses lèvres entrouvertes sur sa poitrine et émit un soupir qui s'alanguissait déjà.

— Je voulais quand même te dire que je n'ai jamais... que personne ne m'a... Enfin, bref, n'ayons pas peur de le dire : c'était super.

— Exact, acquiesça-t-il en lui prenant la tête entre les mains pour amener son visage contre le sien. Et maintenant, pour la troisième édition de la nuit, visons le stade au-dessus. « Carrément stupéfiant » sera notre nouvel objectif.

9.

La fraîcheur commençait à tomber. Cilla se frotta les bras pour se réchauffer et continua à observer le paysage de pins, de neige et de roche. Boyd avait eu raison une fois de plus : la vue était extraordinaire. Perché dans les hauteurs d'un vallon qui se fondait dans un cirque de montagnes ciselées, le chalet était isolé du reste du monde. Sous les glaces et les pics altiers, la masse sombre des forêts entrecoupait ici et là l'uniformité blanche et lisse. Quelque part en contrebas, un torrent roulait ses eaux glacées avec une joyeuse exubérance.

L'ombre des conifères s'étirait. L'après-midi tirait à sa fin et la lumière déclinante parait les champs de neige d'un reflet bleuté. Pendant un long moment, Cilla avait pu observer une biche qui s'était avancée jusqu'au chalet, fouillant du museau à la recherche d'un brin d'herbe. Mais l'animal gracieux s'était éloigné à petits pas, laissant derrière lui comme une ombre de silence.

Cilla prit une profonde inspiration. Elle avait oublié jusqu'au souvenir de cette sensation : baigner dans une paix profonde. L'apaisement qu'elle ressentait, elle ne l'avait plus connu depuis l'époque lointaine où elle croyait encore aux fées, aux lutins... et aux familles unies. A presque trente ans, il était assurément trop tard pour revenir aux croyances optimistes de ses premières années d'existence. Mais une chose était certaine, malgré tout : ce séjour dans le chalet de Boyd marquerait un tournant décisif.

Boyd avait tenu ses promesses. Il l'avait emmenée là où elle n'avait encore jamais été. Et il lui avait appris qu'on pouvait accepter aussi bien qu'offrir, prendre aussi bien que donner. Mais elle n'avait pas seulement découvert ce que faire l'amour voulait dire. Avec Boyd, elle avait également expérimenté des moments de partage et d'intimité.

Après une nuit de vrai sommeil comme elle n'en avait pas connu depuis des années, elle s'était réveillée dans ses bras sans gêne ni sentiment d'étrangeté. Elle ne se souvenait pas de s'être jamais sentie aussi calme, comme si le monde se limitait au chalet et aux bois alentours. Comme s'il n'y avait plus, au-dehors, un univers fait de souffrance, de danger et de peur.

Ni Denver ni X n'avaient disparu pourtant. Et elle ne pouvait rester cachée indéfiniment. La réalité, hélas, finissait toujours par vous rattraper. Elle n'échapperait ni à ses souvenirs ni à l'homme qui avait juré sa mort.

Avec un profond soupir, Cilla offrit son visage aux derniers rayons d'un soleil mourant. Quoi qu'il puisse arriver, elle se devait d'être honnête avec Boyd. Autrement dit, le prévenir d'emblée qu'elle ne pourrait pas s'engager dans une relation *sérieuse* avec lui. Cilla ferma les yeux, se mordit la lèvre et se répéta que c'était la seule politique possible. Mieux valait souffrir un peu maintenant que se retrouver plus tard avec le cœur réduit en cendres.

En l'espace de quelques semaines, son respect pour Boyd n'avait cessé de croître. Elle le découvrait profondément humain, scrupuleusement honnête, patient, intelligent et affectueux. Et doté en plus d'un solide sens de l'humour, ce qui ne gâtait rien.

Si seulement il n'exerçait pas ce fichu métier de flic...

Cilla frissonna et ses mains se crispèrent sur ses avant-bras.

Boyd avait une marque sur la poitrine dont elle avait retrouvé la trace dans le dos, juste sous l'épaule droite. Souvenirs d'une balle qui lui avait traversé le corps de part en part. « Les risques du métier », comme ils disaient tous. Cilla frissonna et sentit la tension familière de l'angoisse lui contracter la poitrine. Elle se garderait bien de lui demander comment c'était arrivé et s'il avait vu la mort de près. Mais les cicatrices de Boyd n'en avaient pas moins rouvert les siennes.

Croire qu'il existait un avenir pour eux deux serait une illusion dangereuse. Elle avait eu tort, sans doute, de passer la nuit avec Boyd. Mais il n'y avait plus de retour en arrière possible : la fatalité d'une attirance trop forte avait voulu qu'ils deviennent amants. Cela étant, il s'agissait de fixer de toute urgence les limites à imposer à leur relation : ni attachement ni obligations mutuelles. A priori, Boyd devrait apprécier de garder une liberté sans entraves. Quant à elle, il ne lui resterait plus qu'à serrer la vis à ses sentiments. A se convaincre qu'elle n'était pas amoureuse de lui, en somme. Ce qui nécessiterait sans doute quelques vigoureuses séances d'autosuggestion…

Boyd la trouva sur une des terrasses à l'arrière du chalet, le regard rivé sur les montagnes. Du premier coup d'œil, il nota les traits tendus, le visage marqué par l'angoisse. Le naturel, hélas, revenait au galop. Cilla se rendait-elle compte à quel point elle avait été détendue lorsqu'elle s'était réveillée, la tête sur son oreiller, et qu'elle s'était étirée doucement contre lui, rompue d'amour et néanmoins fondante de désir dès la première caresse ?

Lorsqu'il s'approcha pour lui toucher les cheveux, la jeune femme commença par tressaillir avant de se laisser aller dans son étreinte.

— J'aime ton modeste cabanon dans les bois, Holmes.

Tant mieux. Boyd avait l'intention de revenir régulièrement se retirer ici avec elle. Cilla enfonça les mains dans ses poches.

— C'est un héritage familial également ?

— Non, ce chalet, je l'ai conçu et je l'ai fait construire moi-même. J'ai même mis la main à la pâte et planté quelques clous ici et là.

Cilla siffla entre ses dents.

— Un peu menuisier, un peu architecte… Tu as décidément tous les talents. C'est presque un gâchis que cette maison ne serve que les week-ends, tu ne trouves pas ?

— Oh, j'y passe aussi mes vacances. Et mes parents y séjournent de temps en temps, expliqua-t-il en massant les muscles tendus de ses épaules. Ils vivent à Colorado Springs, mais ils voyagent beaucoup.

— Ton père a dû être déçu que tu ne marches pas sur ses traces, observa Cilla après quelques secondes de silence pensif. Tu n'as jamais songé à reprendre l'entreprise familiale ?

— Jamais. Ma sœur s'est chargée de reprendre le flambeau.

Cilla jeta un regard surpris par-dessus son épaule.

— Tu as une sœur, toi ?

— Eh oui, tu ne sais pas encore tout de moi. Natalie est une vraie femme d'affaires. Alors que moi… Mais tu es en train de prendre froid, Cilla. Viens t'asseoir près du feu.

Elle se détourna docilement et descendit dans la cuisine à sa suite.

— Mmm… je sens comme une odeur d'épices et de haricots rouges, je me trompe ?

— J'ai préparé un chili con carne.

Il souleva le couvercle pour humer le fumet qui se dégageait de la casserole.

— A vue de nez, ça devrait être prêt dans une heure.

— Tu aurais dû m'appeler, protesta-t-elle, gênée. Je t'aurais aidé.

— Tu cuisineras la prochaine fois, dit-il en choisissant un pouilly-fuissé pour l'apéritif.

Elle sourit faiblement.

— Dois-je comprendre que tu es moralement préparé à affronter de nouveau mes sandwichs du chef au beurre de cacahuètes ?

— Pourquoi pas ? Ils me rappellent ceux que me préparait ma maman quand j'avais huit ans.

Cilla ne répondit pas. Elle doutait que la mère de Boyd ait jamais confectionné un repas de sa vie. Dans ces milieux-là, les femmes étaient généralement déchargées de toute corvée domestique.

— Je peux faire quelque chose pour toi ? demanda-t-elle, soudain aux prises avec un pénible sentiment d'inutilité.

— Oui, t'asseoir et te détendre.

— Me détendre ? Je n'ai fait que ça depuis ce matin.

— En principe, oui, mais les tensions ont insidieusement regagné du terrain. Je ne sais pas ce qui a provoqué leur retour, Cilla, mais je pense qu'il serait temps que nous en parlions ouvertement. Va t'asseoir près du feu, si tu veux. Je sers le vin et je te rejoins.

Pensive, Cilla alla se blottir sur les coussins disposés près de la cheminée. Elle n'avait rien dit, rien fait de particulier. Et pourtant, Boyd avait noté au premier coup d'œil son changement d'humeur. Qu'il soit ainsi en phase avec elle alors qu'ils se connaissaient si peu avait quelque chose de déconcertant.

Lorsqu'il entra, elle se força à lui sourire gaiement pour donner le change. Mais ce fut peine perdue. Il s'assit près d'elle et lui tendit son verre.

— C'est l'idée de retourner travailler qui t'inquiète ? demanda-t-il de but en blanc.

Elle soupira.

— Non. Ou plutôt si. Je sais que vous faites tout ce que vous pouvez pour me protéger, Thea et toi, mais ce n'est quand même pas tout à fait évident.

— Tu as confiance en moi, Cilla ?

— Eh bien… oui. Naturellement.

— Mais mon métier te fait peur.

— Disons que je ne l'aime pas, précisa-t-elle d'une voix lasse. Je ne te demande pas de comprendre, tu sais. Tout cela est lié à mon histoire familiale.

— Je crois savoir pourquoi tout ce qui touche à la police te rebute.

Boyd se renversa contre les coussins et porta son verre à ses lèvres.

— J'ai dû procéder à des recherches sur toi dans le cadre de l'enquête. Pour bien te protéger, j'ai besoin de te connaître. Et de te comprendre aussi. Tu m'avais dit que ta mère était dans les forces de l'ordre. Ça n'a pas été très difficile après cela de retracer ce qui s'est passé.

Les mains crispées sur son verre, Cilla regarda fixement les flammes. Malgré le passage des années, la souffrance, la révolte et les regrets ne s'étaient jamais vraiment atténués.

— Tu as vu comment s'est terminée la brillante carrière de ma mère, donc ? Décédée dans l'exercice de ses fonctions, comme ils disent. « L'exercice de ses fonctions… », répéta-t-elle, avec hargne. Comme si cela faisait plus ou moins partie de ses attributions de tomber sous les balles !

— D'une certaine façon, c'est le cas, commenta Boyd en fixant le feu à son tour.

Elle lui jeta un regard en coin et frissonna en imaginant que lui aussi… Chassant cette pensée intolérable, elle riposta dans un sursaut de colère :

— Oui, bien sûr. C'était son boulot de se faire descendre, ce jour-là. Merveilleux. Et pour mon père, on dira que c'était la faute à pas de chance, c'est ça ?

— Cilla, je comprends que tu sois triste et amère…

Elle émit un rire sans joie.

— C'est vraiment l'ironie du sort qui a voulu que ces deux-là soient morts ensemble, enterrés ensemble. Elle, la femme inspecteur ; lui, l'avocat. Le hasard les a réunis sur une même affaire et ils s'affrontaient avec leur violence coutumière. Aussi loin que je me souvienne, je ne les ai jamais vus d'accord. Deux jours avant le drame, ils avaient recommencé à parler séparation. A l'essai, avaient-ils précisé.

Cilla porta son verre vide à ses lèvres et fronça les sourcils.

— Je suis en panne de vin, semble-t-il.

Sans un mot, Boyd les resservit l'un et l'autre et attendit qu'elle reprenne le fil de son récit. Cilla but une gorgée et, la gorge nouée, se força à poursuivre :

— Je suppose que tu as dû lire le rapport officiel. Ils avaient fait entrer l'inculpé en salle d'interrogatoire — un type carrément malade, violent, parano, suant la haine. L'accusé devait répondre d'un triple chef d'accusation — vol à main armée, viol et trafic de drogue. Il a exigé que son avocat soit présent durant l'interrogatoire. En fait, il savait qu'il en avait au moins pour vingt ans et il s'était mis en tête que son malheur était entièrement imputable à deux personnes : le flic qui l'avait coffré et l'avocat chargé de le défendre.

Cilla ferma les yeux. Ce double meurtre auquel elle n'avait pas assisté restait toujours aussi difficile à visualiser, aussi douloureux à décrire.

— Mes parents étaient assis l'un en face de l'autre à la table — comme ils auraient pu l'être dans notre propre cuisine — et ils s'opposaient comme d'habitude sur des questions de droit. Et cette espèce de malade a sorti le revolver qu'un type lui avait fait passer en douce et il les a descendus l'un après l'autre. Froidement. Ça a été l'affaire de quelques secondes...

Elle baissa les yeux et contempla le contenu de son verre.

— Quantité de gens ont perdu leur emploi à cause de cette bavure. Mes parents, eux, y ont laissé la vie.

— Jamais ce type n'aurait dû obtenir une arme, commenta Boyd d'une voix sourde. C'est inadmissible qu'une chose pareille ait pu se produire.

Les poings de Cilla se crispèrent.

— J'aime mieux entendre ça que des discours édifiants sur le courage de nos « bleus » et autres vaillants défenseurs en uniforme. C'était ma mère, merde !

Boyd avait passé des heures à potasser les comptes rendus de l'affaire. Il savait qu'elle avait provoqué un scandale. Mais il avait surtout été marqué par une photo d'archives. On y voyait Cilla, le visage blanc de chagrin, debout devant les deux tombes encore ouvertes, la main de Deborah serrée dans la sienne.

— Je regrette pour Deb et pour toi que vous ayez perdu vos deux parents dans de pareilles conditions.

Cilla détourna les yeux pour contempler fixement les flammes.

— De fait, ma mère, je l'avais déjà perdue avant qu'elle ne tombe sous les balles. Le jour où elle est entrée dans la police, c'était fichu pour moi.

— J'ai vu son dossier, commenta Boyd. Ses états de service sont impressionnants. Et Dieu sait que ce n'était pas facile pour une femme de s'imposer dans ce métier, à l'époque. Mais pour la famille, c'est toujours très dur.

— Qu'est-ce que tu en sais, toi qui es de l'autre côté de la barrière ? Ce n'est pas toi qui restes à la maison à te ronger les sangs, à tourner en rond et à te préparer mentalement à la catastrophe.

— On ne peut pas passer sa vie à s'attendre au pire, Cilla.

— Au pire ? C'est une mère, surtout, que j'attendais ! Et la plupart du temps en vain. Pour elle, ce qui comptait, c'était la PJ, le service. Ça passait avant mon père, avant moi, avant Deb. Elle n'était jamais là lorsque j'avais besoin d'elle.

Boyd voulut lui prendre la main mais elle se dégagea, trop hérissée pour supporter le moindre contact.

— Dans mon souvenir, elle était constamment ailleurs, constamment préoccupée par des drames autrement plus importants qu'une poupée brisée ou des problèmes de petite fille de ce genre.

— Peut-être était-elle un peu trop obnubilée par sa carrière ?

— Je t'interdis de la comparer à moi, d'accord ?

Haussant les sourcils, Boyd lui prit cette fois la main de force.

— Ce n'était pas mon intention. La comparaison, c'est toi qui viens de l'établir, en l'occurrence.

— Moi, j'ai besoin de gagner ma vie et celle de Deborah. Alors que ma mère avait une vraie famille. Mais c'est à peine si elle paraissait s'apercevoir de notre existence.

— Je n'ai pas connu ta mère, Cilla, et il m'est difficile de porter un jugement sur ses choix de vie. Mais tu ne crois pas qu'il serait temps pour toi de laisser tes griefs de côté et de te donner une chance de vivre ce à côté de quoi elle est passée, justement ?

Elle alluma une cigarette, prit une bouffée et la jeta aussitôt dans les flammes.

— Toutes ces défaillances maternelles ne m'ont jamais empêchée d'avancer dans la vie au cas où tu ne l'aurais pas remarqué. J'ai un métier, une maison. J'assure un avenir à ma sœur…

— Mais tu es entrée dans cette relation avec moi à reculons car ma profession te terrifie.

Cilla ferma les yeux. « Ainsi, nous y voilà », songea-t-elle.

— Je respecte tes choix, Boyd, déclara-t-elle prudemment. Et je ne te demande pas de changer quoi que ce soit dans tes fonctionnements. Il est vrai que je ne voulais pas que les choses en arrivent là, entre nous. Mais… mais je ne regrette pas ce qui s'est passé cette nuit.

— Merci, murmura-t-il avec une mimique soulagée avant de vider son verre d'un trait.

— En revanche, je pense qu'il faut que nous restions raisonnables si nous voulons éviter les complications.

— Non, rétorqua-t-il en posant son verre sur une console.

— Non, quoi ?

— Non, je ne veux pas être raisonnable. Et les complications, nous sommes déjà en plein dedans. Je suis amoureux de toi.

Boyd prit une profonde inspiration et se prépara à affronter la réaction qui ne manquerait pas de suivre. L'effet de ses paroles ne se fit pas attendre. Le sang se retira du visage de Cilla et elle le regarda avec consternation.

— Bon… Je vois que la nouvelle t'enthousiasme, commenta-t-il sombrement en jetant un morceau de bois sur le feu.

Cilla regarda voler les étincelles un instant. Puis elle secoua la tête.

— Nous ne nous connaissons pas depuis très longtemps, Boyd.

Et nous nous sommes rencontrés dans des circonstances assez particulières. Je pense que…

— Tu penses trop, Cilla. Dis-moi plutôt ce que tu ressens.

— Je ne sais pas.

Ou plutôt, si, elle savait. Mais c'était si compliqué… Elle était excitée et terrifiée à la fois. Assaillie par un mélange de craintes et d'espoirs si ténus qu'elle n'osait même pas se les formuler.

— Boyd, tout s'est passé très vite entre nous. Et je n'ai pas l'impression d'avoir pu maîtriser quoi que ce soit. Je ne voulais pas d'une aventure avec toi et c'est arrivé quand même. Je ne voulais pas m'attacher à toi, mais je tiens à toi à mon corps défendant.

Il saisit ses deux mains dans les siennes.

— C'est bien la première fois que je parviens à t'arracher des aveux aussi encourageants.

— Qu'est-ce que tu crois, Fletcher ? Je n'ai pas l'habitude de coucher avec un homme simplement parce qu'il me plaît.

— De mieux en mieux, déclara Boyd en pressant un baiser dans sa paume. Je te plais et tu tiens à moi. Epouse-moi, Cilla.

Ses yeux s'écarquillèrent. Elle chercha vainement à se dégager.

— Arrête, Boyd. Ce n'est pas drôle !

— Et alors ? Je ne fais pas de l'humour. Je te demande en mariage.

Une bûche craqua dans le feu, et une nouvelle flamme s'éleva, haute et claire. Elle regarda fixement les ombres qui dansaient sur le visage de Boyd. Respirer devenait si difficile qu'elle en avait le vertige.

— Boyd…

— Je suis amoureux de toi, Cilla.

Lentement, sans détacher son regard du sien, il l'attira contre lui.

— J'aime tout en toi, chuchota-t-il contre ses lèvres. Et je ne te demande pas grand-chose : juste une petite cinquantaine d'années pour te montrer combien je tiens à toi… soixante années, à la rigueur.

Inondant son visage de baisers, il l'allongea avec lui sur l'épais tapis en laine, juste devant le foyer.

— Je n'ai pas l'intention d'épouser qui que ce soit, Boyd.

Il lui mordilla les lèvres et ses mains commencèrent à s'animer sur son corps.

— Bien sûr que si, tu vas te marier. Il faut juste que tu t'habitues à l'idée que ce sera avec moi, murmura-t-il en glissant la langue entre ses lèvres.

Ce fut le début d'un baiser qui prit très vite des proportions considérables.

— Boyd... non...

Il rit doucement.

— Non, non, toujours non... C'est un « oui » que j'aimerais entendre, pour une fois. Mais je suis prêt à t'accorder un délai de réflexion. Quelques jours. Une semaine, à l'extrême rigueur.

Elle secoua la tête.

— Tu n'as jamais été marié, Boyd. Moi si. Je me suis déjà trompée une fois et je ne veux pas renouveler cette erreur.

D'un geste vif, il lui saisit le menton. Cilla ouvrit les yeux brusquement et vit bouillonner une rage inattendue dans son regard.

— Ne me compare pas à lui, tu m'entends? Jamais.

Elle voulut parler, mais d'une pression de la main, il lui imposa silence.

— Je t'interdis de penser que ce que je ressens pour toi a un *quelconque* rapport avec ce que d'autres hommes ont éprouvé jusqu'à présent. C'est clair?

— Oh, rassure-toi, je ne te compare à rien ni à personne, murmura-t-elle en détournant la tête. Le problème vient entièrement de moi. Je ne suis pas faite pour la vie conjugale, c'est tout.

Les yeux de Boyd étincelèrent.

— Arrête de te dévaloriser comme ça! La réalité est pourtant simple et mathématique : dans un couple, on est *deux*, tu es bien d'accord? Alors au nom de quelle mystérieuse fatalité serais-tu la seule à fonctionner de travers?

Le visage crispé par l'exaspération, Boyd lui plaqua les deux mains au sol en prenant appui sur elle de tout son poids.

— Bon, très bien. Puisque tu ne veux pas comprendre, on va changer de tactique. Pose-toi juste cette question très simple, Cilla : as-tu déjà ressenti *ça* avec qui que ce soit d'autre que moi?

Il s'empara alors de ses lèvres en un baiser incandescent qui la fit s'arc-bouter contre lui. En signe de rébellion ou de plaisir, elle n'aurait su le dire. Trop de sensations violentes faisaient rage en elle, comme si des milliers de comètes rougeoyantes traversaient le ciel enflammé de ses perceptions. Avant qu'elle ait pu reprendre son souffle, elle fut emportée, soulevée au cœur d'une tempête sensorielle sans précédent.

« Non, Boyd, non, cria une voix dans sa tête. Jamais je n'ai rien éprouvé de tel. Avec personne. Jamais. » Il était le seul à la chavirer ainsi, de la tête aux pieds ; le seul avec qui l'amour devenait fête des sens. Alors même que son corps vibrait contre le sien, Cilla luttait pour garder les idées claires, se souvenir que désirer ne suffisait pas.

En proie à un mélange de fureur et d'impuissance, Boyd posséda sa bouche avec violence, encore et encore, comme pour la marquer de son sceau. Tant qu'il la tenait dans ses bras, il pouvait lui montrer avec ses mains, avec ses lèvres que c'était un sentiment unique et incomparable qui les jetait l'un vers l'autre. Tant qu'il la tenait dans ses bras, il pouvait chasser le passé, le sombre imbécile qui s'était prétendu son mari et faire en sorte qu'elle ne pense qu'à lui.

Loin de s'effrayer de cet élan de violence en lui, Cilla répondait à l'assaut de sa bouche avec une frénésie égale à la sienne. Le feu qu'attisaient leurs baisers était dévorant et sans pitié. Oubliées la douceur, la tendresse qui avaient imprégné leur nuit d'amour. L'ardeur qui les consumait en cet instant était muette, violente, insatiable.

Ils se déshabillèrent avec une égale impatience. Roulèrent l'un sur l'autre tour à tour. Possédèrent. S'agrippèrent. Dévorèrent. Agile, électrique, triomphante, Cilla l'enfourcha. Il lui saisit les hanches et l'ajusta au-dessus de lui.

Avec un sanglot de délice, elle rejeta la tête en arrière et le sentit pénétrer en elle. Lentement. Pleinement. Totalement. Jusqu'au cœur même de ses cellules, elle éprouva le sens profond, mystérieux de cette union. Boyd était le seul à avoir trouvé la clé, le seul à avoir ouvert les portes de ses sens. Il avait découvert la voie d'accès à son corps, son esprit et son cœur. Et d'une façon ou d'une autre, sans même le vouloir, elle semblait avoir réussi à se frayer le même chemin en lui.

Cilla gémit. Aimer Boyd n'entrait pas dans ses intentions. Elle chercha ses mains et les serra fort dans les siennes. Elle refusait l'attachement, la dépendance émotionnelle et la vulnérabilité qui en découlait inéluctablement. Ouvrant les yeux, elle scruta son visage. Le regard de Boyd était rivé sur elle. Il ne dit rien mais il savait.

Savait les émotions contradictoires qui faisaient rage en elle.

Avec un soupir où désespoir et plaisir se mêlaient à parts égales, Cilla se pencha pour poser sa bouche sur la sienne. Tout en restant fermement ancré en elle, il se redressa de manière à l'entourer de ses bras. L'assaut de plaisir la prit par surprise. Elle écarquilla les yeux et ses ongles s'enfoncèrent dans le dos de Boyd. Criant son nom à son tour, il la rejoignit. Leur jouissance fut une et entière.

Enveloppée dans un vieux peignoir trois fois trop grand pour elle et les pieds bien au chaud dans une paire d'épaisses chaussettes en laine, Cilla goûta le chili con carne « à la mode Fletcher ». Dans la cuisine, la lumière était douce, la chaleur agréable. Il faisait bon être là, dans la maison de bois clair, alors que le vent dehors gémissait dans les arbres. Elle n'en revenait pas que cette journée à la montagne ait pu passer aussi vite. Dire qu'ils rentraient déjà le lendemain…

— Alors ?

Détournant les yeux de la fenêtre, elle contempla l'homme assis en face d'elle. Boyd portait un peignoir en tout point semblable au sien. Ses cheveux étaient en bataille parce qu'elle y avait passé fiévreusement les mains. Aussi étonnant que cela pût paraître, ce dîner partagé avec Boyd possédait un caractère d'intimité aussi fort que la scène d'amour qui l'avait précédé.

Mal à l'aise, elle porta un morceau de pain à ses lèvres en se demandant, non sans inquiétude, si ce « alors » se référait à sa demande en mariage.

— Alors, quoi ?

— Mon chili con carne ? Tu aimes ?

La réponse prit Cilla au dépourvu. La désorienta même.

— Le chili… Ah oui, délicieux, murmura-t-elle sans savoir si elle était soulagée ou déçue qu'il ne revienne pas à la charge. Mais je suis surprise que tu saches cuisiner. Tu aurais largement les moyens d'embaucher une cuisinière, non ?

Boyd hocha la tête.

— Quand nous serons mariés, nous pourrons en prendre une, si tu veux. Même à demeure, si tu préfères.

Cilla se raidit et reposa sa cuillère.

— Je ne me marierai pas avec toi, Boyd.

Son refus parut l'amuser.

— Tu paries ?

— Arrête, O.K. ? Ce n'est pas un jeu.

— Mais si ! Un des plus passionnants qui soient, même.

Tout appétit envolé, Cilla pianota du bout des doigts sur la table. La façon qu'il avait de ne jamais prendre aucun de ses refus au sérieux commençait à devenir proprement exaspérante.

— Tu te rends compte, au moins, à quel point ton attitude est condescendante ? s'emporta-t-elle. « Moi Tarzan, toi stupide. Toi rien comprendre. »

Boyd se mit à rire, ce qui ne fit que l'exaspérer davantage.

— Vous, les hommes, vous croyez vraiment que les femmes sont incapables de se passer de vous, n'est-ce pas ? « Oh, ma petite Cilla, que ferais-tu sans moi ? Je vais prendre soin de toi, t'expliquer le sens profond des choses et de la vie... »

Il haussa les sourcils.

— T'ai-je jamais tenu ce type de discours ? Pour autant que je me souvienne, j'ai seulement dit que je t'aimais et que je te demandais de devenir ma femme.

— Tu sais pertinemment que cela revient au même !

— Tu recommences à déraisonner, O'Roarke, observa-t-il, placide, en enfournant une solide fourchetée de chili. Ça n'a rien à voir.

— Quoi qu'il en soit, *moi* je n'ai aucun désir de me marier. Mais toi tu te fiches de ce que je veux et de ce que je ne veux pas ! Les hommes sont tous comme ça.

Boyd lui jeta un regard d'avertissement.

— Ne recommence pas à me comparer à lui.

— Je ne pensais pas à Paul, figure-toi. Je ne pense d'ailleurs *jamais* à Paul. C'est toi qui le ramènes chaque fois sur le tapis. Et puis si j'ai envie de te comparer à d'autres hommes, c'est mon droit ! tempêta-t-elle.

Elle se leva abruptement pour allumer une cigarette. Boyd les resservit en vin et plongea son regard dans le sien.

— Combien d'hommes t'ont demandée en mariage, jusqu'à maintenant ?

Cilla mentit avec aplomb.

— Des douzaines. Et comme tu vois, j'ai réussi à leur dire non.

— Tu n'étais pas amoureuse d'eux, objecta-t-il calmement.

— Je ne suis pas amoureuse de toi.

Au grand dam de Cilla, Boyd prit le temps de terminer tranquillement son assiette avant de répliquer d'un ton patient :

— Tu mens, O'Roarke. Tu es folle de moi, mais tu es trop têtue pour l'admettre.

— *Quoi ?* C'est toi qui oses me parler d'entêtement ? C'est la meilleure !

— Il est vrai que je peux être persistant, admit-il d'un air faussement modeste. Mais jusqu'ici, je ne me plains pas des résultats.

— Arrête de me regarder de cet air possessif et suffisant, Fletcher ! Je ne t'épouserai pas parce que je suis contre le mariage, parce que tu es flic et parce que tu es riche. Point final.

— Tu m'épouseras, Cilla, car nous savons l'un et l'autre que tu serais malheureuse comme les pierres sans moi.

— Ton arrogance te perdra, Holmes. N'oublie pas que j'ai des techniques imparables pour me débarrasser des hommes trop collants. J'ai même une riche expérience dans ce domaine.

Son verre à la main, elle se leva et commença à faire les cent pas.

— Tu sais à qui tu me fais penser, Boyd ? A ce gamin de Chicago qui s'était mis dans la tête que nous étions destinés l'un à l'autre de toute éternité. La différence avec toi, c'est que lui au moins ne me collait pas son sourire suffisant sous le nez. Il avait choisi l'option romantique et m'envoyait des fleurs, des poèmes, des lettres enflammées. Pour ce qui était de l'obstination bornée, en revanche, il remportait la palme : « Tu ne le sais pas encore toi-même, Cilla, mais tu m'aimes aussi. Tu as besoin de moi pour te protéger, pour donner un sens véritable à ta vie. » Ah, il était sacrément gonflé, lui aussi. Il m'attendait à la sortie du travail, passait des heures à faire le pied de grue devant mon immeuble. Imagine-toi qu'il m'a même envoyé une bague de fiançailles ! C'est ahurissant, non ?

Boyd l'écoutait à présent avec une attention soutenue. Aucune trace de sourire ne se lisait plus sur son visage.

— Ce garçon t'a acheté une bague ? Avec un diamant ?

— Je ne me suis pas amusée à la faire expertiser, répondit-elle, étonnée par son changement d'attitude. Je l'ai renvoyée aussi sec.

— Son nom, Cilla. J'ai besoin de connaître son nom.

Elle eut un geste évasif de la main.

— Ecoute, laisse tomber. Je ne sais pas pourquoi j'en suis venue à te parler de ce type. Il...

— Il est hors de question de laisser tomber quoi que ce soit, Cilla. Essaye de te souvenir, lança Boyd en se levant.

Décontenancée, elle recula d'un pas. La conversation tournait à l'interrogatoire. Quelque chose dans ses paroles avait réveillé le flic en lui.

— Il s'appelait John, si mes souvenirs sont bons. John McGill... non... McGillis. Mais il ne s'est rien passé entre nous, Boyd.

— Aucun McGillis ne travaillait avec toi à Chicago, si ?

Elle secoua la tête.

— Exact. Mais nous nous éloignons du sujet. Je...

— Honnêtement, je ne te comprendrai jamais, Cilla ! l'interrompit Boyd d'une voix tendue par l'exaspération. Comment as-tu pu garder un pareil épisode sous silence ? Je crois que j'ai dû te demander au moins dix fois de me livrer la liste des hommes avec qui tu avais été en relation !

— Mais je n'ai pas eu d'aventure avec John, à la fin ! Ce n'était qu'un gamin qui faisait une fixation sur moi. Au début, j'étais sympa avec lui et il a pris ça pour un encouragement. Au bout d'un moment, j'ai mis assez vigoureusement les points sur les i et je n'ai plus entendu parler de lui. Tu vois que ton « histoire » ne va pas bien loin.

— Et ça a duré combien de temps, cette affaire ?

Cilla se demandait où il voulait en venir avec ses questions. C'était à peine si elle se rappelait à quoi ressemblait ce pauvre John.

— Je ne sais pas... Trois ou quatre mois, peut-être.

— Trois ou quatre mois, dit Boyd en lui prenant les épaules pour les serrer à les broyer. Et tu ne m'as rien dit à son sujet ?

— Ça ne m'a même pas traversé l'esprit, admit-elle faiblement, effrayée par l'expression de son regard.

Comme pour s'armer de patience, il ferma un instant les yeux.

— Bon. Admettons. Mais maintenant, je veux que tu me racontes tout — absolument tout — ce que tu sais sur ce garçon.

Plus secouée qu'elle ne voulait l'admettre, Cilla se laissa tomber sur une chaise.

— John travaillait de nuit comme manutentionnaire aux halles. Et il écoutait religieusement mon émission. Il appelait presque toutes les nuits, pendant son temps de pause. On avait pris l'habitude de bavarder quelques minutes et je lui passais les titres qu'il aimait. Une fois, j'ai fait une émission en public et il est venu se présenter à la fin. C'était un type tout jeune encore — vingt-trois ou vingt-quatre ans. Plutôt sympa. Un visage aux traits agréables quoique assez insignifiants. Je lui ai signé un autographe et c'est là qu'il a commencé à m'écrire à la station de radio. Mais jamais rien de grossier ni de suggestif.

— Continue.

— Boyd, écoute…

— Continue, je te dis.

Cilla jura tout bas.

— Quand j'ai vu qu'il se montait un peu trop la tête à mon sujet, j'ai tenté de lui faire comprendre en douceur qu'il perdait son temps. Mais il ne voulait rien entendre. Un jour, il m'a invitée à boire un verre. J'ai refusé, bien sûr. Ce qui ne l'a pas empêché de venir m'attendre régulièrement sur le parking, à la sortie de mon émission. Mais contrairement à ce que tu peux penser, il n'a même jamais essayé de me toucher. C'était quelqu'un d'inoffensif qui s'était fabriqué tout un scénario. Il me faisait plutôt de la peine. D'où les difficultés que j'ai eues à m'en dépêtrer, d'ailleurs. J'avais du mal à l'envoyer bouler franchement. Il paraissait tellement paumé, tellement fragile. Du coup, il s'est obstiné. Je suppose qu'un soir, il m'a suivie jusque chez moi car il s'est présenté un jour à ma porte.

— Il a tenté d'entrer?

— Pas de force, non. Ce n'était pas son style. La plupart du temps, il venait en mon absence. Et il laissait un bouquet. Un petit mot qu'il glissait sous la porte. Des trucs de gamin, quoi.

Boyd soupira. Elle ne lui avait jamais vu une expression aussi sévère.

— Et qu'est-ce qu'il te disait, précisément ? Essaye de te souvenir.

— Eh bien… les trucs habituels, en fait. Qu'il m'aimait, qu'il m'aimerait toute sa vie. Et qu'il savait qu'au fond, je l'aimais aussi. Et ça ne faisait qu'empirer. Au téléphone, il se mettait à pleurer pour un rien. Il parlait même de se suicider si je n'acceptais pas de l'épouser. Lorsque j'ai reçu le paquet avec la bague de fiançailles, je l'ai renvoyé avec une lettre très sèche. C'était sans doute cruel, mais il fallait que je lui fasse comprendre qu'il perdait son temps. Quelques semaines plus tard, je partais pour Denver.

— Et il a repris contact avec toi depuis que tu as déménagé ?

— Jamais. Et je peux t'assurer que ce n'est pas lui qui m'appelle à Denver. J'aurais reconnu sa voix.

Boyd se leva et lui tendit la main.

— Je prendrai tous les renseignements nécessaires à son sujet. En attendant, allons nous coucher. J'ai révisé nos projets : finalement nous partons dès demain matin. A la première heure, de préférence.

Cilla et Boyd ne furent pas les seuls à mal dormir cette nuit-là. A Denver, un autre insomniaque veillait dans l'attente de l'aube. Mais lui était brouillé depuis longtemps avec le sommeil. Deux cierges neufs se consumaient lentement sur la table. Leur lumière était si pâle et si pure qu'il en avait les larmes aux yeux.

Allongé sur son lit avec le petit portrait appuyé contre sa poitrine, il tendit une main impatiente pour éteindre la radio. La voix qui s'élevait entre deux morceaux de musique n'était pas celle de Cilla. Et il n'y avait personne non plus chez elle. Autrement dit, elle était partie avec cet homme. Partie pour se donner au flic. Alors qu'elle appartenait à John. Et à lui, d'une certaine façon.

Elle était belle, tout comme John la lui avait décrite. Et son regard semblait doux, parfois. Mais la douceur en elle était mensonge car elle incarnait le mal et la destruction. Presque amoureusement, il caressa la lame affilée de son couteau. Bientôt, il l'entendrait supplier et la verrait se tordre de douleur. Les souffrances que John avait endurées, elle les traverserait à son tour.

Lui donner la mort, c'était, d'une certaine façon, la rendre à John. Son frère pourrait reposer en paix. Enfin. Quant à lui, il aurait accompli son ultime mission. C'était tout ce qui le retenait encore à la vie.

10.

Au commissariat, la chaudière, prise d'une soudaine folie, fonctionnait en surrégime. Et les neurones de Boyd en étaient à peu près au même point. Il avait renoncé depuis longtemps à son veston et à sa chemise. Affublé d'un vieux T-shirt de la police judiciaire de Denver et posté face à une fenêtre entrouverte pour lutter contre la chaleur d'étuve qui régnait dans la pièce, il s'escrimait sur le dossier O'Roarke.

Sourcils froncés et indifférent à la sueur qui lui dégoulinait dans le dos, Boyd planchait sur un nouveau dossier : Jim Jackson, le DJ quadragénaire qui sévissait sur Radio KHIP entre 2 heures et 6 heures du matin. Il but une gorgée de café amer et pesta contre Cilla et sa manie du silence. Elle allait finir par le rendre fou et pas seulement d'amour ! Pourquoi ne lui avait-elle jamais dit que Jackson et elle avaient déjà travaillé ensemble, à Richmond ? Jackson s'était fait virer, à l'époque, pour un problème d'alcoolisme. Non seulement le disc-jockey s'était mis à délirer à l'antenne, mais il avait également été surpris à somnoler au micro, laissant — crime radiophonique suprême — de longues plages de blanc sur les ondes.

Lorsqu'il avait dû quitter son emploi, c'était Cilla qui avait pris sa place comme directrice des programmes. Et en six mois à peine, la petite station de Richmond avait décollé de façon impressionnante. Autrement dit, l'ami Jackson pourrait bien vouer une haine tenace à une rivale nettement plus chanceuse que lui. Boyd en était là de ses réflexions lorsque Althea entra avec deux boissons fraîches. Sans un mot, il colla le dossier Jackson sous le nez de sa coéquipière.

— Il n'a pas de casier judiciaire, commenta-t-elle en se perchant sur un coin de son bureau. Pas d'antécédents non plus.

— Peut-être, mais il a été salement humilié, là-bas, à Richmond. Il a perdu son boulot, sa femme, sa réputation. D'après le directeur de la station de Richmond, Jackson n'a pas pris son renvoi à la légère. Il est parti en hurlant que Cilla avait manœuvré pour obtenir sa place. Et maintenant, comme par hasard, il bosse de nouveau avec elle. Ça ne l'amuse peut-être pas beaucoup d'assurer une animation de nuit, aux heures où l'écoute est à son minimum alors que Cilla est considérée comme la star incontestée de Radio KHIP. Un déclin professionnel mal vécu peut inspirer parfois les scénarios de vengeance les plus étonnants.

— Tu veux interroger Jackson ? demanda Althea, sourcils froncés.

— Oui. Et rapidement, même. Je ne suis pas tranquille.

— Et si on en profitait pour convoquer aussi le jeune Nick Peters ? Il a l'air inoffensif. Mais d'après ma riche expérience des hommes, une allure innocente n'est pas un gage de bonne conduite en soi.

— Et qu'est-ce que tu lui reproches, à Peters, à part son air inoffensif ? s'enquit Boyd en s'essuyant le front.

Althea retira sa veste en lin turquoise et la drapa avec précaution sur le dos d'une chaise.

— C'est Deborah qui a attiré mon attention sur lui, ce week-end. Elle le connaît par la fac où ils ont des cours en commun. Il semble que Peters la presse régulièrement de questions sur sa sœur. En apprenant que Cilla avait déjà été mariée, Nick a paru très secoué. Sur le coup, Deborah ne s'en est pas trop inquiétée. Mais elle a quand même jugé plus prudent de me faire part de la curiosité poussée de Nick à l'endroit de Cilla.

Boyd hocha la tête et griffonna le nom de Peters sur son carnet.

— Nous avons pas mal sympathisé, Deborah et moi, pendant le week-end, poursuivit Althea en le regardant fixement. C'est une fille qui a la tête sur les épaules. Elle a l'air de penser que tu exerces une heureuse influence sur Cilla. Et je dirais, tant mieux pour elle. Mais je ne suis pas certaine que Cilla ait des effets aussi positifs sur toi.

— Ne fais pas ta mère poule, Thea, d'accord ? Je suis un grand garçon.

Althea baissa la voix :

— Boyd, tu manques totalement de neutralité dans cette histoire.

Si le commissaire savait que tu es fou amoureux d'une personne dont tu es censé assurer la protection, il te retirerait cette affaire. Et il aurait raison de le faire.

Réprimant tant bien que mal son irritation, Boyd se renversa contre le dossier de sa chaise.

— Je suis encore capable de faire mon boulot, Thea. Sinon, je me retirerais spontanément.

— Tu en es certain?

Il pianota du bout des doigts sur le bureau.

— Si tu estimes que c'est ton devoir d'aller voir le commissaire, fais ce que tu as à faire. Mais je ne pourrai pas laisser à un autre que moi le soin de veiller sur Cilla. C'est viscéral, Thea.

— Justement! Le danger est là.

— C'est ma vie. Et mon problème.

Les yeux d'Althea étincelèrent.

— Si tu crois que ça me tranquillise de te voir dans cet état, Boyd, tu te trompes gravement! Tant que tu te passionnais pour une voix à la radio, passe encore. Mais là, tu en es à parler mariage, progéniture et avenir commun! Tu es fou d'elle et s'il arrive quelque chose, tu vas réagir avec tes tripes et perdre tes réflexes professionnels!

— Je suis prudent, Thea. Et je veille à garder la tête froide. Nous sommes là, toi et moi, pour éviter que ce type ne mette ses menaces à exécution. C'est notre boulot. Quant au reste, c'est mon problème, alors laisse tomber les sages conseils.

Le visage d'Althea se ferma.

— Très bien. Alors passons à Bob Williams, dit « Wild Bob » qui, comme son surnom ne l'indique pas, est le type même du citoyen exemplaire. Cilla et lui ne se sont jamais croisés avant son arrivée à Denver. Il est marié, fidèle, va à l'église le dimanche et accompagne sa femme enceinte à ses séances d'accouchement sans douleur hebdomadaires.

— A priori, on devrait pouvoir l'écarter de la liste des suspects, en effet... Harrison, de son côté, semble avoir un mariage solide et ne s'intéresser à Cilla que sur le plan professionnel. Mais je poursuis mes vérifications quand même. Il s'est vraiment battu pour l'avoir, lui offrant même une augmentation de salaire conséquente pour qu'elle quitte Chicago et vienne s'installer à Denver.

Althea sortit un paquet de bonbons de son sac.

— Et le jeune McGillis ? Tu as eu des infos à son sujet ?

— J'attends un coup de fil de Chicago, répliqua Boyd en ouvrant un autre dossier. Ah ! Nous avons également Billy Lomus, vétéran du Viêt-nam. Il a reçu deux médailles de guerre avant que sa jambe ne le mette définitivement hors jeu. Apparemment, Billy est un solitaire. Reste rarement plus d'un an au même endroit. A séjourné à Chicago quelque temps, il y a deux ans. Ni famille, ni amis proches. Son arrivée à Denver remonte à quatre mois. A vécu dans des familles d'accueil toute son enfance.

Althea ne releva pas la tête.

— On ne peut pas dire que la vie lui ait fait beaucoup de cadeaux, à celui-là...

Boyd contempla son profil détourné quelques instants. Il faisait partie des rares personnes à savoir qu'Althea Grayson avait été traînée toute son enfance de foyers en familles d'accueil.

— Je n'ai pas l'impression que le coupable se trouve parmi les gens qui travaillent pour Radio KHIP, observa-t-il avec un soupir.

— Espérons que la piste McGillis mènera quelque part, répondit Althea d'un ton neutre. Tu veux commencer par Jackson ou par Peters ?

— Jackson.

— Entendu. Je vais leur passer un coup de fil.

Boyd l'arrêta d'un geste. Il fallait la connaître comme il la connaissait pour savoir qu'elle était toujours en colère.

— Désolé, Thea. Tu comprendras mieux ce que je traverse lorsque tu succomberas toi-même à un grand coup de foudre. Je ne peux pas plus faire abstraction de ce que je ressens pour Cilla que je ne puis renoncer à la tâche pour laquelle j'ai été formé.

Elle soupira.

— Tu sais que j'ai toujours respecté tes choix. Mais sois prudent quand même, d'accord ? Je tiens à toi, collègue.

Prudent, il le serait. Mais tout en veillant sur lui-même, il veillerait également sur Cilla. Il avait la ferme intention de ne plus la quitter d'une semelle, dorénavant. Ce qui ne manquerait pas de susciter de vigoureuses protestations. Dès l'instant où il lui avait avoué qu'il l'aimait, elle s'était appliquée à remettre des distances.

De fait, ce n'était pas de lui que Cilla avait peur mais d'elle-même. Plus elle s'attachait à lui, plus il lui devenait difficile de composer avec ses propres sentiments. Boyd soupira. Il avait pourtant cru qu'il pourrait se passer d'un aveu d'amour explicite. Mais ce n'était pas si simple. Il aspirait à entendre les mots « Je t'aime » de la bouche même de Cilla. Cela devenait une torture, une obsession.

Il aurait pu se contenter de ses caresses, de ses sourires, de la façon dont, la nuit, elle criait son nom. Mais il voulait le lien, la promesse, l'engagement verbal. Trois petits mots… juste ces trois petits mots qui, pour certains, venaient si facilement aux lèvres.

Cilla, elle, ne les prononcerait jamais à la légère. Si, d'aventure, elle parvenait à surmonter la triple barrière du doute, du manque de confiance et de la vulnérabilité pour lui avouer son amour, ce serait une déclaration solennelle. Un serment.

Boyd referma son dossier d'un geste sec. Pour le moment, l'inspecteur de police en lui devait prendre le pas sur l'amant. Pour la protéger, il avait besoin d'être ce qu'elle détestait le plus : un flic. A cent pour cent.

Althea passa la tête dans l'encadrement de la porte.

— Boyd ? Jackson devrait arriver dans une dizaine de minutes.

— Parfait. Je…

Il s'interrompit pour répondre au téléphone. C'était la police de Chicago. Il fit signe à Althea de rester.

— Oui, c'est cela, confirma-t-il. McGillis, oui…

Il commença machinalement à griffonner des notes, mais ses doigts se crispèrent soudain sur le stylo.

— Bon sang ! Il s'est suicidé, vous dites ? Quand cela ?

Il prit méthodiquement les informations et raccrocha en jurant.

— Tu es sûr que c'est le même McGillis ? s'enquit Althea en se laissant tomber sur une chaise.

— Il n'y a aucun doute possible. Cilla m'avait donné une description et les informations correspondent. Il s'est ouvert les veines il y a cinq mois. Avec un couteau de chasse.

— Cette fois, nous tenons notre piste, Boyd. Tout se recoupe.

Tu as dit que ce John McGillis était obsédé par Cilla et qu'il l'avait menacée de mettre fin à ses jours. Or c'est très précisément ce que X lui reproche au téléphone : d'être la cause de la mort de son frère.

— Le seul hic, c'est que McGillis n'avait pas de frère.

— Le mot « frère » peut être pris dans un sens purement affectif.

Althea avait raison. Le scénario était parfaitement cohérent. Mais Boyd préférait ne pas penser à la réaction de Cilla lorsqu'il lui apprendrait la nouvelle.

— La mère de McGillis vit toujours à Chicago, observa-t-il en se levant. Cela vaudrait sans doute le coup de nous rendre sur place pour l'interroger sur les amis de son fils.

Althea acquiesça.

— O.K. Je prévois le déplacement. Tu vas dire à Cilla que le jeune s'est suicidé?

— Ça me paraît inévitable... Mais commençons par voir Jackson et Peters. Avec un peu de chance, nous découvrirons qu'il existe un lien entre McGillis et l'un d'eux.

De l'autre côté de la ville, Cilla, un drap de bain noué autour de la poitrine, sortait en courant de la salle de bains pour répondre au téléphone. Boyd avait promis de l'appeler dès qu'il aurait des nouvelles de John McGillis. Et elle n'avait qu'une hâte : apprendre que le jeune homme se portait comme un charme et continuait tranquillement à charger des caisses de légumes dans son marché couvert.

— Boyd? dit-elle, hors d'haleine.

— Tu as couché avec lui?

Sa main se crispa sur le combiné.

— Que me voulez-vous, encore?

— Tu lui as susurré de belles promesses à lui aussi? Comme celles que tu as faites à mon frère? Il ne sait pas encore que tu es une criminelle? Une catin?

Cilla soupira sans répondre.

— Tant pis pour lui. Il va devoir mourir également.

Le sang se figea dans ses veines. La peur, qu'elle croyait pourtant bien connaître, dépassa d'un coup le seuil du tolérable. Elle perdit tout contrôle d'elle-même.

— Non! protesta-t-elle dans un cri. Pas lui, vous m'entendez? Il n'a rien à voir là-dedans. C'est une histoire entre vous et moi, comme vous l'avez dit vous-même.

— Lui aussi est impliqué, maintenant. Il a fait son choix. Lorsque j'en aurai fini avec lui, je viendrai à toi. Tu te souviens de ce que je vais te faire? Tu te souviens, dis?

— Ne vous en prenez pas à Boyd, je vous en supplie. Je ferai tout ce que vous voudrez!

— C'est un fait. Tu feras tout ce que je voudrai.

A l'autre bout du fil, il y eut le son d'un rire aigu, inquiétant.

— S'il vous plaît... ne lui faites pas de mal.

Mais seule la tonalité répondit à ses supplications. Avec un sanglot étouffé, elle reposa le combiné et courut s'habiller dans sa chambre. Il fallait qu'elle voie Boyd. Tout de suite. Pour s'assurer qu'il était indemne, d'abord. Et surtout pour le mettre en garde. Elle avait perdu son père, sa mère. Mais *Boyd*... Non, pas Boyd... Elle ne pouvait accepter l'idée qu'une autre personne aimée lui soit enlevée ainsi, brutalement, dans un contexte de meurtre et de violence.

Sans même prendre la peine de sécher ses cheveux trempés, Cilla dévala l'escalier, ouvrit la porte et faillit heurter Nick Peters de plein fouet.

— Oh, Nick... Tu m'as fait peur, s'écria-t-elle en pressant la main contre sa poitrine.

— Désolé, marmonna le stagiaire en repoussant ses lunettes sur son nez.

— Excuse-moi, Nick, mais il faut vraiment que je file. Il a encore appelé. Je dois prévenir Boyd. C'est urgent.

Nick se baissa pour ramasser les clés de voiture qu'elle venait de laisser tomber.

— Tu crois vraiment que tu es en état de conduire?

— Il le faut! lança-t-elle, les larmes aux yeux, en se cramponnant au manteau de Nick. X a l'intention de tuer Boyd maintenant!

Au grand étonnement de Cilla, le stagiaire recula d'un pas, la mine renfrognée.

— Tu t'inquiètes beaucoup pour ce flic. Il me paraît pourtant de taille à se défendre.
— Tu ne comprends pas...
— Oh, si. Je ne comprends que trop bien, au contraire. Tu es amoureuse de ce type.

Le ton accusateur de Nick la glaça. Dans un sursaut d'angoisse, Cilla vérifia la présence de la voiture de patrouille garée le long du trottoir. Puis elle vit l'expression boudeuse de l'étudiant et se traita mentalement d'idiote.

— Nick, je suis désolée, mais je n'ai pas le temps de discuter maintenant. On ne peut pas plutôt en reparler ce soir, à la station ?
— Ce sera difficile. J'ai démissionné, riposta-t-il sèchement.
— *Quoi ?* Mais c'est absurde. Tu faisais du très bon travail !
— Qu'est-ce que tu en sais ? Ça t'est complètement égal, de toute façon. Et moi qui ne pensais qu'à toi, ne voyais que toi !

« Oh, non, pas lui aussi ! » Cilla sentit une douleur sourde lui marteler les tempes.

— Nick, je...
— Moi, c'est à peine si tu t'apercevais de mon existence. Alors qu'il a suffi qu'il débarque, les mains dans les poches et, tout de suite, tu es tombée dans ses bras. Et maintenant, je suis convoqué au commissariat ! Ils veulent m'interroger, en plus ! Ils croient que c'est moi qui te harcèle au téléphone !
— Oh, non, Nick. C'est affreux... Il doit y avoir une erreur.
— Comment as-tu pu me faire une chose pareille ? cria-t-il. Croire que je serais capable de te vouloir du mal ?

Il lui déposa les clés de voiture dans la main.

— Voilà, je suis juste venu t'annoncer que je quittais Radio KHIP. Tu n'auras plus à souffrir de mon odieuse présence.
— Nick, s'il te plaît. Attends une seconde. Nous allons...

Mais il partit vers sa voiture sans un regard en arrière.

Cilla avait les jambes si faibles qu'elle dut s'asseoir un instant sur les marches du perron. Il lui fallait quelques minutes pour se ressaisir avant de prendre le volant. Comment avait-elle pu être aussi stupide, aussi aveugle ? Elle avait blessé Nick dans sa dignité en lui prêtant si peu d'attention. Sans le vouloir, elle avait commis bien des ravages, finalement. Cilla prit une profonde inspiration. Une fois que cette histoire avec X serait réglée, elle se rachèterait. Pendant toutes ces années, ses propres blessures l'avaient empêchée de voir plus loin que le bout de son nez. Il était grand temps d'ouvrir les yeux et de se conduire de façon plus humaine.

Depuis toujours, Cilla détestait les commissariats. Sans cesser de tripoter nerveusement le badge qu'on lui avait remis à l'entrée, elle longea un grand couloir. Des relents mêlés de détergent industriel et de mauvais café flottaient dans l'air. Des voix s'élevaient d'un peu partout, couvertes par les sonneries incessantes des téléphones. Parvenue dans la grande salle où s'alignaient les bureaux, elle nota quelques améliorations par rapport aux locaux plutôt sordides où sa mère avait travaillé.

Par rapport aux locaux où sa mère était morte.

Il y avait plus d'espace, moins de crasse et le cliquetis feutré des claviers d'ordinateur offrait une certaine sérénité sonore par rapport au crépitement plus incisif des anciennes machines à écrire. Il faisait une chaleur de serre dans la pièce et les agents qui travaillaient à leurs bureaux s'éventaient en remontant leurs manches de chemise. Sur un banc, une femme tenait un bébé agité qu'un policier en uniforme s'efforçait de distraire en faisant osciller une paire de menottes sous son nez. De l'autre côté de la pièce, une adolescente en larmes s'entretenait avec une femme flic vêtue d'un jean et d'un T-shirt.

Un souvenir très ancien remonta alors à la mémoire de Cilla. Cela se passait dans un poste de police, en Géorgie, dans une pièce exiguë. Elle devait avoir cinq ou six ans. Sa mère l'avait casée là, un jour où la jeune fille qui la gardait à domicile était tombée malade. « Juste un rapport à finir, avait-elle dit. Je n'en ai pas pour longtemps. Tu seras bien sage, ma chérie ? » Cilla s'était recroquevillée sur un banc avec sa poupée et elle avait écouté le son des voix, la stridence des téléphones et regardé tourner le ventilateur au plafond. Pendant des heures et des heures et des heures, elle était restée là, à attendre.

Sa mère l'avait oubliée.

Jusqu'au moment où elle avait vomi tout son petit déjeuner par terre. Perturbée par ces réminiscences, Cilla porta la main à son front moite. Le souvenir était déjà ancien. Et il fallait reconnaître que sa mère l'avait lavée, dorlotée et lui avait consacré ensuite une partie de sa journée. Mais pendant quelques secondes, elle avait revécu ses souffrances d'enfant avec une extraordinaire acuité : la lente montée de la nausée, les sueurs froides, la sensation terrifiante d'être petite, seule et oubliée.

Son cœur battit plus vite lorsque Boyd apparut enfin. Mais Cilla se rembrunit en découvrant Jackson, juste derrière lui. Flanqué d'Althea, comme un accusé sur la sellette, le disc-jockey était écarlate.

Jackson fut le premier à repérer sa présence. Il fit un pas dans sa direction puis s'immobilisa en tripotant sa casquette. Cilla n'hésita pas, elle. S'avançant vers lui, elle prit ses mains entre les siennes.

— Jim ? Ça va ?

Elle sentit ses doigts se crisper sous les siens.

— Oui, ne t'inquiète pas. Tout est réglé. Il a juste fallu éclaircir deux ou trois petits détails.

— Je suis désolée, murmura-t-elle. Si tu as besoin de parler, attends-moi ici.

Jim ajusta sa casquette d'une main mal assurée.

— C'est bon, va, marmonna-t-il. Je tiens le choc. Mais le passé me colle à la peau, tu vois. On croit le laisser derrière soi et on le ramasse en pleine figure quand on ne s'y attend plus.

— Oh, Jim...

— Hé, ne fais pas cette tête. J'assume ! Allez, à ce soir.

— Ah, ce soir, Jim.

— Encore merci, monsieur Jackson, intervint Althea. Vous avez été très coopératif.

— Comme je vous l'ai dit, je ferai tout ce qui est en mon pouvoir pour aider Cilla... Je te dois bien ça, dit-il en se tournant vers elle.

Elle allait protester, mais il secoua la tête et quitta la pièce.

— J'aurais pu vous le dire, que vous perdiez votre temps en interrogeant Jackson, observa Cilla, les poings serrés.

Boyd hocha la tête.

— Tu aurais pu nous dire quantité de choses que tu as tues.

— Peut-être, oui. Mais j'ai besoin de vous parler justement. A l'un comme à l'autre.

D'un geste, Althea désigna une petite salle de réunion.

— Allons nous asseoir là. Nous y serons plus tranquilles. Est-ce que tu veux que je te trouve quelque chose à boire, Cilla ? La chaudière fait des siennes aujourd'hui et les températures sont tropicales.

Cilla secoua la tête et s'assit à côté de Boyd.

— Ça va aller. Je n'en ai pas pour longtemps... Au fait, je peux savoir pourquoi vous avez convoqué Jackson ?

— Vous avez été collègues, à une certaine époque, dit Boyd en écartant une pile de dossiers. Et il n'était pas très content que tu prennes sa place.

— C'est vrai.

— Pourquoi as-tu gardé le silence sur cet épisode, Cilla ?

Elle soupira.

— Honnêtement, je n'y ai pas songé une seconde. Ça s'est passé il y a longtemps et il y a des années que Jackson a cessé de boire.

— C'est toi qui lui as trouvé un boulot chez KHIP, ajouta Boyd.

— Disons que je l'ai recommandé. Jim est un ami et c'est un bon disc-jockey. Sobre, il ne ferait pas de mal à une mouche.

— Mais lorsqu'il a bu, il casse tout dans les bars, menace les femmes et se paye des poteaux téléphoniques en roulant ivre mort.

— Ça a été le cas, oui, acquiesça Cilla patiemment. Mais c'est fini. Jim a pris le problème en main et il a changé. On ne peut pas lui jeter éternellement son passé à la figure.

Boyd la regarda fixement.

— C'est notre droit et notre devoir de nous dégager de l'emprise du passé, en effet.

Cilla reçut le message cinq sur cinq. Elle songea à sa mère, au danger que courait Boyd, et ses mains se crispèrent sur la table.

— J'ai eu un nouvel appel.

— Oui. L'information nous est parvenue, intervint Althea sans la regarder.

— Vous avez entendu ce qu'il a dit, alors ? Qu'il a l'intention de s'en prendre à Boyd, maintenant ?

Boyd hocha la tête.

— On a pu retracer d'où venait le coup de fil. X a appelé d'une cabine téléphonique située à quelques centaines de mètres de chez toi.

Incrédule, Cilla tapa du poing sur la table, envoyant voler crayons et bouts de papier.

— Vous ne m'avez pas entendue ? Il a l'intention de te tuer, Boyd.

— Concrètement, cela ne change rien, répondit-il calmement. Dans la mesure où je suis là pour te protéger, il est obligé d'en passer d'abord par moi, dans tous les cas de figure.

Cilla explosa.

— Cela change tout, au contraire. *Tout.* Tu ne comprends donc pas ? Ce n'est pas après le flic qu'il en a mais après l'homme. Il faut absolument qu'un autre inspecteur prenne ta place, Boyd. Tant que cette histoire ne sera pas terminée, je ne veux plus te voir.

Boyd écrasa un gobelet en plastique entre ses doigts et le jeta à la corbeille.

— Ne sois pas ridicule.

— Je ne suis pas ridicule... Althea, s'il te plaît, parle-lui. Toi au moins, il t'écoutera.

La coéquipière de Boyd avait pâli. Un lourd silence tomba au terme duquel Althea secoua lentement la tête.

— Je crains que Boyd n'ait raison, Cilla. Au point où il en est, il ne peut plus reculer.

La gorge nouée par la terreur, Cilla se leva d'un bond.

— O.K. Je veux voir votre commissaire. Je vais lui dire que nous couchons ensemble.

— Assieds-toi, intervint Boyd avec une fermeté telle qu'elle retomba sans un mot sur sa chaise. Ta démarche ne servirait à rien, Cilla. Même si tu obtenais gain de cause, je démissionnerais de la police sur-le-champ.

Elle tressaillit.

— Je ne te crois pas.

— Essaye si tu veux. Tu verras.

Son calme effara Cilla. Il était inébranlable. « Comme un mur », songea-t-elle, atterrée. Jamais elle n'obtiendrait quoi que ce soit en opposant sa volonté à la sienne.

— Boyd, s'il te plaît, une fois dans ta vie, essaie de comprendre… Je deviendrais folle s'il devait t'arriver quelque chose.

— Je comprends. Songe simplement que je suis tout aussi vulnérable en ce qui te concerne.

— Vulnérable, oui. C'est justement ce qui me fait peur!

Renonçant à maintenir une façade, elle lui prit la main et la porta à sa joue.

— Pendant huit ans, je me suis demandé si ma mère n'aurait pas réagi différemment si un autre que mon père s'était trouvé dans cette pièce avec elle. Peut-être aurait-elle été plus vive, plus professionnelle. Je n'ai pas envie de passer le reste de ma vie à me poser la même question à ton sujet.

— Ta mère ignorait qu'elle était en danger. Moi, je suis prévenu.

— Rien de ce que je dirai ne te fera changer d'avis, n'est-ce pas? murmura-t-elle, anéantie.

— Non. Parce que je t'aime, Cilla. Et en attendant que tu veuilles bien l'accepter, il faudra commencer par me faire confiance.

Tête basse, elle retira la main qu'il tenait toujours dans la sienne et la laissa tomber sur ses genoux.

— Alors je suppose que la discussion est close?

— Pas tout à fait. Il reste John McGillis.

Boyd prit le dossier sur une pile. Elle était déjà très éprouvée nerveusement et il s'apprêtait à lui assener un coup supplémentaire. Mais ils avaient déjà perdu tellement de temps sur cette affaire que chaque seconde devenait précieuse.

— John McGillis? murmura Cilla en se massant les paupières.

— Il est mort.

— Mort?

Les yeux écarquillés, elle secoua la tête.

— Non, ce n'est pas possible! Il était encore si jeune. Vous devez confondre avec quelqu'un d'autre.

Boyd s'éclaircit la voix. L'homme en lui aurait voulu lui épargner cette épreuve; le policier savait qu'il n'avait pas le choix.

— Il s'agit bien du même McGillis. Et il s'est suicidé il y a environ cinq mois.

Le sang se retira du visage de Cilla.

— Oh, non... Oh, mon Dieu, non! Il avait menacé de le faire mais je ne l'ai pas cru une seconde...

— Il était très instable, Cilla. Ses premières consultations psychiatriques remontent à l'âge de dix ans et les problèmes n'ont jamais cessé depuis. Il souffrait de grosses difficultés relationnelles avec sa mère, ses amis. Et il avait déjà fait deux tentatives de suicide avant celle-ci.

Cilla ferma un instant les yeux. Elle paraissait à bout de force.

— Il s'est donné la mort juste après mon départ pour Denver, observa-t-elle d'une voix blanche. Il m'avait prévenue qu'il le ferait.

— C'était un garçon très perturbé, intervint Althea gentiment. Avant de fixer son dévolu sur toi, il avait eu une petite amie. Lorsqu'elle a rompu, il a avalé un tube de barbituriques. Une tentative de suicide qui s'est soldée par un long séjour en clinique psychiatrique. Il n'était sorti que depuis quelques semaines lorsqu'il a commencé à s'intéresser à toi.

Cilla joua nerveusement avec la bride de son sac.

— J'ai été cruelle avec lui. Vraiment cruelle. Mais je ne voyais plus d'autre recours possible. Je pensais qu'il me détesterait pendant quelque temps, mais que ça l'aiderait à tourner la page et à reporter son affection sur une fille qui ne serait pas un fantasme. Mais... mais cela n'arrivera pas. Tout est fini pour lui.

— Ecoute, Cilla, je ne vais pas te dire que ce n'est pas ta faute car tu le sais déjà, déclara Boyd d'un ton délibérément neutre. Tu n'étais qu'un prétexte.

Elle frissonna.

— Vous êtes sans doute habitués. Mais la mort n'a jamais été facile à accepter pour moi.

— La mort n'est facile pour personne, Cilla, dit-il en ouvrant le dossier. Mais notre seule priorité pour le moment est de trouver le lien entre McGillis et l'homme que nous recherchons.

Cilla hocha lentement la tête.

— Vous croyez vraiment que c'est à cause de John que je suis menacée aujourd'hui?

— A l'évidence, oui. Et maintenant, essaye de te souvenir... Venait-il parfois chez toi avec d'autres personnes? T'a-t-il parlé de ses proches? de ses amis?

— Il venait toujours seul… Et les rares fois où on se voyait, il m'entretenait surtout de ses sentiments pour moi. Il n'est pas rare, en fait, qu'un auditeur fantasme ainsi sur un animateur radio. Il m'a fallu un certain temps pour me rendre compte que, chez John, ça prenait des proportions un peu inhabituelles.
Boyd hocha la tête en griffonnant des notes.
— Continue.
— Peu à peu, ses petits mots sont devenus plus personnels. Mais ils restaient plus émotionnels que sexuels à proprement parler. La seule fois où son comportement a été un peu limite, c'est le jour où il m'a montré son tatouage. Il s'agissait d'un dessin assez horrible : deux couteaux, aux lames croisées. Je lui ai dit que je trouvais dommage de se marquer ainsi le corps pour la vie. Ma remarque l'a mis en colère. Je crois que c'était une sorte de signe de reconnaissance entre son frère et lui, ou un truc comme ça.
— Son frère ? releva Boyd.
— Son frère, oui.
— Il n'en avait pas.
Cilla cessa de se tordre les doigts et fronça les sourcils.
— C'est bizarre. Il me semble qu'il m'a parlé de lui à plusieurs reprises, pourtant.
— Il a mentionné son nom ? s'enquit Boyd d'une voix tendue.
Elle secoua la tête.
— Non, jamais. Il m'a simplement dit qu'il vivait en Californie. Et qu'il aurait bien voulu que je fasse sa connaissance… Tu crois qu'il avait inventé ce frère ?
— Pas vraiment, non, rétorqua Boyd en regardant tour à tour Cilla et sa coéquipière. Je doute que l'homme qui te menace tous les jours au téléphone soit un pur produit de l'imagination de feu John McGillis.

11.

Le sang martelait douloureusement les tempes de Cilla. Tout s'était précipité en quelques heures : l'appel de X, les accusations de Nick, le souvenir douloureux qu'avait suscité la vue du commissariat, puis la nouvelle du suicide de John McGillis.

Au milieu de ce champ de ruines, une seule aspiration vague surnageait encore : avaler deux somnifères et sombrer dans un sommeil comateux. Cilla était au bout du rouleau. K. O... Finie... Lorsque Boyd pénétra chez elle à sa suite, elle n'ouvrit même pas la bouche pour protester. A quoi bon élever la voix alors que ses arguments n'avaient aucun impact sur lui ? Pas plus qu'elle n'était parvenue à le persuader qu'elle et lui ne vieilliraient pas ensemble, elle ne réussirait à le convaincre de renoncer à cette affaire. Alors que, dans les deux cas, elle ne cherchait qu'à le protéger.

Se dirigeant vers la cuisine, elle sortit trois cachets d'aspirine extra-forte d'un tube et les avala avec un grand verre d'eau. Boyd assista à l'opération sans faire de commentaire. A pas lents, elle marcha jusqu'à la fenêtre et vit deux jonquilles sur le point de fleurir. Son cœur se serra devant cette fragile promesse printanière.

— Tu as mangé ? questionna la voix de Boyd derrière elle.

— Je ne sais plus. Mais je n'ai pas faim, de toute façon.

Croisant les bras sur la poitrine, elle repéra un soupçon de vert sur les branches nues des arbres et se demanda combien de temps il faudrait aux feuilles pour se déplier, grandir et offrir leur ombre.

Les mains de Boyd vinrent se poser sur ses épaules et esquissèrent un mouvement de massage. Les yeux rivés sur le jardin, elle se mit à parler, d'une voix qui lui parut lointaine, détachée, presque désincarnée :

— Tu sais que je commençais à m'attacher à cet endroit ? Et pas seulement à la maison. C'est la première fois que je me plais quelque part depuis que j'ai quitté la Géorgie. Je n'avais pas vraiment conscience d'un manque, pourtant. Il a fallu que j'arrive ici pour m'apercevoir que j'avais envie de poser mes valises, de me fixer.

— Ce n'est pas toujours lorsque l'on cherche que l'on trouve, observa Boyd.

Cilla comprit qu'il parlait d'amour. Son cœur battit plus vite.

— Parfois, le ciel est si bleu ici que cela fait presque mal aux yeux de le regarder. Et tu peux te trouver en plein centre à l'heure de pointe et voir quand même les montagnes. J'aimerais faire « mon trou » dans cette ville, Boyd. Y trouver une petite place.

— Ta place ici, tu l'as déjà, murmura-t-il en la faisant pivoter vers lui.

Elle posa la tête contre sa poitrine.

— Je ne sais pas s'il existe un endroit au monde où je pourrai me sentir en paix si la peur doit continuer à me hanter.

Rejetant la tête en arrière, elle lui caressa le visage. Lentement, avec attention, comme si ses doigts étaient pourvus de mémoire et cherchaient à fixer ses traits.

— Je ne parle pas seulement de Denver, en fait. Je pensais aussi à toi… à ma place dans ta vie. Je tiens à toi comme je n'ai jamais tenu à personne, hormis Deborah. Mais je sais que cela ne suffit pas.

— Tu te trompes, chuchota Boyd en effleurant ses lèvres des siennes. C'est juste assez. Juste ce qu'il faut.

Découragée, elle secoua la tête.

— Voilà. Ça recommence… Tu ne m'écoutes pas.

— Oh, mais si, je t'écoute. Ce qui ne veut pas dire pour autant que je sois toujours de ton avis.

— Je ne te demande pas d'être de mon avis, mais d'accepter ce que je suis, chuchota-t-elle, le regard noyé dans le sien.

— Je t'accepte plus que tu ne peux l'imaginer, Cilla. Exactement telle que tu es. Quand cette histoire sera réglée, nous pourrons reparler à loisir de ce que l'amour vrai comporte d'acceptation mutuelle.

— Quand cette histoire sera réglée, tu seras peut-être mort.

Sur une impulsion, elle s'agrippa à sa chemise.

— Boyd… Tu t'es mis en tête de m'épouser, n'est-ce pas ? Si je te promets de devenir ta femme, feras-tu en sorte qu'un autre inspecteur soit affecté sur cette affaire ? Et me jureras-tu de te retirer dans ton chalet jusqu'à ce que X ait été démasqué et arrêté ?

Le visage de Boyd se ferma.

— Tentative de corruption sur un agent de l'Etat, O'Roarke ?

— Je ne plaisante pas.

— Je sais. Et c'est bien ce que je te reproche, dit-il avec amertume.

— Je t'épouserai en mon âme et conscience, Boyd. Et je ferai l'impossible pour essayer de te rendre heureux.

Il l'écarta presque avec rudesse.

— Parce que tu crois vraiment que je pourrais passer ce genre de marché, O'Roarke ? s'indigna-t-il en enfonçant les mains dans les poches. Mais qu'est-ce que tu t'imagines, merde ? Le mariage est un engagement, pas un outil de négociation ! La prochaine étape, ce sera quoi ? Un enfant si j'accepte de changer de profession ? Si tu réussis à construire un couple et une famille sur de pareilles bases, je te tire mon chapeau !

Honteuse, elle porta les mains à ses joues brûlantes.

— Je suis désolée, Boyd. Désolée… Je n'aurais pas dû… Mais je ne peux pas m'empêcher de penser aux menaces qu'il a proférées contre toi. Et s'il devait t'arriver quelque chose… ce serait pire que de mourir, admit-elle dans un murmure.

— Je suis là, Cilla. A ton côté et jusqu'au bout.

Avec un léger sanglot, elle l'attira tout contre elle et posa les lèvres dans son cou.

— Ne te mets pas en colère, d'accord ? Je ne suis pas en état de soutenir dignement le combat.

Les bras de Boyd vinrent se glisser autour de sa taille.

— Bon, ça va pour cette fois. On reprendra les armes plus tard.

Plus tard ? Cilla frissonna. Elle n'avait pas le courage de penser au-delà de l'instant présent.

— Viens, chuchota-t-elle. Fais-moi l'amour.

Main dans la main, ils montèrent au premier étage. Cilla ferma la porte de la chambre et donna un tour de clé pour exclure le reste du monde. Le soleil entrait à flots par la fenêtre, mais elle n'éprouva pas le besoin de tirer les rideaux. Avec Boyd, elle n'aspirait ni à l'ombre ni au secret.

Deux jours auparavant encore, elle aurait eu peur. Peur de se tromper de gestes ; peur d'en faire trop ou pas assez. Mais Boyd lui avait montré qu'il suffisait de tendre la main et d'accepter le partage.

Ils se déshabillèrent en silence. Sans se toucher. Elle voulait le regarder d'abord. Se remplir les yeux de lui : le soleil dans ses cheveux, la texture de sa peau, la beauté des lignes de son corps.

Boyd ne fit pas un geste. Il attendit qu'elle vienne à lui, lèvres entrouvertes pour nouer les bras autour de son cou. Elle murmura son nom en joignant sa bouche à la sienne. « Il est ma terre d'asile, mon seul lieu d'ancrage, ma patrie secrète. » Timide, encore inconsistante, la pensée s'éveillait en elle, prenait forme comme il l'accueillait contre lui. Elle aimait la force de ses bras, la tendresse de ses mains, la générosité de ses gestes. Des larmes brûlèrent ses paupières tandis qu'elle laissait l'élan de leurs baisers l'emporter.

Le studio, ce soir-là, apparut à Cilla comme un univers presque étranger. Assise devant sa console de mixage, elle regardait fixement les commandes familières. Son corps comme son cerveau fonctionnaient au ralenti. Elle se sentait lasse, inquiète, et attendait la fin de l'émission avec impatience.

Boyd lui avait annoncé qu'il partait pour Chicago avec Althea le lendemain. Tant mieux. Tant qu'il serait loin, elle aurait le cœur presque tranquille. Cilla sentait confusément que la phase d'attente et de menaces touchait à sa fin, que X guettait dans l'ombre, tout près, déterminé à frapper.

Et elle n'espérait qu'une chose : qu'il se manifeste en l'absence de Boyd. La police se chargerait de la défendre. Et elle n'aurait à s'inquiéter que pour elle-même. Boyd avait raison sur un point : elle ne se sentait pas coupable du suicide de John. Mais elle portait sa part de responsabilité. Et la fin tragique de cette jeune vie gâchée la remplissait de tristesse.

Etrangement, elle n'avait plus vraiment peur pour elle-même. C'était pour Boyd qu'elle tremblait ; c'était Boyd qu'elle voulait protéger.

— Hé ho, la DJ! Tu piques du nez, commenta-t-il avec l'ombre d'un sourire.

Elle se secoua.

— A moitié seulement.

Minuit approchait. La station de radio avait été fermée pour la nuit. Ils étaient seuls jusqu'à la fin de l'émission.

— Puisque Deborah passe la nuit chez une amie, je t'invite à dormir chez moi. Je te ferai écouter ma collection de disques de Miles Davis, proposa Boyd en se levant pour s'étirer.

Elle feignit l'ignorance :

— Miles qui?

— O'Roarke...

Le voir sourire lui fit du bien.

— Bon d'accord, j'écouterai Miles machin-chose si tu réponds correctement à trois questions.

— Pas de problème.

Elle ouvrit le micro, présenta rapidement un morceau avant de se tourner vers lui.

— Quel était le premier groupe britannique à faire une tournée aux Etats-Unis?

— Ha, ha! Une question piège! Les Dave Clark Five. Les Beatles ne furent que les deuxièmes.

Cilla lui donna une bourrade amicale.

— Pas mal pour un amateur, Fletcher. Et maintenant, quel fut le dernier chanteur à se produire au festival de Woodstock?

— Facile. Jimi Hendrix.

— Bon... Tu t'en tires bien jusqu'ici, commenta-t-elle. Mais maintenant, attention. *Horses*... Patti Smith. Quelle année?

— Mmm... 74?

Cilla triompha.

— Faux! 75. Tant pis pour toi, mon vieux. Tu vas être obligé de venir chez moi pour subir une rétrospective complète des Rolling Stones.

Comme elle bâillait à s'en décrocher la mâchoire, Boyd se mit à rire.

— A mon avis, tu seras endormie avant la fin du premier album. Tu veux que j'aille faire un peu de café?

209

— Voilà ce que j'appelle une proposition honnête.

Boyd se leva, lui ébouriffa les cheveux et passa dans le couloir. Nick Peters ayant déserté le navire, il ne restait plus personne, dans cette fichue station, pour préparer le dernier café du soir. Il regarda l'heure à sa montre. Plus qu'un quart d'heure avant l'ouverture du standard. Bien décidé à rejoindre Cilla avant le début des appels, il vérifia rapidement que toutes les portes étaient fermées et qu'aucune autre voiture que la sienne ne se trouvait sur le parking. Rassuré sur ce point, il rinça la cafetière.

L'enquête tirait à sa fin, par chance. A présent qu'ils tenaient la piste McGillis, trouver le frère « spirituel » de John ne serait plus qu'une question de jours. Peut-être d'heures. Pour Cilla, ce serait une délivrance. Il avait hâte de voir l'ombre de la peur disparaître de son regard.

Boyd ajouta une mesure supplémentaire de café moulu et mit la cafetière en marche. Un haut-parleur diffusait l'émission en sourdine. Il ne put s'empêcher de sourire en entendant les accents rauques et troublants qui passaient si bien à l'antenne. Dès le début, il avait été affecté par sa voix. Sans imaginer que la femme qui se cachait derrière bouleverserait son existence à jamais !

Dès que X serait mis hors d'état de nuire, il l'emmènerait passer une semaine à la montagne. Ils avaient grand besoin de vacances l'un et l'autre. Alerté par un bruit léger dans le couloir, Boyd pivota sur lui-même et tendit l'oreille. Craquement d'une latte ? Bruit de pas ? Sortant son arme, il s'avança sans bruit jusqu'à la porte et inspecta le couloir. Rien.

Bon. C'était sans doute la tension accumulée qui commençait à lui jouer des tours. Sans rengainer son revolver pour autant, il fit un pas supplémentaire et se retrouva... dans le noir total. L'éclairage de sécurité venait de s'éteindre dans le couloir.

Jurant tout bas, Boyd leva son arme. La musique continuait à sortir du haut-parleur au-dessus de lui et il vit que le studio était toujours éclairé. *Cilla*, hurla une voix en lui. Le dos au mur, il se déplaça latéralement dans sa direction.

Il n'était plus qu'à quelques mètres lorsqu'il entendit un glissement léger derrière lui. Se retournant d'un bond, il vit la porte du cagibi s'ouvrir.

Le couteau, en revanche, il n'eut même pas le temps de l'apercevoir.

Les sourcils froncés, Cilla jeta un coup d'œil à la pendule. Boyd en mettait du temps pour préparer deux tasses de café !

— Il est 11 h 52, mes oiseaux de nuit, et la température extérieure atteint péniblement les six degrés. Vous écoutez Cilla O'Roarke sur Radio KHIP. Si des envies de rock vous démangent, précipitez-vous sur vos téléphones car minuit approche et j'accéderai bientôt à tous vos désirs... musicaux, bien entendu.

Cilla ferma le micro et retira ses écouteurs. Elle fredonna tout bas en vérifiant le déroulement de l'émission sur le conducteur. Une pub. Le bulletin d'informations à minuit précises. Parfait. Elle s'écarta de la console pour préparer le segment suivant et se figea en voyant que le couloir derrière elle était plongé dans l'obscurité. Un brusque afflux de sang lui monta à la tête. Si les lumières étaient éteintes, l'alarme ne fonctionnait sans doute pas non plus...

X était dans la place.

Le front couvert d'une sueur glacée, elle agrippa le dossier de sa chaise. Il n'y aurait pas d'appel ce soir : X, fidèle à ses promesses, était venu en personne. Cilla voulut crier mais le hurlement s'étrangla dans sa gorge. *Boyd...* Il avait dit que Boyd serait sa première victime. Propulsée par un nouvel élan de peur, elle se rua vers la porte.

— Boyd ?

L'ombre qui se détacha lentement de l'obscurité n'était pas la sienne. La gorge serrée par la terreur, elle fit un pas en arrière.

— Où est Boyd ? Qu'avez-vous fait de lui ? demanda-t-elle en reculant jusqu'à la porte du studio.

L'homme s'avança et Cilla faillit s'évanouir de soulagement.

— Mon Dieu, c'est vous. J'ignorais que vous étiez ici. Je croyais que tout le monde était parti.

— Il n'y a plus personne, en effet, répondit-il en se plaçant en pleine lumière.

Le sourire qu'il lui adressa alors figea de nouveau son sang dans ses veines. Il tenait un couteau. Un couteau de chasse. Et la lame était tachée de sang. Elle voulut hurler mais il secoua la tête.

— Inutile de crier. Nous sommes seuls, toi et moi, Cilla. Le flic ne peut plus rien pour toi maintenant. Il y a longtemps que j'attendais ce moment.

Le sang sur la lame… *Boyd*. La douleur anéantit la peur. Elle le regarda sans crainte, presque avec indifférence.

— Pourquoi, Billy ?

— Tu as tué mon frère.

Elle secoua la tête en reculant dans le studio.

— John ? Je le connaissais à peine.

— Tu mens. Il t'aimait.

Billy s'avança, les yeux fixes, la lame pointée sur elle. Il était pieds nus et portait seulement un pantalon de camouflage. Ses cheveux grisonnants étaient dissimulés sous une cagoule. Même s'il s'était noirci le visage et la poitrine, elle reconnut aussitôt les deux couteaux tatoués sur son cœur. Elle avait vu les mêmes sous la chemise de John McGillis.

— Tu avais promis de l'épouser. Il me l'a dit.

— Il a mal compris, protesta-t-elle avec lassitude.

Le visage de Billy se crispa et la main avec le couteau fendit l'air. Avec une exclamation sourde, Cilla se rejeta en arrière. Sa chaise se renversa et elle se retrouva acculée contre la console.

— N'essaie pas de me mentir, catin. Il m'a raconté comment tu l'as séduit. Il était encore trop jeune pour savoir ce que valent les filles comme toi. J'aurais dû le protéger comme je l'ai toujours fait. John était bon. Trop bon pour toi.

Billy s'essuya les yeux avec la main qui tenait le couteau et sortit un revolver. Il tira et une balle s'enfonça dans une latte de bois, juste au-dessus de l'écran de contrôle. Les deux mains pressées sur la bouche, Cilla étouffa un cri.

— Il m'a expliqué comment tu lui avais menti, comment tu l'avais trompé, comment tu t'étais jetée à sa tête.

— Je n'ai jamais eu l'intention de lui faire du mal.

Calme. Elle devait rester calme. Boyd n'était peut-être que blessé. Et s'il avait besoin de secours, c'était à elle d'obtenir de l'aide. D'une main, elle tâtonna dans son dos jusqu'à ce que ses doigts rencontrent le micro. Elle l'ouvrit sans cesser de soutenir son regard.

— Je vous jure que je ne voulais que du bien à votre frère, Billy.

— Tu mens! hurla-t-il en lui fourrant le couteau sous la gorge. Tu ne t'es jamais intéressée à lui. Tu l'utilisais, c'est tout. Les femmes comme toi sont des bouffeuses d'hommes, des vampires.

— J'avais de l'affection pour John, protesta-t-elle dans un effort désespéré pour relancer la conversation.

Billy émit un rire torturé et la lame s'enfonça de quelques millimètres dans sa chair. Elle sentit un filet de sang tiède dégouliner le long de son cou.

— C'était... c'était un garçon très sensible. Il tenait beaucoup à vous, Billy.

Le couteau trembla dans sa main mais il écarta légèrement la lame. Cilla respira.

— John, je l'aimais, murmura Billy. C'est le seul être qui ait jamais compté dans ma vie. Je me suis toujours occupé de lui.

— Je sais.

Elle humecta ses lèvres desséchées et fit un effort surhumain pour ne pas se mettre à pousser des hurlements hystériques. Quelqu'un allait nécessairement venir en entendant ce qui se passait à l'antenne. Elle n'osait pas tourner les yeux vers le téléphone où les voyants clignotaient frénétiquement. Le regard de Billy se fit pensif :

— John n'avait que cinq ans lorsque j'ai été placé dans sa famille. C'est pour lui que je suis resté chez eux jusqu'à dix-huit ans. Même si nous n'avons vécu qu'un an et demi ensemble, nous étions frères. De vrais frères.

— Vous étiez proches, oui, acquiesça Cilla doucement.

— A dix-huit ans, je me suis enrôlé dans l'armée. Quand j'avais des permissions, John se sauvait de chez lui pour me voir en cachette. Sa vieille vache de mère le lui interdisait. J'étais de la mauvaise graine, selon elle. Mais j'étais heureux à l'armée. Et John aimait bien mon uniforme. Et puis ils nous ont envoyés au Viêt-nam... J'étais sûr que j'allais crever sur place. En fin de compte, j'ai seulement perdu une jambe et le sommeil à tout jamais. Mais au retour, ça a été pire.

Tout le monde nous haïssait. Mais pas John. John m'admirait; il était fier de moi. On se comprenait, tous les deux.

— C'était votre frère, murmura Cilla.

Pour toute réponse, Billy fit feu et une balle vint se loger au-dessus de la console, envoyant voler une rangée de bandes enregistrées.

— Mon frère, oui. Deux fois, ils ont essayé de l'enfermer. C'était un poète et ils le traitaient comme un malade.

Une sueur glacée se cristallisa sur le front de Cilla. Elle respirait à peine.

— Au bout de quelques années, je suis parti en Californie pour trouver du boulot. John devait me rejoindre. Je comptais louer une maison pas trop loin de la mer où il pourrait écrire ses poésies. Et puis il t'a rencontrée.

Le voile pensif qui avait obscurci le regard de Billy se déchira, laissant place à l'éclat meurtrier de la haine.

— Il n'était plus question de venir me retrouver en Californie, du coup. Il n'y en avait plus que pour toi. J'ai reçu des dizaines et des dizaines de lettres où il me racontait tout. Un jour, il m'a appelé pour m'annoncer que vous aviez fixé la date du mariage à Noël.

Médusée, Cilla secoua la tête.

— Il n'a jamais été question que je l'épouse, Billy. Il était très jeune encore et il me prenait pour quelqu'un que je n'étais pas. Je regrette du fond du cœur qu'il ait perdu la vie. Mais je ne suis pas responsable de sa mort.

Le visage de Billy se convulsa.

— Tu l'as tué. Toi et toi seule. Et tu vas payer.

La lame du couteau glissa sur sa joue.

— Je ne peux pas vous empêcher de me tuer et je n'essayerai même pas. Mais au moins dites-moi ce que vous avez fait de Boyd…

Billy eut un sourire absent, empreint d'une terrifiante douceur.

— Le flic ? Je l'ai tué.

— Je ne vous crois pas.

Toujours avec la même expression débonnaire, Billy leva le couteau pour observer la lame à la lumière.

— Il est mort et bien mort. Ça a été moins difficile que dans mes souvenirs. J'ai fait vite, tu comprends. Lui ne méritait pas de souffrir. Mais toi… toi tu vas vraiment le sentir passer, catin. Tu te souviens de ce que je vais te faire, hein ? Tu te souviens ?

— Si vous avez tué Boyd, chuchota-t-elle, c'est comme si j'étais déjà morte.

De nouveau, il approcha la pointe du couteau de sa gorge et y traça un léger trait de sang.

— Je veux que tu me supplies, que tu demandes pardon à genoux pour ce que tu as fait à John.

— Faites-moi ce que vous voulez, chuchota Cilla. Ça n'a plus d'importance.

Elle ne sentait plus rien. Ni la morsure de la lame ni même la douleur. De loin, comme d'un autre monde déjà, elle perçut le hurlement des sirènes. Ils arrivaient, mais il était trop tard. Boyd était mort. Son regard croisa celui de Billy. Il avait mal, tellement mal, lui aussi. Elle comprenait sa souffrance et même sa folie. Ils étaient deux à avoir perdu la personne qu'ils aimaient le plus au monde.

— Je suis désolée, murmura-t-elle, se préparant à mourir.

Avec un hurlement de frustration et de rage, Billy la frappa au visage avec le manche du couteau. Elle s'effondra sous le choc, avec l'impression que sa tête venait d'éclater. Elle serait restée à terre si elle n'avait pas vu la silhouette de Boyd se découper en vacillant dans l'encadrement de la porte.

En l'espace d'une fraction de seconde, sa vision s'éclaircit, ses forces lui revinrent. Vivant. Il était vivant. Avec un cri de terreur, elle vit Billy diriger son arme sur Boyd. Se levant d'un bond, elle se jeta sur lui et ils s'écroulèrent à même le sol. Les yeux de Billy brûlaient d'une rage meurtrière. Elle le supplia alors, comme il avait rêvé qu'elle le supplierait. Mais en luttant pour sa vie et pour celle de l'homme qu'elle aimait.

Boyd tomba à genoux et faillit lâcher son arme. A travers le brouillard rouge devant ses yeux, il vit le couteau se lever, dessiner un arc meurtrier. Il voulut hurler mais il n'en avait plus la force. Faisant un ultime effort, il tira.

Cilla sentit Billy se contracter violemment puis retomber dans un soubresaut. Elle le repoussa aveuglément et vit Boyd, à genoux, tenant son revolver à deux mains. Derrière lui, Althea venait de s'immobiliser, livide, son arme braquée sur la forme inerte de Billy. Avec un cri étouffé, Cilla se leva et courut vers Boyd au moment où il s'effondrait à terre.

— Non… oh, non! sanglota-t-elle en couvrant son corps du sien. Boyd… Boyd, tu m'entends?

Les larmes ruisselant sur son visage, elle repoussa les cheveux qui lui tombaient sur les yeux et palpa sa poitrine et ses flancs.

— Il saigne, Althea…

Le visage de l'inspecteur Grayson paraissait taillé dans le marbre.

— Je sais, répondit-elle d'une voix blanche. L'ambulance arrive.

Cilla arracha sa chemise et l'appliqua contre la plaie pour contenir l'hémorragie. A genoux, aveuglée par les larmes, elle se pencha sur ses lèvres.

— Je ne le laisserai pas mourir, murmura-t-elle.

Son regard croisa celui d'Althea.

— Nous serons deux à mener ce combat, murmura la coéquipière de Boyd d'une voix sourde.

12.

Ensuite tout était devenu très confus. Il y avait eu beaucoup de bruit, d'agitation, et d'innombrables visages...

Alors que Cilla faisait les cent pas dans la salle d'attente, la scène continuait à se répéter inlassablement dans son esprit. Dans le grand silence de l'hôpital, elle entendait encore la cacophonie des sirènes, les hurlements, les ordres qu'on criait. Les ambulanciers étaient venus et lui avaient arraché Boyd de force. Dehors, sur le parking, Mark l'avait tenue dans ses bras lorsqu'elle était passée de la frénésie hystérique au grand silence de l'état de choc. Jackson, ferme et rassurant, lui avait fait boire de la tisane pendant que Nick était venu lui prendre les mains en balbutiant des paroles d'excuses.

Il y avait eu beaucoup d'inconnus aussi. Ses auditeurs fidèles s'étaient précipités en masse vers la station lorsqu'ils avaient entendu le drame se dérouler en direct sur leurs postes. Deborah était arrivée peu après, en larmes, se frayant un chemin à travers la foule des curieux pour la prendre dans ses bras et s'inquiéter de ses blessures.

Cilla souleva sa main bandée et la porta à son front. Elle n'avait même pas senti la morsure de la lame pendant la courte lutte qui l'avait opposée à Billy. Ses plaies n'étaient qu'égratignures mais son cœur était comme saigné à blanc. D'après ce que lui avait dit Althea, Boyd vivait toujours, même s'il avait perdu beaucoup de sang. Mais son destin se jouait à l'instant même sur la table d'opération.

Et elle ne pouvait rien pour lui. Rien. Juste arpenter la moquette fatiguée et attendre... Althea, pâle et silencieuse, n'avait pas bougé de sa chaise. Deborah se leva pour venir passer les bras autour de ses épaules.

— Tu ne veux pas t'allonger un instant, Cilla ?

Elle effleura la joue de sa sœur.

— Non, il faut que je bouge, sinon je vais devenir folle. Je n'arrête pas de voir Boyd. Dans son chalet à la montagne. Assis avec son bouquin dans un coin du studio... Il était tellement calme. Tellement sûr de lui, de nous, de tout. J'ai essayé de l'éloigner de moi, mais il n'a rien voulu entendre. Et maintenant...

— Tu n'es pas responsable de ce qui lui est arrivé.

— S'il ne m'avait pas rencontrée, il n'en serait pas là.

— Boyd t'interdirait de te sentir coupable, Cilla !

Elle faillit sourire.

— Je n'ai jamais eu l'habitude de respecter ses interdits... Il m'a sauvé la vie, Deb. Mais si c'est au prix de la sienne, je ne m'en remettrai pas.

— Pour le moment, nous n'en sommes pas là, O.K. ? Boyd lutte pour la vie et nous devons y croire avec lui. Tu veux du café ?

— Juste une goutte, oui, merci.

Cilla s'immobilisa devant la fenêtre, regarda sans la voir la ville aux innombrables lumières se détachant sur le fond noir des montagnes. Ce fut Althea qui s'approcha pour lui tendre un gobelet de café déjà tiède.

— Merci.

Elle prit la boisson et oublia de la boire.

— C'est long, chuchota-t-elle.

— En principe, il devrait bientôt sortir du bloc opératoire.

Rassemblant son courage, Cilla chercha le regard de la coéquipière de Boyd.

— Je ne te demande pas de le croire, mais j'aurais fait n'importe quoi — n'importe quoi, tu m'entends ? — pour éviter qu'il lui arrive malheur.

Althea lui posa la main sur le bras.

— Je te crois... Tu vois, Cilla, dans un sens, j'aurais aimé pouvoir t'accuser d'être responsable de ce drame. Boyd est mon meilleur ami et je le considère comme ma seule famille. Je tremble pour lui et cela m'aurait soulagée de trouver un exutoire à ma colère. Mais je sais que tu n'es pas plus coupable que moi de ce qui lui est arrivé. Au contraire, même. Il est possible qu'en ouvrant le micro, tu lui aies sauvé la vie. Chaque seconde compte pour un blessé grave. En agissant comme tu l'as fait, tu as permis aux renforts d'arriver plus vite. Pense à ça, Cilla.

— Je pense surtout que c'est à cause de moi que Billy s'en est pris à lui.

— A cause de toi, vraiment? Ou à cause de la fable inventée par John McGillis? On pourrait accuser d'abord l'imagination malade de ce garçon. Et le système qui a fait qu'un Billy Lomus a été ballotté toute son enfance entre des familles toutes plus indifférentes les unes que les autres. Tu peux également reprocher à Mark de ne pas avoir contrôlé les références de Billy. Ou t'en prendre à Boyd et à moi parce que nous avons piétiné sur cette enquête. Des reproches, nous en méritons tous car nous sommes humains et faillibles.

Cilla allait répondre lorsqu'un homme en tenue verte de chirurgien entra dans la salle d'attente. Sa blouse était collée par la sueur et il paraissait exténué.

— Inspecteur Grayson?

— C'est moi, dit Althea.

Livide, Cilla chercha à déchiffrer le regard du chirurgien. Mais rien n'y transparaissait, hormis peut-être une pointe d'admiration très masculine pour une femme flic habillée comme une photo de couverture de *Vogue*.

— Je suis le docteur Winthrop. Vous êtes la coéquipière de M. Fletcher, je crois?

Althea acquiesça d'un simple signe de tête. Elle était livide. Sans même s'en rendre compte, Cilla chercha sa main et la serra fort dans la sienne.

— Votre collègue a eu de la chance. Si la lame avait frappé quelques millimètres plus à droite, vous ne l'auriez pas revu. Actuellement son état est toujours critique, mais le pronostic est bon.

— Il est vivant, murmura Cilla en luttant contre le vertige.

Le chirurgien tourna vers elle un regard préoccupé.

— Je suis désolé, madame. Vous êtes une parente, peut-être?

— Non, je suis... euh...

— Mlle O'Roarke est la première personne que Boyd souhaitera voir en se réveillant, trancha Althea. La famille de M. Fletcher a été avertie, mais ils sont en Europe et n'arriveront que dans quelques heures.

— O'Roarke... O'Roarke, répéta pensivement le chirurgien.

Son regard s'éclaira soudain. Il prit la main bandée de Cilla et l'examina d'un œil critique.

— Ça y est, j'y suis, dit-il. On m'a raconté toute l'histoire. Si vous étiez ma patiente, vous seriez couchée en ce moment, et sous tranquillisants.

— Je me porte très bien, merci.

Winthrop secoua la tête.

— Vous avez subi un choc grave, mademoiselle O'Roarke. Quelqu'un peut vous raccompagner chez vous ?

— Je ne rentrerai pas chez moi avant d'avoir vu Boyd.

— Cinq minutes alors. Mais pas une seconde de plus. Je vous ferai appeler dès qu'il sera sorti de la salle de réanimation. Mais il lui faudra bien huit heures avant de se réveiller de l'anesthésie.

— J'attendrai.

Le chirurgien haussa les épaules et partit se changer. Lorsque Cilla se tourna vers Althea, celle-ci luttait visiblement pour contenir son émotion.

— Il faut que j'aille appeler le commissaire, dit-elle d'une voix étranglée. Quand tu auras vu Boyd, reviens ici, d'accord ? J'aimerais le voir une minute ou deux, moi aussi.

— Bien sûr, murmura Cilla en l'entourant spontanément de ses bras. Oh, mon Dieu, il est vivant, Thea... vivant...

Le fait qu'elles pleuraient toutes les deux à chaudes larmes n'avait plus franchement d'importance. Elles demeurèrent un long moment enlacées. Avec un grand espoir au cœur.

Lorsque Althea sortit téléphoner, Cilla se tourna aveuglément vers la fenêtre. Deborah vint lui effleurer le bras.

— Il va s'en sortir, Cilla.

— Je sais... Mais j'ai besoin de le voir. De lui toucher la main.

— Tu lui as dit que tu l'aimais ?

Cilla fit non de la tête.

— Ce serait peut-être le moment de te lancer, non ?

Elle se mordit la lèvre.

— Je ne sais pas… je ne sais pas si je peux prendre le risque d'un engagement durable avec Boyd, Deb. Crois-tu que j'aurai la force de revivre une angoisse comme celle-ci une seconde fois ? De faire les cent pas dans des antichambres d'hôpital en me demandant si, cette fois-ci encore, il franchira le cap ? Ou ouvrir la porte, un jour, trouver son commissaire sur le pas de la porte et m'entendre dire : « Je regrette, madame, mais vous ne reverrez plus votre mari » ?

— Vivre, c'est accepter de prendre des risques, Cilla. Sinon, c'est la mort lente.

D'une main tremblante, elle repoussa les cheveux qui lui tombaient sur le front.

— Encore faut-il en avoir le courage, chuchota-t-elle avant de se tourner vers l'infirmière qui venait la chercher pour la conduire à l'unité de soins intensifs.

Elle longea les couloirs comme un automate, le cœur battant et la gorge sèche. En entrant dans le service, elle refusa de voir l'appareillage, les moniteurs, toute la machinerie terrifiante qui maintenait Boyd en vie. Délibérément, elle se concentra sur son visage. Il était si blanc encore. Mais *vivant*.

Elle saisit sa main inerte dans la sienne et la porta à ses lèvres.

— Pense à guérir maintenant, chuchota-t-elle en se penchant pour effleurer son front, ses lèvres, ses cheveux. Je serai là à ton réveil.

Malgré les protestations de Deborah, elle passa la nuit dans la salle d'attente. Toutes les heures, elle avait le droit de s'asseoir cinq minutes au chevet de Boyd, toujours sans connaissance.

A l'aube, une pâle lumière rosée se dessina aux fenêtres. L'infirmière de nuit partit, laissant la place à l'équipe de jour. Cilla assista au réveil de l'hôpital, entendit les voix joyeuses, les chariots dans les couloirs.

Elle consulta sa montre et se leva pour retourner à l'unité de soins intensifs. Alors qu'elle attendait devant la porte, elle vit un petit groupe de trois personnes se hâter dans le couloir. L'homme était de haute taille avec des cheveux argentés, un visage maigre, marqué par l'anxiété. Il tenait la main de son épouse qui pressait un mouchoir contre ses lèvres. La jeune femme qui les accompagnait était plus jeune. Leur fille, assurément… et la sœur de Boyd, comprit Cilla en croisant une paire d'yeux verts en tout point semblables aux siens.

— Nous venons voir Boyd Fletcher, dit la jeune femme à l'infirmière. On nous a dit que c'était possible.
— Deux personnes à la fois, seulement.

Ils se concertèrent quelques secondes, puis les parents pénétrèrent dans l'unité et la sœur de Boyd alla s'asseoir sur un banc. Cilla songea à se présenter mais ne parvint pas à émettre un son.

Ni elle ni la sœur de Boyd n'avaient cessé un instant de se tordre les mains en silence lorsque M. et Mme Fletcher ressortirent dix minutes plus tard.

— Dieu soit loué, Natalie, il a repris connaissance! annonça la mère de Boyd en rejoignant sa fille. Il est encore un peu groggy mais il nous a reconnus tout de suite. Il m'a même demandé ce que nous fabriquions ici à Denver, alors que nous étions censés faire du tourisme à Paris.

Les yeux de Mme Fletcher se remplirent de larmes et elle tapota ses poches avec impatience pour en extraire un mouchoir.

— Son chirurgien est en train de l'examiner, mais tu pourras le voir dans quelques minutes, assura-t-elle à sa fille.

Les yeux étincelant de joie, Natalie Fletcher se leva, glissa un bras autour de la taille de sa mère et attrapa son père de l'autre.

— Hourra! Il s'en est sorti!

— Heureusement qu'il a la peau dure, dit Mme Fletcher en rangeant son mouchoir. En ouvrant les yeux, il a demandé une certaine Cilla. Je ne crois pas que ce soit le nom de sa coéquipière.

Les jambes faibles, Cilla se leva.

— Je suis Cilla, annonça-t-elle, se sentant pâlir lorsque trois paires d'yeux se tournèrent vers elle. Je… je suis désolée. Boyd a été blessé alors qu'il tentait de me protéger… Je regrette, balbutia-t-elle.

— Excusez-moi, intervint l'infirmière de jour. L'inspecteur Fletcher vous demande, mademoiselle O'Roarke. Et il donne des signes d'agitation.

— Je vous accompagne, décréta Natalie en lui prenant le bras d'autorité.

Boyd reposait sur le dos, les paupières closes. Craignant qu'il ne se soit rendormi, Cilla posa la main sur la sienne. Mais au contact de ses doigts, il ouvrit aussitôt les yeux. Elle se força à sourire.

— Alors, Holmes ? Ça gaze ?

Le regard de Boyd glissa sur elle.

— Tu n'as pas été blessée ? demanda-t-il faiblement.

Cilla secoua la tête.

— Je me porte comme un charme. C'est toi qui es branché sur toute cette tuyauterie, Fletcher, lança-t-elle en lui caressant la joue avec toute la tendresse que ses paroles n'exprimaient pas.

Il mêla ses doigts aux siens.

— Tu m'as sauvé la vie, chuchota-t-elle. Je te revaudrai ça.

— J'y compte bien. J'exige des dédommagements conséquents. Et uniquement en nature.

— Nous verrons cela en temps utile, murmura Cilla, la gorge nouée. Ta sœur est ici, Boyd.

Natalie, qui attendait au pied du lit, s'approcha pour lui poser un baiser sur le front.

— Tu nous as fait une jolie frayeur, mon vieux. Tu n'aurais pas pu choisir une vocation simple et devenir un homme d'affaires aux dents longues, comme tout le monde ?

Boyd sourit.

— Je te laisse ce rôle. Il te va comme un gant… Tu as fait la connaissance de Cilla, apparemment ?

— Il y a environ cinq minutes.

— Sois gentille et fais-la dégager d'ici en vitesse, Nat.

Cilla tressaillit et se mordit la lèvre.

— Tu n'es pas obligé de me faire évacuer de force. Si tu ne veux pas de moi ici, je…

— Stop !

Boyd prit l'air stoïque qu'il adoptait si souvent avec elle et qui, stupidement, lui mit les larmes aux yeux.

— Tu as besoin de te reposer, Cilla. Après la nuit que tu as passée, tu devrais être dans ton lit.

Cilla réussit à sourire.

— Tu crois vraiment que tu peux continuer à exercer ta tyrannie sur moi, allongé sur le dos et sous perfusion ?

— Et comment. Embrasse-moi !

— Tu as de la chance que je sois de bonne humeur, sinon j'aurais attendu que tu me supplies, murmura-t-elle en se penchant sur ses lèvres.

En sentant la bouche de Boyd, vivante et chaude sous la sienne, Cilla comprit dans un sursaut de panique qu'elle allait craquer.

— Puisque tu tiens tant à me virer, je file, murmura-t-elle en se redressant. C'est bien gentil tout ça, mais j'ai une émission à préparer, moi.

— Hé... O'Roarke ?

— Mmm... ? dit-elle sans se retourner.

— Reviens vite.

Cilla courut hors de l'unité sans s'arrêter et alla se réfugier tout droit dans les toilettes pour femmes. Lorsque Natalie la rejoignit dix minutes plus tard, elle était recroquevillée par terre dans un coin et sanglotait à corps perdu. Sans un mot, Natalie prit une provision de serviettes en papier, en humidifia quelques-unes sous le robinet et s'assit à côté d'elle sur le sol carrelé, dans son ensemble haute couture.

Cilla se tamponna les yeux.

— Merci, murmura-t-elle. Je déteste pleurer.

— Moi aussi, admit Natalie en se mouchant à son tour. Je vous raccompagne chez vous.

— Non, merci. Je vais prendre un taxi.

— Pas question. Je vous dépose.

Cilla froissa la serviette en papier pour la jeter dans la poubelle et examina Natalie.

— Vous avez pas mal de traits communs avec votre frère, on dirait ?

— C'est ce qu'on raconte... Boyd m'a appris que vous alliez vous marier ?

— C'est ce qu'il raconte.

Avec un bel ensemble, les deux jeunes femmes éclatèrent de rire.

Pendant la semaine qui suivit, Cilla campa plus ou moins dans les couloirs de l'hôpital. A mesure que l'état de Boyd s'améliorait, cependant, leurs tête-à-tête se faisaient plus rares. Dans la chambre du malade, c'était un défilé constant de collègues, de connaissances et d'amis.

Au bout de quelques jours, lorsqu'elle fut entièrement rassurée sur son sort, Cilla commença à espacer ses visites et à s'esquiver sous différents prétextes.

Ce fut par Althea qu'elle finit par obtenir les détails de l'histoire de John McGillis et de Billy Lomus. Entre le grand adolescent et le petit garçon, il y avait eu d'emblée une complémentarité dangereuse où chacun alimentait les faiblesses de l'autre. La première tentative de suicide de John, à l'âge de dix ans, avait coïncidé avec le départ de Billy pour le Viêt-nam.

Lorsque Billy, mutilé et amer, était revenu des combats, John s'était sauvé de chez lui pour le rejoindre. Ils avaient été séparés, bien sûr. Mais ils avaient toujours réussi à maintenir un contact. Le suicide de John avait constitué l'élément déclencheur qui avait fait basculer Billy dans la folie.

— Il était dans un processus de décompensation paranoïaque, conclut Althea alors qu'elles se tenaient toutes deux sur le parking de l'hôpital. D'autres parleront de syndrome post-traumatique. Peu importe le terme.

Cilla hocha la tête.

— Toute cette semaine, je n'ai cessé de passer et de repasser cette histoire avec John McGillis dans ma tête en me demandant s'il n'y aurait pas eu moyen pour moi de procéder autrement. Mais, en toute honnêteté, je ne crois pas.

— Bon. Tu vas pouvoir commencer à laisser tout cela derrière toi, alors?

Cilla se força à sourire.

— Ce ne sera pas facile, mais je vais tenter de tourner la page, en effet. Avant de tracer un trait sur cet épisode, cependant, j'aimerais te remercier pour tout ce que tu as fait.

— Ce que j'ai fait? Rien de plus que mon boulot, en fait. Nous n'étions pas encore amies, à ce moment-là. Même si nous le sommes presque maintenant.

Cilla se mit à rire.

— Presque, oui.

— En tant que ta presque amie, j'aimerais te dire que je vous ai observés depuis le début, Boyd et toi. C'est assez difficile de déter-

225

miner si tu exerces ou non une action positive sur lui, mais je sais que Boyd t'aime et cela me suffit. Il te reste à décider, toi, si Boyd est l'homme qu'il te faut.

— Il pense qu'il l'est, murmura Cilla en regardant fleurir les premières primevères printanières dans la pelouse enfin reverdie.

Althea sourit mais ne réagit pas.

— Je monte le voir. Je suppose que tu en viens ?

— Je suis juste passée en coup de vent. Sa chambre était noire de monde, comme d'habitude.

— Mmm... C'est difficile de le voir seul, n'est-ce pas ? Tu as un message à lui faire passer ?

— Non, rien de spécial. Ah si, dis-lui d'écouter mon émission ce soir. Je tâcherai de lui trouver un petit air de banjo.

— Un petit air de banjo ?

— C'est cela. A un de ces quatre, Thea.

Althea la suivit des yeux et conclut une fois de plus que l'amour était décidément une drôle de maladie.

Au début, Cilla avait connu une certaine appréhension en retournant à la station. Mais ses réflexes professionnels avaient très vite repris le dessus. Les visions sanglantes avaient disparu peu à peu et dialoguer avec ses auditeurs était redevenu un plaisir.

Quand Nick entra ce soir-là pour lui proposer un café, elle ne fit pas un bond sur sa chaise, comme cela aurait encore été le cas deux semaines auparavant, mais elle se retourna calmement pour lui sourire. Le jeune stagiaire était revenu sur son mouvement d'humeur et Mark avait accepté de le reprendre à la station. Avec le retour de Nick, les longues soirées à Radio KHIP reprenaient leur rythme d'antan.

— Tu sais, Cilla, je suis vraiment désolé d'avoir été agressif avec toi, l'autre fois, déclara le stagiaire en lui tendant son café. Je suis d'autant plus ennuyé que j'ai appris toute l'histoire au sujet de Billy et de ce type de Chicago qui te harcelait...

— Tu n'as rien à voir avec un John McGillis, Nick, rassure-toi. Je suis ravie que tu sois revenu travailler ici. Et très flattée que tu aies eu un petit faible pour moi alors que tu fréquentais ma petite sœur qui est, elle, une beauté authentique!

— Deborah est super. Mais elle est trop intelligente pour moi.

Cilla éclata de rire.

— Merci. C'est très flatteur pour moi ce que tu dis là!

Avec un clin d'œil pour le stagiaire effondré, elle se pencha sur le micro et annonça son titre.

— Dis-moi, Nick, tu veux bien me faire passer la cassette de...

Tournant la tête, elle s'interrompit net en découvrant que la mère de Boyd se tenait à l'entrée du studio. Se levant d'un bond, elle faillit s'étrangler avec ses écouteurs.

— Madame Fletcher...

Nick marmonna une excuse et disparut avec un sourire en coin, laissant Cilla à son désarroi. La mère de Boyd était une femme mince, attirante, vêtue avec une grande recherche... et terriblement intimidante aux yeux de Cilla.

Elle épousseta son jean et lui trouva un aspect pas très net.

— Ainsi, c'est ici que vous travaillez? dit Mme Fletcher en examinant les posters aux murs d'un air dubitatif.

— Oui... Je vous ferais bien visiter, mais...

— Ne vous dérangez surtout pas, Cilla. Je sais que vous êtes en pleine émission. Mais comme je n'ai pas pu vous parler à l'hôpital ces derniers jours, j'ai voulu faire un saut ici pour vous dire au revoir.

— Vous partez? s'écria Cilla.

— Boyd est hors de danger et les affaires nous appellent... Vous avez traversé une épreuve terrible, Cilla, murmura-t-elle en prenant sa main blessée dans la sienne.

Elle haussa les épaules.

— C'est fini, maintenant.

La mère de Boyd examina la plaie dont les points de suture venaient d'être retirés.

— Certaines expériences laissent des cicatrices plus profondes que d'autres. Boyd m'a dit que vous alliez vous marier?

— Eh bien, je...

Cilla s'éclaircit la voix, se souvint tout à coup où elle était et se précipita sur son micro pour enchaîner sur un nouveau titre.

227

— Excusez-moi, madame Fletcher. Mais c'est l'heure de notre disque-mystère. Le gagnant remporte deux places pour le concert de Madonna à la fin du mois.

— Très intéressant, répliqua Mme Fletcher avec un sourire en tout point semblable à celui de Boyd. Mais nous parlions de vos projets de mariage.

— Eh bien, en fait, je n'ai jamais dit que... Excusez-moi.

Rouge de confusion, Cilla prit un appel, puis un second et un troisième. La voix de son quatrième candidat lui fut immédiatement familière.

— Salut, O'Roarke !

— Boyd... Je travaille.

— Oui. Et moi, j'appelle.

Boyd déclina sans faillir le nom du groupe, le titre et l'année. Cilla ne put s'empêcher de sourire, bien qu'elle sentît le regard de Mme Fletcher rivé sur elle.

— Pas mal, Holmes. Pas mal du tout. Je te mets tes places de concert de côté.

Le rire de Boyd s'éleva à l'autre bout du fil.

— Merci. Mais j'attends toujours mon air de banjo.

— Continue à écouter, Fletcher. C'est peut-être ton jour de chance.

Cilla prit une profonde inspiration, annonça au micro qu'ils avaient un gagnant et se tourna vers la mère de Boyd qui avait eu l'air d'apprécier l'intermède.

— Je suis vraiment désolée pour toutes ces interruptions, balbutia-t-elle en portant les mains à ses joues en feu.

— Oh, mais c'était très amusant d'entendre mon fils ainsi !

Cilla se passa la main dans les cheveux.

— Pour ce qui est du mariage, madame Fletcher...

— Appelez-moi Liz.

— D'accord... Je voulais juste dire que rien n'était vraiment décidé encore, admit Cilla, tête basse. Ne croyez pas que je m'amuse à faire marcher votre fils. Je respecte l'homme qu'il est et je ne lui demanderai jamais de changer. Mais je ne suis pas certaine de pouvoir vivre en paix...

— Parce qu'il est dans la police ? Vous craignez qu'il puisse disparaître comme c'est arrivé pour vos parents ?

Cilla contempla fixement ses mains jointes.

— En gros, cela revient à ça, oui.

— Je comprends que cela vous inquiète, commenta Liz doucement. J'ai peur pour lui, moi aussi.

Relevant la tête, Cilla chercha son regard.

— Et comment faites-vous pour rester si sereine ?

— Je l'aime. Et je respecte ses choix. Le décès de vos parents a été une tragédie. Mais ce drame n'était pas une fatalité ; il s'agissait d'un accident que rien ne justifiait a priori. J'ai très peu connu ma mère, moi aussi.

— Je suis désolée.

— Elle est morte lorsque j'avais six ans, d'une septicémie. Parce qu'elle s'était fait une minuscule coupure au doigt en taillant ses rosiers. La vie est ainsi faite, Cilla : un proche aimé peut nous être enlevé à tout moment. Personne n'est à l'abri d'une maladie, d'un accident. Mais ce serait vraiment triste que la peur nous empêche d'aimer.

La mère de Boyd lui effleura la joue.

— Il faut que je parte, maintenant. J'espère vous revoir bientôt.

Cilla la raccompagna jusqu'à la porte.

— Merci d'être venue, Liz.

Mme Fletcher sourit en contemplant le poster d'un chanteur de rock chevelu au sourire cynique.

— Tout le plaisir a été pour moi. Mais je crois que je garde une petite préférence pour Franz Liszt.

Cilla se surprit à sourire en déclamant au micro une pub pour la pizzeria Rocco, sur Larimer Street.

A minuit, à l'ouverture du standard, sa décision était prise.

— C'est Cilla O'Roarke qui vous parle sur Radio KHIP. Vous pouvez appeler dès maintenant pour me demander le titre de votre choix. Mais avant de commencer, j'aimerais passer un message personnel. Boyd, ce que tu vas entendre maintenant ne s'adresse qu'à toi. Pour ce qui est du banjo, je préfère le laisser à sa place, au fin fond d'un passé à jamais révolu. Je vais t'offrir ce soir un souvenir d'un type musical différent. Il s'agit d'un très vieux titre des Platters : *Only you*. J'espère que tu m'écoutes car je veux que tu saches que...

Pour la première fois en dix ans de carrière, Cilla s'étrangla à l'antenne.

— Désolée, mais ça a un petit peu de mal à sortir... Ce que j'aimerais dire, tout simplement, c'est que je sais maintenant que tu es le seul pour moi, Boyd. Et si ton offre tient toujours, je pense qu'il y a moyen de parvenir à un accord.

Elle envoya la chanson sur les ondes et écouta, les yeux clos. Puis, le cœur battant, elle commença à prendre ses appels. Le nom de Boyd était sur toutes les lèvres et il y eut quantité de plaisanteries et de questions. Mais pas de coup de fil de Boyd lui-même. Alors qu'elle avait eu la certitude qu'il se manifesterait.

— Si ça se trouve, il n'écoutait même pas! pesta-t-elle tout haut.

Alors qu'elle prenait enfin son courage à deux mains pour lui exprimer ses sentiments, Boyd trouvait le moyen de ne pas l'entendre. C'était à se taper la tête contre les murs!

Les deux heures qui suivirent furent une torture. Cilla se maudit mille fois d'avoir obéi à une impulsion aussi stupide. Elle s'était couverte de ridicule à avouer ainsi son amour devant la ville de Denver tout entière! Quant à Boyd Fletcher, il ne perdait rien pour attendre. C'était l'esprit de contradiction fait homme. Elle lui avait ordonné de partir et il était resté. Elle lui avait assuré qu'elle ne voulait pas l'épouser et c'était tout juste s'il n'avait pas déjà envoyé ses invitations. Et maintenant qu'elle lui demandait une chose toute simple : l'écouter à la radio, il s'arrangeait encore une fois pour faire tout le contraire!

— Pas mal, ta petite déclaration sur les ondes, commenta Jackson avec un large sourire lorsqu'il vint prendre la relève.

— La ferme, O.K.? Je ne suis pas d'humeur.

Jim s'installa à la console en fredonnant.

— Désolé.

Les mâchoires crispées, Cilla ouvrit son micro pour prendre congé de ses auditeurs.

— Si tu tiens à ta peau, tu t'abstiens de tout commentaire, aboya-t-elle en croisant le regard amusé de Jim.

— Ai-je dit quelque chose ? s'enquit le disc-jockey innocemment.

Jetant son blouson de cuir sur les épaules, Cilla sortit du studio au pas de charge. Tête basse, les mains enfoncées dans les poches, elle se dirigea vers sa voiture. Elle avait déjà la main sur la poignée lorsqu'elle découvrit que Boyd était assis sur le capot.

— Belle soirée, n'est-ce pas ? commenta-t-il aimablement.

— Boyd ! Bon sang, mais que fais-tu ici ?! Tu es fou ?

Toute colère envolée, elle courut se planter devant lui.

— Tu n'avais pas le droit de quitter l'hôpital ! Ta date de sortie officielle est pour après-demain !

— J'ai fait le mur. Viens ici.

— Boyd Fletcher ! Tu es là, en plein courant d'air alors qu'il y a deux semaines, tu balançais encore entre la vie et la mort. Tu veux me faire avoir une crise cardiaque ou quoi ?

Il l'attira en riant contre lui pour l'embrasser.

— De ma vie, je ne me suis senti aussi en forme.

— Grimpe immédiatement dans cette voiture, Fletcher. Je te reconduis à l'hôpital.

— A l'hôpital ? Merci bien. J'ai mieux à faire.

Il l'embrassa de nouveau. Si amoureusement que Cilla en eut le vertige. Elle soupira, laissant courir ses mains sur son visage et dans ses cheveux. C'était si extraordinairement bon de pouvoir le toucher de nouveau, de savoir qu'il était vivant, indemne et sien.

— Tu sais que ça fait une éternité que tu ne m'as pas embrassé, O'Roarke ? Ces chastes petits baisers à l'hôpital comptaient pour du beurre.

— Nous n'étions jamais seuls, protesta-t-elle.

— Parce que tu t'arrangeais toujours pour te sauver à temps. J'ai aimé ta chanson, au fait, murmura-t-il en pressant un baiser dans ses cheveux.

— Ma chanson ? Parce que tu écoutais ? s'exclama-t-elle en reculant d'un pas, les joues soudain en feu.

Boyd leva les yeux au ciel.

— Quelle question... Plus encore que la chanson, j'ai apprécié tes paroles. Tu peux les répéter maintenant ?

— Je...

Elle soupira et se mordilla la lèvre. Patient comme toujours, Boyd lui prit le visage entre les mains.

— Lâche le morceau, O'Roarke.

— Je t'aime, murmura-t-elle, très vite et non sans soulagement. Et arrête de rire, Boyd, parce que ce n'est pas drôle du tout. Et en plus, c'est ta faute, car je n'ai vraiment pas pu faire autrement que de tomber amoureuse de toi. Tu ne m'as pas laissé le choix un seul instant !

Il eut un large sourire.

— Je dois dire que je ne suis pas mécontent de moi, admit-il en l'entourant de ses bras. Tu as une voix absolument extraordinaire, Cilla. Et elle ne m'a jamais paru aussi belle que ce soir.

— J'avais une peur bleue de te faire cet aveu.

— Je sais.

— Mais, bizarrement, je ne me sens plus inquiète du tout. T'aimer me paraît presque naturel. C'est étonnant, non ?

— Pas du tout. Et pour répondre à ta question : oui, mon offre tient toujours, Cilla. Tu acceptes de m'épouser, alors ?

Elle prit son temps pour répondre. Pas par appréhension, mais pour le plaisir de savourer l'instant. Elle voulait mémoriser chaque détail : la lune était pleine, les étoiles brillaient dans le ciel pur. L'air avait une qualité de fraîcheur propre à ces régions et un léger parfum de fleurs flottait dans l'air.

— J'ai quand même une question à te poser au préalable, Boyd.

— Je t'écoute.

— On pourra réellement embaucher une cuisinière ?

Boyd éclata de rire et posa ses lèvres sur les siennes.

— Absolument.

— Alors, ça roule, Fletcher. Tu as gagné deux billets pour le concert de Madonna et une épouse en prime. Riche soirée, non ?

DEUXIÈME PARTIE

Mission à haut risque

1.

La nuit était son domaine. Il allait toujours seul, entièrement vêtu de noir, tous les sens aux aguets. Il se déplaçait sans bruit, masqué, ombre parmi les ombres, invisible dans les ténèbres murmurantes. Il sillonnait les quartiers difficiles, ne s'arrêtant que lorsque la nécessité de sa présence se faisait sentir. Dans la jungle fumante qu'était devenue la ville, il poursuivait sans faillir la mission qu'il s'était assignée. Nul ne le connaissait et il ne se réclamait d'aucune autorité. Il n'opérait que dans les allées sombres, les rues violentes, les coupe-gorge. Omniprésent, il lui arrivait aussi bien de sauter de toit en toit que de se tapir au fin fond des caves humides.

Lorsque le danger frappait, il se déplaçait à la vitesse de la foudre, tout de bruit et de fureur, ne laissant derrière lui que l'écho lumineux de son passage.

Les gens de la ville l'appelaient Némésis et on disait de lui qu'il semblait surgir de nulle part, au moment où l'on s'y attendait le moins. On racontait aussi qu'il n'était qu'une ombre immatérielle qui pouvait se fondre à volonté dans les ténèbres et disparaître.

Lorsqu'il s'élançait dans l'obscurité, il évitait le son des rires et le joyeux brouhaha des fêtes. Seuls l'attiraient les gémissements, les larmes, les cris de peur et les supplications des victimes. Peu de nuits s'écoulaient sans qu'il revête son masque et ses habits noirs pour se faufiler dans les quartiers où régnait le crime. Ce n'était pas la loi qu'il défendait. Car la loi était faillible et trop aisément manipulable — par ceux qui la bravaient comme par ceux qui prétendaient la défendre. Nul n'était mieux placé que lui pour le savoir.

Lorsqu'il agissait, c'était uniquement au nom de la Justice, la vraie. Celle qui, aveugle et brandissant son glaive, veillait à équilibrer toujours les plateaux de la balance.

Celle qui *jamais* ne laissait le mal impuni.

Deborah O'Roarke pressa le pas. Depuis un an et demi qu'elle avait été nommée à Denver, elle menait sa carrière à cent à l'heure et les talons plats de ses mocassins claquaient à un rythme accéléré sur les pavés inégaux. Ce n'était pas la peur qui la faisait se hâter ainsi, même si le East End était tout particulièrement dangereux la nuit pour une femme seule. La vérité, c'est qu'elle vivait au pas de course vingt-quatre heures sur vingt-quatre.

En temps normal, il est vrai, elle se serait débrouillée pour ne pas traîner dans un tel quartier aussi tard. Mais elle venait de recueillir un témoignage tellement intéressant qu'elle en avait oublié toute notion de l'heure. La plupart du temps, les fusillades en voiture qui se multipliaient à Denver jusqu'à devenir un véritable fléau restaient impunies. Or, à force de persuasion, elle avait réussi à obtenir un récit détaillé de deux jeunes témoins terrifiés qui avaient vu Rico Mendez tomber sous les balles. Si elle courait presque vers sa voiture, c'était pour regagner rapidement son bureau afin de rédiger son rapport. Enfin, la machine judiciaire allait pouvoir se mettre en marche. Et avec un peu de chance, les meurtriers finiraient par répondre de leur crime.

La rue, à cet endroit, était particulièrement sombre car la plupart des lampadaires avaient souffert du vandalisme ambiant. Les ombres qu'elle entrevoyait dans les allées n'étaient pas des plus rassurantes. Ivrognes, prostituées et revendeurs de drogue se partageaient le secteur. Deborah n'oubliait jamais que si sa sœur Cilla ne s'était pas battue pour leur assurer à toutes deux une existence décente, elle vivrait sans doute aujourd'hui dans un de ces tristes immeubles délabrés aux murs couverts de graffitis. Même si le rapport n'était pas évident pour tout le monde, elle avait le sentiment de rembourser une partie de sa dette envers Cilla chaque fois qu'elle œuvrait pour un peu plus de justice.

Un homme à demi invisible dans l'entrée d'un immeuble lui cria une obscénité qui fut aussitôt saluée par un éclat de rire aigu. Deborah poursuivit son chemin sans tourner la tête. Depuis dix-huit mois qu'elle vivait à Denver, elle avait appris qu'il était plus sage de ne pas réagir à ce type de provocation. Sortant ses clés, elle descendait du trottoir pour ouvrir sa voiture lorsque quelqu'un la saisit par-derrière.

— Eh ben... Mais c'est que t'es drôlement mignonne, toi! commenta son agresseur en la faisant pivoter vers lui.

L'homme maigre, presque décharné, qui la dépassait d'au moins une tête dégageait une odeur particulièrement nauséabonde. Mais ce n'étaient pas des vapeurs d'alcool qui émanaient de lui. Deborah comprit qu'elle était tombée entre les mains d'un toxicomane. Et à en juger par l'éclat de ses yeux, ses réflexes seraient aiguisés et non pas émoussés par les substances qu'il venait d'absorber. C'était donc le moment ou jamais de garder son sang-froid. Bien décidée à se défendre, Deborah lui enfonça violemment son porte-documents en cuir dans les côtes. Puis, profitant de l'effet de surprise, elle se dégagea et prit ses jambes à son cou.

Elle n'avait pas franchi cinquante mètres cependant que l'homme la rattrapa par le col de sa veste. Il y eut un craquement sinistre lorsque le tissu en lin se déchira. Serrant les dents, Deborah se retourna pour le combattre. Mais son élan fut coupé net par la vue du cran d'arrêt qui venait de surgir entre les mains du toxico.

Avant qu'elle ait pu faire un geste, il lui fourra le couteau sous la gorge et ricana.

— Et hop. Je te tiens, ma belle. Fini de jouer maintenant.

Figée comme une statue, Deborah osait à peine respirer. Dans les yeux de l'inconnu, elle vit une sorte de jubilation mauvaise. L'homme savait ce qu'il faisait et ne se laisserait pas amadouer. Elle se força à parler d'un ton calme :

— Vous perdez votre temps. Je n'ai que vingt-cinq dollars sur moi.

Raffermissant sa prise, il se pencha pour lui souffler au visage.

— Ce n'est pas ton argent qui m'intéresse, ma puce.

Il la saisit par les cheveux, et la tira sans ménagement dans le renfoncement d'une impasse.

— Tu peux crier, tu sais, lui chuchota-t-il à l'oreille. J'aime ça, quand elles crient, les petites garces.

De la pointe de la lame, il lui érafla la gorge.
— Allez! Vas-y, donne de la voix! Ça m'excite.
Deborah obtempéra sans se faire prier et ses hurlements stridents se répercutèrent jusque dans les rues adjacentes. Mais les seules réactions que suscita son appel à l'aide furent des commentaires encourageants... adressés à son agresseur. Lorsque le junkie l'accula contre le mur humide et glissa un genou entre ses cuisses, Deborah céda à la panique.
— Non..., chuchota-t-elle, aveuglée par la terreur. Non, ne faites pas ça.
Avec un petit rire satisfait, l'homme sectionna le premier bouton de sa chemise à l'aide de son couteau.
— T'inquiète pas, poupée, tu vas aimer ça.
La peur, comme toutes les émotions fortes, décuplait les sensations. Deborah percevait avec acuité la chaleur humide des larmes sur ses joues, l'odeur fétide de l'haleine de son assaillant, les puanteurs des détritus qui jonchaient l'impasse. Elle songea au nombre toujours croissant des victimes de la criminalité dans cette ville. Juste au moment où elle se résignait à venir grossir les statistiques, la colère et la révolte prirent le dessus. Allait-elle se laisser faire sans même tenter de se défendre jusqu'au bout? Dans sa main crispée, elle tenait toujours ses clés de voiture. Avec le pouce, elle fit glisser la pointe entre ses doigts de manière à former une arme de fortune. Puis, elle prit une profonde inspiration, concentra toutes ses forces dans son bras et... son agresseur parut soudain se soulever dans les airs par miracle, moulinant un instant des bras et des jambes, avant d'atterrir à plat ventre dans une grande poubelle.

Le premier réflexe de Deborah fut de prendre ses jambes à son cou. Mais une haute silhouette vêtue de noir se détacha soudain de l'ombre pour se pencher sur le violeur.
— Restez où vous êtes, ordonna l'homme en noir lorsqu'elle voulut s'avancer.
— Je pense...
— Et dispensez-vous de penser, surtout, l'interrompit-il sans même prendre la peine de tourner la tête dans sa direction.
Deborah allait répliquer lorsque le toxicomane se redressa avec

un rugissement de rage. Tendu comme un arc, il bondit en avant, le couteau levé. Il se passa alors quelque chose de particulièrement étrange. Il y eut comme un déplacement d'air, un cri de douleur, et le couteau, échappant des mains du drogué, tomba comme de lui-même sur le trottoir.

Pétrifiée, Deborah assistait à la scène lorsque la silhouette en noir se matérialisa de nouveau devant elle, à l'endroit précis où elle se tenait quelques secondes auparavant. Le violeur, lui, était à genoux et se tenait le ventre à deux mains en gémissant.

— Impressionnant, commenta Deborah en reprenant peu à peu ses esprits. Il serait peut-être temps d'appeler la police, non ?

Toujours sans lui prêter la moindre attention, l'homme en noir tira une cordelette en Nylon d'on ne sait où et ligota soigneusement son adversaire toujours gémissant.

Ce fut seulement après avoir ramassé le couteau et rentré la lame que Némésis se tourna vers la jeune femme pour s'assurer qu'elle était indemne. Il nota que les larmes avaient déjà séché sur ses joues et qu'elle se ressaisissait avec une rapidité étonnante. Son souffle était encore un peu précipité, mais ni sanglots, ni crises de nerfs, ni évanouissement ne semblaient être à redouter. La jeune imprudente était au demeurant d'une beauté saisissante. Le pâle ivoire de sa peau offrait un contraste surprenant avec l'éclat de nuit des cheveux qui bouclaient autour de son visage. Elle avait des traits délicats, presque fragiles. Mais leur douceur était trompeuse. Car il suffisait de plonger le regard dans ses yeux d'un bleu intense pour y lire une détermination à toute épreuve.

Sous sa chemise déchirée, il remarqua la dentelle bleu pâle d'un caraco. Cet aperçu de lingerie fine était d'autant plus troublant qu'elle était vêtue par ailleurs d'un tailleur-pantalon strict, d'aspect presque masculin.

Pendant une fraction de seconde, son regard glissa sur sa poitrine. Se ressaisissant aussitôt, il revint à son visage. Il avait l'habitude de consacrer quelques secondes aux victimes pour s'assurer qu'elles tenaient bon nerveusement. Mais en temps ordinaire, il se contentait de les examiner de façon routinière et impersonnelle. Alors qu'aujourd'hui…

Contrarié de réagir de façon aussi primaire à la vue d'une femme, il prit soin de rester dans l'ombre.

— Vous êtes blessée ?

— Non. Pas vraiment. Juste un peu secouée, répondit la jeune femme en s'avançant vers lui. Je tiens à vous remercier pour...

Une voiture venait de passer dans la rue voisine et son visage masqué dut apparaître dans la lumière des phares.

— Némésis, chuchota-t-elle en écarquillant les yeux de stupeur. Je croyais que vous n'étiez qu'un mythe.

— Je suis pourtant aussi réel que lui.

D'un geste du menton, il désigna l'homme attaché qui gisait parmi les détritus.

— Mais vous, où aviez-vous la tête ? enchaîna-t-il d'un ton de froide colère.

Surprise, Deborah recula d'un pas.

— Je ne comprends pas.

— Vous n'aviez pas à vous aventurer par ici. Ce n'est pas un endroit où se promener seule la nuit.

Deborah ravala in extremis une repartie mordante. Monsieur le Justicier Masqué venait de lui rendre un service inestimable. Le moment était mal choisi pour fustiger ses convictions machistes.

— Il se trouve que j'avais à faire dans le quartier.

— A faire ? Une femme comme vous n'a strictement *rien* à faire dans un endroit comme celui-ci. Sauf si vous étiez tenaillée par une envie subite de vous faire violer et assassiner dans une ruelle.

— Certainement pas, non. Je suis tout à fait capable de me défendre seule.

Le regard lourd d'ironie de Némésis s'attarda un instant sur ses habits en loques.

— A l'évidence, oui.

Deborah scruta ses traits, mais ne parvint pas à déterminer la couleur de ses yeux derrière le masque. Leur expression condescendante, en revanche, était facile à discerner, même dans la quasi-obscurité.

— Je vous ai déjà remercié pour votre aide, mais j'aurais pu m'en passer. Je m'apprêtais justement à reprendre le contrôle de la situation.

— Vraiment ?

Elle lui montra les clés qu'elle tenait toujours à la main.
— J'allais lui arracher les yeux, voyez-vous.
Un silence tomba pendant lequel il parut méditer sur la question. Puis il hocha la tête.
— Je crois que vous en auriez été capable, en effet.
— Je n'ai pas l'habitude de me faire marcher sur les pieds.
— Dans ce cas, il semble que j'aie perdu mon temps.
Il enveloppa le cran d'arrêt dans un morceau de tissu noir qu'il sortit de sa poche.
— Tenez. Vous en aurez besoin. Il servira de pièce à conviction.
Au moment précis où sa main se referma sur le couteau, Deborah revécut dans un flash la scène de l'agression. Un frisson glacé la parcourut. Ce Némésis était peut-être un drôle d'individu, mais il ne venait pas moins de risquer sa vie pour elle...
— Je crois que je ne vous ai même pas remercié de ce que vous avez fait pour moi, murmura-t-elle, contrite. Vous avez pourtant toute ma gratitude.
— Votre gratitude, vous pouvez la garder. Ce n'est certainement pas ce que je cherche.
La riposte de Némésis avait été immédiate. Et cinglante.
— Que cherchez-vous, alors ? s'enquit-elle, blessée par la façon dont il l'avait rembarrée.
Son regard plongea un instant dans le sien et parut la traverser de part en part. Elle sentit un froid étrange l'envahir.
— Je ne veux qu'une chose : la justice.
— La justice ? Ce n'est pas à vous de la faire. Il y a des méthodes plus...
— Plus légales ? Elles ne m'intéressent pas. Vous vous apprêtiez à appeler la police, je crois ?
Deborah pressa les doigts contre ses tempes. La tête lui tournait un peu. Ce n'était peut-être pas le meilleur moment pour se lancer dans un débat sur la justice avec un individu masqué aux convictions belliqueuses.
— J'ai un téléphone dans ma voiture, dit-elle.
— Dans ce cas, je vous suggère de vous en servir.
Le conseil n'avait pas été prodigué d'un ton très aimable, mais elle

était trop fatiguée pour s'insurger contre ses manières abruptes. Les jambes comme du coton, elle sortit de l'allée et récupéra sa serviette de cuir au passage. C'était quasiment un miracle qu'elle ne lui ait pas été dérobée.

Cinq minutes plus tard, après avoir obtenu l'assurance que la police était en route, elle retourna attendre les secours sur place.

— Ils nous envoient une voiture de patrouille, annonça-t-elle d'une voix lasse en repoussant les cheveux qui lui tombaient sur les yeux.

Le toxico gisait toujours recroquevillé par terre. Quant à Némésis, il semblait s'être dissipé dans les airs une fois de plus.

— Hé ho ? Où êtes-vous ?

Mais elle eut beau scruter l'impasse, l'homme au masque noir n'était plus nulle part en vue.

— Ça alors, il exagère ! Où a-t-il bien pu passer ?

Irritée, Deborah s'adossa contre le mur et rongea son frein en s'indignant contre cette disparition grossière. Elle aurait pourtant eu nombre de questions intéressantes à poser à cet étrange personnage. Mais le rustre avait pris le large en la laissant sur sa faim.

Il se tenait si près qu'il n'aurait eu qu'à tendre la main pour la toucher. Elle, cependant, le cherchait des yeux mais ne le voyait pas. Il était là, présent, palpable, et néanmoins invisible.

Un instant, il fut tenté de se manifester, de lui caresser la joue. Pourquoi ce geste de tendresse, il n'aurait su le dire. Il se contenta cependant de la regarder, gravant dans sa mémoire l'ovale parfait de son visage, la texture de sa peau, le noir lustré de ses cheveux mi-longs.

S'il avait eu des dispositions romantiques, il aurait sans doute accordé à ces instants une valeur poétique. Mais comme il se voulait pragmatique, il se dit simplement qu'il restait là pour veiller à sa sécurité.

Lorsque les sirènes retentirent au loin, il assista à la transformation de la jeune femme tandis qu'elle se composait peu à peu une attitude. Elle fit quelques respirations lentes et profondes, rejeta les épaules en arrière et rajusta ses vêtements déchirés. Lorsqu'elle s'avança d'un pas confiant à la rencontre de deux policiers en uniforme, il huma au passage les fragrances délicates de sa peau.

Et pour la première fois depuis quatre ans, il retrouva, douce-amère, la nostalgie d'aimer...

Deborah n'était pas d'humeur à faire la fête. Ni à déambuler une soirée entière vêtue d'une robe rouge décolletée dont les baleines la torturaient. Sans parler de ses escarpins trop serrés aux talons vertigineux ! Mais il fallait se faire une raison... Sans cesser de distribuer poliment des sourires, elle s'imagina chez elle, dans un bain chaud. Elle aurait volontiers barboté une bonne heure avec un roman policier dans une main et une boîte de chocolats dans l'autre pour oublier ses mésaventures dans l'East End, trois jours auparavant.

Cela dit, question réception, elle aurait pu tomber plus mal. Positive de nature, Deborah regarda autour d'elle avec curiosité et humour. La musique était un peu bruyante, mais ce détail n'était pas de nature à l'incommoder. Des années de vie commune avec une sœur fanatique de rock l'avaient définitivement immunisée contre ce type d'agression sonore. Quant aux petits feuilletés au foie gras tiède, ils fondaient sur la langue. Et le vin blanc servi en apéritif était de première qualité.

Les invités, quant à eux, étaient triés sur le volet. Il ne s'agissait pas de n'importe quelle petite fête, mais d'une « party », tout ce qu'il y avait de plus huppée et d'officielle, donnée par Arlo Stuart, magnat de l'industrie hôtelière, pour soutenir la campagne électorale de son ami Tucker Fields, le maire sortant de Denver.

Deborah, pour sa part, n'avait pas encore choisi son parti. Elle ne savait pas si elle donnerait sa voix au maire actuel ou à son jeune opposant, Bill Tarrington. Mais sa décision, elle la prendrait uniquement en fonction des programmes que défendraient les deux candidats. Ni le champagne, ni le foie gras ne l'influenceraient dans un sens ou dans un autre ! Elle avait deux bonnes raisons, cependant, de se trouver à la réception d'Arlo Stuart ce soir : pour commencer, elle avait noué de solides liens d'amitié avec Jerry Bower, le premier adjoint du maire. Et d'autre part, son supérieur hiérarchique, le procureur de district, avait usé de son influence pour que les portes dorées du Stuart Palace s'ouvrent devant elle.

— Ah, Deborah... Sais-tu que tu es particulièrement en beauté ce soir ? commenta le premier adjoint du maire en la prenant par le bras.

— Tiens, Jerry ! Tu as réussi à te libérer de tes obligations électorales et mondaines ?

Elle lui sourit avec affection. Grand et mince, le politicien portait le smoking à la perfection. Une mèche blonde tomba sur son front hâlé lorsqu'il se pencha pour lui poser un baiser sur la joue.

— Désolé, je n'ai pas encore eu une seconde à moi. J'ai tellement serré de mains ce soir que je crains de me réveiller demain matin avec des courbatures au poignet.

— Les politiques ont la vie dure, dit Deborah en levant son verre. Jolie petite réception, en tout cas.

Jerry contempla la foule élégante d'un regard satisfait.

— Stuart n'a pas lésiné, comme tu peux le constater. C'est du non-stop, ces campagnes électorales. Bains de foule, conférences de presse, visites de quartiers. Et puis il y a les petites sauteries comme celle-ci où on rassemble le dessus du panier. Il faut dire qu'il y a pire, comme corvée. Déguster du bon champagne avec tout ce beau monde, ça reste de l'ordre du supportable, non ?

— Je suis éblouie, ironisa Deborah.

— T'éblouir est une chose. Mais n'oublie pas qu'en dernier ressort, c'est ton vote que nous briguons, citoyenne !

— Pour l'instant, je réserve mon opinion. Mais il n'est pas dit que vous ne l'obtiendrez pas, répliqua-t-elle en riant.

Jerry l'entraîna vers le buffet et lui servit une assiette de hors-d'œuvre.

— Comment ça va, Deborah ? demanda-t-il d'un ton préoccupé. Tu reprends le dessus ?

— Comme tu peux le constater. Je suis plutôt vaillante, non ?

Elle regarda distraitement les bleus qui commençaient à s'atténuer sur ses bras. Sous la soie sauvage de sa robe, se trouvaient d'autres ecchymoses, plus sombres et plus violacées. Et inscrite en elle, persistait une marque plus insidieuse et plus durable : le souvenir de quelques instants d'intense terreur.

— Sérieusement, Deb ?

— Sérieusement, j'ai eu de la chance. J'ai échappé au pire. Et tout ce que je veux retenir de cette mésaventure, c'est que nous devons déployer des moyens beaucoup plus importants pour assurer la sécurité dans les rues de Denver.

— Tu n'aurais jamais dû te rendre dans ces quartiers-là toute seule, marmonna Jerry.

C'était typiquement le genre de commentaire qui mettait Deborah hors d'elle.

— Et pourquoi, s'il te plaît ? Pourquoi une femme ne pourrait-elle se promener librement dans les rues, comme tout le monde ? Devons-nous nous résigner à accepter que certains quartiers deviennent ainsi impraticables pour tout individu normalement dépourvu d'intentions agressives ? Si nous…

— Stop !

Jerry leva les bras en signe de reddition.

— Dans les joutes oratoires, il n'existe qu'un adversaire réellement redoutable pour le politique : l'homme de loi — ou la femme de loi, en l'occurrence. Je suis *entièrement* de ton avis, d'accord ?

Il prit un verre de vin sur le plateau d'un serveur et but une gorgée.

— Je n'ai pas dit que c'était normal qu'il règne une atmosphère d'insécurité dans certains quartiers de cette ville. Mais c'est malheureusement un fait.

— Un fait auquel il serait temps de remédier, dit Deborah, enfourchant vaillamment son cheval de bataille préféré.

Jerry hocha la tête.

— Là encore, je suis de ton côté, Deb. Nul mieux que moi ne connaît les statistiques et je reconnais qu'elles donnent froid dans le dos. Mais n'oublie pas que le maire a lancé une campagne tous azimuts contre la criminalité. Les résultats ne devraient pas tarder à se faire sentir.

Deborah soupira avec un mélange de résignation et d'impatience. Ce n'était pas la première fois qu'elle débattait de ces questions avec Jerry. Et invariablement, le ton finissait par monter entre eux.

— Vos intentions sont bonnes mais le processus est interminable, commenta-t-elle en étalant un peu de caviar sur un toast.

Jerry, qui surveillait sa ligne, se servit en crudités.

— Dis-moi, Deb, j'espère que tu n'es pas devenue une ardente partisane de notre Némésis national ?

245

Deborah secoua la tête. Elle croyait à une justice fondée sur le droit et la légitimité. Même si elle était la première à reconnaître que la machine judiciaire était saturée.

— Je n'en suis pas là, non. Les héros masqués, ça n'a jamais été ma tasse de thé. Même si tout cela part d'une bonne intention, les risques de dérapage sont trop grands. Une démocratie ne saurait admettre que chacun se mette ainsi à faire la justice au gré de son inspiration personnelle. Une telle attitude peut basculer très vite vers les milices, les citoyens armés. Cela dit, j'ai apprécié que notre douteux héros se trouve être dans les parages, l'autre soir. Il se bat peut-être contre des moulins à vent, mais il ne m'en a pas moins tirée d'une situation plutôt inconfortable!

— Pour cela, en tout cas, je lui voue une immense reconnaissance, admit Jerry en lui effleurant l'épaule d'un geste amical. Quand je pense à ce qui aurait pu arriver...

Deborah frissonna. Le souvenir était encore trop frais pour qu'elle veuille s'y attarder.

— Sois charitable, Jerry, et parlons d'autre chose, O.K.? Pour en revenir à l'ami Némésis, il ne ressemble en rien au personnage de héros romantique que la presse a fait de lui. Vu de près, il est bougon, hargneux et tristement taciturne. Moi qui croyais que les justiciers masqués étaient toujours d'une galanterie exquise, j'ai essuyé la déception de ma vie.

— Les héros sont toujours décevants, rétorqua Jerry en souriant.

— Je reconnais que je lui suis redevable. Mais je ne suis pas obligée de l'apprécier pour autant, si?

Jerry se mit à rire.

— Ne m'en parle pas. C'est le genre de conflit intérieur auquel un politicien est confronté pratiquement tous les jours de sa vie!

Amusée, Deborah joignit son rire au sien.

— Allez, assez parlé boulot. Fais-moi plutôt une petite galerie de portraits, toi qui sais toujours tout sur tout le monde.

Jerry se livra à ce petit exercice avec sa verve coutumière. Ses commentaires étaient brillants, cyniques et toujours divertissants. Comme ils déambulaient dans la salle de bal, Deborah passa spontanément son bras sous le sien. Alors qu'elle tournait la tête à droite et à gauche pour repérer les personnalités en vue qu'il lui désignait, un visage d'homme, soudain, parut se détacher de la foule. Une jolie femme pendue à chaque bras, l'inconnu se tenait au sein d'un petit groupe de six personnes. Deborah se demanda pourquoi son regard s'était arrêté sur lui. Il était attirant, certes. Mais la salle de bal du Stuart Palace était remplie d'hommes au physique agréable. Ses cheveux noirs très drus encadraient un visage intelligent. Il avait des pommettes saillantes, des yeux très légèrement enfoncés d'un brun chaud qui tirait sur le chocolat. Son regard trahissait un certain ennui même si un demi-sourire flottait sur ses lèvres. Et il portait le smoking avec une aisance admirable. Comme sa compagne de gauche se penchait vers lui, il repoussa d'un doigt amusé une mèche qui tombait sur sa joue et sourit à l'une de ses remarques.

Deborah en était là de ses observations lorsque, sans même bouger la tête, il tourna les yeux. Leurs regards se trouvèrent et ne se lâchèrent plus.

— ... et figure-toi qu'elle leur a acheté une télévision avec écran géant, à ces petits monstres.

— Pardon ?

Deborah cligna des yeux et eut l'impression ridicule qu'un charme venait de se rompre et qu'elle retombait brutalement sur terre. Jerry sourit patiemment.

— Dis-moi, Deb, tu m'écoutes au moins quand je me décarcasse pour te raconter des anecdotes distrayantes ? Je te parlais d'un sujet éminemment digne d'intérêt : les trois caniches de Mme Forth-Wright.

Mais les toutous en question ne parvinrent pas à retenir son attention.

— Jerry, qui est cet homme ? Celui qui se tient près de la fenêtre avec une blonde d'un côté et une rousse de l'autre ?

Tournant la tête dans la direction indiquée, Jerry fit la grimace.

— Le plus étonnant, c'est qu'il n'ait pas, en plus, une brune perchée sur une épaule. Les femmes ont tendance à se coller à lui comme s'il était vêtu de papier tue-mouches plutôt que de vêtements ordinaires.

— C'est ce que je constate, en effet. Qui est-ce, alors ?

— Guthrie. Gage Guthrie.

Gage Guthrie ?

— Mmm… Son nom me dit quelque chose…

— Oh, ne cherche pas. On parle de lui tous les jours dans la rubrique mondaine du *World*.

— Je ne lis jamais ce genre d'articles.

Deborah était consciente de contrevenir aux règles de politesse les plus élémentaires et pourtant c'était plus fort qu'elle : impossible de quitter le dénommé Gage Guthrie des yeux.

— Je le connais, murmura-t-elle. Mais je n'arrive pas à savoir où je l'ai rencontré.

— Tu as dû entendre parler de son histoire. Il était flic, dans le temps.

— Flic ? C'est étonnant. Il n'a vraiment pas le type.

Il semblait tellement à l'aise, tellement enraciné dans ce milieu hyper privilégié.

— C'en était un pourtant. Et de la meilleure espèce, d'après ce qu'on raconte. Il y a quelques années, son coéquipier et lui sont tombés dans un guet-apens. Son collègue a été tué sur le coup. Les gars ont filé en laissant Guthrie pour mort.

Enfin le déclic se fit dans la mémoire de Deborah.

— Ça y est, je me souviens, maintenant. J'ai suivi son histoire dans les journaux, à l'époque. Il est resté dans le coma pendant…

— Presque dix mois. Il était sous assistance respiratoire et ses médecins avaient plus ou moins renoncé à le sortir de là lorsqu'un beau jour, il a miraculeusement rouvert les yeux. Comme tu peux le voir, il a plutôt bien récupéré. Mais il n'était plus question pour lui d'exercer son métier comme avant. Il a décliné l'emploi de bureau que lui proposait la police judiciaire de Denver et s'est employé à faire fructifier un héritage confortable qui lui était échu entre-temps.

L'argent ne faisait pas tout, cependant. Deborah songea à l'épreuve traversée par cet homme et elle en eut mal pour lui.

— Ça n'a pas dû être une période facile pour ce Guthrie. Il a perdu son coéquipier et presque une année entière de sa vie, commenta-t-elle pensivement.

Jerry piqua une crevette sur son assiette et haussa les épaules.

— Il a amplement rattrapé le temps perdu. Les femmes le trouvent irrésistible, semble-t-il. Sans doute parce qu'il croule littéralement sous les dollars. Des trois millions qu'il avait hérités au départ, il a réussi à en faire trente. Il y a plus malheureux que lui, crois-moi.

Jerry eut un sourire en coin lorsque Gage Guthrie se détacha de ses deux compagnes pour s'avancer dans leur direction.

— Eh bien…, commenta-t-il à mi-voix. On dirait que l'intérêt est réciproque.

Au premier pas que Deborah avait fait dans la salle de bal, Gage avait remarqué sa présence. Dès lors, il n'avait cessé de l'observer du coin de l'œil tout en continuant les conversations en cours. Cette conscience permanente qu'il gardait de sa présence n'avait rien de confortable. Il l'avait vue sourire à Jerry Bower et avait remarqué que ce dernier ne perdait pas une occasion de lui toucher la main ou le bras, de laisser glisser ses doigts sur une de ses épaules nues.

Quelle importance, après tout, si Jerry et cette jeune femme avaient une relation amoureuse ? Lui-même n'avait pas de temps à consacrer à ce genre d'aventure. Même avec des brunes superbes au regard pétillant d'intelligence.

Mais Gage progressait malgré tout en direction de la brune en question.

— Alors, ces élections, Jerry ? fit-il en serrant la main du premier adjoint du maire.

— Ma foi, ça suit son cours… C'est toujours un plaisir de vous voir, monsieur Guthrie. Vous passez une agréable soirée, j'espère ?

— Excellente. Je vous remercie.

Le millionnaire s'inclina devant Deborah.

— Mademoiselle…

Au grand dam de Deborah, elle fut incapable de prononcer une syllabe et dut se contenter d'un petit signe de tête.

— Deborah, j'aimerais te présenter Gage Guthrie. Monsieur Guthrie, voici Deborah O'Roarke, substitut du procureur de district.

Le sourire de Gage s'élargit.

— Substitut du procureur de district… C'est rassurant de voir que notre justice repose entre des mains aussi charmantes.

— Le charme ne fait pas grand-chose à l'affaire, monsieur Guthrie. J'aimerais autant que vous jugiez mon travail sur des critères d'efficacité et de compétence.

Pour toute réponse, Gage Guthrie prit la main qu'elle ne lui tendait pas et la serra un bref instant dans la sienne. *Attention!* Comme un éclair, l'avertissement traversa l'esprit de Deborah lorsque leurs paumes se joignirent.

— Tu veux bien m'excuser un instant? intervint Jerry en lui effleurant l'épaule. Le maire vient de me faire signe.

— Mais je t'en prie. Le devoir n'attend pas.

Elle lui sourit affectueusement. Mais elle devait admettre à sa grande honte qu'elle avait momentanément oublié sa présence.

— Il n'y a pas très longtemps que vous exercez, n'est-ce pas? s'enquit Gage Guthrie.

Malgré le malaise que lui inspirait sa présence, Deborah n'hésita pas à soutenir son regard.

— Depuis un an et demi. Pourquoi? Vous vous intéressez particulièrement aux substituts du procureur de district?

— Seulement lorsqu'ils ont votre beauté et votre allure, répondit-il en effleurant la perle qui pendait à son oreille. Vous dansez?

— Non, murmura-t-elle, dans un sursaut de panique, en reculant d'un pas.

Très vite, elle se ressaisit et plaqua un sourire impersonnel sur son visage.

— Non, merci. Je dois partir. J'ai encore une foule de dossiers qui m'attendent ce soir.

Il jeta un coup d'œil à sa montre.

— Ce soir? Il est déjà 10 heures passées.

— La justice ne connaît pas d'heure, monsieur Guthrie.

— Gage... Je vous raccompagne.

De nouveau, elle esquissa un mouvement involontaire de recul.

— Non, merci, sérieusement. Ce ne sera vraiment pas nécessaire.

— Si ce n'est pas une nécessité, que ce soit donc un plaisir.

Deborah secoua la tête. Il était un peu trop beau parleur à son goût pour un homme qui venait tout juste de fausser compagnie à une blonde et à une rousse. Que cherchait-il, au juste? Une brune pour compléter ce charmant trio?

— Je m'en voudrais d'écourter votre soirée, monsieur Guthrie.

— Je ne m'attarde jamais très longtemps dans ce genre de réceptions.

Deborah fut sauvée par l'arrivée de la jeune femme rousse qui vint se raccrocher au bras de Gage avec une moue boudeuse.

— Tu sais que nous n'avons pas dansé ensemble une seule fois, ce soir, mon chéri ?

Deborah mit ce temps de répit à profit pour se diriger en droite ligne vers la sortie. C'était stupide de fuir ainsi alors qu'il aurait suffi de refuser fermement. Mais cet homme lui donnait le tournis. Sa peur, au demeurant, était entièrement dictée par l'instinct. Car, en surface, Gage Guthrie n'avait rien d'effrayant. Il était d'un abord plutôt agréable et elle ne doutait pas que sa compagnie fût fascinante, y compris sur le plan intellectuel. Mais elle sentait un courant étrange circuler entre eux. Comme un fluide puissant et ténébreux. Et elle avait déjà suffisamment de problèmes à affronter. Inutile d'ajouter Gage Guthrie à la liste.

Dehors, la nuit d'été était humide et chaude. Pas un souffle de vent ne venait alléger l'atmosphère.

— Je vous appelle un taxi, mademoiselle ? proposa le portier.

— Non, dit la voix de Gage juste derrière elle. Ce serait inutile.

— Monsieur Guthrie...

— Gage... Ma voiture est juste là, mademoiselle O'Roarke.

Il désigna une longue limousine noire garée le long du trottoir.

— Elle est très impressionnante, reconnut-elle sèchement. Mais un taxi suffirait à satisfaire mes besoins.

— Pas les miens, en revanche, rétorqua Gage en lui prenant le bras.

Il salua le chauffeur, un homme de haute taille à la carrure impressionnante qui descendit de voiture à leur approche.

— Les rues sont dangereuses, la nuit, précisa Gage. En vous reconduisant, je saurai que vous êtes arrivée à bon port.

Deborah recula d'un pas pour l'observer avec attention, comme elle aurait examiné une photo d'identité judiciaire. A mieux y regarder, Gage Guthrie ne lui parut plus du tout aussi dangereux. Elle lui trouva même l'air un peu triste. Un peu solitaire.

Elle se tourna vers la limousine et lui lança par-dessus l'épaule :

— Vous insistez toujours aussi lourdement lorsqu'on vous dit non, monsieur Guthrie ?

— Ça dépend, mademoiselle O'Roarke.

Il prit place à côté d'elle et lui tendit une rose rouge.

— Vous pensez décidément à tout, commenta-t-elle en se demandant si la fleur avait été originellement destinée à la belle blonde ou à la rousse pulpeuse.

— J'essaye. Où puis-je vous déposer ?

— Au palais de justice. Il se trouve à l'angle de la Sixième Avenue et de…

— Je sais.

Gage pressa un bouton et la vitre qui les séparait du chauffeur descendit sans bruit.

— Au palais de justice, Frank.

— Bien, monsieur.

La vitre se referma de nouveau, recréant un espace clos où ils se trouvaient comme en retrait du monde. Deborah se renversa contre le dossier et nota, non sans étonnement, qu'elle était complètement détendue.

— Nous avons été du même bord, vous et moi, observa-t-elle.

— Du même bord ?

— La défense de la loi.

Gage tourna vers elle le regard pénétrant de ses yeux sombres. Ils avaient une expression si particulière — si mystérieuse, presque — qu'elle se demanda ce qu'il avait vécu pendant les neuf mois où il avait flotté dans un no man's land entre la vie et la mort.

— Vous estimez servir la loi, Deborah ?

— J'aime à le croire, oui.

— Et pourtant, vous devez vous livrer à la même minable petite cuisine que tous les autres. Dès que vous tenez un second couteau, vous le poussez à la délation en lui promettant une réduction de peine s'il balance deux ou trois noms.

— Je reconnais que la méthode n'a rien d'admirable, répondit-elle sur la défensive, mais on pare au plus pressé.

— Remarquable machine judiciaire…

Avec un léger haussement d'épaules, Gage laissa le sujet de côté.

— D'où êtes-vous, Deborah ?

— De Denver.

Il secoua la tête en esquissant un sourire.

— Ah, non. Ce n'est pas au Colorado que vous avez acquis ce léger parfum de cyprès et de magnolias qui émane de votre voix.

Elle sourit.

— On ne peut décidément rien vous cacher. Je suis née en Géorgie, en effet. Ma sœur et moi, nous avons pas mal bougé avant de nous fixer à Denver.

« Ma sœur », avait-elle dit. Gage songea que ses parents devaient être décédés, mais il lui parut prématuré de poser la question.

— Et pourquoi avez-vous décidé de défendre la loi ici, Deborah ?

— Précisément parce que la criminalité est importante à Denver. J'avais très envie de relever le défi. Il y a un combat à mener, dans cette ville. Et je crois pouvoir tenir un rôle dans cette lutte.

Elle songea à l'affaire Mendez et aux quatre meneurs qui étaient désormais en attente de jugement.

— En fait, je suis déjà en plein dedans, déclara-t-elle non sans fierté. Et je peux vous assurer que ça va bouger.

— Oh, Deborah… Vous êtes une idéaliste, je le crains.

Elle lui jeta un regard de défi.

— Peut-être, oui. Où est le problème ?

— Les idéalistes sont souvent tragiquement déçus.

Un silence tomba pendant qu'il étudiait ses traits. La limousine filait le long des avenues illuminées et les lampadaires rayaient la nuit, créant un jeu d'ombre et de lumière sans cesse renouvelé. Elle était aussi belle éclairée que dans l'ombre. Le mélange de détermination et d'intelligence qu'il lisait dans ses yeux conférait à ses traits une sorte de hauteur naturelle. Malgré sa jeunesse, Deborah O'Roarke était une femme de pouvoir.

— J'aimerais vous voir en action au tribunal, dit-il.

À l'éclat de son sourire, il comprit qu'elle était également ambitieuse. Un ensemble de qualités que Gage appréciait tout particulièrement.

— Au tribunal ? Je suis redoutable, admit-elle, les yeux étincelants.

— Je n'en doute pas.

Le désir de la toucher le tourmentait désormais avec insistance. Il s'imagina glissant la pointe du doigt sur le blanc de son épaule ronde pour en tracer le contour… Mais saurait-il se contenter d'une caresse légère ? Dans le doute, il choisit de s'abstenir et ce fut avec un mélange de soulagement et de frustration intense qu'il vit la limousine s'immobiliser le long du trottoir.

Tournant la tête vers la vitre, Deborah contempla le palais de justice, un bâtiment ancien d'aspect aussi grandiose qu'austère.

— Nous voici arrivés, murmura-t-elle, en proie à une déception aussi inattendue qu'écrasante. Merci de m'avoir accompagnée.

Le chauffeur vint ouvrir sa portière et elle pivota pour poser les deux pieds sur le trottoir.

— Je veux vous revoir, s'éleva la voix de Gage derrière elle.

Pour la seconde fois, ce soir-là, elle lui lança un regard par-dessus l'épaule.

— Peut-être. Bonne nuit.

Gage la suivit des yeux jusqu'à ce qu'elle disparaisse à l'intérieur du bâtiment. Puis il demeura un long moment immobile, fasciné par la légère trace olfactive qu'elle avait laissée dans son sillage. Il y avait là un soupçon de parfum de luxe et quelque chose de plus encore, comme un subtil mélange de fragrances infiniment personnelles.

— On rentre? demanda le chauffeur, rompant enfin le silence.

Gage prit une profonde inspiration.

— Non. Reste ici plutôt et attends-la pour la ramener chez elle. La marche à pied me fera du bien.

2.

Comme un boxeur sonné par les coups, Gage Guthrie luttait pour sortir des limbes de son cauchemar. Il refit surface péniblement, en nage et le cœur battant. L'estomac soulevé par une violente nausée, il demeura immobile sur le dos, à contempler le haut plafond orné de sa chambre. Il savait — pour les avoir dénombrées plus souvent qu'à son tour — que cinq cent vingt-trois petites rosaces en stuc s'alignaient au-dessus de sa tête.

La meilleure façon de s'arracher à l'étau implacable de l'angoisse était de recommencer à les compter une à une. Ses draps en lin d'Irlande s'étaient entortillés autour de lui, mais Gage n'avait pas encore la force de se dégager. Il était littéralement tétanisé par la violence du cauchemar. *Vingt-cinq... vingt-six... vingt-sept.*

Dans la pièce flottait un discret parfum de tubéreuse. Une des femmes de chambre avait dû placer un bouquet sur le secrétaire, juste en dessous de la fenêtre. Gage essaya de deviner dans quel vase elle avait arrangé les fleurs. Le grand en porcelaine de Saxe, le Wedgwood ou le vase de Chine ? Inlassablement, il continua à se concentrer sur des détails de ce type jusqu'au moment où il sentit la panique refluer enfin.

Le cauchemar n'était pas nouveau. Au début, juste après sa sortie du coma, il ne se passait pas une nuit sans que ce même rêve ne vînt le hanter. Gage inspira doucement et entrouvrit les yeux. Le fait que les apparitions du cauchemar se soient espacées aurait dû le réjouir. Mais le caractère aléatoire de ses récurrences ne faisait qu'ajouter pour lui un élément d'horreur supplémentaire.

Gage actionna un bouton à côté de son lit et les rideaux s'écartèrent sans bruit, révélant une grande fenêtre en ogive. La pâle lueur de l'aube pénétra dans sa chambre. Rasséréné par l'approche du jour, il commença à faire jouer ses muscles, à bouger petit à petit bras et jambes. Le cauchemar, inlassablement, le ramenait à la mort. Et le retour à la vie s'opérait lentement, selon un processus bien défini, sans qu'il puisse brûler les étapes. Exténué, Gage ferma les yeux et laissa les images du passé défiler de nouveau dans son esprit.

A l'époque, son coéquipier, Jack McDowell, et lui enquêtaient sous couverture. Depuis cinq ans qu'ils fonctionnaient en duo, ils n'imaginaient même plus le travail l'un sans l'autre. Les liens qu'ils avaient noués étaient quasi fraternels. Chacun avait eu l'occasion de risquer sa vie pour sauver celle de l'autre. Et ils auraient été prêts à recommencer sans une hésitation. Ils enquêtaient ensemble, se retrouvaient au même bar pour l'apéritif, allaient voir les mêmes matchs de foot et discutaient politique avec la même virulence.

Depuis plus d'un an, on les connaissait dans certains quartiers de Denver sous les noms de Demerez et de Gates, trafiquants de leur état. Vendant ostensiblement du crack et de la cocaïne, ils avaient réussi à force de patience à infiltrer un des plus gros réseaux de drogue de la côte Est. Un réseau dont Denver était le centre.

A ce stade, ils auraient pu effectuer des douzaines d'arrestations, mais ce n'étaient pas les seconds couteaux qu'ils visaient, en l'occurrence. Ils avaient pour mission de remonter jusqu'au sommet de la hiérarchie et de découvrir l'homme qui se tenait dans l'ombre et qui tirait les ficelles. Même au bout de deux ans de patients travaux d'approche, Gage et Jack n'avaient toujours pas réussi à résoudre le mystère qui entourait ce personnage.

Mais si le « Boss » était resté insaisissable jusqu'alors, ils venaient de franchir enfin l'étape décisive et la rencontre était prévue pour le soir même. Un privilège qu'ils avaient obtenu non sans mal, au prix d'âpres négociations. Ce soir-là, « Demerez » et « Gates » devaient apporter cinq millions de dollars en liquide qu'ils échangeraient contre de la cocaïne de première qualité. A cette occasion, ils avaient refusé de passer par les intermédiaires habituels et réclamé de traiter directement avec les instances supérieures. Une grâce qui, finalement, leur avait été accordée.

A l'heure convenue, ils roulaient donc en direction du port, à bord de la Maserati que Jack avait prise en affection. Ils étaient sûrs de leur couverture et des renforts avaient été prévus pour l'opération. La victoire paraissait acquise, venant couronner une mission risquée, difficile, à laquelle ils travaillaient depuis plus de deux ans.

Autant dire que l'euphorie régnait à bord de la voiture de sport italienne. Plus âgé que Gage de quelques années, Jack était déjà un ancien, à la PJ de Denver. Avec ses cheveux gominés plaqués en arrière, son costume de soie et ses doigts chargés de grosses chevalières, il ne ressemblait en rien, ce jour-là, au père de famille tranquille qu'il était dans le civil. Son personnage de dealer, Jack le jouait à la perfection. D'autant qu'il avait le bagout, le vocabulaire fleuri, la gouaille d'un enfant des faubourgs.

Dans la famille de Jack, on avait toujours été flic de père en fils. Enfant, Jack avait été élevé dans un petit deux-pièces du East End par une mère divorcée qui s'était battue au jour le jour pour joindre les deux bouts. Son père, lui, n'avait eu qu'une seule vraie passion : la bouteille. L'exemple paternel n'avait pas empêché Jack de poursuivre la tradition familiale et d'entrer à la PJ de Denver dès sa sortie du lycée.

Chez les Guthrie, en revanche, les hommes faisaient fortune dans les affaires depuis des générations. Il était de coutume de passer les vacances à Palm Beach et les dimanches étaient classiquement consacrés au golf ou aux sports hippiques. Mais le père de Gage, déjà, avait dévié du parcours familial classique. Refusant de prendre sa place dans l'empire industriel fondé par ses ancêtres, il avait formé avec sa jeune épouse un projet plus personnel. Le couple avait investi son temps, son argent et ses rêves dans un élégant restaurant français du centre-ville. Un choix, inoffensif en apparence, qui avait fini par leur coûter la vie.

Alors qu'ils sortaient de leur établissement après la fermeture, ils avaient été attaqués, volés et sauvagement assassinés à moins de dix mètres de leur restaurant. Gage n'avait pas deux ans lorsqu'il était brutalement devenu orphelin. Il avait été élevé dans une atmosphère ouatée, luxueuse par un oncle et une tante sans enfants qui l'avaient entouré d'une affection débordante. A l'âge où Jack et ses camarades s'initiaient au football dans la rue, il prenait ses premiers cours particuliers de piano. Très vite, sa famille avait exercé une discrète pression pour qu'il reprenne les rênes de l'empire Guthrie à la suite de son grand-père. Mais Gage n'avait jamais oublié le meurtre sauvage dont ses parents avaient été victimes. Après avoir poursuivi des études de droit pendant quelque temps, il avait finalement choisi d'entrer dans la police.

Leurs milieux d'origine différents n'avaient jamais constitué un obstacle pour Jack et Gage. Les deux hommes avaient d'ailleurs un point commun important : ils étaient convaincus l'un et l'autre de servir la justice en œuvrant pour la défense de la loi.

— Quand je pense qu'on le tient enfin, murmura Jack en rejetant la fumée de sa cigarette. Notre homme ne le sait pas encore, mais sa glorieuse carrière touche à sa fin. Il est fait comme un rat.

— Ça n'a pas été du tout cuit, en tout cas, commenta Gage à voix basse. Il a mis une sacrée organisation en place, le bonhomme.

— Six mois de préparation et dix-huit mois sous couverture. Mais je ne regrette pas d'y avoir passé deux ans. On va ramener un bon gros poisson dans notre filet, ce soir, c'est moi qui te le dis. Et sans qu'ils l'aient vu venir.

Jack tourna la tête vers Gage et lui fit un clin d'œil.

— Sauf, bien sûr, si on choisit de se tirer avec les cinq millions de dollars que nous avons dans cette mallette. Qu'est-ce que t'en dis, gamin ? On tente l'aventure ?

Même si Jack n'avait que cinq ans de plus que Gage, il l'avait toujours appelé « gamin ».

— C'est une possibilité, en effet... J'ai toujours rêvé d'aller faire un tour à Rio, déclara Gage en souriant.

D'un geste ample, Jack jeta son mégot encore allumé par la vitre ouverte.

— Ouais, pour moi aussi, c'est un vieux rêve. On pourrait se prendre une villa avec piscine et couler des jours tranquilles avec plein de femmes, plein de rhum, plein de thune et rien d'autre à faire que de profiter des trois...

— Tu crois que Jenny apprécierait ?

Jack se mit à rire.

— Ma douce petite épouse ? Tu sais que c'est une calme, Gage. Mais si je lui faisais un coup pareil, elle prendrait une colère homérique et je me retrouverais obligé de coucher sur le canapé pendant au moins six mois. Autrement dit, oublions les cinq millions et allons coffrer notre Big Boss. Je suis curieux de découvrir sa tête, à celui-là.

Il mit un minuscule émetteur en marche.

— Ici Blanche-Neige. Vous captez?

— Affirmatif, Blanche-Neige. Ici Atchoum.

— Comme si je ne t'avais pas reconnu, marmonna Jack. On arrive à l'embarcadère numéro dix-sept. Garde-nous à l'œil. Et la même chose vaut pour Grincheux, Dormeur et tous les autres Nains que vous êtes.

Gage se gara dans un recoin sombre sur le quai et coupa le moteur. Les relents caractéristiques du port lui montèrent aussitôt aux narines : mélange d'eau de mer, de détritus, de poisson avarié. Suivant les instructions qu'on leur avait données, il fit deux appels de phares, marqua un bref temps d'arrêt, puis renouvela la manœuvre.

— On se croirait dans un film de James Bond, observa Jack avec un grand sourire. Tu es prêt pour la manœuvre, gamin?

— Fin prêt.

Jack alluma une nouvelle cigarette et souffla la fumée entre ses dents.

— Alors on y va.

Ils se déplacèrent avec précaution. Jack tenait la mallette avec les billets de banque marqués et un micro-émetteur. Sous leurs costumes de dealers, ils portaient l'un et l'autre des holsters avec leurs armes de service.

La nuit était calme et on n'entendait que le léger clapotis des vagues contre la jetée et le grattement furtif des rats en quête de nourriture. Des nuages obstruaient la lune, laissant filtrer une lumière presque spectrale. Gage sentit soudain une sueur glacée lui couler entre les omoplates.

— Ecoute, Jack, j'ai un mauvais pressentiment, murmura-t-il. Et si c'était un piège?

— Hé, ce n'est pas le moment d'avoir les jetons, gamin. Ce soir, on décroche le gros lot. On ne va pas reculer si près du but.

Jack avait raison. La victoire, ils la touchaient pratiquement du doigt. S'ils faisaient demi-tour maintenant, ils seraient grillés définitivement et tout serait à refaire. Gage réussit à faire abstraction de son malaise et ils firent encore quelques pas sur les docks déserts. Mais son premier réflexe fut de tendre la main vers son arme lorsqu'un petit homme surgit soudain des ténèbres alentour. Avec un léger rire, l'arrivant leva les mains, paumes tendues.

— Ne vous inquiétez pas, je suis venu seul, comme convenu. Mon nom est Montega et je suis chargé de vous conduire jusqu'au boss.

Montega avait des cheveux noirs abondants et une longue moustache. Son sourire éclatant révéla une série de dents en or. Comme « Gates » et « Demerez », il portait un costume coûteux — du type que l'on faisait tailler sur mesure pour dissimuler habilement le volume d'une arme. Baissant lentement une de ses mains, Montega sortit un long cigare très fin qu'il ficha entre ses lèvres.

— Une belle nuit pour faire un petit tour en bateau, messieurs, *si*?

— *Si*, répondit Jack en hochant la tête. Cela ne vous dérange pas si nous procédons à une fouille corporelle rapide ? Compte tenu de ce que nous transportons, nous préférons garder toute l'artillerie sur nous jusqu'à ce que nous soyons arrivés à destination.

— Ça peut se comprendre.

Montega sortit un élégant briquet en or. Toujours souriant, il alluma le cigare qu'il serra entre ses dents. Gage, qui suivait chacun de ses gestes avec une appréhension croissante, le regarda replacer le briquet dans sa poche d'un geste désinvolte. La déflagration retentit une fraction de seconde plus tard. La balle partit, creusant un trou brûlant dans la poche du costume à mille cinq cents dollars. Au même moment, Jack s'effondrait au sol, littéralement foudroyé sur place...

Quatre années s'étaient écoulées depuis, mais Gage avait conservé chaque détail de la scène à la mémoire. Inlassablement, elle avait défilé dans sa tête, image après image, comme un film passant en boucle, sans pause ni répit. Et chaque fois, il revivait ces quelques instants avec la même intensité implacable : le regard sidéré de Jack lorsqu'il était tombé, mort avant même de toucher le bitume. Le fracas de la mallette qui lui avait échappé des mains pour rouler au loin. Les cris de l'équipe venue en renfort qui déjà se précipitait dans leur direction. Sa propre main se posant — trop tard — sur son arme. Car Montega n'avait pas attendu pour braquer son pistolet sur lui. Son sourire cruel s'était encore élargi.

— Prends ça, sale flic, avait-il lancé en tirant.

Encore maintenant, Gage ressentait la force de l'impact, la brûlure fulgurante, l'insoutenable souffrance. Il y avait eu la chute, la sensation de partir en arrière, aspiré dans des ténèbres qui avaient défilé autour de lui comme les parois d'un tunnel sans fin.

En droite ligne jusqu'à la mort.

Une mort qu'il avait expérimentée comme une délivrance lorsqu'il s'était détaché doucement de lui-même. A cet instant précis, il avait pu se voir de l'extérieur, comme si c'était un autre dont le corps en sang gisait sur les docks. Sans l'ombre d'une émotion, il avait observé la scène : ses collègues qui s'affairaient pour essayer de maîtriser l'hémorragie, jurant, criant, grouillant autour de lui comme autant de fourmis affolées. Libéré de toute douleur, il les avait regardés faire en se demandant pourquoi ils s'acharnaient tant sur un corps sans vie que personne n'habitait plus.

Mais l'ambulance était venue, des professionnels s'étaient penchés sur lui, le ramenant de force à l'intérieur de lui-même, au cœur même de la douleur. Il aurait voulu résister, alors, mais l'ombre passive et flottante qu'il était devenu n'avait pas été en mesure de combattre.

Même du bloc opératoire, Gage avait gardé des souvenirs très précis. Il suffisait qu'il ferme les yeux pour revoir les murs vert pâle, les lumières trop fortes, l'éclat métallique des instruments. Il entendait encore le bip bip des monitors, le sifflement venimeux du respirateur. Par deux fois, il s'était glissé sans difficulté hors de son corps. Et l'équipe chirurgicale lui était apparue en contrebas, soudée dans leur lutte farouche pour le rendre à la vie. Il se souvenait d'avoir vainement cherché un moyen pour leur adresser la parole, leur dire que c'était inutile, qu'il ne voulait pas aller plus loin.

Mais ses médecins avaient fait « un miracle », comme on dit, et ils avaient réussi à relancer la machine. Pendant quelque temps, il était resté au fin fond des ténèbres. Puis, un changement s'était opéré dans son état. L'obscurité s'était dissipée pour céder la place à un univers liquide, mouvant, d'un gris pâle et paisible qui avait réveillé le souvenir lénifiant des sensations fœtales. Dans cette grisaille informe et douce, il s'était senti en sécurité. C'était un univers clos, matriciel, où rien ne pouvait l'atteindre.

De très loin, parfois, il avait perçu certains sons. Par intervalles indistincts, quelqu'un venait prononcer son nom de façon insistante. Il avait entendu sangloter près de son lit et compris qu'il s'agissait de sa tante. En contrepoint, s'élevait alors la voix inquiète de son oncle qui le suppliait de revenir à la vie. Mais ces sollicitations lui avaient paru infiniment lointaines. Comme si elles concernaient quelqu'un d'autre qu'il avait sans doute été et qu'il n'était plus.

De temps en temps, une main soulevait sa paupière et un rayon de lumière venait frapper sa rétine. Mais de ces quelques éléments de réalité, il n'avait eu qu'une perception abstraite qui ne s'accompagnait d'aucune émotion.

Flotter dans ce gris amniotique comblait toutes ses aspirations. Il entendait les battements de son propre cœur, réguliers et rassurants. Et puis, il y avait les fleurs dont le parfum s'exhalait par bouffées légères, couvrant l'odeur morne et aseptisée de l'hôpital. Mais la musique surtout l'avait bercé, telle une présence amie, dans ce no man's land indifférencié.

Gage avait appris par la suite qu'une des infirmières du service avait installé un magnétophone près de son lit et qu'elle lui passait des cassettes de Bach, Mozart et Chopin. Régulièrement, elle lui apportait les bouquets oubliés que d'autres patients laissaient en partant. Et lorsqu'elle disposait de quelques minutes, elle s'asseyait à son chevet et lui parlait doucement. Perdu dans un univers où n'existait aucun repère temporel, Gage avait cru à plusieurs reprises entendre la voix de sa propre mère et ces paroles pleines de tendresse maternelle avaient provoqué en lui des élans de nostalgie déchirante.

Lorsque les bancs de brume s'étaient écartés tout doucement, laissant filtrer la froide lumière du réel, Gage avait résisté de toutes ses forces. Il voulait demeurer à jamais dans les limbes grises et cotonneuses. Mais il avait eu beau s'insurger, il s'était senti irrésistiblement tiré vers la surface. Jusqu'au jour où, à son corps défendant, il avait fini par ouvrir les yeux.

De tout le cauchemar, c'était la partie la plus intensément douloureuse : le moment où il avait dû se rendre à l'évidence et admettre qu'il était toujours en vie...

Encore écrasé de fatigue, Gage s'extirpa de son lit et se dirigea vers la fenêtre. Le désir de mort avec lequel il s'était débattu pendant les premières semaines avait fini par s'estomper pour disparaître. Mais les nuits où le cauchemar revenait, il lui arrivait de maudire encore l'équipe chirurgicale ultracompétente qui l'avait ramené dans le monde des vivants sans lui demander son avis.

Pourquoi *lui*, alors qu'ils n'avaient ramené ni Jack, ni ses parents qu'il n'avait pas connus, ni son oncle et sa tante qui lui avaient prodigué tant de patiente affection et qui étaient décédés l'un et l'autre quelques semaines à peine avant sa sortie du coma ?

La réponse à cette question, Gage n'avait pas tardé à l'obtenir. Ce n'était pas sans raison que la vie s'était accrochée si obstinément à lui : il avait reçu un don pendant les neuf mois où son âme était restée en gestation dans les limbes d'un autre monde. Et comme il avait été sauvé, il ne lui restait d'autre choix que d'accomplir ce qui devait être accompli.

Résigné à la condition étrange qui lui était échue, Gage posa sa main droite sur le mur vert pâle de sa chambre. Il se concentra et entendit le bourdonnement à l'intérieur de son crâne que nul hormis lui ne pouvait percevoir. Aussitôt, sa main disparut.

Non pas qu'elle ait cessé d'exister. Il pouvait encore la sentir même si ses propres yeux ne la distinguaient plus. Mais elle n'avait plus de contour, plus d'apparence visible. Il suffirait qu'il focalise son attention un bref instant et le reste de son corps s'évanouirait de même. La première fois que cela lui était arrivé, il avait ressenti un moment de terreur. Puis, très vite, une fascination s'était fait jour en lui, mêlée à un besoin irrépressible d'action.

Gage fit réapparaître sa main et l'examina. Elle n'avait pas été transformée par ce petit jeu de passe-passe. La paume était toujours large, les doigts longs, la peau légèrement calleuse. C'était la main d'un homme qui avait cessé d'être comme les autres.

A midi moins le quart, Deborah faisait le pied de grue au commissariat du XXVe. Elle n'avait pas été particulièrement surprise lorsque Me Simmons l'avait appelée ce matin-là pour lui proposer une rencontre avec Carl Parino. Le chef de gang et les trois sbires qui avaient abattu Rico Mendez étaient détenus en garde à vue dans des cellules séparées. Les charges retenues contre eux n'étaient pas minces : homicide volontaire, complicité d'homicide, détention illégale d'armes à feu, possession de substances illicites et quelques autres bricoles encore. Et comme les quatre complices avaient été séparés, il leur était impossible de se concerter pour corroborer leurs mensonges mutuels.

Simmons, l'avocat de Carl Parino, l'avait appelée ce matin-là à 9 heures précises en lui demandant de venir le retrouver au commissariat, en vue d'une troisième rencontre avec son client. Au cours des deux entrevues précédentes, Deborah avait catégoriquement refusé d'entamer les négociations. L'avocat demandait la lune et Parino lui-même s'était montré cassant, agressif et arrogant. Mais elle avait remarqué que, chaque fois qu'ils se retrouvaient face à face, Parino transpirait un peu plus abondamment.

Deborah avait accepté de reprendre les pourparlers pour une seule raison : son instinct lui soufflait que Parino savait quelque chose. Elle n'aurait pas su dire dans quoi il avait trempé, au juste. Mais elle était prête à parier que si Parino avait hésité à parler jusqu'à présent, c'était essentiellement par peur d'éventuelles représailles.

D'où la stratégie qu'elle avait mise au point : elle était venue, comme l'avocat de la défense le lui avait demandé. Mais en prenant soin de repousser le rendez-vous de quelques heures, histoire de mettre un peu plus la pression. Parino, d'après Simmons, était enfin décidé à passer un accord raisonnable. Deborah pianota du bout des doigts sur le porte-documents posé sur ses genoux. Vu les charges qu'elle avait réunies contre lui, il avait intérêt à se montrer *très* coopératif. Non seulement l'arme du meurtre avait été retrouvée chez lui, mais elle avait réussi à rassembler des témoignages écrasants. S'il ne faisait pas un réel effort de son côté, Parino avait toutes les chances d'être condamné à la peine capitale.

En attendant le détenu et son avocat, Deborah entreprit de relire ses notes. Mais comme elle connaissait le dossier quasiment par cœur, son esprit s'évada pour revenir à la soirée de la veille. *Gage Guthrie…* Quel genre d'homme était-il exactement ? La question n'avait pas cessé de tourner dans sa tête. « Que faut-il penser d'un type qui vous embarque dans sa limousine, plus ou moins contre votre gré, alors qu'il ne vous connaît pas depuis cinq minutes ? » Tout le mal possible, assurément !

D'un autre côté, il avait eu l'extrême délicatesse de laisser son véhicule à sa disposition pendant plus de deux heures. Une marque de galanterie à laquelle elle n'était pas restée insensible…

Deborah se remémora sa réaction de surprise lorsqu'elle était sortie du palais de justice à 1 heure du matin et qu'elle avait trouvé la longue voiture noire et son chauffeur taciturne qui l'attendaient patiemment.

« Ce sont les ordres de M. Guthrie », s'était-elle entendu dire en guise d'explication.

Même si M. Guthrie ne s'était pas manifesté en personne, elle avait senti sa présence tout au long du trajet entre le centre-ville et son appartement dans le West End. Deborah se surprit à sourire toute seule dans la salle d'attente du commissariat. Il ne lui déplaisait pas que Gage Guthrie ait une personnalité énergique. C'était un homme qui aimait le pouvoir et qui savait le prendre. Une particularité qui ne devait pas être étrangère à son indéniable charisme.

Le regard de Deborah se posa sur le décor plutôt sinistre qui l'entourait. Difficile d'imaginer l'homme en smoking qui l'avait raccompagnée la veille évoluant dans un cadre aussi peu sophistiqué. Le commissariat de cet arrondissement n'était pas, loin s'en fallait, un bureau de police des beaux quartiers. Et c'était pourtant ici que l'inspecteur Guthrie avait passé les six années où il avait été employé par la police judiciaire de Denver.

Deborah songea à l'homme urbain et policé dont elle avait fait la connaissance la veille. Comment associer, même en pensée, l'homme d'affaires « croulant sous les millions » que lui avait décrit Jerry avec ce sol en lino crasseux, ces néons sinistres, ces relents de sueur et de café réchauffé, à peine couverts par le parfum au pin artificiel du déodorant « d'ambiance » ?

Gage Guthrie aimait la musique classique. Elle avait reconnu un quintette de Mozart filtrant à travers les haut-parleurs de la limousine. Et pourtant, il avait passé six années de sa vie à travailler dans un cadre où on entendait plus souvent des cris, des insultes et le fracas des coups que le chant mélodieux des violons.

Dans un accès de curiosité, Deborah avait pianoté sur son ordinateur et, au bout de quelques savantes manipulations, avait fini par accéder à son dossier. Elle avait appris que ses supérieurs le considéraient comme un bon élément. Il était arrivé à l'agent Guthrie de commettre quelques imprudences. Mais s'il était capable d'initiative, il n'était jamais tombé dans l'indiscipline.

Les rapports qui le concernaient ne tarissaient pas d'éloges. Son coéquipier et lui avaient démantelé un réseau de prostitution qui s'était fait une spécialité de récupérer des adolescentes en fugue pour les mettre sur le trottoir. Toujours grâce au duo Gage Guthrie-Jack McDowell, trois hommes d'affaires avaient été arrêtés après avoir fait tourner pendant des années une salle de jeux illégale où les clients malchanceux se trouvaient soumis à des tortures innommables. Le tandem avait épinglé quantité de revendeurs de drogue et confondu un officier de police corrompu qui s'était servi de son badge pour racketter des petits commerçants.

Les deux coéquipiers avaient ensuite été désignés pour une mission sous couverture. Se faisant passer pour deux dealers, ils avaient infiltré un cartel de la drogue qu'ils avaient été chargés d'anéantir. Mais c'étaient les barons de la drogue, en fin de compte, qui les avaient anéantis, eux.

Deborah songea que c'était là sans doute que se trouvait le côté fascinant du personnage. En apparence, Gage Guthrie était revenu à son milieu d'origine et menait désormais une vie luxueuse et sans histoire. Mais ce côté très mondain qu'il affichait correspondait-il à sa personnalité profonde ? Se pouvait-il vraiment que le flic brillant, audacieux, ait disparu sans laisser la moindre trace ? A priori, c'était difficile à dire. Peut-être considérait-il ses années dans la police comme une simple erreur de jeunesse et adhérait-il entièrement à son nouvel environnement. Mais Deborah ne pouvait s'empêcher de penser que le véritable Gage Guthrie ne se résumait pas à l'image assez superficielle qu'il cherchait à donner de lui-même.

Elle soupira et secoua la tête. Illusion ou réalité ? Le sujet ne cessait de la travailler depuis le soir où elle s'était trouvée coincée au fond d'une impasse avec un couteau sous la gorge et la cuisse d'un violeur pressée entre les siennes. Aurait-elle réussi à se tirer de ce mauvais pas toute seule ? Elle voulait croire qu'elle en aurait été capable, même si elle devait se résigner à accepter que la question resterait sans doute à jamais irrésolue. Le fait est qu'elle avait été sauvée par un tiers. Un tiers un rien mythique que les habitants de la ville avaient baptisé Némésis et dont on disait qu'il n'était pas fait de chair et de sang. On chuchotait qu'il s'agissait d'un esprit revenu de l'autre monde, d'un fantôme masqué qui n'avait pas consistance humaine.

L'homme en noir qui avait ceinturé son agresseur s'était pourtant manifesté de façon très concrète. Non seulement elle l'avait vu agir, mais ils avaient même échangé quelques mots. Et pourtant, lorsqu'elle se remémorait la scène, elle avait l'impression qu'il n'avait pas cessé de se dissiper en fumée puis de réapparaître. C'était absurde. Totalement absurde. Mais elle ne pouvait s'empêcher de se demander si Némésis était palpable ou si sa main serait passée à travers lui comme à travers une ombre, un reflet.

Deborah fronça les sourcils et décida de ralentir son rythme de travail pour s'accorder quelques bonnes nuits de sommeil. Elle se flattait d'avoir un esprit à cent pour cent rationnel et pratique. Si elle commençait à croire à l'existence de l'homme invisible, elle devait être sérieusement surmenée !

Cela dit, elle avait la ferme intention de retrouver le « fantôme » en question et de découvrir qui était exactement cet étrange personnage.

— Mademoiselle O'Roarke ?

Elle se leva et serra la main du jeune avocat de la défense à l'expression éternellement tourmentée.

— Ravie de vous revoir, Simmons.

Plus nerveux que jamais, l'avocat remonta ses lunettes cerclées d'écaille sur son nez busqué.

— Eh bien, euh... Je vous remercie d'avoir accepté cette nouvelle rencontre. Il se trouve que mon client...

— Laisse tomber le baratin, Simmons, dit derrière lui la voix nasillarde de Parino.

Ce dernier venait d'entrer, menottes aux poignets et flanqué de deux policiers en uniforme.

— On est ici pour affaires, pas pour se faire des politesses. Alors on accélère la manœuvre, O.K. ?

Deborah hocha la tête et entra la première dans le parloir. Elle posa son porte-documents sur la table et s'assit posément, les mains croisées devant elle. Avec son petit tailleur bleu marine et son chemisier blanc, elle savait qu'elle avait un air inoffensif et parfaitement BCBG. Mais Parino aurait eu tort de penser qu'il pouvait lui marcher sur les pieds pour autant. Elle avait eu l'occasion d'examiner les photos de Rico Mendez tel qu'on l'avait retrouvé après la fusillade. Et elle avait vu à quoi la haine associée à un pistolet automatique pouvait réduire le corps d'un adolescent de seize ans.

— Maître Simmons, vous avez conscience comme moi que des quatre personnes mises en examen pour le meurtre de Rico Mendez, votre client doit répondre des chefs d'accusation les plus graves ?

— On pourrait m'enlever ces machins ? intervint Parino de sa voix traînante en désignant les menottes qu'il avait aux poignets.

Deborah le regarda froidement.

— Non.

Parino lui adressa ce qu'il devait sans doute considérer comme un sourire séducteur.

— Allez, sois gentille, ma puce. Tu n'as pas peur de moi, tout de même ?

— De vous, monsieur Parino ? rétorqua-t-elle d'un ton sarcastique. Certainement pas, non. Les gens comme vous ne m'effrayent pas. Mais vous, vous devriez avoir peur de moi, en revanche. Car les éléments de preuve que je détiens désormais contre vous sont imparables.

Elle se tourna vers Simmons.

— Mais ne perdons pas plus de temps, voulez-vous ? Nous savons tous les trois ce qu'il en est. M. Parino a dix-neuf ans et il est adulte. Il n'a pas encore été décidé si les trois autres seront jugés ou non au tribunal des enfants.

Deborah sortit ses notes et les résuma brièvement :

— L'arme du crime a été retrouvée dans l'appartement de M. Parino et elle porte ses empreintes.

— Quelqu'un est venu la placer chez moi en mon absence, protesta Parino. Je n'avais jamais vu ce pistolet de ma vie.

— Gardez ce genre d'argument pour le juge, suggéra Deborah sans même le regarder. Deux témoins ont vu M. Parino à bord de la voiture qui roulait à l'angle de la Troisième Avenue et de la place du Marché à 11 h 45, le 2 juin. Ces mêmes témoins ont reconnu M. Parino au cours d'une séance d'identification de suspect et l'ont désigné comme l'homme qui s'est penché hors de la voiture pour tirer à dix reprises sur Rico Mendez.

Parino se mit à jurer et à vociférer contre les « balances ». Puis il se lança dans une violente diatribe où il était question de ce qu'il infligerait aux deux *cafteurs* ainsi qu'à elle, Deborah, une fois qu'il serait relâché.

Sans même prendre la peine de hausser le ton, Deborah poursuivit, imperturbable, en se tournant vers Simmons.

— Je suis donc en mesure d'apporter tous les éléments de preuve nécessaires et nous pouvons raisonnablement en conclure que votre client sera condamné. Le ministère public compte réclamer la peine capitale et le jury populaire sera sans pitié.

Croisant les mains sur son dossier, elle regarda l'avocat droit dans les yeux.

— Ceci étant dit, je suis tout ouïe. De quoi souhaitez-vous me parler ?

Simmons tira nerveusement sur son nœud de cravate. La fumée de la cigarette de Parino lui allait droit dans les yeux et il les cligna à plusieurs reprises.

— Mon client a des informations importantes qu'il est disposé à communiquer au service du procureur de district. En retour, il souhaiterait que vous abandonniez les chefs d'accusation principaux pour ne retenir que la possession illégale d'arme à feu.

Deborah haussa les sourcils et laissa passer quelques secondes de silence.

— C'est tout ?

— Je ne rigole pas, déclara Parino en se penchant au-dessus de la table. Et je te conseille de jouer le jeu parce que je connais deux ou trois trucs qui pourraient intéresser la justice.

Avec des gestes délibérément lents et posés, Deborah replaça ses notes dans son attaché-case.

— Qu'est-ce que vous imaginez, au juste, monsieur Parino ? Que vous pouvez vous permettre de tuer froidement un gamin de seize ans et ressortir d'ici les mains dans les poches, en citoyen libre, prêt à tirer de nouveau dans le tas à la prochaine occasion ? Une fois pour toutes, il faudrait arrêter de croire qu'on peut commettre impunément les transgressions les plus graves ! Si c'est tout ce que vous avez à me dire, adieu.

Simmons releva la tête alors qu'elle avait déjà atteint la porte.

— Maître O'Roarke, s'il vous plaît... Nous pourrions essayer de discuter de tout cela calmement...

Elle tourna vers lui un regard glacial.

— Je suis tout à fait disposée à discuter calmement. A condition que vous me fassiez une proposition sérieuse.

Parino prononça quelques obscénités qui firent pâlir Simmons. Deborah lui jeta un regard détaché.

— Votre client a tué froidement, délibérément et sans remords. C'est la chaise électrique qui l'attend, Simmons. Et vous le savez aussi bien que moi.

Une lueur démente passa dans les yeux de Parino. Le regard fou, il bondit sur ses pieds.

— Je me tirerai de tôle quand je voudrai, espèce de garce. Et je te retrouverai pour te trouer la peau.

Deborah demeura de marbre.

— Vous n'avez aucune chance de vous évader du couloir de la mort, monsieur Parino.

— O.K. Vous ne retenez que l'accusation d'homicide involontaire, trancha Simmons, suscitant un hurlement de protestation de la part de son client.

Deborah secoua la tête.

— Je maintiens l'homicide volontaire. Mais à l'issue de mon réquisitoire, je demanderai l'emprisonnement à vie plutôt que la peine de mort. C'est à prendre ou à laisser.

Simmons s'essuya le front.

— Pouvez-vous m'accorder quelques minutes pour m'entretenir avec mon client, s'il vous plaît ?

— Mais bien volontiers.

Elle abandonna l'avocat en nage à son client hurlant.

Vingt minutes plus tard, elle se retrouva assise face à un Parino considérablement plus calme.

— O.K. Abattez votre jeu, Parino, lui dit-elle froidement.

— Je veux que vous m'accordiez l'immunité.

Elle acquiesça d'un signe de tête.

— Ça marche. Aucune charge ne sera retenue contre vous sur la base des informations que vous vous apprêtez à me donner.

— J'exige des mesures de protection.

Deborah nota que des gouttes de sueur commençaient à perler à son front.

— Vous les aurez si elles s'imposent.

Parino marqua une légère hésitation et sa main se crispa sur le piteux cendrier en plastique débordant de mégots.

— O.K., vous avez gagné, lança-t-il d'un ton hargneux. Je préfère passer vingt ans au trou que de me taper la chaise électrique. J'ai été payé, il n'y a pas très longtemps, pour faire des livraisons. Il s'agissait de récupérer des caisses sur les docks et de les apporter dans un magasin d'antiquités hyperclasse du centre-ville. C'était bien payé. Trop bien payé pour ce qu'on avait à faire. Du coup, j'ai pensé qu'il y avait peut-être autre chose dans toutes ces caisses que des vieux vases et des bibelots.

Gêné par ses menottes, Parino fit une pause pour allumer une nouvelle cigarette avec le filtre à moitié consumé de celle qu'il venait de terminer.

— Comme je suis du genre curieux, je me suis arrangé pour jeter un coup d'œil. Et je peux vous dire que ça m'a fait drôle lorsque j'ai découvert toute cette coke. Ça m'a surpris qu'on puisse transporter des quantités de poudre pareilles. Et ce n'était pas de la merde, je vous le garantis. Rien que du premier choix.

— Comment le savez-vous ?

Parino se lécha les lèvres et sourit.

— J'ai prélevé un paquet que j'ai glissé sous ma chemise. Et sans rire : il y en avait assez là-dedans pour shooter toute la population de Denver pendant les vingt prochaines années.

Deborah hocha pensivement la tête.

— Quel est le nom du magasin d'antiquités ?

De nouveau, Parino s'humecta les lèvres.

— Vous tiendrez parole, au moins ?

— Si vous me dites la vérité, oui. Si vous me racontez n'importe quoi, non.

— Eternel, qu'il s'appelait, leur magasin. Sur la Septième Avenue. On livrait une ou deux fois par semaine.

— Donnez-moi des noms.

— Le gars avec qui je travaillais sur les docks, on l'appelait Mouse. C'est tout ce que je sais.

— Et qui vous a embauché ?

— Un type qui est passé un jour au Loredo. C'est le bar où les Demons se réunissaient, dans le temps. Il a dit qu'il avait du boulot pour nous, à condition qu'on ait le dos solide et qu'on soit discrets. Alors, mon pote Ray Santiago et moi, on a accepté.

— Et à quoi ressemblait-il, l'homme qui vous a proposé ce travail ?

— Plutôt petit, l'air pas commode. C'est pas le genre de mec avec qui on a envie de plaisanter. Il avait une espèce de grande moustache, deux ou trois dents en or. Personne ne s'est amusé à l'ouvrir lorsqu'il est entré au Loredo.

Deborah prit des notes, hocha la tête, insista pour être certaine que Parino ne gardait aucune information pour lui. Lorsqu'elle eut la certitude qu'il lui avait dit tout ce qu'il savait, elle se leva.

— Très bien. Je vais vérifier ces informations. Si vous avez été réglo avec moi, je le serai avec vous... Je vous tiens au courant, ajouta-t-elle à l'adresse de Simmons.

Lorsqu'elle sortit de la salle d'interrogatoire, Deborah avait une drôle de sensation dans la poitrine, comme chaque fois qu'elle était amenée à traiter avec des gens comme Parino.

Dix-neuf ans. Ce garçon n'avait que dix-neuf ans et déjà sa vie était derrière lui. En proie à un mélange de tristesse et de colère, elle jeta son badge visiteur sur le bureau de l'entrée. Elle savait que Parino n'éprouvait aucun remords. Dans le gang des Demons, auquel il appartenait, le genre de fusillade à laquelle il s'était livré était considéré comme une sorte de rite initiatique. Pour ces jeunes marginalisés, le gang tenait lieu de famille. Ils ne reconnaissaient pas d'autres lois que celles, sanguinaires, propres à leur groupe.

Et elle, en tant que représentante du système judiciaire, avait été amenée à se livrer à des marchandages sordides. Mais c'était ainsi que fonctionnait la justice de son pays. Avec un profond soupir, Deborah sortit du commissariat et fut accueillie de plein fouet par la touffeur de midi qui pesait sur la ville. Ce fut à peine si elle eut conscience de la chaleur et de l'humidité, cependant. Elle songeait aux Parino de ce monde, manipulés par la justice comme une simple monnaie d'échange. Dans l'espoir d'obtenir du plus gros gibier, on s'arrangeait pour les faire parler. Et en contrepartie, ils ramassaient des peines un peu moins lourdes. Parino échapperait à la chaise électrique, en l'occurrence. Dans une vingtaine d'années, si tout se passait bien pour lui, il sortirait en liberté conditionnelle. Deborah poussa un profond soupir et conclut qu'au moins, Parino aurait sa chance. Qui sait ? Le hasard d'une lecture, d'une rencontre pouvait faire de lui un autre homme. Rien n'était écrit d'avance, après tout.

— Vous avez l'air bien sombre, mon cher maître.

Plaçant la main en visière au-dessus de ses yeux, Deborah tourna la tête et reconnut Gage Guthrie.

— Tiens, bonjour. Que faites-vous ici ?

— Je vous attendais.

Deborah commença par hausser les sourcils, se donnant un temps de répit pour réfléchir à cette déclaration. Elle examina l'homme de haute taille qui se tenait devant elle sur le trottoir écrasé de soleil. Rien n'indiquait que Gage Guthrie fût différent de ce qu'il prétendait être. Ni la discrète élégance de son costume gris clair, ni la blancheur immaculée de sa chemise, ni sa cravate de soie nouée à la perfection. Il incarnait son propre personnage à la perfection. A une nuance près, cependant. Le richissime homme d'affaires disparaissait au moment précis où on le regardait dans les yeux. Luttant contre un léger vertige, Deborah comprit que la fascination qu'il exerçait sur les femmes n'était pas forcément liée à sa position sociale ni à sa fortune.

— Et pourquoi m'attendiez-vous ? s'enquit-elle.

Gage rit doucement.

— Pour vous inviter à déjeuner.

— Ah ! Eh bien, c'est très gentil de votre part, mais...
— Il vous arrive de manger, n'est-ce pas ?
Deborah ne s'offusqua pas de son ton gentiment moqueur.
— Je sacrifie à ce rite au moins deux fois par jour. Mais là, je suis en plein travail.
— Vous êtes un ardent défenseur de la cause publique, n'est-ce pas, Deborah ?
— Comme je vous l'ai déjà dit, je m'efforce de servir la justice, c'est tout.
Hérissée par son ton sarcastique, Deborah s'avança sur le bord du trottoir et guetta le passage d'un taxi. Un autobus poussif passa, soufflant un épais nuage de fumée grise.
— Merci d'avoir laissé votre limousine à ma disposition, hier soir, au fait. C'était très aimable de votre part, mais vous n'auriez pas dû.
— Je fais très souvent des choses que les autres considèrent comme inutiles ou déplacées.
Il prit la main qu'elle avait levée pour héler un taxi et appliqua une légère pression pour ramener son bras contre son flanc.
— Si vous n'êtes pas libre maintenant, dînons ensemble ce soir.
Deborah hésita à se dégager de force. Mais il lui parut vaguement infantile de s'affronter ainsi à Gage en pleine rue, sous le regard attentif du planton de service.
— Voilà qui ressemble à un ordre plus qu'à une proposition, observa-t-elle d'un ton léger. Quoi qu'il en soit, je ne serai pas libre. J'ai des rendez-vous professionnels jusqu'en milieu de soirée.
— Demain alors ?
Il eut un sourire charmeur pour préciser :
— Simple proposition, madame le procureur...
Comment ne pas lui rendre son sourire alors qu'il y avait non seulement de l'humour dans ses yeux, mais également une pointe imperceptible de tristesse ?
— Monsieur Guthrie... Je veux dire, Gage... Les hommes qui ne comprennent pas le mot « non » m'exaspèrent. Cependant, pour une raison que je ne m'explique pas encore, je crois que j'ai envie de dîner demain soir avec vous.

— Je passerai vous prendre vers 7 heures. J'ai l'habitude de dîner tôt. Si vous n'y voyez pas d'inconvénient.
— L'horaire est parfait pour moi. Je vais vous donner mon adresse.
— Je la connais déjà.
Elle sourit.
— Votre chauffeur vous l'a confiée, je suppose ? Maintenant, si vous voulez bien me libérer, j'aimerais faire signe à ce taxi.

Avant d'accéder à sa demande, Gage prit le temps d'examiner la main qui reposait dans la sienne. Comme le reste de la personne de Deborah, elle était petite et délicate en apparence. Mais ce n'était pas une main fragile ou languissante. Elle dégageait, au contraire, une impression de force. Ses ongles étaient coupés court et juste couverts d'une couche de vernis incolore. Elle ne portait ni bagues ni bracelets. Rien qu'une montre simple et fonctionnelle réglée à la seconde près.

Lâchant sa main, Gage chercha son regard. Il y lut un mélange de curiosité et d'impatience. Et toujours beaucoup de distance. Mais si Deborah O'Roarke restait sur ses gardes, elle n'était pas pour autant indifférente. Gage réussit à sourire tout en se demandant comment le simple contact de cette main fine reposant dans la sienne avait pu chambouler sa libido à ce point.

— A demain, Deborah, fit-il en s'écartant pour la laisser monter dans le taxi.

Incapable d'émettre un son, elle se contenta de hocher la tête et se glissa sans un mot sur la banquette arrière. Tout de suite après avoir donné son adresse au chauffeur, elle se retourna pour regarder derrière elle. Mais Gage Guthrie avait déjà disparu.

La soirée était largement avancée lorsque Deborah décida de faire un crochet par le magasin d'antiquités en sortant du palais de justice. A cette heure, naturellement, elle trouva porte close et elle se demanda ce qu'elle avait espéré découvrir en poussant ainsi une pointe jusqu'à la Septième Avenue. Elle avait rédigé son rapport et transmis les détails de son entrevue avec Parino à son supérieur hiérarchique. Mais la curiosité avait été la plus forte et elle n'avait pu s'empêcher de se rendre sur place et de tâter l'ambiance du côté d'Eternel.

Le magasin se trouvait dans une des rues les plus élégantes de Denver et l'atmosphère qui régnait dans le quartier par cette nuit d'été n'avait rien de mystérieux ni de lugubre. Les trottoirs étaient encore animés, les tables occupées en terrasse. Deborah s'immobilisa devant le magasin et se demanda pourquoi elle avait fait le trajet jusqu'à Eternel plutôt que de s'accorder une longue nuit de sommeil bien méritée. Qu'avait-elle espéré, au juste ? Que les portes s'ouvriraient devant elle et qu'elle n'aurait qu'à entrer pour trouver des milliers de sachets de drogue dissimulés dans des armoires Louis XV ?

Non seulement le magasin était fermé pour la nuit mais de lourds stores métalliques dissimulaient les vitrines obscures. Elle avait passé des heures cet après-midi-là à tenter de découvrir le nom du propriétaire. Mais ses recherches n'avaient rien donné, à part une longue suite de noms de sociétés, toutes aussi anonymes et obscures les unes que les autres. Le tout avait formé un imbroglio administratif si compliqué qu'il lui avait été impossible de le démêler.

Mais le magasin, lui, n'avait rien de virtuel. Dès le lendemain — le surlendemain au plus tard —, elle aurait obtenu une ordonnance du tribunal et la police viendrait fouiller chaque coin et recoin d'Eternel. Les registres comptables seraient confisqués et épluchés. Et elle disposerait de tous les éléments nécessaires pour mettre le mystérieux propriétaire en examen. Ainsi que ses complices éventuels.

Deborah se rapprocha de la devanture. Un léger frisson la parcourut et son premier réflexe fut de tourner la tête vers la rue joyeuse où s'alignait une rassurante rangée de lampadaires. Une circulation dense continuait à encombrer la chaussée et un couple se promenait bras dessus bras dessous sur le trottoir opposé.

Tout était calme, paisible, rassurant. Alors pourquoi cette sensation bizarre, cette démangeaison dans la nuque, comme si quelqu'un l'observait ? Elle balaya les immeubles voisins du regard pour s'assurer que personne ne lui prêtait attention. Rien. Il n'y avait strictement rien d'alarmant où que ce soit. Et pourtant, elle ne parvenait pas à desserrer l'étau d'angoisse qui lui comprimait la poitrine.

« Tu sais quoi, ma vieille ? Tu es tout simplement en train de jouer à te faire peur », se dit-elle. Ces mini-attaques de panique étaient sûrement une séquelle de sa mésaventure dans le East End. Mécontente d'elle-même, Deborah serra les lèvres. Par principe, elle refusait de vivre dans la peur. A quoi bon vivre si c'était pour trembler du matin au soir en imaginant des dangers à chaque coin de trottoir ? Elle voulait pouvoir se déplacer en confiance, de jour comme de nuit, seule ou accompagnée.

Pendant toutes les années où elle avait vécu avec sa grande sœur, elle avait été chouchoutée, préservée et sans doute surprotégée. Le cocon que Cilla avait tissé autour d'elle lui avait permis de se structurer dans un cadre solide et rassurant. Mais à présent qu'elle était devenue adulte, Deborah ressentait le besoin de déployer ses ailes. Elle avait pris envers elle-même l'engagement de se battre, de faire bouger les choses et de laisser sa marque. Mais, pour cela, elle ne pouvait se permettre de vivre dans la crainte.

Déterminée à vaincre son sentiment de malaise, Deborah contourna résolument le bâtiment et pénétra dans l'étroit passage qui séparait le magasin de l'entrepôt. A l'arrière, tout était aussi solidement barricadé qu'en façade. L'unique fenêtre était protégée par de solides barreaux en fer et les larges portes métalliques étaient dûment verrouillées. Il faisait très sombre dans l'impasse qui ne bénéficiait d'aucun éclairage.

— Vous n'avez pourtant pas l'air stupide.

Au son de la voix, Deborah se rejeta vivement en arrière. Elle serait tombée à la renverse entre deux poubelles si une main surgie de l'obscurité ne l'avait pas agrippée par le poignet. Le cœur battant, elle ouvrit la bouche pour hurler lorsqu'elle vit soudain à qui elle avait affaire.

— Encore vous..., murmura-t-elle dans un souffle.

Némésis était vêtu de noir, à peine visible dans les ténèbres. Elle sentait plus qu'elle ne discernait sa présence.

— Je pensais que vous aviez eu votre compte d'impasses obscures. Mais apparemment, vos récentes expériences ne vous ont pas servi de leçon.

Il ne lui avait toujours pas lâché le poignet, mais l'idée qu'elle aurait pu se dégager ne lui traversa même pas l'esprit.

— Vous m'espionniez ?

— Il y a comme ça des femmes qu'on a du mal à quitter des yeux, admit-il en l'attirant contre lui.

Surprise, Deborah scruta ses traits sous le masque. La voix de

Némésis était basse, plutôt rauque et une lueur de colère brillait dans son regard.

— Pourquoi êtes-vous venue fureter par ici, bon sang ? Vous cherchez les ennuis ou quoi ?

Sa bouche était soudain si sèche qu'elle se demanda si elle pourrait articuler un son. Némésis était si près que leurs cuisses se touchaient presque. Elle sentit la chaude caresse de son souffle errant sur ses lèvres et lutta contre une envie presque irrépressible de fermer les yeux. Afin de reprendre un peu de distance et un minimum de contrôle sur elle-même, Deborah posa les deux mains contre son torse. Ses doigts rencontrèrent bel et bien une résistance. Non seulement Némésis était palpable et tangible, mais il avait un cœur tout à fait humain qui battait à un rythme rapide sous ses paumes.

— Ce que je fais ici est mon problème, rétorqua-t-elle sèchement en s'efforçant de calmer sa respiration.

— Votre travail consiste à rassembler des éléments de preuve sur papier et à plaider. Pas à jouer les détectives privés !

— Je ne joue pas les...

Elle s'interrompit brusquement.

— Comment connaissez-vous ma profession ?

— Je sais beaucoup de choses à votre sujet, mademoiselle O'Roarke. C'est mon rôle de m'informer sur ce qui se passe dans cette ville. Et je ne pense pas que votre sœur apprécierait de vous voir traîner dans ce genre d'endroit après tous les sacrifices qu'elle a consentis pour que vous puissiez poursuivre vos études. Cet endroit est dangereux et le commerce qui s'y livre particulièrement sordide.

— Parce que vous êtes au courant de ce qui se passe dans ce magasin d'antiquités ? se récria Deborah.

— Je vous l'ai déjà dit : je m'informe.

Choquée, elle croisa les bras. Qu'il se soit renseigné ainsi sur sa vie privée était intolérable. Mais elle réglerait cette question plus tard. Pour le moment, les considérations professionnelles passaient avant le reste :

— Si vous avez des informations, votre devoir est de les communiquer aux services du procureur de district !

— Je suis très conscient de ce que sont mes devoirs en tant que citoyen, mademoiselle O'Roarke. Et conclure des arrangements à l'amiable avec des assassins n'en fait pas partie. Si les procureurs ont envie de se salir les mains, c'est leur problème. Les miennes, je préfère les garder propres.

Le sang monta aux joues de Deborah. Elle ne se demanda même pas comment il avait entendu parler de son entrevue avec Parino. Qu'il ose douter de son intégrité la mettait hors d'elle.

— Je m'efforce de servir la loi aussi efficacement et aussi équitablement que possible, lança-t-elle, outrée. Et cela en veillant à toujours rester dans le cadre légal, ce qui est loin d'être votre cas. C'est bien gentil de se déguiser en Zorro et de jouer les défenseurs des pauvres et des opprimés. Mais je vais vous dire une chose, monsieur le pseudo-fantôme : ce genre d'attitude contribue à aggraver le problème plus qu'il n'apporte de solution.

Les yeux de Némésis étincelèrent dans le noir.

— Vous n'aviez pas l'air si mécontente que ça de ma solution, l'autre soir.

Elle le toisa froidement.

— Je crois vous avoir déjà exprimé ma gratitude. Mais je vous répète que j'aurais pu m'en passer.

— Vous êtes toujours aussi arrogante, mademoiselle O'Roarke ?

— Pas arrogante, sûre de moi, rectifia-t-elle.

— Autre question : vous gagnez systématiquement au tribunal ?

— Je me débrouille plutôt bien dans l'ensemble.

— Je vous ai demandé si vous gagniez *systématiquement* ? insista-t-il.

Elle secoua la tête.

— Bien sûr que non, évidemment. Mais le problème n'est pas là.

— Le problème est très exactement là, au contraire. Cette ville est devenue le théâtre d'une guerre sans merci, mademoiselle O'Roarke.

— Les bons contre les méchants, c'est ça ? Et vous pensez être à la tête des « bons » ?

Sa réflexion ne fit pas sourire Némésis.

— Je ne suis à la tête de rien. J'ai toujours œuvré seul.

— Et vous ne croyez pas que...

Il ne laissa pas à Deborah le temps de terminer sa question. Les sens soudain en alerte, il la fit taire brusquement en lui plaquant la main sur la bouche et tendit l'oreille. Il ne voyait rien d'étrange, n'entendait aucun son suspect. Et pourtant la certitude du danger était là, imminente. Comment il le savait, il n'aurait su le dire. Il s'agissait d'un instinct aussi élémentaire que la soif ou la faim.

Comme Deborah cherchait à se débattre, il l'immobilisa en la plaquant contre lui, franchit l'angle du bâtiment voisin et la poussa au sol en la couvrant de son corps.

Les yeux écarquillés de stupeur, Deborah émit une protestation outrée :

— Je peux savoir ce que signifie cette attitude ?

Assourdissante, la déflagration se déclencha comme en réponse immédiate à sa question. Les oreilles de Deborah bourdonnèrent et sifflèrent. La lumière fut si vive qu'elle crut être frappée de cécité. Aussitôt, une pluie drue d'éclats de verre, de béton, de morceaux de bois s'abattit sur elle. Même le sol trembla sous l'impact de l'explosion. Avec un grondement rageur, les flammes s'élevèrent du magasin d'antiquités. Un énorme parpaing s'écrasa avec un bruit assourdissant à quelques centimètres de leurs têtes. Pétrifiée, Deborah se recroquevilla instinctivement contre son compagnon.

— Ça va ?

Comme elle ne répondait pas mais continuait à trembler, il prit son visage entre ses mains et le tourna vers le sien.

— Deborah ?

Il dut répéter son nom à deux reprises avant que le voile qui ternissait son regard ne se dissipe enfin.

— Oh, mon Dieu, ça va, oui, chuchota-t-elle. Et vous ?

Il ne put s'empêcher de sourire.

— Vous ne lisez donc pas la presse ? Je suis invulnérable, ne l'oubliez pas.

— C'est ça. Invulnérable, impalpable et transparent. A part que vous avez failli m'écraser sous votre poids.

Elle tenta de se redresser, mais il ne se releva pas immédiatement. L'idée de rompre l'intimité de leurs deux corps enlacés suscitait en lui une résistance qu'il ne parvint pas à surmonter sur-le-champ. Leurs visages étaient très proches l'un de l'autre. Il n'aurait qu'un geste à faire et…

Il allait l'embrasser.

Deborah oublia qu'ils venaient d'échapper à la mort et que l'incendie faisait rage autour d'eux. Loin de s'indigner, elle ressentait une excitation violente, primitive, qui balayait toute raison. Avec un léger murmure d'acquiescement, elle posa la main sur sa joue.

Mais ses doigts ne firent qu'effleurer le masque. Il se rejeta en arrière comme si elle l'avait frappé. Sans un mot, Némésis se releva et lui tendit la main pour l'aider à se remettre sur ses pieds. De sa vie, Deborah ne s'était jamais sentie aussi humiliée. Sans lui jeter un regard, elle s'écarta du mur qui les abritait et se dirigea à grands pas vers les lieux du sinistre.

Du magasin d'antiquités, il ne restait déjà plus grand-chose. Et le feu achevait de détruire ce que l'explosion n'avait pas réussi à entamer. Deborah tressaillit lorsque le toit s'effondra bruyamment, envoyant une énorme gerbe d'étincelles qui parut s'élever jusqu'au ciel.

— Ils vous ont battue d'une longueur, commenta la voix sarcastique de Némésis derrière elle. Après cela, vous pourrez toujours aller fouiller les décombres. Il ne restera rien : plus de documents, plus de preuves. On vient de vous faucher l'herbe sous les pieds, mon cher maître.

— Ils ont peut-être détruit le bâtiment, mais ce magasin a un propriétaire. Et je ferai en sorte de le trouver, déclara-t-elle froidement.

A aucun moment, elle n'avait eu envie que Némésis l'embrasse, bien sûr. L'idée même frisait le ridicule. Comment aurait-elle pu aspirer à un quelconque contact physique avec un homme sans visage et sans identité ? Pendant une fraction de seconde, simplement, elle avait été désorientée, sonnée par le vacarme de l'explosion au point de ne plus savoir ce qu'elle faisait.

— Ce qui vient de se passer a valeur d'avertissement, mademoiselle O'Roarke. Je ne saurais trop vous conseiller d'en tenir compte.

Elle redressa la taille.

— Si vous croyez me faire peur, vous vous trompez de cible. Je ne me laisserai pas effrayer par une explosion. Ni par vous d'ailleurs.

Mais lorsqu'elle se retourna pour lui faire face, elle constata sans grande surprise que Némésis, une fois de plus, s'était dissipé en fumée.

281

3.

Il n'était pas loin de 1 heure du matin lorsque Deborah, fourbue et d'humeur exécrable, regagna enfin son immeuble. Elle venait de passer près de deux heures à répondre à un feu roulant de questions. Et lorsque, sa déposition faite, elle avait enfin pu quitter le commissariat de police, elle avait presque dû se battre pour échapper aux journalistes. Le dénommé Némésis, lui, s'était esquivé, la laissant se débrouiller seule.

Techniquement, il lui avait sauvé la vie pour la seconde fois. Si elle était restée plantée derrière le magasin au moment de l'explosion, elle aurait sûrement péri sous les décombres. Mais ce n'était pas la reconnaissance envers lui qui l'étouffait, en l'occurrence. Némésis était parti en traître en la laissant dans une position inconfortable. Malgré son statut de procureur, il lui avait fallu se justifier à plusieurs reprises pour expliquer sa présence sur les lieux de l'accident.

Avec cela, il s'était montré cassant et méprisant à son endroit. Alors qu'elle croyait en son métier, il l'avait traitée de haut, comme si elle exerçait une profession en tout point méprisable. Furieuse, Deborah sortit de l'ascenseur et pêcha les clés de son appartement au fond de son sac. C'était facile pour lui de porter des jugements condescendants. Il préférait jouer les héros incompris en se baladant la nuit tout seul. Comme si on pouvait arriver à un quelconque résultat de cette manière! songeait-elle, outrée, en bataillant avec sa serrure.

Tôt ou tard, ce Lucky Luke urbain comprendrait qu'on ne pouvait pas s'amuser à réinventer la loi. Elle se faisait fort de lui prouver que le système judiciaire fonctionnait. Sans oublier de se prouver à elle-même que ce justicier d'opérette n'exerçait pas l'ombre d'une attirance sur elle!

— Eh bien! Vous avez une mine drôlement sinistre pour une belle fille qui rentre chez elle à point d'heure!

Ses clés encore à la main, Deborah se retourna. Mme Greenbaum, sa voisine d'en face, se tenait sur le pas de la porte et ses yeux pétillaient gaiement derrière ses immenses lunettes cerclées de rouge.

— Madame Greenbaum! Mais que faites-vous debout au beau milieu de la nuit?

— Je viens juste de finir de regarder mon émission préférée. J'adore les talk-shows, que voulez-vous? Et rien ne m'oblige à me lever à l'aube demain matin. Ce sont les joies de la retraite.

A soixante-dix ans, avec une pension confortable pour assurer ses vieux jours, Lily Greenbaum pouvait effectivement se permettre de n'en faire qu'à sa tête. Et même de déambuler dans les couloirs avec une robe de chambre qui avait connu des jours meilleurs, une paire de pantoufles en forme de lapins et un nœud rose dans ses cheveux d'un roux flamboyant.

— Vous savez ce qu'il vous faudrait, Deborah? C'est un bon remontant. J'allais me faire un petit grog, justement.

Sur le point de refuser, Deborah songea qu'il n'existait pas de remède plus souverain contre la mauvaise humeur qu'une boisson chaude et alcoolisée. Rassérénée à cette pensée, elle fit glisser ses clés dans sa poche et traversa le palier.

— O.K. Va pour un grog. Avec une double dose de rhum, de préférence.

— J'en ai pour une seconde. J'avais déjà mis la bouilloire à chauffer. Asseyez-vous, mon petit, et faites comme chez vous.

Mme Greenbaum lui tapota la main et trottina jusqu'à la cuisine. Deborah poussa un soupir de bien-être en se nichant entre les coussins brodés du canapé. Un vieux film en noir et blanc passait à la télévision. Elle reconnut Cary Grant dans ses jeunes années. Mais elle aurait été bien en peine de nommer le titre et le metteur en scène. N'importe. Mme Greenbaum saurait la renseigner. Sa voisine était un véritable puits de science.

Le deux-pièces de Lily Greenbaum était à la fois surchargé et rangé à la perfection. Deborah n'avait jamais vu une telle quantité d'objets rassemblés dans un espace aussi restreint. Sur le poste de télévision, trônait une lampe dont le pied en bronze représentait le symbole célèbre « Faites l'amour et pas la guerre ». Lily était très fière d'avoir défilé dans d'innombrables manifestations au cours des années 70. Depuis, elle n'avait pas cessé d'embrasser diverses grandes causes, militant activement contre le nucléaire, la « guerre des étoiles » et la déforestation.

— Et voilà pour vous, mon petit.

Mme Greenbaum posa son plateau sur la table basse et jeta un bref coup d'œil sur l'écran.

— Mmm... *Soupçons*, avec Joan Fontaine. C'est le premier film que Cary Grant a tourné avec Hitchcock en 1941, commenta-t-elle distraitement en éteignant le poste. Mais parlons de vous, Deborah... Que vous est-il donc arrivé ?

La jeune femme ne put s'empêcher de sourire.

— Qu'est-ce qui vous fait penser qu'il s'est passé quelque chose de particulier ?

Lily Greenbaum goûta son grog avec attention et claqua des lèvres.

— Votre tailleur est bon pour le pressing, vous sentez la fumée et votre collant est filé. Quant à vos yeux, ils lancent des éclairs. A mon avis, il y a un homme là-dessous.

— Vous devriez vous faire embaucher par la police de Denver, madame Greenbaum ! J'avais décidé de vérifier une information qui venait de m'être fournie ce matin. Et le bâtiment que je voulais examiner m'a plus ou moins explosé au nez.

Lily Greenbaum pâlit.

— Mon Dieu... Et vous n'êtes pas blessée ?

— Non. Juste quelques égratignures, par chance. Mais je me suis trouvée en compagnie plutôt dérangeante. Votre cher Némésis rôdait sur les lieux.

Deborah s'était abstenue de mentionner sa première rencontre avec le héros du jour. Sachant que sa voisine vouait une admiration passionnée à l'homme au masque noir, elle avait craint une réaction un peu trop enthousiaste de sa part.

Derrière les verres épais de ses lunettes, le regard de Lily redoubla d'éclat.

— Non, sérieux ? Vous l'avez vu ? En personne ?

— Je l'ai vu, je l'ai entendu et il m'a plus ou moins jetée à même le bitume juste avant que la déflagration n'ébranle tout le quartier.
— Oh, Seigneur…
Lily pressa une main sur son cœur.
— C'est encore plus romantique que ma rencontre avec M. Greenbaum au Pentagone.
— Romantique? Ce type est impossible et vraisemblablement dangereux. Sa place n'est pas dans la rue mais à l'hôpital psychiatrique.
Mme Greenbaum secoua la tête d'un air indigné.
— Némésis est un héros, mon petit. Un vrai. C'est parce qu'on n'en trouve plus que la plupart des gens sont devenus incapables de les identifier.
Sur ce jugement définitif, la vieille dame vida sa tasse. Puis elle tourna vers Deborah un regard brillant de curiosité.
— Et maintenant, dites-moi tout : à quoi ressemble-t-il, notre ami Némésis? Les descriptions que l'on entend de lui sont complètement contradictoires. Tantôt on nous brosse le portrait d'un grand Noir bâti comme une armoire à glace, puis on nous parle d'un vampire à la face livide et aux crocs acérés. Aux dernières nouvelles, il aurait même pris les traits d'une petite femme verte aux yeux rouges!
— Némésis n'est pas une femme, en tout cas, marmonna Deborah.
Elle ne se souvenait que trop clairement du contact de son corps contre le sien.
— Il vous a fait penser à Zorro? demanda Mme Greenbaum d'un air d'espoir.
— Non… Ou, enfin, je ne sais pas, à vrai dire. Il était masqué et il faisait nuit noire. Tout ce que je peux affirmer, c'est qu'il est grand et mince. Mais musclé et bien bâti.
— Et ses cheveux? De quelle couleur?
— Je ne sais pas, ils sont couverts par son espèce de cagoule. J'ai vu la ligne de sa mâchoire, en revanche : carrée, plutôt tendue. Et sa bouche…
Sa bouche qui pendant quelques secondes l'avait fascinée au point de devenir son unique horizon…
— Et alors?

— Et alors, rien de spécial, murmura-t-elle en plongeant le nez dans sa tasse.

Une lueur amusée dansa dans le regard de Lily.

— Mmm... Et ses yeux ? On peut toujours juger les hommes sur ce critère. Même si je préfère de loin les contempler de dos.

Deborah se mit à rire.

— Ils sont sombres.

— Sombres comment ?

— Juste sombres. Il reste toujours dans l'obscurité.

— Il se glisse dans les ténèbres pour lutter contre le mal et pour protéger les innocents. Que peut-on imaginer de plus romantique ?

— Il est en rébellion contre le système, madame Greenbaum ! C'est un marginal.

— Et alors ? Citez-moi une mauvaise action qu'il aurait accomplie jusqu'à présent !

— Je ne dis pas que ses intentions soient mauvaises. Il a eu l'occasion de se rendre utile et de prêter assistance à plusieurs reprises aux habitants de cette ville. Mais nous avons une police pour ça. Et nos agents, eux, ont été formés pour s'acquitter de ces tâches.

Deborah fronça les sourcils en contemplant le fond de sa tasse. Il n'y avait pas eu l'ombre d'un policier dans le secteur les deux fois où elle avait eu besoin de leur aide. Mais les forces de l'ordre ne pouvaient pas être partout à la fois. Et elle aurait sans doute été capable de se tirer d'affaire toute seule. *Sans doute...*

— Il ne respecte pas la loi, objecta-t-elle, lançant son ultime argument.

— Détrompez-vous, ma petite Deborah. Je suis sûre que Némésis respecte les lois de notre pays. Simplement, il ne les interprète pas comme vous.

— Madame Greenbaum, si tout le monde se met à interpréter les lois à sa façon, c'est la porte ouverte à l'anarchie la plus totale !

Sa voisine lui tapota gentiment la main.

— Vous êtes une fille adorable, Deborah, et j'ai la plus grande affection pour vous. Mais vos conceptions sont terriblement rigides. La révolte, ma chère enfant, est au fondement même de notre existence en tant que pays indépendant. Si tout le monde respectait la loi aussi strictement que vous, nous serions toujours les dignes sujets de Sa Majesté la reine d'Angleterre ! Nous l'oublions souvent, si bien que notre société, régulièrement, s'empâte et se sclérose. Jusqu'à ce qu'un nouveau mouvement de contestation revienne la secouer. Nous avons besoin de rebelles comme nous avons besoin de héros. Sans eux, ce serait l'asphyxie.

— Mmm, murmura Deborah qui n'était guère convaincue. Mais nous avons aussi besoin de règles.

Mme Greenbaum lui adressa un large sourire.

— Naturellement que nous avons besoin de règles ! Comment les transgresserions-nous, sinon ?

A l'arrière de la limousine, Gage avait fermé les yeux. Laissant à son chauffeur le soin de le conduire à destination, il se débattait avec sa propre conscience. Depuis l'explosion du magasin d'antiquités la veille au soir, il s'était trouvé au moins douze bonnes raisons d'annuler son rendez-vous avec Deborah O'Roarke.

Face à ces douze raisons pratiques, logiques et sensées de ne pas la voir, il n'avait qu'un seul argument illogique, déraisonnable et insensé pour maintenir cette soirée quand même : le désir irrépressible de sa compagnie.

Déjà, elle l'empêchait de travailler, de dormir et de réfléchir correctement. Depuis le premier instant où son regard était tombé sur elle, Deborah était devenue une obsession. Gage ne comptait plus les heures qu'il avait passées à explorer son vaste réseau d'ordinateurs pour tenter d'en apprendre plus sur Deborah O'Roarke. Il savait qu'elle était née à Atlanta, il y avait de cela vingt-cinq ans. Enfant, elle avait perdu ses parents dans des conditions particulièrement tragiques. Sa sœur l'avait recueillie, avait divorcé peu après et, pendant six ans, elles avaient mené une vie quasi itinérante. La sœur était animatrice radio et dirigeait maintenant sa propre station à Denver où elle avait fini par se stabiliser et par fonder une famille.

C'était là, dans le Colorado, que Deborah avait fait ses études de droit. Après avoir été reçue première à l'examen du barreau, elle avait posé sa candidature aux services du procureur de district de

Denver. Depuis un an et demi qu'elle était entrée en fonction, on la considérait comme quelqu'un d'à la fois méticuleux, exigeant et ambitieux. Gage avait eu écho d'une histoire d'amour sérieuse qui s'était nouée pendant ses années d'étude, mais il n'avait pas réussi à élucider la raison de la rupture. Ici, à Denver, Deborah avait des amis avec qui elle sortait régulièrement, mais il n'y avait pas d'homme fixe dans sa vie.

Le cœur de Deborah O'Roarke restait donc à prendre. Gage était d'autant plus furieux contre lui-même qu'il avait été soulagé de l'apprendre.

Cette fille était un véritable danger pour lui. Il le savait et, tout en le sachant, il ne pouvait s'empêcher de la relancer quand même. Malgré ce qui s'était passé la veille au soir, lorsqu'il avait été à deux doigts de la prendre dans ses bras et de l'embrasser éperdument, il ne parvenait à reprendre ses distances. Vivre une histoire d'amour avec une femme, quelle qu'elle soit, ne serait honnête ni envers elle ni envers lui-même.

Mais lorsque la limousine s'immobilisa au pied de l'immeuble de Deborah, Gage ne demanda pas à Frank de poursuivre son chemin. Victime d'un sortilège qui annihilait sa volonté, il descendit de voiture, monta dans l'ascenseur et se dirigea en droite ligne vers l'appartement de la jeune femme.

Elle était vêtue de bleu. Etrangement, il avait su que ce serait le cas avant même qu'elle ne lui ouvre sa porte. Peut-être parce que la couleur de son ensemble était assortie à celle de ses yeux. La jupe était droite, plutôt ajustée et pas très longue. Contrairement à ses jambes qui, elles, lui parurent vertigineuses. Sa veste de tailleur était d'un style très sobre, presque masculin. Gage ne put s'empêcher de se demander si elle portait quelque chose dessous.

Lui qui pratiquait l'art du compliment avec tant de facilité qu'il n'y pensait même pas d'ordinaire se trouva soudain sans voix.

— Déjà prête ? Vous êtes rapide, commenta-t-il simplement.

Deborah sourit.

— Toujours. C'est un vice chez moi.

Sans lui proposer d'entrer, elle prit son sac sur une console et le rejoignit dans le couloir. Il n'y avait aucune raison, après tout, pour qu'elle l'invite chez elle. Cela lui ressemblait déjà si peu de sortir, sur une impulsion, avec un quasi-inconnu! Elle avait d'ailleurs passé les vingt dernières minutes à faire les cent pas dans son salon en se demandant si elle ne devrait pas appeler Gage pour décommander. Dieu sait pourquoi elle avait décidé de consacrer sa soirée à un homme qui passait pour un fin connaisseur en matière de femmes et que l'on disait marié à ses affaires.

Autant le reconnaître, c'était le charme de Gage qui l'avait fait craquer. Il y avait quelque chose de fascinant dans le comportement de cet homme : ce non-conformisme un peu hautain, ce mépris des convenances associé à une allure et une conversation raffinées. Peut-être aussi, paradoxalement, était-elle attirée par son côté dominateur contre lequel il lui plaisait de s'insurger.

Une fois installée à bord de la limousine, Deborah se renversa contre le dossier, poussa un soupir de pur plaisir et décida de profiter de sa soirée sans arrière-pensées. Peu importait au fond la raison pour laquelle elle avait décidé de sortir avec Gage Guthrie. Il n'y avait rien de bien menaçant dans une banale invitation à dîner. Et comme elle n'était ni naïve ni stupide, elle n'attendrait de Gage que ce qu'elle pouvait accepter de lui sans danger : une nourriture de qualité et une conversation brillante.

— Vous vous déplacez toujours en limousine, Gage?

— Pas systématiquement, non. Seulement quand ça m'arrange.

Incapable de résister à la tentation, elle ôta ses escarpins et enfonça les orteils dans l'épaisse moquette à ses pieds.

— Je crois qu'à votre place, je m'en servirais tout le temps. Plus de bousculades dans les couloirs du métro, plus d'attente pour les taxis.

— Peut-être. Mais on finirait par se couper du monde. La vraie vie est dans la rue. Et en dessous.

Deborah tourna vers lui un regard surpris. Elle contempla son profil aristocratique, son costume sur mesure, ses boutons de manchette en or ancien. Difficile d'imaginer cet homme serré dans les transports en commun aux heures de pointe!

— Ne me dites pas qu'il vous arrive de prendre le métro?

Il se contenta de sourire.

— Pourquoi pas? C'est de loin le moyen de transport le plus

pratique qui soit. Vous ne pensez tout de même pas que l'argent doit être utilisé pour nous couper de la réalité ?

Elle non. Mais elle était surprise qu'un homme comme Gage Guthrie ait des opinions aussi démocratiques.

— Pour ma part, je n'ai jamais été suffisamment riche pour m'isoler de quoi que ce soit, donc la question ne se pose même pas, admit-elle en riant.

Gage passa un bras sur le dossier derrière elle et attrapa une mèche de ses cheveux.

— Je sais que l'argent ne vous intéresse pas, Deborah. Sinon vous ne seriez pas devenue fonctionnaire. Il n'aurait tenu qu'à vous de gagner un salaire beaucoup plus intéressant en tant qu'avocate d'affaires.

Elle haussa les épaules avec une feinte indifférence.

— Oh, vous savez, il ne se passe pas un jour sans que je me demande pourquoi j'ai fait un choix aussi masochiste. Mais bon… maintenant que j'y suis !

Jugeant que le sujet de conversation devenait un peu trop personnel, Deborah tourna la tête pour regarder à travers les vitres teintées.

— Où allons-nous, au fait ?

— Dîner.

— Voilà qui est rassurant, sachant que je n'ai rien avalé depuis ce matin. Je me demandais simplement où vous m'emmeniez.

— Ici.

La limousine s'immobilisa et Gage prit sa main dans la sienne. Ils avaient roulé jusqu'aux limites résidentielles de la ville pour atteindre un quartier déjà ancien où se trouvaient concentrées la plupart des demeures imposantes appartenant aux grandes familles de Denver. Le vacarme de la circulation n'y était plus qu'un lointain écho et le parfum délicat des roses embaumait le soir tiède. Impressionnée, Deborah s'immobilisa sur le trottoir. Elle avait eu l'occasion de voir des photos de la demeure de Gage. Mais elle n'avait pas imaginé que l'édifice occuperait à lui seul la moitié d'un pâté de maisons.

Avec sa façade néogothique, la construction datait du milieu du siècle. Elle avait lu, Dieu sait où, lorsqu'elle avait fait ses recherches sur lui, que Gage l'avait achetée juste avant de sortir de l'hôpital.

Clochetons et tourelles angulaires se découpaient sur le ciel et le soleil qui était déjà bas sur l'horizon embrasait les élégantes fenêtres à meneaux. Au sommet de la construction, un dôme de verre devait offrir sur la ville une vue imprenable.

— Ce n'est pas une maison, c'est un château ! commenta-t-elle, sidérée.

— J'apprécie l'espace et la tranquillité. Mais je ne suis pas encore devenu asocial au point de creuser des douves. Cela viendra peut-être en son temps.

Avec un léger rire, Deborah gravit les marches du perron et admira l'arc brisé au-dessus des grandes portes sculptées.

— Vous aimeriez peut-être une visite guidée des lieux ?

— Quelle question ! répondit-elle en lui prenant le bras. Par où commençons-nous, monsieur le guide ?

L'immense demeure recelait un dédale de corridors dont les méandres compliqués menaient à des pièces spacieuses sous de hauts plafonds décorés. Deborah s'enthousiasma pour la bibliothèque qui occupait deux étages. Ils traversèrent quelques salons, explorèrent de jolis boudoirs avec des sofas tendus d'étoffes anciennes et des guéridons où trônaient des pièces rares : vases Ming, chevaux Tang, cristal de chez Lalique et poteries mayas. Les tableaux étaient authentiques, les boiseries précieuses. Deborah avait l'impression d'être entrée dans un autre monde, une autre époque, un univers de pure fiction.

L'aile est offrait de nouvelles merveilles : une serre immense abritant une miniforêt tropicale, une piscine d'intérieur avec sauna et jacuzzi et un gymnase avec tout un équipement de musculation. Lorsque Gage l'entraîna dans les étages, elle renonça très vite à compter les chambres à coucher meublées de grands lits à baldaquin.

Vint ensuite un nouvel escalier de bois sculpté qui donnait accès à un vaste cabinet de travail avec un bureau en marbre noir et des consoles où s'alignaient des ordinateurs en veille. Une immense baie vitrée rosissait au soleil couchant. Et ce n'était pas fini. La visite se poursuivit par le salon de musique où luisait un grand piano blanc. Saisie de vertige, Deborah pénétra ensuite dans une salle de bal entièrement tapissée de miroirs. Au plafond, trois immenses lustres de Venise conféraient à la pièce une splendeur d'un autre âge.

— J'ai l'impression d'être entrée dans un décor de film! s'exclama-t-elle. Si vous m'aviez prévenue, j'aurais mis une perruque et une robe à crinoline.

Gage lui effleura les cheveux et secoua la tête.

— Non. C'eût été dommage. Vous êtes parfaite ainsi.

Ecartant les bras, Deborah s'avança au cœur de la pièce et, sur une impulsion, décrivit trois cercles sur la piste.

— Une salle de bal… C'est complètement extraordinaire d'avoir ça chez soi! Il ne vous vient jamais l'envie de monter ici et de vous mettre à danser?

— Ça ne m'était encore jamais arrivé avant ce soir.

A la grande surprise de Deborah, Gage lui saisit la taille et l'entraîna dans une valse. Elle aurait dû éclater de rire, lui lancer un regard amusé et se dégager en plaisantant. Mais il se produisit un phénomène de nature quasi magnétique. Le regard perdu dans celui de Gage, elle se laissa prendre par le rythme de la danse et tournoya avec lui dans la pièce. Mille reflets mouvants les accompagnèrent dans leur ronde éperdue.

Une de ses mains reposait sur l'épaule de Gage, l'autre était logée dans la sienne. Leurs pas s'accordaient, sans effort conscient. Elle se demanda naïvement si la musique intérieure qu'il entendait était la même que celle qui résonnait à ses oreilles.

Gage, en vérité, ne percevait rien, hormis le son léger du souffle de sa cavalière. Il ne se souvenait pas qu'une seule personne ait jamais été présente pour lui comme Deborah l'était à cet instant. Il ne voyait qu'elle, comme si le monde s'était réduit aux dimensions de ses longs cils noirs, de son regard si bleu, des formes souples de son corps qui se mouvait en phase avec le sien.

Ses cheveux volaient autour d'elle, ses yeux brillaient comme l'azur et son parfum les enveloppait, tentateur et enivrant. Il se demanda s'il pourrait en recueillir les fragrances s'il posait un instant les lèvres dans le creux délicat de son cou. Un cou si fin, si blanc que le simple fait de l'effleurer paraissait presque sacrilège.

Deborah vit le changement dans les yeux de Gage. Comme si le désir, peu à peu, les rendait plus fixes, plus intenses. En elle, un élan analogue montait en écho, répondant au sien. De même que leurs pas, leurs désirs s'accordaient. Deborah sentait cette force d'attraction croître en elle, telle une chose vivante, un pont ténu vibrant entre elle et lui, aimantant leurs corps qui se déplaçaient à l'unisson. Le cœur battant, elle ploya dans son étreinte.

Gage s'immobilisa. L'espace d'un instant, ils demeurèrent figés dans la même position, réfléchis à l'infini par les miroirs qui les entouraient. Un homme et une femme se tenaient face à face, comme en suspens, hésitant au seuil de l'inconnu.

Ce fut elle qui la première esquissa un geste — ou plus exactement un petit pas en arrière. C'était dans sa nature de réfléchir avant d'agir. Les doigts de Gage se resserrèrent un instant autour des siens. Pour une raison difficile à expliquer, elle interpréta ce signe comme un avertissement.

— Je... J'ai un peu le tournis, murmura-t-elle.

Il s'éclaircit la voix.

— Ce n'est pas étonnant si vous n'avez rien mangé depuis ce matin. Il serait peut-être temps que je vous nourrisse ?

— Oui, murmura-t-elle en souriant faiblement. Il serait temps.

Le repas ne leur fut pas servi dans l'immense salle à manger, mais dans un petit salon où une table pour deux avait été dressée près d'une fenêtre. Ils dégustèrent un dîner très estival composé d'un assortiment de poissons marinés, d'un succulent caviar d'aubergine et de brochettes de gambas. Deborah porta sa coupe de champagne à ses lèvres et admira les derniers rayons du couchant qui embrasaient la ville.

— Tout paraît magnifique vu d'ici, commenta-t-elle. On voit la beauté de Denver mais pas ses côtés gangrenés.

Pendant quelques instants, Gage contempla la vue en silence, puis il secoua la tête, comme pour repousser une pensée obsédante.

— Oui, c'est parfois reposant de prendre un peu de recul. Ça empêche d'être submergé par les problèmes ambiants.

— Mais vous n'êtes pas indifférent aux difficultés que connaît cette ville. Je sais que vous faites des dons importants aux foyers qui recueillent les sans-abri.

— C'est facile de donner de l'argent lorsqu'on en possède plus qu'on ne peut en dépenser.

— Voilà une réflexion bien cynique, monsieur Guthrie.
Gage haussa les épaules.
— Cynique, je ne sais pas. Réaliste, en tout cas. Je suis un homme d'affaires, Deborah. Et vous savez aussi bien que moi que ces dons sont déductibles des impôts.
Sourcils froncés, elle sonda ses traits.
— Ce serait vraiment regrettable que les gens ne fassent preuve de générosité que lorsqu'ils en retirent un bénéfice.
— Ah, voilà l'idéaliste en vous qui se réveille.
Du bout du doigt, elle tapota le rebord de son verre.
— C'est déjà la seconde fois que vous m'accusez d'être idéaliste. Et je ne suis pas certaine d'aimer cela.
— Je n'avais aucune intention de vous offenser. C'était juste une constatation.
Il leva la tête lorsque son chauffeur entra pour apporter le dessert.
— Merci, Frank. C'est tout ce dont nous aurons besoin pour ce soir.
Deborah nota que le dénommé Frank se déplaçait avec la grâce et la légèreté d'un danseur. Un talent qui surprenait chez un homme aussi solidement charpenté.
— Votre chauffeur a également la casquette de majordome ? s'enquit-elle.
— Frank remplit les fonctions les plus variées. Nous sommes de vieux complices, lui et moi. On pourrait presque dire que ma relation avec lui remonte à une vie antérieure.
Intriguée, elle ne parvint pas à réfréner sa curiosité.
— Voilà qui paraît bien mystérieux...
— Oh, pas tant que ça. Frank est un ancien pickpocket. A l'époque où j'étais encore inspecteur de police, j'ai eu l'occasion de le pincer une fois ou deux en pleine action. Finalement, nous avons sympathisé et il est devenu mon mouchard attitré. Maintenant, il conduit ma voiture et il accueille mes visiteurs. Entre autres choses.
Pensive, Deborah contempla les doigts de Gage, élégamment repliés sur le pied en cristal de son verre.
— C'est difficile de vous imaginer, revolver au poing, dans les bas-fonds de la ville, admit-elle spontanément.
Il sourit.

— Oui, je suppose qu'on doit avoir du mal à concevoir que j'aie pu mener ce genre de vie, en effet.
— Vous êtes resté longtemps dans la police ?
Le visage de Gage se ferma.
— Disons que j'y suis resté un soir de trop.
Sans lui laisser le temps de poser plus de questions, il se leva et lui tendit la main.
— Je vous emmène voir la vue sur le toit ?
— Volontiers.
Gage garda sa main dans la sienne en l'entraînant jusqu'à la porte d'ascenseur. Deborah le suivit en silence en méditant sur sa réaction. Gage ne tenait manifestement pas à s'étendre sur son passé dans la police.
— Vous avez tout le confort, ici, dit-elle en montant dans la cabine de verre fumé. Plutôt que des ascenseurs, j'aurais imaginé une série de cachots, de souterrains, de passages secrets.
— Oh, mais il y en a aussi. Peut-être que je vous les montrerai… une autre fois.
Une autre fois. Deborah se demanda s'il y en aurait une. Le souhaitait-elle, au demeurant ? A priori, elle n'avait aucune raison de fuir sa compagnie. La soirée s'était déroulée sans heurts, dans une ambiance cordiale et détendue. Sauf peut-être pendant les quelques minutes où ils avaient dansé dans la salle de bal. Mais si Gage Guthrie ne se départait jamais de ses manières courtoises, elle pressentait chez lui une puissance redoutable. Et cette puissance cachée était à la fois ce qui l'attirait et ce qui l'effrayait chez lui.
— A quoi pensez-vous, Deborah ?
— A vous, admit-elle, décidée à se montrer parfaitement franche. Je me demandais qui vous étiez réellement. Et si j'avais envie de m'attarder suffisamment longtemps en votre compagnie pour obtenir la réponse à cette question.
Les portes de l'ascenseur s'écartèrent sans bruit, mais Gage ne sortit pas de la cabine.
— Et alors ? s'enquit-il lentement. Le verdict ?
— Je ne sais pas encore.
Elle sortit sous la coupole de verre qui couronnait l'édifice. Avec

une exclamation de surprise, elle s'approcha de la cloison parfaitement transparente. La nuit avait envahi la ville qui n'était plus qu'ombres et lumières.

— C'est spectaculaire ! s'exclama-t-elle en se tournant vers Gage.

— Vous n'avez pas encore tout vu.

Il actionna un bouton sur un panneau et, silencieusement, la coupole de verre s'ouvrit. Gage lui prit la main et la guida jusqu'à la terrasse en pierre qui dominait de vastes horizons.

Prenant appui sur la rampe, Deborah offrit son visage au vent brûlant qui soufflait par cette nuit de canicule.

— On voit les arbres du parc de la Cité. Et le fleuve !

Elle repoussa avec impatience les cheveux que le vent rabattait sur ses yeux.

— C'est si beau de découvrir Denver éclairée.

— A l'aube, quand la visibilité est bonne, toute la ville est gris perle et rose, commenta Gage en s'accoudant à côté d'elle.

Deborah se tourna vers lui.

— C'est pour ça que vous avez acheté cette maison ? Pour la vue ?

— J'ai été élevé tout près d'ici. Et chaque fois que nous nous promenions dans le parc, ma tante me désignait cette vieille demeure. Elle l'adorait, cette maison. Ma mère et elle y avaient été invitées fréquemment lorsqu'elles étaient enfants. Quand je suis sorti du coma et que j'ai appris que mon oncle et ma tante étaient décédés, je suis longtemps resté sans désir, sans projets véritables. Et puis, en apprenant que cette maison était en vente, j'ai eu comme un déclic. Très vite, le fait que je devais l'habiter s'est imposé comme une évidence. C'est une façon de réaliser un rêve par procuration, je suppose.

Deborah posa sa main sur la sienne.

— C'est douloureux de perdre les deux personnes au monde qui sont là pour vous aimer, vous prémunir contre tous les dangers.

— C'est une blessure à jamais béante, en effet. Surtout lorsqu'elle se répète.

Lorsque Gage tourna la tête vers Deborah, il vit dans ses yeux une douleur jumelle de la sienne. Il repoussa doucement les cheveux que le vent balayait sur son front, puis sa main s'attarda sur le satin de sa joue. Il sentit ses doigts se poser sur son poignet, légers, caressants et agités d'un tremblement qui se répercuta dans sa voix :

— Je devrais rentrer maintenant, Gage.

— Oui, vous devriez rentrer, acquiesça-t-il.

Mais il garda la main sur son visage et son regard prisonnier du sien. Ils se murent presque d'un commun accord. Lorsque Deborah se retrouva le dos plaqué contre la rampe, il cueillit doucement ses joues entre ses paumes.

— Cela vous est déjà arrivé de sentir une force en vous qui vous poussait à commettre une action dont vous saviez d'avance qu'elle serait une erreur ? s'enquit-il d'une voix rauque.

Une étrange torpeur ralentissait le cours des pensées de Deborah. Elle secoua la tête pour tenter de chasser les brumes qui menaçaient d'obscurcir son cerveau.

— Je ne crois pas, non, chuchota-t-elle. Je n'aime pas les erreurs.

Mais elle savait déjà qu'elle était sur le point d'en commettre une ce soir. Les paumes de Gage brûlaient sur son visage. Et son regard n'avait jamais été aussi intense. Un brusque vertige la saisit et elle cligna des yeux, assaillie par une sensation de déjà-vu particulièrement déconcertante. Elle était pourtant certaine de n'avoir jamais mis les pieds dans cette maison auparavant.

Les pouces de Gage suivirent le tracé de ses mâchoires.

— Moi non plus, je n'aime pas les erreurs, chuchota-t-il.

Elle gémit et ferma les paupières, mais il se contenta de poser ses lèvres sur son front. Malgré la chaleur de la nuit, elle frissonna. La bouche de Gage glissa sur sa tempe.

— Je te désire, murmura-t-il.

Sa voix était rauque, tendue, étonnamment tendre. Elle ouvrit les yeux et vit que les siens étaient incandescents.

— Tu es mon erreur, Deborah. Celle que je pensais ne jamais commettre.

Sa bouche, cette fois, vint cueillir la sienne. Non pas joueuse et séductrice, comme le personnage de Gage l'aurait laissé présager, mais impérieuse et passionnée. A la séduction, elle aurait peut-être été en mesure de résister. Mais le baiser de Gage ne rappelait en rien l'homme suave et sophistiqué qu'elle avait eu en face d'elle pendant le dîner. C'était un autre Gage qui l'embrassait en cet instant avec une soif éperdue : elle découvrait l'homme d'action, puissant et redoutable, dont elle n'avait jusqu'ici qu'entrevu l'existence.

Ce Gage-là lui faisait peur, mais il l'attirait aussi jusqu'au vertige.

Sans hésitation, elle lui rendit son baiser avec la même fougue, la même ardeur, la même puissance. Elle ne sentait pas la rampe en pierre dans son dos. Seulement le contact du corps de Gage, la pression de ses cuisses contre les siennes. Sa bouche avait le goût fruité du champagne, mais ce fut un fluide plus sombre et plus ardent qu'elle but à ses lèvres. Très vite, l'ivresse fut là, oblitérant toute pensée. Avec un gémissement de plaisir, elle se serra plus étroitement contre lui et sentit son cœur battre à grands coups contre le sien.

Gage en perdait le souffle. Entre ses bras, Deborah ployait comme un roseau, fragile, passionnée, exigeante. Alors qu'il l'avait imaginée farouche, réservée, hésitante à se livrer, elle n'était que délice et abandon. Sa peau, telle une soie vivante, s'enfiévrait au moindre effleurement. Sa bouche était comme du feu, cédant et exigeant tour à tour. Elle le tenait étroitement enlacé, ses mains glissant déjà sous son veston, possessives et caressantes, tandis qu'elle renversait la tête pour mieux se prêter à ses baisers.

Il pressa les lèvres sur la petite veine qui battait follement à son cou et explora la texture fragile de sa peau, huma jusqu'à l'ivresse son parfum tentateur avant de retourner prendre sa bouche. Il mordillait, léchait, poussait ses explorations tactiles au plus loin, les amenant l'un et l'autre au bord de la déraison. Ses mains glissèrent plus bas pour prendre, lisser, malaxer son corps souple, déjà secoué de frissons.

Un spasme le parcourut à son tour. Se sentant partir trop loin, Gage se raccrocha in extremis à une ultime parcelle de raison. Avec prudence, comme un homme qui aurait vacillé un instant à l'extrême bord de l'abîme, il se détacha, millimètre après millimètre.

Deborah fut plus lente à revenir sur terre. Portant ses mains à ses tempes, elle chercha en vain son souffle tout en fixant Gage sans comprendre. Quel était donc le pouvoir secret de cet homme pour l'avoir réduite ainsi à un être de pur désir, tremblante, éperdue et à deux doigts de se donner tout entière ?

Elle se détourna pour prendre appui sur la rampe et aspira goulûment l'air nocturne où flottait le parfum des roses du parc.

— Eh bien..., finit-elle par murmurer d'une voix mal assurée. Je n'étais pas du tout préparée à cela.

— Je n'étais pas plus préparé que toi. Mais il ne nous sera plus possible de revenir en arrière.

La main de Deborah se crispa si convulsivement sur la rampe qu'elle sentit la morsure de la pierre sous ses doigts.

— Je n'en suis pas si sûre, Gage. Il me faudra un temps de réflexion, en tout cas.

— Nous avons franchi un point de non-retour. Une fois passé un certain cap, il ne reste plus qu'à aller de l'avant.

Rassurée d'avoir recouvré un rythme respiratoire à peu près régulier, Deborah se tourna pour lui faire face. Il était grand temps de poser quelques règles de base entre eux.

— Gage, même si je viens de te donner l'impression contraire, je ne suis pas le genre de fille qui vit des aventures avec des hommes qu'elle connaît à peine.

Gage passa la main dans ses courts cheveux noirs. Il paraissait plus calme, mais également beaucoup plus déterminé, tout à coup.

— Tant mieux, je suis ravi de l'apprendre. Lorsque nous vivrons une histoire ensemble, j'aimerais autant être le seul dans ton cœur et dans ta vie.

Deborah fronça les sourcils.

— Je ne me suis peut-être pas bien fait comprendre. Je n'ai pas encore décidé si j'avais *envie* de te revoir ou non. Et même à supposer que ce soit le cas, rien ne dit que je souhaiterais que cette relation se noue dans un lit !

— Tu as envie de me revoir, Deborah. Et quelque chose s'est déjà noué entre nous...

Elle voulut battre en retraite mais Gage la retint.

— Je disais donc que quelque chose déjà s'était noué, reprit-il doucement. Et je sais qu'inéluctablement, cela finira dans un lit.

D'un geste lent et délibéré, elle retira sa main.

— O.K., Gage : tu es habitué à voir les femmes tomber à tes pieds, mais je n'ai pas l'intention de me mêler à la cohue de tes admiratrices.

Et c'est à moi et à personne d'autre de décider de ce que je veux ou non vivre avec un homme.

L'ombre d'un sourire flotta sur les lèvres de Gage.

— Tu veux que je t'embrasse encore une fois pour illustrer mon point de vue ?

— Non, se récria-t-elle en plaquant la main sur son torse pour le maintenir à distance.

Pendant une fraction de seconde, elle se revit dans la même position face à l'homme que l'on appelait Némésis. La comparaison l'ébranla et elle prit une longue inspiration.

— J'ai passé une très bonne soirée, Gage. Et je le dis en toute sincérité. J'ai apprécié ta compagnie, le dîner… et la vue. Ce serait dommage que tu gâches tout maintenant.

— Je ne cherche pas à t'imposer mon point de vue. Je me contente d'accepter l'inévitable. Ce qui ne veut pas dire pour autant que la situation me réjouisse plus que toi.

Elle voulut protester, mais un éclair sombre passa dans les yeux de Gage, la réduisant au silence.

— Il existe quelque chose comme un destin, Deborah. J'ai traversé certaines épreuves qui m'en ont apporté la confirmation. Et j'ai appris — à mon corps défendant — à m'incliner et à faire avec.

Sourcils froncés, il tourna les yeux vers la ville illuminée.

— Ce qui vient de se passer entre nous a été suffisamment parlant. Puisqu'il apparaît que nos destinées sont liées, rien ne sert de nous boucher les yeux et les oreilles. S'aveugler n'a jamais permis de résoudre quelque problème que ce soit.

Il s'écarta d'un pas et lui tendit la main.

— Cela dit, je te raccompagne chez toi. Tu conserves ton libre arbitre.

4.

La sonnerie du téléphone finit par tirer Deborah des profondeurs d'un sommeil comateux. Avec un gémissement de contrariété, elle sortit un bras de sous la couette et tâtonna en aveugle pour saisir le combiné.

— Allô ? marmonna-t-elle.
— O'Roarke ?

Encore à demi assommée, elle toussota pour s'éclaircir la voix.

— Mmm... Oui, peut-être. C'est à quel sujet ?
— Tâche d'émerger, O'Roarke. C'est Mitch. Nous avons un problème.
— Un problème ? Quel problème ? s'enquit-elle en consentant à ouvrir un œil pour lire l'heure à son réveil électrique.

Deborah cligna des paupières et fit la grimace. Elle ne voyait qu'un seul vrai problème, en l'occurrence : le procureur de district s'amusait à l'appeler à 6 heures du matin !

— Le procès Slagerman a été reporté ? demanda-t-elle en étouffant un bâillement. Il était prévu que je passe au tribunal à 9 heures.
— Non, ça n'a rien à voir avec Slagerman. Il s'agit de Parino.
— Parino ?

Tout en se frottant les paupières de sa main libre, Deborah se mit tant bien que mal en position assise.

— Qu'est-ce qu'il a encore fait, Parino ?
— Il est mort.
— Mort !
— Mort assassiné. Un maton l'a trouvé il y a environ une heure.

Tout à fait réveillée, cette fois, Deborah porta une main tremblante à ses lèvres.

— Mais comment ?

— Apparemment, il a dû se rapprocher des barreaux pour parler à quelqu'un. Et ce quelqu'un en a profité pour lui enfoncer un couteau dans le cœur.

— Mon Dieu…

— Et comme par hasard, personne n'a rien vu, personne n'a rien entendu, commenta Mitchell en soupirant avec impatience. Il y avait un petit mot scotché sur la porte de la cellule : « Les oiseaux morts ne chantent pas. » Eloquent, non ?

Deborah se frotta le front.

— Il y a eu une fuite, ce n'est pas possible. Quelqu'un a dû faire savoir qu'il nous avait communiqué certaines informations.

— Je vais tâcher de savoir ce qui s'est passé exactement. Inutile, en revanche, d'essayer de tenir les médias en dehors du coup. La nouvelle s'est répandue comme une traînée de poudre. J'ai pensé que tu préférerais l'apprendre directement de ma bouche plutôt qu'aux infos en prenant ton café ce matin.

— En effet, oui, murmura Deborah. Et pour Santiago ? On a des nouvelles ?

— Rien. Nous avons mis du monde sur le coup, mais s'il se planque, ça risque de prendre un certain temps avant qu'on ne finisse par le débusquer dans un trou à rats quelconque.

— S'ils ont tué Parino, Santiago est en danger de mort, lui aussi, dit Deborah. Ils n'auront de cesse que d'éliminer ce second témoin.

— Alors, c'est à nous de faire en sorte de le retrouver avant.

— Et le dénommé « Mouse » que Parino a mentionné ? On a du nouveau sur lui ?

— Rien du tout. Il faudra continuer à chercher. Mais laisse cette histoire de côté pour le moment, O.K. ? Je sais que ça ne va pas être facile pour toi, mais c'est sur Slagerman qu'il faut que tu te concentres ce matin. Il s'est trouvé un excellent avocat qui va te donner du fil à retordre.

— Ne t'inquiète pas, Mitch. Slagerman est une brute et je ne le louperai pas.

— Je savais qu'on pouvait compter sur toi. Fais-lui en voir de toutes les couleurs, fillette.

— Telle est bien mon intention.

Deborah reposa le combiné et resta allongée immobile, le regard rivé au plafond, jusqu'à ce que la sonnerie de son réveil se déclenche, à 6 h 30.

— Ho hé, beauté !

Deborah se retourna à contrecœur. Derrière elle, Jerry Bower gravissait l'escalier du tribunal au pas de course.

— Eh bien ! s'exclama-t-il hors d'haleine en l'attrapant par le bras. Ça fait bien cinq minutes que je cours derrière toi en t'appelant à tue-tête.

— Désolée, mais je suis pressée, Jerry. Mon procès débute dans un quart d'heure.

Avec un large sourire, le premier adjoint du maire recula pour l'examiner.

— Tu es superbe dans cet ensemble rouge. A la place du jury, je condamnerais l'accusé à perpétuité avant même que tu aies conclu ton exposé préliminaire. Tu es époustouflante.

— Je suis la représentante de la partie civile, répliqua-t-elle sèchement. Pas Miss Monde.

— Hé ! Ne te vexe pas ! protesta Jerry en s'élançant derrière elle lorsqu'elle repartit à l'assaut des marches. J'ai été maladroit en formulant mon compliment. Tu sais bien que je prends ton travail très au sérieux.

Deborah prit une profonde inspiration et réussit — tant bien que mal — à maîtriser son mouvement d'humeur.

— Non, c'est à moi de m'excuser, Jerry. Je suis sur les nerfs, ce matin.

— On le serait à moins. Je suis désolé. J'ai appris la nouvelle, pour Parino.

— Eh bien… Tout se sait vraiment très vite, dans cette fichue ville.

— Tu n'as rien à te reprocher, Deb. Ce type n'avait plus grand-chose à attendre de la vie, de toute façon.

— Il aurait au moins mérité d'être jugé équitablement, répliqua-t-elle en foulant le marbre du hall d'entrée pour se diriger vers les ascenseurs du fond. C'est un droit élémentaire auquel même les Parino de ce monde peuvent prétendre. Je savais qu'il était terrifié, mais je ne pensais pas qu'il courait un danger immédiat.

— Honnêtement, tu crois vraiment que ça lui aurait sauvé la vie si tu avais pris ses craintes plus au sérieux ?

— Bonne question, Jerry. Le problème, c'est que personne ne connaîtra jamais la réponse...

D'un geste las, Deborah se passa la main sur le front. Ses incertitudes au sujet de Parino n'avaient pas fini de la tenir éveillée la nuit.

— Ecoute, je n'aime pas te voir démoralisée comme ça. J'ai un dîner prévu pour ce soir mais a priori je devrais pouvoir m'esquiver avant le café et le cigare. Allons voir un film à la dernière séance, ça te changera les idées.

— Je serai d'une compagnie exécrable, Jerry.

— Tu sais bien que ça n'a aucune importance.

— Pour moi si, protesta-t-elle en souriant faiblement. Je suis capable de me montrer parfaitement détestable. Et après je suis bourrelée de remords pour m'être comportée comme une teigne.

Elle pénétra dans l'ascenseur et lui fit un petit signe d'adieu. Jerry sourit et leva le pouce en signe de victoire.

— Bonne chance, maître !

Au quatrième étage, une horde de journalistes l'attendait de pied ferme. Deborah, qui s'était préparée à leur présence, fendit la foule d'un pas vif, en lâchant quelques réponses brèves aux questions qui fusaient de toutes parts.

— Vous pensez vraiment convaincre le jury qu'un proxénète qui corrige deux de ses prostituées mérite une sanction pénale ? s'enquit un reporter.

— Bien sûr. Je ne pars jamais perdante.

— Et vous avez l'intention d'appeler les prostituées à la barre ? demanda une autre.

— *Anciennes* prostituées, rectifia-t-elle sèchement.

— Est-il exact que Mitchell vous a attribué cette affaire parce que vous êtes une femme ?

— On ne choisit pas un procureur en fonction de son sexe, répondit-elle d'un ton rogue.

— Vous sentez-vous responsable du décès brutal du jeune Carl Parino ?

Figée net par cette dernière question, Deborah s'immobilisa à l'entrée de la salle de tribunal. Balayant les journalistes du regard, elle repéra Chuck Wisner, avec sa masse de cheveux bouclés, son sourire sarcastique et ses yeux inquisiteurs. Elle avait déjà eu l'occasion de l'affronter verbalement à plusieurs reprises. Dans sa rubrique quotidienne du *World*, Wisner se souciait plus de faire sensation que d'accomplir un travail d'information véritable.

— Les services du procureur de district regrettent que Carl Parino ait été assassiné avant même d'avoir été jugé, rétorqua-t-elle d'une voix neutre.

Petit et vif, Chuck Wisner se jeta en avant pour lui barrer le passage.

— Mais vous ? Ne vous sentez-vous pas coupable ? C'est vous qui vous êtes livrée à un marchandage judiciaire le concernant.

Luttant contre la tentation de se défendre, elle soutint calmement son regard.

— Nous regrettons tous ce qui s'est passé, monsieur Wisner. Et maintenant, écartez-vous, s'il vous plaît. On m'attend.

Mais Wisner n'en avait pas fini avec elle.

— Venons-en à Némésis, maintenant. L'avez-vous revu depuis la dernière fois ? Que consentez-vous à partager avec nous de votre rencontre en tête à tête avec le nouveau héros de Denver ?

Deborah fit un réel effort sur elle-même pour garder son calme. Si elle sortait de ses gonds, Wisner se frotterait les mains. Et elle ne voulait surtout pas lui accorder cette victoire.

— Rien de ce que je pourrais vous apprendre ne saurait rivaliser avec vos propres fictions, monsieur Wisner. Laissez-moi faire mon travail maintenant, s'il vous plaît. Je suis pressée.

— Pressée peut-être, mais lorsqu'il s'agit de retrouver Gage Guthrie, vous n'avez plus aucun mal à trouver du temps libre, semble-t-il. Une histoire d'amour serait-elle en train de naître entre vous ? Vous avouerez que vous formez un triangle intéressant : Guthrie, Némésis et Madame la substitut du procureur de district…

— Mêlez-vous de ce qui vous regarde, Chuck, suggéra Deborah froidement en l'écartant de son passage.

Elle eut à peine le temps de s'installer à la table réservée à l'accusation et d'ouvrir son porte-documents avant l'entrée des jurés. L'avocat de la défense et elle avaient mis deux jours entiers à procéder à leur sélection. Mais elle était satisfaite du résultat. Les hommes et les femmes rassemblés là formaient un échantillon tout à fait représentatif de la société de Denver. Restait maintenant à convaincre ces douze personnes que le respect de la personne humaine était un droit fondamental pour tous et non pas un privilège réservé aux seuls « honnêtes gens ».

Deborah tourna la tête vers les deux jeunes femmes assises au premier rang. Suivant les conseils qu'elle leur avait prodigués, Marjorie et Suzanne avaient adopté une coiffure sobre, un maquillage léger et une tenue discrète. Deborah savait que les deux ex-prostituées allaient être jugées aujourd'hui au même titre que le prévenu, accusé de violences sexuelles et de voies de fait. Légèrement tassées sur leur chaise, Marjorie et Suzanne avaient l'air de deux enfants perdues dans un univers hostile. Deborah leur adressa un sourire rassurant avant de tourner les yeux vers James P. Slagerman, assis à côté de son avocat. Le défendeur était un homme de trente-deux ans, vêtu avec recherche. Blond, mince et hâlé, il ressemblait à s'y méprendre au jeune chef d'entreprise dynamique et bien sous tous rapports qu'il prétendait être. L'agence de rencontres qu'il dirigeait était parfaitement légale. Il payait ses impôts rubis sur l'ongle, versait des dons conséquents à diverses organisations caritatives et était membre de la Jeune Chambre internationale.

Le premier objectif de Deborah était de convaincre le jury que cet homme élégant ne différait en rien du proxénète de base qui mettait des jeunes filles sur le trottoir en usant des pires stratagèmes. Tant qu'elle n'aurait pas prouvé que le beau James Slagerman employait des méthodes aussi brutales et inhumaines que ses congénères de la rue, elle n'avait aucun espoir d'obtenir un verdict de culpabilité.

L'huissier annonça la cour et toute la salle se leva. Deborah resta très sobre dans son exposé préliminaire. Elle se contenta d'énoncer clairement les faits, sans essayer d'éblouir le jury par de quelconques procédés oratoires. Elle s'était renseignée sur les méthodes de l'avocat de la défense et savait qu'il excellait dans la rhétorique et les effets de manche. Afin de souligner le contraste, elle joua à dessein la carte de la simplicité. Les faits, après tout, parlaient d'eux-mêmes.

Lorsque l'avocat de la défense se fut exprimé à son tour, Deborah procéda à l'audition des témoins à charge. Elle commença par appeler à la barre le médecin qui avait examiné les deux jeunes femmes. A l'aide de quelques questions simples, elle l'amena à décrire dans quel piteux état il avait trouvé Marjorie Lovitz et Suzanne McRoy le soir où les deux jeunes femmes étaient arrivées aux urgences. Elle voulait que le jury entende parler de la mâchoire brisée, des yeux pochés, des côtes cassées avant qu'elle ne fasse passer les photographies qui attesteraient les dires du médecin.

Deborah resta très calme pendant toute la durée de son exposé. Elle avançait pas à pas, sans omettre de détail, à l'aise avec les chiffres, incollable sur le déroulement précis des faits. Lorsque le juge ordonna une suspension temporaire d'audience, à midi, elle constata avec satisfaction qu'elle avait déjà posé quelques solides jalons.

Fourrant Marjorie et Suzanne dans un taxi, elle les emmena déjeuner dans un petit restaurant peu fréquenté, situé à l'extrémité opposée de la ville.

— Vous croyez vraiment qu'il faut que je passe à la barre, mademoiselle O'Roarke ?

Depuis le début du repas, Marjorie montrait des signes de nervosité croissante. Même si ses bleus s'étaient estompés, sa mâchoire était restée douloureuse et elle semblait avoir beaucoup de mal à manger.

— Peut-être que la description du médecin suffira, poursuivit la jeune femme d'un air d'espoir. Il y a l'ambulancier qui a témoigné aussi pour nous. Et l'assistante sociale nous a bien défendues, elle aussi, vous ne trouvez pas ?

Deborah prit la main de la jeune femme dans la sienne et constata qu'elle était glacée.

— Ecoutez-moi bien, Marjorie... Les jurés s'inclineront devant ces témoignages, bien sûr. Mais si ces dépositions attestent que vous avez bel et bien été battues, elles n'apportent aucun élément de preuve contre Slagerman. Ni le médecin, ni l'ambulancier, ni l'assistante sociale ne peuvent fournir la moindre indication quant à l'auteur des coups pour la bonne raison qu'ils n'ont pas été témoins de la scène. Il n'y a que vous deux qui puissiez raconter votre histoire et convaincre le jury que c'est bien James Slagerman qui vous a frappées. Si vous vous taisez, en revanche, Slagerman sortira du tribunal sans être inquiété et il recommencera de plus belle.

Suzanne se mordit nerveusement la lèvre.

— Jimmy Slagerman ne se fait aucun souci, vous savez. Il dit qu'il n'a rien à craindre parce que les gens nous considéreront toujours comme des putes, même si vous nous avez trouvé un nouveau travail. Il dit aussi qu'on a été vraiment stupides de lui coller ce procès et que, lorsqu'il remettra la main sur nous, on s'en prendra plein la figure.

Deborah fronça les sourcils.

— Quand vous a-t-il menacées ainsi ?

— Hier soir, au téléphone, admit Marjorie, les larmes aux yeux. Je ne sais pas comment il s'est débrouillé pour avoir notre numéro. Mais c'est sûr qu'avec ça, il ne va pas avoir de mal à trouver notre adresse. Et s'il n'est pas condamné, la première chose qu'il fera en sortant, c'est de venir nous tabasser.

Du revers de la main, la jeune femme s'essuya les joues.

— Je n'ai pas envie de me prendre une nouvelle raclée comme l'autre fois, dit-elle dans un souffle.

— Il ne vous touchera plus si nous parvenons à convaincre les jurés de sa culpabilité. Mais pour cela, il faudra me faire confiance et accepter de parler, Marjorie. Sinon, je ne pourrai pas vous aider.

Pendant l'heure qui suit, Deborah s'efforça de regonfler le moral défaillant de ses troupes. A 14 heures, elles étaient de retour au tribunal et les deux jeunes femmes terrifiées reprenaient leur place.

— L'accusation appelle Marjorie Lovitz à la barre, annonça Deborah en jetant un regard glacial à Slagerman.

Gage se glissa dans la salle juste au moment où elle procédait à l'audition de la première victime. Pour assister à l'audience, il avait dû annuler deux rendez-vous importants. Mais le besoin de voir Deborah avait été plus fort que celui d'entendre des rapports d'activité trimestriels. En vérité, il avait rarement été poussé par un sentiment d'urgence aussi implacable.

Pendant trois jours entiers, il avait réussi à garder ses distances. Un laps de temps interminable durant lequel il avait appliqué toutes les méthodes possibles et imaginables pour essayer d'extirper Deborah O'Roarke de ses pensées.

Toutes avaient échoué.

Gage songea qu'on menait souvent sa vie comme on joue une partie d'échecs. Il fallait parfois un temps de réflexion assez long avant de bouger un pion. Mais à présent que son choix était fait, il ne reviendrait pas en arrière. Se glissant au fond de la salle, il s'installa pour voir Deborah à l'œuvre.

— Quel âge avez-vous, Marjorie ? demandait la jeune femme à la victime.

— Vingt et un ans.

— Vous avez toujours vécu à Denver ?

— Non, je viens de Pennsylvanie.

Deborah continua à poser ainsi quelques questions simples qui permettraient au jury de situer le milieu d'où était issue la jeune femme.

— Quand êtes-vous venue vivre en ville ?

— Il y a environ quatre ans.

— Quand vous aviez dix-sept ans, donc. Pour quelle raison aviez-vous décidé de vivre à Denver ?

La jeune femme rougit à la barre.

— Je voulais devenir actrice. Maintenant, je me rends compte que c'était stupide, mais j'avais joué deux ou trois petits rôles au lycée et je croyais que j'étais douée et que ça irait tout seul.

— Et vous avez effectivement réussi à vous faire connaître ?

Marjorie secoua la tête.

— Non, j'ai galéré. La plupart du temps, on ne voulait même pas me faire passer une audition. J'avais pris un job de serveuse à mi-temps pour survivre en attendant, mais mon salaire ne suffisait pas à couvrir mes frais. Alors on m'a coupé l'eau et l'électricité. Je ne savais plus trop quoi faire.

— Vous n'avez jamais songé à rentrer chez vous, en Pennsylvanie ?

— Je n'aurais pas pu, répondit la jeune femme en baissant la voix. Ma mère m'avait prévenue que si je partais, elle ne me laisserait plus jamais mettre les pieds à la maison. Et puis je n'avais pas encore tout à fait perdu espoir. Je pensais que si seulement on me donnait ma chance, mes talents éclateraient à la scène ou sur l'écran.

— Et cette chance, vous l'avez eue ? demanda Deborah en jetant un bref regard du côté du banc des jurés.

Marjorie soupira.

— J'ai *cru* qu'on me la donnait. Un soir, un monsieur bien habillé est entré dans le snack-bar où je travaillais. Il était sympa et on s'est mis à discuter, lui et moi. J'ai fini par lui dire que j'étais actrice. Et lui, il m'a répondu qu'il l'avait deviné tout de suite et qu'il se demandait bien ce que je faisais dans ce bar minable alors que j'étais si jolie et si douée. Il m'a expliqué qu'il avait de nombreuses relations dans le monde du spectacle et que si j'acceptais de travailler pour lui, il me présenterait à des producteurs. Il m'a donné sa carte de visite...

— L'homme que vous venez de mentionner se trouve-t-il dans la salle, mademoiselle Lovitz ?

La jeune femme à la barre baissa les yeux.

— Oui... oui, il est ici. C'est Jimmy Slagerman, admit-elle en articulant lentement.

— Et vous avez décidé de travailler pour lui ?

— En effet... Le lendemain, je suis passée à son bureau et j'ai été très impressionnée. Il y avait des fauteuils en cuir, des moquettes en laine, des téléphones partout. Je n'avais encore jamais rien vu d'aussi élégant. Jimmy m'a expliqué que je pourrais gagner cent dollars par soirée simplement en accompagnant des hommes d'affaires à des dîners ou des réceptions. Pour m'aider, il m'a même acheté des jolis vêtements et il m'a emmenée chez le coiffeur.

— Et pour cent dollars par soirée, vous n'aviez rien d'autre à faire que de tenir compagnie à ses clients ?

— C'est ce qu'il me disait au début.

— Et ensuite ?

— Eh bien, Jimmy s'intéressait à moi. Enfin... c'est l'impression que j'avais. Il m'emmenait au restaurant et à des défilés de mode. Il m'offrait des fleurs...

— Vous avez eu des relations sexuelles avec lui ?

L'avocat de la défense bondit.

— Objection, votre honneur. C'est sans rapport avec le sujet qui nous occupe.

— Votre honneur, j'estime que les relations tant physiques qu'affectives qui existaient entre la plaignante et l'accusé sont déterminantes, au contraire, rétorqua Deborah sans se laisser démonter.

— Objection rejetée, trancha le juge. Répondez à la question, mademoiselle Lovitz.

— Oui, j'ai accepté de coucher avec Jimmy. Il était si gentil avec moi. Après, il m'a donné de l'argent. Pour m'aider à payer mes factures, disait-il.

— Et vous avez accepté cette somme ?

Marjorie soupira.

— Ben oui… Je me doutais plus ou moins de ce qui était en train de m'arriver. Mais j'avais déjà pris des habitudes de confort, vous comprenez ? C'est bête à dire, mais je ne me sentais plus la force de revenir en arrière, de retourner vivre sans un sou dans mon meublé. Quelques jours plus tard, Jimmy m'a annoncé qu'il avait un client important, de Washington, et que je devrais me faire jolie pour aller dîner avec lui.

— Et quelles étaient les instructions de M. Slagerman ?

— Il m'a dit : « Marjorie, il faudra que tu fasses en sorte de les mériter vraiment, tes cent dollars. » Je lui ai dit que je le savais. Et là, il a ajouté qu'il voulait que je sois très, très gentille avec notre client.

Deborah hocha la tête et se tourna vers les jurés.

— Et M. Slagerman a-t-il précisé ce qu'il entendait par « être très, très gentille » ?

Marjorie hésita puis regarda de nouveau ses mains.

— Disons qu'il voulait que je fasse tout ce que le client me demanderait. Et que si le monsieur avait envie que je revienne à l'hôtel avec lui après le dîner, ce serait bien d'y aller, sinon je ne serais pas payée. « Il suffit d'imaginer que tu joues un rôle puisque tu es actrice, m'a expliqué Jimmy. C'est comme au cinéma, on fait semblant d'avoir du plaisir et d'être attirée. Ce n'est pas très compliqué. »

— M. Slagerman a exigé explicitement que vous ayez des relations sexuelles avec votre client ?

— Pour lui, cela faisait partie de mon travail, comme le fait de sourire quand les gens racontent des blagues pas drôles. Et il m'a promis que si je me débrouillais bien et que les clients étaient contents, il me présenterait à un metteur en scène.

— Et vous étiez d'accord avec ce qu'il vous proposait ?

Marjorie se mordilla la lèvre.

— Vu comme il me présentait les choses, ça m'a paru correct. Alors j'ai dit oui.

— Et il y a eu d'autres occasions, par la suite, où vous avez été amenée à échanger votre corps contre de l'argent, en votre qualité d'hôtesse ?

L'avocat de la défense se leva.

— Objection !

Deborah hocha la tête.

— Je vais reformuler ma question : êtes-vous restée au service de M. Slagerman ?

— Oui.

— Pendant combien de temps ?

— Trois ans.

— Et vous étiez satisfaite de l'arrangement ?

— Je ne sais pas.

— Vous ne savez pas si vous étiez contente ou non ?

— Je m'étais habituée à avoir de l'argent, admit Marjorie avec une petite grimace contrite. Et c'est vrai qu'avec l'habitude, on arrive à oublier ce qu'on fait en pensant à autre chose.

— Et M. Slagerman était content de vous ?

Marjorie jeta un regard effrayé au juge.

— Parfois, oui. Mais il lui arrivait de prendre de grosses colères. Dans ces cas-là, il s'en prenait très violemment à moi. Ou à une des autres filles.

— Vous étiez donc plusieurs à faire ce type de travail ?

— Une douzaine, à peu près. Parfois plus que cela.

— Et que faisait M. Slagerman lorsqu'il prenait ses colères ?

— Il nous tabassait. Dans ces cas-là, il devenait à moitié fou et il…

— Objection, votre honneur ! protesta l'avocat.

— Accordée.

Imperturbable, Deborah poursuivit :

— Vous a-t-il jamais frappée, mademoiselle Lovitz ?

— Oui.

Deborah prit soin de laisser planer un instant de silence pour que le jury puisse méditer sur cette réponse.

— Voulez-vous maintenant nous faire part des événements qui se sont déroulés au cours de la soirée du 25 février dernier ?

Deborah nota que Marjorie respectait ses instructions. La jeune femme gardait les yeux fixés sur elle et, pas un instant, son regard n'était allé se poser sur Slagerman.

— Je devais escorter un client ce soir-là, mais je suis tombée malade dans l'après-midi. Une grippe intestinale ou un truc comme ça. J'avais la fièvre, je vomissais et je ne pouvais rien avaler. Suzanne est venue me soigner.

— Suzanne ?

— Suzanne McRoy. Elle travaillait pour Jimmy, elle aussi, et nous sommes devenues amies. Ce soir-là, je lui ai demandé de venir car je ne tenais pas debout. Alors Suzanne a appelé Jimmy pour le prévenir. Ils ont discuté un peu au téléphone et, au bout d'un moment, je l'ai entendue dire à Jimmy que s'il ne la croyait pas, il n'avait qu'à venir voir lui-même et que comme ça, il comprendrait.

— Et M. Slagerman est venu ?

Des larmes silencieuses se formèrent dans les yeux de Marjorie.

— Oui. Et il était furieux. Il s'est mis à hurler après Suzanne et elle a commencé à crier aussi que j'étais vraiment malade et que j'avais au moins quarante de fièvre. Alors il a dit...

Les joues inondées de larmes, Marjorie s'interrompit pour s'humecter les lèvres.

— Jimmy a crié qu'on était des menteuses et des paresseuses. Puis j'ai entendu un grand bruit et Suzanne qui criait et qui pleurait. Je me suis levée pour voir, mais j'avais le vertige et...

Marjorie s'interrompit pour se frotter les yeux, se maculant les joues de mascara.

— Alors il est entré dans ma chambre. Et il m'a giflée très fort, du revers de la main. Je suis tombée par terre.

— Continuez, Marjorie.

La jeune femme hocha la tête et poursuivit d'une voix mal assurée :

— Ensuite, il m'a ordonné de me bouger les fesses et de partir bosser. Le client avait demandé après moi, disait-il, et l'agence ne pouvait pas se permettre de décevoir quelqu'un d'aussi important. De toute façon, ce que j'avais à faire n'était pas bien compliqué : je n'avais qu'à m'allonger sur le dos et à fermer les yeux...

D'une main tremblante, Marjorie sortit un mouchoir de sa poche et le porta à son visage.

— Quand je lui ai répondu que ce n'était vraiment pas possible, que je me sentais trop faible, il s'est mis à hurler et à prendre tous les objets qui lui tombaient sous la main pour les jeter contre les murs. Puis il a crié qu'il allait me montrer ce que c'était que de se sentir *réellement* malade. Et c'est là qu'il a commencé à cogner.

— Où vous a-t-il frappée, Marjorie ?

— Partout. Au visage, au ventre. J'avais l'impression que ça n'allait plus jamais s'arrêter.

— Avez-vous appelé à l'aide ?

— Je ne pouvais pas. J'avais le souffle coupé, c'est tout juste si j'arrivais encore à respirer.

— Avez-vous tenté de vous défendre ?

— J'ai essayé de m'éloigner en rampant mais il ne me lâchait pas. Il s'énervait de plus en plus, en fait. J'ai fini par m'évanouir et, quand je me suis réveillée, Suzanne était à côté de moi. Elle avait le visage tuméfié et en sang. C'est elle qui a réussi à appeler une ambulance.

Deborah regagna sa place à la table de l'accusation et pria pour que Marjorie ne s'effondre pas pendant le contre-interrogatoire. Mais la jeune femme tint bon. Au bout de trois heures passées à la barre des témoins, elle était livide et sa voix tremblait de fatigue. Mais les tentatives répétées de la défense pour la montrer sous un jour accablant échouèrent. Lorsque Marjorie redescendit pour retourner s'asseoir, elle avait l'air jeune, douce et vulnérable.

Satisfaite, Deborah songea que c'était cette image que les jurés conserveraient d'elle après la suspension de séance.

— Excellente démonstration, mon cher maître. Tu as été brillante.

Avec un mélange de plaisir et d'irritation, Deborah leva la tête vers Gage.

— Que fais-tu ici ?

— Je voulais t'entendre plaider. Et je n'ai qu'une chose à te dire : chapeau. Si jamais j'ai besoin d'un avocat pour me défendre...

— N'oublie pas que je suis procureur.

Gage sourit.

— C'est vrai. Je veillerai donc à ne pas me faire surprendre en train de contrevenir à la loi.

Lorsqu'elle se leva, il posa un instant sa main sur la sienne. Le geste était simple et banalement amical en apparence. Deborah ne parvint pas à s'expliquer pourquoi il lui parut si possessif.

— Je peux te déposer quelque part? T'offrir un dîner? Un dessert? Une soirée de calme et de détente?

Deborah retint son souffle. Et dire qu'elle s'était promis de ne plus jamais se laisser tenter par une proposition de Gage! Comme si elle était capable de rester de marbre lorsque cet homme la regardait droit dans les yeux...

— Je regrette. J'ai un détail important à régler ce soir.

Gage étudia ses traits quelques instants et un sourire se dessina sur ses lèvres.

— Je crois que tu es sincère.

— J'ai bel et bien du travail qui m'attend, en effet.

— C'est aux regrets que je pensais.

Ce qu'elle lut dans le regard de Gage la fit soupirer.

— C'est vrai. Contre toute logique, j'ai été tentée d'accepter, admit-elle en se détournant pour quitter la salle d'audience.

— Laisse-moi au moins te raccompagner chez toi, suggéra Gage en lui emboîtant le pas.

Elle lui jeta un bref coup d'œil exaspéré.

— Tu ne te souviens pas de ce que je t'ai dit au sujet des hommes trop insistants?

— Si. Mais, finalement, tu as quand même accepté de venir dîner, non?

Deborah ne put s'empêcher de rire. Après la tension de ces dernières heures passées à plaider, ce fut un véritable soulagement.

— Bon, pourquoi pas? Comme ma voiture est chez le garagiste, cela me fera gagner du temps.

Gage la suivit dans l'ascenseur.

— Ce n'est pas un cas facile que tu as choisi de défendre. Mais le jugement risque de faire date et d'asseoir solidement ta réputation.

— Ah oui ? répondit-elle froidement.
— Ce procès est couvert par la presse nationale.

Deborah se hérissa, comme chaque fois qu'on laissait planer ce genre de sous-entendus devant elle.

— Je ne plaide pas une affaire pour obtenir la reconnaissance des médias.
— Susceptible, madame le procureur ?
— Je préfère affirmer clairement mes positions, c'est tout.

Gage s'adossa à la paroi de la cabine.

— Quiconque te connaît un tant soit peu sait que tu te moques de la presse. Ce que tu as voulu prouver aujourd'hui, c'est que la loi existe pour protéger tous les membres d'une société, y compris ceux qui se trouvent relégués à la marge. J'espère que tu gagneras.

Ainsi Gage avait compris le dessein qui l'animait. Elle se sentit étrangement déconcertée qu'il ait perçu ses motivations avec autant d'intuition et de justesse.

— Je *vais* gagner, lui assura-t-elle, faussement désinvolte, en traversant le hall d'entrée.

Gage sourit et changea de sujet.

— J'aime beaucoup la façon dont tu as relevé tes cheveux, au fait. Tu as l'air très compétente et sûre de toi avec cette coiffure. Combien d'épingles faudrait-il que je retire pour la défaire ?
— Je ne crois pas que cette question soit...
— Pertinente ? acheva-t-il à sa place. Elle l'est pour moi, en tout cas. Tout ce qui te concerne a de l'importance puisque tu ne quittes pas mes pensées.

Se sentant en danger de rougir, Deborah allongea le pas. C'était bien de Gage de faire une telle déclaration à une femme dans un endroit noir de monde et de réussir à lui donner l'impression qu'elle et lui étaient seuls au monde !

— Allons, allons, Gage, tu es beaucoup trop occupé par ta vie mondaine pour avoir le temps de penser à qui que ce soit, objecta-t-elle d'un ton léger. Je suis tombée sur une photo de toi dans le journal de ce matin avec une jolie blonde accrochée à ton bras. Tu assistais à un dîner organisé par l'opposant au maire.

Gage continua à afficher un sourire imperturbable, ce qui fit monter son degré d'irritation d'un cran.

— En politique non plus, tu ne te montres pas très fidèle. Un jour on te voit à un cocktail rassemblant les partisans de Tucker Fields et le lendemain tu apparais chez son adversaire.

— Je ne me réclame ni d'un camp ni de l'autre. Mais je suis curieux de nature. Je voulais entendre les propositions de l'opposition. Et je dois dire que j'ai été favorablement impressionné.

Deborah songea à la jeune femme blonde sur la photo.

— On le serait à moins, commenta-t-elle d'un ton glacial.

Gage se mit à rire.

— J'aurais préféré que ce soit toi.

— Je t'ai déjà dit que je n'avais pas envie de me mêler à la cohue, trancha Deborah en s'immobilisant devant les portes de verre. En parlant de cohue, d'ailleurs...

La tête haute, elle fendit la foule compacte des journalistes qui l'attendaient sur les marches du tribunal. Sous l'habituel feu roulant de questions, elle réagit par les habituelles réponses laconiques. Ce fut un véritable soulagement lorsqu'elle vit la limousine de Gage garée juste devant le bâtiment.

— Monsieur Guthrie, en quoi vous sentez-vous concerné par ce procès?

— J'aime voir fonctionner la machine judiciaire.

— Vous aimez voir fonctionner les procureurs en jupe moulante, commenta Wisner en s'avançant, micro en main. Dites-nous tout, Guthrie : que se passe-t-il exactement entre Deborah et vous?

Sentant Deborah se crisper à son côté, Gage posa une main apaisante sur son bras et regarda Wisner droit dans les yeux.

— Je vous connais, je crois?

Wisner ricana.

— Bien sûr. On se croisait régulièrement à l'époque où vous étiez un simple flic et où vous ne possédiez pas encore la moitié de cette ville.

Gage étudia les traits du journaliste avec désinvolture.

— Ah oui, je vous remets. Chuck Wisner... J'ai peut-être une mauvaise mémoire, mais il ne me semble pas que vous étiez aussi détestable dans le temps que vous l'êtes devenu maintenant.

Il poussa Deborah, souriante, à l'arrière de la limousine.

— Bravo, déclara-t-elle. J'ai bien aimé la façon dont tu as remis Wisner à sa place.

— J'envisage de racheter le *World* rien que pour le plaisir de le jeter à la porte. Qu'en dis-tu?

— C'est une façon intéressante d'aborder le problème. J'avoue que je n'y aurais jamais songé.

Avec un soupir de bien-être, Deborah retira les escarpins rouges qui lui martyrisaient les pieds et allongea les jambes. Elle risquait de prendre goût à ces déplacements en limousine. S'enfoncer dans des sièges confortables et se détendre en écoutant un quatuor de Beethoven après une lourde journée de travail était autrement plus réconfortant que de piquer un sprint dans les couloirs du métro.

— J'ai les pieds en compote, murmura-t-elle en fermant les yeux. Je me demande combien de kilomètres je parcours en moyenne au cours d'une journée au tribunal.

— Tu accepterais de venir chez moi si je m'engage à te masser les pieds?

Deborah ouvrit un œil et regarda les mains de Gage. Des mains souples et longues; des mains confiantes en elles-mêmes. Qu'il ait tous les talents voulus pour satisfaire une femme physiquement apparaissait d'ores et déjà comme une évidence.

Elle referma résolument les deux yeux et secoua la tête.

— Non, merci. Je suis persuadée que tu trouveras quantité d'autres voûtes plantaires à frictionner.

Gage se pencha pour indiquer leur destination à Frank.

— C'est ça qui te pose problème, Deborah? Les autres... voûtes plantaires dans ma vie?

A priori, elle aurait dû s'en moquer éperdument. Mais il n'était, hélas, pas loin de la vérité.

— Tu es libre de mener ton existence comme cela te chante, marmonna-t-elle.

— Ce sont *tes* pieds que j'aime. Et *ton* visage. Et tout ce qui se trouve entre les deux.

Deborah s'efforça de faire abstraction du trouble qu'éveillaient ces quelques mots chuchotés.

— C'est une habitude, chez toi, de séduire les femmes à l'arrière des limousines ? protesta-t-elle en soupirant.

— Tu préférerais que je choisisse un autre endroit ?

Pour le coup, elle se résigna à rouvrir les yeux. Certaines situations demandaient à être réglées en face à face.

— J'ai réfléchi au problème, Gage.

Il eut un sourire absolument désarmant.

— Au problème ?

— Oui, enfin, appelle cela comme tu voudras. Toujours est-il que je ne nie pas ressentir une certaine attirance pour toi. Je suis flattée d'autre part de l'intérêt que tu sembles me porter.

— Mais ?

Gage lui prit la main et la porta à ses lèvres.

— Arrête, chuchota-t-elle lorsqu'il pressa un baiser dans sa paume. Tu triches, Gage.

— J'adore quand tu décides d'affronter une situation avec calme et logique, Deborah. C'est un véritable plaisir pour moi de te voir perdre ta maîtrise et t'échauffer peu à peu.

Sa bouche glissa plus haut, sur la veine délicate qui battait à son poignet.

— Tu disais, donc ?

Bonne question. Qu'avait-elle voulu dire, au juste ? Aucune femme au monde ne pouvait garder la tête froide lorsque Gage Guthrie la regardait de cette façon. Songeant que là, précisément, était la vraie nature du « problème », Deborah dégagea ses doigts des siens.

— Je ne veux pas que ça aille plus loin entre nous pour plusieurs raisons.

— Mmm...

Comme il commençait à jouer avec une perle qu'elle portait en boucle d'oreille, elle repoussa fermement sa main.

— Je pense sérieusement ce que je viens de dire, Gage. Je suis consciente que tu es habitué à prendre et à rejeter les femmes comme tu ramasses tes jetons sur une table de poker. Mais je n'ai pas l'intention de me mettre sur les rangs. Alors mise plutôt sur quelqu'un d'autre.

— Intéressant, comme comparaison. Pour filer la métaphore, disons qu'il y a certains gains auxquels je préfère me raccrocher plutôt que de prendre le risque de les remettre en jeu.

Le feu aux joues, Deborah s'insurgea de plus belle.

— Comprenons-nous bien, Gage, et ceci une bonne fois pour toutes : je refuse d'être considérée comme le gros lot de la semaine. Quant à être la brune du mercredi, qui suit la blonde du mardi, très peu pour moi, merci.

— Nous voici revenus à notre problème de voûtes plantaires, je crois ?

— Tu trouves peut-être cela très amusant, Gage. Mais j'ai la mauvaise habitude de prendre ma vie très au sérieux. Tant sur le plan professionnel qu'affectif.

— Les mauvaises habitudes, ça se change.

Elle se raidit.

— Ça, c'est mon problème, d'accord ? Et de toute façon, le chapitre est clos, car nous voici arrivés devant chez moi. Adieu, monsieur Guthrie, et bon vent.

Gage réagit avec une rapidité si déconcertante qu'elle se retrouva sur ses genoux avant même de comprendre ce qui lui arrivait.

Sans hésiter ni faillir, la bouche de Gage vint à la rencontre de la sienne. Deborah n'opposa aucune résistance. Pendant toute la durée du trajet, elle avait senti monter une tension à laquelle maintenant seulement elle osait donner son vrai nom : désir. Ses doigts allèrent se perdre dans les cheveux de Gage pendant qu'elle attirait son visage contre le sien. Ses lèvres s'ouvrirent sous les siennes. Leurs langues se mêlèrent, avides, se conjuguant intimement, se quittant pour plonger de nouveau l'une vers l'autre.

Deborah désirait comme jamais encore elle n'avait désiré. C'était un besoin primitif, élémentaire, si impérieux qu'elle ne cherchait même pas à s'y soustraire. Le moment présent avait pris un éclat si intense qu'elle était aveuglée par sa lumière.

Gage l'embrassait avec une sorte d'ardeur désespérée qui lui arracha un léger gémissement. Il ne quitta sa bouche que pour couvrir son visage d'une pluie drue de baisers, possessifs, impatients, furieusement excitants. Lorsque ses lèvres glissèrent le long de son cou, elle protesta d'un murmure et ramena d'autorité son visage contre le sien.

Luttant pour ne pas perdre tout contrôle de lui-même, Gage but de nouveau le pur nectar de sa bouche offerte. Avec aucune femme, jamais, il n'avait eu cette sensation de complétude, comme si chaque caresse, chaque effleurement répondait à son attente avec une précision quasi millimétrique. Sous ses dehors réservés, Deborah cachait un feu ardent dont les flammes se déchaînaient au moindre effleurement. Il avait déjà désiré intensément une femme, mais pas une fois il n'avait ressenti cet embrasement qui faisait exploser les limites entre plaisir et souffrance. Il n'avait plus qu'un but, qu'une obsession : la coucher sous lui, à l'arrière de la limousine, la déshabiller presque sauvagement et se perdre dans les profondeurs de ce corps souple qui vibrait déjà en accord avec le sien.

Mais il avait d'autres projets encore, concernant Deborah O'Roarke. Il ne voulait pas seulement la mettre dans son lit mais lui offrir soutien, compassion et amour. Il lui faudrait donc prendre son mal en patience en attendant qu'elle soit disposée à accepter l'intégralité de ce qu'il avait à lui offrir.

Se faisant violence, il ralentit ses caresses, adoucit la pression de ses mains, prit congé de ses lèvres.

— Je te veux pour moi, Deborah. Entièrement. Et je n'ai pas l'habitude de renoncer à mes désirs avant de les avoir satisfaits.

Elle fixa sur lui des yeux qui paraissaient immenses. Mais très vite, l'émoi physique qu'ils reflétaient fit place à une anxiété proche de la panique.

— Ce n'est pas normal, murmura-t-elle, au bord des larmes. Pas normal que tu puisses avoir un tel effet sur moi.

— Je ne sais pas si c'est normal ou anormal, juste ou injuste, bien ou mal. Mais je ne retiens qu'une chose : ça existe. Et on ne peut rien contre ce qui est, chuchota-t-il en lui caressant doucement les cheveux.

— Je refuse d'être le jouet de forces qui me dépassent !

— Nous le sommes tous, Deborah.

— Pas moi, protesta-t-elle d'une voix tremblante en se penchant pour récupérer ses chaussures. Il faut que j'y aille.

Il tendit la main pour lui ouvrir la portière.

— Un jour, tu m'appartiendras.

— Encore faudrait-il que je commence par m'appartenir à moi-même. Adieu, Gage.

Rejetant ses cheveux en arrière, elle descendit de voiture et s'éloigna presque au pas de course. Gage la suivit des yeux avant d'ouvrir sa main repliée. Un sourire se dessina sur ses lèvres lorsqu'il eut compté six épingles au creux de sa paume.

Deborah passa la soirée chez Suzanne et Marjorie, dans le petit deux-pièces qu'elles occupaient dans l'East End. Tout en grignotant le repas chinois qu'elle avait apporté, elles refirent le point ensemble, commentant les différentes phases du procès et préparant leur stratégie pour le lendemain. Peu à peu, à mesure que la soirée avançait, Deborah recouvrait une certaine sérénité. Le travail, comme toujours, calmait son anxiété.

Mais elle savait que le répit serait de courte durée. Qu'elle perde la tête chaque fois que Gage l'embrassait, passe encore. Mais ressentir en parallèle une attirance physique en tout point similaire pour un autre homme, voilà qui ne pouvait que la déstabiliser en profondeur.

Pour des raisons éthiques évidentes, il était hors de question de se rapprocher de l'un alors qu'elle continuait à désirer l'autre. Ce ne serait juste ni envers Gage ni envers elle-même. Mais jamais elle ne s'était sentie aussi peu en mesure de contrôler ses émotions. Ni même, hélas, d'établir une préférence…

Raison de plus pour tenir Gage à distance et se raccrocher aux éléments stables de sa vie. Comme son métier, par exemple. Ses ambitions. Ses choix d'existence.

En sachant que, ce soir, elle avait bon espoir de frapper un grand coup.

Chaque fois que le téléphone sonnait, elle répondait elle-même pendant que Marjorie et Suzanne blêmissaient sur le canapé. Le cinquième appel fut le bon.

— Marjorie?

Décidée à jouer le tout pour le tout, elle éloigna légèrement le combiné de sa bouche pour étouffer le son de sa voix.

— Non.
— Ah, c'est toi, Suzanne. Espèce de petite garce!

Avec un léger sourire de triomphe, Deborah prit soin de répondre d'un ton craintif :

— Qui est à l'appareil ?
— Arrête de faire l'idiot, O.K. ? Tu sais très bien que c'est moi, Jimmy.
— On m'a interdit de vous parler.
— Parfait. Alors contente-toi d'écouter. Tu imagines peut-être avoir ramassé une méchante raclée l'autre fois, mais ce n'est rien à côté de ce que tu vas te prendre si tu persistes à vouloir témoigner contre moi demain. A ta place, je ne serais pas fière de moi, Suzanne. Quand je pense à tout ce que j'ai fait pour toi alors que tu croupissais dans le caniveau! Les clients que je t'ai fait rencontrer, c'était quand même autre chose que la racaille que tu te farcissais. Alors n'oublie pas que tu as une sacrée dette envers moi. Il te reste une dernière chance de te montrer raisonnable, ma belle : dis à ton avocate générale coincée que tu as changé d'avis et que Marjorie et toi avez inventé toute cette histoire. Sinon, je viens te voir chez toi et je te réduis en purée. Et là, je te promets que tu vas avoir du mal à t'en relever. Compris ?

— Oui, répondit Deborah avec un large sourire en reposant le combiné.

Elle se tourna vers Marjorie et Suzanne et leva le pouce en signe de victoire. Son plan avait réussi au-delà de toute espérance.

— Gardez bien votre porte verrouillée cette nuit et n'ouvrez à personne, d'accord ? Jimmy Slagerman ne le sait pas encore, mais il vient de prononcer sa propre condamnation! Cette fois-ci nous le tenons, les filles!

Satisfaite de sa soirée, Deborah quitta les deux jeunes femmes en leur recommandant de se coucher tôt et de s'accorder une bonne nuit de sommeil. Elle avait dû faire des pieds et des mains en rentrant du tribunal pour obtenir que le téléphone de Suzanne et Marjorie soit mis sur écoute. Et ce n'était pas fini. Elle allait maintenant devoir user de son influence pour qu'on lui remette la liste détaillée des communications téléphoniques passées par Slagerman. Mais le jeu en valait la chandelle. Le fringant Jimmy et son avocat allaient tomber des nues lorsqu'elle dévoilerait sa petite surprise dans quelques jours. Deborah décida de marcher un peu avant de héler un taxi. La canicule continuait à sévir et la chaleur restait oppressante en dépit de l'heure tardive. La ville entière était en nage. Même la pierre des bâtiments suintait. Mais elle n'était pas pressée de retrouver son appartement climatisé. Dès qu'elle serait seule, douchée, avec une boisson fraîche à la main, ses pensées obsédantes reviendraient la hanter.

A deux reprises, Gage l'avait embrassée. Et chaque fois, elle avait perdu le contact avec la réalité. Ce qu'elle ressentait dans les bras de cet homme défiait toute description : c'était comme si une force primitive la soulevait pour la jeter vers lui.

Ce qui, à la rigueur, aurait pu être acceptable... si elle n'avait pas ressenti le même élan primitif en présence du héros masqué si cher à Lily Greenbaum, sa voisine.

Avec un frisson de malaise, Deborah allongea le pas. Perdre la tête pour deux hommes en même temps lui ressemblait si peu ! La fidélité, chez elle, était presque une seconde nature. Mais aussi surprenant que cela puisse paraître, elle éprouvait pour ces deux êtres si différents une attirance égale.

Qui sait si la touffeur du mois de juin n'éveillait pas en elle une sensualité torride dont elle avait jusqu'alors ignoré l'existence ? Désirer, après tout, ne voulait pas dire être amoureuse. Avec un peu de chance, il s'agissait d'un simple dérèglement hormonal passager. Deborah pria pour que sa libido cesse rapidement de lui jouer ces tours pendables. Elle ne se sentait pas prête à vivre une histoire forte avec un homme. Et encore moins avec deux !

Tournant à l'angle de la Vingtième Avenue, elle continua à marcher d'un bon pas tout en poursuivant ses réflexions. Avant de s'engager sur le plan affectif, elle voulait commencer par jeter les bases d'une solide carrière. Et mettre de la stabilité dans sa vie, surtout. Enfant, elle avait été ballottée entre deux parents pris dans un conflit permanent, incapables de vivre ensemble comme de se séparer. Lorsqu'ils étaient morts l'un et l'autre dans des circonstances tragiques, sa sœur Cilla l'avait prise avec elle. Et pendant les six premières années, leur vie commune n'avait été qu'une longue série de déménagements et d'errances.

A présent qu'elle était libre de faire ses propres choix, Deborah n'aspirait plus qu'à une chose : s'installer dans la durée. Plutôt que de se laisser porter passivement sur les vagues de l'existence, elle voulait creuser son trou de manière à ne plus jamais être victime des circonstances. Elle passa devant le siège social du *World* et entendit murmurer son nom dans l'obscurité. Deborah frissonna. Cette voix... elle l'aurait reconnue n'importe où, tant elle avait résonné souvent dans ses rêves.

Il émergea comme une ombre et sa silhouette se détacha, à peine visible, sur le fond de ténèbres dont il semblait émaner. Elle vit l'éclat de son regard derrière le masque et ses jambes se dérobèrent sous elle. Le désir était là, de nouveau, immédiat et si implacable qu'elle faillit gémir tout haut.

Elle ne résista pas lorsqu'il lui prit la main pour l'attirer au pied de l'immeuble.

— Décidément, c'est une véritable manie chez vous de déambuler dans les rues désertes en pleine nuit.

— J'avais besoin de marcher un peu, murmura-t-elle, adoptant automatiquement le chuchotement à son tour. Vous me suiviez ?

Il ne répondit pas, mais ses doigts se resserrèrent sur les siens de façon indiscutablement possessive.

— Que me voulez-vous ? s'enquit-elle dans un souffle.

Il réprima un sourire en constatant qu'elle avait gardé ses cheveux défaits.

— Ce que je veux ? Vous mettre en garde. C'est d'autant plus dangereux pour vous de vous promener non accompagnée que les assassins de Parino vous ont repérée.

Le pouls de Deborah battit plus vite sous ses doigts. Il sut aussitôt que c'était une réaction de désir et non de peur.

Deborah s'immobilisa pour lui faire face.

— Que savez-vous au juste au sujet de Parino ?

— Ne croyez pas qu'ils vous épargneront parce que vous êtes femme, jeune et belle. Si vous vous mettez en travers de leur chemin, ils vous élimineront sans hésiter. Et je n'aimerais pas qu'il vous arrive quelque chose.

Le souffle coupé, elle fit un pas vers lui.

— Et pourquoi ? demanda-t-elle à voix basse.

Némésis lui prit les deux mains et les porta à ses lèvres. Il les serra si fort qu'elle réprima un cri.

— Vous savez pourquoi.

Médusée, le regard perdu dans le sien, elle secoua la tête.

— Je ne sais même pas qui vous êtes ni à quoi vous ressemblez, chuchota-t-elle. Et je ne comprends pas grand-chose au sens de votre action.

— Je ne me comprends pas toujours moi-même.

Eût-elle écouté son instinct, Deborah se serait glissée dans ses bras pour nouer les mains derrière sa nuque et chercher ses lèvres. Elle voulait la chaleur de ses baisers, la force de son étreinte. Mais c'était le moment ou jamais de garder la tête froide. L'homme qui se tenait devant elle semblait singulièrement bien informé sur tout ce qui se passait dans cette ville. Il s'agissait non seulement de lutter contre son attirance absurde, mais de profiter de sa présence pour lui tirer les vers du nez. Si Némésis connaissait les assassins de Parino, il pouvait la mettre sur la bonne voie.

— Parlez-moi de cette affaire. Que savez-vous, au juste ?

— Je n'ai qu'une chose à vous dire : cessez de vous mêler de cette histoire. Tenez-vous aussi loin de ces gens que possible.

— Autrement dit, vous savez quelque chose, insista-t-elle en reculant d'un pas.

Elle avait besoin de reprendre un peu de distance pour se souvenir qu'elle était censée réagir en tant que procureur et non en tant que femme.

— C'est votre devoir de me communiquer les informations que vous détenez, déclara-t-elle, péremptoire.

— Mon devoir, je le connais. Je sais ce que j'ai à faire.

Exaspérée, Deborah rejeta ses cheveux en arrière. Comment avait-elle pu se croire attirée par cet individu qui ne respectait rien ? ce justicier imaginaire ?

— Et qu'estimez-vous avoir à faire, au juste ? Traîner dans les arrière-cours les plus sombres en frappant ici et là, au gré de vos caprices ? Ce n'est pas accomplir votre devoir, ça, Zorro ! Ça s'appelle faire mousser son ego ! C'est du narcissisme pur et dur !

Comme il ne réagissait pas, elle soupira avec impatience et s'avança de nouveau d'un pas.

— Je pourrais vous faire arrêter, vous savez. Vous n'avez pas le droit de garder ce type d'informations pour vous. Cette affaire concerne les services du procureur de district et la police. Ce n'est pas un jeu.

— Non, ce n'est pas un jeu, répliqua-t-il.

Il parlait toujours dans un murmure, mais elle crut discerner une nuance d'amusement dans sa voix.

— Mais à ce jeu qui n'en est pas un, certains peuvent se laisser prendre. Et je n'aimerais pas vous voir utilisée comme appât, Deborah.

— Rassurez-vous, je suis parfaitement capable de me défendre.

— C'est votre leitmotiv, je crois ? Mais méfiez-vous, mon cher maître. Car c'est du gros gibier auquel vous avez affaire. Des gens qui ne reculent devant rien et à côté desquels vous ne faites pas le poids. Alors, au risque de me répéter : laissez tomber ce dossier. Il vous dépasse.

Némésis n'eut même pas la correction d'attendre sa réponse. Fidèle à ses détestables habitudes, il s'évanouit en fumée sans se donner la peine d'entendre ce qu'elle avait à lui répliquer.

— Fuis donc, espèce de lâche ! lança-t-elle, furieuse, en donnant un grand coup de pied dans le mur. Si tu crois que je vais laisser tomber quoi que ce soit, tu te trompes. Quant à être dépassée… nous verrons bien qui de nous deux sera le premier à démêler cette histoire !

5.

— Et merde !

Rejetant ses cheveux trempés dans son dos, Deborah noua hâtivement la ceinture de son peignoir et courut ouvrir sa porte. Tout comme les appels téléphoniques en pleine nuit, les visites imprévues à 6 h 45 du matin étaient généralement signes avant-coureurs de mauvaises nouvelles. Lorsqu'elle tira le battant et trouva Gage sur le seuil, elle songea que son instinct ne l'avait pas trompée. La présence de cet homme à sa porte était déjà, en elle-même, un désastre.

— Je t'ai fait sortir de la douche ? s'enquit-il d'un air de regret poli.

Elle passa une main impatiente dans ses cheveux mouillés.

— Comme tu peux le constater... Qu'est-ce que tu veux ?

— Un petit déjeuner.

Sans attendre d'y être invité, il déambula jusque dans le séjour.

— C'est charmant, chez toi, commenta-t-il d'un ton d'appréciation sincère.

Elle avait choisi un décor ivoire émaillé de quelque touches de couleurs contrastées : du vert émeraude, du rouge écarlate, du bleu saphir. Gage examina la trace humide qu'elle avait laissée dans son sillage.

— Apparemment, j'ai mal calculé mon heure d'arrivée. J'aurais dû attendre cinq minutes de plus.

Deborah leva les yeux au plafond.

— Tu n'aurais pas dû arriver du tout, Gage. Je ne comprends pas comment tu peux t'autoriser à débarquer chez les gens comme ça, sans crier gare, avant 7 heures du matin. Et en plus, tu...

Gage ne la laissa pas finir. Il la prit dans ses bras et lui donna un baiser qui la laissa sans voix pendant bien dix secondes.

— Mmm... Tu es encore toute mouillée.

Elle dut lutter contre la tentation d'abandonner sa tête contre son épaule. Avec un profond soupir, elle tenta de reprendre les armes :

— Ecoute, Gage, je n'ai pas de temps à perdre. Je suis attendue au tribunal.

— Dans deux heures. Cela nous laisse amplement le temps de prendre le petit déjeuner en toute tranquillité.

— Si tu crois que je vais me mettre en cuisine pour toi, tu cours au-devant d'une amère déception, Gage Guthrie!

— Oh, mais loin de moi cette idée!

Gage recula d'un pas et l'examina d'un regard charmé.

— J'aime te voir en bleu. Tu devrais toujours porter cette couleur.

— Gage, je te remercie pour ce conseil vestimentaire éclairé mais...

Elle fut interrompue par une nouvelle série de coups frappés à sa porte.

— Tu veux que j'aille ouvrir? proposa Gage poliment.

— Je suis encore capable d'accueillir mes visiteurs moi-même, maugréa-t-elle en se dirigeant vers l'entrée. Vous vous êtes tous donné le mot, ce matin, ou quoi? Je ne me souviens pas d'avoir mis un panneau annonçant que j'organisais une journée portes ouvertes.

Sur le seuil, elle trouva cette fois un serveur en livrée blanche poussant une table roulante.

— Ah, voici notre petit déjeuner, commenta Gage en faisant signe à l'arrivant d'entrer. Parfait. Avancez-le par ici, près de la fenêtre. Cette jeune dame apprécie d'avoir de la vue en mangeant.

Pendant que l'employé stylé s'exécutait selon les règles de l'art, Deborah posa les mains sur les hanches. Prendre des positions fermes avant 7 heures du matin demandait un effort quasi surhumain. Mais elle n'avait pas le choix, en l'occurrence.

— Ecoute, Gage, je ne sais pas quelle stratégie tu déploies ni dans quel but, mais je préfère te dire tout de suite que ça ne marchera pas. Je pensais avoir été suffisamment claire, mais s'il faut le répéter encore une fois, voici : je n'ai ni le temps ni l'envie en ce moment de... C'est du café que je vois là?

— Tout à fait. Tu en veux?

Elle fit la moue.

— Juste une petite goutte, alors.

Avec un large sourire, Gage souleva la cafetière en argent et remplit la moitié d'une tasse. L'arôme subtil lui chatouilla agréablement les narines.

— Alors ? demanda-t-elle. Pourquoi ce débarquement en force avec petit déjeuner à l'appui ?

Gage leur versa à chacun un jus d'orange.

— Je voulais voir à quoi tu ressemblais le matin. Et j'ai pensé que ce serait la méthode idéale... Jusqu'à nouvel ordre, en tout cas.

Il leva son verre à sa santé et elle sentit son regard s'attarder sur son visage.

— Tu as les yeux cernés. As-tu mal dormi cette nuit ?

— J'ai eu du mal à trouver le sommeil, admit-elle.

— C'est le procès Slagerman qui t'inquiète ?

Deborah se contenta de hausser les épaules. Son insomnie, en vérité, était entièrement due à sa rencontre avec l'homme masqué, la veille. Comment pouvait-elle se retrouver face à Gage quelques heures plus tard, et ressentir une fascination analogue mêlée d'une même irritation ?

— Tu aimerais me parler de ce qui t'a préoccupée cette nuit, Deborah ?

Elle secoua la tête.

— Je préfère ne pas aborder ce sujet pour le moment.

— Tu ne crois pas que tu vas droit au surmenage ?

— Je fais ce que j'ai à faire. Mais toi ? Je ne sais même pas en quoi consiste exactement ton activité.

— J'achète, je vends. J'assiste à des réunions, je lis des rapports...

— Je suis sûre que c'est beaucoup plus compliqué que cela.

— Et souvent beaucoup plus ennuyeux. Je suis aussi dans la construction, révéla Gage en beurrant un croissant.

— Tu construis quoi par exemple ?

Il sourit.

— Cet immeuble, entre autres.

— Cet immeuble est la propriété de la société Trojan, protesta Deborah.

— C'est exact. Et Trojan m'appartient.

— Evidemment, dans ce cas…, murmura-t-elle, vaguement déconcertée.

Sa réaction parut ravir Gage.

— L'essentiel de la fortune des Guthrie vient de l'immobilier qui reste d'ailleurs la colonne vertébrale de la Guthrie Corporation. Au cours des dix dernières années, les activités du groupe se sont diversifiées. Une des branches est spécialisée dans le transport maritime, une autre dans l'exploitation minière, la troisième dans la production industrielle.

Deborah en avait le tournis. Gage assurément n'était pas quelqu'un d'ordinaire. Mais elle semblait être attirée par des hommes plutôt hors du commun, depuis quelque temps.

— Ça change du commissariat du XXVe, commenta-t-elle pensivement.

Elle vit comme une ombre passer dans le regard de Gage.

— On peut le dire, oui.

— Ton ancienne existence ne te manque jamais ? ne put-elle s'empêcher de demander.

— Disons que je refuse de succomber à la nostalgie.

— Je comprends.

Elle comprenait d'autant mieux qu'elle avait adopté une stratégie similaire en s'interdisant de vivre dans le regret. Regret de ceux qui avaient disparu pour toujours et regret de ceux qui vivaient au loin.

— Tu es très émouvante lorsque tu es triste, Deborah. Irrésistible même, murmura Gage en lui caressant le dos de la main avec une douceur qui ressemblait presque à de la tendresse.

— Je ne suis pas triste.

— Peut-être. Mais tu *es* irrésistible.

— Ne commence pas.

Décidée à alléger l'atmosphère, Deborah s'affaira à leur verser du café.

— Je peux te poser une question professionnelle, Gage ?

— Pose toujours.

— Si le propriétaire d'un commerce souhaite garder l'anonymat, peut-il le faire ?

— Facilement, oui. Il suffit de créer un labyrinthe de noms de sociétés qui n'existent que sur le papier. C'est le genre d'imbroglio financier qui se monte assez fréquemment. Pourquoi ?

D'un geste de la main, elle balaya sa question.

— Mais tu crois qu'à force de recherches, on peut malgré tout identifier le propriétaire ?

— Ça dépend. A la longue, oui. Avec beaucoup de détermination et si on finit par trouver le fil conducteur, le dénominateur commun.

— Comment cela, le dénominateur commun ?

— Je ne sais pas, moi : un nom, un numéro d'immatriculation, un lieu. Un élément récurrent quelconque qui resurgit ici et là, répondit Gage prudemment.

Les questions de la jeune femme l'auraient inquiété sérieusement s'il n'avait pas déjà eu une longueur d'avance sur elle dans ses recherches.

— Que veux-tu savoir exactement, Deborah ?

— J'ai besoin de trouver des éléments de preuve, dans le cadre d'un des dossiers que je traite.

Posément, Gage replaça sa tasse sur sa soucoupe en porcelaine.

— Cela aurait-il par hasard un rapport avec Parino ?

Deborah lui jeta un regard suspicieux.

— Pourquoi cette question ? Que sais-tu au sujet de Parino ?

— J'ai encore quelques contacts avec mes anciens collègues du XXVe. Tu ne crois pas que tu as déjà suffisamment à faire avec le procès Slagerman ?

— Je ne peux pas m'offrir le luxe de ne travailler que sur un dossier à la fois.

— Ce dossier-là, tu devrais le laisser à quelqu'un d'autre, en l'occurrence.

— Je te demande pardon ? rétorqua Deborah d'une voix soudain glaciale.

— Les hommes qui ont éliminé Parino sont redoutables. Tu n'as aucune idée du danger auquel tu t'exposes. On ne joue pas impunément à ce jeu-là, Deborah.

— Je ne joue pas.

— Sans doute. Mais eux non plus. Ils sont parfaitement organisés et ils ont des informateurs partout. Tes investigations, ils les suivent pas à pas, sois-en certaine. Et s'ils estiment que tu deviens gênante, ils n'auront aucun scrupule à te balayer de la carte.

— C'est étonnant comme tout le monde a l'air d'être bien informé au sujet des meurtriers de Parino!

Gage, qui était retombé un instant dans ses souvenirs les plus noirs, s'arracha à leur étreinte morbide.

— J'ai été flic, souviens-toi. Et je sais à quel genre de beau monde tu as affaire. Sérieusement, Deborah, je souhaiterais qu'un de tes confrères prenne la relève.

— Ne sois pas ridicule!

Comme elle se levait d'un bond, il la retint par la main.

— Je n'aimerais pas qu'il t'arrive quelque chose.

— Je suis très touchée de ta sollicitude, Gage, s'exclama-t-elle en se libérant, mais je vais toujours au bout de ce que j'entreprends.

Le regard de Gage s'assombrit.

— Méfie-toi, Deborah. L'ambition est une belle qualité, mais elle peut rendre aveugle, objecta-t-il calmement.

Furieuse, elle se croisa les bras sur la poitrine.

— O.K., c'est vrai, je suis ambitieuse, je le reconnais. Mais je ne cours pas seulement après la réussite. Je crois aussi à ce que je fais, aux buts que je poursuis et à mes capacités à les atteindre. Tout a commencé avec un adolescent nommé Rico Mendez. D'accord, ce garçon n'était pas un ange. Il vivait de petits larcins, de braquages minables. Mais il a été tué froidement alors que son seul tort était de se tenir tranquillement à un carrefour.

Sur sa lancée, elle se mit à faire les cent pas.

— Là-dessus, c'est son assassin que l'on retrouve poignardé, en représailles à des révélations qu'il m'a faites. Alors jusqu'où peut-on laisser aller les choses ainsi, à ton avis? Tu ne crois pas qu'un jour, il faut que quelqu'un dise stop, prenne ses responsabilités et s'efforce de remettre la loi des hommes à la place de celle de la jungle?

Gage se leva et vint poser les deux mains sur ses épaules.

— Je ne mets pas ton intégrité en cause, Deborah.

— Alors que récuses-tu, au juste? Mes capacités de jugement?

— Oui. Et les miennes avec, admit-il. Je tiens à toi, tu sais.

— Je ne pense pas que...

— Ne pense plus.

Il couvrit sa bouche de la sienne et ses mains se resserrèrent sur ses bras. Aussitôt, elle sentit monter la vague habituelle. Comme un raz de marée. *Chaleur. Puissance. Désir.* Pas plus qu'aux forces de la nature, elle n'aurait pu s'opposer à l'élan qui la poussait vers Gage. Entre eux passaient des ondes qui n'étaient pas seulement de désir. Quelque chose de plus fort et de plus authentique émanait de lui et la pénétrait, comme si, d'une certaine façon, il était déjà en elle.

Entre ciel et terre, Gage exultait et tremblait. Lorsqu'il tenait Deborah dans ses bras, il se sentait à la fois infiniment fort et plus faible qu'un enfant. Avec elle, petit à petit, il recommençait presque à croire à la possibilité du miracle.

Lorsqu'il recula d'un pas, Deborah dut lutter pour ne pas perdre l'équilibre.

— Je ne sais plus où j'en suis, Gage.

— Moi non plus, mais je ne crois pas cela ait beaucoup d'importance. Je veux te revoir ce soir, murmura-t-il d'un ton pressant en l'attirant de nouveau contre lui. Passe la nuit avec moi, Deborah. Je t'en prie.

— Je ne peux pas, protesta-t-elle dans un souffle. Il y a le procès.

Il réprima un juron.

— D'accord. Après le procès alors. Nous ne pouvons pas continuer à fuir indéfiniment ce qui nous arrive.

Deborah acquiesça d'un signe de tête.

— C'est vrai. Mais il me faut encore un peu de temps. S'il te plaît, Gage, ne me bouscule pas. J'ai besoin de... de réfléchir encore un peu.

Il soupira, fit trois pas et s'immobilisa, la main sur la poignée de la porte.

— Il y a quelqu'un d'autre, Deborah ?

— Non... Enfin, je ne sais pas, admit-elle en pâlissant. Peut-être.

Brusquement, Gage comprit. Sans un mot, il sortit et referma la porte. L'ironie du sort voulait qu'il n'eût qu'un seul rival : lui-même.

Deborah travailla tard ce soir-là, planchant sur des articles et des livres de droit. En sortant du tribunal, elle avait passé deux heures à nettoyer son appartement de fond en comble. Mais même le ménage — technique habituellement infaillible — n'avait pas réussi à lui rendre sa sérénité. En désespoir de cause, elle avait fini par s'immerger dans le dernier refuge possible : le travail.

Le téléphone sonna alors qu'elle se versait une énième tasse de café.

— O'Roarke? Deborah O'Roarke? demanda une voix légèrement haletante à l'autre bout du fil.

— Oui. C'est moi.

— Je suis Santiago. Ray Santiago, chuchota son interlocuteur. Santiago ! Le complice disparu de Parino !

Aussitôt sur le qui-vive, Deborah prit un stylo et un papier.

— Monsieur Santiago ! Nous étions justement à votre recherche.

— Ah ouais ? Super.

— Nous souhaiterions vous parler le plus rapidement possible. Les services du procureur de district s'engagent à vous protéger et à collaborer avec vous.

— Très drôle. Vous croyez que j'ai envie de finir comme Parino ?

Deborah eut un sursaut.

— Vous seriez plus en sécurité avec nous que seul.

— Possible, répondit Santiago d'une voix tendue.

— Je suis prête à vous recevoir quand vous le voudrez.

— C'est ça, ouais. Si je sors d'ici, je me fais buter avant d'avoir fait vingt mètres. Si vous voulez me voir, vous n'avez qu'à vous ramener par ici. J'ai des infos qui pourraient vous intéresser. J'en sais plus que Parino — beaucoup plus, même. Si ça vous branche, arrangez-vous pour rappliquer.

— Entendu. La police va…

— Ah non, pas les flics, surtout !

Sous l'emprise de la terreur, la voix de Santiago monta dans les aigus.

— Si vous prévenez la police, vous n'obtiendrez rien. Pas un mot. Venez seule ou pas du tout.

— Très bien. Quand ?

— Tout de suite. Je suis à l'hôtel Darcy, au 38 de la 167e Rue. Chambre 27.

Deborah jeta un coup d'œil à sa montre.

— Donnez-moi vingt minutes. J'arrive.

**
*

— Vous êtes bien sûre de vouloir descendre ici, ma jolie ? demanda le chauffeur de taxi d'un air perplexe en s'arrêtant devant le Darcy. On ne peut pas dire que ce soit le Ritz, votre hôtel.

Deborah contempla la façade décrépite à travers l'épais rideau de pluie. La rue était déserte, toutes les fenêtres obscures. Elle frissonna.

— Oui, je suis sûre, déclara-t-elle stoïquement en lui glissant un billet. Vous pouvez garder la monnaie.

Elle piqua un sprint jusqu'à l'hôtel et s'immobilisa dans l'entrée pour essuyer son visage dégoulinant de pluie. La réception fermée était protégée par des barreaux métalliques. Une ampoule nue pendait au plafond, éclairant faiblement le lino poisseux. Une odeur de sueur, de détritus mêlée à un je-ne-sais-quoi de pire encore empestait les lieux.

Deborah s'arma de courage et se dirigea vers l'escalier. Elle entendit un bébé hurler au premier étage. Sur le palier, un rat fila sous ses pieds et elle retint un cri. Au second, un homme et une femme s'apostrophaient haineusement. Elle se fraya un chemin presque à tâtons en marchant sur les débris de verre de ce qui avait été un plafonnier et trouva la chambre 27. A l'intérieur, la télévision braillait si fort que les coups qu'elle frappa à plusieurs reprises restèrent sans réponse.

— Monsieur Santiago ?

Après plusieurs tentatives infructueuses, Deborah se résigna à actionner la poignée. La porte s'ouvrit sans difficulté. Seul l'écran de la télévision éclairait de sa lumière tremblante la pièce minuscule. Des vêtements gisaient en tas entre des boîtes de conserve vides. Un tiroir manquait dans l'unique commode. Les relents de bière tournée et de nourriture avariée se conjuguaient pour former une puanteur épaisse qui prenait à la gorge.

Deborah pesta tout bas lorsqu'elle distingua la silhouette étalée sur le lit. Non seulement elle aurait le plaisir de recueillir une déposition dans ce trou puant, mais il lui faudrait commencer par dessoûler son témoin.

Réprimant un soupir, elle éteignit la télévision et se dirigea vers le lit.

— Monsieur Santiago ? Ray ?

Comme il ne réagissait toujours pas, elle lui effleura l'épaule et vit avec étonnement qu'il avait les yeux grands ouverts.

— Bonjour, je suis Deborah O'Roarke et je...

Elle s'interrompit net en s'apercevant qu'il ne la regardait pas. Qu'il ne regardait rien du tout, même. Du sang coula sur sa main qui reposait toujours sur l'épaule de Santiago.

— Oh, mon Dieu...

Le cœur au bord des lèvres, elle recula d'un pas. Elle voulut s'enfuir, mais se heurta à un moustachu de petite taille, vêtu avec une élégance recherchée.

— *Señorita*, fit-il d'un ton paisible.

— La police, balbutia-t-elle. Il faut appeler la police. Il est mort.

— Je sais.

L'homme eut un sourire d'une douceur terrifiante. Simultanément, elle vit étinceler l'or de ses dents et l'argent du poignard qu'il tenait à la main.

— Je n'attendais plus que vous, mademoiselle O'Roarke.

Deborah s'élança vers la porte, mais il la rattrapa par les cheveux. Elle poussa un hurlement de douleur puis se figea dans un silence et une immobilité complets. La pointe de la lame reposait à la base de son cou.

— Vous pouvez crier tant que vous voudrez. Personne ne réagira dans un endroit comme celui-ci.

Suave, légèrement chantante, sa voix donnait la chair de poule.

— Vous êtes très belle, *señorita*. Ce serait dommage d'avoir à entailler cette peau d'ange. Vous allez me communiquer, s'il vous plaît, le contenu exact de votre conversation avec Parino juste avant son... accident. Je veux chaque nom, chaque détail.

Luttant contre l'emprise de la terreur, Deborah soutint son regard et comprit quel destin l'attendait.

— Vous allez me tuer de toute façon, déclara-t-elle.

Une pointe de respect transparut dans le sourire du meurtrier de Santiago.

— Je vois que vous êtes intelligente en plus d'être belle. Mais il y a tuer et tuer. Certaines façons de mourir sont infiniment moins éprouvantes que d'autres. Vous avez donc tout intérêt à me dire ce que vous savez.

Elle n'avait rien à lui dire. Pas même un nom à négocier avec cet homme. Tentant un ultime coup de poker, elle résolut de bluffer.

— J'ai tout consigné sur le papier. Les informations sont en sécurité dans un coffre.

— Et à qui les avez-vous communiquées ?

Deborah déglutit avec difficulté.

— A personne. Absolument personne.

L'homme la dévisagea un instant.

— Je crois que vous mentez, *señorita*. Peut-être serez-vous plus coopérative lorsque je vous aurai montré à quels savants découpages je peux me livrer avec ce petit outil. Ah, cette joue… plus lisse qu'un satin précieux. Quel gâchis d'avoir à entamer une texture aussi parfaite.

Consciente qu'elle n'avait aucune chance, Deborah allait hurler lorsqu'un éclair déchira le ciel suivi d'un fracas de verre brisé. Tournant les yeux vers la fenêtre, elle vit qu'il était là, vêtu de noir, illuminé par les feux du ciel qui se déchaînaient dans son dos. Avant qu'elle puisse ouvrir la bouche, son agresseur passa un bras autour de sa taille et positionna de nouveau sa lame.

— Faites un pas de plus et je lui tranche la gorge d'une oreille à l'autre, déclara l'homme à la moustache de sa voix toujours paisible.

Némésis était figé dans une immobilité de pierre. Il ne tourna même pas les yeux vers elle de crainte de perdre ce qui lui restait de maîtrise de lui-même. Etait-ce sa peur à elle ou la sienne qui l'avait empêché de se concentrer et de disparaître ? Il n'avait eu d'autre recours que de faire irruption dans la chambre sous sa forme humaine. S'il parvenait à se rendre invisible maintenant, la tâche serait-elle plus facile ou l'ennemi, affolé, frapperait-il avant qu'il puisse agir ?

Il chercha à gagner du temps.

— Si vous la tuez, vous perdrez votre bouclier.

— C'est un risque que nous prenons ensemble. N'avancez pas.

La lame du couteau entailla légèrement la peau de Deborah et elle gémit faiblement.

— Ne la touchez plus, intima-t-il avec violence. S'il lui arrive quoi que ce soit, je vous massacre.

Comme ses yeux s'habituaient à l'obscurité, il put discerner les traits de l'ennemi : la moustache longue et fournie, l'éclat des dents en or. L'espace d'une seconde, il fut transporté quatre années en arrière. Tout lui revint en bloc : l'odeur de poisson et d'algues sèches, le clapotis de l'eau battant contre le quai. Il sentit la balle exploser dans sa poitrine et faillit chanceler sous le choc.

— Je vous connais, Montega, lâcha-t-il dans un murmure. Il y a longtemps que je suis à votre recherche.

— Eh bien, vous voyez, vous m'avez trouvé. Reposez votre arme, Zorro.

Deborah se tenait parfaitement immobile. C'était comme si chaque seconde passée ainsi entre la mort et la vie s'étirait à l'infini. La voix du dénommé Montega avait conservé sa calme assurance, mais l'odeur âcre de sa transpiration lui envahit soudain les narines. L'homme suait littéralement la peur.

— Je ne me sers pas d'armes, répondit posément Némésis. Je n'en ai pas besoin.

— Si c'est le cas, vous n'êtes qu'un imbécile.

Deborah sentit que Montega lui lâchait la taille pour plonger la main dans sa poche. Au moment même où le coup de feu partit, Némésis plongea sur le côté. La balle alla s'enfoncer dans le mur au papier peint taché et l'homme masqué s'effondra à terre. Deborah poussa un cri. Avec une force dont elle ne se serait pas crue capable, elle enfonça le coude dans le ventre de Montega qui, plus préoccupé par Némésis que par elle, la projeta sans ménagement sur le côté. Elle trébucha et alla donner de la tête contre le lavabo. Un nouvel éclair jaillit dans le ciel. Puis ce fut le noir complet.

— Deborah... ma Deborah... Je veux que tu ouvres les yeux... S'il te plaît.

Elle aurait préféré les garder fermés tant étaient douloureux les élancements qui lui vrillaient le crâne. Mais la voix était si tendre, si suppliante qu'elle se força à soulever les paupières.

Némésis la tenait dans ses bras et la berçait contre lui. Tout d'abord, elle ne vit que ses yeux. Des yeux magnifiques, en l'occurrence. Dans son état de semi-conscience, elle se souvint qu'elle en était tombée amoureuse avant même de savoir qui il était. Elle avait croisé son regard dans la foule et il y avait eu comme un déclic, un échange muet.

Avec un gémissement de contrariété, Deborah porta la main à la bosse qui se formait déjà sur sa tempe et tenta de remettre de l'ordre dans ses pensées. Le coup qu'elle avait pris sur la tête avait dû provoquer un léger état confusionnel. La première fois qu'elle avait vu Némésis, il n'y avait pas eu de foule du tout puisqu'ils s'étaient rencontrés dans une impasse obscure.

— J'ai eu tellement peur… J'ai cru qu'ils t'avaient tué, chuchota-t-elle en levant la main pour lui caresser le visage.

— Il a tiré un quart de seconde trop tard.

— Et qu'est-il devenu maintenant? s'enquit-elle avec un léger frisson d'angoisse rétrospective.

Un éclair de fureur passa dans le regard de Némésis.

— Il s'est enfui sans demander son reste.

Il serra les poings. Montega n'avait eu aucun mal à s'esquiver. En voyant le corps sans vie de Deborah recroquevillé sur le sol crasseux, il s'était précipité d'instinct. Et l'autre en avait profité pour filer. Mais s'il lui avait échappé cette fois-ci encore, l'homme qui avait tué Jack n'avait gagné qu'un répit tout au plus. Bientôt — très bientôt — il aurait sa revanche et justice serait faite. *Enfin.*

— Tu le connaissais, chuchota-t-elle d'une voix faible. Tu l'as appelé par son nom.

— Oui, je le connaissais.

— Et il avait un revolver… Le coup est parti si brusquement.

— Il le tenait dans sa poche. C'est une habitude chez Montega, de trouer ses meilleurs costumes.

Deborah hocha la tête. Elle réfléchirait à ces détails plus tard. Le plus urgent pour l'instant était de prévenir la police. Posant la main sur le bras de Némésis pour se redresser, elle sentit une matière gluante sous ses doigts.

— Tu saignes!

Il haussa les épaules.

— Un peu. La balle m'a éraflé, ce n'est rien.

Inquiète, Deborah s'accroupit, malgré la douleur qui lui martelait les tempes et déchira la manche de Némésis pour dégager la plaie.

La coupure était longue, irrégulière et lui fit de drôles d'effets au niveau de l'estomac.

— Il faut contenir l'hémorragie, déclara-t-elle, sourcils froncés.

— Mmm... Le mieux serait que tu ôtes ton T-shirt pour en faire un garrot, suggéra-t-il avec une pointe d'amusement dans la voix.

— Tu peux rêver !

Elle embrassa la chambre crasseuse d'un bref regard circulaire en évitant la forme immobile étalée sur le lit.

— Pas le moindre centimètre carré de tissu propre à dix lieues à la ronde, marmonna-t-elle. Si j'utilise le torchon que je vois là, c'est la septicémie assurée.

— Tiens, essaye avec ça, fit-il en lui tendant un carré de tissu noir.

Elle se pencha, s'efforçant de nouer ce bandage de fortune.

— Je ne suis pas spécialiste des blessures par balle, mais il faudrait désinfecter, non ?

— Ne t'inquiète pas pour ça. Je m'en occuperai plus tard.

Il appréciait de la voir penchée sur lui, sérieuse, appliquée, attentive. De sentir la pression légère de ses doigts sur son bras. Deborah avait trouvé un homme assassiné et elle venait d'échapper à la mort de justesse. Et pourtant, calmement, posément, elle affrontait la réalité et faisait ce qu'elle estimait avoir à faire.

S'il l'interrogeait à ce sujet, elle invoquerait sans doute une fois de plus son « esprit pratique ». Il réprima un sourire. Quoi de plus attirant qu'un tel pragmatisme ? Comme elle se penchait plus près, il sentit la soyeuse caresse de ses cheveux glissant sur sa joue. Au-dehors, la pluie s'était apaisée et son calme chuchotis couvrait à peine le son régulier de la respiration de Deborah.

La jeune femme finit de fixer son pansement de fortune.

— Et voilà, commenta-t-elle avec l'ombre d'un sourire. Ainsi le justicier invulnérable est bien un homme de chair et de sang, tout compte fait ?

— Mmm... Je compte sur toi pour tenir ta langue. Sinon, adieu ma réputation.

Deborah ne répondit pas. Ils étaient agenouillés face à face sur le sol poisseux d'une chambre innommable. Mais elle ne voyait rien que les yeux de Némésis et sa bouche sous le masque, sensuelle et tentante.

Il retint son souffle lorsqu'elle releva les yeux pour chercher de nouveau son regard. Dans le sien, il lut un désir voilé et une acceptation si totale qu'il sentit comme un éclair lui transpercer les reins. La main de Deborah reposait toujours sur son bras blessé et ses doigts allaient et venaient sur sa peau en une lente caresse.

Lorsqu'il l'attira dans ses bras, elle ploya contre lui sans offrir l'ombre d'une résistance.

— Je rêve de toi. La nuit, mais le jour aussi, murmura-t-il en prenant ses seins ronds et fermes au creux de ses paumes. Je rêve que je te touche ainsi… là… partout.

Il enfouit son visage au creux de son cou si blanc où le couteau s'était posé quelques minutes plus tôt. Elle soupira et se blottit contre lui, effrayée que ces gestes, étonnamment familiers, s'imposent comme une évidence. Sa peau était comme marquée au fer rouge par la brûlure des lèvres de Némésis. Et ses mains… Avec un gémissement sourd, elle renversa la tête en arrière. A cet instant précis, l'image de Gage se forma devant ses yeux.

— Non ! protesta-t-elle dans un cri. Non, ce n'est pas bien.

Il jura intérieurement. Maudissant la situation. La maudissant elle. Se maudissant lui.

Il se leva.

— Tu as raison. Il faut sortir d'ici. Tu n'as pas ta place ici.

Au bord des larmes, elle répliqua sèchement :

— Et toi ?

— Moi, c'est différent. Que faisais-tu là, au fait ?

— Mon travail. Santiago m'a appelée.

— Santiago ? Il est tout ce qu'il y a de plus mort.

— Il était bien vivant quand je l'ai eu au bout du fil, rectifia-t-elle d'une voix lasse. C'est lui qui m'a demandé de venir ici.

— Mais Montega est arrivé avant toi.

Deborah prit une profonde inspiration, puisa dans ses dernières réserves de courage et soutint son regard.

— Comment cet homme a-t-il retrouvé la trace de Santiago ? Et comment a-t-il su que je viendrais ici ce soir ? Il m'attendait, Némésis ! Il m'a même appelée par mon nom !

Il lui jeta un regard scrutateur.

— Qui as-tu informé de ta présence ici ce soir ?

— Personne.

— *Personne ?* Je me demande parfois si tu as toute ta tête ! protesta-t-il avec colère. Qu'est-ce qui te prouve que Santiago n'avait pas l'intention de te prendre en otage ? Ou de te tuer pour venger son copain Parino ?

— Santiago ne m'aurait fait aucun mal. Il était terrifié et prêt à parler. Je sais ce que je fais.

Némésis soupira avec impatience.

— Justement non et c'est ce que je me tue à te dire. Tu n'as pas même idée du nid de serpents dans lequel tu es venue te fourrer.

— Alors que toi, tu maîtrises parfaitement la situation, c'est ça ? se récria-t-elle, exaspérée. Bon, très bien, tu es le meilleur et le plus fort, mais maintenant, fiche-moi la paix, O.K. ? J'ai du travail et j'en ai assez de m'entendre dire que je ne suis pas à la hauteur.

— Tu ne vois pas que tu es à bout ? Il faut que tu rentres chez toi, que tu te reposes et que tu laisses à d'autres le soin de continuer.

— Santiago n'a pas appelé les autres, il m'a appelée moi. Et si j'avais réussi à le voir avant l'arrivée de ce Montega, j'en saurais un peu plus maintenant. Je ne comprends pas que...

Une brusque pensée la frappa et sa voix se perdit dans un murmure :

— Mais, naturellement, comment n'y ai-je pas pensé plus tôt ? Ils ont mis mon téléphone sur écoute. A la fois chez moi et au bureau. C'est comme ça qu'ils ont eu l'adresse de Santiago. Et qu'ils ont su que j'avais obtenu une commission rogatoire pour ordonner une perquisition du magasin d'antiquités... Bon, je vais prendre des mesures immédiates.

Les yeux étincelants, elle se leva d'un bond... et serait retombée de tout son long sur le lino crasseux si Némésis ne l'avait pas rattrapée à temps. Il glissa un bras sous ses genoux et la souleva.

— Tu as eu un choc à la tête, ne l'oublie pas. Essaye d'éviter les mouvements trop brusques pendant un jour ou deux.

Deborah éprouva un tel bien-être à être portée ainsi qu'il lui parut urgent de protester.

— Je suis entrée dans cette pièce sur mes deux pieds. Et j'ai la ferme intention d'en ressortir de même.

— Tu es toujours aussi têtue ?

— Oui. Je n'ai besoin de personne.

— En effet. J'ai vu que tu t'en sortais comme un chef, toute seule.

Mais son ironie la laissa de marbre.

— Je reconnais que j'ai eu quelques problèmes jusqu'à présent, mais mon enquête progresse. J'ai le nom de cet homme, sa taille approximative, je peux le décrire par le menu et je sais qu'il a deux incisives en or. Cela ne devrait pas être trop difficile de lancer des recherches.

Némésis s'immobilisa net.

— Montega est à moi, dit-il d'un ton glacial.

— Ce n'est pas à toi de te venger personnellement. La justice doit faire son travail.

— La justice ? Il y a eu un temps où j'ai cru en elle, moi aussi, fit-il en recommençant à dévaler l'escalier.

Elle sentit un tel désespoir dans sa voix qu'elle ne put s'empêcher de caresser sa joue sous le masque.

— Ç'a été très dur, n'est-ce pas ?

— Inacceptable est sans doute le mot.

S'il avait pu s'arrêter là, la serrer contre lui et enfouir son visage contre sa poitrine, sentir la consolation de ses bras…

— Laisse-moi t'aider, le supplia-t-elle. Dis-moi ce que tu sais et je te jure que je ferai tout ce qui est en mon pouvoir pour mettre un terme aux agissements de ce Montega.

Il comprit qu'elle était sincère et qu'elle tiendrait parole. Et cette certitude l'émut plus qu'il ne l'aurait pensé.

— Merci. Mais j'ai mes comptes à régler. En solo.

Deborah fit la grimace lorsqu'ils sortirent sous la pluie battante. Elle se tourna légèrement dans ses bras pour voir son visage et ne distingua que ses yeux sous le masque.

— Et c'est moi que tu traites de tête de mule ? Dire que je suis prête à faire abstraction de mes propres principes pour te proposer une collaboration, et toi, tu…

— Le travail en équipe, c'est terminé pour moi. Définitivement.

Contre sa joue, Deborah sentit la tension de ses muscles, contractés par la souffrance. Mais elle refusa cette fois de se laisser attendrir.

— O.K., fais comme tu voudras. Et pose-moi maintenant. Tu ne peux pas continuer à me porter comme ça indéfiniment.

Il en aurait été capable, pourtant. Capable de traverser toute la ville ainsi et de la monter jusque dans son appartement. Jusque dans son lit. Et de lui faire l'amour une nuit entière. Mais il s'immobilisa sur le bord du trottoir.

— Appelle un taxi, ordonna-t-il.

— Appeler un taxi ? Dans cette position ?

— Tu peux encore lever ton bras, non ?

Elle lui jeta un regard noir et fit ce qu'il lui disait. Cinq minutes plus tard, un taxi s'arrêta enfin. Le chauffeur demeura un instant bouche bée.

— Nom d'un chien, je ne rêve pas ! C'est vraiment vous, n'est-ce pas ? Le Némésis dont on parle dans les journaux ? Je peux vous conduire quelque part ?

— Moi non, mais cette demoiselle, si.

Il installa Deborah à l'arrière du véhicule et lui effleura la joue.

— Prends soin de toi.

— Merci. Merci infiniment… Si tu as encore une seconde, j'aimerais…

Mais déjà il avait reculé d'un pas. Sa silhouette s'estompa, parut se diluer sous l'épais rideau de pluie. Le chauffeur tourna vers elle des yeux exorbités.

— Bon sang, c'était vraiment lui, hein ? Incroyable. Il était là et pff… il a disparu. Qu'est-ce qu'il a fait ? Il vous a sauvé la vie ou un truc comme ça ?

— Un truc comme ça, oui, marmonna-t-elle.

— Ah, nom d'un chien, quelle aventure! Je vois d'ici la tête de ma femme, quand je vais lui raconter ça!

Avec un sourire jusqu'aux oreilles, il coupa le compteur.

— Bon, allez. Pour vous, le trajet, ce sera cadeau. Où est-ce que je vous emmène?

6.

Grognant, soufflant, suant à grosses gouttes, Gage souleva encore une fois ses haltères. Ses muscles tétanisés par l'effort protestèrent énergiquement, mais il était déterminé à battre son dernier record. Il cligna des yeux et se concentra sur un minuscule point au plafond. Même dans la douleur physique, on pouvait trouver une forme de satisfaction. C'est ce qu'il avait découvert au fil des interminables séances de rééducation qu'il avait endurées après sa sortie du coma.

Il lui arrivait de mesurer le chemin parcouru depuis l'époque où soulever un magazine constituait encore un exploit. Au début, il avait offert une résistance farouche à ses kinésithérapeutes. Pourquoi se battre pour guérir alors que l'idée même de la vie lui était intolérable ? Il n'aspirait qu'à rester cloué au lit en compagnie de ses idées noires, aussi muet et figé que Jack au fond de sa tombe.

Un jour, pourtant, il s'était jeté hargneusement dans la bataille. Parce que chaque geste qu'on exigeait de lui avait été une torture, tant physique que mentale. Et quel meilleur moyen de se punir d'être encore en vie que de s'infliger ces souffrances quotidiennes ?

Et puis un matin, à l'hôpital, alors qu'il était au fin fond de la dépression, écœuré par la vie, son horrible faiblesse et la douleur qui n'en finissait pas, il avait souhaité disparaître de toutes ses forces.

Et le « phénomène » s'était produit.

Au début, il avait cru à une hallucination. A un soudain accès de folie. Puis, à la fois terrifié et fasciné, il avait tenté de reproduire l'expérience, allant même jusqu'à se traîner devant un miroir en pied. Sidéré, il avait vu sa propre silhouette se fondre peu à peu dans le bleu pastel du mur derrière lui.

Jamais Gage n'oublierait le jour où une infirmière était entrée dans sa chambre avec le plateau du petit déjeuner. Elle était passée juste à côté de lui sans le voir en ronchonnant au sujet de « ces patients qui se débrouillent toujours pour disparaître à l'heure où ils sont censés prendre leur repas ». Il avait compris alors que sa sortie du coma n'avait pas été un hasard et qu'il était revenu à la vie dans une intention bien particulière.

Sa rééducation, alors, était devenue comme une religion quotidienne. Et il n'avait jamais cessé de s'entraîner depuis, forgeant son corps comme un outil. Il s'était initié aux arts martiaux et avait lu tout ce qui lui tombait sous la main pour affiner son intelligence et exercer sa mémoire.

Non seulement il avait récupéré toutes ses facultés, mais il les avait développées. Il était devenu plus fort, plus rapide et plus alerte qu'au temps où il était officier de la police judiciaire. Mais plus jamais il ne porterait un badge. Plus jamais il ne fonctionnerait en duo avec un coéquipier qui pouvait mourir sous ses yeux.

Plus jamais il ne se trouverait réduit à l'impuissance.

Il souffla profondément et recommença à soulever ses haltères. Frank entra avec un grand verre de jus d'orange.

— Attention à l'overdose, commenta l'ex-pickpocket en secouant la tête. C'est étonnant comme certaines femmes peuvent amener un homme à multiplier les performances physiques. Et tout ça avec une hargne...

— Va te faire voir, Frank, lança Gage en haletant de plus belle.

— Il faut dire qu'elle est vraiment très belle, poursuivit le chauffeur, imperturbable. Et en plus, elle ne doit pas être bête, avec le boulot qu'elle fait... N'empêche que ça doit être difficile de se concentrer quand elle vous regarde avec ses grands yeux bleus.

Gage jura et renonça temporairement à poursuivre sa séance de torture.

— Laisse-moi vivre, Frank. Tiens, retourne plutôt délester les badauds de leur portefeuille. Tu m'épuises.

Son chauffeur, qui le tutoyait lorsqu'ils étaient seuls, eut un large sourire.

— Allons, allons, tu sais bien que j'ai renoncé à ma vocation depuis longtemps. Imagine un peu que Némésis me mette la main au collet.

Il prit une serviette propre sur une pile et l'apporta à Gage qui, sans un mot, s'essuya le visage et le torse.

— Et cette blessure ? demanda Frank en croisant les bras sur son torse massif.

Gage haussa les épaules.

— Je la sens à peine. Ça tiraille un peu de temps en temps, mais ce n'est pas bien méchant.

— En attendant, c'est la première fois que Némésis se trouve sur la trajectoire d'une balle. Méfie-toi. Jusqu'ici tu passais toujours à travers.

— Dispense-moi de tes commentaires, O.K. ? marmonna Gage en attachant des poids à ses jambes.

— Hé, mais c'est que j'aspire à la sécurité de l'emploi, moi. Si tu perds tes capacités de concentration, je ne donne pas cher de ta peau. Et je n'aurai plus qu'à recoiffer mon ancienne casquette et à recommencer à dévaliser les touristes.

— O.K., ça va, inutile de recourir à la menace, je resterai en vie. Les touristes ont déjà suffisamment de problèmes comme ça, à Denver.

— En attendant, tout cela ne serait pas arrivé si tu avais accepté que je vienne avec toi.

Gage jeta un bref coup d'œil en direction de son chauffeur, majordome et ami.

— Tu connais mes positions, Frank. Je ne travaille plus en équipe. Même si je le voulais, je ne le pourrais pas.

— Tu n'étais pas seul, en l'occurrence. Elle était avec toi.

— Justement. C'est bien là le problème. Elle n'avait rien à faire dans cet hôtel sordide. Sa place est dans une salle de tribunal.

— Une salle de tribunal ou ta chambre à coucher ?

Les poids retombèrent brutalement.

— Frank...

Mais ce dernier le connaissait trop bien pour se laisser intimider.

— Ecoute, Gage, tu es fou d'elle et tu ne sais plus ce que tu fais. Cela m'inquiète de te voir te torturer ainsi.

— Tu ne comprends donc pas ? Je suis en train de la rendre à moitié folle. Quand elle est avec moi, elle ressent une attirance. Mais elle découvre que la même chose se produit chaque fois qu'elle se trouve en présence de Némésis.

— La solution est simple : dis-lui qu'elle est amoureuse d'une seule et même personne. Cela devrait la rassurer.

Gage prit son jus d'orange et le vida d'un trait. Les mâchoires crispées, il résista à la tentation de fracasser le verre vide contre le mur.

— Honnêtement, Frank, comment veux-tu que je lui annonce un truc pareil ? « Ah tiens, à propos, Deborah, je ne suis pas seulement un homme d'affaires et un pilier de cette fichue communauté. J'ai également une seconde personnalité. Les médias l'appellent Némésis. Et nous sommes complètement fous de toi l'un et l'autre. Alors si on couche ensemble, tu préférerais que ce soit avec ou sans masque ? »

Frank médita sur la question quelques instants et finit par hausser les épaules.

— Pourquoi pas ?

Avec un rire amer, Gage reposa son verre.

— Deborah est procureur, Frank. Et elle croit dur comme fer aux vertus de notre système pénal. Je suis d'autant mieux placé pour savoir ce qu'elle pense que j'ai partagé ses convictions pendant des années. Pour elle, la lutte contre le crime doit nécessairement passer par les structures en place : la police, les juges, les avocats. Comment comprendrait-elle le sens de mon action ?

— Elle n'est peut-être pas aussi crispée sur ses positions que tu le penses. Pourquoi ne pas lui laisser une chance ? Ce n'est pas sans raison que tu agis comme tu le fais. Si elle tient à toi, elle fera preuve de tolérance.

— Bon, admettons qu'elle écoute jusqu'au bout ce que j'ai à lui dire. Imaginons même qu'elle aille jusqu'à accepter ce que je fais et à me pardonner mes mensonges. Mais le reste ?

Gage posa sa main sur le siège en cuir et la regarda disparaître.

— Je ne peux quand même pas lui demander de partager sa vie avec un monstre ?

Les yeux de Frank étincelèrent d'indignation.

— Un monstre ? Tu n'as rien d'un monstre ! Tu as un don, c'est tout.

Gage fit resurgir sa main et plia pensivement les doigts.

— Mmm, oui... Appelle ça comme tu voudras. Mais tu connais

beaucoup de gens qui se sentiraient à l'aise avec un « don » comme ça, toi ?

A midi et quart précises, Deborah, convoquée en urgence par le maire, se hâtait dans les couloirs de l'hôtel de ville. Elle traversa un vaste salon où s'alignaient d'austères portraits de gouverneurs, de présidents et autres politiciens américains célèbres. Plus loin, une série de bustes en marbre représentaient les pères fondateurs de la nation.

Malgré le côté un peu pompeux du décor, ces symboles n'étaient pas faits pour déplaire à Deborah. Elle avait toujours été attachée aux traditions et à l'histoire de son pays. La secrétaire personnelle du maire la salua d'un sourire.

— Ah, mademoiselle O'Roarke ! Vous êtes attendue. Je préviens M. le maire.

Moins d'une minute plus tard, elle était admise auprès de Tucker Fields. C'était un homme d'un certain âge, avec une belle couronne de cheveux d'un blanc neigeux et un visage buriné qui trahissait ses origines paysannes. A côté de lui, Jerry avait l'air d'un jeune cadre bon chic bon genre à peine sorti de sa grande école.

Fields avait la réputation d'être un homme d'action qui ne craignait pas de se salir les mains pour tenter de garder sa ville propre. Lorsque Deborah entra, il était en bras de chemise et sa cravate pendait de travers. Il la rectifia machinalement et lui indiqua un siège.

— Asseyez-vous, mon petit. Alors, ce procès Slagerman ? Vous tenez le bon bout, paraît-il ?

Deborah sourit, non sans satisfaction.

— Je crois que nous avons de bonnes chances de l'emporter, en effet.

— Parfait.

D'un geste, le maire invita sa secrétaire à entrer avec son plateau.

— Comme je vous fais manquer votre repas de midi, Deborah, j'ai pensé que je pouvais au moins vous offrir un café et un sandwich.

— Ce ne sera pas de refus, merci. Les réquisitoires, ça creuse !

Jerry se joignit à eux et ils échangèrent quelques propos polis en prenant le café. Fields entra rapidement dans le vif du sujet.

— J'ai appris que vous aviez eu des ennuis, hier soir.

— Nous avons perdu Ray Santiago, oui, admit-elle en s'assombrissant.

— La presse ne parle que de ça, bien sûr. Il s'agit vraiment d'une affaire très épineuse où les témoins disparaissent les uns après les autres. Et j'ai lu que cet individu — Némésis — se trouvait une fois de plus sur les lieux.

Deborah acquiesça d'un signe de tête.

— Il était là également le jour où le magasin d'antiquités a explosé, observa Fields d'un ton soupçonneux en se renversant contre son dossier. J'en arrive à me demander s'il n'est pas lui-même impliqué dans cette organisation criminelle.

Envers et contre tout, elle se sentit tenue de défendre l'homme qui lui avait sauvé la vie à trois reprises.

— Némésis n'est pas un criminel, monsieur Fields. Ces méthodes sont critiquables mais son honnêteté ne fait aucun doute.

Le maire fronça les sourcils.

— Je préférerais que le soin de maintenir l'ordre dans cette ville soit laissé aux policiers qui sont payés pour cela, déclara-t-il sèchement.

— Moi aussi.

— Parfait. Je suis soulagé que vos positions là-dessus soient claires. Et maintenant, parlez-moi de l'assassin de Santiago, le dénommé Montega.

— Enrico Montega, compléta Deborah. Connu également sous les noms de Ricardo Sanchez et de Enrico Toya. Il s'agit d'un citoyen colombien, entré sur le territoire américain il y a environ six ans. Il est suspecté du meurtre de deux trafiquants de drogue en Colombie. Pendant quelques années, il est resté basé à Miami. Interpol a un dossier sur lui, gros comme un annuaire. Il y a quatre ans, il a assassiné un officier de police et en a blessé un second.

Songeant à Gage, elle marqua une pause.

— Vous êtes parfaitement documentée, on dirait, commenta le maire.

— Je fais mon travail.

— Mmm... Vous savez, Deborah, que Mitchell vous considère comme son meilleur substitut ? Il ne le crie pas sur les toits, remarquez. Mitch n'a jamais eu le compliment facile. Mais il n'en pense pas moins. Nous sommes tous très satisfaits du travail que vous avez accompli depuis votre arrivée ici. Et vu la tournure extrêmement positive que prend le procès Slagerman, nous avons pensé, Mitch et moi, qu'il serait préférable de vous décharger de vos autres obligations. Nous avons donc décidé de vous soulager du dossier Rico Mendez.

Deborah demeura un instant interdite.

— Pardon ?

— Nous pensons que vous serez plus tranquille si un de vos collègues prend la relève.

— Vous... vous plaisantez, n'est-ce pas ?

Le maire leva la main d'un geste apaisant.

— Vous êtes surchargée de travail, mon petit.

— Ah non ! protesta-t-elle en reposant sa tasse. Ne me tenez pas ce discours-là. C'est avec moi, et moi seule, que Parino a négocié !

— Parino est mort, Deborah.

Elle jeta un bref regard interrogateur à Jerry qui se contenta de hausser les épaules en signe d'impuissance. Furieuse, elle se leva.

— J'instruis ce dossier depuis le début ! Cela m'a pris des heures et des heures de recherche.

— Et vous vous êtes mise en danger à deux reprises. Quant à vos témoins, ils ont tous été assassinés.

— C'est regrettable, en effet. Mais j'estime n'avoir commis aucune faute professionnelle, monsieur Fields.

Le maire soupira.

— Deborah, je vous en prie... Il ne s'agit pas d'une sanction. Juste d'un transfert de responsabilités.

Elle prit son porte-documents d'un mouvement brusque.

— Je trouve votre décision inacceptable. Et je ferai part de mon mécontentement à Mitchell.

Hors d'elle, Deborah sortit du bureau en trombe en se retenant de claquer la porte derrière elle. Jerry la rattrapa alors qu'elle appelait l'ascenseur.

— Deb, attends.

— Ce n'est même pas la peine d'essayer !

— D'essayer quoi ?

353

— De me calmer ! explosa-t-elle en se tournant vers lui. Que signifie cette décision, Jerry ?

— Comme vient de le dire le maire...

— Ah non ! Si c'est pour me ressortir texto les propos de ton seigneur et maître, je préfère encore que tu te taises ! Ce que je ne te pardonne pas, en revanche, c'est que tu n'aies même pas pris la peine de m'avertir !

Jerry tenta de lui poser la main sur l'épaule.

— Ecoute, Deb, je n'étais pas au courant avant ce matin 10 heures ! Et je t'aurais prévenue si j'en avais eu la possibilité.

Deborah cessa de taper du poing contre le bouton d'appel de l'ascenseur.

— Désolée, Jerry. Je m'en suis encore prise à toi injustement. Mais la nouvelle m'est tombée dessus comme la foudre. Honnêtement, je ne comprends pas pourquoi on me fait ce coup tordu...

Jerry secoua la tête.

— Tu as quand même été à deux doigts de te faire assassiner, dans l'histoire. Lorsque Guthrie est venu voir le maire ce matin...

— Gage ? l'interrompit-elle. Gage était ici ?

— Le rendez-vous de 10 heures.

Deborah serra les poings.

— Je vois. C'est donc lui qui est à l'origine de cette basse manœuvre, commenta-t-elle entre ses dents serrées en se tournant de nouveau vers les portes d'ascenseur.

— Il se faisait du souci pour toi, c'est tout. Il a suggéré que...

— Ne te fatigue pas à le défendre, Jerry, lança-t-elle en s'engouffrant dans la cabine. J'imagine très bien la scène. Mais je ne me laisserai pas faire. Et tu peux l'annoncer de ma part à ton ami le maire.

Deborah réussit à se calmer juste au moment où elle pénétra dans la salle d'audience. Ici, ni les problèmes ni les revendications personnelles n'avaient leur place. Marjorie et Suzanne comptaient sur elle. Et c'était toute une conception de la justice qu'elle avait à défendre en ce lieu.

Elle prit consciencieusement des notes pendant que l'avocat de la défense questionnait Slagerman. Lorsque la Cour la pria de procéder au contre-interrogatoire, elle ne se leva pas tout de suite, mais demeura assise un instant, à examiner calmement le défendeur.

— Vous vous considérez comme un homme d'affaires, je crois, monsieur Slagerman ?

— Je le suis.

— Et le but de votre société de services est de fournir une « escorte », tant masculine que féminine, à vos clients de passage ?

— C'est exact. Elegant Escorts s'engage à trouver une compagnie adéquate à des hommes ou des femmes d'affaires qui sont amenés à séjourner dans notre ville.

Elle le laissa poursuivre ainsi quelques minutes pendant qu'il décrivait sa profession. Puis elle se leva pour déambuler devant le jury.

— Et le... comment dire ? le « profil de poste » de certains de vos employés spécifie-t-il qu'ils doivent avoir des rapports sexuels payés avec vos clients ?

— A l'évidence, non. C'est tout à fait contraire à l'éthique qui règne chez Elegant Escorts.

Jouant à fond sur l'image policée qu'il donnait de lui depuis le début, James Slagerman se tourna vers le public.

— Mes employés sont triés sur le volet et formés selon des critères très stricts. Il a toujours été entendu dès le départ que de tels écarts de comportement avec nos clients entraîneraient un licenciement pour faute grave.

— Et vous étiez au courant que les pratiques que je viens de mentionner avaient cours, malgré tout, parmi vos employées ?

— Je le sais, hélas, maintenant.

Slagerman jeta un bref regard peiné du côté de Suzanne et de Marjorie.

— Avez-vous exigé de Marjorie Lovitz et de Suzanne McRoy qu'elles se plient contre rémunération aux demandes de nature sexuelle émanant de vos clients ?

— Certainement pas, non.

— Mais vous êtes néanmoins informé de leurs activités dans ce domaine ?

Si Slagerman était surpris par l'orientation que prenaient ses questions, il n'en laissa rien paraître.

— Oui, bien sûr, puisqu'elles l'ont admis sous serment.

Deborah hocha la tête.

— En effet. Vous aussi, vous avez juré devant ce tribunal de dire la vérité, toute la vérité et rien que la vérité, monsieur Slagerman. Avez-vous déjà frappé une de vos employées ?

— Jamais de la vie.

— Et pourtant, si vous avez été cité à comparaître, c'est parce que Marjorie Lovitz et Suzanne McRoy ont affirmé sous serment qu'elles avaient été victimes de sévices graves dont vous seriez l'auteur.

Jimmy Slagerman leva les yeux au plafond, comme un homme qui prend son mal en patience.

— Elles mentent dans un but évident : obtenir des dommages et intérêts.

— Monsieur Slagerman, vous niez vous être rendu la nuit du 25 février dernier au domicile de Mlle Lovitz en apprenant que votre employée n'était pas en état de travailler ce soir-là ? N'avez-vous pas, dans un mouvement de colère, exercé des violences physiques sur cette jeune femme ainsi que sur son amie, Mlle McRoy ici présente ?

— Cette histoire est un tissu d'absurdités !

— Vous l'affirmez sous serment ?

— Objection ! lança l'avocat. La question a déjà été posée et mon client a répondu.

Deborah ne se laissa pas démonter.

— Je retire ma question… Monsieur Slagerman, avez-vous repris contact avec Mlle Lovitz ou Mlle McRoy depuis le début de ce procès ?

— Non.

— Vous n'avez téléphoné ni à l'une ni à l'autre ?

— Bien sûr que non. Quelle raison aurais-je eue de le faire ?

Sur un nouveau hochement de tête, Deborah retourna prendre une feuille de papier sur son bureau. Elle lut un numéro de téléphone et demanda à Jimmy Slagerman s'il lui était familier. Le P-.D.G de Elegant Escorts hésita.

— Non, dit-il enfin.

— C'est étonnant. Il s'agit pourtant de votre ligne privée.

— Rien ne me force à le connaître par cœur, répondit Slagerman, sur la défensive.

— Avez-vous passé un appel sur ce poste le soir du 18 juin dernier à Marjorie Lovitz ou Suzanne McRoy qui partagent une même ligne et un même appartement ?

Slagerman continuait à arborer un sourire affable, mais elle vit une lueur de haine briller dans ses yeux bleus.

— Non.

Le regard étincelant, l'avocat de la défense se leva.

— Objection, votre honneur. Les questions de l'accusation ne mènent nulle part.

Deborah recula d'un pas pour se tourner vers le président.

— Votre honneur, vous saurez où je veux en venir dans quelques minutes à peine.

— Objection rejetée, trancha le juge.

— Monsieur Slagerman, vous pourrez peut-être m'expliquer pourquoi, d'après ce relevé, une communication a été établie à partir de votre poste privé, à 22 h 45, le 18 juin avec le 445-34213 qui se trouve être le numéro de téléphone de Mlle Lovitz et Mlle McRoy ?

— N'importe qui aurait pu appeler à partir de ce poste !

Deborah haussa les sourcils.

— Il s'agit pourtant de votre ligne personnelle, monsieur Slagerman. Cela ne vaut guère la peine d'avoir une ligne privée si tout le monde y a accès. La personne qui était au bout du fil s'est présentée comme étant « Jimmy ». C'est bien ainsi qu'on vous appelle, je crois ?

— Les Jimmy, ce n'est pas ce qui manque.

— Vous affirmez ne pas vous être entretenu téléphoniquement avec moi le soir du 18 juin dernier ?

— Je ne vous ai jamais eue au téléphone, protesta-t-il, l'air cette fois indubitablement sincère.

Deborah lui sourit avec froideur.

— Avez-vous remarqué, monsieur Slagerman, comment, pour certains hommes, toutes les femmes ont la même voix ? Comment pour ces mêmes hommes, toutes les femmes se ressemblent ? Comment à leurs yeux, tous les corps de femmes n'existent que pour un seul usage ?

— Votre honneur ! fulmina l'avocat de la défense.

— Je retire ma question, annonça froidement Deborah sans quitter l'accusé des yeux. Pouvez-vous nous expliquer, monsieur Slagerman, comment il se fait qu'une personne utilisant votre ligne privée sous votre nom se soit adressée à moi le 18 juin dernier, en me prenant pour Mlle McRoy et en émettant des menaces à son encontre ?

Elle marqua une pause avant d'enchaîner.

— Et souhaiteriez-vous entendre ce que cette personne qui se fait appeler Jimmy avait à dire ?

Quelques gouttes de sueur perlèrent sur la lèvre supérieure de Slagerman.

— Vous pouvez inventer n'importe quoi.

— C'est exact, monsieur Slagerman. Heureusement que le téléphone était sur écoute et que je dispose de la transcription exacte de vos paroles. Je vais maintenant rafraîchir votre mémoire, annonça-t-elle, triomphante en brandissant sa feuille de papier.

Elle avait gagné. Même si les débats n'étaient pas entièrement terminés, Deborah savait qu'elle avait emporté la conviction des jurés. Le cas Slagerman étant réglé et bien réglé, elle pouvait désormais se consacrer à quelques affaires personnelles urgentes. Sa fureur toujours intacte, Deborah traversa le palais de justice au pas de charge.

Elle trouva Mitchell dans son bureau, son téléphone collé à l'oreille. Il lui fit signe de s'asseoir, mais elle resta campée debout devant lui en attendant la fin de la communication. Le procureur de district était un homme massif, bâti comme le joueur de rugby qu'il avait longtemps été. Ses cheveux roux étaient coupés court et même les taches de rousseur sur son nez ne suffisaient pas à adoucir son physique de lutteur.

— Alors ? fit-il en reposant le combiné. Slagerman ?

— Ça y est. Je l'ai démasqué. Il peut dire adieu à sa glorieuse carrière.

Croisant les bras sur la poitrine, elle passa directement à l'attaque.

— Tu m'as lâchement laissée tomber, Mitch.

— Ne dis pas d'idioties.

— Des idioties ? J'apprends à midi que je suis convoquée chez le maire à midi et quart. Et Fields, plus paternaliste que jamais, me met devant le fait accompli. On me retire mon dossier sans me demander mon avis.

— Ce n'est pas *ton* dossier, mais celui du ministère public, rectifia Mitch en mâchonnant le bout de son cigare éteint. Tu n'es pas la seule à pouvoir l'instruire.

Deborah posa les deux mains à plat sur le bureau et lui fit face.

— Je ne suis peut-être pas la seule, mais je me suis tapé tout le boulot d'approche. J'ai bossé comme une malade, Mitch.

— C'est peut-être ce qui explique que tu aies outrepassé les limites de ta fonction.

— Ah oui? Vraiment? Je n'ai pourtant fait qu'appliquer les principes que tu m'as inculqués, Mitch. C'est toi qui m'as expliqué que la tâche d'un procureur ne consistait pas seulement à faire des effets de manche devant un jury. C'est toi qui m'as dit qu'il fallait d'abord et avant tout enquêter sur le terrain!

— Tu as commis une erreur en allant voir Santiago seule. C'était suicidaire.

— Arrête, O.K.? Qu'aurais-tu fait à ma place s'il t'avait appelé?

Le procureur de district se rembrunit.

— C'est différent.

— Non, ce n'est pas différent. C'est exactement la même chose, au contraire. Si j'avais commis une faute, j'aurais accepté d'être dessaisie. Mais j'ai sué sang et eau sur cette affaire! Et il suffit que Guthrie prononce trois mots pour que le maire et toi, vous vous incliniez bien bas en me laissant sur le carreau. Elle est belle, la solidarité masculine, n'est-ce pas, Mitch?

Le procureur brandit le cigare dans sa direction.

— Laisse tomber les discours féministes, d'accord? Je me fiche que mes collaborateurs soient homme ou femme.

— La preuve! Je suis désolée, mais si tu me retires ce dossier, je te remets ma démission tout de suite. Il est hors de question que je travaille avec toi si je ne peux pas compter sur un minimum de respect et de soutien. Je n'aurai aucun problème à gagner ma vie en plaidant dans des affaires de divorce à trois cents dollars de l'heure.

— Je n'aime pas les ultimatums, O'Roarke.

— Moi non plus.

Mitch se renversa contre son dossier.

— Assieds-toi.

— Je n'ai pas l'intention de...

— Assieds-toi, O'Roarke, merde! tonna-t-il.

Les lèvres serrées, elle s'exécuta. Mitchell fit rouler son cigare entre ses doigts.

— O.K. Si Santiago m'avait appelé, j'y serais allé, moi aussi. Mais ce n'est pas la seule raison pour laquelle j'ai envisagé de te retirer le dossier.

Le mot « envisager » la rasséréna quelque peu.

— Et quels sont tes autres motifs?

Le procureur prit le *World* du jour sur son bureau et le brandit sous son nez.

— Tu as lu les gros titres?

Deborah fit la grimace. « Emportée dans les bras de Némésis, Deborah échappe à une mort certaine. »

— Oui, bon... Apparemment, le chauffeur de taxi brûlait de voir son nom apparaître dans le journal, commenta-t-elle en haussant les épaules. Quel rapport avec le problème qui nous occupe?

— Si le nom de mes substituts se trouve régulièrement mêlé à celui du rôdeur masqué, j'estime qu'il y a problème. Je n'aime pas la façon dont tu tombes sur ce type à chaque étape de tes investigations.

Elle non plus, d'ailleurs. Mais sans doute pour de tout autres raisons que Mitchell.

— Et moi, tu crois que ça m'amuse, peut-être? Mais si la police n'est pas fichue d'arrêter le dénommé Némésis, je peux difficilement être tenue pour responsable de ses apparitions surprises. Et je n'arrive pas à imaginer que tu puisses te résoudre à me retirer ce cas à cause d'un imbécile de reporter prêt à raconter n'importe quoi pour remplir ses deux colonnes quotidiennes.

Mitchell soupira.

— Je n'apprécie pas ce Wisner plus que toi. Je te donne deux semaines.

— Cela ne me laissera guère le temps de...

— Deux semaines, Deb. Tu m'apportes un dossier complet que

nous pouvons porter devant un jury ou je passe la balle à quelqu'un d'autre. C'est clair ?

Elle se leva.

— Très clair.

Comme une tornade, elle quitta le bureau, saluée par les rires étouffés de ses collègues. Une feuille de papier était scotchée sur la porte de son bureau. Deborah se reconnut dans les bras d'un Batman masqué. « Les aventures de Deborah se suivent et ne se ressemblent pas », annonçait la légende. Arrachant le dessin, elle le froissa en boule et fit demi-tour.

Elle avait encore une visite à faire.

Deborah maintint le doigt appuyé sur la sonnette de Gage jusqu'au moment où Frank, visiblement surpris, vint lui ouvrir la porte.

— Il est là ?

— Dans son bureau, mademoiselle. Je vais lui annoncer que...

— Je trouverai mon chemin, l'interrompit-elle en l'écartant d'autorité.

Sous le regard médusé du majordome, elle traversa le vestibule comme un ouragan et grimpa à l'étage. Sans même frapper, elle poussa la porte du bureau et fit irruption dans le vaste espace de travail d'où Gage Guthrie dirigeait son empire. Vêtu d'un costume gris clair, il était assis à son bureau et s'entretenait au téléphone. En face de lui, une femme d'une quarantaine d'années, en tailleur strict, griffonnait sur un carnet de sténo ouvert sur ses genoux. Des écrans d'ordinateur clignotaient un peu partout.

La secrétaire se leva à l'entrée de Deborah et interrogea Gage du regard.

— Je vous rappelle dans une heure, promit ce dernier à son interlocuteur téléphonique avant de reposer le combiné. Bonjour, Deborah.

Elle jeta son porte-documents sur une chaise.

— J'ai quelques mots à te dire en privé, annonça-t-elle d'une voix glaciale.

Il hocha la tête et sourit à la femme en tailleur.

— Vous pourrez transcrire ces notes demain, madame Brickman. Il est tard. Pourquoi ne pas rentrer chez vous tout de suite ?

— Comme vous voudrez, monsieur Guthrie.

La secrétaire rassembla hâtivement ses affaires et opéra une sortie discrète. Gage fit face, curieux d'entendre ce que Deborah avait à lui dire. La jeune femme glissa les pouces dans sa ceinture en une attitude que n'eût pas désavoué un desperado de l'Ouest attaquant une banque.

Sans hausser la voix, elle se lança dans une diatribe grinçante :

— Ce doit être merveilleux d'habiter dans une tour d'ivoire et de compter ses millions en regardant la foule d'en haut, Gage. J'imagine qu'une telle situation procure des satisfactions incomparables. Ce privilège reste toutefois réservé à une petite minorité et nous sommes nombreux, ici bas, à ne pas avoir les moyens d'acheter des châteaux, des jets privés et des costumes à quelques milliers de dollars. Nous travaillons modestement dans nos bureaux et dans la rue. Mais pour la plupart, nous exerçons nos professions avec sérieux et compétence et cela suffit à notre bonheur.

Tout en parlant, Deborah se rapprochait lentement de lui.

— Mais tu sais ce qui nous met *vraiment* hors de nous, Gage ? C'est lorsqu'un habitant d'une de ces nobles tours fourre son nez distingué dans nos affaires et décide de faire jouer ses influences et ses appuis. Ça nous plonge dans une fureur telle que la tentation devient grande d'envoyer notre poing dans le nez distingué en question.

— Faut-il sortir les gants de boxe ?

— Je préfère mes mains nues, rétorqua Deborah en prenant appui sur sa table de travail. De quel droit as-tu osé aller voir le maire pour exiger de lui qu'il me retire mon dossier ?

— Je suis allé voir le maire, en effet, et je lui ai fait part de mon opinion.

Les doigts de Deborah se refermèrent sur un presse-papiers en onyx. La tentation était grande de le projeter de toutes ses forces contre la vitre, mais elle se contenta de le garder serré dans sa main crispée.

— Ton opinion, oui. J'imagine qu'elle n'a pas laissé Fields indifférent. Lorsqu'on pèse trente millions de dollars, on n'a généralement pas beaucoup de difficultés à se faire entendre.

Gage resta de marbre sous l'attaque.

— Tucker Fields partageait en effet mon avis : il estime que tu es plus à ta place dans un tribunal que sur les lieux d'un meurtre.

— Qui es-tu pour décider de ce qui est ou non *ma* place, Gage Guthrie? lança-t-elle, furieuse, en reposant le presse-papiers avec force. Je me suis formée pendant des années en vue d'exercer ce métier. Et personne n'a à juger de mes compétences à ma place. De quel droit t'attribues-tu ainsi un rôle dans ma vie? Tu n'es rien pour moi alors fiche-moi la paix une fois pour toutes, tu m'entends?

Gage ne bronchait toujours pas.

— Tu as fini? demanda-t-il calmement.

— Non! Je tiens encore à préciser avant de partir que ta manœuvre a échoué. La charge d'instruire ce dossier m'incombe toujours et je ne le lâcherai pas. Tu as donc perdu à la fois ton temps et le mien. Et pour conclure, voici *mon* opinion, Gage : tu es l'être le plus foncièrement arrogant et dominateur que j'aie jamais connu!

Il blêmit légèrement.

— Tu as fini? répéta-t-il, toujours d'une voix égale.

— Définitivement, oui! Et maintenant, adieu.

Elle récupéra son porte-documents et se prépara à sortir comme elle était entrée : en coup de vent.

— *Moi*, je n'ai pas terminé, observa Gage en actionnant une commande qui verrouilla automatiquement la porte.

Deborah sentit la moutarde lui monter au nez.

— Laisse-moi sortir immédiatement ou je porte plainte pour séquestration.

— Je vous ai laissé prononcer votre réquisitoire jusqu'au bout, maître. Mais la défense n'a pas encore plaidé.

— Je ne suis pas intéressée par ses arguments.

Gage alla se placer devant elle.

— Tu as soigneusement établi les faits et aligné tes preuves, n'est-ce pas? Alors je vais nous faire gagner du temps à l'un comme à l'autre : je plaide coupable.

— Parfait. Puisque le jugement est prononcé, levons la séance.

— L'accusation ne souhaite pas connaître les motifs?

Elle le toisa.

— Les motifs sont sans importance, en l'occurrence. Le résultat parle pour lui-même.

— Tu as tort. Je suis en effet allé voir le maire, mais ce n'est pas tout. Tu peux me mettre en examen pour un autre chef d'accusation encore : je suis coupable d'être amoureux de toi.

Soudain privée de forces, Deborah lâcha son porte-documents. Elle ouvrit la bouche pour répondre mais ne parvint à prononcer aucune syllabe. Les yeux de Gage étincelèrent de colère.

— Et en plus, tu tombes des nues ! Alors que tu aurais dû le lire dans mes yeux chaque fois que je te regardais, sentir le message sur ta peau à chacune de mes caresses, le goûter sur mes lèvres quand je t'embrassais !

La saisissant aux épaules, il la poussa sans ménagement contre la porte et l'embrassa avec toute la passion qui faisait rage en lui. Les jambes faibles, Deborah se mit à trembler si fort qu'elle dut se raccrocher à Gage pour ne pas tomber. Mais même ainsi agrippée, sa bouche dévorant la sienne, elle restait submergée par une peur panique. Car elle avait lu, senti, goûté l'amour de Gage. Mais l'entendre prononcer les mots la mettait au pied du mur, la contraignait à faire un choix aussi déchirant que définitif.

Lorsqu'il releva la tête, elle vit l'amour et le désir dans ses yeux. Et autre chose, aussi, comme un conflit secret qui se déchaînait en lui.

— J'ai passé des nuits interminables sans dormir, lui confia-t-il d'une voix rauque. Des nuits à me tordre de souffrance et d'angoisse dans l'attente improbable du jour. Je me demandais alors si je rencontrerais un jour la compagne de vie à laquelle j'aspirais de tout mon être. Mais même les fantasmes les plus idéalisés dont je me consolais alors me paraissent fades à côté de ce que j'éprouve pour toi maintenant.

— Gage...

Elle lui prit le visage entre les mains, consciente que son cœur lui appartenait déjà. Mais comment oublier qu'elle avait tremblé aussi d'amour dans les bras de Némésis la veille ?

— Je ne sais pas ce que je ressens pour toi, admit-elle dans un souffle.

— C'est faux. Tu le sais.

— Oui, c'est vrai, je sais. Mais je suis terrifiée, admit-elle dans un sanglot. Je suis consciente que je t'en demande beaucoup, Gage, mais peux-tu me laisser encore un temps de réflexion ?

Son regard étincela.

— C'est beaucoup demander, en effet.

— Encore quelques jours seulement. Je t'en prie. Ouvre cette porte. J'ai besoin de… de me ressaisir.

— La porte n'est pas fermée, Deborah.

Il s'écarta pour la laisser sortir, mais lorsqu'elle voulut s'élancer, il s'interposa une dernière fois :

— La prochaine fois, je ne te laisserai pas partir. Tu le sais ?

Elle leva les yeux et lui offrit son regard.

— Je le sais.

7.

Le procès Slagerman touchait à sa fin. Lorsque les jurés se levèrent pour quitter la salle, Deborah mit le temps des délibérations à profit pour se retirer dans son bureau et allumer son ordinateur. Tenace, elle repartit sur la piste d'Eternel, le magasin d'antiquités, propriété d'Imports Incorporated, une société dont l'adresse correspondait à un terrain vague du centre-ville. Le gérant avait disparu et aucune réclamation n'avait été adressée à la compagnie d'assurances suite à l'explosion.

Au bout de deux heures passées à éplucher des noms et des numéros d'immatriculation, Deborah se retrouva avec une liste conséquente de sociétés bidons et un sérieux mal de tête. Elle s'apprêtait à passer un énième coup de fil lorsque le téléphone sonna.

— Ici Deborah O'Roarke, des services du procureur de district.

— La célèbre Deborah O'Roarke dont le nom apparaît tous les jours dans les journaux ?

— Cilla! s'exclama-t-elle, ravie d'entendre la voix de sa sœur. Que deviens-tu ?

— Je me fais du souci pour toi.

— Le contraire m'aurait étonnée. Tu t'es fait du souci pour moi toute ma vie, Cilla.

Deborah massa d'une main les muscles ankylosés de ses épaules et se renversa contre son dossier. En bruit de fond, elle percevait un rythme de rock. Cilla devait l'appeler de son studio, à Radio KHIP.

— Comment va Boyd ? s'enquit-elle, sans laisser à Cilla le temps de s'étendre sur les « soucis » en question.

— Tu peux désormais l'appeler commissaire Fletcher, ma chère.

— Commissaire ! s'exclama Deborah en se redressant. Mais c'est génial ! Depuis quand ?

— Hier, annonça fièrement Cilla. Si on m'avait prédit que je coucherais un jour avec un commissaire de police... J'ai intérêt à me tenir, non ? Mais parlons de toi, maintenant.

— Je vais bien. Et à Radio KHIP, comment ça se passe ?

— C'est le chaos habituel. Mais c'est pour prendre de *tes* nouvelles que je t'appelle, Deb. Dans quelle aventure t'es-tu lancée, au juste ?

— Je me prépare à gagner un procès, en l'occurrence. Pas mal, non ?

A l'autre bout du fil, Cilla, rodée à ses manœuvres dilatoires, opta pour une approche directe.

— Et depuis quand files-tu le parfait amour avec des hommes masqués ?

— Cilla ! Ne me dis pas qu'une spécialiste des médias comme toi croit à tout ce qui est écrit dans les journaux !

— Pas seulement dans les journaux. N'oublie pas que nous passons des bulletins d'infos ici. Et cela me fait un drôle d'effet d'entendre ton nom toutes les heures sur les ondes.

Deborah estima qu'à ce stade, la meilleure méthode pour distraire Cilla sans trop en dire consistait à introduire quelques éléments de réalité.

— Ce Némésis est un drôle de personnage, tu sais. Et le malheur, c'est qu'il est devenu l'objet d'un engouement généralisé. Figure-toi que j'ai même vu des T-shirts à son effigie dans une vitrine.

— Mmm... Intéressant. Mais cela ne me dit pas ce qu'il y a entre vous.

Deborah réprima un soupir.

— Oh, rien du tout. Je suis tombée sur lui à quelques reprises dans le cadre d'une enquête que je mène. Et la presse, évidemment, a monté ces rencontres en épingle.

— C'est ce que j'ai remarqué, Deborah.

— Cilla...

— Bon, je te lâche au sujet du mystérieux Némésis, même si je brûle de curiosité. Mais explique-moi au moins comment il se fait que tu sois impliquée dans une affaire aussi dangereuse. J'ai même appris qu'un fou avait failli t'assassiner à coups de couteau ?

— Cilla... Comme je me tue à te le répéter, la presse exagère toujours.

— Il n'empêche que tu as été sérieusement menacée. Et qu'un immeuble t'a quasiment explosé au nez il y a quelques jours.

— Cilla, s'il te plaît... Toi, au moins, essaie de me comprendre. Je suis fatiguée d'avoir à répéter à longueur de journée que je suis capable de prendre soin de moi et de faire mon boulot sans que tout le monde s'en mêle.

A l'autre bout du fil, sa sœur poussa un profond soupir.

— Je sais que tu es majeure, vaccinée et terriblement compétente. Mais je me ferais moins de souci si tu ne passais pas ton temps à courir seule de nuit dans les quartiers louches. Après ce qui est arrivé à nos parents, je ne pourrais pas supporter de te perdre, Deb.

— Ecoute, Cilla : je suis en parfaite santé et je n'ai aucune envie de mourir. Le seul ennemi dangereux auquel je fais face en ce moment, c'est ce fichu ordinateur.

Cette affirmation lui valut un second soupir de la part de sa sœur.

— O.K., fillette, j'ai compris : j'arrête de te cuisiner. D'ailleurs, à quoi bon? De toute façon, je continuerai à me faire du souci et toi à n'en faire qu'à ta tête. Mais dis-moi au moins deux mots sur le séduisant milliardaire avec lequel on te voit régulièrement en photo.

— Eh bien, pour être franche, c'est une histoire un peu compliquée. Et je n'ai pas encore eu le temps de réfléchir à fond à la question.

— Mmm... mais il y a matière à réflexion sérieuse?

Deborah se sentit rougir toute seule dans son bureau.

— Oui. Il y a matière à réflexion.

Elle songea à Némésis et à Gage, mais même Cilla ne serait pas en mesure de l'aider à résoudre ce dilemme.

— Dis-moi, Cilla, maintenant que tu es femme de commissaire, tu accepterais d'user de ton influence pour que ton mari me rende un petit service?

— Sans problème. Je le menacerai de faire la cuisine. C'est un truc qui marche à tous les coups.

Riant de bon cœur, Deborah fourragea sur son bureau.

— Voilà. J'ai ici un George P. Drummond et un Charles R. Meyers, membres l'un et l'autre du conseil d'administration d'une société baptisée Solar dont le siège social se trouve vers chez vous. Tu pourrais demander à Boyd de vérifier tout ça ? Cela me ferait gagner un temps fou de prendre ce raccourci bureaucratique.

— Pas de souci. Si Boyd se fait tirer l'oreille, je lui infligerai un de mes sandwichs au beurre de cacahuètes.

Deborah sourit.

— Parfait. La stratégie me paraît imparable.

— Deb... Tu es prudente, n'est-ce pas ?

— Absolument. Embrasse tout le monde pour moi, d'accord ?

Mitchell passa dans le couloir et lui fit signe.

— Il faut que je te laisse, Cilla. Le jury est de retour.

A l'abri des regards, dans une vaste salle souterraine située dans les profondeurs de sa demeure, Gage menait ses recherches ultrasecrètes. Les mains enfoncées dans les poches de son jean, il regardait les noms défiler sur les écrans alignés devant lui. Sur l'un, apparaissaient au fur et au mesure les données que Deborah, à l'autre bout de la ville, entrait dans ses propres fichiers. Patiente, obstinée, revenant inlassablement à la charge, elle finissait par progresser dans son enquête. Lentement, bien sûr. Mais Gage n'en ressentait pas moins une profonde inquiétude. S'il était à même de suivre son travail, étape par étape, des gens moins bien intentionnés que lui pouvaient procéder de même...

Sourcils froncés, Gage pianota sur le clavier. Il était pris à la gorge, désormais. Pour protéger Deborah, il devait gagner une course folle contre la montre et trouver avant elle ce qu'il recherchait sans relâche depuis des années : l'identité de l'homme de l'ombre, du « Big Boss ». De l'homme — ou de la femme — qui avait donné l'ordre de tuer Jack. Délaissant son parc d'ordinateurs, il actionna un bouton et un immense plan de la ville se déploya sur le mur du fond. Le système qu'il avait mis en place lui permettait d'étudier chaque quartier de Denver, à différentes échelles. Un clavier relié à l'image lui servait à éclairer tout un réseau de minuscules ampoules de couleur qui clignotaient à des endroits précis de la ville. Chacune de ces lumières représentait un point de trafic de drogue, dont la plupart étaient inconnus des services de police de Denver.

Comme il étudiait le plan de la ville, son regard se fixa malgré lui sur un immeuble bien particulier. Deborah était-elle en sécurité chez elle, à cette heure ? Avait-elle enfilé le peignoir bleu qui avait la couleur de ses yeux ? Gage secoua la tête et se passa la main sur les paupières. Frank avait raison. Deborah était tellement présente dans ses pensées qu'elle rendait toute concentration impossible. Mais comment ne pas s'inquiéter à son sujet alors que toutes ses tentatives pour la faire renoncer à son enquête avaient échoué ?

L'ombre d'un sourire passa sur les traits de Gage. Pour une fois qu'il tombait amoureux, il fallait que ce soit d'une femme encore plus têtue que lui, d'une fonctionnaire qui vivait le service public comme un sacerdoce, d'une pasionaria de la légalité. Il savait d'ores et déjà qu'ils resteraient campés sur leurs positions l'un et l'autre. Et que ni elle ni lui ne lâcheraient d'un pouce.

Gage soupira. Il y avait des années qu'il s'entraînait pour parvenir à une maîtrise totale de ses fonctions mentales et physiques. Mais s'il exerçait sur son corps et sur son esprit une discipline implacable, son cœur, lui, semblait avoir gardé un degré certain d'autonomie. En voyant Deborah, il avait été comme aspiré par un pouvoir d'attraction qui dépassait sa volonté. Il aimait sa beauté et respectait son intelligence. Mais la fascination qu'elle exerçait sur lui n'était pas seulement intellectuelle ou esthétique. Il y avait un je-ne-sais-quoi chez elle qui l'avait touché jusqu'aux racines de son être. Pas plus que Némésis, son alter ego, il ne pouvait échapper à son amour. Tout en se voyant incapable de concilier ces deux exigences contradictoires.

Gage se passa nerveusement la main dans les cheveux. Dans une situation sans issue, une seule attitude possible : sérier les problèmes et les résoudre en ordre de priorité. Pour commencer, il s'agissait de trouver la clé de l'énigme avant elle. Ce serait déjà un obstacle de levé. Il serait toujours temps alors de se demander si une solution pouvait se dessiner pour eux deux.

Chassant toutes ses idées parasites, Gage releva ses manches, étudia longuement le canevas erratique que formaient les lumières sur la carte, puis s'attela résolument à son clavier d'ordinateur.

***

Tenant un carton à pizza, une bouteille de vin rouge et son porte-documents en équilibre précaire, Deborah sortit de la cabine d'ascenseur. Tout en pestant contre la chaleur d'étuve qui régnait dans l'immeuble, elle leva les yeux et vit la grande affiche en couleur placardée sur sa porte : « BRAVO DEBORAH ! »

Elle se tourna en souriant vers l'appartement de Mme Greenbaum. Sa voisine devait la guetter car elle apparut aussitôt sur le pas de sa porte, vêtue d'un jean et d'un immense T-shirt marqué « Protégeons la forêt amazonienne ».

— J'ai entendu la bonne nouvelle à la radio. Ah, ma petite Deborah, vous avez été tout simplement magistrale en faisant tomber le masque de cette brute hypocrite ! Vous devez être fière de vous, non ?

— Assez oui, admit-elle en riant. Vous partagez cette pizza avec moi pour célébrer la victoire ?

— Ah, si vous me prenez par les sentiments !

Mme Greenbaum traversa le couloir pieds nus en relevant la frange de cheveux gris qui lui tombait sur le front.

— Pff... Quelle chaleur ! Vous avez remarqué que la climatisation a encore rendu l'âme ? maugréa Lily en lui prenant le carton à pizza des mains pour qu'elle puisse chercher ses clés.

— C'est difficile de ne pas s'en apercevoir par cette canicule. J'ai eu l'impression de prendre un bain de vapeur en montant dans l'ascenseur.

— Il serait temps de s'organiser entre locataires, s'insurgea Lily. Avec une femme de loi comme vous à notre tête, ce serait la victoire assurée.

— Quand il s'agit d'action militante, c'est vous la spécialiste, madame Greenbaum ! Mais je vous promets que si la réparation n'a pas été effectuée dans les vingt-quatre heures, j'appellerai le propriétaire.

Lily Greenbaum entra à sa suite, et souleva le couvercle du carton à pizza.

— Mmm... Magnifique ! Mais une jolie fille de votre âge devrait fêter sa réussite avec l'homme de ses rêves au lieu de passer sagement sa soirée du vendredi soir avec une mamie !

— *Quelle* mamie ? s'enquit Deborah en allant chercher des verres dans la cuisine.

Lily Greenbaum se mit à rire.

— Une femme d'un certain âge, si vous préférez les euphémismes ! Et Gage Guthrie ? Vous ne croyez pas que sa place aurait été ici, avec vous, ce soir ?

— Gage ? J'ai du mal à l'imaginer assis en tailleur sur mon canapé, avec un morceau de pizza à la main et buvant du rouge ordinaire, s'esclaffa Deborah en débouchant la bouteille. Il est plutôt du type champagne-caviar.

— Vous avez quelque chose contre ?

— Absolument pas. Au contraire ! Mais ce soir, j'avais tout bêtement envie de pizza. Et une fois rassasiée, il faudra que je me remette au travail.

Mme Greenbaum lui jeta un regard consterné.

— Mon Dieu, mon petit, mais vous ne vous arrêtez donc jamais ?

— J'ai une date limite à respecter, malheureusement.

Sentant remonter une bouffée de colère à cette pensée, Deborah se hâta de remplir deux verres et leva le sien.

— Buvons à la justice, déclara-t-elle.

Juste au moment où elles s'installaient chacune avec une part de pizza à la main, on sonna à la porte. Deborah alla ouvrir et se trouva face à un gigantesque bouquet de roses rouges qui semblait se déplacer sur deux jambes. Elle dut se hisser sur la pointe des pieds pour voir la tête du livreur.

Une fois posé sur la table basse, le panier de roses la recouvrit tout entière.

— Magnifique. Absolument magnifique, commenta Lily avec un sourire de connaisseuse. De qui sont-elles ?

Deborah se pencha pour prendre la carte de visite, même si elle connaissait déjà la réponse. Elle ne put s'empêcher de sourire.

— De Gage. Avec ses félicitations.

Le regard de Lily Greenbaum étincela joyeusement derrière ses lunettes. La vieille dame paraissait enchantée par ce geste romantique.

— Ah ! Voilà un homme qui sait faire les choses en grand. J'ai toujours dit qu'il n'y avait pas de véritable amour sans un soupçon de démesure.

Deborah poussa un léger soupir.

— Il ne me reste plus qu'à l'appeler pour le remercier, maintenant.

— C'est le moins que vous puissiez faire, en effet.

— Dites-moi, madame Greenbaum, vous avez été mariée deux fois, n'est-ce pas ? s'enquit-elle sur une impulsion.

— C'est mon score actuel, oui. Mais je ne sais pas encore ce que l'avenir me réserve.

Deborah sourit.

— Et vous les avez aimés l'un et l'autre ?

— Passionnément, mon petit... J'avais à peu près votre âge lorsque mon premier époux est tombé au front. Nous n'avons malheureusement connu que quelques années de bonheur ensemble. Avec M. Greenbaum, heureusement, nous avons eu un peu plus de temps.

Deborah hésita.

— Ma question va peut-être vous paraître étrange, mais vous êtes-vous jamais demandé ce qui se serait passé si vous les aviez rencontrés tous les deux en même temps ? Votre premier mari et le second ?

Manifestement déconcertée, Lily réfléchit un instant.

— Cela aurait compliqué les choses, admit-elle, sourcils froncés.

— N'est-ce pas ? Vous les aimiez l'un et l'autre, mais s'ils étaient arrivés dans votre vie simultanément, vous n'auriez peut-être pas pu les aimer du tout.

Lily soupira.

— Comment savoir ? Le cœur nous joue parfois des tours si étranges.

— Mais vous admettrez qu'il est impossible — strictement impossible — d'aimer deux personnes en même temps et de la même façon. Et si un tel phénomène contre nature se produisait malgré tout, s'engager auprès de l'un équivaudrait nécessairement à trahir le second. Il s'agit donc d'une situation sans issue, nous sommes bien d'accord ?

Lily Greenbaum posa sa main ridée sur la sienne.

— Vous êtes amoureuse de Gage Guthrie, n'est-ce pas ?

Deborah contempla un instant le panier débordant de roses.

— Oui, admit-elle en rougissant.
— Et d'un autre homme tout autant ?

Son verre serré entre les mains, Deborah se leva pour arpenter le salon.

— Oui. Tout autant. C'est totalement insensé, non ?
— Rien de ce qui a trait à l'amour n'est insensé, rectifia Lily en secouant la tête. Vous êtes sûre qu'il ne s'agit pas d'une simple attirance physique ?

Sur un long soupir, Deborah reprit sa place sur le canapé.

— Au début, j'ai cru que c'était le cas. Mais j'ai la conviction maintenant que c'est beaucoup plus fort que cela. Le plus affreux, c'est que j'en arrive à les mélanger dans ma tête. Comme si j'essayais de fondre les deux en un seul homme. C'est à se demander si je ne suis pas en train de devenir folle.

Elle s'interrompit pour prendre une gorgée de vin.

— Et maintenant, Gage m'a fait une déclaration d'amour en bonne et due forme. Et je me sens incapable de prendre une décision…
— Ecoutez votre cœur, murmura Lily. Je sais que le conseil paraît banal, mais certaines vérités profondes sont parfois d'une simplicité élémentaire. Laissez-vous conduire par vos sentiments. Ils savent, eux, quel sera le meilleur choix.

A 23 heures, Deborah alluma la télévision pour regarder les actualités régionales. Elle ne fut pas mécontente de voir que la condamnation de Slagerman faisait la une. Le présentateur enchaîna ensuite sur les exploits de Némésis : le hold-up auquel il avait mis un terme, le violeur qu'il avait arrêté, le meurtre qu'il avait su prévenir de justesse.

— Il est décidément très occupé, cet homme-là, marmonna Deborah en finissant le dernier reste de vin.

Si elle n'avait pas passé une bonne partie de la soirée avec Mme Greenbaum, elle se serait contentée d'un verre au lieu de boire la moitié de la bouteille.

Enfin… Demain était samedi et elle pourrait dormir un peu plus tard qu'à l'ordinaire. Elle écouta le bulletin météo et apprit que le temps restait brûlant et humide et que des orages éclateraient sans doute dans la nuit.

Eteignant le poste, Deborah passa dans sa chambre pour travailler à son bureau. Avec la climatisation en panne, elle avait laissé la fenêtre ouverte, dans le vain espoir de capter un souffle d'air frais. De la chaussée, cinq étages plus bas, montait le vacarme régulier de la circulation, ainsi que la chaleur emmagasinée pendant la journée qui semblait s'intensifier encore, malgré l'heure tardive.

Deborah s'avança jusqu'à la fenêtre. Ces nuits chaudes, suffocantes éveillaient comme en écho la brûlure du désir. Elle prit une profonde respiration pour tenter d'apaiser ses sens survoltés. Errait-il là, quelque part dans la ville obscure ? Effarée, elle porta ses mains à ses tempes. Elle ne savait même plus auquel des deux hommes elle pensait en se posant cette question.

Avec un léger frisson, elle alluma sa lampe de bureau, ouvrit un dossier et jeta un regard en coin vers le téléphone. Elle avait déjà appelé Gage une heure plus tôt pour le remercier de ses roses. Mais un Frank plus laconique que jamais lui avait annoncé que M. Guthrie était sorti. Elle pouvait difficilement lui passer un second coup de fil maintenant. C'était elle, après tout, qui avait demandé un temps de réflexion.

Avec un léger soupir, Deborah s'assit à son bureau, chassa Gage, Némésis et les vapeurs d'alcool de son esprit, et se pencha sur ses notes.

Il savait qu'il avait eu tort de venir. Mais c'était arrivé sans que sa volonté y soit pour quelque chose. Ses pas l'avaient mené d'eux-mêmes, de rue en rue, jusque chez elle. Levant les yeux, il vit la lumière briller à sa fenêtre. Il attendit quelques instants dans la nuit humide et chaude, se jurant qu'il partirait si elle éteignait au cours des cinq prochaines minutes.

Mais au cinquième étage, comme un phare dans l'océan de la ville bruissante, la chambre éclairée de Deborah continuait à lancer son appel lumineux dans la nuit.

Répondant à l'invite, il quitta l'ombre de l'immeuble, bondit dans ses habits de ténèbres et s'accrocha à l'échelle d'incendie. Parce qu'il avait besoin d'être auprès d'elle. Parce qu'il voulait la protéger. L'aimer.

Par la fenêtre ouverte, il la vit assise à sa table de travail. Le stylo qu'elle tenait à la main courait vite sur le papier. L'odeur de musc de son parfum parvint à ses narines. Comme une provocation. Un défi.

Elle avait l'air si sérieuse, ainsi, de profil, avec ses cheveux qui balayaient sa joue. Son peignoir bleu glissa sur une épaule, laissant entrevoir la peau blanche et fine, douce comme de la soie.

Quelques minutes s'écoulèrent ainsi, silencieuses, comme suspendues dans le temps pendant qu'il la dévorait des yeux. Puis elle fronça les sourcils, s'agita, finit par tourner la tête.

Deborah sentit le sang affluer à son visage. Son cœur cognait à grands coups sourds dans sa poitrine. Elle était tendue, sur le qui-vive, mais pas vraiment surprise. Comme si elle avait su depuis le début qu'il viendrait cette nuit.

— Alors, Némésis ? C'est l'heure de la pause ? Aux infos, ils avaient pourtant l'air de dire que tu faisais du non-stop.

— On ne peut pas dire que tu sois inactive non plus.

En repoussant les cheveux qui lui tombaient sur le front, elle sentit que sa main tremblait.

— Comment es-tu entré ? demanda-t-elle d'une voix qui se troublait déjà.

Elle hocha la tête lorsqu'il tourna les yeux vers la fenêtre.

— Je vois. Je veillerai dorénavant à la laisser fermée.

— Cela n'aurait rien changé.

Les nerfs à fleur de peau, Deborah se leva pour lui faire face.

— Qui que tu sois, il faut que ça s'arrête. Maintenant.

Il fit un pas vers elle.

— Tu ne peux plus *rien* arrêter maintenant. Pas plus que je ne puis faire machine arrière.

Némésis jeta un coup d'œil au dossier ouvert sur son bureau.

— Je vois que tu n'as tenu aucun compte de mes conseils.

— Non. J'ai l'intention d'aller jusqu'au bout et personne ne m'en empêchera, tu m'entends ? Personne.

Redressant la taille, elle le défia du regard.

— Et si tu veux m'aider, dis-moi ce que tu sais.

— Tout ce que je sais, c'est que je te veux toi.

Soudain figée dans une immobilité totale, elle attendit en retenant son souffle.

— Maintenant, Deborah.

Un frisson la parcourut et ses seins se durcirent sous la soie légère de son peignoir. Elle secoua la tête, choquée par les pulsions sauvages qui faisaient rage en elle. D'où lui venait l'impression absurde que se donner à Némésis équivalait, d'une certaine façon, à faire l'amour avec Gage ? Comme s'il n'y avait plus nulle part ni différence, ni limites, ni frontières.

— Il faut que tu partes, chuchota-t-elle, au comble de la confusion. Je t'en prie... Je n'ai pas le droit.

Il soutint son regard.

— C'est plus fort que moi, rétorqua-t-il d'une voix rauque en l'attirant contre lui. Pour toi, je serais prêt à transgresser toutes les lois, à renoncer aux valeurs qui me sont le plus chères. Tu peux le comprendre ça ? C'est plus qu'un besoin, c'est comme une nécessité absolue qui rend sourd et aveugle.

Deborah comprenait d'autant mieux qu'elle était en proie à un élan d'une violence semblable.

— Avoue que cela n'a rien de... normal, objecta-t-elle faiblement.

— Que ce soit juste ou injuste, bien ou mal, insensé ou rationnel, peu m'importe. Je te veux à moi. Cette nuit.

Du revers de sa main gantée, il renversa la lampe de bureau qui s'écrasa sur le sol. Dans le noir, il la souleva dans ses bras.

— Non, protesta-t-elle.

Mais ses mains qui s'agrippaient à ses épaules acquiesçaient déjà. Avant même de la poser sur le lit, il capta sa bouche et la fit sienne. Ses lèvres étaient fiévreuses, exaltées, infiniment... familières. L'impact fut immédiat, d'une puissance sans appel. Lorsque, sourde et aveugle à son tour, elle répondit à son baiser, son esprit comprit ce que son cœur avait vainement tenté de lui dire depuis le début.

Elle tomba en arrière sur le lit et il vint peser sur elle de tout son poids. Sa bouche impatiente courait sur son visage et dans son cou. Déjà ses mains écartaient le peignoir, cherchaient la peau nue.

Il retira ses gants pour mieux sentir, explorer chaque millimètre de chair. Si ferme. Si douce. Si consentante. Dans les ténèbres, Deborah était chaleur et lumière, sensualité et mouvement. Comme une rivière, elle coulait sous ses doigts. Et lui voulait sombrer corps et âme dans ses eaux tièdes, s'y engloutir pour y renaître à l'infini.

Deborah ne se lassait pas de revenir à sa bouche, y buvant sans relâche, comme à une source d'eau claire. Au-dehors, la nuit était lourde, moite et un orage encore distant grondait doucement au loin. Lui n'était qu'une silhouette noire à peine visible, mais elle savait maintenant. Et elle le voulait, oui. Le voulait avec une détermination farouche et sans appel. Il n'y avait plus trace en elle de la femme de tête, rationnelle et posée, tandis qu'ils roulaient sur le lit, agrippés l'un à l'autre, murmurant sauvagement leur désir.

Tremblante d'impatience, elle le dévêtit et le sentit aussi vulnérable qu'elle lorsqu'ils se retrouvèrent peau contre peau, communiquant par leurs lèvres, leurs mains, leur chair murmurante. Le tonnerre se rapprochait, un souffle de vent brûlant entra par la fenêtre ouverte, réveillant le parfum des roses qui les enveloppa comme un voile.

Tout n'était que chaleur, palpitation, plaisir dans les ténèbres. Soulevée par une première vague de jouissance, elle pleura et s'arqua contre lui pour demander plus encore. Lui donnait, donnait sans relâche, l'entraînant toujours plus haut. Dans le secret de la nuit, s'élevaient les bruits légers, les murmures, les parfums de l'amour. Frissons et délices. Soupirs et gémissements. Faims insatiables.

Lorsque, enfin, il vint en elle, ce fut comme une plongée à deux aux confins du plaisir et de la folie. Deborah s'y livra — se livra à lui — sans rien garder d'elle-même.

Elle le serra éperdument, se sentant partir si loin qu'elle crut mourir. Les mots vinrent d'eux-mêmes :

— Oui, oh, oui… Je t'aime.

Les paroles coulèrent en lui comme il coulait en elle. Dans l'apothéose de la passion, il se mut avec ses dernières forces, le visage enfoui dans ses cheveux. Il sentit les ongles de Deborah s'enfoncer dans son dos puis tout bascula. Elle le suivit en criant son nom.

*
* *

Peu à peu, alors qu'il reposait immobile dans le noir, le rugissement du sang dans ses oreilles s'apaisait. Il entendit de nouveau le vacarme de la rue et la respiration encore irrégulière de Deborah. Elle avait desserré les bras qui étaient restés noués autour de son cou et demeurait à son côté, calme et silencieuse comme une morte.

Lentement, il s'écarta d'elle. Deborah ne bougeait toujours pas. Ne disait toujours rien. Il tâtonna dans l'obscurité pour lui caresser le visage et sentit l'humidité des larmes sous ses doigts. Avec une violence inattendue, il se surprit à haïr la part de lui-même qui la faisait souffrir.

— Depuis quand as-tu deviné ? s'enquit-il tout bas.

— Juste maintenant. Jusqu'à cette nuit, je ne me doutais encore de rien. Je refusais de voir l'évidence. Mais un seul baiser a suffi à te trahir, Gage.

Avant qu'il ne puisse la toucher de nouveau, elle se détourna pour récupérer son peignoir.

— Tu croyais qu'il suffisait d'éteindre la lumière pour garder ton anonymat ? lui lança-t-elle avec amertume. Tu pensais réellement que tu pouvais m'embrasser, me tenir dans tes bras, et que je ne me rendrais compte de rien, même au cœur des ténèbres ?

La souffrance qui perçait dans sa voix lui vrilla le cœur.

— Je ne sais pas... Je crois que je ne pensais plus à rien, en fait.

Elle alluma la lampe de chevet et plongea son regard dans le sien.

— Tu es si brillant, si habile, si secret, Gage. Je suis étonnée que tu te sois risqué à commettre cette erreur tactique.

La regarder lui fit mal. Elle était d'une beauté à couper le souffle, avec ses cheveux répandus sur les épaules, le rouge que l'amour avait amené à ses joues. Dans ses yeux brillait un mélange de souffrance, de colère, de désarroi.

— Peut-être que je savais au fond de moi que tu allais me reconnaître. Mais je te voulais si fort que plus rien n'avait d'importance.

Il se redressa pour l'attirer contre lui, mais elle le repoussa.

— Mesures-tu au moins à quel point tes mensonges étaient cruels, Gage ? Tu m'as fait douter de moi, de mes valeurs. J'ai cru que je devenais folle à force d'être déchirée entre toi... et toi. Et tu le voyais, en plus. Tu savais pertinemment que je tombais amoureuse de toi tout en succombant à mon attirance pour Némésis ! Tu n'as pas *pu* ne pas t'en rendre compte.

— Deborah, s'il te plaît... Ecoute-moi.

Lorsqu'il lui effleura l'épaule, elle se rejeta en arrière.

— Je te déconseille de me toucher maintenant, Gage.

Il jura avec force.

— Je suis tombé amoureux de toi trop vite pour avoir le temps de réfléchir à une stratégie quelconque. Tout ce que je savais, c'était que je te désirais et que je voulais assurer ta sécurité.

— Alors, tu as enfilé ton masque et tu m'as suivie à la trace. Ne compte pas sur moi pour te remercier de ton dévouement, Gage.

Son ton était si froid, si distant que Gage sentit un vent de panique souffler en lui.

— Deborah, ce qui vient de se passer maintenant...

— Oui, justement, parlons-en. Tu me fais suffisamment confiance pour partager ton lit. Mais pas la vérité de qui tu es.

— C'est vrai. Parce que je ne pouvais pas te confier mon secret. Je sais que tu désapprouves mon action.

Les épaules de Deborah se voûtèrent. Elle sentit sa colère l'abandonner peu à peu, remplacée par un sentiment de profonde tristesse.

— Si tu te sentais tenu de me mentir, pourquoi ne pas avoir gardé tes distances, Gage ?

Il soutint gravement son regard.

— C'est très exactement ce que j'ai essayé de faire, crois-moi. Mais pour la première fois depuis quatre ans, je suis confronté à quelque chose qui dépasse ma volonté. Pardonne-moi le cliché, mais j'ai besoin de toi comme de l'air que je respire. Je ne te demande pas de comprendre ni d'accepter. Mais au moins de me croire quand je te dis que je ne pouvais pas faire autrement.

Elle se prit la tête entre les mains.

— Tu me mens depuis le début et maintenant, tu me demandes de te croire. Je croyais tomber amoureuse de deux hommes très différents et maintenant je me rends compte qu'il n'y a que toi... Comment veux-tu que je m'y retrouve ? murmura-t-elle faiblement en fermant les yeux.

— Je t'aime, Deborah. Je t'en supplie, laisse-moi encore une chance de t'expliquer.

— J'ai peur, tu sais... peur que ton mensonge ait déjà tout cassé entre nous, admit-elle d'une voix brisée.

Elle ouvrit les yeux et, pour la première fois, vit les immenses cicatrices qui lui barraient la poitrine. La douleur la frappa avec une telle force qu'elle faillit tomber à genoux. Pétrifiée d'horreur, elle leva les yeux.

— Ils t'ont fait cela ? chuchota-t-elle.

Il se rétracta d'instinct.

— Je ne veux pas de ta pitié, Deborah.

— Ne bouge pas, murmura-t-elle en l'entourant de ses bras. Serre-moi maintenant. Serre-moi très fort.

Elle secoua la tête.

— Non, plus fort encore. J'aurais pu te perdre il y a quatre ans, avant même de t'avoir connu.

Les larmes aux yeux, elle renversa la tête en arrière.

— Je ne sais pas où j'en suis avec toi, Gage Guthrie, mais ce soir, ta présence suffit. Tu veux bien rester avec moi ?

— Aussi longtemps que tu le souhaiteras, chuchota-t-il en se penchant sur ses lèvres.

8.

Se réveiller le matin avait toujours été une épreuve pour Deborah. Tirant le drap sur sa tête, elle se réfugia dans le cocon du sommeil, indifférente au vacarme de la circulation, sourde au fracas du marteau-piqueur qui, cinq étages plus bas, attaquait hargneusement le bitume. En vérité, elle aurait pu continuer à dormir au cœur d'une explosion nucléaire.

Ce ne fut pas le bruit, mais l'arôme du café venu caresser ses narines qui lui fit entrouvrir les yeux pour jeter un coup d'œil ensommeillé à son réveil. 10 h 30 ! lut-elle, horrifiée. Se redressant tant bien que mal, elle nota qu'elle avait dormi nue entre les draps entortillés.

Au bout de quelques recherches infructueuses, Deborah finit par repêcher son peignoir sous le lit. Et, avec le peignoir, un carré de tissu noir. Elle l'examina un instant puis retomba assise sur le matelas.

Un masque.

Ainsi, elle n'avait pas rêvé les événements de la nuit. Les faits étaient établis et vérifiables : Gage était venu à elle sous les traits d'un autre. Et lorsqu'il lui avait fait l'amour dans le noir, les deux hommes qui avaient nourri ses fantasmes s'étaient confondus. L'affable et richissime homme d'affaires et l'aventurier vêtu de noir étaient une seule et même personne. Ses deux soupirants imaginaires s'étaient mués en un seul amant réel.

Accablée, Deborah se prit le visage entre les mains. Comment était-elle censée affronter une situation pareille ? En tant que femme ? En tant que substitut du procureur ?

Aimer Gage, c'était trahir ses principes. Respecter ses principes, c'était le trahir lui.

Lui parler… Voilà ce qu'il lui restait à faire. Elle ne voyait pas d'autre solution. Calmement. Posément. En priant pour que son amour lui soufle les mots justes. Les mots qui sauraient le convaincre qu'il n'avait pas choisi la bonne voie.

Elle prit une profonde inspiration et se prépara à le rejoindre dans la cuisine lorsque le téléphone sonna. Jurant à voix basse, elle enfila son peignoir en toute hâte et se pencha pour attraper le combiné de l'autre côté du lit.

En entendant la voix amusée de Cilla à l'autre bout du fil, elle comprit que Gage avait déjà décroché dans le salon.

— ... suis la sœur de Deborah. Mais je dérange, peut-être ?

— Pas du tout, non. Deborah dort toujours. Si vous le souhaitez, je peux...

— C'est bon, je suis réveillée, je prends la communication, intervint Deborah avec un soupir en repoussant les cheveux qui lui tombaient sur les yeux. Salut, Cilla.

— Je vous laisse, annonça Gage.

Deborah l'entendit raccrocher et un silence tomba sur la ligne.

— Hum hum... Je peux rappeler dans un moment, si ça t'arrange ? proposa Cilla prudemment.

— Non, c'est O.K. J'allais me lever de toute façon.

— Bien, Boyd a procédé aux vérifications que tu m'as demandées. Et je pensais que ça t'aiderait à avancer tes investigations s'il te communiquait les informations rapidement. Si tu as trois secondes, je te passe Boyd... Tu patientes un moment ?

— Pas de problème.

Assise en tailleur sur le lit, Deborah attendit quelques secondes, puis la voix enjouée de son beau-frère retentit au bout du fil :

— Deb ?

— Félicitations, commissaire.

— Merci. Je vois que Cilla n'a pas traîné pour annoncer la nouvelle ! Comment vas-tu depuis la dernière fois ?

Deborah contempla le masque froissé qu'elle tenait toujours à la main.

— Eh bien... ça ne va pas trop mal. Au fait, merci de m'avoir rendu ce service, Boyd.

383

— Oh, je n'ai malheureusement pas récolté grand-chose d'intéressant. George P. Drummond avait une petite entreprise de plomberie.
— Avait ?
— Il est mort il y a trois ans. De mort naturelle. Il avait quatre-vingt-trois ans et n'a jamais siégé au conseil d'administration d'aucune société.

Deborah soupira.
— Et l'autre ?
— Charles R. Meyers. Enseignant et entraîneur de foot. Décédé il y a cinq ans. Pas de casier judiciaire. Réputation impeccable.
— Quant à la société Solar ?
— Jusqu'à présent, nous n'avons rien trouvé qui y ressemble de près ou de loin. L'adresse que tu as donnée à Cilla ne correspond à rien.
— J'aurais dû m'en douter. Chaque fois que je crois aboutir à quelque chose, je me retrouve dans l'impasse.
— C'est un problème que je connais bien. Je tâcherai de pousser mes recherches un peu plus loin. Et désolé de n'avoir pu t'être d'aucune aide.
— Mais tu *m'as* aidée, Boyd.
— Avec deux morts honorables et une adresse bidon ? Entre nous, cette histoire a-t-elle quelque chose à voir avec le fameux fantôme masqué ?

Deborah froissa le masque entre ses doigts et se mordit la lèvre.
— Entre nous, oui, admit-elle avec un nouveau soupir.
— Sois prudente, en tout cas. Je te repasse Cilla. Elle veut absolument te parler.

Deborah entendit chuchoter à l'autre bout du fil, puis la voix amusée de Boyd s'éleva de nouveau dans le combiné :
— Ho ho ! Il paraît que c'est un homme qui a décroché chez toi ce matin ? Bon… je cède la place à Cilla avant qu'elle ne m'arrache ce malheureux appareil des mains.

Elle n'avait qu'à fermer les yeux pour imaginer sa sœur et son beau-frère, luttant en riant autour du téléphone.
— Deb ? s'exclama Cilla. Je voulais juste savoir qui… Boyd ! Fiche-moi la paix cinq minutes, O.K. ? J'ai des choses capitales à

demander à ma petite sœur!... Oui, Deb, on peut savoir à qui appartient cette voix grave et sexy que je viens d'entendre?

— A un homme.

— Ça oui, j'avais deviné. Il a peut-être un nom, ce garçon?

— Gage, marmonna Deborah.

— Le milliardaire? Ça a l'air de progresser à grands pas entre vous.

— Cilla...

— Je sais, je sais. Tu es une grande fille et tu mènes ta vie comme tu l'entends. Mais dis-moi simplement s'il...

Deborah résista à la tentation de se boucher les oreilles.

— Cilla... Avant que tu poursuives ton interrogatoire, je tiens à ce que tu saches que je n'ai pas encore pris mon café ce matin.

— Bon, d'accord, j'ai compris. Ce n'est pas le moment. Mais tu me rappelles, hein? Je veux tous les détails.

— Je reprendrai contact dès que je les aurai.

— Mmm... Tu as intérêt à te manifester.

— Promis, curieuse!

Deborah raccrocha et se leva pesamment. Elle trouva Gage aux fourneaux, en jean noir et pieds nus, sa chemise largement déboutonnée.

— Tu cuisines? demanda-t-elle, étonnée.

Il se retourna au son de sa voix.

— Je suis désolé pour le téléphone, Deb. J'espérais préserver ton sommeil en prenant la communication.

— Cela n'a pas d'importance.

Ne sachant trop quelle contenance prendre, Deborah s'avança pour se servir en café. Gage lui saisit les épaules et ses mains glissèrent le long de ses bras. Comme elle se crispait à son contact, il recula d'un pas.

— Tu aurais préféré ne pas me trouver là en te levant?

— Je ne sais pas, murmura-t-elle. De toute façon, au point où nous en sommes, il faudra bien que nous parlions tôt ou tard... Ça fait longtemps que tu es levé?

— Deux ou trois heures.

— Tu n'as pas dormi très longtemps.

Il haussa les épaules.

— J'ai passé neuf mois entiers à ne rien faire d'autre que dormir.

Depuis que je suis sorti du coma, je peux tenir facilement avec quatre heures de sommeil par nuit.

— C'est ce qui te permet de concilier tes activités diurnes et nocturnes ? demanda-t-elle, non sans une pointe d'ironie.

— Des changements physiques importants se sont produits chez moi, précisa Gage sans répondre à sa question. Au niveau du métabolisme, pour commencer. Et sur d'autres plans encore.

Il tourna vers elle un regard interrogateur :

— Tu voudrais que je te présente mes excuses pour ce qui s'est passé hier soir ?

En proie à un sentiment d'apathie qui frisait l'accablement, elle haussa les épaules. Gage jura tout bas.

— J'ai du mal à te dire que je suis désolé, Deborah. Parce que je ne regrette rien, en définitive. Je n'arrive même pas à m'en vouloir d'être entré chez toi sans y avoir été invité. Ce qui s'est passé cette nuit a chamboulé toute mon existence. Je ne serai plus jamais le même que celui que j'étais avant de te connaître.

Gage attendit une réponse, mais elle se contenta de river sur lui ses grands yeux bleus désolés.

— Tu ne me crois pas ?

— Je ne sais plus quoi croire. Tu m'as menti depuis le début, Gage.

— Oui, j'ai menti. Délibérément. Et si cela avait été possible, j'aurais sans doute continué à le faire.

Il vit les traits de Deborah se crisper. Elle replia frileusement les bras sur sa poitrine.

— Tu peux imaginer ce qu'un tel aveu signifie pour moi, Gage ?

— Je crois que oui.

Elle secoua la tête.

— Non, tu ne peux pas savoir. Tu m'as fait douter de moi-même au point de ne plus me reconnaître. J'ai eu tellement honte, Gage… J'imagine que si je n'avais pas été aussi aveuglée par la culpabilité, la vérité m'aurait sauté aux yeux plus tôt. J'éprouvais des sentiments rigoureusement semblables pour deux hommes que je croyais différents. Je te regardais toi et je pensais à lui. Je le regardais lui et je pensais à toi… L'autre soir, quand je suis revenue à moi, dans la chambre de Ray Santiago, j'ai vu tes yeux et je me suis souvenue de la première fois où nos regards se sont croisés, au Stuart Palace. Je croyais devenir folle.

— C'est pour te protéger que je gardais le secret.

— Me protéger de quoi ? De moi-même ? De toi ? Chaque fois que tu me touchais, je...

Elle se mordit la lèvre.

— Je ne sais pas si je peux te pardonner, Gage. Ni si je pourrai jamais te faire confiance.

Gage dut se faire violence pour ne pas se lever et la prendre dans ses bras.

— Je ne suis pas en mesure de réparer le mal que je t'ai fait. Ce n'était pas mon désir de t'aimer. Avant de te connaître, je me sentais invulnérable. Tu es mon talon d'Achille, ma secrète faiblesse, celle qui m'expose en permanence au risque de commettre une erreur.

Il songea à son « don », à sa malédiction, et conclut d'une voix sombre :

— Je n'ai même pas le droit de te demander de m'accepter tel que je suis.

Deborah sortit son masque froissé de la poche de son peignoir.

— Avec ça, tu veux dire ? Non, c'est vrai, tu n'as pas le droit de me demander de t'accepter avec ce visage-là. Et c'est pourtant ce que tu fais. Tu voudrais que je t'aime et que je ferme les yeux. C'est ma vocation de servir la loi. Et je suis censée me taire alors que tu te joues d'elle ?

Il sentit monter une bouffée de colère.

— Tu crois que je ne l'ai pas servie, moi aussi, ta loi ? J'ai failli mourir pour elle. Et mon coéquipier, lui, a été jusqu'au bout de son sacrifice. Il n'en est même jamais revenu.

— Gage, tu ne peux pas en faire une affaire personnelle.

— Ah vraiment ? *Tout* n'est qu'affaire de personnes, pourtant. Tu peux étudier tes bouquins de droit et te remplir la tête de théorie tant que tu voudras, mais au bout du compte, ce qui reste, ce sont les êtres humains et ce qui les relie. Rien d'autre. Et au fond de toi, tu le sais. Je t'ai vue au travail. Tu ne fonctionnes pas différemment de moi.

— Moi, je ne sors pas du cadre de la loi, protesta-t-elle en secouant la tête. Jamais. Sans la loi, nous revenons au chaos. C'est la base même de toute démocratie.

Le regard de Gage s'assombrit.

— Tu as raison en théorie. Mais j'ai été... comment dire ? appelé à faire ce que je fais. Même pour toi, je ne pourrais pas renoncer au but que je dois poursuivre.

— Et si j'en parlais à Mitchel, au chef de la police ou à Fields ?

— Je prendrais mes dispositions. Mais ça ne changerait rien.

Elle se leva, le masque serré dans son poing crispé.

— Oh, mon Dieu, mais *pourquoi*, Gage ? Pourquoi ?

— Parce que je n'ai pas le choix, rétorqua-t-il en lui agrippant un instant les épaules avant de se détourner d'un mouvement brusque.

— Je suis au courant, pour Montega, murmura-t-elle, touchée par la souffrance entrevue dans son regard. Et je suis désolée, vraiment profondément désolée. Nous arrêterons cet homme et il sera jugé. Mais appliquer la loi du talion n'est pas la solution. C'est justement ce qui fait la différence entre les criminels et nous, Gage.

Il soupira.

— Je respecte et je partage tes convictions, Deborah. Mais il s'est passé quelque chose de très particulier pour moi il y a quatre ans. Ma vie a changé. De façon radicale et irréversible.

Gage posa une main contre le mur et la contempla fixement avant de la glisser de nouveau dans sa poche.

— Tu as lu les comptes rendus de ce qui s'est passé pour Jack et moi ?

— Oui.

— Alors tu connais les faits. Mais pas toute la vérité pour autant. Tu ne sais pas que j'aimais Jack comme un frère. Tu ne sais pas qu'il avait une femme adorable et un petit garçon qui roulait sur un tricycle rouge.

— Oh, Gage...

Elle sentit ses yeux se remplir de larmes et ne put s'empêcher de lui ouvrir les bras. Mais il secoua la tête.

— Nous avions passé deux années entières de nos vies à œuvrer sans relâche pour démanteler ce réseau. En tant que flics, nous croyions dur comme fer à la lutte que nous menions. Convaincus que nous touchions au but, nous faisions déjà des projets de vacances, poursuivit Gage, les doigts crispés sur le dossier d'une chaise. Moi, je visais les Antilles, mais Jack, lui, avait des goûts simples. Il voulait simplement profiter de la vie, de sa famille. Jouer avec son fils et tondre son gazon.

Le regard absent, Gage poursuivit :

— Ce soir-là, tout était en place. L'opération ne *pouvait* pas échouer. Nous avions tout prévu, tout calculé au millimètre. Et pourtant, j'avais des sueurs froides, un pressentiment qui ne me lâchait pas. Mais je n'ai pas écouté mon intuition. Et lorsque Montega est arrivé avec son sourire étincelant, il était déjà trop tard pour réagir. Il a tué Jack avant même que j'aie le temps de sortir mon arme. Là, je me suis pétrifié. Ça n'a pas duré longtemps, mais Montega a tiré parti de l'effet de surprise. Il m'a eu à mon tour.

Deborah songea aux cicatrices qui lui couvraient la poitrine. « Avoir vécu cela, songea-t-elle. Voir tomber son meilleur ami sous les balles. Regarder l'espace d'un instant sa propre mort en face. Puis sentir l'explosion dans son corps et comprendre que tout est terminé... »

Elle frissonna.

— A quoi bon te torturer avec ces souvenirs, Gage ? Tu sais que tu n'aurais pas pu sauver Jack.

Il lui jeta un regard étrange.

— Pas ce soir-là, non. Car je suis mort.

La façon dont il prononça ces mots lui fit courir un frisson dans le dos.

— Tu es vivant, protesta-t-elle.

— Mais techniquement, cette nuit-là, j'ai perdu la vie. Il y a eu un moment précis où j'ai senti comme une partie de moi glisser hors de mon corps et s'échapper. J'ai su alors que j'étais mort. C'était étrange de les voir d'en haut, en train de s'acharner sur ce qui me paraissait n'être qu'une dépouille sans vie. Plus tard, dans la salle d'opération, je m'éloignais, je m'éloignais... J'étais à deux doigts de me libérer définitivement. Et puis, j'ai été tiré en arrière. Prisonnier de nouveau.

— Prisonnier ? chuchota-t-elle.

— De mon corps. J'étais de retour d'une certaine façon et, en même temps, comment dire ? pas vraiment là, pas vraiment incarné.

Il m'arrivait d'entendre de la musique ou de respirer le parfum des fleurs. Mais je n'étais plus qu'une conscience flottante, légère, sans attaches. J'aurais voulu rester ainsi indéfiniment, présent d'une certaine façon mais sans lien avec la réalité. Je ne sentais rien.

Deborah vit les mains de Gage retomber sans force.

— Mais un jour, j'ai été ramené au monde. Et là, je me suis mis à éprouver les choses de nouveau. Je n'ai jamais rien vécu d'aussi affreux.

Elle porta la main à sa propre poitrine. C'était comme si elle venait de traverser physiquement les souffrances qu'il avait évoquées.

— Je ne peux pas dire que je comprends ce que tu as enduré, Gage. Je crois que personne n'a cette faculté. Mais j'ai mal pour toi.

Le visage de Gage se radoucit lorsqu'une larme glissa sur sa joue.

— Lorsque je t'ai vue pour la première fois, ce soir-là, dans cette impasse, ma vie a changé de nouveau. De façon tout aussi radicale. Et je me suis senti aussi impuissant que la première fois à infléchir le cours du destin…

Avec une infinie tendresse, il effleura sa joue humide.

— Et maintenant, mon sort est entre tes mains, Deborah.

— Ce n'est pas un fardeau facile que tu me confies là.

Il s'approcha pour prendre son visage entre ses paumes.

— Donne-moi au moins quelques jours.

Le désarroi la fit trembler.

— C'est beaucoup, ce que tu me demandes. N'oublie pas qui je suis, Gage.

— Je n'oublie pas. Mais si je ne vais pas jusqu'au bout de la tâche que je me suis fixée, il aurait mieux valu que je meure il y a quatre ans.

— Tu crois qu'il n'y a vraiment pas d'autre moyen ? demanda-t-elle dans un souffle.

— Pas pour moi. Accorde-moi juste encore un peu de temps. Puis tu pourras me dénoncer à tes supérieurs si tu estimes que c'est ton devoir de le faire.

Le cœur lourd, Deborah ferma les yeux.

— Mitchell m'a consenti un délai de deux semaines. Je ne peux pas te promettre plus que cela.

Gage hocha la tête. Il savait ce que lui coûtait cette décision et priait d'être à même un jour de lui rendre ce don d'amour.

— Je t'aime, murmura-t-il.
Elle ouvrit les yeux, laissa son regard se perdre dans le sien.
— Je sais, chuchota-t-elle en abandonnant sa tête contre sa poitrine.
Gage referma les bras autour d'elle. Son étreinte était si solide, si réelle. Elle releva la tête et chercha ses lèvres, laissant leur baiser s'éterniser, tendre et brûlant de promesses en dépit du conflit qui faisait rage en elle. L'avenir était si hostile, si incertain qu'elle se raccrocha à lui de toutes ses forces.
— Si seulement nous pouvions nous aimer gaiement, sans arrière-pensée, comme des gens ordinaires... Pourquoi faut-il que ce soit si compliqué, Gage ?
Il avait cessé de compter le nombre de fois où il s'était posé la même question.
— Je suis désolé.
— Non.
Deborah se dégagea et essuya ses joues humides.
— C'est moi qui suis désolée. Rien ne sert de pleurnicher, en l'occurrence, ni de déplorer les circonstances. Même si je suis bien incapable de prévoir ce qui va se passer pour nous, je sais ce qu'il me reste à faire : me mettre au travail. C'est en avançant qu'on trouve des solutions... Pourquoi souris-tu ? demanda-t-elle, vaguement vexée.
— Parce que je t'aime. Si tu viens te recoucher avec moi, je te montrerai que tu es faite pour moi.
— Gage ! Il est pratiquement midi ! se récria-t-elle lorsqu'il se pencha pour lui mordiller l'oreille.
— Mmm...
— Nous avons des investigations à poursuivre. Et le temps nous est désormais compté à l'un comme à l'autre, protesta-t-elle tout en s'abandonnant contre lui, les bras noués autour de son cou, prête à succomber au premier baiser, à la première caresse.
— Bon, d'accord, je te laisse.
Gage se mit à rire lorsqu'elle fit la moue, dépitée qu'il se soit rendu aussi facilement à ses raisons.
— Mais à une condition, précisa-t-il.
— Laquelle ?
— J'ai une réception ce soir au Parkside.

— Au Parkside !

C'était l'hôtel le plus ancien, le plus élégant de la ville.

— Oui. Le grand bal d'été et tout le bataclan. Je n'avais pas l'intention de m'y rendre, mais je viens de changer d'avis. Tu veux venir avec moi ?

Elle se croisa les bras sur la poitrine.

— Gage Guthrie, dois-je comprendre que tu me proposes de participer au plus grand événement mondain de l'année, sachant que tout le monde sera sur son trente-et-un et qu'une journée complète de travail ne me laissera ni le temps d'aller chez le coiffeur ni celui d'acheter une robe adéquate ?

— Il y a de cela, oui.

Elle soupira.

— Super. On y va à quelle heure ?

A 19 heures, Deborah prit une douche pour délasser ses muscles ankylosés par les six heures qu'elle venait de passer d'affilée derrière son ordinateur. L'eau chaude, par chance, fit des miracles. Car elle avait déjà dépassé son quota d'aspirine pour la journée. Et le pire, c'est que ses recherches effrénées n'avaient donné aucun résultat. Chaque nom qu'elle avait trouvé appartenait à une personne déjà décédée. Chaque société anonyme ne faisait que renvoyer à une autre, puis une autre, puis une autre encore… Et elle avait eu beau lire et relire d'interminables listes, elle n'avait trouvé ni fil directeur, ni élément récurrent, ni quoi que ce soit qui puisse ressembler de près ou de loin à un indice valable.

Deborah soupira en exposant son dos douloureux au jet d'eau brûlante. Elle avait passé la journée entière à piétiner alors qu'il lui importait plus que jamais d'avancer. Et pas seulement pour une cause abstraite. Car la justice n'était plus seule en jeu : elle agissait désormais avec un but beaucoup plus personnel en tête. Tant que cette affaire ne serait pas résolue, son avenir avec Gage resterait incertain et menacé.

Rien ne prouvait qu'une solution finirait par se profiler, d'ailleurs. Leur histoire d'amour, tout comme ses recherches d'aujourd'hui, pouvait aboutir à une impasse. Pendant la nuit, un souffle de tempête les avait jetés l'un vers l'autre. Mais le propre des tempêtes était de se déchaîner puis de se dissiper. Elle savait qu'une relation durable devait se construire sur des bases plus solides que la simple passion. Entre ses parents, il y avait eu de l'amour et du désir en abondance. Mais cela n'avait pas suffi. Son père et sa mère avaient échoué dans leur vie de couple car ils s'étaient aimés sans jamais réussir à se comprendre.

Sans la confiance, l'amour passionné finissait immanquablement par s'étioler. En ne laissant que des cendres derrière lui.

Or Gage disait l'aimer, mais il ne croyait pas suffisamment en elle pour lui confier tout ce qu'il savait. Il détenait certains éléments qui auraient pu l'aider à avancer dans ses investigations. Mais il les gardait pour lui, convaincu qu'il n'existait qu'une seule méthode pour mettre un terme aux activités de Montega et de sa bande : la sienne. Avec un léger soupir, Deborah brancha son séchoir à cheveux. Dans un sens, n'était-elle pas tout aussi convaincue de son côté de détenir LA vérité ? Mais s'ils étaient incapables de trouver un terrain d'entente, comment pouvaient-ils espérer arriver à quoi que ce soit ensemble ?

Et pourtant, elle avait accepté de sortir avec lui ce soir. Et pas parce qu'elle rêvait de participer au bal le plus élégant, le plus glamour de Denver. S'il lui avait proposé un hot dog et une partie de bowling, elle aurait accepté également. Parce qu'elle avait beau être consciente des obstacles, elle n'en était pas moins livrée, pieds et poings liés, à la force d'attraction qui la poussait vers lui.

Deborah appliqua une légère touche de blush et sourit à son reflet dans le miroir. Ce soir, elle se donnerait à Gage. Mais comme pour Cendrillon aux douze coups de minuit, la réalité serait dure à affronter, une fois le bal terminé.

Avec un haussement d'épaules fataliste, elle passa dans sa chambre et contempla la robe étalée sur le lit. Elle était entrée au pas de course dans la boutique, cinq minutes avant la fermeture, convaincue qu'il était trop tard pour trouver son bonheur. Mais le hasard — ou le destin — avait voulu qu'elle lui apparaisse au premier regard, comme si elle n'avait jamais attendu qu'elle : la robe bleue qui ferait rêver Gage.

Il lui avait suffi de l'enfiler pour achever de s'en convaincre. Longue et fluide, cette création d'un nouveau couturier bourré de talent lui allait comme un gant. Aucune retouche n'avait été nécessaire. Le prix, en revanche, lui avait donné des sueurs froides. Mais avec une soudaine exubérance, la « femme pratique » avait envoyé balader sa prudence, ses principes d'économie et un mois entier de salaire.

Deborah se planta devant le miroir et s'inspecta d'un œil critique. Mais impossible de regretter les sommes colossales investies : la robe semblait avoir été dessinée tout spécialement à son intention. Elle enfilait ses escarpins lorsque Gage sonna à la porte. Une telle intensité de désir étincela dans ses yeux lorsqu'il la vit qu'elle ne put s'empêcher de sourire. Elle tournoya devant lui pour lui soumettre sa tenue.

— Alors ?

Gage semblait avoir du mal à respirer.

— Je me félicite de ne pas t'avoir laissé plus de temps pour te préparer.

— Pourquoi ?

— Parce que si tu avais été plus belle que ça encore, je n'aurais pas pu résister.

Elle se mit à rire.

— Montre.

Presque timidement, Gage posa les mains sur ses épaules nues et l'attira à lui pour l'embrasser. Au deuxième baiser, cependant, il avait surmonté son appréhension. Sa bouche se fit insistante, ses caresses fiévreuses. Du bout du pied, il entreprit de refermer la porte derrière lui.

— Ah non ! protesta-t-elle, à demi chavirée de plaisir mais ferme dans ses résolutions. Vu ce que j'ai payé pour cette robe, je tiens à l'exhiber en public.

— Toujours la femme pratique, chuchota Gage en cueillant un nouveau baiser sur ses lèvres. On pourrait arriver un peu en retard, non ?

Elle lui sourit.

— Nous partirons *très* en avance.

Lorsqu'elle pénétra dans le Parkside au bras de Gage, la salle de bal était déjà bondée. Tout ce que la ville comportait de riche et de célèbre se trouvait rassemblé en ce lieu : des politiques, des hommes d'affaires, un gros éditeur, une chanteuse d'opéra, quelques acteurs à la mode.

— Ce sont tes compagnons de soirée habituels, Gage ? lui demanda-t-elle en souriant.

Il fit tinter son verre contre le sien.

— J'ai là des relations, des connaissances. Et très peu d'amis.

— Mmm... C'est bien Tarrington que je vois près du buffet ? Notre nouveau candidat a une allure plutôt sympathique. Tu crois qu'il a ses chances ?

— Son programme n'est pas inintéressant, commenta Gage. Mais il va avoir du mal à attirer les votes des plus de quarante ans.

Arlo Stuart, qui dirigeait une chaîne d'hôtels célèbres, s'avança jusqu'à leur table et posa une main amicale sur l'épaule de Gage. C'était un bel homme au teint hâlé, avec des yeux verts très clairs, une belle masse de cheveux blancs. Gage lui serra la main.

— Bonsoir, Arlo. Je suis ravi que vous ayez pu vous libérer.

— Oh, je n'aurais pas voulu manquer un bal d'été au Parkside. C'est magnifique ce que vous avez fait ici, au fait. Je n'étais pas revenu depuis que vous aviez entamé les travaux de rénovation.

Ce qui voudrait signifier que le Parkside appartenait à Gage ? Vaguement déconcertée, Deborah leva les yeux vers les immenses lustres en cristal qui pendaient du plafond. Comme il semblait être propriétaire de la plupart des immeubles de la ville, elle aurait dû se douter que ce palace ne ferait pas exception !

— Vous êtes, ma foi, en ravissante compagnie, Guthrie, déclara Arlo en se tournant vers elle.

Comme Gage les présentait l'un à l'autre, Arlo serra pensivement sa main dans la sienne.

— Voyons, O'Roarke... O'Roarke... Ah, notre fameuse femme de loi ! Le substitut du procureur qui a mis fin à la carrière du proxénète Slagerman. Je vous ai vue en photo dans les journaux, mais elles ne donnent qu'une pâle idée de votre beauté.

— Vous me flattez, monsieur Stuart.

— Vous m'accorderez une danse tout à l'heure, j'espère ? Je

compte sur vous pour me raconter tout ce que vous savez au sujet de votre ami Némésis.

Deborah tressaillit imperceptiblement, mais elle réussit à soutenir son regard.

— Je crains de ne pas avoir grand-chose de passionnant à vous apprendre, monsieur Stuart.

— Ce n'est pas ce qu'affirme notre ami Wisner, protesta Arlo sans se résoudre à lâcher sa main. Mais il faut dire que ce journaliste est un parfait imbécile. Où donc êtes-vous allé dénicher notre charmante M^c O'Roarke, Gage? Je ne dois pas fréquenter les endroits qu'il faut.

— Détrompez-vous, Arlo, répondit Gage d'un air amusé. J'ai connu Deborah chez vous, à la soirée électorale que vous aviez organisée pour soutenir Tucker.

Stuart partit d'un grand rire.

— Eh bien! La prochaine fois, je m'occuperai plus attentivement de mes invitées au lieu de perdre mon temps à traquer les électeurs pour ce vieux Fields.

Arlo Stuart s'éloigna, non sans avoir rappelé à Deborah qu'elle lui devait une danse.

— Il est toujours aussi exubérant? s'enquit-elle en faisant jouer ses articulations malmenées. J'aime bien les franches poignées de main, mais à ce point...

Gage porta ses doigts à ses lèvres.

— Il est toujours comme ça, oui. Tu n'as rien de cassé, au moins?

— Je ne crois pas.

Laissant sa main dans celle de Gage, elle regarda autour d'elle : la fontaine, les palmiers nains en pots, les fresques au plafond, la grâce italienne du décor.

— Ainsi, il est à toi, cet hôtel?

— Oui. Il te plaît?

— Il y a pire.

Gage éclata de rire et la regarda dans les yeux. Troublée, Deborah s'éclaircit la voix.

— Si je comprends bien, c'est toi qui reçois tout ce beau monde. Tu ne devrais pas aller bavarder avec les uns et les autres?

— Bavarder avec toi me suffit.

— Gage ! Si tu continues à me regarder comme ça...
— Oui ?

Elle poussa un bref soupir tremblant.

— Je crois que je vais aller me remaquiller.

Le maire la harponna avant qu'elle ait fini de traverser la salle.

— J'aimerais vous parler quelques instants, Deborah.

— Mais naturellement.

Avec un sourire artificiel aux lèvres, Tucker Fields la guida d'une main ferme hors du salon principal.

— Nous serons plus tranquilles dans le fumoir.

Regardant derrière elle, Deborah nota que Jerry venait dans leur direction. Mais le maire lui fit signe de les laisser tranquilles. Jerry hocha la tête, lui jeta un bref regard désolé, et se fondit de nouveau dans la foule.

— J'ai été surpris de vous voir ici, commenta Tucker Fields. Ce qui est idiot, d'ailleurs, puisqu'on voit régulièrement votre nom accolé à celui de Guthrie dans la presse.

— M'avez-vous attirée jusqu'ici pour me parler de ma vie privée, monsieur Fields ? s'enquit Deborah froidement.

— Votre vie privée ne m'intéresse que dans la mesure où elle affecte votre vie professionnelle. J'ai été contrarié et déçu d'apprendre que vous aviez poursuivi vos investigations alors que j'avais expressément émis le souhait que vous y renonciez.

— Ce souhait était-il le vôtre, monsieur Fields ? Ou celui de Gage Guthrie ?

Le regard bleu du maire étincela de colère.

— Il se trouve qu'en l'occurrence, mon avis rejoignait celui de Gage. Je vais être franc avec vous, Deborah : je ne suis pas satisfait du tout de vos prestations. Vous avez commis des imprudences impardonnables.

— Monsieur Fields, c'est en plein accord avec mon supérieur que je continue à instruire ce dossier. J'ai pour principe de toujours aller jusqu'au bout de ce que je fais et je m'engage à investir mon temps et mon énergie sans compter pour avancer dans mes recherches. Comme nous sommes censés lutter pour la même cause, vous et moi, je pense que vous aurez plaisir à constater que les services du procureur de district mettent tout en œuvre pour que Montega et son chef soient enfin arrêtés et jugés.

Voyant le maire devenir écarlate, elle comprit qu'elle avait poussé l'insolence un peu loin. Il lui brandit son index sous le nez.

— Je sais pour quelle cause je lutte et je n'ai certainement pas de leçon à recevoir de vous dans ce domaine, O'Roarke. Un dernier conseil : faites attention à qui vous vous adressez. J'administre cette ville depuis quinze ans. Alors que les jeunes procureurs adjoints trop zélés, croyez-moi, on en trouve à la pelle.

— Dois-je comprendre que vous allez tenter d'obtenir mon renvoi ?

Tucker Fields fit un visible effort sur lui-même pour recouvrer son calme.

— Prenez-le comme un avertissement. J'admire votre talent et votre enthousiasme, Deborah. Mais vous n'avez pas encore l'expérience nécessaire pour enquêter sur une affaire comme celle-ci.

— Mitchell m'a accordé deux semaines, objecta-t-elle, refusant de céder d'un pouce.

Bien que son regard fût encore noir de colère, Fields posa une main paternelle sur son bras.

— Je sais. Amusez-vous bien ce soir, mon petit. Le buffet promet d'être excellent.

Le maire s'éloigna à grands pas, la laissant en proie à une rage folle. Serrant les poings, Deborah poursuivit jusqu'aux toilettes au pas de charge. Passant sous deux immenses ficus, elle posa sa pochette de soirée sur un plan en marbre et se laissa tomber dans un fauteuil.

Ainsi le maire était déçu, contrarié. D'une main tremblante, elle fourragea dans son sac pour en sortir son rouge à lèvres. En vérité, Tucker Fields était tout simplement furieux parce qu'elle avait osé se rebiffer. Comme s'il n'y avait qu'une méthode pour faire avancer ses investigations, une seule voie toute tracée pour accéder à la vérité !

Se penchant vers le miroir, Deborah scruta son reflet avec étonnement. Etait-ce bien elle qui venait de former un pareil raisonnement ? Jamais elle n'aurait soutenu pareille théorie trois semaines auparavant. N'avait-elle pas toujours été persuadée, elle aussi, qu'il n'existait qu'une seule voie, qu'une seule méthode ?

Troublée, elle appuya sa joue contre sa paume. Pourquoi sa

façon de voir avait-elle soudain changé ? Ses sentiments pour Gage affecteraient-ils son éthique professionnelle ? Effarée, elle secoua la tête. Pour la première fois, depuis qu'elle avait pris ses fonctions à Denver, elle doutait du chemin à suivre. Pouvait-elle prétendre continuer à représenter le ministère public si elle n'était plus capable de se situer clairement sur le plan déontologique ?

Un profond soupir mourut sur ses lèvres. Le moment était venu de procéder à un examen de conscience rigoureux. Examen au terme duquel elle serait peut-être amenée à renoncer définitivement au dossier Mendez.

Au moment précis où elle prenait cette résolution difficile, le noir total se fit autour d'elle.

9.

La main crispée sur son sac, Deborah se leva et chercha son chemin à tâtons.

— Eh bien! Il faut le faire! Assister au bal le plus chic de l'année et se retrouver bêtement dans le noir pour cause de panne de fusibles!

A supposer, évidemment, que les fusibles soient bel et bien en cause...

Deborah avait beau essayer de se raccrocher à cette hypothèse rassurante, son cœur n'en battait pas moins à un rythme accéléré. L'obscurité était si totale qu'elle se sentait seule, oppressée et passablement vulnérable. La porte s'entrouvrit, laissant passer un faible rai de lumière. Il y eut un son léger, comme un glissement, puis de nouveau, l'obscurité se fit.

— J'ai un message pour vous, beauté.

Deborah se figea. La voix était masculine, mais haut perchée et entrecoupée de petits rires nerveux.

— Ne vous inquiétez pas, je ne vous ferai aucun mal. Montega vous veut pour lui seul et il me tordrait le cou si je lui livrais la marchandise déjà abîmée.

Glacée de terreur, Deborah retenait son souffle. « Si je ne le vois pas, il ne peut pas me voir, lui non plus », se dit-elle, luttant pour recouvrer son calme.

— Qui êtes-vous?

L'homme fit de nouveau entendre son petit rire aigu.

— Moi? Vous avez dû entendre parler de ma personne par ce pauvre type... Parino. Vous me cherchiez, je crois, mais je suis difficile à trouver. C'est pour ça qu'on m'appelle Mouse, la souris. Je peux me glisser n'importe où.

La voix se rapprochait peu à peu, même si Deborah ne percevait aucun mouvement, aucun bruit de pas.

— Vous devez être très doué, Mouse.

Sitôt ces quelques mots prononcés, elle prit soin de se décaler sur le côté.

— Je suis le meilleur. Montega me charge de vous rappeler qu'il compte bien poursuivre votre petite conversation malencontreusement interrompue. Il tient à ce que vous sachiez également qu'il garde un œil sur vous. Et sur votre famille.

Le sang se figea dans ses veines.

— Ma famille ? balbutia-t-elle. Comment ça, ma famille ?

— Montega a des amis partout à Denver.

Mouse était si près, à présent, que Deborah percevait son odeur. Mais elle ne bougea pas d'un pouce.

— Si vous coopérez, votre sœur et sa famille dormiront tranquilles cette nuit. Mais dans le cas contraire... Vous voyez ce que je veux dire ?

Sans un bruit, Deborah glissa la main dans son sac. Ses doigts se refermèrent sur le métal glacé.

— Oui, je vois ce que vous voulez dire.

Tirant l'arme de la pochette, elle visa en direction de la voix. Avec un hurlement, Mouse se rejeta en arrière et renversa un des fauteuils qui tomba sur le carrelage avec fracas. Deborah se mit à courir dans le noir, heurtant un mur de plein fouet, puis un autre avant de localiser la porte. Derrière elle, Mouse pleurait et jurait bruyamment.

— Oh, mon Dieu, non ! cria-t-elle, prise de panique lorsqu'elle découvrit que la porte était fermée à clé.

— Deborah ? Ecarte-toi.

La voix de Gage... Elle fit un pas en arrière en vacillant. Il y eut un choc sourd, puis la porte s'ouvrit. Avec un sanglot de joie, elle s'élança en direction de la lumière et tomba droit dans les bras de son amant.

— Deb... Que s'est-il passé ? Tu n'as rien ?

Ses mains couraient sur son corps, la palpaient doucement pour s'assurer qu'elle était indemne. Elle enfouit son visage dans son cou, sans se soucier de la foule qui se pressait autour d'eux.

— Il est resté là-dedans, chuchota-t-elle.

Gage voulut se dégager, mais elle se raccrocha à lui de toutes ses forces.

— Non, ne me laisse pas.

Les mâchoires crispées, il fit signe à deux agents de sécurité d'intervenir.

— Il a essayé de te tuer, Deborah ? s'enquit-il d'une voix dure.

Voyant son expression meurtrière, elle resserra encore son étreinte.

— Non. Il ne m'a rien fait du tout, Gage. Il ne m'a même pas touchée. Je crois qu'il voulait simplement m'effrayer.

Ses bras se crispèrent autour d'elle.

— Bon sang, mais comment est-ce possible ? Comment ont-ils réussi à s'introduire ici ?

Les deux gardes ressortirent, flanquant Mouse trébuchant et en larmes, le visage enfoui dans les mains. Deborah nota que le petit homme portait un uniforme de serveur.

Effrayée par le regard que Gage posait sur lui, elle s'efforça de le rassurer.

— Je t'assure qu'il est bien plus amoché que moi. Je me suis servie de ce truc-là, expliqua-t-elle en sortant une bombe lacrymogène de son sac. Depuis ma petite mésaventure avec le toxicomane, j'avais décidé de m'équiper.

Gage secoua la tête.

— Tu es incroyable, murmura-t-il en l'embrassant.

Le visage crispé par l'anxiété, Jerry se fraya un chemin jusqu'à eux.

— Deborah... ça va ?

— Mieux qu'il y a une minute, oui. La police a été prévenue ?

— Je viens de m'en charger. Ce serait peut-être bien de l'emmener ailleurs, suggéra Jerry d'un air préoccupé en se tournant vers Gage.

Deborah haussa les épaules et déclara qu'elle ne s'était jamais mieux portée de sa vie. Elle tenta de rassurer d'un sourire tous les visages inquiets regroupés autour d'elle :

— Avant d'aller faire ma déclaration à la police, j'aimerais passer un coup de fil.

— Je peux m'en charger, si tu veux, proposa Jerry en lui tapotant amicalement la main.

— Je te remercie, mais c'est personnel. En revanche, si tu veux me rendre un service, Jerry, arrange-toi pour que Fields me laisse en paix au moins jusqu'à demain. Je le vois qui arrive et je sens que je vais encore avoir droit à un sermon.

Jerry lui décocha un clin d'œil.

— Ne t'inquiète pas. Je m'en occupe. Prenez soin d'elle, Guthrie.

— Telle est bien mon intention.

Tout en la soutenant d'un bras ferme, Gage l'entraîna dans l'ascenseur.

— J'ai un bureau au cinquième étage dans lequel tu pourras téléphoner tranquillement. Mais raconte-moi d'abord ce qui s'est passé.

La tête abandonnée contre son épaule, elle se pelotonna contre lui dans la cabine.

— Finalement, je n'ai pas eu le temps de me remaquiller comme prévu. Pour commencer, Fields m'a interceptée au passage et il m'a remonté vigoureusement les bretelles.

L'ascenseur s'immobilisa. Deborah dut faire un effort sur elle-même pour se dégager des bras de Gage et poursuivre son chemin toute seule.

— Quand j'ai enfin réussi à atteindre les toilettes, les lumières se sont éteintes et Mouse s'est glissé à l'intérieur, poursuivit-elle pendant que Gage ouvrait la porte de son bureau. Il était venu me transmettre un message de la part de Montega.

Gage serra instinctivement les poings comme chaque fois qu'on prononçait ce nom.

— Assieds-toi, Deborah, et prends le téléphone. Je vais te servir un remontant.

Plongé dans ses pensées, Gage se dirigea vers le bar et sortit deux verres ballons ainsi que la carafe en cristal qui contenait son meilleur whisky. Deborah s'était retrouvée seule dans les toilettes et en position de vulnérabilité extrême. Si Montega avait réussi à se faufiler là à la place de son messager, il aurait pu la tuer.

Sa main se crispa sur la carafe et il ferma un instant les yeux. L'idée qu'il aurait pu la perdre était insupportable.

Il versa du whisky dans chaque verre et se retourna vers Deborah. Pâle, les yeux cernés, elle était assise très droite. Une main serrait le combiné et l'autre jouait nerveusement avec le fil du téléphone. Son débit était nerveux, précipité. Il comprit qu'elle parlait à son beau-frère en percevant des bribes de la conversation.

— Promets-moi de m'appeler tous les jours, Boyd, disait-elle. Et n'oublie pas de prévoir une surveillance à Radio KHIP. Oui, je sais, je sais. Tu n'as pas été nommé commissaire pour rien... Non, ne t'inquiète pas pour moi. Je me porte comme un charme. Et je te promets d'être prudente. Je vous aime tous.

Le regard fixe, Deborah reposa le combiné. Sans rien dire, Gage posa le verre rempli de liquide ambré devant elle. Elle le contempla un instant, puis elle prit une profonde inspiration et le porta à ses lèvres.

— Merci, Gage.

— Ton beau-frère est un flic hors pair. Tu peux lui faire confiance.

Deborah hocha la tête.

— Il y a des années, il a sauvé la vie de Cilla. C'est à cette occasion qu'ils se sont connus, d'ailleurs.

Elle leva vers lui des yeux noyés de larmes.

— J'ai peur, Gage. Cilla, son mari, c'est tout ce qui me reste au monde. Et s'il leur arrive quoi que ce soit à cause de moi...

Elle s'interrompit, sourcils froncés, et secoua la tête, comme si elle s'interdisait de penser à l'impensable.

— Lorsque mes parents sont morts, je me suis dit qu'il ne pourrait plus jamais rien m'arriver de pire. Mais maintenant... Ma mère était inspecteur de la police judiciaire, tu le savais ?

Gage savait. Il connaissait toute son histoire jusque dans les moindres détails. Mais il prit la main de Deborah dans la sienne et la laissa parler.

— La police pour ma mère, c'était une vocation. La maternité, beaucoup moins, en revanche. Elle nous aimait sincèrement, mais elle n'avait aucune disposition domestique. Mon père, en tant qu'avocat, s'était placé par conviction idéologique au service des plus démunis. Il a toujours fait tout ce qu'il a pu pour maintenir l'illusion que nous formions une vraie famille. Mais ma mère et lui étaient trop différents.

Deborah prit une seconde gorgée de whisky et ferma les yeux. L'effet anesthésiant de l'alcool était une véritable bénédiction après le choc qu'avait provoqué le « message » de Mouse.

— Je me souviens que deux policiers en uniforme sont venus me chercher à l'école pour me ramener à la maison. Je crois que je me suis toujours douté qu'un jour, il arriverait quelque chose de terrible à ma mère. Mais lorsque j'ai appris que mon père était mort aussi…
— Je suis désolé, Deborah.
Elle hocha la tête.
— Un psychopathe les a descendus l'un et l'autre en salle d'interrogatoire. Il avait réussi, Dieu sait comment, à introduire une arme. Je crois que c'est ce qui a déterminé ma vocation. Mes parents se sont battus toute leur vie pour un idéal d'équité et de justice. En prenant la relève, j'ai le sentiment de redonner un sens à leur combat.

Gage prit sa main dans la sienne et la porta à ses lèvres.
— Deborah, quelle que soit la raison pour laquelle tu as choisi ton métier, tu l'exerces avec talent et courage. Je respecte ton intégrité et ta détermination.

Elle soupira.
— Je sens venir un « mais »…
— Je vais te demander encore une fois de renoncer à tes investigations et de me laisser le soin de les poursuivre. Une fois Montega et sa bande arrêtés, tu auras ton rôle à jouer au tribunal.

Elle se donna quelques instants pour réfléchir.
— Tu vois, Gage, après mon altercation avec le maire, je me suis demandé si, au fond, il n'avait pas raison, s'il ne valait pas mieux que je confie ce dossier à quelqu'un de plus expérimenté. A quelqu'un de moins impliqué, surtout. Mais ils ont menacé ma famille, Gage. Si je reculais maintenant, je ne pourrais jamais me le pardonner.

Avant qu'il puisse répondre, elle lui jeta un regard presque suppliant.
— Je suis opposée à tes méthodes par principe. Mais au fond de moi, je comprends et je respecte le sens de ton action. Tout ce que je te demande, c'est de faire de même de ton côté.

Comment aurait-il pu refuser ?
— Alors nous restons sur nos positions l'un et l'autre. C'est la trêve armée, en quelque sorte ?

Deborah se leva et lui tendit les deux mains.
— C'est la trêve tout court. Je vais passer au commissariat pour faire ma déposition. Tu m'accompagnes ?

Deborah demanda à voir Mouse, mais l'autorisation lui fut refusée. Elle décida de patienter jusqu'au lundi où elle aurait au moins accès aux procès-verbaux de police. Une chose était certaine en tout cas : toutes les mesures de sécurité avaient été prises et il paraissait peu probable que Mouse subisse le même sort que Parino.

Elle fit sa déclaration et dut patienter un bon moment avant de pouvoir la signer. Le commissariat était bondé et bruyant et les formalités interminables. En sortant, Deborah poussa un immense soupir de soulagement.

— Tu dois être épuisée, commenta Gage en lui effleurant la joue.

— Affamée, surtout, admit-elle en riant. Je n'ai rien avalé depuis ce matin.

— Je t'offre un hamburger ?

Séduite, elle noua les bras autour de son cou. Les plus belles choses de la vie pouvaient être si simples, au fond.

— C'est exactement ce dont je rêvais. Tu sais que tu es mon héros, Gage Guthrie ?

Après un dîner rapide dans une brasserie, ils remontèrent dans la limousine et Gage pria son chauffeur de les ramener chez lui. Lorsqu'ils pénétrèrent main dans la main dans la chambre à coucher de Gage, l'éclat de la lune inondait la pièce. Des bougies avaient été allumées de chaque côté du lit et le parfum des roses du jardin flottait dans l'air tiède.

— J'ai l'impression de vivre un rêve, chuchota-t-elle lorsque Gage mit un CD et que le chant pur des violons s'éleva dans la chambre.

Deborah constata avec étonnement qu'elle avait la gorge sèche et le cœur battant. Après leurs échanges passionnés de la nuit précédente, elle n'avait plus guère de raisons d'être intimidée, pourtant. Mais ce soir, tout paraissait différent. Peut-être parce que sa présence ici, dans cette chambre, constituait à elle seule un engagement ?

Une bouteille de champagne dans un seau en cristal rempli de glaçons les attendait sur un guéridon placé près d'une fenêtre.

— Tu as pensé à tout, murmura-t-elle, les jambes coupées.

— Je n'ai pensé qu'à toi.

Il se pencha pour poser un baiser sur son épaule avant de remplir deux coupes. Elle leva son verre en le regardant droit dans les yeux.

— Moi aussi, Gage. Quand tu m'as embrassée, là-haut sur le toit, la première fois que je suis venue chez toi, ça a été comme une révélation. Je n'avais encore jamais rien ressenti de pareil.

— J'ai failli te supplier de rester cette nuit-là, murmura-t-il en lui retirant ses boucles d'oreilles une à une. Et je me suis toujours demandé si tu aurais accepté.

— Je ne sais pas. J'aurais été tentée, en tout cas.

— Cela m'aurait peut-être suffi, chuchota Gage en s'attaquant à ses épingles à cheveux sans la quitter un instant des yeux.

— Tu trembles…

Les mains de Gage étaient si douces, son regard si amoureux.

— Je sais. C'est plus fort que moi, admit-elle.

Il lui ôta son verre des mains et le posa sur une console.

— Tu n'as pas peur de moi, au moins ?

— Seulement de l'effet que tu produis sur moi.

Le regard de Gage s'embrasa dangereusement, mais il lui effleura la tempe avec une infinie délicatesse.

— Gage…

Il laissa courir ses lèvres sur son front, ses joues, son menton. Partout, sauf là où elle les désirait le plus intensément.

— Embrasse-moi, finit-elle par supplier.

— Nous avons la nuit devant nous, non ? chuchota-t-il contre ses lèvres.

Gage était décidé à prendre tout son temps. La nuit précédente, ils s'étaient laissé déborder par une impatience ravageuse. Ce soir, il voulait lui montrer que son amour pouvait aussi être tendre.

— Hier nous nous sommes aimés dans le noir, murmura-t-il en déboutonnant sa robe dans le dos. Aujourd'hui, je ne veux pas te quitter des yeux un seul instant.

La robe bleue glissa, formant à ses pieds comme une flaque de lumière. Dessous, elle ne portait qu'un fin body en dentelle. Sa beauté le laissa interdit, presque hésitant.

— Tu sais que chaque fois que je te regarde, je retombe amoureux de toi ?

— Alors continue de me regarder, chuchota-t-elle en dénouant sa cravate. Tout le temps…

Ecartant les pans de sa chemise de smoking, elle se pencha pour lui lécher la peau avec une sensualité telle qu'il faillit oublier toutes ses résolutions et la faire basculer sous lui sur le lit.

— Et maintenant, embrasse-moi, ordonna-t-elle en renversant la tête en arrière.

Lorsque, enfin, il scella sa bouche avec la sienne, deux sons de gorge jumeaux s'élevèrent dans l'air soudain frémissant de tension. Elle fit glisser la veste de smoking de Gage sur ses épaules puis ses mains s'immobilisèrent, soudain privées de leurs forces lorsqu'il approfondit leur baiser.

Il la souleva dans ses bras comme si elle avait été un fragile objet de cristal et non pas une femme de chair et de sang. Le regard plongé dans le sien, il la porta jusqu'au lit et s'assit en la tenant sur ses genoux. Tout en l'embrassant, il suivait chaque changement qui se produisait en elle, nuance après nuance. En contraste avec son cœur qui battait avec violence sous ses doigts, le reste de son corps se faisait de plus en plus fondant, de plus en plus souple et fluide contre le sien. Gage s'émerveillait d'un abandon aussi absolu. Elle était entièrement livrée au plaisir, entièrement livrée à lui. Il aurait pu continuer à l'embrasser ainsi des journées entières en la maintenant dans cette transe légère qui se communiquait à lui.

Jamais Deborah n'avait connu des sensations d'une acuité aussi extrême. Comme si chaque récepteur au niveau de sa peau avait décuplé ses facultés à capter et à transmettre les stimuli les plus infimes. Elle sentait chaque effleurement tendre, le passage d'une paume, le glissement d'un doigt, la patiente exploration d'une bouche ô combien généreuse. Il lui semblait que son corps flottait, aussi léger que le parfum des roses embaumant l'air. Et paradoxalement, elle était devenue si pesante qu'elle aurait été incapable de soulever un bras.

Deborah frémit lorsque Gage se pencha sur sa poitrine et que sa langue glissa doucement sous la dentelle de son body pour venir taquiner la pointe de ses seins. Ses mains allaient et venaient avec un mouvement hypnotique, naviguant de ses chevilles à ses cuisses. Peu à peu, elles se risquèrent sur la peau nue au-dessus de ses bas, trouvèrent la douceur entre ses jambes.

A peine l'avait-il touchée qu'elle se tendit comme un arc, secouée par les spasmes rapides d'un premier pic de plaisir. Lorsqu'elle retomba, ce fut comme si elle se disolvait dans ses bras.

Elle leva vers lui un regard chaviré par le plaisir.

— Gage... A moi maintenant de...

— Tout à l'heure, murmura-t-il en l'allongeant sur le matelas.

Il se remplit les yeux de la vision qu'elle offrait, encore pantelante, les lèvres entrouvertes, son corps entier comme un silencieux message d'invite. Il commença par dégrafer un bas et le fit rouler lentement jusqu'à sa cheville. Lèvres ouvertes, sa bouche suivait de près le chemin de ses doigts. Deborah commença à se tordre, à gémir. Elle l'appelait de ses mains, de sa voix murmurante. Mais il choisit de répéter d'abord l'opération sur l'autre jambe pour remonter ensuite en léchant doucement le creux sous son genou avant de poursuivre sa route jusqu'à l'attache délicate de l'aine. Lorsque sa langue se glissa au secret frémissant de sa chair, elle se souleva en criant son nom et se raccrocha à lui dans un sanglot.

Sortant d'un coup de sa langueur, Deborah partit à sa conquête à son tour. Elle le renversa en arrière sur le lit, s'attaqua à sa chemise, sans hésiter à tirer et à déchirer tout ce qui faisait obstacle à ses mains. Repoussant le tissu en lambeaux, elle mordit, lécha, promena sur lui une bouche insatiable.

— Je te désire, chuchota-t-elle fiévreusement en s'acharnant sur sa ceinture. Oh, Gage, s'il te plaît... je te veux maintenant...

Il sentit un éclair passer devant ses yeux. Elle s'agrippait à lui, le dévorait de baisers si avides qu'il en oublia sa ferme résolution de garder jusqu'au bout un contrôle absolu sur lui-même. Ils se retrouvèrent à genoux, face à face, sur le lit déjà ravagé. Leurs regards comme aimantés étaient rivés l'un à l'autre ; leurs corps tremblaient. Des deux mains, il prit son body et le déchira de haut en bas. Puis il la saisit aux hanches et l'attira avec force contre lui.

Et ce fut une course éperdue, haletante, qui les mena ensemble jusqu'aux frontières de la conscience, aux confins de la sauvagerie, vers l'ultime fusion.

*

Deborah gisait inerte, un bras jeté sur son visage, l'autre pendant sans force du bord du lit. Elle se savait hors d'état de bouger, se suspectait de ne pouvoir prononcer un mot, se soupçonnait même d'avoir cessé de respirer. Et pourtant, lorsque Gage pressa ses lèvres contre son épaule, le désir la fit tressaillir de nouveau.

— Et moi qui voulais te faire l'amour tout en douceur, chuchota-t-il avec un soupçon de remords dans la voix en effleurant son body en lambeaux. J'ai échoué lamentablement.

Elle trouva la force de soulever une paupière.

— Ton cas n'est peut-être pas désespéré, Gage. Il suffit de recommencer jusqu'à ce que ça marche.

— Mmm... J'ai comme un pressentiment que ça va demander pas mal de temps et d'efforts. Et beaucoup, *beaucoup* de pratique, surtout.

— Exerce-toi autant qu'il le faudra, chuchota-t-elle en dessinant du bout d'un doigt le contour de sa bouche. Je t'aime, Gage. Pour l'instant, c'est ce qui semble primer sur tout le reste.

— Notre amour est la seule chose qui compte.

Il prit sa main dans la sienne et il lui sembla que ce simple geste les unissait plus sûrement encore que leurs étreintes échevelées n'avaient pu le faire.

— Avec ça, nous n'avons pas encore bu une seule goutte de champagne, observa Gage en se redressant. C'est à se demander où nous avons la tête.

Le laissant se lever pour récupérer leurs verres, Deborah retomba en arrière contre les oreillers et s'étira avec un soupir d'aise dans le désordre des draps. Captant le reflet de sa nudité insolente dans la psyché placée en face du lit, elle fit la moue.

— Et dire qu'étudiante, j'avais la réputation d'être une fille froide, appliquée et studieuse.

— L'école est finie! rétorqua Gage avec un léger rire en s'asseyant à côté d'elle pour faire tinter son verre contre le sien.

— C'est vrai. Mais même après, quand je suis entrée dans la vie active, ma réputation de sérieux m'a poursuivie.

— Mais j'y suis très attaché, moi, à ton côté bonne élève! J'aime bien t'imaginer dans une bibliothèque de droit, penchée sur de gros volumes poussiéreux, concentrée sur tes notes.

Deborah fit la grimace.

— Tu parles d'un fantasme!

Il se pencha pour lui planter les dents dans le menton.

— Je peux t'assurer que c'est un scénario très excitant pour moi, Deborah. Tu portes un de ces tailleurs stricts dont tu as la spécialité. Mais dans des couleurs très peu conventionnelles, comme toi seule sais les choisir. Tes bijoux restent discrets.

— Mmm… tu trouves ça érotique, toi?

— Mais sous ton tailleur, tu arbores des petits dessous archiféminins qui rendent un homme fou de désir. Et pendant que je t'écoute parler jurisprudence, je me dis qu'il faut retirer très exactement six épingles pour que ton chignon si convenable se défasse et que tes cheveux se déroulent sur tes épaules.

Touchée, elle se blottit contre lui, la tête sur son épaule.

— Je sais que je suis souvent trop sérieuse. Mais c'est seulement parce que j'ai besoin d'être à cent pour cent dans ce que je fais. Je me bats pour défendre un système dont je persiste à vouloir penser qu'il fonctionne. Et c'est peut-être le principal obstacle qui risque de se dresser entre nous, Gage.

— C'est un problème trop complexe pour que nous puissions le résoudre ce soir.

— Je sais, mais…

Posant un doigt sur ses lèvres, il lui imposa silence.

— Cette nuit, il n'y a de place que pour nous deux, Deborah.

Elle se mordilla la lèvre.

— Tu as raison. Entièrement raison. C'est encore mon côté rabat-joie qui refait surface.

— Ne t'inquiète pas pour cela. Je me fais fort de réveiller la fille ludique qui sommeille en toi, rétorqua Gage en levant son verre de champagne à la lumière.

Elle haussa les sourcils d'un air interrogateur.

— Tu as l'intention de me faire sombrer dans l'ivresse?

— Plus ou moins.

Les yeux de Gage pétillèrent.

— Je pourrais commencer par te montrer qu'il existe différentes façons de boire le champagne, par exemple ?

Inclinant la flûte au-dessus de ses seins, il laissa couler quelques gouttes. Puis il s'employa à ne rien laisser se perdre de la précieuse substance…

10.

Gage perdit toute notion du temps en regardant Deborah dormir. Les bougies consumées s'étaient éteintes une à une, ne laissant derrière elles qu'une légère empreinte olfactive. Même au plus profond de son sommeil, elle avait gardé sa main logée dans la sienne. L'obscurité se dissipa peu à peu et l'aube d'été se dessina, couleur de perle. Gage attendit que la claire lumière matinale vienne jouer sur les traits de l'endormie avant d'effleurer sa joue de ses lèvres. Mais il ne voulait pas la réveiller. Pas encore.

Il ne lui restait que peu de temps pour accomplir sa tâche. Et il ne s'agissait plus seulement pour lui de venger la mort d'un coéquipier. Un terrible sentiment d'urgence, désormais, le prenait à la gorge. Chaque jour qui passait sans apporter la clé de l'énigme était un jour de plus où la vie de Deborah était en danger. Et il n'avait plus qu'une idée fixe : mettre fin à la menace qui pesait sur elle.

Sans bruit, Gage se glissa hors du lit et s'habilla. Puis il se dirigea vers la cloison située à l'opposé du lit et actionna une commande. Un panneau de bois sculpté glissa silencieusement sur le côté. Gage pénétra dans le couloir obscur et laissa la porte dérobée se refermer derrière lui.

Ivre de sommeil, Deborah cligna des paupières. Avait-elle rêvé ou Gage venait-il réellement de s'engouffrer dans une espèce de passage secret ? Constatant qu'elle était seule dans le lit, elle se redressa en sursaut. Ce n'était ni un rêve ni une vision. Gage avait bel et bien quitté la chambre.

Ainsi le temps des secrets n'était pas révolu. Malgré la nuit d'amour vertigineuse qu'ils venaient de passer, il continuait à la tenir à l'écart de ses activités mystérieuses.

Repoussant les draps, elle demeura en arrêt devant le reflet que lui renvoyait la glace. La femme rompue d'amour qui lui faisait face dans le miroir n'était plus tout à fait la même que celle qui avait pénétré dans cette chambre la veille. Pas un centimètre de son corps sur lequel Gage n'eût apposé sa marque. Dans un sursaut de fierté, Deborah redressa la taille. La façon dont ils s'étaient aimés cette nuit avait pour elle valeur d'engagement. Et lui continuait à livrer son combat en solitaire alors même qu'ils se battaient contre un ennemi commun...

Résolue à aborder les problèmes de front, Deborah enfila un peignoir de Gage et se mit à la recherche du mécanisme commandant l'entrée du passage secret.

Même si elle l'avait repéré approximativement, il lui fallut dix bonnes minutes pour mettre le doigt dessus. Et deux minutes de plus pour comprendre son fonctionnement. Mais lorsque le panneau s'écarta enfin, sa satisfaction fut d'autant plus intense. Sans une hésitation, elle s'engagea dans le couloir obscur en maintenant une main contre le mur pour guider ses pas.

Aucune odeur de renfermé ne régnait dans le couloir souterrain que Gage utilisait manifestement de façon régulière. Quelques bifurcations se présentèrent, mais Deborah poursuivit à l'instinct, en optant chaque fois pour ce qui paraissait être l'artère principale. Au bout d'une vingtaine de mètres, une lumière diffuse vint éclairer le passage et elle put accélérer le pas. Son périple la conduisit jusqu'à un escalier très raide qu'elle descendit en se cramponnant à une rampe en fer. Parvenue en bas, Deborah se trouva confrontée à un premier vrai dilemme : creusés dans une arche, trois tunnels devant elle semblaient tous mener dans des directions différentes.

— Bon... Et maintenant, où es-tu passé, Gage ? Si je me perds dans ce labyrinthe, je risque de ne pas en ressortir avant longtemps.

Elle fit quelques pas dans le couloir de gauche puis rebroussa chemin. Alors qu'elle allait s'aventurer dans le passage central, le destin lui donna un coup de pouce : une musique s'éleva dans le lointain, en provenance du tunnel de droite. De nouveau, elle se retrouva dans le noir complet, progressant à tâtons dans le souterrain qui descendait en pente raide. L'air était plus frais, dans ces profondeurs. Le son de la musique augmenta progressivement et une lumière apparut enfin.

Le cœur battant, Deborah s'immobilisa à l'entrée d'une immense salle souterraine aux murs de pierre incurvés. Avec ses plafonds cintrés, la pièce ressemblait à une vaste cave, mais le lieu n'avait rien de primitif pour autant. Les équipements dont Gage disposait dans cet espace de travail confidentiel étaient ultramodernes. Ordinateurs, écrans de télévision, installation hi-fi, moniteurs, tout était dernier cri.

Entièrement vêtu de noir, Gage était assis devant un tableau lumineux et actionnait des commandes. Quelques lumières clignotèrent sur la carte topographique géante affichée en face de lui. Fascinée, Deborah le regarda procéder. Il avait l'air très grave, très concentré. Comme un homme investi d'une mission capitale.

Enfonçant les mains dans les poches du peignoir de Gage, elle s'avança en pleine lumière.

— Pas mal, dit-elle d'un ton détaché. Tu avais oublié de me montrer ces bricoles lors de ma visite guidée, l'autre fois.

— Deborah...

Gage se leva et fit un pas dans sa direction.

— J'avais espéré que tu dormirais une bonne partie de la matinée.

— Je n'en doute pas. Je te dérange en plein travail, apparemment. C'est intéressant, comme... refuge. Je suppose que nous sommes ici dans le domaine réservé de Némésis : c'est à la fois très secret et totalement spectaculaire.

Elle déambula le long de la rangée d'ordinateurs puis pivota vers lui en croisant les bras sur la poitrine.

— Une petite question, simplement : avec qui ai-je couché cette nuit ?

Sourcils froncés, il fit un pas dans sa direction.

— Je suis le même homme avec qui tu viens de partager ton lit, Deborah. Et j'avoue que je ne comprends pas très bien ta réaction.

— Ah vraiment ? Tu es l'homme qui m'a assuré qu'il m'aimait et qui a su me le démontrer de la manière la plus merveilleuse, la plus convaincante qui soit ? J'ai de la peine à croire que cet être-là ait pu partir en catimini, comme un voleur. Combien de temps comptais-tu continuer à me mentir, Gage ?

415

— Je ne t'ai pas menti. Je me suis levé ce matin pour poursuivre mes activités, c'est tout. Je pensais que la situation était claire.

— Claire ? Jamais je n'avais imaginé que tu travaillerais de ton côté en gardant jalousement tes informations pour toi !

Gage parut se transformer sous ses yeux. Hautain, distant, elle le sentit se refermer sur lui-même.

— Tu m'avais donné deux semaines.

— Je t'ai donné beaucoup plus que deux semaines ! Je t'ai donné mon corps, ma confiance, mon amour ! Sans rien garder en réserve !

Il voulut s'avancer pour la prendre dans ses bras, mais elle l'arrêta d'un geste.

— Non ! N'essaie pas de jouer sur mes sentiments, s'il te plaît. J'ai besoin de garder la tête claire.

Il haussa les épaules.

— Bon, très bien. De toute façon, ce n'est pas une question de sentiments mais de logique. C'est mon lieu de travail, ici. Tu n'as pas plus à intervenir dans mes recherches que je n'ai à jouer un rôle quelconque dans une salle d'audience.

— La comparaison n'a aucun sens, en l'occurrence ! Nous luttons contre un ennemi commun, Gage. Tu ne vois pas à quel point il est absurde d'œuvrer chacun de notre côté alors que nous pourrions avancer beaucoup plus vite en unissant nos efforts ?

De nouveau, elle le sentit se fermer.

— Je travaille seul. Toujours.

— C'est ce que je constate, oui, rétorqua-t-elle sans parvenir à dissimuler son amertume. Ton lit, oui, tu veux bien le partager avec moi. Mais pas le reste. Tu n'as pas confiance en moi.

— La confiance n'a rigoureusement rien à voir là-dedans !

— Ça a *tout* à voir, au contraire. S'il doit y avoir un monde de secrets entre nous, alors je considère qu'il n'y a pas d'amour, pas de réciprocité véritable.

Elle allait se détourner, mais il la retint par les épaules. Le regard de Gage étincelait lorsqu'il le plongea dans le sien.

— Il y a tout de même une différence entre mentir et garder certaines choses pour soi, bon sang ! L'ennemi auquel nous avons affaire est sans pitié. Ils ont déjà essayé de te tuer une fois, uniquement parce que tu avais obtenu quelques maigres informations de Parino. Si je refuse de te mêler à mes activités, c'est tout simplement parce que je ne veux pas prendre le risque de te perdre. Est-ce que tu peux le comprendre, ça au moins ?

Deborah secoua la tête.

— Et moi ? Tu crois que je ne prends pas le risque de te perdre ? Il est révolu, le temps où les femmes étaient des créatures à protéger, Gage. Je prends mes responsabilités et j'agis. Comme toi.

— Exact. Toi, tu instruis ton dossier et moi je poursuis mes recherches. Mais ne me demande pas de te communiquer des informations qui pourraient mettre tes jours en danger !

— En danger, je le suis déjà et nous le savons l'un et l'autre. Tu as prévu une cage bien confortable dans laquelle tu pourras m'enfermer chaque fois que tu auras le dos tourné ?

Voyant le visage de Gage s'assombrir, elle posa les mains sur ses avant-bras et poursuivit d'une voix radoucie :

— M'aimer, Gage, c'est m'accepter telle que je suis. Complètement. Pour moi, c'est une exigence élémentaire. Tu ne peux pas attendre de moi que je me transforme en patiente Pénélope qui…

— Je n'attends rien de la sorte !

— Vraiment ? Tu essayes pourtant de me tenir à l'écart depuis le début. Je voudrais faire ma vie avec toi, Gage. Avoir des enfants, une maison, une histoire. Mais si tu n'as que ton lit à m'offrir, je préfère m'en aller tout de suite plutôt que de nous engager sur une voie où nous ne pourrons qu'être malheureux l'un et l'autre.

Au bord des larmes, Deborah voulut se dégager, mais Gage resserra la pression de ses mains sur ses épaules. Le regard perdu dans le sien, elle assista, muette, au conflit qui faisait rage en lui. Elle sentit ses doigts se crisper, s'enfoncer presque cruellement dans sa chair.

— Non, ne pars pas, tu as gagné, trancha-t-il enfin d'une voix rauque. Je ne peux plus envisager ma vie sans toi. Je te confierai tout ce que je sais, mais il faut que tu me donnes ta parole : tu t'engages à venir vivre ici avec moi jusqu'à ce que tout soit terminé. Et l'information reste ici. Nous ne pouvons pas prendre le risque de la transmettre au procureur de district. Pas encore.

— Gage, je suis tenue de…

— Non. Là-dessus, je ne transigerai pas. Je suis prêt à te donner beaucoup, mais c'est une limite que je ne franchirai pas.

Elle hocha la tête. Ce n'était que justice. S'il acceptait de revenir sur ses principes, elle pouvait mettre de l'eau dans son vin de son côté.

— C'est entendu. Ce que j'apprends ici, je le garde pour moi. Mais j'ai besoin que tu me dises vraiment tout, Gage, murmura-t-elle en levant vers lui un regard suppliant. Tout ce qui te concerne, tout ce qui a trait à cette mystérieuse seconde personnalité qu'incarne Némésis.

Gage se détourna. S'il devait tout lui donner, autant commencer par le plus difficile : lui-même. Un long silence s'étira entre eux qu'il fut le premier à rompre.

— Il y a quelque chose que tu ignores à mon sujet, Deborah. Il se peut que tu ne puisses pas accepter ce que je vais te révéler maintenant.

Elle parut à la fois peinée et inquiète.

— Tu as donc si peu confiance en moi ? murmura-t-elle.

Gage réprima un rire amer. Si elle savait comme la marque de confiance qu'il s'apprêtait à lui donner l'engageait tout entier !

— Tu as le droit de savoir qui je suis réellement. Mais jusqu'à présent je n'ai pas voulu te faire peur, chuchota-t-il en lui effleurant la joue.

Deborah se sentit soudain assaillie par une crainte presque irrationnelle.

— Tu m'effraies, Gage.

Sans un mot, il se dirigea vers le mur du fond. Puis il se retourna, les yeux rivés sur elle, et... disparut. Un cri étranglé monta de sa gorge et elle tomba plus qu'elle ne s'assit dans le fauteuil le plus proche.

Au même moment, Gage se matérialisa de nouveau, à quelques mètres de l'endroit où sa silhouette s'était soudain évanouie. Pendant une fraction de seconde, elle le vit comme en transparence puis il reprit son aspect ordinaire.

— Je ne savais pas que tu pratiquais la magie en amateur, balbutia-t-elle. C'est... très convaincant.

— Il n'y a pas de procédé magique là-dessous, Deborah.

La voyant pâle et les yeux écarquillés dans son fauteuil, Gage se rapprocha non sans appréhension. Aurait-elle un mouvement de recul ? Le repousserait-elle avec horreur ?

— Tu es vraiment équipé des gadgets les plus extraordinaires ici, poursuivit Deborah d'une voix mal assurée. Je ne sais pas comment tu t'y prends pour créer cette illusion optique mais...

— Il ne s'agit pas d'une illusion optique.

Lorsqu'il lui prit le bras, elle ne chercha pas à se dégager comme il l'avait redouté. Mais il sentit sa peau moite et glacée sous ses doigts.

— Tu as peur de moi, maintenant, n'est-ce pas ?

— Ne sois pas ridicule, protesta-t-elle en se levant. C'est un truc, de toute façon. Je ne vois pas d'autre explication.

Elle se tut lorsqu'il posa sa paume à plat sur le dossier du fauteuil à côté d'elle. Comme elle regardait, médusée, sa main disparut jusqu'au poignet.

— Oh, mon Dieu, Gage... Ce n'est pas humainement possible...

Terrifiée, Deborah tira sur son bras et faillit s'évanouir de soulagement lorsque sa main réapparut. Elle la prit entre ses doigts tremblants et étouffa un sanglot en découvrant qu'elle était aussi chaude, vivante et humaine qu'elle l'avait toujours été.

— Je suis désolé, murmura Gage. C'est sans doute un peu brutal comme méthode, mais j'ai pensé que c'était la façon la plus simple de te montrer quel être étrange je suis devenu.

Deborah porta les mains à ses tempes. Son esprit dérouté voulait se raccrocher à une explication logique mais elle n'en trouvait aucune. Elle songea au nombre de fois où elle avait vu Némésis se dissiper comme une ombre, apparaissant et disparaissant tour à tour.

Elle leva les yeux vers Gage. Le visage crispé par la tension, il attendait sa réaction. La gravité de son expression acheva de la convaincre : il avait réellement ce pouvoir incroyable de se rendre invisible à volonté.

— Comment... comment procèdes-tu ? s'enquit-elle, les jambes tremblantes.

— Je ne suis même pas certain de le savoir moi-même. C'est comme si la chimie même de mon être s'était modifiée pendant que j'étais dans le coma. Mais je ne m'en suis rendu compte que quelque temps plus tard. Tout à fait incidemment, d'ailleurs. Au début, ça m'a terrifié. Mais j'ai appris à me servir de ce pouvoir en comprenant qu'il m'avait été accordé dans un but clairement défini.

— D'où Némésis…
— D'où Némésis, en effet.

Gage se passa la main dans les cheveux. Son regard se fit étrangement absent.

— Ce que je suis devenu, je ne puis le nier. Mais toi, Deborah, tu es libre de ton choix.

— Je ne comprends pas, murmura-t-elle.

— Lorsque tu es tombée amoureuse de moi, tu pensais avoir affaire à quelqu'un de normalement constitué.

Décontenancée, elle balbutia :

— Je ne te suis pas.

Sa fureur éclata si brusquement qu'elle ne parvint pas à réprimer un mouvement de recul :

— Je suis anormal, tu ne le vois donc pas ! Jamais je ne redeviendrai l'homme que j'étais avant de tomber dans le coma.

— Gage…

Il se dégagea lorsqu'elle voulut l'attirer dans ses bras.

— Laisse. Je ne veux pas de ta pitié.

— *Quelle* pitié ? riposta-t-elle vertement. Tu n'es ni malade ni handicapé, que je sache. Tout ce que je te reproche, c'est de ne m'avoir rien dit avant.

Les bras repliés sur la poitrine, elle se détourna.

— Et je sais pertinemment pourquoi tu as gardé le silence, Gage ! Tu pensais que je fuirais en courant, n'est-ce pas ? Tu n'as jamais songé un instant que je pourrais être capable de faire face ? Tu n'imagines même pas qu'aimer, c'est accepter l'autre tel qu'il est ?

A deux doigts de fondre en larmes, Deborah piqua un sprint jusqu'à la sortie de la cave. Gage la rattrapa juste avant l'entrée du passage. Elle eut beau se débattre comme un beau diable, il la maintint plaquée contre lui.

— Frappe-moi, si ça peut te soulager, mais ne pars pas, c'est tout ce que je te demande.

Immobilisée contre lui, Deborah jura vigoureusement.

— C'est ce que tu me soupçonnais de vouloir faire, n'est-ce pas ? Te quitter ?

— Oui.

Sur le point de riposter avec violence, elle déchiffra son regard et vit ce que dissimulait sa maîtrise apparente : la peur. Toute colère envolée, Deborah se dressa sur la pointe des pieds.

— Eh bien, tu te trompais, chuchota-t-elle, joignant ses lèvres aux siennes.

Gage la pressa avec force contre lui. Ce n'était pas de la pitié mais du désir qu'il buvait à ses lèvres. Très vite, elle se débarrassa du peignoir trop grand qu'elle avait drapé autour d'elle. Deborah ne se contentait pas de s'offrir. Elle posait une exigence : qu'il la prenne telle qu'elle était, qu'il accepte de se laisser prendre. Gagné par sa frénésie, il laissa courir ses mains sur elle. C'était une véritable folie qui les avait saisis l'un et l'autre. Mais une folie purificatrice qui dissipait ses derniers doutes.

Deborah ôta son T-shirt avec impatience.

— Fais-moi l'amour, Gage... Maintenant.

Sa voix, son regard, tout dans son attitude était défi. Elle avait déjà commencé à le dévêtir avant même qu'il ne s'allonge sur le sol en l'attirant sur lui.

C'était chaque fois une même faim, une même urgence qui les jetaient l'un vers l'autre. Mais une dimension supplémentaire se dessinait aujourd'hui. A leur désir, se mêlait désormais le sentiment profond d'un partage. D'une vulnérabilité mutuelle. Jamais il n'aurait imaginé pouvoir aimer comme il aimait en cet instant. Elle se dressa au-dessus de lui pour boire des yeux son corps, son regard, son visage.

— Laisse-moi te montrer comme je t'aime.

Agile, féline, sensuelle, Deborah glissait sur lui, l'enveloppait de ses baisers, tissait sur lui le réseau serré de ses caresses.

— Tu es mon miracle, chuchota-t-il. Le second à survenir dans ma vie.

Tendant les bras vers elle, il trouva l'amour et reçut le salut. Ils roulèrent, bras et jambes mêlés sur le sol dur. Puis Gage la souleva par les hanches pour la placer sur lui. Elle le prit avec lenteur, millimètre après millimètre. Lentement, comme une exquise torture, il sentit le tendre fourreau de sa chair se refermer sur lui. Un même plaisir les transperça l'un et l'autre. Leurs mains se trouvèrent, paumes jointes, doigts entrelacés, et ils restèrent ainsi unis, les yeux grands ouverts, liés par une communication silencieuse, jusqu'à ce qu'une dernière vague les soulève et les emporte.

Rompue, Deborah retomba sur lui, cueillant un ultime baiser avant d'enfouir ses lèvres contre son épaule. Jamais elle ne s'était sentie aussi belle et désirable que sous le regard que Gage avait maintenu rivé sur elle.

— Voilà. C'était ma façon de te montrer que tu ne te débarrasserais pas de moi de sitôt, chuchota-t-elle contre son cou.

— J'aime la manière dont tu t'exprimes, Deborah.

Gage laissa monter et descendre les mains le long de son dos souple qui semblait respirer de plaisir sous ses doigts. Elle était sienne. Comment avait-il pu en douter ne serait-ce qu'un instant ?

— Dois-je comprendre que je suis pardonné d'avoir douté de toi ?

— Pas nécessairement, déclara-t-elle en se plaçant en appui au-dessus de lui. Mais je suis certaine d'une chose : je veux tout ou rien de toi.

Il posa une main sur la sienne.

— S'agirait-il d'une demande en mariage en bonne et due forme, mademoiselle O'Roarke ?

Elle répondit sans une hésitation.

— C'en est une, oui.

— Et tu veux une réponse immédiate ?

Deborah plissa les yeux d'un air menaçant.

— Tout à fait. Et inutile d'espérer m'échapper en disparaissant. J'attendrais que tu resurgisses.

Elle lui effleura les lèvres puis se redressa pour récupérer son peignoir.

— On ne jouera pas les fiançailles à rallonge, décida-t-elle en l'enfilant. Dès que nous aurons bouclé ce dossier et que Boyd et Cilla seront libres, nous passons devant le maire.

Il réprima un sourire.

— Bien, madame.

— Et je veux des enfants tout de suite.

Il se mit à rire.

— Tu veux bien te taire une seconde, mon amour ? dit-il en prenant ses deux mains entre les siennes. Je t'aime, Deborah, et c'est mon vœu le plus cher de t'épouser et de passer ma vie à ton côté.

Fonder une famille avec toi a été mon rêve secret depuis le premier instant où j'ai posé les yeux sur toi, admit-il en portant ses doigts à ses lèvres… Mais je veux encore autre chose. Et sans tarder, ajouta-t-il en constatant que des larmes d'émotion montaient aux yeux de la jeune femme.

— Quoi ?

— Un petit déjeuner.

Avec un rire étranglé, elle jeta les bras autour de son cou.

— Et moi donc. Je suis affamée !

Ils bricolèrent un repas dans la cuisine, riant et se chamaillant comme n'importe quel couple d'amoureux ordinaire. Lorsque Frank entra, il s'immobilisa net à l'entrée de la pièce. Se ressaisissant très vite, il salua Deborah d'un signe de tête.

— Y a-t-il quelque chose que je puisse faire pour votre service, monsieur Guthrie ?

— Elle sait, Frank. Je lui ai tout dit.

Un large sourire fendit le visage de l'ex-pickpocket.

— Eh bien ! Il était temps.

Oubliant son attitude compassée, Frank s'attabla avec eux sans plus faire de manières et se beurra un toast.

— Je lui avais bien dit que vous ne prendriez pas la fuite s'il vous expliquait qu'il avait le don d'apparaître et de disparaître à volonté. Vous êtes une fille bien trop solide pour vous effaroucher de si peu.

— Vous m'avez cernée beaucoup plus vite que Gage, apparemment, commenta Deborah en riant.

Frank se rengorgea.

— Les gens, je les repère de loin et je les catalogue tout de suite, expliqua-t-il en se versant du café. Il valait mieux avoir l'œil, dans mon ancien métier. Et je n'étais pas mauvais, dans mon genre. Pas vrai, Gage ?

Les yeux de Gage pétillèrent.

— Tu étais excellent, en effet. Cela dit, je ne voudrais pas vous presser, mais Deborah va avoir besoin de récupérer quelques vêtements.

Elle fit la grimace en baissant les yeux vers son peignoir. Une robe de soirée, un body déchiré et une paire de bas représentaient ses seules autres possessions du moment.

— Connais-tu quelqu'un qui pourrait passer chez toi et rassembler quelques affaires ? demanda Gage en se tournant vers elle. Frank fera un saut à ton appartement dans la matinée pour les récupérer.

— Pas de problème. Ma voisine a un double des clés. Je vais lui passer un coup de fil, déclara Deborah en sautant sur ses pieds.

Une demi-heure plus tard, tout était réglé. Vêtue d'un jean trop grand serré à la taille par un cordon et d'une chemise blanche impeccable qui lui arrivait à mi-cuisse, Deborah rejoignit Gage dans sa salle de travail secrète.

En quelques mots, il lui expliqua sa façon de procéder.

— Je cherche à faire un schéma d'ensemble, expliqua-t-il en désignant les points lumineux sur la carte.

Elle examina l'écran.

— Tu pourrais me fournir une version imprimée de cette carte ? J'aimerais entrer ces données dans mon ordinateur au bureau pour voir si je trouve une corrélation quelconque.

Gage secoua la tête.

— Non, ce serait trop dangereux. Viens voir.

Il l'entraîna devant une autre console, tapa un code et ouvrit un fichier. Bouche bée, Deborah vit apparaître ses propres travaux à l'écran.

— Tu as réussi à infiltrer mon système informatique ? s'exclama-t-elle, effarée.

— Le problème, c'est que je ne suis peut-être pas le seul. Tu vois pourquoi il est vital qu'aucune information ne sorte d'ici ?

Décontenancée, Deborah prit place dans un fauteuil de bureau.

— Il y a quatre ans, nous ne disposions pas de la technologie nécessaire pour procéder à ce genre de recherche, poursuivit Gage. Et nous avons été obligés d'infiltrer physiquement l'organisation criminelle que nous avions pour mission de démanteler. Si tout a échoué à la dernière minute, c'est nécessairement qu'il y a eu fuite. Et la personne qui a transmis l'information à l'ennemi était au courant de l'opération dans ses moindres détails : Montega nous attendait et il savait que nous étions flics. D'autre part, nous n'étions pas venus sans renforts. Montega devait savoir exactement où chacun de nous était positionné. C'est ce qui lui a permis de repartir sans être inquiété.

— Tu crois qu'un des flics qui participaient à l'opération a pu se laisser corrompre ?

— C'est une possibilité. Mais ils étaient dix et triés sur le volet. Toutes les vérifications auxquelles j'ai procédé jusqu'à présent n'ont donné aucun résultat.

— Qui d'autre était au courant ?

— Mon commissaire, bien sûr. Le préfet de police. Le maire. Et peut-être d'autres encore. Je n'étais qu'un simple flic, à l'époque. On ne nous disait pas tout.

— Et une fois que tu auras trouvé ton « schéma d'ensemble », que feras-tu ?

— J'attends, j'observe, je prends en filature. Jusqu'à ce que l'un de ces truands me conduise au grand patron.

Deborah frissonna. Lorsque le moment serait venu, il lui faudrait déployer des trésors de persuasion pour convaincre Gage de s'en remettre à la police pour arrêter tout ce beau monde…

— Et si nous nous mettions au travail ? proposa-t-elle. J'aimerais continuer à rechercher ce fameux fil directeur.

— Comme tu voudras. Cet ordinateur est presque en tout point similaire à celui que tu utilises au bureau. Il y a juste…

— Comment le sais-tu ? l'interrompit-elle, sourcils froncés.

— Quoi ?

— Quel genre d'ordinateur j'utilise au bureau.

Avec un léger sourire, il se pencha pour l'embrasser.

— Je sais des milliers de choses sur toi.

Mal à l'aise, elle détourna la tête.

— Tu as fait des recherches à mon sujet, n'est-ce pas ?

— C'est vrai, je le reconnais. Par précaution, me disais-je. Mais en fait, parce que j'étais amoureux de toi. J'ai appris quantité de faits, de dates, de chiffres qui te concernent. Mais pas l'essentiel. Comme l'odeur de tes cheveux, par exemple. Et la manière dont tes yeux tournent à l'indigo lorsque tu te mets en colère… ou que tu as envie de moi.

Elle ne put s'empêcher de sourire.

— Si tu continues comme ça, tu vas réussir à te faire pardonner,

Gage Guthrie. De toute façon, je peux difficilement t'en vouloir alors que j'ai pris quelques renseignements sur toi de mon côté.

— Je sais.

Elle secoua la tête en riant et se mit au travail. Ils avaient à peine commencé, cependant, lorsqu'un téléphone sonna. Les yeux rivés sur son écran, Gage décrocha d'une main distraite.

— Gage ? C'est Frank. Je t'appelle de l'appartement de Deborah. Vous feriez mieux de rappliquer tout de suite.

11.

Le cœur battant, Deborah sortit de l'ascenseur et piqua un sprint sur le palier. Suite à l'appel de Frank, ils avaient sauté dans l'Aston Martin de Gage et traversé la ville en un temps record.

La porte de son appartement était restée ouverte. Immobile sur le seuil, Deborah découvrit une vision d'apocalypse : rideaux en lambeaux, tableaux lacérés, meubles brisés, bibelots en miettes. Elle poussa un cri en voyant Lily Greenbaum gisant sur ce qui restait de son canapé. Sa voisine était d'une pâleur de cendre.

— Oh, mon Dieu !

Courant parmi les débris éparpillés, Deborah alla s'agenouiller devant Mme Greenbaum et prit sa main glacée dans la sienne.

— Lily ?

Les paupières de sa voisine se soulevèrent et elle sourit faiblement.

— Deborah... C'est vous. Ils m'ont eue par surprise. Sinon, ces voyous auraient compris à qui ils avaient affaire !

Deborah leva la tête lorsque Frank sortit de la chambre à coucher, tenant un oreiller miraculeusement épargné.

— Vous avez appelé une ambulance ? s'enquit-elle d'une voix pressante.

— Je le lui ai proposé mais elle a refusé, expliqua le chauffeur en glissant le coussin sous la tête de la vieille dame.

Lily serra la main de Deborah dans la sienne.

— Je déteste les hôpitaux, chuchota-t-elle.

— Lily, s'il vous plaît. Je vais être malade d'inquiétude.

— Pff... Votre appartement est en plus mauvais état que moi.

— Les meubles, ça se remplace. Mais vous, non, chuchota Deborah en lui embrassant la main. Je vous en prie, Lily.

Mme Greenbaum soupira.

— Bon, c'est bien parce que c'est vous. Mais je ne veux pas qu'ils me gardent là-bas. S'ils essayent de me retenir, arrangez-vous pour me sortir de là, hein ? Je compte sur vous ?

— Je vous promets de faire l'impossible.

Deborah tourna la tête, mais Gage avait déjà la main sur le téléphone. Il fronça les sourcils.

— La ligne est coupée.

— Vous n'avez qu'à appeler de chez moi, murmura faiblement Mme Greenbaum. C'est juste en face.

Gage fit un signe à Frank qui sortit promptement sur le palier. Deborah voulut le rappeler mais Gage secoua la tête.

— Inutile. Frank n'a pas besoin de clés... Madame Greenbaum, êtes-vous en mesure de nous raconter ce qui est arrivé ? demanda-t-il en lui prenant la main.

Lily cligna des yeux.

— Vous êtes Gage Guthrie, n'est-ce pas ? L'homme au bouquet de roses... Deborah n'est pas seulement une très jolie fille. Elle a aussi un cœur en or.

Souriante en dépit de ses inquiétudes, Deborah s'accroupit à côté d'eux.

— Lily, inutile de multiplier les manœuvres de rapprochement. J'ai déjà demandé Gage en mariage et il a accepté !

Le regard de la vieille dame s'illumina.

— Ça par exemple. Voilà qui a été rondement mené ! Eh bien, je n'ai qu'un mot à vous dire : bravo ! La jeunesse a toujours tant de mal à se décider de nos jours.

— Madame Greenbaum..., insista Gage.

— Bon, d'accord, d'accord. J'étais dans la chambre à coucher en train de rassembler les affaires indiquées sur la liste... Cette jeune femme est vraiment très ordonnée, entre parenthèses, précisa-t-elle à l'intention de Gage.

Deborah le vit réprimer un sourire.

— Je suis soulagé de l'apprendre, madame Greenbaum.

— J'étais donc en train de sortir son tailleur-pantalon rayé lorsque

428

j'ai entendu du bruit. Je me suis retournée mais il était déjà trop tard. J'ai vu trente-six chandelles, puis plus rien du tout.

Atterrée, Deborah se pencha sur la main fripée de Lily pour dissimuler le mélange de colère, de tristesse et de remords qui faisait rage en elle. Comment ces gens avaient-ils pu pousser la cruauté jusqu'à brutaliser une personne âgée ?

— Je suis désolée, Lily, chuchota-t-elle.

— Hé, pourquoi cette mine désespérée ? Ce n'est pas la première fois que je me prends une bosse sur la tête !

Deborah soupira.

— Je savais que j'étais menacée. J'aurais pu prévoir qu'ils s'attaqueraient à moi de cette manière. Si seulement j'avais pris le temps de réfléchir cinq minutes avant de vous demander ce service !

La vieille dame pinça les lèvres.

— Si j'avais vu venir le type qui m'a fait ça, je lui aurais fait une prise de karaté. Je n'étais pas mauvaise dans le temps.

Lily leva les yeux et soupira en voyant entrer les brancardiers.

— Et voilà. C'est parti pour un tour. Priez pour moi, les enfants.

Lily Greenbaum opéra une sortie remarquée, houspillant les ambulanciers et distribuant ses ordres, telle une altesse royale hissée sur son palanquin doré. Gage se tourna vers Deborah en souriant.

— C'est une personnalité, ta voisine.

Elle se mordit la lèvre.

— Je ne me le pardonnerai jamais si elle devait ne plus...

— Ne t'inquiète pas. Son pouls était régulier et elle avait manifestement toute sa tête. Il n'y aura sans doute pas de séquelles.

Gage lui entoura les épaules et tourna vers Frank un regard interrogateur. Ce dernier se frotta le crâne.

— En arrivant, j'ai vu tout de suite que la porte avait été forcée et j'ai commencé par faire un tour avant de vous téléphoner. Et c'est là que je suis tombé sur Mme Greenbaum qui revenait à elle. Son premier réflexe a été de vouloir me casser la figure !

Gage contempla sombrement le séjour dévasté.

— Deborah, tu pourrais peut-être essayer de rassembler quelques affaires pendant que Frank et moi, nous prévenons la police ?

Le cœur lourd, elle passa dans sa chambre. Apercevant un fragment de photo, elle tomba à genoux dans la pièce dévastée. Rien n'avait été épargné, pas même les quelques clichés qu'elle avait conservés de sa famille. Gage pénétra dans la chambre sans un mot et vint s'accroupir à côté d'elle.

— Ils n'ont rien laissé, murmura-t-elle. Rien. Ce ne sont que des objets, mais cette photo de mes parents...

Sans parvenir à achever sa phrase, elle enfouit son visage au creux de son épaule.

Gage la serra dans ses bras, effrayé par la rage meurtrière qui se déchaînait en lui. Si Deborah était venue elle-même chercher ses affaires, les hommes de main de Montega auraient pu tomber sur elle. Au lieu des souvenirs et des bibelots, ç'aurait été son corps brisé qu'il aurait trouvé gisant sur le sol.

Deborah se dégagea doucement et releva la tête.

— S'ils croient me faire peur, ils se trompent. D'une façon ou d'une autre, je m'arrangerai pour les coincer. Mais pour cela, il faut nous remettre à nos investigations, Gage. Nous n'avons perdu que trop de temps.

Ils passèrent des heures dans la salle souterraine à procéder à de patientes vérifications, à faire défiler d'interminables fichiers. Absorbés chacun de son côté, ils travaillaient dans le plus profond silence. Mais les paroles avaient été inutiles. Tendus vers un même but, ils menaient ensemble un véritable combat contre la montre.

Car la matinée avait déjà été bien entamée. Il avait fallu attendre l'arrivée des policiers qui étaient venus inspecter l'appartement avec l'inévitable Wisner dans leur sillage. Deborah, une fois de plus, ferait les gros titres du lundi matin...

Lorsque le téléphone sonna, Deborah ne leva même pas la tête. Gage dut l'appeler par deux fois avant de l'arracher à la contemplation de son écran.

— Deb ? C'est pour toi... Jerry Bower.

Elle fronça les sourcils en lui prenant le combiné des mains.

— Jerry ? Comment as-tu réussi à me dénicher ici ?

— Bon sang, Deborah, mais je me suis fait un sang d'encre ! s'exclama son ami à l'autre bout du fil. J'ai essayé de te joindre toute la matinée pour prendre de tes nouvelles après l'agression dont tu as été victime hier soir. De guerre lasse, j'ai fini par faire un saut à ton appartement et je suis tombé sur un véritable cordon de policiers. Lorsque j'ai vu l'état des lieux...

— Je n'étais pas présente lorsque ça s'est passé, Jerry.

— Dieu merci. Car ce sont manifestement des fous furieux. Inutile de te préciser que le maire va vouloir taper du poing sur la table. Je me demande ce que je vais bien pouvoir lui raconter pour le calmer.

— Je crains que tu ne puisses pas grand-chose pour moi, en l'occurrence, mon pauvre Jerry, répondit-elle en se massant le front. Fais-lui juste remarquer en passant que si je parviens à clore un dossier aussi brûlant d'ici la semaine prochaine, cela lui vaudra un succès retentissant aux élections.

A l'autre bout du fil, Jerry hésita une fraction de seconde.

— Tu as peut-être raison. Je vais essayer de faire passer ce message. Mais promets-moi d'être prudente, O.K. ?

— Je le suis.

Lorsqu'elle raccrocha, Gage lui jeta un regard en coin.

— Et si je publiais une annonce dans le *World* afin de rendre nos fiançailles publiques ?

Elle cligna des paupières sans comprendre. Puis éclata de rire.

— Jerry ? Oh, non, sérieusement, Gage. Nous sommes amis, c'est tout.

— Mmm...

Avec un léger sourire, elle alla nouer les bras autour de sa taille.

— Il n'y a jamais rien eu entre Jerry et moi. Même pas l'ombre d'un gentil baiser mouillé. Et c'est justement de ce genre de baiser-là que j'aurais un besoin *urgent* à l'instant même...

— Si tu es très sage, je dois en avoir encore au moins un en réserve pour toi.

Joignant sa bouche à celle de Gage, elle sentit les tensions de la journée s'évanouir comme par miracle. Avec un soupir de bien-être, elle massa les muscles contractés de sa nuque et de son dos.

— Désolé d'interrompre cette scène romantique, claironna une voix derrière eux.

Ils se retournèrent et virent Frank entrer avec un plateau.

431

— J'ai pensé que si je ne vous apportais pas de quoi vous restaurer sur place, vous passeriez la journée entière sans manger.

Deborah se dégagea des bras de Gage et renifla.

— Mmm... qu'est-ce que c'est?

— Ma spécialité : le chili con carne. Avec ça et une Thermos de café, vous ne vous assoupirez pas de sitôt.

Deborah avança une chaise.

— Frank, vous êtes un homme comme je les aime. Voyons, maintenant, ce chili... Oups! C'est très précisément comme ça que je l'apprécie, s'exclama-t-elle, la bouche en feu.

Sous ce flot de compliments, Frank ne savait visiblement plus où se mettre.

— J'ai installé Lily dans la chambre bleue, annonça-t-il à Gage. Et le décor a eu l'air de lui plaire. Je l'ai laissée avec un bol de soupe et une cassette vidéo. Je vais retourner voir si tout se passe bien.

Lorsque le son des pas de Frank eut décru dans le passage, Deborah reposa sa fourchette pour plonger son regard dans celui de Gage.

— Tu as accueilli Lily Greenbaum ici?

Il haussa les épaules.

— Elle ne souhaitait pas rester à l'hôpital. Aux urgences, ils ont diagnostiqué une légère commotion cérébrale. Son état ne nécessite pas de soins particuliers. Il faut juste qu'elle se repose quelques jours.

— Alors tu lui as proposé de venir chez toi.

— Le médecin a recommandé qu'elle ne reste pas seule.

Deborah se pencha pour lui planter un baiser sur la joue.

— Je t'aime vraiment très fort, Gage Guthrie.

Lorsqu'ils se remirent à leurs claviers, après le café, Deborah ne put empêcher ses pensées de s'évader. Elle songea aux innombrables facettes que présentait la personnalité de Gage. Il était l'amant idéal, celui dont toute femme rêvait en secret. Passionné et arrogant, tendre et fidèle, fort et néanmoins capable de la plus exquise douceur.

Il était également doué de facultés étranges et surhumaines. Mais sur ce don très particulier, elle préférait ne pas s'attarder pour le moment. L'« aspect Némésis » de sa personne dépassait le cadre de ce qu'un esprit rationnel pouvait concevoir et intégrer.

Deborah pressa les doigts sur ses paupières puis se remit au travail avec une ardeur redoublée. Lorsque les chiffres devenaient un peu trop flous à l'écran, elle se resservait en café. Il lui restait une douzaine de noms à vérifier. Mais tout conduisait à penser qu'ils appartenaient, comme tous les autres, à des personnes décédées.

Plus elle avançait, plus il paraissait improbable que ses recherches aboutissent jamais à quelque résultat concret. Mais elle n'avait malheureusement pas d'autre piste pour l'instant. Pestant tout bas, elle ouvrait fenêtre après fenêtre, avec une patience méticuleuse dont elle s'étonnait elle-même. Jusqu'au moment où ses doigts se suspendirent au-dessus des touches. Plissant les yeux, elle revint en arrière, écran après écran.

— Tu peux venir par ici, Gage ? Je crois que j'ai trouvé quelque chose.

Gage tourna la tête. Il venait également de faire un prodigieux bond en avant de son côté. Mais il choisit de garder cette information pour lui.

— Regarde ce nombre, murmura Deborah lorsqu'il vint se pencher sur son épaule. Il réapparaît à plusieurs reprises.

— Neuf chiffres… Ça ressemble au numéro d'identification personnel que reçoit toute personne établie sur le territoire américain.

Il se dirigea à grands pas vers son ordinateur.

— Qu'est-ce que tu fais, Gage ?

— Je vais voir à qui il correspond.

Deborah soupira bruyamment. Gage n'avait pas fait preuve d'un grand enthousiasme devant sa trouvaille. Elle avait les yeux qui lui tombaient presque de la tête et il n'avait même pas émis le moindre petit compliment !

— Et comment comptes-tu procéder ? s'enquit-elle en se levant à son tour pour se placer derrière lui.

— En remontant à la source. Autrement dit, la direction générale des impôts.

Choquée, elle s'immobilisa net.

— Ne me dis pas que tu as percé aussi leur système de sécurité !

— Bien sûr que si, répondit-il distraitement, le regard rivé sur l'écran. Tiens, ça y est.

— Mais, Gage… C'est un délit gravissime !

— Sans doute, oui… Tu as un bon avocat à me recommander ?

Atterrée, Deborah se tordit les mains.

— Je ne plaisante pas, Gage.

— Je sais. Tu veux t'éclipser un moment pendant que je termine ?

Assaillie par une image de Lily Greenbaum gisant, livide, sur son canapé, Deborah posa la main sur son bras.

— Non, je reste, Gage. Dans la mesure où je suis au courant de ce que tu fais, je suis complice, de toute façon. Continue.

Il tapa les neuf chiffres, appuya sur la touche « Entrée » et attendit. Un nom apparut à l'écran.

— Oh, mon Dieu.

Ses doigts se crispèrent sur l'épaule de Gage. Lui-même semblait être devenu de pierre. Son corps était rigide, tendu, et c'était à peine s'il paraissait respirer.

— Tucker Fields… Le fils de chien !

Il se leva si brusquement qu'elle faillit tomber à la renverse. Terrifiée, elle se cramponna à lui, s'arc-boutant pour le retenir de force.

— Gage, non…

Elle vit un feu sombre luire dans son regard.

— Je vais le tuer.

Au bord de l'attaque de panique, Deborah ne respirait plus que par saccades. Si elle le laissait partir maintenant, il serait perdu pour elle à jamais.

— Et ça t'apportera quoi, au juste ? Jack ne reviendra pas à la vie pour autant. Et cela ne changera rien à ce qui t'est arrivé. Si tu tues Fields maintenant, un de ses lieutenants le remplacera et tout continuera comme avant. Il faut que nous poursuivions nos recherches pour faire la lumière — toute la lumière — sur cette organisation, Gage. Si Fields est effectivement responsable…

— *S'il* est responsable ?

— Nous ne disposons encore d'aucune preuve. Il s'agit maintenant d'établir les faits. De remonter les filières. D'assembler les éléments nécessaires au dossier.

Gage émit un rire amer.

— Tu ne pourras jamais rien contre un homme comme lui. Dès

le moment où tu commenceras tes investigations, il le saura. Et il s'arrangera pour étouffer l'affaire.

— Les recherches, tu les feras ici. Et pendant ce temps, au bureau, je brouillerai les pistes. Mais il faut d'abord que nous soyons sûrs de notre fait, Gage.

Il serra les poings.

— Il a essayé de t'éliminer. Tu ne comprends pas que ça a signé son arrêt de mort ?

— Gage... je suis ici, vivante, avec toi. C'est tout ce qui compte. Nous avons une piste, mais il s'agit maintenant de la creuser et de découvrir qui exactement est impliqué à part Fields lui-même.

Gage ferma les yeux. Elle avait raison. S'il tuait Tucker Fields maintenant, ses complices s'arrangeraient pour disparaître. Et l'organisation criminelle renaîtrait de ses cendres ailleurs.

— O.K., tu marques un point. Je m'apprêtais à commettre une grosse erreur. Désolé, Deborah. Je ne voulais pas t'effrayer.

Les jambes coupées, elle se laissa tomber dans un fauteuil.

— Pfff... Eh bien, le jour où tu *voudras* vraiment m'effrayer, préviens-moi. Car tu m'as infligé la peur de ma vie !

Elle lui saisit la main et pressa un baiser tremblant dans sa paume.

— Je n'ai jamais eu beaucoup d'affection pour Fields, mais je l'ai toujours respecté, poursuivit-elle pensivement. Toujours est-il qu'il a un pouvoir immense. Il lui est facile de placer ses hommes de main à des postes de contrôle. Imagine le nombre de flics, de juges, de fonctionnaires qui sont peut-être à sa solde ?

— Comme Bower par exemple ? s'enquit Gage en s'écartant de sa console.

— Jerry ?

Deborah soupira et se massa la nuque.

— Il est dévoué au maire corps et âme, c'est vrai. Et il est possible qu'il tolère quelques petits dessous-de-table et autres pots-de-vin ici et là. Mais il n'irait jamais jusqu'à cautionner une activité criminelle. Fields a eu l'intelligence de choisir un premier adjoint jeune et ambitieux avec une réputation irréprochable.

— Et Mitchell ?

Deborah secoua la tête.

— Non. Mitch est l'honnêteté incarnée. Et il n'a aucune affection pour Fields.

— Mmm… Notre prochaine étape consistera à prendre la liste de tous les adjoints de Fields et de vérifier leurs comptes en banque. Ensuite, nous…

Il s'interrompit, sourcils froncés.

— Tu as mal à la tête.

— Juste un début. Rien de bien sérieux.

Gage se leva et éteignit d'autorité son ordinateur.

— Tu as passé trop de temps les yeux fixés sur ton écran, décréta-t-il en glissant un bras autour de sa taille. Que dirais-tu d'une sieste et d'un bain chaud ?

Avec un léger soupir, Deborah abandonna sa tête contre son épaule tandis qu'il l'entraînait dans le passage.

— Ça me paraît divin.

— D'ailleurs je te dois toujours un massage des pieds, si tu veux bien me confier tes voûtes plantaires, à présent ?

Deborah sourit à cette évocation. Comment avait-elle pu s'inquiéter à ce point des autres femmes dans sa vie ? En arrivant dans la chambre, elle bâillait à se décrocher la mâchoire lorsque son regard tomba sur la montagne de cartons, de sacs et de paquets entassés sur le lit.

— Oh, mon Dieu ! De quoi s'agit-il, Gage ?

— Pour l'instant, tu possèdes pour seule garde-robe la chemise que tu as sur le dos. Comme j'ai pensé que cela pouvait difficilement te suffire, j'ai confié une liste à Frank.

— Frank ! Mais on est dimanche, pratiquement tous les magasins sont fermés… Ne me dis pas qu'il les a volés, au moins ?

Gage la prit dans ses bras en riant.

— Comment vais-je pouvoir partager ma vie avec une femme aussi scrupuleusement honnête ? Mais je te rassure tout de suite : Frank a définitivement tourné le dos à son ancien métier. Et il a tout rapporté d'Athena, comme tu peux le constater.

Athena était le grand magasin le plus élégant de la ville. Brusquement, la lumière se fit dans l'esprit de Deborah.

— Et tu en es propriétaire ?

— Gagné.

Décontenancée, Deborah contempla la pile sur le lit. A vue de nez, il y en avait pour une petite fortune.
— Tu n'aurais pas dû, murmura-t-elle, mal à l'aise.
— Je ne te vois pas arriver à ton bureau demain matin vêtue de mon jean et de ma chemise, observa Gage en dénouant le cordon à sa taille.
Lorsque le pantalon chuta à ses pieds, elle ne put s'empêcher de sourire.
— Je ne peux que louer ton initiative à caractère pratique, Gage Guthrie. Mais je me sens gênée que tu aies payé pour tous ces vêtements.
— Nous échelonnerons ta dette sur les soixante-dix années à venir.
Comme elle s'apprêtait à répondre, il lui prit le menton entre les doigts.
— Deborah, j'ai plus d'argent qu'il n'en faut à un seul homme. Tu acceptes de partager mes problèmes alors pourquoi pas aussi mes bonnes fortunes ?
— Je ne veux pas que tu penses que ton argent joue le moindre rôle dans les sentiments que j'éprouve pour toi.
Pendant quelques secondes, Gage l'examina en silence.
— Je n'aurais jamais cru que tu me sortirais un jour une réflexion aussi stupide.
Blessée, elle allait détourner la tête lorsqu'elle le vit sourire. Un grand calme se fit soudain en elle.
— Tu as raison, admit-elle en nouant les bras autour de son cou. Je t'aime *en dépit* du fait que tu es propriétaire d'hôtels, d'immeubles et de grands magasins. Et je brûle de curiosité de découvrir la garde-robe que vous m'avez inventée, Frank et toi.
Deborah prit une boîte au hasard. Sous le papier de soie, elle trouva une chemise de nuit arachnéenne en crêpe bleu pâle.
— Eh bien... Frank a des goûts pratiques. Mes collègues masculins vont me réserver un accueil enthousiaste si je mets ça pour aller au bureau demain matin.
Incapable de résister à la tentation, elle enfila la superbe pièce de lingerie qui glissa sur elle comme une caresse.

— Qu'est-ce que tu en penses ? demanda-t-elle en se tournant vers Gage.

Le regard brûlant de passion, il la prit dans ses bras.

— Ce que j'en pense ? Tout le bien possible, mon amour. Frank mérite une augmentation conséquente.

12.

Pendant trois jours, Gage et Deborah travaillèrent d'arrache-pied afin de monter un dossier solide contre Tucker Fields. Au bureau, en revanche, Deborah veillait à donner le change, explorant ostensiblement des pistes dont elle savait qu'elles ne mèneraient nulle part.

Chaque nuit, lorsqu'il la croyait endormie, Gage se glissait hors du lit, enfilait ses vêtements noirs et, redevenant Némésis, poursuivait ses mystérieuses activités nocturnes. Elle savait. Il savait qu'elle savait. Et pourtant, ils n'abordaient jamais le sujet. Seule dans la vaste chambre aux gracieuses dorures, elle passait des heures à tourner et à virer dans le lit, malade d'angoisse et torturée par sa conscience. C'était comme si un tabou pesait sur « l'autre personnalité » de Gage. Elle ne pouvait ni approuver ni condamner son action.

Assise à son bureau, dans les services du procureur de district, Deborah jeta un coup d'œil sur la copie du *World* ouverte devant elle. « Némésis met un terme à la carrière de l'Eventreur », proclamait un gros titre en première page. Etrangement, elle ne parvenait pas à se résoudre à lire l'article. Mais elle avait entendu parler du meurtrier en question : l'Eventreur avait déjà assassiné quatre personnes en l'espace de quelques jours à l'aide d'un couteau de chasse. Songeant aux traces de sang qu'elle avait trouvées dans la salle de bains le matin même, Deborah fut secouée d'un violent frisson.

Elle avait voulu se donner l'illusion qu'ils étaient des amoureux ordinaires. Mais pouvait-elle prétendre avoir une vie « normale » avec un homme qui chaque nuit devenait quelqu'un d'autre ?

— O'Roarke ! bougonna Mitch en jetant un dossier sur son bureau. Tu crois que l'Etat te paye grassement pour rêvasser devant ton ordinateur ?

Elle jeta un regard résigné sur le nouveau cas qui venait s'ajouter à la pile déjà démesurée de ses affaires en cours.

— Puis-je te signaler que je suis déjà en train de pulvériser le record du nombre de dossiers à instruire ? observa-t-elle sombrement.

— Et la criminalité dans cette fichue ville, tu crois qu'elle n'en bat pas des records ? Si tu veux avoir le temps de souffler, tâche de convaincre ton camarade Némésis de faire des heures supplémentaires. Il n'y a finalement que lui pour faire le ménage à Denver.

Surprise, Deborah leva la tête.

— Voilà qui ressemble à s'y méprendre à un compliment pour notre fantôme masqué ?

— Je n'approuve pas ses méthodes mais j'apprécie les résultats. Cet Eventreur avait déjà découpé quatre innocents en morceaux. Et il s'apprêtait à charcuter sa cinquième victime lorsque Némésis est intervenu. On peut difficilement se plaindre alors qu'il nous remet le coupable dûment ficelé et qu'il sauve la vie d'une gamine de dix-huit ans.

— Ce serait en effet un peu délicat de lui en faire reproche, acquiesça pensivement Deborah.

Mitch sortit un cigare et le roula entre ses doigts épais.

— Alors, et ce fameux dossier ? Il avance ?

Elle haussa les épaules.

— Il me reste une semaine.

Le procureur eut un sourire en coin.

— Tu es bougrement têtue, O'Roarke. Et j'aime ça.

— Enfin un compliment !

— Ne te rengorge pas trop pour autant. Le maire t'a toujours dans le collimateur et il a toutes les chances de remporter les prochaines élections.

— Le maire ne me fait pas peur.

Mitch leva les yeux au ciel.

— Bon, je me charge de Fields. Je veillerai à ce qu'il te laisse tranquille pendant le temps qui te reste. Mais tu me faciliterais *sacrément* la tâche, O'Roarke, si tu adoptais un profil bas au lieu d'alimenter les colonnes de notre ami Wisner avec tes innombrables hauts faits.

— Mille pardons, Mitch. Ça a été franchement stupide de ma part de m'être fait réduire mon appartement en charpie.

Sous son air perpétuellement bougon, le procureur de district parut presque contrit.

— O.K., désolé, je n'aurais pas dû dire ça. Mais si tu pouvais éviter de te faire remarquer pendant au moins une semaine…

— Je m'enchaînerai à mon bureau, c'est promis. Quant à Wisner, je lui casserais volontiers sa petite gueule de fouine, lâcha-t-elle entre ses dents serrées.

Mitch sourit.

— Ne crois pas que tu sois la seule… Tu as besoin d'une avance pour t'équiper, au fait, en attendant le versement de la compagnie d'assurances ?

— Merci, Mitch. Ça va aller, répondit-elle en tapotant sa pile de dossiers. D'ailleurs, que ferais-je d'un appartement avec le boulot dont tu me surcharges ?

Demeurée seule, Deborah ouvrit la chemise cartonnée que Mitch venait de poser sur son bureau, cligna des yeux et se prit la tête entre les mains. Ironie du sort, elle se voyait confier l'affaire de l'Eventreur. En sachant que son principal témoin était également son amant. Et la seule personne avec qui elle ne pouvait débattre du cas…

A 7 heures, Gage attendait Deborah dans un élégant restaurant français situé en bordure d'un petit parc luxuriant. Malgré son calme apparent, il était en proie à une tension intérieure grandissante. Il avait la certitude désormais qu'il n'était plus qu'à quelques encablures du dénouement final. Bientôt, le réseau serait démantelé et les coupables confondus. A charge ensuite pour lui d'expliquer à la femme qu'il aimait pourquoi il avait choisi de garder le silence et de faire cavalier seul une fois de plus…

Deborah serait en colère et se sentirait trahie. A juste titre, d'ailleurs. Mais il préférait affronter ses reproches, quitte même à essuyer un rejet définitif, plutôt que de la voir tomber sous les balles de Montega et consorts. Gage serra les poings. Ce qu'il faisait vivre à Deborah en ce moment était une torture pour elle. S'il l'avait pu, il aurait renoncé à son don, renoncé à Némésis. Renoncé à la vengeance même. Mais ce choix, hélas, il ne l'avait pas et ne l'aurait jamais plus.

De loin, il la vit entrer dans le restaurant, mince comme une liane et d'une beauté à couper le souffle dans un ensemble aux couleurs détonantes que Frank avait choisi pour elle.

— Désolée. Je pensais arriver avant mais…

Il ne lui laissa pas le temps de mentionner ce qui l'avait mise en retard. Debout, il l'attira dans ses bras et l'embrassa à corps perdu. Lorsqu'il détacha enfin ses lèvres des siennes, les regards envieux de la plupart des dîneurs étaient rivés sur leurs deux silhouettes enlacées.

Le souffle de Deborah s'était notablement accéléré.

— Eh bien… Je veillerai à arriver systématiquement en retard dorénavant, commenta-t-elle, les joues en feu, en se laissant tomber sur une chaise.

— J'imagine que tu as encore travaillé jusqu'à des heures impossibles ?

— Sur un nouveau dossier, oui… Celui de l'Eventreur.

Il soutint son regard sans rien dire.

— La déontologie voudrait que je le refuse, Gage. Mais quel motif puis-je donner ?

— Je ne vois pas en quoi la situation serait contraire à ton éthique professionnelle. Je l'ai arrêté et toi tu fais le travail d'investigation nécessaire pour qu'il soit jugé pour ses crimes. Nos tâches se complètent sans empiéter l'une sur l'autre.

Elle plia et déplia nerveusement sa serviette de table.

— Si au moins je parvenais à te définir, Gage… Parfois tu m'apparais comme un héros, parfois comme un hors-la-loi redoutable.

— La vérité est sans doute quelque part entre les deux, répondit-il à voix basse en lui prenant la main. Mais n'oublie jamais qu'avant tout, je suis l'homme qui t'aime.

— Je sais, mais…

Elle se tut lorsque le serveur arriva avec un seau à champagne. Deborah leva sa coupe et sourit.

— Ne me dis pas que ce restaurant t'appartient aussi ?

— Non. Tu aimerais que je l'achète ?

Elle secoua la tête en riant.

— Ça ira comme ça, merci. Pourquoi le champagne, au fait ? Nous fêtons quelque chose ?

— Oui. Un avenir commun, répondit-il en sortant un petit écrin de sa poche. C'est toi qui t'es chargée de la demande en mariage, mais j'ai pensé que je pouvais m'octroyer au moins ce privilège.

Gage la vit hésiter puis soulever lentement le couvercle tendu de velours. Pour la pierre, le choix s'était imposé de lui-même : un saphir somptueux que soulignait l'éclat pur des diamants.

— Elle est magnifique, Gage.

Il avait eu plaisir à choisir cette bague de fiançailles pour elle. Mais il n'avait pas escompté la réaction de peur qui se lisait clairement dans son regard. Ce fut comme si une main de glace se resserrait sur sa poitrine.

— Tu as changé d'avis à notre sujet, Deborah ?

Elle leva les yeux.

— Je suis sûre de mes sentiments pour toi. Mais j'ai peur. Peur qu'il t'arrive quelque chose, peur de ta personnalité nocturne. Peur qu'elle t'éloigne de moi, surtout.

— Si je cessais d'être ce que je suis, je mourrais, Deborah. Je ne peux pas te le prouver de façon rationnelle et logique, mais je le sens.

— Tu le crois.

— Je le sais.

Lentement, délibérément, Deborah posa sa main sur la sienne. Combien de fois déjà avait-elle vu dans son regard cet éclat secret, ce quelque chose de mystérieux qui faisait de lui une créature à certains égards surhumaine ? Elle ne pouvait — ni ne voulait — lui demander de changer ce qui était devenu l'essence même de son être.

— Je suis tombée amoureuse de toi par deux fois, Gage, déclara-t-elle en prenant la bague dans l'écrin pour la glisser à son doigt. Des deux aspects de toi. Avant de te rencontrer, je ne connaissais pas le doute. Je pensais que ma vie était toute tracée et que je finirais par épouser un homme très calme et très ordinaire. Mais je me trompais. Combattre pour la justice n'est pas la seule raison pour laquelle tu es revenu parmi les vivants, Gage. Tu es également revenu pour moi.

Le serveur revint juste au moment où il pressait un baiser dans sa paume. La main sur le cœur, « monsieur Henri » se répandit en félicitations enthousiastes. Deborah rit de bon cœur lorsqu'il se pencha pour lui faire démonstrativement un baisemain. Mais elle nota soudain que l'attention de Gage était ailleurs.

— Fields, précisa-t-il à mi-voix lorsqu'ils furent de nouveau seuls. Il vient de rentrer avec Arlo Stuart, quelques huiles et ton ami Bower.

Deborah jeta discrètement un coup d'œil derrière elle.

— Eh bien, la campagne bat son plein, apparemment. Il a réuni une jolie brochette de personnalités des affaires et du spectacle.

— Arlo Stuart nous a repérés, murmura Gage. Il arrive par ici.

Avec sa bonhomie habituelle, l'homme d'affaires vint taper dans le dos de Gage et bavarder avec eux quelques instants.

— Champagne, bougies... Voilà une façon bien plus intelligente de passer la soirée que de discuter politique. Hé là, mais c'est une bien jolie bague que vous avez au doigt, mademoiselle O'Roarke. Vous n'auriez pas par hasard une bonne nouvelle à nous annoncer, tous les deux?

Gage sourit avec une exquise politesse.

— Vous avez la primeur de la nouvelle, Arlo.

— Mes sincères félicitations, jeunes gens. Pour votre voyage de noces, vous serez les bienvenus dans n'importe lequel de mes hôtels. Je me sens un peu responsable de votre bonheur : c'est chez moi que vous vous êtes rencontrés, après tout! Et maintenant, je vous laisse vous regarder amoureusement dans les yeux et je me remets à la politique!

Deborah était placée de telle façon qu'elle ne pouvait distinguer la table du maire. Mais Gage vit la réaction de Jerry Bower lorsque Arlo Stuart rejoignit ses compagnons et leur transmit la nouvelle. Jerry sursauta violemment et tourna la tête dans leur direction. Ce fut tout juste si Gage ne l'entendit pas soupirer tandis qu'il fixait le dos tourné de Deborah.

Elle était d'une beauté si désarmante dans son sommeil comblé d'après l'amour...

Gage attendit un long moment à son côté pour s'assurer que Deborah dormirait d'une traite jusqu'au matin. Car cette nuit ne serait pas une nuit comme les autres. Il sentait la présence du danger, comme une vibration dans son sang. Plus que jamais, il avait besoin de la savoir en sécurité ici, où Frank veillait sur elle.

Gage se glissa hors du lit et s'habilla en silence, attentif au son calme de sa respiration. Tout en enfilant ses gants, il se dirigea vers sa commode et en sortit son P38. Le contact de la crosse dans sa paume lui parut aussi familier que s'il avait reposé son arme la veille. Et pourtant, il ne s'en était plus servi une seule fois depuis la nuit fatidique où sa vie avait basculé.

Penché sur Deborah endormie, il lui jura silencieusement qu'il reviendrait sain et sauf. Le sort ne pouvait lui réserver un second coup fatal. Cette nuit, enfin, après quatre années d'attente, il allait au-devant de la victoire.

Mais lorsqu'il capta son propre reflet dans le miroir, il ne vit rien qu'une ombre immatérielle. Et la prescience d'un danger terrible le saisit une nouvelle fois à la gorge.

Une heure après le départ de Gage, le téléphone sonna dans la chambre. Deborah, qui dormait à poings fermés, décrocha par réflexe.

— *Señorita?*

La voix de Montega chassa instantanément les dernières brumes de sommeil.

— Que me voulez-vous ? demanda-t-elle, glacée de terreur.

— Nous le tenons. Il est tombé la tête la première dans le piège.

— Quoi ?

Dans un sursaut de panique, elle chercha Gage à tâtons. Mais avant même que sa main ne rencontre le vide, elle sut qu'il n'était plus à son côté.

— Nous l'avons gardé en vie et nous ne lui ferons aucun mal dans un premier temps. Mais si vous désirez le revoir, venez vite et seule. En apportant toutes les informations dont vous disposez sur notre organisation.

Elle pressa une main sur sa bouche, se forçant à réfléchir calmement.

— Qu'est-ce qui me prouve que je peux vous faire confiance ? Je sais que vous avez l'intention de nous tuer l'un et l'autre.

Le rire amusé de Montega résonna à l'autre bout du fil.

— Je n'exclus pas cette possibilité. Mais il est certain en tout cas que je l'éliminerai lui si vous n'arrivez pas rapidement. Si vous n'êtes pas là dans trente minutes, je lui coupe la main droite.

Une vague de nausée lui souleva l'estomac.

— Je viens. Mais d'abord, passez-le-moi ou je...

Seule la tonalité lui répondit. Deborah bondit hors du lit, enfila un peignoir et se rua dans les appartements de Frank. Personne. Se mordant la lèvre jusqu'au sang, elle poursuivit jusqu'à la chambre bleue où elle trouva Lily Greenbaum trônant dans son lit de reine devant un vieux film en noir et blanc.

— Où est Frank? s'enquit-elle, hors d'haleine.

— Parti louer une cassette et acheter deux pizzas. Nous avons décidé d'organiser un festival Marx Brothers en nocturne. Mais que se passe-t-il, mon petit?

Effarée, Deborah secoua la tête.

— Dites-lui simplement que j'ai eu un appel au sujet de Gage et qu'il doit venir me rejoindre *immédiatement* à son retour. Au 325, East River Drive.

Sourde aux protestations horrifiées de Lily, Deborah repartit au pas de course. Elle perdit quelques précieuses minutes à rassembler les documents exigés par Montega et à enfiler un jean et un T-shirt. Puis elle se précipita dans sa voiture et traversa la ville à une vitesse folle, le cœur au bord des lèvres et le regard rivé sur l'horloge du tableau de bord.

Invisible, Némésis assista à la transaction. Un sachet de poudre blanche fut ouvert et un test de pureté effectué sous le regard impassible du vendeur. L'échange se fit presque en silence et l'acheteur repartit promptement avec sa marchandise. Peu après, un bruit de pas se fit entendre dans l'immense entrepôt. Partout des caisses et des cartons étaient empilés par terre et sur des étagères en métal qui couraient le long des murs. Sur les établis alignés reposaient des outils de fraisage et de mortaisage. Un chariot élévateur à l'entrée, près des grandes portes métalliques coulissantes, servait à soulever le bois de construction et une légère odeur de sciure flottait encore dans l'air, même si toutes les machines étaient désormais au repos.

Némésis serra les poings, mais se garda bien de réagir lorsque Montega apparut. Ce dernier sourit en voyant les liasses de billets posées sur la table.

— Tout s'est bien passé, je vois ?

Montega rangea l'argent dans une mallette et se tourna vers l'un de ses hommes de main.

— Lorsqu'il viendra, faites-le entrer ici.

Ainsi le moment tant attendu approchait enfin. Némésis luttait contre la haine qui bouillonnait en lui. La part de lui qui n'aspirait qu'à la vengeance aurait voulu régler ses comptes avec Montega sur-le-champ. Mais il savait qu'il devait agir avec calme et méthode.

Némésis ouvrait la bouche pour parler lorsqu'il entendit des éclats de voix et un bruit de talons claquant sur le bitume. Ce fut comme si une boule de glace se formait soudain dans sa poitrine.

Il l'avait laissée en sécurité, pourtant. Endormie.

Brusquement, la lumière se fit dans son esprit : le danger qu'il avait pressenti en la quittant... c'était pour elle. Pas pour lui. Pétrifié et en nage, il vit Deborah faire irruption dans l'atelier, suivie de deux hommes armés. L'espace d'une seconde, il se trouva en suspens entre deux univers, déchiré entre deux mondes. Un élan si puissant le poussait vers Deborah qu'il fut à deux doigts de reprendre son apparence humaine.

Comme une tigresse, elle se rua sur Montega.

— Où est-il ? Qu'avez-vous fait de lui ? S'il lui est arrivé quoi que ce soit, je...

Montega applaudit.

— Une femme amoureuse... Magnifique.

— Où est Gage ? Je veux le voir tout de suite.

Avec un léger sourire, Montega inclina la tête.

— Vous avez fait vite, *señorita*. Mais avez-vous apporté ce que je vous ai demandé, au moins ?

Elle lui tendit la mallette avec impatience. Montega la passa à l'un des gardes qui disparut dans une pièce adjacente.

— Désirez-vous vous asseoir, *señorita* ?

— Non. Tout ce que je vous demande, c'est de tenir votre parole. Je veux...

La porte s'ouvrit de nouveau et elle tourna la tête en sursaut.

— Jerry ?

A une première réaction de surprise, succéda aussitôt une vague de soulagement et de gratitude. Ainsi, ils s'étaient trompés : c'était Jerry et non pas Gage qu'ils avaient pris en otage.

Elle s'avança pour saisir les mains de son malheureux ami.

— Oh, Jerry, je suis tellement désolée...

Il serra ses mains entre les siennes.

— Je le savais, que tu viendrais, murmura-t-il, le regard étrangement brillant.

— Je crains que ma présence ici ne te soit pas d'une grande aide, hélas.

— Oh, mais si, bien au contraire, lui assura-t-il en passant un bras autour de ses épaules pour se tourner vers Montega. La transaction s'est déroulée comme prévu, j'imagine ?

— Comme sur des roulettes, monsieur Bower.

— Parfait.

Sidérée, Deborah se dégagea et fit un pas en arrière.

— Dois-je comprendre que tu n'es pas retenu en otage ici, Jerry ?

— Pas le moins du monde.

Elle porta les mains à ses tempes.

— Non, je ne peux pas le croire. Je savais que tu soutenais Fields aveuglément, mais à ce point... Jerry, toi qui as des principes, une éthique, comment peux-tu cautionner un trafic aussi immonde ? A ce stade, ce n'est plus de la politique, mais de la criminalité pure et simple !

Jerry eut un geste large de la main.

— Tout est politique. *Ma* politique. Tu ne pensais tout de même pas sérieusement qu'une marionnette comme Fields pouvait être à la tête d'une organisation aussi complexe ?

Avec un grand éclat de rire, il lui fit signe de s'asseoir.

— Et pourtant si, tu y croyais. Et dur comme fer, même. Parce que j'avais placé les bons indices au bon endroit et que tu as suivi bien gentiment la piste que j'avais pris soin de tracer afin de confondre mon ami le maire en temps utile.

Les jambes sciées, Deborah dut s'asseoir dans le fauteuil qu'il lui désignait.

— Ainsi Fields n'était qu'un...

— Qu'un pion, qu'un jouet entre mes mains. Depuis six ans, je tire les ficelles dans l'ombre. Fields se contente de serrer des mains, de tenir des discours et de signer les documents que je lui présente. Il ne serait même pas fichu de faire tourner une épicerie de quartier tout seul, le pauvre bougre. Notre ami le maire n'est rien. Juste un support sur lequel j'étaye peu à peu ma carrière. Je vise la mairie, pour commencer.

Anesthésiée, Deborah ne ressentait plus rien, pas même la peur. Comment faire le lien entre le monstre cynique qui pérorait ainsi devant elle et l'homme qui avait été son ami pendant deux ans?

— Et comment comptes-tu parvenir à tes fins, Jerry?

— Par la méthode classique : l'argent, le pouvoir, l'intelligence.

Elle hocha la tête.

— Le pouvoir, c'est Fields. L'intelligence, c'est toi. Et l'argent?

Les lèvres de Jerry esquissèrent un sourire.

— Tu es très fine, Deborah. C'est ce que j'ai toujours apprécié chez toi. L'argent, tu disais? C'est Arlo Stuart qui le fournit. A une époque, ses comptes plongeaient dans le rouge. Il a donc varié ses activités.

— La drogue?

— Exactement, acquiesça Jerry en consultant sa montre. Ça fait douze ans qu'il a un quasi-monopole sur la côte Est. Moi, je suis monté petit à petit dans la hiérarchie.

Deborah se creusait fébrilement la tête pour trouver de nouvelles questions à poser. En le faisant parler, elle gagnait de précieuses minutes. Frank disposait-il d'un moyen pour prévenir Némésis? Serait-il là à temps pour la sauver?

— Ainsi, vous formez un trio parfaitement complémentaire, Fields, Stuart et toi?

— Pas Fields, non. C'est un faible qui ne se doute de rien. Ou s'il a compris quelque chose, il a choisi prudemment de faire comme si de rien n'était. Ce en quoi il a tort, d'ailleurs. Car je ne vais pas tarder à le dénoncer. Comme tu as pu le constater, tous les indices pointent dans sa direction. Fields tombera des nues et niera farouchement. Mais les preuves que je présenterai, l'air dûment accablé, seront écrasantes. Et comme j'aurais pris sur moi de faire la lumière sur les sombres activités auxquelles se livre notre maire, j'apparaîtrai comme la personne toute désignée pour prendre sa suite.

Elle secoua la tête.

— Ça ne marchera pas, Jerry. Je ne suis pas seule à savoir.

— Tu veux parler de Guthrie ? rétorqua-t-il, avec un léger sourire, en croisant les mains sur les genoux. Oh, j'ai la ferme intention de lui imposer définitivement silence, à lui aussi. J'avais déjà donné l'ordre à Montega de me débarrasser de lui il y a quatre ans.

— Toi ? se récria-t-elle. Tu as fait une chose pareille ?

— Arlo me laisse le soin de régler ce genre de détails, admit Jerry avec une terrifiante désinvolture.

Il se pencha pour poursuivre à voix basse, de manière à ce qu'elle seule puisse l'entendre :

— Tu m'as conduit à la vérité, Deborah. J'ai enfin compris comment ton nouveau fiancé employait son temps libre.

— Je ne vois pas de quoi tu veux parler, protesta-t-elle, le ventre noué.

— Allons, allons, Deborah. Les journaux étaient pleins de tes aventures avec deux hommes : Guthrie et Némésis. Mais je te connais. Les amours dispersées, ce n'est pas ton style. Ce soir, au restaurant, j'ai eu la confirmation de ce que je soupçonnais déjà : il n'y a jamais eu qu'un seul homme, en fait. Un seul homme dans ton cœur. Un seul homme pour reconnaître Montega. Un seul homme pour mener une quête aussi obstinée contre moi.

Le regard de Jerry se fit soudain glacial.

— Ce petit secret reste entre nous, ma chère. Mais tu comprendras que je ne puis, hélas, te laisser ressortir d'ici vivante. Tu seras rassurée d'apprendre que Montega m'a promis que ta fin serait rapide et sans souffrance.

Tremblant de la tête aux pieds, Deborah se leva pourtant pour lui faire face.

— Tu ne le sais pas encore, mais tu as déjà perdu la partie. Lorsque tu m'auras tuée, il ne te laissera plus un instant de répit. Tu crois le connaître, mais tu te trompes. Jamais tu ne remporteras la victoire sur un homme tel que lui.

Jerry rit doucement.

— Ah, tu l'aimes, n'est-ce pas ? Et l'amour rend stupides même les femmes les plus intelligentes. Voilà pourquoi tu es tombée sans hésiter dans le piège grossier que je t'ai tendu. Il n'a jamais été ici, en fait.

— Tu te trompes, Bower.

Toutes les têtes se tournèrent en direction de la voix invisible. Les jambes de Deborah étaient soudain si faibles qu'elle faillit glisser sans connaissance sur le sol. Elle se ressaisit lorsqu'un garde qui se trouvait près de la porte se souleva soudain dans les airs comme s'il montait en lévitation. Le visage convulsé par la terreur, l'homme tenta vainement de se débattre. L'arme qu'il tenait se mit à cracher le feu, actionnée par une main invisible. Deborah se jeta derrière une rangée d'étagères et s'empara d'une pince sur un établi.

Elle écarquilla les yeux lorsqu'un garde qui s'avançait vers elle se vit soudain arracher son fusil. Tremblant de tous ses membres, l'homme s'enfuit en courant.

La voix de Némésis flotta dans sa direction.

— Attends-moi ici. Et surtout ne bouge pas.

— Dieu merci, tu es vivant. Je…

Il lui coupa la parole avec impatience.

— Mets-toi à l'abri. Vite.

Deborah serra nerveusement sa pince entre ses doigts. Ainsi Némésis était de retour. Et il n'avait rien perdu de sa détestable arrogance. Ecartant une pile de cartons de quelques centimètres, elle découvrit la scène. Jerry, Montega et trois gardes criaient et tiraient au jugé. La confusion était totale. Lorsqu'une balle vint se loger dans une caisse à quelques centimètres de sa tête, Deborah se tassa sur elle-même. Au même moment, quelqu'un l'attrapa sans ménagement par les cheveux.

— De quelle espèce est-il, cet homme ? s'éleva la voix sifflante de Jerry à ses oreilles.

— Celle des héros, répondit-elle d'un ton de défi. Une catégorie d'individus à laquelle quelqu'un comme toi ne pourra jamais rien comprendre.

— Il ne va pas tarder à être un héros mort, ton Guthrie. Quant à toi, tu vas venir bien gentiment avec moi.

D'un geste brutal, Jerry la plaça en bouclier devant lui. Deborah prit une profonde inspiration et, rassemblant ses forces, le frappa au ventre à l'aide de la pince. Comme il se pliait en deux avec un haut-le-cœur, elle se mit à courir, slalomant entre les établis et les machines-outils. Très vite, Jerry se ressaisit et se lança à sa suite. Comme il gagnait du terrain, elle sentit sa main se refermer sur sa cheville. Elle le repoussa d'un coup de pied et entreprit d'escalader une pile de bois de grume qui s'élevait quasiment jusqu'au plafond.

Derrière elle, s'éleva presque aussitôt la respiration haletante de Jerry. Serrant les dents, Deborah se raccrocha aux troncs rugueux, inégaux. Des échardes s'enfonçaient dans sa main, mais c'était à peine si elle en avait conscience. « Ne pas tomber... surtout ne pas tomber maintenant », psalmodiait-elle en cherchant ses prises. Jerry était à deux doigts de la rattraper. Au dernier moment, elle tenta une ultime manœuvre désespérée et sauta de la pile de bois sur une mince échelle en métal. Ses mains moites glissèrent sur les barreaux, mais elle réussit miraculeusement à se raccrocher et se hissa jusqu'au niveau suivant. A bout de forces, la respiration sifflante, elle atteignit une sorte de passerelle en métal sur laquelle étaient entassés des rouleaux de laine de verre et du matériel de construction.

Mais la voie, cette fois, était sans issue. Prise au piège, elle se tourna vers l'échelle. Le visage de Jerry apparut à sa hauteur. Il avait du sang sur la bouche et un revolver pointé sur elle. Loin en dessous d'eux, Némésis luttait à trois contre un. La moindre distraction pouvait lui être fatale. Elle ne devait compter que sur elle-même. Les poings serrés, elle fit face à l'homme qui avait été son ami.

— Tu ne te serviras pas de moi pour le réduire à ta merci, lança-t-elle avec force.

Du revers de la main, il essuya le sang et la salive qui lui maculaient le visage. Son regard luisait de haine.

— Désolé pour toi mais tu ne peux plus m'échapper, maintenant, Deborah.

— Tu ne m'auras pas. Jamais.

Reculant d'un pas, elle heurta un crochet en métal qui servait à hisser les matériaux de construction

— Jamais, répéta-t-elle en balançant de toutes ses forces le lourd crochet en métal dans sa direction.

Touché en pleine tête, Jerry lâcha l'échelle et tomba à la renverse. Il poussa un hurlement terrible. En l'entendant se fracasser sur le sol à une dizaine de mètres en contrebas, elle cria à son tour et se prit le visage dans les mains.

Gage leva les yeux et la vit, pâle comme une morte, oscillant en équilibre précaire sur une étroite bande de métal à une dizaine de mètres au-dessus du sol. A l'homme qui venait de s'écraser sur le béton, il ne jeta même pas un regard. Comme il piquait un sprint dans sa direction, il entendit une balle siffler à quelques centimètres de son oreille.

— Attention, hurla Deborah. Montega est juste derrière toi.

Il se concentra et disparut. Il n'avait qu'une peur : que Montega fasse feu sur Deborah. Pour distraire son attention, il le nargua en se déplaçant rapidement d'un côté et de l'autre chaque fois que Montega tirait au jugé, dans la direction d'où venait la voix.

— Je vais te tuer! criait le Colombien d'une voix suraiguë. Je t'ai déjà vu saigner. Je sais que tu n'es pas invulnérable!

Du coin de l'œil, Némésis vit Deborah descendre le long de l'échelle et se placer en sécurité en se plaquant contre un mur. Une fois rassuré sur son sort, il se fit réapparaître, juste devant Montega, son P38 braqué sur son cœur.

— Tu m'as *déjà* tué, Montega.

Il n'avait qu'un geste à faire : tirer. Et l'étau qui lui comprimait la poitrine depuis quatre ans se desserrerait enfin. Mais il songea à Deborah et son doigt se détendit sur la détente.

— C'est pour toi que je suis revenu, Montega. Tu auras tout le temps de méditer sur le sens de cette énigme. Donne-moi ton arme, maintenant.

Le Colombien obéit sans un mot. Pâle mais déterminée, Deborah se baissa pour ramasser son revolver.

— A quelle espèce appartiens-tu? hurla Montega, les yeux exorbités. *Qui* es-tu?

Deborah poussa un cri d'avertissement lorsque le Colombien, d'un geste désormais familier, glissa la main dans sa poche. Deux coups partirent l'un après l'autre. Deborah poussa un hurlement de rage, de peur et de colère. Mais ce fut Montega qui s'effondra sans vie sur le sol.

Dans le silence de mort qui suivit, Némésis s'avança pour se pencher sur le corps.

— Je suis ton destin, murmura-t-il avant de se retourner pour accueillir Deborah dans ses bras.

— Oh, mon Dieu, Gage... Ils m'ont dit qu'ils te tenaient en otage, murmura-t-elle d'une voix tremblante. Qu'ils te tueraient si je ne venais pas immédiatement en apportant tous les documents.

— Tu crois vraiment que Némésis se serait laissé prendre?

Deborah se passa la main sur les yeux.

— J'avoue que j'ai eu tellement peur que je n'ai même pas pris le temps de me poser la question. Mais comment se fait-il que tu sois arrivé sur les lieux presque en même temps que moi?

— Le schéma d'ensemble... Assieds-toi, Deborah. Tu trembles.

— J'ai comme un pressentiment que ça va être de colère dans quelques secondes. Tu *savais* qu'ils se retrouveraient ici ce soir, n'est-ce pas?

— Oui, je le savais. Assieds-toi, je vais aller te chercher un verre d'eau.

— Arrête ton cirque paternaliste, O.K.? cria-t-elle, les doigts crispés sur sa chemise. Tu étais au courant et tu ne m'as rien dit. Tu savais, pour Stuart et pour Jerry.

— Pas pour Jerry, non.

Et il regretterait sans doute toute sa vie de ne pas avoir percé cette immonde crapule à jour.

— Je ne le soupçonnais de rien à part d'être amoureux de toi. Jusqu'à ce soir, j'étais convaincu que Fields était bel et bien à la tête de toute l'organisation.

— Alors comment se fait-il que tu sois venu ici?

— Il y a quelques jours, j'ai enfin réussi à comprendre selon quel schéma l'organisation fonctionnait. J'ai découvert, pour commencer, que tous les points de livraison de drogue étaient reliés d'une façon ou d'une autre à Arlo Stuart. D'autre part, les transactions se faisaient tous les quinze jours et chaque fois dans un secteur différent de la ville.

— Intéressant… Et il t'a paru logique de garder tout ça pour toi ?

Il frémit sous son regard noir de colère.

— Si j'ai tenu ma langue, c'est précisément pour éviter le genre de drame que nous venons de vivre ce soir. Quand je m'inquiète à ton sujet, je suis infichu de me concentrer et je fais n'importe quoi.

D'un geste de défi, Deborah tendit la main où le saphir étincelait dans son lit de diamants.

— Tu vois cette bague ? Tu me l'as offerte il y a quelques heures et je la porte parce que je t'aime, parce que j'apprends, jour après jour, à mieux te comprendre et à mieux t'accepter. Si tu ne peux pas faire la même chose de ton côté, je pense qu'il est préférable que je te la rende tout de suite.

Derrière le masque, une ombre de souffrance noircit le regard de Némésis.

— Ce n'est pas une question de compréhension ou d'acceptation, Deborah. Je t'aime plus que ma vie et…

— Je viens de tuer un homme ce soir, au cas où tu ne l'aurais pas remarqué.

Tremblante de colère, elle le repoussa lorsqu'il voulut la prendre dans ses bras.

— Oui, j'ai tué de mes mains un homme que je connaissais, que je considérais comme un ami. Et je suis venue ici ce soir, prête à sacrifier, pour toi, aussi bien mes principes moraux que ma vie même. Pour sauver la tienne. Alors ne recommence jamais — et je dis bien jamais — à prendre des décisions pour moi ou à vouloir me « protéger » !

Il se croisa les bras sur la poitrine.

— Ça y est ? Tu as dit ce que tu avais à dire ?

Elle secoua la tête, mais il vit que sa colère retombait déjà.

— Je sais que Némésis continuera à traquer le mal dans les rues de Denver. Que c'est ainsi et que tu n'y peux rien changer. Je ne ferai rien pour me mettre en travers de ton chemin. Mais je te demande une seule chose : fais de même de ton côté.

— C'est tout ?

Manifestement épuisée, elle prit appui des deux mains sur le dossier d'une chaise.

— Pour le moment, oui.

— Tu as raison.

Deborah ouvrit la bouche et la referma sans avoir émis un son. Le souffle s'échappa de ses lèvres avec un léger sifflement.

— Tu peux répéter ça, Gage?

— Tu as raison. En voulant agir seul, j'ai obtenu le contraire de ce que je visais : je t'ai exposée à un danger encore plus terrible. Je le regrette et je t'en demande pardon. D'autre part, je tiens à ce que tu saches que je n'avais pas l'intention de tuer Montega. Je ne te dis pas que je n'ai pas été tenté. Mais s'il avait accepté de se rendre, je l'aurais remis à la police.

Deborah se rapprocha d'un pas.

— Pourquoi? demanda-t-elle dans un souffle.

— Parce que je savais que tu ferais en sorte que la justice soit rendue.

Il lui tendit sa main offerte.

— J'ai besoin d'une partenaire, Deb. D'un équipier pour la vie.

Les larmes montèrent aux yeux de Deborah.

— Moi aussi, chuchota-t-elle en se jetant à son cou. Et je te jure, mon amour, que rien ne nous arrêtera.

Dans le lointain, des sirènes se firent entendre.

— Apparemment, Frank a prévu des renforts, commenta-t-elle avec l'ombre d'un sourire. Tu ferais mieux de disparaître avant que la moitié des effectifs de police de Denver ne fasse irruption dans cet entrepôt.

Se dressant sur la pointe des pieds, elle lui pressa un dernier baiser passionné sur les lèvres. Puis elle recula d'un pas et contempla les corps qui jonchaient le sol autour d'eux.

— A ton avis? Il me faudra combien d'heures pour expliquer cette scène de carnage? Cette fois, notre ami Wisner va avoir autre chose que des médisances à se mettre sous la dent pour alimenter sa chronique.

Des pas précipités retentirent dans l'entrepôt. Némésis recula, se fondit dans le mur et disparut. Mais sa voix s'éleva tout contre son oreille :

— Je serai là. Tout près de toi. Toujours.

Deborah sourit, posa la paume à plat sur la cloison et se sentit comme enveloppée par sa présence. Un léger sourire se dessina sur ses lèvres : elle était prête, s'il le fallait, à affronter la terre entière…

Si, comme nous l'espérons, vous avez aimé
Enquêtes à Denver, vous découvrirez avec plaisir
la suite de ce roman, *Crimes à Denver*,
à paraître le 1er mai 2011 dans la collection Mira.

DANS LA MÊME COLLECTION
Par ordre alphabétique d'auteur

BEVERLY BARTON	*Dans l'ombre de l'assassin*
OLGA BICOS	*Nuit d'orage*
OLGA BICOS	*La mort dans le miroir*
LAURIE BRETON	*Ne vois-tu pas la mort venir ?*
BARBARA BRETTON	*Le lien brisé*
JAN COFFEY	*La dernière victime*
JAN COFFEY	*L'accusé*
JASMINE CRESSWELL	*La Manipulatrice*
JASMINE CRESSWELL	*Le secret brisé*
JASMINE CRESSWELL	*La mort pour héritage*
JASMINE CRESSWELL	*Soupçons mortels*
JASMINE CRESSWELL	*Je saurai te retrouver*
CAMERON CRUISE	*La perle de sang*
MARGOT DALTON	*Amnésie*
MARGOT DALTON	*Kidnapping*
MARGOT DALTON	*Le sceau du mal*
MARGOT DALTON	*Crimes inavoués*
WINSLOW ELIOT	*L'innocence du mal*
ANDREA ELLISON	*Elles étaient si jolies*
ANDREA ELLISON	*La signature écarlate*
ANDREA ELLISON	*Sous le regard de l'ange*
LYNN ERICKSON	*Le Prédateur*
SUZANNE FORSTER	*Le cercle secret*
SUZANNE FORSTER	*Secrets*
SUZANNE FORSTER	*Passé obscur*
MICHELLE GAGNON	*Le cercle de sang*
MICHELLE GAGNON	*La forêt de la peur*
TESS GERRITSEN	*Présumée coupable*
TESS GERRITSEN	*Crimes masqués*
TESS GERRITSEN	*Ne m'oublie pas*
HEATHER GRAHAM	*L'invitation*
HEATHER GRAHAM	*L'ennemi sans visage*
HEATHER GRAHAM	*Le complot*
HEATHER GRAHAM	*Soupçons*
HEATHER GRAHAM	*La griffe de l'assassin*
HEATHER GRAHAM	*Prémonition*
HEATHER GRAHAM	*L'ombre de la mort*
HEATHER GRAHAM	*Danse avec la mort*
HEATHER GRAHAM	*Noires visions*
HEATHER GRAHAM	*Nuits blanches*
HEATHER GRAHAM	*Apparences*
HEATHER GRAHAM	*La crypte mystérieuse*
HEATHER GRAHAM	*Sombre présage*
HEATHER GRAHAM	*Hantise*
HEATHER GRAHAM	*Dangereuse vision*
HEATHER GRAHAM	*La nuit écarlate*
HEATHER GRAHAM	*L'héritage maudit*
HEATHER GRAHAM	*Les proies de l'ombre*
HEATHER GRAHAM	*L'île des ténèbres*
CAROLYN HAINES	*Les fiancées du Mississippi*

…/…

DANS LA MÊME COLLECTION
Par ordre alphabétique d'auteur

KAREN HARPER	*Testament mortel*
KAREN HARPER	*Le saut du diable*
KAREN HARPER	*L'œuvre du mal*
KAREN HARPER	*Les portes du mal*
KAREN HARPER	*Une femme dans la nuit*
KAREN HARPER	*Mortel mensonge*
KAREN HARPER	*Intention mortelle*
KAREN HARPER	*Je ne t'ai pas oublié*
KATHRYN HARVEY	*La clé du passé*
BONNIE HEARN HILL	*La disparue de Sacramento*
BONNIE HEARN HILL	*Mortelle perfection*
CHRISTIANE HEGGAN	*Miami Confidential*
CHRISTIANE HEGGAN	*L'Alibi*
CHRISTIANE HEGGAN	*Intime conviction*
CHRISTIANE HEGGAN	*Labyrinthe meurtrier*
CHRISTIANE HEGGAN	*Par une nuit d'hiver*
CHRISTIANE HEGGAN	*Troublantes révélations*
CHRISTIANE HEGGAN	*Intention de tuer*
CHRISTIANE HEGGAN	*Meurtre à New York*
METSY HINGLE	*Le masque de la mort*
METSY HINGLE	*La fille de l'assassin*
METSY HINGLE	*Noces noires*
GWEN HUNTER	*Faux diagnostic*
GWEN HUNTER	*Virus*
GWEN HUNTER	*Les mains du diable*
GWEN HUNTER	*Le triangle du mal*
GWEN HUNTER	*La piste du mal*
LISA JACKSON	*Dans l'ombre du bayou*
LISA JACKSON	*Noire était la nuit*
LISA JACKSON	*Les disparues de la nuit*
LISA JACKSON	*L'hiver assassin*
LISA JACKSON	*Piège de neige*
LISA JACKSON	*Un danger dans la nuit*
LISA JACKSON	*Visions*
CHRIS JORDAN	*L'étau*
CHRIS JORDAN	*Disparue*
PENNY JORDAN	*De mémoire de femme*
PENNY JORDAN	*La femme bafouée*
R.J. KAISER	*Qui a tué Jane Doe ?*
ALEX KAVA	*Sang Froid*
ALEX KAVA	*Le collectionneur*
ALEX KAVA	*Les âmes piégées*
ALEX KAVA	*Obsession meurtrière*
ALEX KAVA	*Le Pacte*
ALEX KAVA	*En danger de mort*
RACHEL LEE	*Neige de sang*
RACHEL LEE	*Le lien du mal*
RACHEL LEE	*Secret meurtrier*
P.D. MARTIN	*La marque du mal*

…/…

DANS LA MÊME COLLECTION
Par ordre alphabétique d'auteur

DINAH McCALL	Le silence des anges
DINAH McCALL	Les disparus de l'hiver
DINAH McCALL	Mélodie mortelle
HELEN R. MYERS	Mortelle impasse
HELEN R. MYERS	Les ombres du doute
HELEN R. MYERS	Mort suspecte
HELEN R. MYERS	Suspicion
HELEN R. MYERS	La marque du diable
CARLA NEGGERS	L'énigme de Cold Spring
CARLA NEGGERS	Piège invisible
CARLA NEGGERS	La dernière preuve
CARLA NEGGERS	Le voile noir
CARLA NEGGERS	La nuit du solstice
CARLA NEGGERS	Noirs desseins
CARLA NEGGERS	Une femme en fuite
BRENDA NOVAK	L'étrangleur de Sandpoint
BRENDA NOVAK	Noir secret
BRENDA NOVAK	Noirs soupçons
BRENDA NOVAK	Noire révélation
MEG O'BRIEN	Le piège
MEG O'BRIEN	En lettres de sang
MEG O'BRIEN	Pluie de sang
MEG O'BRIEN	La déchirure
MEG O'BRIEN	Spirale meurtrière
SHIRLEY PALMER	Zone d'ombre
SHIRLEY PALMER	Le bûcher des innocents
EMILIE RICHARDS	Le refuge irlandais
EMILIE RICHARDS	Mémoires de Louisiane
EMILIE RICHARDS	Le testament des Gerritsen
EMILIE RICHARDS	L'héritage des Robeson
EMILIE RICHARDS	L'écho de la rivière
EMILIE RICHARDS	Promesse d'Irlande
EMILIE RICHARDS	Du côté de Georgetown
NORA ROBERTS	Possession
NORA ROBERTS	Le cercle brisé
NORA ROBERTS	Et vos péchés seront pardonnés
NORA ROBERTS	Tabous
NORA ROBERTS	Coupable innocence
NORA ROBERTS	Maléfice
NORA ROBERTS	Enquêtes à Denver
NORA ROBERTS	Crimes à Denver
NORA ROBERTS	L'ultime refuge
NORA ROBERTS	Une femme dans la tourmente
NORA ROBERTS	Clair-obscur
NORA ROBERTS	Le secret du bayou
NORA ROBERTS	Le souffle du danger
NORA ROBERTS	La maison du mystère
FRANCIS ROE	L'engrenage
FRANCIS ROE	Soins intensifs

.../...

DANS LA MÊME COLLECTION
Par ordre alphabétique d'auteur

KAREN ROSE	*Le lys rouge*
KAREN ROSE	*Et tu périras par le feu*
KAREN ROSE	*Je te volerai ta mort*
KAREN ROSE	*Le cercle du mal*
KAREN ROSE	*Le sceau du silence*
KAREN ROSE	*Les roses écarlates*
M. J. ROSE	*Le cercle écarlate*
M. J. ROSE	*La cinquième victime*
M. J. ROSE	*Rédemption*
JOANN ROSS	*La femme de l'ombre*
SHARON SALA	*Sang de glace*
SHARON SALA	*Le soupir des roses*
SHARON SALA	*Meurtre en eaux troubles*
SHARON SALA	*L'œil du témoin*
SHARON SALA	*Expiation*
SHARON SALA	*Si tu te souviens*
SHARON SALA	*Dans les pas du tueur*
MAGGIE SHAYNE	*Noir paradis*
MAGGIE SHAYNE	*Un parfait coupable*
TAYLOR SMITH	*Le carnet noir*
TAYLOR SMITH	*La mémoire assassinée*
TAYLOR SMITH	*Morts en série*
ERICA SPINDLER	*Rapt*
ERICA SPINDLER	*Black Rose*
ERICA SPINDLER	*La griffe du mal*
ERICA SPINDLER	*Trahison*
ERICA SPINDLER	*Cauchemar*
ERICA SPINDLER	*Pulsion meurtrière*
ERICA SPINDLER	*Le silence du mal*
ERICA SPINDLER	*Jeux macabres*
ERICA SPINDLER	*Le tueur d'anges*
ERICA SPINDLER	*Collection macabre*
ERICA SPINDLER	*Et vous serez châtiés*
ERICA SPINDLER	*L'innocence volée*
AMANDA STEVENS	*N'oublie pas que je t'attends*
AMANDA STEVENS	*La poupée brisée*
AMANDA STEVENS	*Juste après minuit*
AMANDA STEVENS	*Le repaire du mal*
AMANDA STEVENS	*Le secret des marais*
ANNE STUART	*La veuve*
TARA TAYLOR QUINN	*Enlèvement*
ELISE TITLE	*Obsession*
CHARLOTTE VALE ALLEN	*L'enfance volée*

…/…

DANS LA MÊME COLLECTION
Par ordre alphabétique d'auteur

LAURA VAN WORMER	*La proie du tueur*
GAYLE WILSON	*Les disparus du Mississippi*
GAYLE WILSON	*Rumeurs*
GAYLE WILSON	*Le secret de Maddie*
GAYLE WILSON	*L'innocence trahie*
KAREN YOUNG	*Passé meurtrier*

5 TITRES À PARAÎTRE EN MAI 2011

Composé et édité par les
éditions **Harlequin**

Achevé d'imprimer en Allemagne
par GGP Media GmbH, Pößneck
en février 2011

Dépôt légal en mars 2011